DE L'ORAGE DANS L'AIR

DU MÊME AUTEUR

CHEZ POCKET

PÊCHE EN EAUX TROUBLES

CARL HIAASEN

DE L'ORAGE DANS L'AIR

DENOËL

Titre original :
STORMY WEATHER

Éditeur original :
Alfred A. Knopf, Inc.

Traduit de l'anglais (U.S.) par Yves Sarda

ISBN 2-266-09013-5

Pour Donna, Camille,
Hugo et Andrew.

Remerciements

Pour leurs connaissances ès matières les plus ésotériques, je tiens à exprimer ici ma profonde gratitude à mes bons amis John Kipp (pour le fin du fin de la craniophilie), Tim Chapman (pour les effets des colliers de dressage pour chiens sur des cobayes humains) et Bob Branham (pour les soins que nécessite le coati sauvage d'Amérique du Sud). Je suis aussi hautement redevable à mes talentueux confrères du *Miami Herald,* dont le remarquable travail de fond sur les répercussions du cyclone Andrew m'a fourni une ample matière pour ce roman.

C.H.

Ceci est une œuvre de fiction.

Noms et personnages sont soit inventés, soit utilisés fictivement. Même si les événements décrits demeurent purement imaginaires, le boom touristique lié au cyclone, l'invasion de singes et la visite présidentielle, ici relatés, reposent sur des faits authentiques.

1.

Le 23 août, un jour avant la frappe du cyclone, Max et Bonnie Lamb s'éveillèrent de bonne heure, firent l'amour deux fois et prirent la navette pour Disney World. Le soir venu, ils regagnèrent le Peabody Hotel, se douchèrent séparément et, en se branchant sur les infos du câble, virent que la tempête se dirigeait droit sur la pointe sud-est de la Floride. Monsieur Météo annonça que ce serait l'une des plus violentes de ces dernières années.

Max Lamb, assis au pied du lit, fixait l'image satellite couleurs — une sphère de flamme déchiquetée, tourbillonnant dans le sens inverse des aiguilles d'une montre en direction de la côte.

— Ah merde, mate un peu ça, fit-il.

Un cyclone ! Et pendant notre lune de miel, pour tout arranger ! songeait Bonnie Lamb. En se glissant entre les draps, elle entendit la pluie qui martelait le toit des voitures de location, dehors, dans le parking.

— Ça va avec ? Le temps qu'il fait je veux dire, demanda-t-elle.

Son mari approuva.

— On est en marge de la marge.

La surexcitation de Max perturbait légèrement Bonnie. Elle était bien payée pour savoir qu'il était inutile de suggérer un changement de plans frappé au coin du bon sens, comme sauter par exemple dans le premier avion en partance pour La Guardia. Son tout nouvel époux n'était pas de ceux qui renoncent facilement ; les réservations spécifiaient six jours et cinq nuits, et bon Dieu de bon Dieu, ils iraient jusqu'à la fin du séjour. C'était un forfait spécial ; pas de remboursement prévu.

— Ils vont probablement fermer le parc, dit-elle.

— Disney ? fit Max, en souriant. Disney ne ferme jamais. Il n'y a ni peste ni famine, ni même cyclone qui tienne.

Il se leva pour monter le volume de la télévision.

— En plus, cette vacherie est à cinq cents kilomètres d'ici. Tout ce qu'on en verra, au maxi, ce sera un rab de flotte.

Bonnie Lamb décela une pointe de déception dans la voix de son conjoint. Les mains sur les hanches, il restait campé, nu comme un ver, devant le poste ; la peau blanche de ses omoplates et de son postérieur était striée de cramoisi, après une journée passée sur les « grands rapides ». Max n'avait rien d'un athlète, mais s'était bien tiré d'affaire sur la rivière toboggan. Bonnie se demanda si tout ça ne lui était pas monté à la tête, car ce soir il roulait des mécaniques comme un champion universitaire. Elle le surprit à se mirer dans la glace, faisant jouer ses biceps maigrelets en jaugeant sa propre nudité. Mais peut-être tout cela était-il compris dans la lune de miel.

Les infos du câble diffusaient des reportages en direct où l'on évacuait des résidants âgés des tours d'habitation et autres « condos[1] » de Miami Beach. Nombre de ces vieux-là serraient des chats ou des caniches dans leurs bras.

— Bon, fit Bonnie. On se fait toujours Epcot Center, demain ?

Son mari ne répondit pas.

— Allô, chéri ? fit-elle. Epcot ?

1. *Condo*, abréviation du terme *condominium*, désigne un appartement en copropriété situé dans de petits ensembles résidentiels. *(N.d.T.)*

Impossible de décoller l'attention de Max des nouvelles du cyclone.

— Bien sûr, fit-il, l'air absent.

— Tu n'as pas oublié les parapluies ?

— Non, Bonnie. Ils sont déjà dans la voiture.

Elle lui demanda d'éteindre la télévision et de venir se coucher. Quand il se faufila sous les couvertures, elle se rapprocha de lui, lui mordilla le lobe de l'oreille, fit jouer ses doigts dans la toison soyeuse mais clairsemée qui couvrait son torse osseux.

— Devine ce que je n'ai pas mis, chuchota-t-elle.

— Sage, fit Max Lamb. Écoute-moi cette pluie.

Edie Marsh gagna Dade County, via Palm Beach, où elle venait de consacrer six mois de sa vie à tenter de se faire un Kennedy. Son plan était parfaitement au point : après avoir séduit l'un des rejetons du nom, elle le menacerait de courir chez les flics pour leur servir une histoire bien corsée combinant perversions, viols et tortures en tous genres. Elle avait échafaudé cette machination dans sa petite tête lors de la retransmission du procès de William Kennedy Smith à la télé, où elle avait noté le soulagement du célèbre clan au moment de l'acquittement ; tous tant qu'ils étaient avaient souri aux caméras de tout l'éclat de leurs dents magnifiques, mais avec une expression sur le visage qu'Edie Marsh du haut de ses vingt-neuf ans déjà bien remplis avait vue plutôt deux fois qu'une : celle de ceux qui viennent d'éviter de se prendre une balle. Ils n'auraient pas l'estomac d'affronter un autre scandale, du moins pas si vite. Le prochain coup, il y aurait un rush d'enfer sur les chéquiers de la famille pour évacuer le problème. Edie avait tout prévu.

Elle vida le compte de son petit ami jusqu'au dernier centime et sauta à bord de l'Amtrak en direction de West Palm, où elle se dénicha un duplex bon marché. Elle passait ses journées à dormir, à faucher des robes de soirée dans les boutiques et à se peinturlurer les ongles. Chaque soir, elle franchissait le pont d'accès à l'île aux milliardaires, où elle fréquentait assidûment l'Au Bar et autres endroits branchés. Elle arrosait de pourboires royaux barmen et serveuses contre l'assurance qu'ils la préviendraient immédiatement de l'arrivée de *n'importe quel* Kennedy sur les lieux. De la sorte, elle avait rapidement rencontré deux Shrivers et un lointain Lawford, mais aux yeux d'Edie ils auraient représenté des « coups » limites. Elle réservait ses charmes pour un héritier en ligne directe, autrement dit pour un « Sésame ouvre-toi » de la caverne d'Ali Baba de Joe le Patriarche. Un tabloïd hebdomadaire avait publié une reproduction de l'arbre généalogique de la famille, qu'Edie Marsh s'était empressée de punaiser au mur de sa cuisine, à côté d'un calendrier Far Side. D'entrée, Edie avait exclu de se taper un Kennedy par alliance ; l'argent, le vrai, gravitait autour du noyau central de la tribu, comme toute bonne chasseuse de scandales. Statistiquement parlant, il lui apparut que la cible idéale serait l'un des fils d'Ethel et de Bobby, puisqu'ils en avaient eu une ribambelle. Bien qu'Edie eût sans la moindre hésitation rampé nue sur du verre pilé pour une passe avec John Jr, les chances qu'*il* se pointe non accompagné dans un bar de Palm Beach avoisinaient zéro.

Par ailleurs, on ne pouvait ôter à Edie une vue réaliste des choses. John Kennedy Jr ne sortait qu'avec des stars de cinéma et Edie savait très bien qu'elle n'en était pas une. Jolie, ça oui. Sexy même dans une Versace bien décolletée, tu parles. Mais John-John ne se retournerait sans doute pas sur elle. L'un de ses cousins, par contre, l'un des fils de Bobby — Edie était persuadée qu'elle pourrait faire des ravages de ce côté-là. En louchant qu'elle te sucerait ça, et puis coup de bigo aux avocats.

Malheureusement, six mois éreintants à sauter d'un bar à l'autre n'occasionnèrent que deux rencontres avec des Kennedy pur jus. Mais aucun des deux n'essaya de coucher avec Edie ; elle trouvait ça incroyable. L'un de ces jeunes gens lui donna un rendez-vous ferme, mais en la ramenant chez elle, il lui pelota à peine les seins. Il lui souhaita bonne nuit en lui plantant un baiser sur la joue et la remercia des bons moments passés en sa compagnie. Le parfait gentleman, se dit-elle. Bien ma veine. Edie avait vaillamment tenté de le faire changer d'avis, l'avait pratiquement cloué sur le capot de sa voiture, l'embrassant et se frottant contre lui en l'empoignant là où il fallait. Rien ! C'était humiliant. Après le départ du jeune Kennedy, Edie Marsh avait gagné la salle de bains et s'était examinée dans la glace. Peut-être avait-elle du miel dans les oreilles, un brin d'épinard entre les dents ou un détail vulgaire de ce genre qui aurait refroidi ce type. Mais non, elle était parfaite. Furieuse, elle ôta la robe qu'elle avait piquée, évalua sa ligne et songea : est-ce que ce petit snobinard se juge trop bien pour *ça* ? Le charme légendaire des Kennedy, quelle blague. Ce morveux avait autant de charisme qu'un bol de porridge. Il l'avait emmerdée à mort bien avant le homard servi en entrée. Elle avait failli sauter sur la nappe et hurler à pleins poumons : qu'est-ce qu'on en a à foutre de l'illettrisme à Boston sud ? Raconte-moi tout sur Jackie et son Grec !

Cette lamentable soirée devait marquer la dernière tentative d'Edie. La saison d'été tirant à sa fin à Palm Beach, tous les Kennedy baisables émigrèrent à Hyannis Port sur la côte est. Edie était trop fauchée pour leur donner la chasse.

La photo radar du cyclone à la télé lui avait donné une nouvelle idée. Il était encore à mille trois cents kilomètres de là, à baratter la mer des Caraïbes, quand elle contacta par téléphone un certain Niaqueur, qui venait de faire un bref séjour en prison pour homicide involontaire. Niaqueur devait son surnom à sa mâchoire de traviole qu'un garde-chasse avait démolie et qui s'était mal ressoudée. Edie Marsh arrangea un rendez-vous avec lui dans l'un des bars de la plage. Le dénommé Niaqueur la laissa lui exposer son plan avant de déclarer que c'était le truc le plus barjo qu'il ait jamais entendu parce que, petit a, le cyclone ne frapperait probablement pas la région et, petit b, que quelqu'un risquait de se faire coffrer pour un bail dans l'affaire.

Trois jours plus tard, l'ouragan menaçant Miami, Niaqueur rappela Edie Marsh et lui dit : et puis merde, étudions ça de plus près. J'connais un mec qui s'y connaît, ajouta-t-il.

Le mec en question s'appelait Avila et avait travaillé précédemment comme inspecteur au service d'urbanisme de Dade County. Niaqueur et Edie le retrouvèrent dans une supérette située sur Dixie Highway, à Miami sud. La pluie fine trompait son monde, étant donné l'imminence du cyclone, mais le plafond de nuages menaçant et bas avait des teintes d'un jaune métallique qui donnaient le frisson.

Ils montèrent dans la voiture d'Avila. Niaqueur prit place près de ce dernier à l'avant, Edie ayant la banquette arrière pour elle toute seule. Ils se rendaient dans un lotissement baptisé Sugar Palms Hammocks : cent soixante-quatre pavillons des familles sadiquement plantés sur une superficie d'à peine vingt hectares. Sans commentaire superflu, Avila roula lentement par les rues. Nombre de résidants étaient dehors, à clouer frénétiquement du contreplaqué sur les fenêtres de leur home sweet home.

— Y a même pas de jardin, observa Niaqueur.

— On appelle ça des modules zéro terrain, expliqua Avila.

— Tout confort, quoi, lança Edie Marsh depuis l'arrière. Ce qu'il nous faut, c'est une maison que le cyclone mette en pièces.

Avila opina, sûr de lui.

— Y a que l'embarras du choix. Elles vont toutes s'effondrer.

— Sans déc ?

— Ouais, ma belle, sans déc.

Niaqueur se tourna vers Edie Marsh.

— Avila est bien placé pour le savoir. C'est lui qui a inspecté toutes ces baraques.

— Parfait, conclut Edie. Il ne nous reste plus qu'à en dégoter une sympa.

Obéissant aux recommandations des autorités, les touristes évacuaient par milliers les Keys de Floride. La circulation sur l'U.S. 1 en direction du nord se traînait lamentablement, serpentin de feux arrière clignotant sous les coups de frein à perte de vue. Jack Fleming et Webo Drake étaient tombés en panne de bière à Big Pine. Et se trouvaient coincés maintenant derrière un car Greyhound au beau milieu du Seven Mile Bridge. Le car avait calé suite à un problème de transmission. Jack Fleming et Webo Drake étaient descendus de la voiture — qui appartenait au père de Jack — et s'amusaient à expédier leurs boîtes de Coors vides par-dessus le parapet. Les deux jeunes étaient encore un tantinet bourrés après une nuit passée au Turtle Kraals de Key West, où l'idée de se retrouver en plein cyclone de force quatre leur avait soudain paru une super aventure, un truc d'enfer à raconter aux autres mecs de leur fraternité Kappa Alpha, à leur retour à la fac. Le hic, c'est qu'au réveil Jack et Webo s'étaient retrouvés sans bière et sans un et que, par ailleurs, le père de Jack était pressé de récupérer sa Lexus presque neuve... hum, depuis la veille.

Ils étaient donc là, coincés sur l'un des plus longs ponts du monde, à quelques heures à peine d'un cyclone tropical monstre. Le vent vrombissait à travers l'Atlantique à un diapason que ni Jack Fleming ni Webo Drake n'avaient jamais entendu jusque-là ; il les fit vaciller sur leurs jambes au sortir de la voiture. Webo loba une boîte de Coors vide au-dessus du parapet de béton, mais le vent la cinglant vivement la renvoya en arrière comme une balle frappée en flèche au base-ball. Naturellement, cela vira à la compète à qui avait le meilleur bras. Au lycée, Jack Fleming avait été une star du lancer, du lancer sur le côté surtout, aussi les rafales le gênaient-elles moins dans ses tentatives que Webo Drake, qui s'était contenté de jouer les quarterbacks de réserve dans l'équipe junior de foot universitaire. Jack menait par huit boîtes contre six balancées par-dessus le pont quand soudain une main — énorme et brune — apparut sur le parapet avec un bruit de claque mouillée.

Webo Drake lança un coup d'œil soucieux à son collègue.

— Quoi encore ? dit Jack Fleming.

Un homme barbu se hissa sur le pont par l'un des piliers. Il était grand, avec d'épais cheveux argent tout emmêlés qui lui tombaient sur les épaules. L'individu, au torse nu strié de fines éraflures rosâtres, avait coincé sous son bras plusieurs rouleaux d'une corde crasseuse. Il portait un pantalon de camouflage et de vieux rangers marronnasses sans lacets. Il tenait dans sa main droite une boîte de Coors écrasée et le cadavre d'un écureuil.

— Z'êtes cubain ? demanda Jack Fleming.

Webo Drake était horrifié.

— Blague à part, je t'parie que c'est un *balsero,* fit Jack, baissant le ton.

Ce qui n'était pas dépourvu de sens. Les réfugiés cubains avaient coutume de débarquer dans les Keys. Jack demanda à haute voix à l'homme à la corde :

— *Usted Cubano ?*

L'homme brandissant la boîte de bière répliqua :

— *Usted connardo ?*

Sa voix tonnante s'accordait à son gabarit.

— Vous avez pas bientôt fini, têtes de nœud, de balancer comme ça vos ordures à la flotte ? dit-il, couvrant le vent.

Le type s'avança et brisa d'un coup de pied l'une des vitres de la Lexus du père de Jack. Il jeta la boîte de bière et l'écureuil mort sur le siège arrière. Puis il chopa Webo Drake par la ceinture de son jean.

— Il est sec, ton froc ? demanda le type.

Les passagers du Greyhound pressèrent leurs visages contre la vitre pour voir ce qui se passait. Derrière la Lexus, on pouvait observer une famille dans un minivan de location en train de verrouiller rapido les portières, manœuvre à laquelle ils s'étaient visiblement exercés avant de quitter l'aéroport de Miami.

Webo Drake répondit que oui, que son jean était sec.

— Alors, tiens-moi mon œil, fit l'inconnu.

De l'index, il retira placidement un globe de verre de son orbite gauche qu'il glissa précautionneusement dans l'une des poches de pantalon de Webo.

— Il nage un peu avec tout ce crachin, expliqua-t-il.

Échouant à saisir la gravité de la situation, Jack Fleming montra du doigt la vitre pétée de la dispendieuse berline paternelle.

— Et merde, pourquoi vous avez fait ça ?

— Laisse tomber, Jack, fit Webo, tout tremblant.

L'inconnu borgne se tourna vers Jack Fleming.

— Si j'ai bien compté, ça fait treize saletés de boîtes de bière balancées à la flotte contre un seul trou dans votre bagnole. À mon avis, vous vous en tirez plutôt pas mal.

— N'en parlons plus, proposa Webo Drake.

— Je vais vous donner une chance, les enfants, reprit l'inconnu, eu égard à votre exceptionnelle jeunesse et à votre imbécillité bien au-dessus de la moyenne.

Devant eux, le Greyhound siffla comme un asthmatique, fit une embardée et commença à se traîner en direction du nord. L'homme à la corde, ouvrant la portière arrière de la Lexus, déblaya d'un revers de main les bris de verre sur la banquette.

— J'ai besoin qu'on m'avance un bout de chemin, dit-il.

— Mais certainement, monsieur, pas de problème, pas de problème du tout, firent Jack Fleming et Webo Drake. Ce ne fut qu'au bout de trois quarts d'heure de route qu'ils s'enhardirent assez pour oser demander à leur passager borgne ce qu'il fabriquait sous le Seven Mile Bridge.

— J'attendais, répondit l'homme.

— Quoi ? demanda Webo.

— Allumez la radio, fit le type. Si ça vous dérange pas.

Les nouvelles du cyclone étaient sur toutes les ondes. Selon les dernières prévisions, l'ouragan se dirigeait plein est vers un point d'impact situé entre Key Largo et Miami Beach, via les Bahamas.

— Bien ce que je pensais, fit le n'a-qu'un-œil. J'étais trop au sud. Rien qu'au ciel, ça se voyait.

Il s'était couvert la tête d'un bonnet de douche à fleurs ; Jack Fleming le remarqua en jetant un coup d'œil dans le rétro, mais s'abstint du moindre commentaire. Le jeune homme se souciait davantage de ce qu'il allait pouvoir raconter à son père pour expliquer la vitre explosée, et aussi la tache tenace qu'un cadavre d'écureuil risquait de laisser sur le cuir impeccable des sièges.

— La corde, c'est pourquoi ? demanda Webo Drake au borgne.

— Bonne question, répondit-il, sans fournir d'autres explications.

Une heure plus tard, la route devint à quatre voies et la circulation, plus fluide, permit de rouler mieux. Presque aucune voiture ne se dirigeait vers le sud. À l'embranchement de Key Largo nord, l'inconnu donna pour instruction à Jack Fleming de prendre à droite la route du Comté 905.

— Y a un péage, d'après le panneau, fit Jack.
— Ah ouais ?
— Écoutez, on a pas de fric.

Un billet de dix dollars détrempé atterrit sur le siège avant entre Jack et Webo. Puis la voix sismique retentit encore une fois :

— Vous vous arrêterez quand on arrivera au pont.

Vingt minutes plus tard, le Card Sound Bridge, qui relie Key Largo nord au continent, était en vue. Jack Fleming se mit à freiner par à-coups, braquant vers le bas-côté.

— Non, pas ici, fit l'inconnu. Tout en haut.
— Tout en haut du pont ?
— T'es sourd ou quoi, petit ?

Jack Fleming grimpa la côte prudemment. Un vent de tous les diables faisait trembler la Lexus sur son châssis. Atteignant le faîte, Jack s'arrêta aussi loin qu'il l'osa. Le borgne réclama son œil de verre à Webo Drake et descendit. Arrachant son couvre-chef plastifié, il le fourra dans la ceinture de son pantalon.

— Venez ici, dit l'inconnu aux deux jeunes. Et attachez-moi.

Il replaça son œil dans son orbite et le polit soigneusement avec un coin de son bandana. Puis, escaladant le parapet, il coinça ses jambes en les ramenant en arrière dans l'espace d'en dessous, de façon à se retrouver à genoux face au vide.

D'autres évacués du cyclone ralentirent pour observer cette scène de folie furieuse, mais aucun n'osa s'arrêter ; l'homme qu'on était en train de lier au pont semblait assez dément pour mériter ce traitement. Jack Fleming et Webo Drake s'y employèrent aussi prestement que possible, étant donné la force des rafales et la rapidité avec laquelle progressait la gueule de bois qu'ils avaient récoltée à Key West. L'inconnu donna des instructions précises sur la manière de le ficeler aux deux étudiants qui les exécutèrent. Ils nouèrent l'une des extrémités de la corde autour des épaisses chevilles de l'individu et passèrent l'autre bout par-dessus la rambarde en béton. Après lui en avoir ceint quatre fois le torse, ils le sanglèrent jusqu'au grognement. Puis, faufilant la corde sous la rambarde, ils la ramenèrent jusqu'à ses chevilles pour le nœud final.

Résultat des courses : un solide harnais, qui laissait à l'inconnu le libre mouvement de ses bras. Webo Drake vérifia les nœuds et les déclara bien serrés.

— On peut y aller, maintenant ? demanda-t-il au n'a-qu'un-œil.

— Tout à fait.

— Et l'écureuil, m'sieur ?

— Je vous le donne. Régalez-vous, dit l'étranger.

Jack Fleming descendit en voiture l'autre versant du pont. Une fois en bas, il quitta la chaussée, se retirant de la circulation. Webo Drake pêcha une tringle à rideaux rouillée sur un tas d'ordures, dont Jack s'arma pour extirper la carcasse de l'animal de la Lexus paternelle. Webo derrière lui tentait d'allumer une cigarette.

Là-haut sur le pont, sous un ciel noir assassin, l'étranger agenouillé levait les deux bras à l'adresse de la pulsation grise des nuages. Des bourrasques de vent chaud hérissaient la chevelure de l'homme, l'auréolant de fers de lance d'argent.

— Complètement barje, cet enculé, lâcha Jack Fleming d'une voix rauque.

Il foula aux pieds la dépouille de l'écureuil et balança la tringle dans la mangrove.

— Tu crois qu'il avait un flingue ? Parce que c'est ce que je dirai à mon vieux pour le baratiner : un dingo armé d'un flingue a bousillé la vitre de la bagnole à grands coups de latte.

Webo Drake, de sa clope, désigna l'homme.

— Jack, tu sais ce qu'il attend, ce timbré grave ? fit-il. Que le cyclone arrive.

Bien que les deux ados fussent à plus de deux cents mètres de lui, ils distinguaient le n'a-qu'un-œil souriant de toutes ses dents à la face de l'ouragan. Et ce sourire était éblouissant.

— Mon pote, dit Jack à Webo, on se tire d'ici vite fait.

Le péagiste avait déserté son poste, aussi le franchirent-ils à plus de quatre-vingts kilomètres/heure avant de s'engouffrer sur les chapeaux de roues dans le parking d'un Alabama's Jack. Là, grâce aux dix dollars du n'a-qu'un-œil, ils se payèrent quatre Cherry Coke bien frappés qu'ils éclusèrent en suivant la Card Sound Road. En s'abstenant de balancer les boîtes vides par la portière.

Un clic réveilla Bonnie Lamb. Max ouvrait une valise. Elle lui demanda si ça le prenait souvent et qu'est-ce qu'il fabriquait, habillé de pied en cap à quatre heures du mat, à boucler sa valise. Il répondit qu'il voulait lui faire la surprise.

— Tu me plaques ? fit-elle. Au bout de deux nuits seulement ?

Max Lamb sourit et revint vers le lit.

— Je fais nos bagages à tous les deux.

Il fit mine de vouloir caresser Bonnie sur la joue, mais cette dernière enfouit sa tête dans l'oreiller, pour se protéger de la lumière. La pluie tombait à verse à présent, giflant à l'horizontale les vitres de la tour de l'hôtel. Bonnie n'était pas fâchée que son mari ait retrouvé le sens commun. Ils visiteraient Epcot Center une autre fois.

Elle glissa un œil de sous l'oreiller et dit :

— L'aéroport est ouvert, mon chéri ?

— Franchement, j'en sais rien.

— Tu ferais pas mieux d'appeler d'abord ?

— Pourquoi ?

Max Lamb tapota la couverture, là où elle épousait la ligne de hanches de sa femme.

— On va prendre l'avion pour rentrer chez nous,

c'est bien pour ça que tu fais les valises, hein ? fit Bonnie Lamb, se redressant sur son séant.

Son mari lui dit non, on prend pas l'avion, on rentre pas.

— On part à l'aventure, ajouta-t-il.

— Je vois. Où ça, Max ?

— À Miami.

— C'est ça la surprise ?

— Oui.

Il lui arracha les couvertures.

— Viens, on a une longue route...

Bonnie ne bougea pas.

— Tu plaisantes pas ?

— ... et faut que je t'apprenne à te servir de la vidéo.

— J'ai une meilleure idée, dit-elle. Pourquoi on reste pas ici à faire l'amour non-stop ces trois prochains jours, de l'aube au crépuscule. O.K. ? Et foutre un bordel pas possible dans la chambre. Enfin, si c'est de l'aventure que tu veux.

Max Lamb était à nouveau debout à bourrer les valises.

— Tu piges pas. Une occasion comme celle-là se représentera pas deux fois.

Tu l'as dit, fit Bonnie, l'occasion de se noyer pendant sa lune de miel, ça c'est sûr.

— Je préfère rester au chaud et au sec, quitte à regarder *Emmanuelle VI* sur le câble, comme tu voulais le faire hier soir.

Elle considérait ce dernier point comme une concession majeure.

— Le temps qu'on arrive à Miami, continua Max, tout danger sera écarté. En fait, c'est probablement déjà le cas.

— Alors, quel intérêt ?

— Tu verras.

— J'ai pas envie de ça, Max. S'il te plaît.

Il la serra gauchement contre lui, dans une étreinte

paternelle. Elle savait qu'il allait la sermonner comme une enfant de six ans.

— Bonnie, commença Max Lamb en s'adressant à sa toute nouvelle épouse, ma jolie petite Bonnie, écoute-moi attentivement. Disney World, on peut y aller quand on veut. Mais combien de fois y a-t-il un cyclone ? Tu as entendu le monsieur de la météo, ma chérie. « l'Ouragan du siècle », il l'a appelé. Combien de fois dans sa vie on a la chance de voir ça ?

Bonnie trouvait insupportable le ton paternaliste de son mari. Elle le supportait si peu qu'elle aurait fait n'importe quoi pour lui fermer son clapet.

— Très bien, Max. Passe-moi mon peignoir.

Il lui planta une bise sonore sur le front.

— C'est une bonne fifille, ça.

2.

Niaqueur et Edie Marsh prirent des chambres séparées au Best Western de Pembroke Pines, à cinquante kilomètres au nord de la zone où il était prévu que l'ouragan viendrait frapper le rivage. Quand Niaqueur dit au réceptionniste du motel qu'une seule chambre suffirait amplement, Edie se récria ah ça non, jamais de la vie. Leur relation s'était toujours strictement limitée au bizness : Niaqueur faisait office à l'occasion de receleur de lingerie féminine, Edie étant à l'occasion voleuse de ce genre d'article. Leur nouvelle entreprise était un partenariat comme les autres, dont l'ambition n'entraînait pas un surcroît d'intimité. D'entrée de jeu, Edie prévint Niaqueur que coucher avec lui semblait inimaginable dans n'importe quelle situation, ne serait-ce qu'une seule fois. Cette nouvelle ne parut pas lui saper le moral outre mesure.

Edie se mit au lit, la tête sous l'oreiller, pour tenter de supprimer le mugissement infernal de l'ouragan. Mais c'était plus qu'elle ne pouvait endurer en restant seule. Durant la brève accalmie de l'œil du cyclone, elle alla tambouriner à la porte de Niaqueur, lui disant qu'elle était à moitié morte de peur. Niaqueur lui répondit entre donc, on est en train de s'en payer une bonne tranche.

Quelque part au cœur de la tempête, il s'était déniché une pute. Edie fut impressionnée. La fille avait une bouteille à moitié pleine de rhum Barbancourt coincée entre les seins. Niaqueur avait opté, lui, pour de la vodka ; il portait une casquette Marlins et un slip Jockey rouge enfilé à l'envers. Des bougies dotaient la chambre de motel d'un éclairage tamisé, quasi religieux. Depuis deux heures, l'électricité était coupée.

Edie Marsh se présenta à la prostituée qu'un *escort service* avait fournie à Niaqueur sur un simple coup de téléphone. En voilà une employée modèle ! songea Edie.

Le cyclone reprit de plus belle, avec un rugissement si insupportable que tous les trois se pelotonnèrent les uns contre les autres comme de pauvres orphelins sur le sol. La flamme des bougies vacillait follement tandis que le vent semblait vouloir aspirer les fenêtres. Edie voyait les murs respirer — nom de Dieu, quelle imagination merdique ! Un grand tableau représentant un pélican tomba, écorchant au passage les chevilles de la pute. Cette dernière poussa un cri étouffé en rongeant ses faux ongles. Niaqueur se raccrochait à la vodka. De temps à autre, sa main libre, telle une araignée, s'égarait sur la cuisse d'Edie. Chaque fois elle lui tapait violemment sur les doigts, mais cela n'arrachait qu'un soupir à Niaqueur.

À l'aube, l'ouragan s'était porté dans les terres et l'eau baissait rapidement. Edie Marsh revêtit une robe bleue B.C.B.G., des bas nylon foncés, et épingla la masse de ses longs cheveux châtains en chignon. Niaqueur portait le seul costume de sa garde-robe, gris ardoise à fines rayures, qu'il avait acheté deux ans plus tôt pour l'enterrement d'un ex-compagnon de cellule ; le pantalon à revers tombait sur ses chaussures, recouvrant le bout à quelques centimètres près. Edie déclara en pouffant qu'il était parfait.

Ils déposèrent la pute devant un Denny's et prirent l'autoroute à péage sud pour juger des effets du cyclone. La circulation n'était plus qu'un pare-chocs à pare-chocs démentiel, avec partout des véhicules de pompiers, des voitures de flics et des ambulances. À en croire la radio, Homestead avait été rayée de la carte. Le gouverneur envoyait la Garde nationale.

Niaqueur s'engagea à l'est, dans la 152e Rue, mais tout de suite ne sut plus comment s'orienter. Tous les feux rouges et les plaques portant les noms de rues étaient par terre ; Niaqueur ne retrouvait plus Sugar Palm Hammocks. Edie Marsh commençait à craindre le pire. Elle répétait en boucle l'adresse à haute voix : 14 275, Noriega Parkway. Un-quatre-deux-sept-cinq. Maison pain brûlé, volets marron, piscine, double garage. Avila avait estimé sa valeur à 185 000 dollars.

— Si on fait pas fissa, dit Edie à Niaqueur, si on est pas là-bas assez tôt...

Niaqueur lui intima de la boucler, putain.

— Y avait pas un Dairy Queen dans le coin ? poursuivit Edie. Je me souviens qu'il a bifurqué devant un Dairy Queen ou un truc du même genre.

— Y a plus de Dairy Queen, dit Niaqueur. Y a plus rien du tout, bordel de merde, au cas où tu l'aurais pas remarqué. On effectue un vol sans visibilité par ici.

Edie n'avait jamais vu pareilles destructions ; on aurait dit que Castro avait lâché une bombe atomique. Maisons sans toits, sans murs, sans fenêtres. Caravanes et voitures froissées comme feuille d'alu. Arbres plantés dans les piscines. Populations en larmes. Mon Dieu ! Et partout le tintamarre des marteaux et le rugissement des tronçonneuses.

Niaqueur dit qu'ils pouvaient se faire une autre baraque.

— On a que l'embarras du choix entre dix mille.

— Je suppose.

— Qu'est-ce que le 1-4-2-7-5 a de si spécial ?

— De la personnalité, fit Edie Marsh.

Niaqueur martelait le volant de ses phalanges.

— Elles se ressemblent toutes. Toutes ces baraques sont exactement pareilles.

Son flingue était posé entre eux sur le siège.

— Très bien, fit Edie.

Ni ce changement de plans, ni le chaos ambiant, ni les cieux dégoulinant sinistrement ne semblaient l'avoir déstabilisée.

Max et Bonnie Lamb atteignirent Dade County au point du jour. Les routes étaient glissantes et complètement paralysées. Dans la grisaille du ciel grondaient les hélicoptères des chaînes de télé. On disait à la radio que deux cent mille foyers avaient été détruits ou sérieusement endommagés. De son côté, la Croix-Rouge lançait des appels en faveur de dons de nourriture, d'eau ou de vêtements.

Les Lamb quittèrent l'autoroute à péage à la sortie de Quail Roost Drive. Si Bonnie restait sonnée devant cette dévastation, Max pour sa part était tout feu tout flamme. Il conduisait, son caméscope posé sur les genoux. Toutes les deux, trois rues, il ralentissait pour filmer quelques décombres spectaculaires. Genre une quincaillerie aplatie comme une crêpe, les vestiges d'un *steak house* Sizzler ou encore un bus scolaire empalé sur un pin de dix mètres de long.

— Hein, qu'est-ce que je t'avais dit ? claironnait-il. C'est pas renversant, tout ça !

Bonnie frissonna. Et lui dit qu'ils devraient s'arrêter au prochain abri pour proposer de donner un coup de main.

Max n'y prêta aucune attention. Il alla se garer devant une résidence explosée. L'ouragan avait balancé une vedette automobile dans le salon. La famille qui vivait là — un Latino d'âge mûr, sa femme et leurs deux petites filles — était sur le trottoir, complètement sous le choc. Ils portaient tous le même ciré jaune.

Max Lamb descendit de voiture.

— Ça ne vous dérange pas que je filme ?

L'homme, hébété, consentit. Max mitrailla la bâtisse en ruine sous plusieurs angles, les plus dramatiques possible. Puis, se frayant un passage à travers débris de plâtre, meubles fracassés et jouets tordus, il pénétra l'air de rien dans la maison. Bonnie n'en croyait pas ses yeux : il s'enfonça carrément dans la balafre qui avait été autrefois la porte d'entrée !

Elle s'en excusa auprès de la famille, mais le père lui dit qu'il n'y voyait pas d'inconvénient ; il aurait besoin de photos de toute façon pour les gens de l'assurance. Ses deux filles se mirent à trembler et à sangloter. Bonnie s'agenouilla pour les réconforter. Par-dessus son épaule, elle aperçut son mari, caméscope vissé à l'œil, qui enregistrait la scène à travers un carreau cassé.

Plus tard, dans la voiture de location, elle lui dit :

— J'ai rarement vu plus morbide dans le genre.

— Oui, c'est vachement triste.

— Je parlais de toi, le coupa Bonnie d'un ton sec.

— Quoi ?

— Max, je veux rentrer à la maison.

— Je parie qu'on peut vendre tout ou partie de cette bande.

— T'oseras quand même pas.

— Je pense qu'on peut la fourguer à C-SPAN. Ça nous remboursera la lune de miel en totalité !

Bonnie ferma les yeux. Qu'avait-elle fait ? Sa mère avait-elle donc eu raison à propos de ce type ? De la graine d'enfoiré, lui avait-elle glissé dans le tuyau de l'oreille pendant la cérémonie. Et si elle avait vu juste ?

Au crépuscule, Edie Marsh avala deux Darvon et révisa le plan avec Niaqueur qui avait émis quelques doutes. L'idée de devoir attendre des semaines le paiement semblait le faire flipper. Edie lui rétorqua qu'ils n'avaient pas trop le choix vu comment fonctionnaient les assurances. Niaqueur dit qu'il entendait garder sa liberté d'action, de toute façon. Edie Marsh comprit par là qu'il se barrerait à la première occasion, sans crier gare.

La maison sur laquelle ils avaient jeté leur dévolu se trouvait dans une zone ratiboisée du nom de Turtle Meadow où l'ouragan avait arraché tous les toits. Niaqueur dit que c'était probablement l'un des itinéraires d'Avila. Il ajouta que ce dernier s'était vanté d'inspecter quatre-vingts nouvelles baraques par jour sans descendre de son pick-up. « Mon quota mobile », avait-il appelé ça. Niaqueur reconnut qu'Avila était un peu léger regardant l'inspection des toits car, affligé d'un vertige rédhibitoire, il allait jusqu'à refuser de faire suivre une échelle dans ses tournées. En conséquence de quoi, les certificats de conformité délivrés par Avila se fondaient sur des observations faites de visu, depuis son véhicule, et à une vitesse dépassant souvent le cinquante kilomètres/heure. Niaqueur conclut en disant que la célérité et l'attitude confiante d'Avila en faisaient le chouchou des entrepreneurs en bâtiment locaux, autour de Noël en particulier.

Évaluant le désastre, Edie Marsh déclara qu'Avila avait beaucoup de pot de ne pas être en taule. C'est pour ça qu'il a démissionné, expliqua Niaqueur. Les os lui avaient dit qu'il était plus que temps. Plus, son passage devant un grand jury.

— Des os ? Quels os ? fit Edie.

— Mieux vaut pas chercher à savoir, dit Niaqueur. Promis, juré.

Ils longeaient le trottoir opposé au côté de la rue où se trouvait la maison qu'ils avaient choisie lors de leur balade motorisée du matin même. À présent, les environs étaient plongés dans le noir total, seulement troué çà et là par le scintillement des torches électriques et la lueur rougeoyante de rares feux de camp. Si de nombreuses familles avaient abandonné la carcasse croulante de leur maison et s'étaient réfugiées dans les hôtels voisins, quelques hommes étaient restés sur place pour monter la garde contre les pillards. Ils arboraient une expression farouchement déterminée et des fusils de chasse. Niaqueur se félicita d'être blanc de peau et de se balader en costard.

La maison qu'Edie Marsh et lui avaient élue n'était ni vide ni plongée dans le noir, ni même silencieuse. On avait relié par un fil une ampoule électrique nue au squelette du toit et la lueur gris bleuté d'un poste de télé pulsait contre le plâtre. Le ronronnement d'un groupe électrogène expliquait ce luxe inouï. Edie et Niaqueur avaient vu un gros lard l'alimenter en carburant un peu plus tôt dans la journée.

La rue était soit Turtle Meadow Lane soit Calusa Drive, suivant celle des plaques tombées qui était la bonne. Le numéro 15 600 était bombé à la peinture rouge sur l'un des murs extérieurs de la baraque, tout comme le nom de la compagnie d'assurances, Midwest Assurances.

— Grosse boîte, précisa Edie. Elle avait vu leur pub à la télé, leur logo, c'était un blaireau.

— Un blaireau ? tiqua Niaqueur. Qu'est-ce qu'une saloperie de blaireau vient foutre dans les assurances ?

— Chais pas.

Edie avait la bouche sèche et tombait de sommeil.

— Et qu'est-ce qu'un puma a à voir avec les bagnoles ? C'est de la pub, rien d'autre, ajouta-t-elle.

— Le seul truc que je sais sur les blaireaux, fit Niaqueur, c'est qu'y z'ont la tête dure. Et la dernière vacherie de truc dont on a besoin, c'est de tomber sur une compagnie d'assurances à tête dure.

— Dieu du ciel..., fit Edie.

— On se trouve une autre baraque.

— Non !

Et, tanguant légèrement, elle traversa la rue vers le 15 600.

— Tu m'entends ? lui cria Niaqueur, avant de la suivre.

Edie s'engagea dans l'allée.

— Allez, on le fait ! dit-elle. Maintenant, pendant que c'est calme.

Niaqueur hésita, se frottant la mâchoire comme un boxeur sonné.

— Et c'est parti !

Edie se tira les cheveux, mettant son chignon à mal, puis se les chiffonna en boule devant la figure ; elle releva ensuite sa robe et se laboura les cuisses de ses ongles, lacérant au passage ses bas nylon.

Niaqueur s'assura qu'aucun des vigiles improvisés du voisinage ne regardait. Edie choisit un endroit précis de l'allée et s'y étendit, face contre terre. À l'aide de deux morceaux de poutre de la toiture, Niaqueur compléta superbement le tableau. Edie se retrouvait ainsi clouée au sol.

Sa voix s'éleva de sous l'amas de décombres :

— Un peu de sang ferait passer le tout.

Niaqueur poussa du pied un clou vers sa main gauche.

— Vas-y mollo.

Edie Marsh retint sa respiration et s'érafla du coude au poignet avec la pointe du clou. Ça lui fit un mal de chien. S'essuyant le bras sur la joue, elle la barbouilla de sang pour que l'effet soit plus dramatique. À son signal, Niaqueur se mit à beugler à l'aide. Edie fut impressionnée ; ses cris étaient d'une sincérité vachement bien imitée.

Max Lamb se félicita d'avoir renouvelé son stock de matériel vidéo juste avant de quitter Orlando. On voyait d'autres touristes, loin d'être pareillement équipés pour le cyclone, fourrager dans leurs bagages comme des malades à la recherche de cassettes et de batteries de secours. Entre-temps, s'arrêtant uniquement pour recharger, Max Lamb poursuivait sa compil de métrage dramatique d'une catastrophe naturelle historique. Même si C-SPAN n'était pas intéressé, ses amis de New York le seraient. Max était conseil junior en pub dans une agence de taille moyenne et il y avait de nombreuses personnes qu'il désirait impressionner par-dessus tout. Max avait beau se débrouiller pas mal avec son Sony, un coup de main professionnel ne serait pas de refus ; il connaissait un endroit sur la 50e Rue Est où l'on montait les vidéos amateurs et où, pour un supplément minime, l'on vous composait des intertitres et un générique. Ce serait parfait ! Une fois Bonnie installée dans ses meubles, Max lui demanderait d'organiser une cocktail-party au cours de laquelle il ferait une projection de ses cassettes de l'ouragan à ses clients et à ses collègues de l'agence.

Max trottait avec une énergie de prédateur d'un foyer en miettes à l'autre, son caméscope ronronnant à la main. Il était si absorbé par l'enregistrement de la tragédie qu'il en oublia sa femme, qui avait cessé de le suivre trois blocs plus tôt. Max avait voulu montrer à Bonnie le fonctionnement du caméscope de façon à pouvoir poser parmi les décombres, mais elle lui avait rétorqué qu'elle préférerait avaler un litre d'huile de ricin.

À des fins de montage, Max tenait mentalement un inventaire de ses meilleurs plans. Il avait à foison des séquences de destructions et ressentait le besoin d'en tempérer le choc visuel par la capture de moments poignants — vignettes montrant le prix que l'humain payait, tant sur le plan spirituel que physique.

Une bicyclette en accordéon attira l'attention de Max. Le cyclone l'avait enfilée aussi serrée qu'un anneau nuptial autour du tronc d'un cocotier. Un petit garçon, qui n'avait pas huit ans, essayait de dégager le vélo. Max, un genou au sol, zooma sur le visage du gosse qui s'escrimait avec l'énergie du désespoir sur le guidon aux poignées tordues. Son expression était morne et froide, ses lèvres serrées de concentration.

Max songea : il est en état de choc. Il ne s'aperçoit même pas que je suis là.

Le gamin ne semblait pas se soucier que sa bicyclette soit dans un état irréparable. Il voulait simplement l'arracher aux griffes de l'arbre. Il tirait encore et encore, de toutes ses forces. Dans son regard vide ne se lisait aucune trace de frustration.

Hallucinant, se disait Max en matant à travers le viseur. *Hallucinant.*

Quelque chose le bouscula, heurtant son bras droit, et l'image du petit garçon tremblota dans l'objectif. Une main tirait Max par la manche. En jurant, il décolla les yeux du caméscope.

C'était un singe.

Max Lamb, pivotant sur les talons, braqua la caméra sur l'animal malingre. À travers l'objectif, il vit que le cyclone l'avait mis en piteux état. Son pelage auburn tout collé était couvert de croûtes. Une ecchymose de la taille d'un radis ornait l'arête de son large nez velouté. Ses yeux en boutons de bottine étaient à demi fermés et frangés d'un suintement laiteux.

Tout en se dandinant, le singe dénuda ses gencives en un bâillement nauséeux. Et se mit à se tripoter machinalement la queue.

— Voyez un peu ce que nous avons là... un singe en liberté ! commentait Max en direct, au bénéfice des futurs spectateurs. Regardez-moi ce pauvre petit bougre...

Dans son dos s'éleva une voix atone.

— Feriez mieux d'faire gaffe, m'sieur.

C'était le gosse à la bécane pliée.

Max, l'œil vissé au caméscope, lui dit :

— Qu'est-ce qu'y a qui va pas, p'tit ?

— Feriez mieux d'faire gaffe à c'te bestiole. Mon père, il a été obligé d'en flinguer un, hier au soir.

— Ah bon ?

Max sourit intérieurement. À quoi ça rimait de flinguer un singe ?

— Sont vraiment dingues. C'est ce qu'il a dit, mon père.

— O.K., d'accord, je ferai attention, dit Max Lamb.

Il entendit ce gosse bizarre s'enfuir en courant.

À travers le viseur, Max remarqua que le singe tricotait étrangement des sourcils. Il s'aéroporta soudain. Max abaissa la caméra, l'animal le heurta en plein visage, l'étendant sur le dos. Des doigts caoutchouteux en réduction s'enfoncèrent dans les narines et les yeux de Max qui poussa un cri d'effroi. Le pelage humide du singe dégageait une puanteur horrible.

Max Lamb se roula dans la poussière comme s'il avait pris feu. Avec des glapissements suraigus, la créature filiforme lâcha prise. Max se redressa sur son séant, se nettoyant la figure avec les manches de sa chemise. Certains picotements indiquaient qu'il avait été griffé. Pour commencer, il lui faudrait une piqûre antitétanique, puis un truc plus puissant pour l'immuniser contre les microbes simiesques.

Au moment où il se relevait, Max entendit jacasser derrière le cocotier. Il allait prendre ses jambes à son cou quand il aperçut le singe qui détalait en bonds zigzagants dans la direction inverse. Il traînait quelque chose derrière lui au bout d'une courroie. Max Lamb fut saisi de fureur. La sale bête était en train de lui faucher son caméscope ! Il se lança à sa poursuite. Bêtement.

Une heure plus tard, quand Bonnie Lamb se mit à la recherche de son mari, il avait disparu.

Deux policiers de la route en uniforme se tenaient sous la pluie en haut du pont. L'un d'eux était un grand Noir à la carrure imposante. Son collègue était une femme à peau laiteuse, de taille moyenne, au chignon auburn. Ensemble, ils se penchèrent par-dessus le parapet de béton et examinèrent une bonne longueur de corde rompue, se balançant sous la brise au-dessus de la houle brunâtre.

Cinq automobilistes avaient signalé de leurs portables qu'un fou à lier s'était encordé au Card Sound Bridge. C'était quelques heures avant l'ouragan, au moment où chaque représentant de l'ordre dans un rayon de cent kilomètres s'activait à évacuer les sains d'esprit. Comme personne n'avait de temps à consacrer à un kamikaze, personne ne se donna la peine d'aller vérifier.

Le flic black avait été expédié de Liberty County, tout au nord de l'État de Floride, à Miami, pour aider à ouvrir un passage aux convois de secours dans les embouteillages. Au centre de commandement, une notification de l'incident dans le registre du dispatcheur — « Homme de race blanche, entre 40 et 50 ans, 80 et 100 kilos, cheveux/barbe poivre et sel, cas psych. poss. » — lui était tombée sous les yeux et il avait décidé de pousser en catimini jusqu'à Key Largo nord pour jeter un coup d'œil. Techniquement parlant, il était assigné à Homestead, mais dans le chaos postcyclonique il était relativement facile d'aller zoner sans manquer à l'appel. Il avait demandé à sa collègue de l'accompagner, qui, bien que n'étant pas de service, lui avait dit oui.

À présent, les automobilistes qui franchissaient le pont escarpé freinaient par curiosité en voyant les deux flics de la route, au sommet. *Qu'est-ce qu'y regardent comme ça, M'man ? Y a un cadavre dans la flotte ?*

Des gouttes de pluie dégoulinaient du bord du Stetson du flic black, tandis qu'il scrutait la baie de Biscayne, écumeuse et d'une couleur de plomb, après cette terrifiante tempête. Se penchant par-dessus le parapet, il hissa la corde trempée. Après en avoir examiné l'extrémité, il la montra à sa collègue et dit avec une lassitude certaine :

— C'est bien mon bonhomme.

La corde n'avait pas rompu sous l'effet de l'ouragan. On l'avait tranchée au couteau.

3.

Tony Torres, assis dans ce qui restait de son salon, sirotait ce qui restait de son Chivas. Il trouvait plutôt rigolo que son prix de « Meilleur vendeur de l'année » ait survécu à l'ouragan : c'était tout ce qui demeurait sur les murs détrempés par la pluie. Tony Torres se rappelait la fête donnée deux mois plus tôt, quand on lui avait remis ce pauvre diplôme plastifié pour le récompenser d'avoir vendu soixante-dix-sept mobile homes F-2 plus, battant de dix-huit unités le record historique de tout autre vendeur de Demeures Préfabriquées de Luxe, anciennement Caravanes Tropicales, ex-Maisons Clés en Main Premier Choix, Ltd. Dans le petit monde coupe-gorge de la vente de mobile homes, Tony Torres était devenu une star. Son patron lui avait octroyé le Chivas en sus du diplôme et des mille dollars de prime. Et on avait payé une serveuse pour qu'elle danse seins nus sur la table en chantant *For He's a Jolly Good Fellow*.

Bof, songeait Tony Torres. La vie est une montagne russe de merde. Et il caressa la crosse de la carabine posée sur son estomac en mappemonde tandis que défilaient dans sa mémoire certaines choses qu'il aurait préféré oublier. Style, cette connerie dans le baratin de vente concernant la conformité aux normes de sécurité édictées par le gouvernement fédéral...

Les Steen l'avaient questionné à fond sur les cyclones, sans parler des Ramirez et autres emmerdeurs de Stichler. De même que Béatrice Jackson, la veuve, et son fils au cou de bœuf. Tony leur répondait les phrases toutes faites qu'on lui avait apprises, à savoir que Demeures Préfabriquées de Luxe offraient le nec plus ultra de l'habitat, garanti pour résister aux tempêtes tropicales. Oncle Sam a tout spécifié. Vous trouverez ça dans la brochure !

Forts de ça, les clients de Tony Torres avaient obtenu leurs prêts, acheté des F-2 plus, là-dessus, le cyclone était arrivé et les avait soufflés comme fétu de paille. Les soixante-dix-sept en bloc. Les caravanes implosaient, explosaient, larguaient leurs amarres et s'envolaient comme des putains de canards d'aluminium. Pas une seule de ces saloperies n'avait fait front contre la tempête. L'instant d'avant, c'étaient encore de plaisants pavillons classe moyenne avec magnétoscopes, canapés convertibles et berceaux... celui d'après, de véritables shrapnels. Tony Torres s'était rendu au *trailer park* pour évaluer les dégâts. L'endroit avait l'air d'une zone de guerre. Il allait descendre de voiture quand quelqu'un le reconnut — le vieux Stichler, qui entreprit de le bombarder de détritus en bredouillant comme un malade mental. Tony n'avait pas demandé son reste et décampé à toute allure. Plus tard, il apprit que la veuve Jackson avait péri dans le naufrage du parc de caravaning.

Tony Torres avait beau n'être pas familiarisé avec le remords, il fut atteint d'une pointe de tristesse. Il la soigna au Chivas. Comment je pouvais savoir, moi ? se disait-il. Je suis rien qu'un vendeur, pas un de ces enfoirés de concepteurs.

Plus Tony buvait, plus son minimum de sympathie pour ses clients s'évaporait. Putain, ils étaient au courant ! Au courant qu'ils se payaient une boîte de conserve et pas une vraie maison en dur ! Au courant des risques qu'ils prenaient en habitant dans une zone cyclonique ! Ils étaient majeurs et vaccinés, se disait Tony Torres. Ils avaient fait un choix.

Cependant, il prévoyait des ennuis. La carabine le réconfortait. Malheureusement, quiconque voudrait le retrouver n'avait qu'à jeter un œil dans l'annuaire du comté de Dade. Être V.R.P. exigeait qu'on soit joignable par tous et n'importe qui.

Qu'ils y viennent ! se disait Tony. Si jamais un de ces crétins de clients rapplique parce qu'il a un problème, qu'il voie un peu ce que la tempête a fait de *ma* maison ! Si jamais il joue au méchant, la señora Remington ici présente se chargera de lui régler son compte.

Des cris tirèrent Tony Torres de l'étreinte poisseuse de son fauteuil relax. Il gagna le devant de la maison armé de sa carabine et d'une torche électrique. Debout dans l'allée, il aperçut un individu en costume à rayures d'un goût pas très heureux, trimbalant une gueule qu'on aurait dite rectifiée au pied-de-biche.

— Ma sœur, ma sœur ! s'exclama l'homme en désignant un tas de charpente brisée.

Tony Torres distingua la forme prostrée d'une femme sous les poutres en treillis. Elle avait les yeux mi-clos et une traînée de sang frais lui colorait les joues. La femme poussait des gémissements impressionnants. L'homme demanda à Tony d'appeler le 911 tout de suite.

— Racontez-moi d'abord ce qui s'est passé, fit le V.R.P.

— Y a qu'à ouvrir les yeux — un morceau de votre saloperie de toit lui est tombé dessus !

— Hummm, fit Tony Torres.

— Bon Dieu de bois, restez pas planté là !

— Votre sœur, vous avez dit ?

Tony s'approcha de la femme et lui braqua le faisceau de la lampe dans les yeux. Elle cligna par réflexe, levant les deux mains pour se protéger de la lumière.

— Vous êtes pas paralysée, mon chou, à ce que je vois, fit Tony.

La torche coincée sous le bras, il braqua la carabine sur le type.

— Je vais te dire comment ça marche, vieux. Primo, tous les bigos sont H.S., alors on va pas appeler le 911 sauf si c'est un portable que tu balades dans ton froc, mais ça m'a plutôt l'air d'un flingue. Deuzio, à supposer qu'on puisse appeler le 911, on serait bons pour attendre jusqu'à Halloween. Toutes les ambulances d'ici à Key West sont mobilisées because le cyclone. Ta « sœurette », elle aurait dû y penser avant son accident...

— Bordel, qu'est-ce que...

Tony Torres arracha le pistolet de la ceinture du type.

— Tertio, fit-il, ma saloperie de toit, elle a dégringolé sur personne. Ces poutres-là, elles viennent de la baraque d'à côté. C'est-à-dire de chez Mr Lionel Varga, mon voisin. Mon toit perso, il est en mille morceaux quelque part dans les Everglades, aux dernières nouvelles.

De sous les décombres, la femme s'exprima soudain :

— On a merdé, Niaqueur.

Le type la fusilla des yeux, puis regarda ailleurs.

— C'est mon boulot de piger les gens directo, précisa Tony Torres. C'est le B.A.-BA d'un bon V.R.P. Et si ça, c'est ta frangine, vieux, moi je suis le jumeau de Mel Gibson.

L'homme à la mâchoire tordue haussa les épaules.

— Le hic, poursuivit Tony, c'est qu'elle est pas vraiment blessée et que toi, t'es pas vraiment son frère. Et votre plan merdique pour m'arnaquer à la base, il a foiré et bien foiré. Il est mort et enterré.

Le type se renfrogna.

— Eh oh, fit-il avec aigreur, c'était son idée à *elle*.

Tony lui commanda de retirer les poutres en treillis de sur sa complice. La femme se releva et le V.R.P.

s'aperçut alors qu'elle était super mignonne et avait tout sauf l'air bête. Il leur fit signe avec la carabine.

— Entrez là-dedans, tous les deux. Et merde, entrez là-dehors, je devrais dire, merci à cette chierie de cyclone. Enfin, entrez tout de même, because j'aimerais bien entendre toute l'histoire. Rire un bon coup, ça me ferait pas de mal.

La femme défroissait le devant de sa robe du plat de la main.

— Bon, on a fait une grosse boulette. Alors vous nous laissez partir, O.K., et on oublie ?

Tony Torres sourit.

— Tu plaisantes, mon chou.

Il détourna le canon de la Remington vers la maison et appuya sur la détente. La déflagration creusa un trou gros comme un ballon de foot dans la porte du garage.

— Chut, fit le V.R.P. pompette, portant la main en cornet à son oreille. Vous entendez ça ? Silence de mort, putain. Tu tires du calibre douze et tout le monde s'en fout. Personne vient voir. Personne vient à ton secours. Savez pourquoi ? Because le cyclone. Bienvenue à Frappadingueland !

Le type à la mâchoire de traviole demanda alors, plus curieux qu'inquiet :

— Qu'est-ce que vous voulez faire de nous ?

— J'ai pas encore décidé, répondit Tony Torres. On va d'abord se jeter un p'tit apéro.

Une semaine avant le cyclone, Félix Mojack mourut d'une morsure de vipère à la cheville. La propriété de son affaire d'import de faune sauvage en faillite échut à son neveu, Augustin. Le matin pluvieux où il apprit la mort de son oncle, Augustin était chez lui en train de s'entraîner à jongler : fenêtres grandes ouvertes, les Black Crowes sur la stéréo, pieds nus, vêtu seulement d'un short bleu roi. Il était dans son salon à jongler en rythme avec la musique. En guise de massues, il jonglait avec des crânes humains ; il pouvait jongler avec cinq à la fois. Plus il allait vite, plus il prenait son pied.

Sur la table de la cuisine était posée une enveloppe de Paine Webber. Elle contenait un chèque de 21 344 dollars 55 cents. Augustin n'avait ni besoin de la somme ni d'intérêt pour cet argent. Il allait avoir trente-trois ans et sa vie était aussi simple que mal remplie. Parfois, il déposait sur son compte les dividendes de Paine Webber et, parfois, il les postait indifféremment à des associations caritatives, des candidats politiques renégats ou des ex-petites copines. Par contre, Augustin n'envoyait pas un sou aux avocats chargés de la défense de son père ; c'était la dette du vieux et il pourrait la régler sans problème quand il sortirait de taule.

Jongler en privé était une distraction pour Augustin. Les crânes étaient des artefacts et des spécimens médicaux qu'il avait acquis par des amis. Quand il les faisait voltiger — l'arc de trois, quatre, cinq crânes passant avec fluidité d'une main à l'autre — Augustin sentait pleinement le flux de leurs lointaines existences. C'était pour lui inexplicablement — et peut-être pas très sainement — revigorant. Augustin ignorait leurs noms ou comment ils avaient vécu ou étaient morts, mais les toucher le remplissait d'énergie.

À ses moments de loisir, Augustin lisait des livres, regardait la télévision ou faisait des randonnées à pied dans ce qui restait d'étendues sauvages en Floride. Avant même de devenir riche — quand il travaillait sur le bateau de pêche de son père, puis plus tard à la fac de droit — Augustin ruminait une colère sans objet dont il n'était pas sûr de vouloir éclaircir l'origine. Elle se manifestait à l'occasion par le besoin soudain de réduire quelque chose en cendres ou en miettes, de faire brûler ou sauter quelque chose

— une tour, une nouvelle autoroute, ce genre de truc, quoi.

À présent qu'Augustin avait à la fois du temps et de l'argent, il se retrouvait sans exutoire pour ces tendances radicales et sans connaissance fiable des explosifs à grande puissance. Par pur sentiment de culpabilité, il fit don de grosses sommes à des causes respectables comme le Sierra Club et le Conservatoire de la Nature. Son ambition de recourir noblement à la violence demeura un fantasme inoffensif. Entre-temps, il surfa sur les turbulences de la vie comme du bois flotté.

L'expérience « proche de la mort » qui rendit Augustin si riche ne lui avait pas fourni l'ombre de l'aperçu d'un grand dessein ou destin cosmique. Augustin se souvenait à peine du crash de cette saleté de Beechcraft. Et il ne vit en tout cas pas de lumière blanche aveuglante au bout d'un frais tunnel ni n'entendit aucun de ses parents morts l'appeler depuis le ciel. Du coma qui suivit l'accident il ne se souvenait que de la torture d'une soif inextinguible.

Après s'être remis de ses blessures, Augustin ne retourna pas à la fac de droit ni à sa routine de hamster. Le règlement de l'assurance finançait une disponibilité confortable que nombre de jeunes gens auraient jugée des plus plaisantes. Cependant, Augustin était profondément malheureux. Un beau soir, dans une crise de déprime, il purgea violemment les étagères de sa bibliothèque de tous les génies, morts avant l'heure. Incluant même Jack London si cher à son cœur.

Symptomatiquement, Augustin attendait l'arrivée d'une femme dans sa vie pour qu'elle le stabilise. Jusqu'à présent, cela ne s'était pas produit.

Une fois, une danseuse, avec laquelle Augustin sortait, l'avait surpris à jongler avec ses crânes dans la chambre. Elle avait cru qu'il cherchait à la provoquer. Elle lui dit que ça n'avait rien de drôle, que c'était pervers. Sur ce, elle était partie pour New York. Environ un an plus tard, sans raison bien précise, Augustin envoya à cette fille l'un de ses chèques dividendes de Paine Webber. Avec ce fric, elle se paya une Toyota Supra et envoya à Augustin une photo d'elle au volant, tout sourires et lui faisant un grand salut de la main. Augustin se demanda qui avait pris la photo et ce qu'il avait pensé de la nouvelle bagnole.

Augustin n'avait ni frères ni sœurs, sa mère était au Nevada et son père au trou. Son plus proche parent était son oncle, Félix Mojack, l'importateur de faune sauvage. Quand il était petit garçon, Augustin allait souvent rendre visite à son oncle dans sa petite ménagerie surpeuplée là-bas dans « la pampa ». C'était bien plus marrant que d'aller au zoo, parce que Félix laissait Augustin lui donner un coup de main avec les animaux. En particulier, Félix encourageait son neveu à se familiariser avec les serpents exotiques ; en effet, ledit Félix avait une véritable phobie des reptiles quand il s'agissait de les manipuler, son incompétence en ce domaine devant se révéler, comme on l'a vu, fatale.

En grandissant, Augustin vit de moins en moins souvent son oncle de plus en plus occupé. Le progrès conspirait contre Félix ; l'urbanisation s'orientait vers l'ouest et les réglementations du plan d'occupation des sols le forcèrent à déplacer sa ménagerie à plusieurs reprises. Personne, semblait-il, ne souhaitait construire d'écoles primaires ou de centres commerciaux à un jet de pierre de félins en cage ni de cobras sauvages. L'ultime fois où Félix Mojack fut contraint de délocaliser ses animaux, Augustin lui fila dix mille dollars pour le déménagement.

Au moment de la mort de Félix, l'inventaire de la ferme comprenait un lion d'Afrique, trois pumas, un buffle du Cap châtré, deux ours Kodiak, quatre-vingt-dix-sept perroquets et aras, huit crocodiles du Nil, quarante-deux tortues, un assortiment de sept cents lézards, quatre-vingt-treize serpents (venimeux et non venimeux) et quatre-vingt-huit singes rhésus.

Les animaux étaient parqués sur quatre hectares de terrain, du côté de Krome Avenue, pas très loin de la prison fédérale. Le lendemain de l'enterrement, Augustin se rendit d'un coup de voiture sur les lieux, en solo. Il subodorait que l'exploitation de son oncle allait à vau-l'eau et le tour des installations corrobora ses soupçons. La clôture était rouillée et tordue, les cages avaient besoin de nouvelles charnières et les fosses en ciment des reptiles n'avaient pas été nettoyées ni drainées depuis des mois. Dans l'appentis en carton goudronné qui servait de bureau à Félix, Augustin découvrit des paperasses, confirmant le peu de cas que son oncle faisait des réglementations douanières en vigueur aux États-Unis.

Que Félix ait été un contrebandier ne fut pas une surprise ; au contraire, Augustin fut reconnaissant à son oncle de s'être cantonné au trafic des oiseaux exotiques et des serpents. La faune, cependant, présentait des inconvénients particuliers : s'il est inutile de nourrir des ballots de marijuana, les ours et les pumas, par contre... Sa ménagerie illégale était efflanquée et affamée, et les adjectifs sont faibles ; Augustin fut accablé par l'état de certains animaux et supposa que sa détérioration résultait des récents déboires financiers de son tonton. Par bonheur, les deux jeunes Mexicains qui travaillaient pour Félix Mojack acceptèrent volontiers de donner un coup de main quelques jours encore après sa mort. Ils stockèrent de la viande crue au congélateur pour les grands carnivores, achetèrent de la nourriture pour les perroquets et les singes, et firent des réserves fraîches de souris blanches et d'insectes pour les reptiles.

Pendant ce temps, Augustin s'efforçait de dénicher un acheteur pour la ménagerie, quelqu'un de qualifié pour bien s'en occuper. Augustin était si absorbé par cette tâche qu'il ne prêta pas assez d'attention aux bulletins qui annonçaient qu'une tempête tropicale s'intensifiait dans les Caraïbes. Même quand il se révéla qu'elle prenait la dimension d'un cyclone — Augustin vit les prévisions météo à la télévision —, il supposa que cette tempête évoluerait comme la majorité d'entre elles le faisaient en fin d'été : elle virerait au nord, loin de la Floride du Sud, suivant les courants prédominants de l'Atlantique.

Une fois qu'il devint clair que l'ouragan frapperait de plein fouet la partie méridionale de Dade County, Augustin disposa de peu de temps pour agir. Il était affreusement conscient du mal que des vents soutenus soufflant à plus de cent cinquante kilomètres/heure allaient faire à la ménagerie délabrée de feu son oncle. Il passa la matinée et l'après-midi au téléphone, tentant de trouver un refuge pour les animaux. L'intérêt de ses divers interlocuteurs baissait invariablement d'un cran quand il faisait mention d'un buffle du Cap. Au crépuscule, Augustin se rendit sur place pour assujettir solidement les bâches et les amarres des cages et des enclos. Flairant l'approche de la tempête, ours et félins en proie à une grande agitation tournaient en rond, grondant et grognant à qui mieux mieux. La panique régnait parmi les perroquets ; leurs criailleries hystériques attirèrent plusieurs gros faucons dans les pins voisins. Au bout de deux heures sur place, Augustin baissa les bras. Il renvoya les Mexicains chez eux et gagna en voiture un abri de la Croix-Rouge, non loin de là, pour y laisser passer le cyclone.

À son retour à l'aube, l'endroit était dévasté. La clôture grillagée était éparpillée à travers la propriété comme une guirlande de Noël. Toute la toiture en tôle ondulée avait été arrachée tel le couvercle d'une boîte de sardines. À l'exception d'une dizaine de tortues déboussolées, tous les animaux de son oncle s'étaient échappés dans les marécages et les fourrés et, inévitablement, la banlieue de Miami. Dès que le téléphone fut rétabli, Augustin informa la police de ce qui était arrivé. Le dispatcheur estima laconiquement à cinq ou six jours la mise à disposition d'un agent, parce que tous les effectifs travaillaient en heures doubles, suite à l'ouragan. Quand Augustin demanda quelle distance une vipère du Gabon pouvait couvrir en cinq, six jours, le dispatcheur lui dit qu'il s'efforcerait de lui envoyer quelqu'un au plus tôt.

Augustin ne pouvait rester là à attendre, en se tournant les pouces. La radio annonça qu'une horde de singes désemparés par la tempête avait envahi un quartier résidentiel du côté de Quail Roost Drive, à quelques kilomètres de la ménagerie. Augustin entassa immédiatement dans son pick-up le fusil hypodermique de son oncle, deux épuisettes à long manche, un calibre .38 Spécial chargé et un sac de deux kilos et demi de boustifaille pour singes détrempée.

Que pouvait-il faire d'autre ? Il ne voyait pas.

Quadrillant les environs à la recherche de son mari, Bonnie Lamb rencontra le garçon aux yeux tristes et à la bicyclette pliée. La description qu'il lui fit d'un connard de touriste à caméscope ne collait que trop bien à Max.

— Il a poursuivi le singe, dit le garçon.

— Quel singe ? demanda Bonnie.

Le garçon lui expliqua le topo. Bonnie encaissa l'info avec calme.

— Et ils sont partis par où ?

Le garçon lui montra la direction. Bonnie le remercia et lui proposa de l'aider à désemboîter sa bicyclette de l'arbre. Mais le garçon lui opposa une fin de non-recevoir, aussi poursuivit-elle son chemin.

L'histoire du singe éberluait Bonnie, mais la plupart des questions qui lui taraudaient l'esprit avaient trait à la personnalité de Max Lamb. Comment un homme pouvait-il se tirer comme ça en oubliant complètement sa toute nouvelle épouse ? Pourquoi était-il si fasciné par les dégâts occasionnés par le cyclone ?

Comment pouvait-il faire intrusion avec une telle cruauté mentale dans les souffrances des habitants du lieu ?

Pendant les deux années où il l'avait courtisée, Max n'avait jamais fait preuve d'insensibilité. Il pouvait par moments avoir des crises d'immaturité et d'égocentrisme, mais Bonnie n'avait connu aucun homme qui n'en piquait pas. En règle générale, Max était une personne responsable et pleine d'attentions ; il ne travaillait pas seulement dur, il atteignait ses buts. Bonnie appréciait cette qualité, car ses deux ex précédents avaient une vision décontract du concept d'emploi à plein temps. Max l'impressionnait par son sérieux et sa motivation, sa détermination affichée à atteindre succès professionnel et réussite matérielle. À trente ans, Bonnie était à un stade de sa vie où la perspective de la sécurité lui souriait ; elle était fatiguée des problèmes de fric et des hommes qui n'en avaient pas. En outre, elle trouvait sincèrement Max Lamb séduisant. Il n'était ni exceptionnellement beau ni franchement romantique, mais il était sincère — comme un gamin ; totalement, éperdument sincère. Son sérieux, même au lit, était touchant. C'était un homme auquel Bonnie jugeait qu'elle pouvait se fier.

Jusqu'à aujourd'hui, où il avait commencé à se comporter comme le dernier des salauds.

L'expédition hypermatinale à Miami lui avait d'abord semblé une lubie de lune de miel — une façon pour Max de montrer à sa femme qu'il pouvait être aussi fantasque et impulsif que ses ex-petits copains. Passant outre à son instinct, Bonnie avait joué le jeu. Elle était persuadée qu'en voyant de près les terribles destructions du cyclone, Max mettrait fin à ses ambitions de documentariste en herbe, qu'il planterait là son caméscope et rejoindrait le corps des secouristes bénévoles, qui arrivaient par autocars entiers.

Mais non. Il n'avait pas cessé de filmer, son excitation grandissant de minute en minute jusqu'à ce que Bonnie n'ait pu en supporter davantage. Quand il lui avait demandé de filmer tandis qu'il prenait la pose près d'une familiale retournée, Bonnie avait failli le cogner. Elle avait cessé de lui coller aux basques parce qu'elle ne tenait pas à être vue en sa compagnie. Son propre mari !

Dans une maison éventrée, elle aperçut une vieille dame, de l'âge de sa mère, se déplaçant parmi le mobilier démantibulé d'une chambre. La femme appelait son chaton qui avait disparu dans la tempête. Bonnie Lamb lui proposa de l'aider dans ses recherches. Le chat ne réapparut pas, mais Bonnie retrouva l'album de mariage de la vieille dame sous un miroir fracassé. Bonnie récupéra l'album en ôtant les éclats de verre : il était trempé mais intact. Elle l'ouvrit à la page de garde qui portait la date du 11 décembre 1949. En voyant l'album, la vieille dame s'effondra dans les bras de Bonnie. Un peu honteuse, Bonnie jeta un coup d'œil alentour pour s'assurer que Max ne les filmait pas à leur insu. Puis elle se mit à sangloter, elle aussi.

Un peu plus tard, résolue à affronter son mari, Bonnie Lamb se lança à sa recherche. S'il refusait de lâcher son stupide caméscope, elle lui réclamerait les clés de la voiture de location. Ça promettait d'être la première épreuve de force de leur mariage tout neuf.

Deux heures s'écoulèrent et toujours aucun signe de vie de Max : la colère de Bonnie se dissipa en inquiétude. L'histoire que lui avait racontée le gamin à la bicyclette cassée aurait été en temps normal du plus haut comique, mais Bonnie la prit comme une preuve supplémentaire de l'obsession téméraire de Max. Il avait peur des animaux, même des hamsters, travers qu'il mettait sur le compte d'un traumatisme enfantin des plus vagues ; se lancer aux trousses d'un singe sauvage était radicalement étranger à son caractère. D'un autre côté, Max adorait son sacré caméscope. Plus d'une fois, il avait rappelé à Bonnie qu'il l'avait payé sept cents dollars, l'ayant fait venir de Hongkong. Elle pouvait facilement se le représenter en train de poursuivre un investissement de sept cents dollars dans la rue. Elle pouvait même se le représenter en train d'étrangler le singe de ses propres mains pour le lui reprendre, si nécessaire.

Une autre bourrasque survint et Bonnie jura entre ses dents. Il ne restait plus grand-chose debout pour s'abriter. Elle eut un frisson en sentant des gouttes de pluie lui couler dans le cou, puis décida de retourner à la voiture de location et d'y attendre Max. Sauf qu'elle n'était plus très sûre de l'endroit où elle était garée — sans plaques de rues ni boîtes aux lettres, chaque pâté de maisons détruites avait un air de famille avec son voisin. Bonnie Lamb était bel et bien perdue.

Elle voyait les hélicoptères tourner au-dessus de sa tête, entendait le chœur des sirènes au loin, cependant, dans les rues du quartier, il n'y avait ni policiers, ni soldats, ni aucune autorité constituée auprès de laquelle signaler la disparition de son mari. Épuisée, Bonnie s'assit au bord du trottoir. Pour rester au sec, elle tâcha d'équilibrer un grand morceau de contreplaqué sur sa tête. Une rafale s'engouffra par en dessous et renversa Bonnie ; en tombant, un coin de la planche la frappa durement et lui écorcha le front.

Elle demeura étendue quelques instants, légèrement sonnée, les yeux tournés vers le ciel boueux, clignant au gré des gouttes de pluie. Un homme apparut, au-dessus d'elle, un petit fusil en bandoulière.

— Laissez-moi vous donner un coup de main, fit-il.

Bonnie lui permit de la relever de l'herbe mouillée. Elle remarqua que son chemisier était trempé et se masqua timidement les seins de ses bras croisés. L'homme ramassa la feuille de contreplaqué et l'appuya en angle contre un poteau électrique en béton. Bonnie et lui purent ainsi s'y abriter de la pluie cinglante.

L'homme avait la petite trentaine ; bronzé et large d'épaules, il avait l'air d'avoir des bras solides. Il avait les cheveux châtains coupés courts, un menton en lame de couteau, l'œil bleu et amical. Il portait des chaussures de rando Rockport, ce qui soulageait Bonnie quelque part. Elle voyait mal un *serial killer* aller se choisir des Rockport.

— Vous habitez par ici ? demanda-t-elle.

L'homme fit non de la tête.

— Coral Gables.

— Il est chargé ?

— Si on veut, répondit-il sans plus de détails.

— Moi, c'est Bonnie.

— Et moi, Augustin.

— Et vous fichez quoi dans le coin ? demanda-t-elle.

— Croyez-le ou pas, je cherche mes singes, répondit-il.

Bonnie Lamb sourit.

— Quelle coïncidence.

Max Lamb se réveilla avec un mal de crâne qui promettait d'empirer. Il découvrit qu'il était attaché à un pin, en sous-vêtements. Le géant à l'œil de verre, l'homme qui l'avait embarqué dans la rue comme s'il n'était qu'un vulgaire bambin, effectuait une sorte de danse de Saint-Guy dans une clairière feuillue, non loin du campement. L'impressionnante crise une fois terminée, le kidnappeur adopta la posture du lotus. Max Lamb remarqua que le type portait un large collier noir. Dans une main, il tenait un cylindre luisant qui rappelait à Max la télécommande d'une voiture en modèle réduit. Ledit cylindre était muni d'une petite antenne de caoutchouc et de trois boutons de couleur.

— Trop de jus, beaucoup trop..., marmonnait le

borgne, coiffé d'un minable bonnet de douche en plastique.

Max l'aurait rangé dans la catégorie S.D.F. et compagnie, n'eussent été les dents ; le kidnappeur aurait fait le désespoir de tout orthodontiste digne de ce nom.

L'homme semblait ne pas s'apercevoir que son prisonnier l'observait. Il étendit délibérément les jambes pour se caler, prit deux profondes inspirations et poussa un bouton rouge sur la télécommande cylindrique. Son corps fut saisi sur-le-champ de soubresauts comme une énorme marionnette disloquée. Max Lamb, immobilisé, regarda l'inconnu se tortiller à travers les feuillages en direction du feu. Il avait ses bottes dans les flammes quand sa crise prit fin. L'homme se releva alors avec une promptitude confondante, tapant des pieds — de taille, eux aussi — jusqu'à ce que ses semelles refroidissent.

Il porta la main à son cou.

— Bon Dieu, voilà qui est mieux.

Max en conclut qu'il faisait un cauchemar et ferma les yeux. Quand il les rouvrit, beaucoup plus tard, il vit qu'on avait réalimenté le feu. Le kidnappeur borgne était accroupi tout près ; il n'avait plus rien autour du cou. Il nourrissait de biscuits Oreo le singe chapardeur, qui semblait retrouver des forces. Max était plus certain que jamais que le spectacle dont il avait été témoin précédemment n'était qu'un rêve. Il se sentit prêt à faire entendre sa voix.

— Où est mon caméscope ? demanda-t-il.

Le kidnappeur se leva ; il riait dans sa barbe en bataille.

— Parfait, fit-il. « Où est mon caméscope ? » Vraiment parfait.

Adoptant à ses risques et périls un ton suffisant, Max Lamb continua ainsi :

— Relâchez-moi, mon vieux. À moins que vous ne teniez *vraiment* à vous retrouver en prison ?

— Ah, fit l'inconnu, tendant la main vers le cylindre d'un noir brillant.

Une décharge de feu transperça le cou de Max Lamb. Il frissonna violemment, le souffle coupé. Il avait sur la langue un goût de cuivre chaud. Des éclairs cramoisis zébraient la nuit. Max hoquetait des bredouillis de terreur.

— Électro-collier, expliqua le kidnappeur sans nécessité. Modèle Tri-Tronics 200. Trois niveaux de stimulation. Portée : un kilomètre cinq. Piles nickel-cadmium rechargeables. Garanti trois ans.

Max le sentait maintenant, du cuir rigide contre la peau tendre du cou.

— Dernier cri, fit l'inconnu. T'es ornithologue ?

Max articula « non » de ses lèvres.

— Eh bien, fais-moi confiance. Les dresseurs ne jurent que par ces bidules. Les clebs reçoivent le message cinq sur cinq fissa, même les labradors.

L'inconnu jouait avec la télécommande comme un flic avec sa matraque.

— Moi, je pourrais jamais mettre ça à un animal. Le fait est, je pouvais pas l'essayer sur *toi* sans l'avoir d'abord essayé sur moi. Mon grand cœur me perdra !

Le kidnappeur grattouilla le haut du crâne du singe. Celui-ci fit un saut en arrière en montrant les dents. Elles étaient minuscules, constellées de noir par des miettes d'Oreo. Le kidnappeur s'esclaffa.

— Éloignez-le de moi ! fit Max d'une voix chevrotante.

— Tu craques pas sur les animaux, hein ?

— Qu'est-ce que vous voulez ?

L'inconnu se tourna vers le feu.

— De l'argent ? fit Max. Vous n'avez qu'à prendre tout ce que j'ai.

— Merde, ce que t'es lourd.

L'inconnu pressa le bouton rouge et Max tressauta brièvement entre ses liens. Le singe se carapata, hors du cercle de lumière du feu.

Max, en relevant les yeux, vit le dingue en train de le filmer avec son caméscope !

— Fais risette, lui dit l'inconnu, son œil valide collé au viseur.

Max Lamb piqua un fard. Il se sentait pâle et minable dans ses sous-vêtements.

— Je pourrais expédier ça chez Rodale & Burns, qu'est-ce que t'en penses ? fit l'inconnu. Pour la grande sauterie de Noël de l'agence ? « Comment j'ai passé mes vacances en Floride », tête d'affiche, Max Léo Lamb.

Max flippa comme une bête. Rodale & Burns était l'agence de pub de Madison Avenue dans laquelle il travaillait. Le fou furieux avait fouillé son portefeuille.

— On m'appelle Skink, fit le kidnappeur.

Il arrêta le caméscope et revissa soigneusement le capuchon sur l'objectif.

— Mais je préfère qu'on me dise « capitaine ».

— Capitaine comment ?

— Apparemment, le cyclone t'a fait une forte impression.

L'inconnu rangea le caméscope dans une poche de toile.

— Pour ma part, il m'a déçu. J'espérais quelque chose de plus... biblique, disons.

Max Lamb fit remarquer le plus respectueusement possible :

— Il m'a paru plutôt rude à moi.

— T'as faim ?

Le kidnappeur apporta un sac de grosse toile jusqu'à l'arbre où il avait ligoté son prisonnier.

— Oh mon Dieu, fit Max Lamb en regardant le contenu du sac. Vous plaisantez sans doute.

4.

Trônant dans le fauteuil relax comme un thon empaillé, Tony Torres encouragea Edie Marsh et Niaqueur à lui révéler le détail de leur arnaque avortée. Face à une carabine chargée, ils obtempérèrent.

Niaqueur fit un signe à Edie, qui expliqua :

— Simple comme bonjour. Je fais semblant d'être victime d'une chute dans votre allée. Mon « frère » ici présent menace de vous poursuivre. Pris de panique, vous nous proposez du fric.

— Parce que vous autres, fit Tony, écrasant d'une tape un moustique sur le lard de son cou, vous êtes déjà au courant que je vais palper un pacson de thune, because le cyclone. La thune de l'assurance.

— Tout à fait, avoua Edie Marsh. Votre maison n'est plus qu'une ruine, la dernière chose dont vous avez envie, c'est bien d'un procès. Alors Niaqueur, il fait comme ça, j'ai une idée : « Dès que le fric du cyclone rentrera, vous nous en filerez une part et on en restera là. »

Tony Torres se suçotait les dents, au comble de l'amusement.

— Et de quelle grosseur, la part, beauté ?

— Tout ce qu'on aurait pu vous piquer.

— Ah, fit Tony.

— On s'était dit que vous nous incluriez dans la déclaration de sinistre. Que vous gonfleriez vos pertes de quelques billets de mille, qui l'aurait su ?

— Superbe, fit Tony.

— Ah ouais, génial, putain, dit Niaqueur. Y a qu'à voir comment ça a super bien tourné.

Edie et lui étaient assis, le dos contre le mur du salon ; Niaqueur avait replié ses longues jambes, Edie avait allongé les siennes, les genoux serrés. L'image même de l'innocence, songeait Tony Torres. Les mailles filées de ses bas ajoutaient une pointe de coquetterie au tableau.

La moquette était trempée, mais Edie Marsh ne s'en plaignit pas. Niaqueur sentait l'humidité imbiber le fond de son pantalon habillé — cette contrariété suffirait à lui faire tuer Tony Torres si la moindre occasion se présentait.

Plongé dans ses pensées, le V.R.P. sirotait à même une bouteille de bière importée. Il avait offert à ses prisonniers un quart de Gatorade tiède, qu'ils avaient refusé sans autre commentaire. Une brise humide soufflait à travers les fentes des murs et faisait se balancer l'ampoule nue de soixante watts au bout de son rayon. Edie Marsh, inclinant la tête, vit un semis d'étoiles là où se trouvait autrefois le plafond de Tony. Le boucan du groupe électrogène filait à Niaqueur un mal de tête carabiné.

Bientôt, Tony Torres dit :

— Vous comprenez bien qu'y a pas de loi qui tienne. Le monde est sens dessus dessous, du moins pour le moment.

— Vous pourriez nous liquider et vous en tirer les doigts dans le nez, c'est ça que vous voulez dire, fit Niaqueur.

Edie le regarda.

— Tu es d'une aide fabuleuse, là.

Tony précisa qu'il préférait ne pas les abattre.

— Mais voilà ce que je pense, dit-il. Demain ou après-demain, peut-être, quelqu'un de chez Midwest Assurances viendra juger sur pièces la maison. À moins qu'il ne soit myope comme une taupe, il doit la déclarer sinistrée à cent pour cent. Bref, la bonne nouvelle : il se trouve qu'elle m'appartient sans reliquat. J'ai fini de la payer en mars dernier.

Tony Torres s'interrompit pour étouffer un rot.

— J'ai eu une bonne passe au bureau, alors vogue la galère. J'ai remboursé le prêt d'un seul coup.

— « Meilleur vendeur de l'année », fit Edie Marsh, qui avait remarqué le diplôme.

— Monsieur, la moquette est trempée, intervint Niaqueur, vous auriez pas un truc que je pourrais me fourrer sous le cul ? Un journal, peut-être ?

— Oh, d'après moi, t'en mourras pas, rétorqua le V.R.P. Bref, comme la maison n'appartient plus à la banque, l'assurance me reviendra *in extenso*. Comme je l'ai dit, ça c'est la bonne nouvelle ; la mauvaise, c'est que la moitié appartient à ma femme. Son nom figure sur le contrat.

Niaqueur demanda où elle se trouvait. Tony Torres répondit qu'elle s'était tirée trois mois plus tôt avec un parapsychologue, prof de fac. Il ajouta qu'ils s'étaient lancés dans la guérison par les cristaux et installés à Eugene, dans l'Oregon.

— Dans un van VW ! railla-t-il. Mais elle reviendra chercher sa part. Aucun doute, là-dessus. Néria reviendra. Vous voyez où je veux en venir ?

— Ouais, fit Niaqueur. Vous voulez qu'on bute votre femme.

— Merde, quel esprit obtus. Non, je veux pas que vous *butiez* ma femme.

Le V.R.P. en appela à Edie Marsh.

— Vous avez pigé, vous, non ? Avant de se fendre d'un chèque, la compagnie d'assurances aura besoin de nos deux signatures. La mienne et celle de bobonne. Et je crois aussi que l'expert pourrait vouloir bavarder en tête à tête. Comment vous avez dit que vous vous appeliez déjà ?

— Edie.

— O.K., Edie, si vous voulez tenter votre chance

comme actrice, c'est le moment. Quand le type de Midwest Assurances se pointera, vous serez Néria Torres. Mon épouse bien-aimée.

Cette idée provoqua un petit sourire salace chez Tony.

— Alors, qu'est-ce que vous en dites ?

Edie Marsh lui demanda ce que ça lui rapporterait et Tony Torres lui répondit dix mille. Edie demanda à réfléchir, ce qui lui prit exactement un centième de seconde. Elle avait trop besoin de fric.

— Et moi, là-dedans ? demanda Niaqueur.

— J'ai toujours rêvé d'un garde du corps, fit Tony.

Niaqueur émit un grognement de scepticisme.

— Combien ?

— Dix mille pour toi aussi. C'est plus qu'honnête.

Niaqueur l'admit.

— Et pourquoi, demanda-t-il avec un soupçon de mépris, vous avez besoin d'un garde du corps ?

— Certains de mes clients ne m'ont vraiment pas à la bonne. C'est une longue histoire, très chiante.

— Pas à la bonne à quel degré ? fit Edie Marsh.

— J'ai pas l'intention de creuser, dit Tony. Dès que j'ai le chèque, bonsoir la compagnie, je me casse.

— Où ça ?

— Pas vos oignons.

Le Middle West était ce que Tony avait en tête. Une belle maison d'un étage avec véranda et cheminée, sur un demi-hectare de terrain, à la sortie de Tulsa. Ce qui attirait Tony vers cette région, c'était l'absence de cyclones. Il y avait bien des tornades à foison, mais personne n'attendait que toute construction de main d'homme (et moins encore un mobile home) puisse résister à la force terrible d'une tornade. Personne n'y blâmerait un vendeur de caravanes F-2 qu'elles finissent en pièces détachées, car telle était la nature céleste des tornades. Tony Torres s'imaginait à l'abri de tout client mécontent à Tulsa.

— Si je dois faire garde du corps, dit Niaqueur, faut que je récupère mon flingue.

— Pas question, fit Tony en souriant. T'as une gueule à couper l'envie de pisser à la plupart des mortels. Ce qui tombe à pic, parce que ceux qui ont une dent contre moi, c'est pas vraiment la peine de leur tirer dessus. Suffit de leur flanquer la frousse. Tu suis mon raisonnement ?

Il s'arma d'un bout de tuyauterie de salle de bains et réduisit le pistolet de Niaqueur en miettes.

— J'ai moi aussi une question, fit Edie Marsh.

— Eh bien, soulage ton cœur.

— Qu'est-ce qui se passe si votre femme se pointe ?

— On a probablement cinq six jours de répit, fit Tony Torres. Le temps qu'il faut pour rappliquer avec une vieille casserole de l'Oregon. Faut savoir que Néria prendra pas l'avion. Elle a une trouille bleue de voler.

Niaqueur fit remarquer qu'il était bien connu que le fric donnait des ailes au volant ou même pouvait faire surmonter la peur de prendre les airs. Tony répondit qu'il n'avait pas d'inquiétude.

— On a dit à la radio que State Farm et Allstate déclenchaient déjà des règlements. Midwest Assurances ne tardera pas à leur emboîter le pas — écoutez, aucune compagnie ne veut passer pour radin lors d'une catastrophe nationale.

Edie demanda à Tony Torres s'il avait l'intention de les retenir prisonniers. Il partit d'un gros rire gras en disant, ah ben non, merde, vous pouvez faire alonzi alonzo quand ça vous chante. Edie se leva aussi sec et annonça qu'elle rentrait au motel. Niaqueur se leva à son tour avec méfiance, sans quitter des yeux la carabine.

— Pourquoi vous faites ça ? demanda-t-il à Tony. Je veux dire nous laisser nous casser d'ici ?

— Parce que vous allez revenir, répondit le V.R.P. À tous les coups, c'est écrit dans vos yeux.

— Vraiment ? fit Edie, d'un ton acerbe.

— Vraiment, beauté. Lire les gens à livre ouvert, c'est mon gagne-pain.

Tony Torres se hissa hors du fauteuil relax dans un crissement de skaï.

— Faut que j'aille pisser un coup, lança-t-il à la compagnie. Puis avec un petit rire de tête : Vous trouverez bien la sortie tout seuls !

Pendant leur lent retour vers Pembroke Pines, Edie Marsh et Niaqueur ruminèrent les choix à leur portée. Ils étaient tous deux fauchés comme les blés. Ils voyaient tous deux dans le bordel ambiant postcyclonique une aubaine en or. Et tombèrent d'accord tous deux que dix mille dollars, c'était bien payé pour une semaine de boulot.

— Le problème, fit Edie, c'est que je le sens pas, ce connard. Qu'est-ce qu'il vend déjà ?

— Des mobile homes.

— Bon Dieu.

— Alors, y a qu'à aller voir ailleurs, fit Niaqueur, sans grande conviction. Et retenter le coup avec quelqu'un d'autre.

Edie contemplait la sale estafilade qu'elle s'était auto-infligée sur le bras. Jouer la comédie sous un tas de bois s'était révélé plus inconfortable que prévu. Elle n'était pas très chaude pour recommencer ce cirque.

— Je vais marcher dans la combine de cet enculé un jour ou deux, dit-elle à Niaqueur. Toi, tu fais comme tu veux.

Niaqueur arrangea sa tronche en biais dans ce qui pouvait passer pour un large sourire.

— Je sais ce que t'as derrière la tête. Je suis pas V.R.P., mais je peux lire dans tes pensées, tout pareil. D'après toi, y a plus de dix mille à se prendre dans ce coup-là, si tu sais y faire. Si *on* sait y faire.

— Peut-être.

Edie Marsh pressa sa joue contre la fraîcheur de la vitre.

— Il est grand temps que la chance me sourie.

— *Nous* sourie, rectifia Niaqueur, agrippant le volant à deux mains.

Augustin aida Bonnie Lamb à chercher son mari jusqu'à la tombée de la nuit. S'ils échouèrent à localiser Max, en cours de route, ils tombèrent sur un rhésus mâle en cavale. Juché sur un pamplemoussier, il bombardait de fruits verts tout humain passant à sa portée. Augustin déquilla l'animal d'une fléchette hypodermique, et il s'affaissa comme une marionnette. Augustin fut consterné de découvrir une marque à son oreille, l'estampillant comme propriété de l'Université de Miami.

Il avait capturé le singe d'autrui.

— Et maintenant, qu'est-ce qu'on fait ? demanda Bonnie Lamb, les pieds sur terre.

Elle tendit la main pour caresser la bête estourbie, mais changea d'avis. Le singe l'évaluait dans le cirage entre ses yeux mi-clos.

— Vous êtes bon tireur, dit-elle à Augustin.

Il n'écoutait pas.

— C'est pas bien, ça, marmonna-t-il.

Il porta le singe tout mou jusqu'au pamplemoussier et le cala en douceur à la fourche de deux branches. Puis il ramena Bonnie au pick-up.

— Il va bientôt faire nuit, dit-il. Et j'ai oublié d'emporter ma torche électrique.

Ils roulèrent dans le quartier encore un quart d'heure avant que Bonnie n'aperçoive la voiture de location. Pas de Max à l'horizon. Quelqu'un avait forcé le coffre et volé tous leurs bagages, y compris le sac à main de Bonnie.

— Saletés de mômes, fit Augustin.

Bonnie était trop crevée pour pleurer. Max avait sur

lui les clés de la voiture, les cartes de crédit, l'argent liquide et les billets d'avion.

— Faut que je trouve un téléphone, dit-elle.

Ses parents pourraient lui télégraphier un peu d'argent.

Augustin roula jusqu'à un barrage de police, où Bonnie signala la disparition de son mari. Il n'était qu'un parmi nombre d'autres et loin d'être en tête de liste. Des milliers de personnes qui avaient fui leur domicile pendant l'ouragan étaient recherchées par leurs parents fous d'inquiétude. Pour les sauveteurs, réunir les familles de la région passait en priorité ; retrouver des touristes en goguette, bien après.

Une batterie de six téléphones avait été dressée près du barrage de police, mais les queues étaient longues. Bonnie prit la file la plus courte et s'arma de patience. Elle remercia Augustin de son aide.

— Qu'est-ce que vous allez faire, cette nuit ? demanda-t-il.

— Ça ira.

Bonnie sursauta en l'entendant lui répondre :

— Non, ça ira pas du tout.

Il la prit par la main et la ramena au pick-up. Bonnie songea que normalement elle aurait dû avoir peur, mais de manière tout à fait illogique elle se sentait parfaitement en sécurité auprès de ce total inconnu. Elle songeait aussi que, normalement, la disparition de son mari aurait dû la plonger dans la panique, mais au lieu de ça elle éprouvait un calme et une lucidité des plus déplacés. L'épuisement, sans doute, se dit-elle.

Augustin revint à la voiture de location pillée. Il griffonna sur un bout de papier qu'il glissa sous l'un des essuie-glaces.

— Mon numéro de téléphone, dit-il à Bonnie. Au cas où votre mari se pointerait un peu plus tard dans la soirée. Comme ça, il saura où vous contacter.

— On va chez vous ?

— Oui.

Dans l'obscurité, elle ne pouvait distinguer l'expression d'Augustin.

— C'est de la démence pure par ici, dit-il. Ces abrutis tirent sur tout ce qui bouge.

Bonnie approuva. Elle avait entendu des coups de feu au loin, dans toutes les directions. *Le comté de Dade est un camp retranché,* les avait avertis leur agent de voyages. Un circuit suicide, il avait appelé ça. *Faut être fou pour mettre les pieds au sud d'Orlando.*

Ce fou de Max, songea Bonnie. Qu'est-ce qui lui était passé par la tête ? Il était possédé ou quoi ?

— Vous savez pourquoi mon mari a voulu venir jusqu'ici ? dit-elle. Vous savez ce qu'il faisait quand il a disparu ? Il filmait les maisons en ruine. Et aussi les gens.

— Pourquoi ? demanda Augustin.

— Vidéos de famille. Pour les montrer à ses potes, une fois de retour là-haut, dans le Nord.

— Merde, c'est...

— Dégueulasse, fit Bonnie. Y a pas d'autre mot. Dégueulasse.

Augustin n'ajouta rien. Il progressait lentement vers l'autoroute à péage. La futilité de sa chasse aux singes sautait aux yeux ; Augustin dut admettre que la plupart des animaux sauvages de feu son oncle étaient irrémédiablement perdus. Les mammifères les plus gros révéleraient inévitablement leur présence — à savoir le buffle du Cap, les ours, les pumas — et le résultat en serait immanquablement malheureux. Entre-temps, serpents et crocodiles fêtaient sans doute leur liberté retrouvée en copulant joyeusement dans les Everglades, assurant par là à leur espèce un solide enracinement dans leur nouvel habitat tropical. Augustin trouvait moralement répréhensible d'interférer dans le processus. Un cobra échappé avait autant de droits naturels à vivre en Floride que tous ces retraités de l'industrie du vêtement du Queens. La sélection naturelle ferait son œuvre. L'épreuve s'appliquait tout autant à un Max Lamb, mais sa femme faisait de la peine à Augustin. Il ferait une croix sur ses principes et l'aiderait à retrouver son mari.

Il roulait pleins phares, car il n'y avait plus d'éclairage public et les rues étaient parsemées d'un gymkhana d'arbres et de poteaux électriques abattus, de monceaux de bois et de métal tordu, d'appareils ménagers cabossés et de canapés éventrés. Ils aperçurent une maison de poupée Barbie, un lit à baldaquin, un antique cabinet de porcelaine, un fauteuil roulant pour enfant, une machine à écrire, un fatras de clubs de golf et un jacuzzi en cèdre, fendu en deux comme une noix de coco — Bonnie, devant ce spectacle, déclara que c'était comme si un énorme poing surnaturel s'était emparé de l'existence de cent mille individus et en avait éparpillé le contenu sur le reste de la création.

Augustin pensait plus prosaïquement à un raid de B-52.

— C'est votre premier cyclone ? demanda Bonnie.

— Techniquement, non.

Il donna un coup de freins pour contourner le cadavre d'une vache, qui étalait sa boursouflure sur la ligne médiane.

— J'ai été conçu pendant le cyclone Donna — du moins à en croire ma mère. Un bébé cyclonique. C'était en 1960. Betsy, je m'en souviens à peine, parce que j'avais cinq ans. On a perdu quelques citronniers dans l'affaire, mais la maison a tenu bon.

— Je trouve ça plutôt romantique d'être conçu en plein cyclone, dit Bonnie.

— Ma mère disait que c'était dans l'ordre des choses étant donné ce que je suis devenu.

— Et vous êtes devenu *quoi* ? demanda Bonnie.

— Les opinions divergent.

Le pick-up se faufila dans une queue de véhicules

fuyant la zone sinistrée qui gravissait en se traînant la bretelle d'accès à l'autoroute à péage en direction du nord. Une Ford rouillée, la plaque de guingois immatriculée en Géorgie, leur fit une queue de poisson. La voiture était pleine d'ouvriers du bâtiment itinérants qui étaient sur les routes depuis plusieurs jours d'affilée et qui avaient apparemment passé tout ce temps à boire. Le conducteur, un blond poilu aux dents verdâtres, lorgna Bonnie Lamb et lui gueula une vanne obscène. D'une main, Augustin attrapa le petit fusil derrière son siège. Le coinçant contre le montant de la portière, il tira une fléchette hypodermique pile poil dans le bide de ce beauf de chauffeur qui, avec un couinement, piqua du nez sur les genoux d'un de ses potes.

— Non, mais des fois, et la politesse, fit Augustin.

Il emballa le moteur et poussa la Ford immobilisée sur le bas-côté de la route.

— Bon Dieu, dans quoi me suis-je embarquée, se dit Bonnie.

Ils levèrent le camp à minuit — Max Lamb, le singe rhésus et celui qui disait s'appeler Skink. Max fut reconnaissant au type de l'avoir laissé remettre ses chaussures, car ils marchèrent pendant des heures dans l'obscurité la plus totale à travers marécages profonds et buissons d'épineux. Les jambes nues de Max zébrées d'égratignures le démangeaient sous les piqûres d'insectes. Il avait horriblement faim, mais ne se plaignit pas, sachant que l'homme lui avait mis de côté le râble du raton laveur qu'il avait fait bouillir pour le dîner. Max n'en voulait aucun morceau.

Ils atteignirent un canal. Skink détacha les mains de Max, puis le collier de chien et lui enjoignit de nager. Max était à mi-parcours quand il aperçut l'alligator bleu-noir se glisser hors de la laîche. Skink lui dit d'arrêter de geindre et de s'activer les pinceaux ;

de son côté, il nageait avec le singe ragaillardi, perché sur sa tête. Dans l'une de ses pognes énormes, il tenait le précieux Sony de Max et la télécommande du collier de chien, très au-dessus de l'eau.

Après avoir joué des pieds et des mains jusqu'à la berge, Max dit :

— On peut se reposer un peu, capitaine ?

— T'as déjà vu une sangsue ? Parce que t'en as une belle sur la joue.

Une fois que Max eut fini de se donner des claques, Skink lui rattacha les poignets et lui remit le collier. Puis il lui pulvérisa de l'antimoustiques sur le corps. Max le gratifia d'un merci rauque.

— Où sommes-nous ? demanda-t-il.

— Dans les Everglades, répondit Skink. À un poil près.

— Vous m'avez promis que je pourrais appeler ma femme.

— Bientôt.

Ils se dirigèrent vers l'ouest, avançant avec difficulté parmi les bouquets de choux palmistes et les pinèdes déchiquetées par la tempête. Le singe caracolait en tête, faisant main basse sur les baies sauvages et les fruits verts.

— Vous allez me tuer ? demanda Max.

Skink s'arrêta de marcher.

— Chaque fois que tu me poseras cette question débile, t'auras droit à ta dose.

Il mit la télécommande au niveau minimum.

— Prêt ?

Max Lamb serra les dents. Skink le titilla d'une légère décharge. Le touriste tressauta stoïquement. Ils atteignirent bientôt un village miccosukee qui avait moins souffert que Max ne l'aurait cru. En voyant les Indiens levés et faisant la cuisine, Max en déduisit que l'aube approchait. Les enfants se tenaient sur le pas des portes et regardaient timidement les deux étranges visages pâles : Skink, sa chevelure embroussaillée, son œil de verre insolite et son singe pelé, Max Lamb, ses sous-vêtements salis et son collier de chien.

Skink s'arrêta devant une maisonnette en bois et s'entretint tranquillement avec un ancien Miccosukee, qui sortit un portable. En détachant Max, Skink le prévint :

— T'as droit qu'à un appel, point trait. Il m'a dit qu'il n'y avait plus beaucoup de batterie.

Max prit alors conscience qu'il ne savait pas comment joindre sa femme. Il n'avait aucune idée de l'endroit où elle se trouvait. Aussi appela-t-il leur appartement de New York, laissant un message sur le répondeur.

— Mon chou, on m'a kidnappé...

— Enlevé ! le coupa Skink. Kidnapping égale demande de rançon, Max. Te hausse pas du col.

— Va pour « enlevé ». Mon chou, on m'a enlevé. Je ne peux pas t'en dire beaucoup plus sauf que je suis en bonne santé, tout bien considéré. Préviens mes parents, s'il te plaît, et appelle aussi Pete à l'agence pour le projet du panneau Bronco. Dis-lui que la bagnole de course devrait être rouge, pas bleue. Le dossier est sur mon bureau... Bonnie, je ne sais pas trop qui m'a enlevé ni pourquoi, mais je crois que je ne vais pas tarder à le savoir. Mon Dieu, j'espère que tu auras ce message...

Skink lui arracha le portable.

— Je t'aime, Bonnie, ajouta-t-il. Max a oublié de vous le dire, alors je le fais à sa place. Bye.

Ils mangèrent avec les Miccosukee, qui déclinèrent le raton laveur bouilli que leur proposa Skink, mais partagèrent avec eux de généreuses portions de poisson-lune frit, d'ignames et de muffins à la farine de maïs, le tout arrosé de jus de fruits. Max Lamb mangea de bon appétit mais, n'oubliant pas le collier de chien, se tint coi. Après le petit déjeuner, Skink attacha Max à un poteau en cyprès et disparut en compagnie de plusieurs hommes de la tribu. À son retour, il annonça qu'il était temps de partir.

— Où sont mes affaires ? demanda Max, qui s'inquiétait de ses vêtements et de son portefeuille.

— Là-dedans.

Skink désigna du pouce son petit sac à dos.

— Et mon Sony ?

— Je l'ai donné à l'ancien. Il a sept petits-enfants, alors il va s'en donner à cœur joie.

— Et mes cassettes ?

Skink éclata de rire.

— Il a adoré. Faut dire que l'attaque du singe, on voit pas ça tous les jours. Lève les bras, Max.

Il gratifia son prisonnier d'une nouvelle giclée d'antimoustiques.

— Ce caméscope m'a coûté pas loin de neuf cents dollars, fit Max, la mine sombre.

— C'est pas comme si je le lui avais donné. Je l'ai troqué.

— Contre quoi ?

Skink lui tapota l'épaule.

— Je parie que t'as jamais fait d'hydroglisseur.

— Oh non. Je vous en prie, pas ça.

— Eh oh, tu voulais voir la Floride, oui ou non ?

Ce n'était pas une sinécure d'être black et policier de la route en Floride. Ça l'était encore moins si vous aviez une relation intime avec l'une de vos collègues blanche de peau, telle celle que Jim Tile entretenait avec Brenda Rourke.

Ils s'étaient connus lors d'un séminaire de formation concernant les derniers gadgets pour chronométrer les excès de vitesse. Dans la salle de cours, ils étaient assis l'un à côté de l'autre. Jim Tile avait d'emblée bien aimé Brenda Rourke. Elle avait une conception du job très saine, frappée au coin du bon sens, et elle le faisait rire. Ils échangeaient des anecdotes sur les interpellations d'automobilistes délirantes, le salaire merdique et la bureaucratie pas possible de la F.H.P. Parce qu'il était black, ce qui n'était pas courant dans ce corps, Jim Tile était rarement à l'aise dans une pièce pleine de flics de la route d'État. Mais il se sentait bien près de Brenda Rourke, en partie parce qu'elle aussi était représentante d'une minorité ; la police de la route comptait encore moins de femmes dans ses rangs que de Blacks ou de Latinos. Pendant un cours, un beauf grand teint fusilla Jim d'un sale œil, histoire de lui rappeler que l'agent Rourke était une femme blanche et que ça ne comptait pas encore pour du beurre dans de nombreux coins de Floride. Jim Tile ne broncha pas et resta assis à côté de Brenda. Le raciste petit Blanc mit deux bonnes heures à cesser de fulminer.

À la pause-déjeuner, Jim et Brenda allèrent dans un Arby's. Elle s'inquiétait de son prochain transfert en Floride du Sud ; Jim ne trouvait pas grand-chose à lui dire pour apaiser ses craintes. Elle lui confia qu'elle apprenait l'espagnol pour son service à Miami. La première phrase qu'elle avait apprise était : *Sale del carro con las manos arriba.* Sortez de la voiture, les mains en l'air !

Sur le coup, Jim Tile n'avait pas eu de vues romantiques ou autres sur elle. Brenda Rourke était une personne de bonne compagnie et ça s'arrêtait là. Il ne lui demanda même pas si elle avait un petit ami. Quelques mois plus tard, descendu à Dade County pour un procès, il tomba sur elle au Q.G. de la F.H.P. Ils allèrent dîner, puis à l'appartement de Brenda, où ils restèrent jusqu'à trois heures du matin à bavarder de choses et d'autres — d'abord avec une certaine nervosité, puis très vite sur un pied plus intime. Le procès dura six jours, et chaque soir Jim Tile se retrouva chez Brenda. Chaque matin, ils se réveillaient exactement comme ils s'étaient endormis — sa tête à elle au creux de son épaule droite à lui, dont les pieds dépassaient du lit trop petit. Il ne s'était jamais senti aussi en paix avec le monde et avec lui-même. Une fois le procès terminé, Jim regagna le nord de la Floride, Brenda et lui s'octroyant de longs week-ends à tour de rôle.

Jim n'était pas bavard de nature, mais Brenda avait le chic pour le faire parler. Elle aimait particulièrement l'entendre lui raconter la période où on l'avait affecté à la garde personnelle du gouverneur de Floride — pas n'importe quel gouverneur, mais celui qui avait démissionné, puis disparu avant de devenir un ermite de légende. Brenda était encore au lycée, mais se souvenait quand ça s'était passé. Les journaux et la télévision étaient devenus comme fous. Son prof d'instruction civique de terminale avait taxé le gouverneur en fuite « d'instabilité caractérielle ».

À peine Jim Tile eut-il entendu ça qu'il éclata de rire à gorge déployée. Brenda restait assise en tailleur sur la moquette, le menton dans les mains, captivée par les histoires de Jim concernant celui que dorénavant on appelait Skink. Faisant preuve de loyauté et de prudence, Jim n'avait pas précisé qu'ils étaient restés les meilleurs amis du monde.

— J'aurais bien aimé le rencontrer, avait dit Brenda au passé, comme si Skink était mort. Et peut-être parce que Jim l'avait, inconsciemment, laissé entendre.

Et voilà qu'à présent, c'est-à-dire deux ans plus tard, il semblait que le vœu de Brenda soit contre toute probabilité sur le point de se concrétiser. Le gouverneur avait refait surface dans la zone du cyclone.

Pendant leur trajet retour du Card Sound Bridge, elle demanda :

— Pourquoi s'attacherait-il à un pont pendant un ouragan ?

Question logique.

— Il en attendait un mahousse, dit Jim.

— Mais pourquoi ?

— Je ne peux pas t'expliquer, Brenda. Ça n'a de sens que si on le connaît.

Elle se tut pendant deux trois kilomètres, puis :

— Pourquoi tu ne m'as pas dit que vous vous voyiez encore, tous les deux ?

— Parce que ça nous arrive rarement.

— Tu n'as pas confiance en moi ?

— Mais si.

Il l'attira à lui et lui vola un baiser.

Elle se dégagea, une lueur dans son œil d'un bleu très pâle.

— Tu vas tenter de le retrouver. Allez, Jim, sois franc avec moi.

— J'ai peur qu'il ait pété les plombs. J'aime pas ça.

— Ça ne serait pas la première fois, hein ?

— Non, fit Jim. Ça lui est déjà arrivé.

Brenda porta la main de Jim à ses lèvres et la baisa légèrement.

— Ça roule, mon grand. L'amitié, je comprends ça.

5.

À peine arrivée chez Augustin, Bonnie Lamb interrogea son répondeur à New York. Elle écouta deux fois le message de Max, puis le mit en *replay* pour Augustin.

— Qu'est-ce que vous en pensez ? demanda-t-elle.

— Pas grand-chose de bon. Votre mari vaut-il beaucoup d'argent ?

— Il s'en sort bien, mais il n'est pas milliardaire.

— Et sa famille ?

Bonnie répondit que son beau-père était assez riche.

— Mais je suis sûre que Max n'a pas eu la bêtise de l'apprendre à ses ravisseurs.

Augustin ne fit aucune supposition de ce genre. Il mit de la soupe à la tomate à chauffer pour Bonnie et changea les draps de la chambre d'amis. Puis il passa dans son bureau et appela un ami qui travaillait au F.B.I. Le temps qu'il termine son coup de fil, Bonnie s'était endormie sur le canapé du salon. Il l'emporta dans la chambre d'amis et la borda sous les couvertures. Puis il retourna à la cuisine, se prépara deux gros steaks et une pomme de terre au four, qu'il fit descendre avec une bouteille d'Amstel bien fraîche.

Plus tard, il prit une longue douche chaude en songeant à la merveilleuse odeur de Mrs Lamb, pluie et sueur tiède, quand il l'avait tenue dans ses bras. Que c'était bon d'avoir à nouveau une femme à la maison, ne serait-ce que pour une nuit. Augustin, ceint d'une serviette de bain, s'étendit à même le plancher devant la télévision. Il zappa entre les divers bulletins d'infos régionales, espérant ne pas y voir l'un des animaux de feu son oncle atteint de folie furieuse, ni le mari de Mrs Lamb se faire enfourner dans le fourgon du coroner.

À minuit, Augustin entendit crier dans la chambre d'amis. Il en conclut — sans se tromper — que Bonnie avait découvert sa collection de crânes. Il la trouva, assise dans le lit, les couvertures sous le menton, le regard fixé sur le mur.

— J'ai cru que je rêvais, dit-elle.

— Il ne faut pas avoir peur.

— C'est des vrais ?

— Des amis m'en envoient, dit Augustin. De l'étranger, surtout. L'un d'entre eux, un guide de pêche d'Islamorada, m'en a fait cadeau pour Noël.

Il ne savait pas trop ce que Bonnie pensait de son violon d'Ingres, aussi s'excusa-t-il de lui avoir causé des frayeurs.

— Certaines personnes collectionnent des monnaies. Moi, je donne dans les articles de médecine légale.

— Des morceaux de cadavres ?

— Pas tout frais — des artefacts. Croyez-le ou pas, un bon crâne, c'est dur à trouver.

D'habitude, c'était sur cette réplique qu'il les voyait prendre la porte comme une flèche. Bonnie, elle, ne bougea pas.

— Je peux voir ?

Augustin en prit un sur une étagère. Elle l'examina tranquillement, comme s'il s'agissait d'un melon chez un marchand de primeurs. Augustin sourit ; décidément, la dame lui plaisait bien.

— Homme ou femme ? demanda Bonnie, tripotant le crâne.

— Homme, petite trentaine. Guyane, années 40. Il provient d'une école de médecine du Texas.

Bonnie lui demanda pourquoi la mâchoire inférieure manquait. Augustin lui expliqua qu'elle était tombée quand les muscles faciaux s'étaient décomposés. On retrouvait la plupart des vieux crânes sans maxillaire.

La soulevant par les orbites, Bonnie remit la macabre relique à sa place sur le mur.

— Vous en avez combien ?

— Dix-neuf.

Elle poussa un petit sifflement appréciatif.

— Et combien de femmes ?

— Aucune, fit Augustin. Rien que des crânes d'hommes jeunes. Donc, pas d'inquiétude à avoir pour votre jolie petite tête.

Elle salua cette astuce en levant les yeux au ciel. Puis :

— Pourquoi que des hommes ?

— Pour me rappeler que je suis mortel.

— Ah, vous êtes dans ce trip-là, soupira Bonnie.

— Par moments, fit Augustin, quand je suis persuadé que ma vie est complètement merdique, je viens ici et je réfléchis à ce qui est arrivé à ces pauvres bougres. Ça améliore considérablement ma vision des choses.

— Bof, fit-elle, après tout, ça ou autre chose. Je peux prendre une douche ?

Plus tard, devant un café, il lui rapporta ce qu'avait dit son pote du F.B.I.

— Ils rangeront la disparition de votre mari dans la case kidnapping, quand une demande de rançon crédible aura été formulée. Il a bien insisté sur l'adjectif « crédible ».

— Mais le message sur le répondeur ? Et cette autre voix d'homme qui le coupe ?

— Bien entendu, ils l'écouteront. Mais j'aime mieux vous prévenir, ils manquent de personnel en ce moment. Des tas d'agents ont été durement touchés par le cyclone et ont pris un congé pour raisons personnelles.

Bonnie était exaspérée par le peu d'intérêt que soulevait la mauvaise passe que traversait Max. Augustin lui expliqua que bien des époux volages profitaient souvent des catastrophes naturelles pour quitter leurs femmes. On gaspillait des effectifs et des ressources précieux à suivre leurs traces jusqu'aux aparts, « condos » et autres maisons flottantes de leurs maîtresses respectives. Par conséquent, signaler la disparition de son mari après un cyclone était accueilli dorénavant avec le scepticisme le plus réfrigérant.

— Mais bon Dieu, on vient à peine de se marier, dit Bonnie. Max ne me ferait pas un coup pareil.

Augustin haussa les épaules.

— Y en a que ça refroidit.

Elle se pencha par-dessus la table pour lui en balancer une. Augustin para le coup de l'avant-bras. Il demanda à Mrs Lamb de se calmer. Les yeux de Bonnie lançaient des éclairs et elle avait le visage congestionné.

— Je voulais seulement dire qu'on ne doit écarter aucune possibilité, fit Augustin.

— Mais vous avez entendu la voix de ce type sur le répondeur !

— Ouais, et je me demande pourquoi un vrai kidnappeur jouerait au petit malin. « Te hausse pas du col, Max. » Puis le mec prend le bigo et ajoute : « Je t'aime, Bonnie. » Uniquement pour asticoter votre mari, vous voyez ? Le faire flipper sec.

Augustin leur reversa du café.

— Il y a un truc carrément bizarre là-dedans. Je n'insinue rien d'autre.

Bonnie Lamb dut en convenir.

— Laisser sa voix sur un répondeur...

— Tout à fait. Ce type est un crétin pas possible ou il a des couilles en béton...

— Ou bien il s'en fout, c'est tout, fit Bonnie.

— Vous avez remarqué ça, vous aussi.

— Y a de quoi avoir la trouille.

— Pas si sûr, dit Augustin.

— Ne recommencez pas. Max ne simule pas tout ça !

— Son cirque pour que vous appeliez le fameux Pete chez Rodale, le panneau Bronco et tout ça — il baratinait en code ou quoi ? Parce que si jamais un fou furieux *me* kidnappait *moi,* la dernière chose dont je m'inquiéterais, c'est bien du suivi avec mes clients de l'agence de pub. J'aurais qu'une idée en tête : sauver ma peau.

Bonnie détourna les yeux.

— On voit bien que vous ne connaissez pas Max. C'est un accro du boulot.

Augustin s'éloigna de la table. Normalement, les nanas qui balançaient des mandales sans une bonne raison ne le branchaient pas tellement.

— Bon, qu'est-ce qu'on fait maintenant ?

Elle tenait la tasse à deux mains, tremblant légèrement.

— Vous avez entendu la voix de ce type et son ton.

— Ouais.

— Disons que ce n'est pas un kidnappeur lambda. Alors, c'est qui ?

Augustin secoua la tête.

— Comment le saurais-je, Mrs Lamb ?

— Mon prénom, c'est Bonnie.

Elle se leva ; elle était parfaitement calme à présent et serra la ceinture de la robe de chambre qu'il lui avait prêtée.

— Peut-être qu'on peut deviner qui c'est, si on cogite tous les deux.

Augustin vida sa tasse dans l'évier.

— Je crois qu'on a surtout besoin de dormir, tous les deux.

En revenant vers la maison de Tony Torres, Edie Marsh demanda à Niaqueur s'il avait un chronomètre.

— Pourquoi ?

— Parce que j'ai envie de le minuter, cet enfoiré, dit-elle. Je veux voir combien de temps ça prendra avant qu'il essaie de me sauter.

Niaqueur, qui avait fantasmé de faire la même chose, lâcha :

— Je lui donne pas deux jours avant qu'il tente le coup.

— Et moi, pas deux heures, fit Edie.

— Et qu'est-ce que tu feras ? Dix mille, c'est toujours bon à prendre.

— Tu plaisantes, j'espère, fit Edie. J'aimerais mieux me crever les yeux au fer rouge que laisser ce porc me toucher.

Quelle dégringolade déprimante ce serait que de commencer par sortir avec un Kennedy pour finir par baiser avec un vendeur de mobile homes !

— Et s'il veut pas lâcher le morceau, qu'est-ce qui se passe ? demanda Niaqueur.

— Alors je me tire.

— Ouais, mais...

— Oh là, fit Edie, si t'as tellement envie du fric, tu n'as qu'à te le taper, *toi,* vu ? D'ailleurs, je trouve que vous feriez un couple mignon tout plein tous les deux.

Niaqueur n'insista pas. Il avait déjà concocté un plan de repli au cas où le marché passé avec Torres tomberait à l'eau. Avila était d'humeur joyeuse quand il l'avait appelé au motel. Apparemment, les saints patrons de la *santería* l'avaient informé qu'il pouvait devenir très riche en montant sa petite entreprise de couvreur. Les saints lui avaient souligné le fait que le cyclone avait laissé derrière lui deux cent mille sans-abri et que nombre de ces pauvres bougres étaient si anxieux de faire réparer leur bicoque qu'ils ne songeraient pas à demander à voir un permis d'entrepreneur valide, ce dont, bien entendu, Avila était démuni.

— Mais vous avez le vertige, lui avait rappelé Niaqueur.

— C'est là que t'entres en scène, avait dit Avila. Moi, je suis le patron, toi, le contremaître. Ne nous manque plus qu'une équipe.

— Ça veut dire qu'on vous verra pas sur le toit avec nous, à touiller le goudron bouillant sous la canicule.

— Et merde, Niaqu', faut bien que quelqu'un s'occupe de la paperasse. Faut bien que quelqu'un, il rédige les contrats.

Niaqueur avait demandé combien il y aurait à palper. Avila avait dit que des gars qu'il connaissait prenaient quinze mille par toit, le tiers payé d'avance. Il ajouta que certains propriétaires de baraques proposaient de régler en liquide pour activer les choses. Avila avait fini en disant qu'il y avait assez de boulot dans le coin pour les occuper pendant deux ans.

— Je vous tire mon chapeau, avait dit Niaqueur.

Avila ne saisissait pas l'ironie de la chose : à savoir que des inspections d'urbanisme où l'incompétence le disputait à la corruption avaient été la raison principale qui avait fait s'envoler autant de toitures pendant la tempête, offrant maintenant autant de travail à d'incompétents artisans couvreurs.

— Vous aviez tout planifié, vous autres ? avait demandé Niaqueur.

— Planifié quoi ?

La confiance que Niaqueur avait en Avila n'excédait pas un jet de salive, mais l'option pose de toiture n'était à pas négliger si côté Torres ça tournait au vinaigre.

Il se trouva que le vendeur de mobile homes était aussi d'une humeur radieuse à l'arrivée d'Edie et de Niaqueur. Vautré, torse nu, sur une chaise longue sur la pelouse de devant, il portait un bermuda et des chaussettes à monogramme qui lui montaient à mi-mollet ; mollet qu'il avait poilu. Le canon de sa carabine pointait d'une pile de journaux posée sur ses genoux. Quand Edie et Niaqueur descendirent de voiture, Tony les applaudit en s'écriant :

— Je savais bien que je vous reverrais !

— Nostradamus *himself* ! dit Edie. L'électricité a été rétablie ? On a apporté des trucs à mettre au frigo.

Tony leur annonça que le courant était toujours coupé et que le groupe électrogène était tombé en panne sèche durant la nuit. Il avait stocké la nourriture dans deux grosses glacières Igloo, bourrées de glace qu'il avait achetée à des profiteurs, vingt dollars le paquet. Bonne nouvelle : le téléphone remarchait !

— Et j'ai bigophoné immédiatement à Midwest Assurances, précisa Tony. Ils m'envoient un expert aujourd'hui ou demain.

Trop beau pour être vrai, songea Edie.

— Alors, on l'attend ?

— On l'attend, dit Tony. Et rappelez-vous, votre nom, c'est Néria. N-é-r-i-a. Initiale médiane, G, pour Gómez. Vous avez acheté quoi ?

— Des sandwiches au thon, répondit Niaqueur. Du fromage, des œufs, de la crème glacée, du Sprite light et des saletés de biscuits Lorna Doone rassis. Y avait pas beaucoup de choix.

Il mit les provisions dans la glacière, dénicha un fauteuil de jardin et s'installa contre le vent pour éviter les effluves de sueur de Tony Torres. Le ciel s'était éclairci et le soleil d'été tapait dur, mais inutile de chercher de l'ombre. Il n'y en avait nulle part ; tous les arbres de Turtle Meadow étaient par terre.

Tony complimenta Edie sur son accoutrement de vraie femme d'intérieur — jean, Keds blanches, chemisier informe aux manches retroussées. Il lui reprocha seulement le foulard vert océan noué dans ses cheveux.

— De la soie, c'est un peu *too much,* vu les circonstances, objecta-t-il.

— Pourquoi ? Parce qu'il jure avec le superbe bermuda que vous portez ?

Edie fusilla Tony Torres du regard, comme s'il n'était qu'un pauvre asticot sur un gâteau de mariage. Elle se sentait peu encline à ôter son foulard, l'un de ses préférés. Elle l'avait piqué chez un Lord & Taylor à Palm Beach.

— Comme vous voudrez, fit Tony. Les détails, c'est vachement important. C'est les petites choses auxquelles les gens font attention.

— Je tâcherai de m'en souvenir.

— Dites un peu, Monsieur le Meilleur Vendeur de l'Année, on peut brancher la télé sur ce groupe électrogène ?

Tony dit bien entendu, suffisait d'avoir de l'essence.

Niaqueur tapota sa montre-bracelet.

— L'émission de Sally Jessy va commencer, c'est dans vingt minutes. C'est sur des types qu'ont séduit la belle-mère de leur belle-fille.

— Sans déconner ? On pourrait siphonner votre voiture, fit Tony en désignant le fatras dans son garage. Y a un tuyau d'arrosage quelque part là-dedans.

Niaqueur partit le chercher. Edie Marsh fit remarquer que c'était une idée débile de siphonner le carburant de la voiture, puisqu'ils auraient peut-être besoin d'un moyen de locomotion rapide. Niaqueur lui fit un clin d'œil en lui disant t'inquiète. Et il s'en alla déambuler dans la rue, le tuyau d'arrosage en bandoulière.

Edie accapara le fauteuil de jardin. Tony Torres se ragaillardit.

— Viens plus près, beauté.

— Super, dit-elle entre ses dents.

Le V.R.P. s'éventait avec les pages sports du *Miami Herald.*

— Je viens juste de percuter, dit-il. Des types qui fauchent la belle-mère de leur belle-fille ! C'est plutôt rigolo ! Il a pas l'air d'un comique, votre collègue, mais elle est bonne, celle-là !

— Oh, il arrête pas de surprendre.

Edie s'étendit et ferma les yeux. Le soleil sur le visage, que c'était bon.

Le cyclone avait transformé le *trailer park* en un entrepôt d'aluminium étalé un peu partout. Ira Jackson dénicha le lot 17 grâce au cordon jaune vif dont la police avait entouré les vestiges du mobile home F-2 où sa mère, Béatrice, avait trouvé la mort. Après avoir reconnu son corps à la morgue, Ira Jackson s'était rendu directement à Suncoast Leisure Village pour se rendre compte par lui-même.

Aucun mobile home n'avait tenu le choc face au cyclone.

Ira Jackson retira des décombres le lit escamotable Craftmatic de sa mère. Le matelas en était replié comme un taco géant. Ira Jackson rampa à l'intérieur et s'y étendit.

Il revoyait, comme si c'était hier, la matinée où sa mère et lui avaient conclu l'affaire avec le vendeur. Ce type s'appelait Tony, Tony Torres. Gras et dégarni, il lâchait des vents à tout va, ce qui ne l'empêchait pas de se montrer extrêmement sûr de lui. Son bagout avait impressionné Béatrice Jackson.

Mr Torres dit que c'est construit pour résister à n'importe quel cyclone.

Je trouve ça un peu fort de café, M'man.

Votre mère a cent fois raison, Mr Jackson. Nos maisons préfabriquées sont conçues pour résister à des rafales soufflant à près de deux cents kilomètres/heure. C'est une réglementation fédérale. Dans le cas contraire, nous ne pourrions pas les commercialiser !

Ira Jackson se trouvait à Chicago à tabasser des grévistes pour le compte d'une compagnie de poids lourds locale quand il avait entendu que le cyclone se dirigeait sur la Floride du Sud. Il avait téléphoné à sa mère en la poussant à se réfugier dans un abri de la Croix-Rouge. Mais elle lui avait répondu que c'était hors de question.

— Je ne peux pas laisser Donald et Marla tout seuls, avait-elle dit à son fils.

Donald et Marla étaient les danois miniatures chéris de Mrs Jackson mère. L'abri de la Croix-Rouge n'admettait pas les animaux de compagnie.

Aussi la mère d'Ira était-elle restée chez elle, fidèle à ses chiens et croyant aveuglément que le vendeur de mobile homes lui avait dit la vérité sur les normes de sécurité. Donald et Maria survécurent à la tempête en se fourrant sous un buffet de chêne et en mordillant à tour de rôle un nonosse en cuir pour passer cette si longue nuit. Un voisin les avait secourus le lendemain matin et emmenés chez un véto.

Béatrice Jackson n'avait pas eu autant de chance. Quelques instants après que l'ouragan eut soufflé la cloison nord de son F-2, elle fut tuée net par le barbecue volant de l'un de ses voisins. On voyait encore l'empreinte de la grille sur son visage, paisible par ailleurs, tandis qu'elle reposait à la morgue de Dade County.

Si la mort de Béatrice n'entacha en rien l'humeur de ses danois, son fils, lui, restait inconsolable. Ira Jackson était furieux contre lui d'avoir laissé sa mère acheter ce mobile home. C'est lui qui avait eu l'idée de l'installer en Floride — mais c'était ce que tous les mecs dans sa partie faisaient pour leurs mères veuves : les extraire des climats froids pour les mettre au soleil.

Dieu du ciel, songeait Ira Jackson, s'agitant sur le matelas mécanique. J'aurais dû attendre une année de plus. Attendre d'avoir les moyens de lui offrir un « condo ».

Cet empaffé de Torres. *Des rafales de près de deux*

cents kilomètres/heure. Fallait-il être une ordure pour aller mentir à une pauvre veuve !

— Excusez-moi !

Ira Jackson se redressa d'un bond et se trouva nez à nez avec un homme à cheveux gris, en maillot de corps blanc et pantalon à la godille. La peau sur les os. Des binocles cerclés de fer lui donnaient l'air d'un héron. Il tenait sous le bras un sac en papier kraft.

— Vous n'auriez pas vu une urne, par hasard ? demanda-t-il.

— Une quoi, bon Dieu ?

— Une urne. Bleue. Ce sont les cendres de ma femme. Ça ressemble à une bouteille.

Ira Jackson fit non de la tête.

— Non, je ne l'ai pas vue.

Il se remit debout. Il remarqua que le vieux tremblait de tous ses membres.

— Je vais le tuer, dit-il avec colère.

— Qui ça ? fit Ira Jackson.

— Cet enfant de salaud, ce menteur qui m'a vendu la F-2. Je l'ai aperçu dans le coin après l'ouragan, mais il n'a pas traîné.

— Torres ?

— Ouais.

Le visage du vieux s'empourpra.

— Je le jure devant Dieu, je le tuerais si je pouvais.

— Et vous seriez décoré pour ça, fit Ira Jackson, espérant dérider le type pour qu'il relâche la pression et décampe.

— Et merde, vous me croyez pas.

— Mais si.

Ira faillit dire au vieux de ne pas se mettre martel en tête, qu'on allait régler son compte au señor Torres. Une bonne fois pour toutes. Mais Ira Jackson savait que ce serait une folie d'attirer l'attention sur lui.

— Je me présente, Levon Stichler, dit le vieux.

J'habite quatre lots plus loin. C'est votre mère qui est morte ici ?

Ira Jackson opina.

— Condoléances, fit Levon Stichler. C'est moi qui ai retrouvé ses deux chiens — ils sont chez le Dr Tyler à Naranja.

— Ma mère vous en aurait su gré.

Ira nota mentalement d'aller chercher les danois avant la fermeture du cabinet du vétérinaire.

— Les cendres de ma femme ont été balayées par la tempête.

— Ouais, eh bien, si jamais je tombe sur une bouteille bleue...

— Qu'est-ce qu'on pourrait bien me faire, bon sang ?

Levon Stichler arborait un étrange rictus tremblotant.

— Si je le tuais, qu'est-ce qu'on pourrait bien me faire ? J'ai soixante et onze piges — la perpète ? Pas de quoi se frapper. J'ai tout perdu.

— Je serais vous, fit Ira Jackson, je me sortirais ça de la tête. La racaille comme Torres, elle récolte ce qu'elle mérite, en règle générale.

— Pas dans mon monde à moi, dit Levon Stichler.

Mais le fils de la veuve Jackson avait douché son enthousiasme.

— Et merde, d'abord, je sais même pas où le chercher, cet enfant de salaud. Et vous ?

— Aucune idée, dit Ira Jackson.

Levon Stichler haussa les épaules avec résignation et s'en retourna vers le tas de ruines qui était son ancien domicile. Ira Jackson l'observa qui farfouillait dans les décombres, se baissant de temps à autre pour examiner un débris quelconque. Sur tout le périmètre du parc de caravaning, on voyait d'autres voisins de feu Béatrice Jackson, l'échine courbée, se livrer à la même occupation.

Son fils ouvrit son portefeuille qui contenait : six

cents dollars en liquide, une photo de sa mère prise à Atlantic City, trois faux permis de conduire, une fausse carte de Sécurité sociale, une carte volée de client de Delta Airlines et tout un tas de bouts de papier où étaient griffonnés de nombreux numéros de téléphone, dont l'indicatif était 718. Le portefeuille contenait aussi quelques cartes de visite professionnelles ; on lisait sur l'une d'elles :

Antonio Torres
Vendeur cadre associé
Demeures Préfabriquées de Luxe
(305) 555-2200

Le vendeur de mobile homes avait gribouillé son numéro de téléphone perso au dos de la carte. Ira Jackson donna de grands coups de pied dans les possessions de sa mère détrempées par la tempête jusqu'à ce qu'il déniche un annuaire du Grand Miami. Le numéro du V.R.P. correspondait à celui d'un A.R. Torres, 15 600 Calusa Drive. Ira Jackson arracha la page. La pliant avec soin, il la rangea dans son portefeuille avec les autres numéros importants.

Puis avec son coupé de ville à fausse plaque minéralogique, il se rendit dans une supérette, où il s'acheta une carte routière de Dade County.

6.

Si le singe vadrouilleur préféra s'abstenir de faire l'expérience de l'hydroglisseur, Max Lamb, lui, n'eut pas ce choix. L'individu borgne le sangla sur le siège passager et les voilà partis à quatre-vingts kilomètres/heure, rasant laîche, quenouilles et feuilles de nénuphars. Ils suivirent un moment un canal qui longeait en parallèle une route à deux voies ; Max distinguait l'expression ahurie des automobilistes qui le dévisageaient, vêtu de ses seuls sous-vêtements. Il ne lui vint même pas à l'esprit de leur faire « À l'aide ! » d'un signe ; le collier de chien lui imposait une passivité totale.

Perché tout là-haut sur le siège conducteur, celui qui se faisait appeler Skink chantait à pleins poumons un truc qui ressemblait à *Desperado,* un vieux tube des Eagles. La mélodie familière surfait par-dessus le rugissement assourdissant de l'engin ; Max Lamb était persuadé plus que jamais de se trouver entre les griffes d'un dément. Bientôt, l'hydroglisseur s'éloigna de la route en négociant un large virage. Il creusait un sillon liquide à travers les marécages ; la végétation devenait touffue et la laîche giflait la coque métallique en sifflant. L'ouragan avait meurtri et fouaillé le marais ; cyprès et pins fracassés jonchaient les eaux. Skink cessa de chanter et commença à émettre de brefs *honk* et *toot,* que Max Lamb supposa être soit l'imitation de cris d'oiseaux sauvages, soit l'effet d'une crise de sinusite carabinée. Il redoutait de poser la question.

À midi, ils firent halte dans un hammock, dont les branches autrefois luxuriantes avaient été réduites à un état squelettique par la tempête. Skink amarra l'hydroglisseur à un enchevêtrement de racines bosselées. Les vestiges d'anciens feux de camp réconfortèrent Max Lamb : d'autres humains étaient passés par là. Son ravisseur ne prit pas la peine de l'attacher ; il n'y avait nulle part où s'enfuir. Avec la permission de Skink, Max se rhabilla pour se protéger des taons et des moustiques. Quand il se plaignit de la soif, Skink lui passa son bidon. Max avala une gorgée à titre d'essai.

— C'est du lait de coco ? demanda-t-il, optimiste.

— Un truc dans le genre.

Max suggéra que le collier n'était peut-être plus nécessaire. Skink sortit brusquement la télécommande et poussa le bouton rouge.

— Si tu poses la question, c'est qu'il l'est encore.

Max tressauta sans un mot sur le sol détrempé jusqu'à ce que la douleur cesse. Skink attrapa une tortue bourbeuse et en prépara une soupe pour le dîner.

— Max, je veux bien répondre à trois questions, dit-il en alimentant le feu.

— Trois ?

— Pour commencer. Voyons voir.

Max lorgnait la télécommande avec circonspection. Skink lui promit que toute demande débile ne serait pas sanctionnée par une décharge électrique.

— Alors, vas-y.

— D'accord, fit Max. Qui êtes-vous ?

— Mon nom, c'est Tyree. J'ai fait la guerre du Vietnam, et un peu après, j'ai été élu gouverneur de ce bel État. J'ai démissionné en raison de « conflits moraux et idéologiques perturbants ». Je n'entre pas dans les détails, tu ne comprendrais pas.

Max Lamb ne put s'empêcher d'exprimer son incrédulité,

— Vous avez été gouverneur ? Déconnez pas.

— C'est ta question numéro deux ?

Max tripota le collier avec impatience.

— Non, ma question numéro deux, c'est : pourquoi moi ?

— Parce que tu t'es arrangé pour faire de toi une cible idéale, en profanant l'habitat avec ta caméra vidéo.

Max Lamb se mit sur la défensive.

— J'étais pas le seul à filmer. Ni le seul touriste à me trouver là-bas.

— Mais il se trouve que t'es celui que j'ai vu en premier.

Skink versa de la soupe chaude dans une tasse en étain et la tendit à son prisonnier qui boudait.

— Un cyclone est un phénomène sacré, dit-il. Et tu l'as traité comme une distraction banale. Ça m'a foutu en rogne, Max.

Skink souleva la marmite posée sur les braises et la porta à sa bouche. Un filet de vapeur filtrait d'entre ses lèvres et embuait son œil de verre. Il reposa la marmite, s'essuyant le menton, ruisselant de consommé de tortue.

— J'étais attaché à un pont, fit-il. Et j'ai vu l'ouragan débouler de l'océan. Bon Dieu, quel spectacle !

Il s'approcha de Max Lamb et, le prenant par la chemise, le décolla de terre ; Max lâcha la soupe qu'il n'avait pas touchée.

Skink le hissa à hauteur d'œil.

— Vingt ans que j'attendais ça, dit-il. Ça y était presque, putain. Deux, trois degrés plus au nord et ça y était...

Max Lamb pendouillait sous la poigne de fer de l'inconnu. L'œil valide de Skink étincelait de fureur et d'une passion rêveuse.

— Il ne te reste plus qu'une question, dit-il à Max en le reposant sur la terre ferme.

Une fois bien campé sur ses pieds, Max la posa.

— Et la suite, c'est quoi ?

L'expression orageuse de Skink se fondit en un sourire.

— La suite, Max, c'est qu'on va faire un petit voyage tous les deux, en partageant les leçons de la vie.

— Ah, fit Max dont les yeux se portèrent sur l'hydroglisseur.

Le gouverneur partit d'un rire tonitruant qui dispersa une troupe d'aigrettes neigeuses. Il ébouriffa son prisonnier en lui passant la main dans les cheveux.

— On va attendre la marée !

Mais Max Lamb, au désespoir, était incapable d'affronter la perspective d'une véritable aventure. Maintenant, semblait-il, qu'il ne serait pas assassiné, un autre souci primordial l'accablait de son fardeau : *Si jamais je ne rentre pas à New York, je vais perdre mon boulot.*

Edie Marsh rêvassait à des voiliers en teck barrés par de jeunes et beaux Kennedy quand elle sentit la main moite de Tony Torres s'emparer de son sein gauche. Elle entrouvrit un œil et soupira.

— Arrêtez de le presser comme ça. C'est pas une tomate.

— Je peux voir ? demanda Tony.

— Tout à fait exclu.

Mais un couinement trahit le déplacement de poids du V.R.P. qui rapprochait sa chaise.

— Y a personne dans le coin, fit-il en tripotant les boutons d'Edie. Puis avec un rire gras : Z'êtes ma femme, après tout.

— Et merde.

Edie sentit le soleil sur ses tétons et baissa les yeux.

Eh oui, ils étaient bien à l'air — ce gros porc avait réussi à déboutonner son chemisier.

— Vous comprenez pas l'anglais ?

Tony Torres apprécia ses seins en connaisseur.

— Si, darling, mais qui c'est qu'a le flingue ?

— Comme c'est romantique, fit Edie Marsh. Menacer de me buter — y a pas meilleur moyen pour mettre une fille dans l'ambiance. Vrai, je mouille rien que d'y penser.

Repoussant sa main, elle reboutonna son chemisier.

— Où sont passées mes lunettes noires ? marmonna-t-elle.

Tony nicha la Remington en travers de son ventre. La sueur faisait une flaque dans son nombril.

— Tu finiras bien par y penser. Comme les autres.

— Je pense aussi au cancer, ça ne me met pas en chaleur pour autant.

Aux yeux d'Edie, la seule chose attirante chez Tony Torres était sa montre-bracelet Cartier en or, mais elle devait être probablement gravée avec un tel déploiement de mauvais goût qu'il ne serait guère prudent de la fourguer.

— T'as déjà baisé avec un chauve ? lui demanda-t-il.

— Neûn. Et toi, t'as déjà vu des chancres mous ?

Le V.R.P. renifla et se détourna.

— Y a quelqu'un ici qu'est d'une humeur à chier.

Edie Marsh pêcha ses Ray-Ban dans son sac et disparut derrière elles. La carabine la rendait nerveuse, mais elle résolut de garder son sang-froid. Elle s'efforça de se couper de l'éclat du soleil d'été, du ronron incessant des tronçonneuses et des bennes à ordures et du froissement des feuilles du journal que lisait Tony Torres. La chaleur du soleil lui facilita la tâche, et elle s'imagina parmi les dunes côtières de Martha's Vineyard ou sur l'une des plages privées de Manalapan.

Un bruit de pas sur le trottoir d'en face interrompit sa rêverie. Elle espéra voir apparaître Niaqueur, mais non ; ce n'était pas lui, mais un homme qui promenait deux petits danois.

Edie sentit la main de Tony se poser sur elle et l'entendit qui disait :

— Tu veux bien me passer un peu d'ambre solaire sur les épaules, beauté ?

Elle se leva vite fait et traversa la rue. L'homme aux danois les regardait pisser sur le pied d'une boîte aux lettres cassée. Il tenait négligemment les deux laisses dans une seule main. Il y avait un zeste de mélancolie dans sa façon de voûter les épaules que l'approche d'une jolie fille aurait dû normalement dissiper. Mais non.

Edie Marsh lui dit que ses chiens étaient adorables. Quand elle se baissa pour les caresser, les danois roulèrent sur le dos avec une belle simultanéité et se mirent à se tortiller comme des vers de terre sur une plaque chauffante.

— C'est quoi leur nom ?

— Donald et Marla, répondit le quidam.

Il n'était pas très grand, mais hyper baraqué. Il portait une chemise pêche et un pantalon kaki.

— Vous habitez cette maison ? demanda-t-il à Edie.

Cette dernière vit que Tony Torres les épiait depuis son transat. Elle demanda à l'inconnu s'il n'était pas de la compagnie Midwest Assurances. Il désigna d'un geste les chiens en disant d'un ton sarcastique :

— Sûr. Et mes associés ici présents sont chez Merrill Lynch.

Les danois s'étaient remis sur leurs pattes, remuant l'arrière-train et léchant les chevilles nues d'Edie. Le type projeta son double menton en direction de Tony Torres.

— C'est un parent à vous ? fit-il. Votre mari, votre frère peut-être ?

— S'il vous plaît, dit Edie Marsh, avec un frisson exagéré.

— O.K., alors j'ai qu'un conseil à vous donner. Allez faire une balade, vachement longue la balade.

Edie se mit à gamberger sec. Elle regarda des deux côtés de la rue, mais pas de Niaqueur à l'horizon.

— Qu'est-ce que vous attendez, bordel de merde ? fit le type en lui tendant les deux laisses. Allez, filez vite.

Augustin fut réveillé par l'odeur du café et les bruits que faisait une femme mariée préparant le petit déjeuner dans sa cuisine. Le moment semblait tout indiqué pour évaluer la situation.

Son père était en prison, sa mère, loin, et les animaux sauvages de feu son oncle s'étaient disséminés parmi des banlieusards qui ne se doutaient de rien. Augustin de son côté était libre, lui aussi, au sens le plus strict et le plus triste du terme. Il n'avait absolument aucune responsabilité personnelle. Comment expliquer une telle situation à quelqu'un comme Bonnie Lamb ?

Mon père était pêcheur. Il passait de la drogue, comme appoint, jusqu'à ce qu'on l'arrête près de l'île d'Andros.

Ma mère est partie à Las Vegas et s'est remariée. Son nouvel époux était saxo ténor dans l'orchestre de Tony Bennett.

Ma dernière petite amie était mannequin-jambes pour une grosse boîte de bonneterie. Avec l'argent économisé lors de son mannequinat, elle s'est payé une superbe baraque à Brentwood, en Californie, où elle ne taille des pipes qu'à des agents de cinéma circoncis et, à l'occasion, au metteur en scène.

Et vous ? demanderait Mrs Lamb. Comment vous gagnez votre vie ?

Je lis mes relevés de comptes.

Mrs Lamb ferait preuve d'une curiosité polie, jusqu'à ce que je lui explique par le menu l'accident d'avion.

Ça s'est passé, il y a trois ans, pendant mon vol de retour de Nassau où j'étais allé rendre visite à mon paternel à la prison de Fox Hill. Je ne m'étais pas aperçu que le pilote du Beechcraft bimoteur était fin soûl jusqu'à ce qu'il se viande contre le fuselage d'un hélico des gardes-côtes, garé dans un hangar de l'aéroport d'Opa-Locka.

Après, j'ai dormi trois mois et dix-sept jours d'affilée dans l'unité de soins intensifs de Jackson Hospital. À mon réveil, j'étais riche. La compagnie d'assurances du vol charter avait réglé toute l'affaire avec un avocat que je ne connaissais ni d'Eve ni d'Adam et qu'au jour d'aujourd'hui je n'ai toujours pas rencontré. Un chèque de huit cent mille dollars a suivi et, à ma très grande surprise, j'ai fait de bons placements.

Et Mrs Lamb, si je l'ai bien cadrée, me dira alors : mais ça ne me dit toujours pas ce que vous faites.

Franchement, j'en sais trop rien...

La conversation, pendant leur petit déjeuner — bacon et biscottes —, ne se déroula pas précisément comme Augustin l'avait prévu. Après avoir écouté son histoire, Bonnie Lamb le regarda par-dessus sa tasse de café et lui demanda :

— C'est de là que vient votre cicatrice ? De cet accident d'avion ?

— Quelle cicatrice ?

— Celle en forme de Y, au bas de votre dos.

— Non, fit Augustin, sur ses gardes. Ça, c'est encore autre chose.

Il prit note mentalement de ne plus aller et venir sans chemise.

Plus tard, tout en débarrassant la table de la cuisine, Bonnie le questionna sur son père.

— On l'a extradé, l'informa Augustin, mais il préfère de loin Talladega aux Bahamas.

— Vous êtes proches tous les deux ?

— Bien sûr, dit Augustin. C'est à peine à mille kilomètres.

— Vous allez le voir souvent ?

— Chaque fois que je veux me foutre en pétard et déprimer sec.

Augustin aurait souvent aimé que l'accident d'avion ait effacé de sa mémoire sa dernière visite à la prison de Fox Hill, mais non. Ils étaient censés parler de l'extradition, d'engager un avocat un poil clean aux States et peut-être de passer un arrangement avec les divers procureurs afin de s'assurer que son vieux sorte de taule avant le tournant du siècle.

Mais le père d'Augustin avait envie de parler d'autre chose quand son fils vint le voir. Il voulait qu'il lui rende un service.

— Bollock, tu te rappelles Bollock ? Il me doit une part de cargaison.

— La réponse est non.

— Déconne pas, Gustin. Faut que je paie mes avocats. T'auras qu'à prendre le Gorille et Chaise-Percée avec toi. Y se chargeront de Bollock. Mais pas du fric. Ça, je veux que ce soit toi qui mettes la main dessus.

— P'pa, j'en crois pas mes oreilles. J'arrive vraiment pas à y croire...

— Eh, t'as qu'à aller faire un tour au port de Nassau voir un peu ce qu'y z'ont fait à mon bateau ! Le Gorille, il m'a dit qu'ils l'ont dépouillé du radar et de tout le bazar électronique.

— Et après. Tu savais même pas comment t'en servir.

— Écoute, gros malin de mon cul, il y avait le feu. C'était en pleine nuit, bordel de merde.

— De toute façon, c'est pas des masses facile de parquer un chalutier de vingt mètres dans trente centimètres d'eau. Comment tu t'y es pris au fait ?

— Fais gaffe comment tu me parles, fiston !

— Un adulte qui zone avec des mecs qui

s'appellent le Gorille et Chaise-Percée ! Regarde un peu où ça t'a mené.

— Gustin, j'demanderais pas mieux que de m'entretenir avec toi du bon vieux temps, mais le maton, y dit comme ça qu'on a pus le temps. Alors, tu veux bien le faire ? Va trouver Henry Bollock là-bas à Big Pine. Récupère ce qui me revient et planque-le aux Caïmans. Quel mal à ça ?

— Minable.

— Quoi ?

— J'ai dit que t'es minable.

— Donc c'est « non », tu veux pas faire ça pour moi ?

— Nom de Dieu.

— Tu me déçois, mon garçon.

— Moi aussi, je suis très fier de toi, P'pa. Je pète de joie chaque fois qu'on cite ton nom.

Et Augustin se revit songer, à bord du Beechcraft, sur la piste à Nassau : indécrottable, le vieux. Il n'apprendra jamais. À peine sorti de taule, il repiquera au truc.

Un fils qui regarde son père dans le blanc des yeux en le traitant deux fois de *minable,* n'importe quel autre père pousse un juron, ou bien il pleure ou il fout un coup de poing à son rejeton. Pas le mien. Bon Dieu, pas quand y a du fric de la dope à ramasser. Alors, qu'est-ce que t'en dis, Gustin ?

Je l'emmerde, songea Augustin. Pas à cause de ce qu'il a fait ou de ce qu'il a transbahuté, mais parce que son âpreté au gain a survécu au délit. Je l'emmerde, parce que c'est sans espoir. C'est lui qui était censé m'élever, nom de Dieu, et pas moi l'élever, lui.

Puis l'avion avait décollé.

Puis l'avion s'était crashé.

Et plus rien n'avait été pareil dans la façon qu'Augustin avait de voir le monde ou la place qu'il y occupait. Parfois, il se demandait si c'était l'accident qui l'avait changé ou sa visite à son père à la prison de Fox Hill.

Au Q.G. du F.B.I., Bonnie Lamb parla pendant une heure avec des agents d'une politesse exaspérante. L'un d'eux appela son répondeur et fit une copie de l'étrange message de Max annonçant son kidnapping. Ils la pressèrent d'aviser le Bureau dès qu'elle recevrait une demande de rançon crédible. Alors, et alors seulement, une brigade spéciale kidnapping prendrait l'affaire en main. Les agents conseillèrent à Bonnie de vérifier souvent son répondeur, en prenant garde de ne pas effacer les messages. Ils n'exprimèrent pas une opinion tranchée quant à savoir si elle devait rester à Miami et rechercher son mari, ou bien retourner à New York et attendre les nouvelles.

Les agents permirent à Bonnie d'emprunter un bureau vide, où elle essaya sans succès de joindre les parents de Max, qui voyageaient en Europe. Ensuite, Bonnie téléphona à ses propres parents. Si sa mère lui parut sincèrement alarmée, son père, comme d'habitude, eut l'air dépassé par les événements. Il lui proposa sans enthousiasme de venir en Floride d'un coup d'avion, mais Bonnie lui dit que ce n'était pas la peine. Tout ce qu'elle pouvait faire, c'était attendre que Max ou son kidnappeur rappellent. La mère de Bonnie promit de lui expédier du liquide et une photo grand format de Max pour les autorités, via Federal Express.

Bonnie joignit en dernier Peter Archibald à l'agence de pub Rodale & Burns à Manhattan. Le collègue de Max Lamb, choqué par la nouvelle, jura de respecter la discrétion requise par le F.B.I. Quand Bonnie lui communiqua les consignes expresses de son mari concernant le panneau publicitaire des cigarettes Bronco, Peter Archibald se fendit d'un :

— Vous avez épousé un bon petit soldat, Bonnie.

— Merci, Peter.

Augustin l'emmena déjeuner dans un restaurant de poissons. Elle commanda un gin-tonic, puis dit :

— Je veux que vous me donniez sincèrement votre avis sur les gars du F.B.I.

— D'acc. Je crois que le message leur a posé problème.

— Max n'avait pas l'air assez terrorisé ?

— Possible, fit Augustin. Et comme je vous l'ai déjà fait remarquer, il avait l'air un peu trop préoccupé par le budget Marlboro.

— Bronco, le corrigea Bonnie.

En voyant la grimace qu'elle fit en buvant son gin, Augustin en déduisit qu'elle n'était pas portée sur la boisson.

— Alors ils m'ont rangée dans la case « épouse larguée par son homme ».

— Pas du tout. Ils ont ouvert un dossier. Ce sont les champions du monde dans la catégorie ouvreurs de dossiers. Ils enverront ensuite votre bande au labo d'analyse audio. Ils passeront même quelques coups de fil, sans doute. Mais vous avez pu constater comme l'endroit était désert — la moitié de leurs agents sont chez eux à réparer les dégâts du cyclone.

Elle eut une flambée de colère.

— La terre ne s'arrête pas de tourner à cause d'un ouragan.

— Non, fit Augustin. Mais elle est drôlement secouée. Je vais prendre des crevettes, et vous ?

Mrs Lamb n'ouvrit plus la bouche jusqu'à ce qu'ils soient à nouveau dans le pick-up, roulant plein sud vers la zone sinistrée. Elle demanda à Augustin de s'arrêter à la morgue du comté.

Elle aurait pas pu avoir cette idée de génie *avant* le déjeuner, songea-t-il.

Niaqueur n'avait jamais eu l'ambition ni l'énergie d'être un grand prédateur, criminellement parlant. Il se considérait strictement comme un opportuniste doué. Il ne s'amuserait jamais à commettre un délit grave à moins que l'occasion ne s'en présente d'elle-même. Il croyait à la toute-puissance de la bonne aubaine, car elle collait parfaitement à son credo : se fatiguer un minimum.

Il entendit les jeunes arriver avant même de les voir. La Cherokee au moteur gonflé arrosait le voisinage du rap de Snoop Doggy Dogg, faisant trembler les rares carreaux que le cyclone avait épargnés. Les jeunes passèrent une fois, firent le tour du pâté de maisons et repassèrent devant lui.

Niaqueur sourit à part lui, se disant : c'est ces putains de rayures. Ils croient que je transporte du blé.

Il continua d'avancer. Quand la Cherokee repassa pour la troisième fois, on avait coupé le rap. Débile, songea Niaqueur. Pourquoi pas sortir un panneau avec écrit dessus : venez nous voir dépouiller ce mec ! Tant qu'à faire.

Comme la Jeep revenait derrière lui, Niaqueur se colla au bord du trottoir et ralentit le pas. Faisant glisser le tuyau d'arrosage de Tony Torres de son épaule, il le porta, tout enroulé, devant lui. La Cherokee arriva à son niveau. L'un des gamins, penché hors de la vitre côté passager, brandit un pistolet chromé en direction de Niaqueur.

— Oh, fi deuh putah, fit le gamin.

— Bonjour chez vous, répondit Niaqueur.

Il prit adroitement au lasso la tête du gamin avec le tuyau d'arrosage et l'éjecta de la Jeep. En percutant l'asphalte, le gamin lâcha son flingue. Niaqueur n'eut qu'à se baisser. Le pied posé sur la poitrine du jeune, il entreprit alors de lui serrer la gorge avec le tuyau.

Le reste de la bande se précipita hors de la Cherokee, bien décidé à secourir leur pote et à buter ce tocard moche comme un cul avec son connard de costard, mais ils changèrent de plan en voyant qui tenait maintenant le pistolet. Alors, ils se carapatèrent.

Niaqueur attendit que le gamin qu'il maintenait par terre ait quasiment tourné de l'œil avant de relâcher le nœud coulant en tuyau d'arrosage.

— Faut que j'emprunte de l'essence, dit Niaqueur, pour regarder Sally Jessy.

Le môme se releva lentement en se frottant le cou ; il saignait là où ses trois chaînes en or avaient entamé la chair. Il portait un débardeur pour qu'on voie les tatouages de son biceps gauche — le graph d'un gang et son surnom, Baby Raper.

— T'aurais pas un bidon d'essence des fois, Baby ? fit Niaqueur.

— Neûn, putaah, répondit le gamin, sa voix n'était plus qu'un murmure rauque.

— Dommage. Va falloir que j'embarque la bagnole.

— Rien à battreuh. C'est pô la mienneuh.

— Ouais, je m'en doutais un peu, figure-toi.

— Kesk'qu'elle a qui déconneuh ta gueuleuh, man ? lui balança le môme.

— Pardon ?

— J'teuh deuhmandeuh ce qu'elle a qui déconneuh ta putaah de gueuleuh.

Niaqueur monta dans la Cherokee et récupéra le CD de Snoop Doggy Dogg dans le lecteur stéréo. Se servant du côté brillant du compact disc comme d'un miroir, il prétendit y admirer sa physionomie.

— Elle m'a l'air impec, à moi, dit-il au bout d'un instant.

— Sans blagueuheuheuh, fit le môme en minaudant.

Niaqueur braqua le pistolet sur la tempe du gamin, en lui ordonnant de se coucher sur le ventre. Puis il tira sur le froc du dépouilleur jusqu'à ce qu'il l'ait aux chevilles.

Un camion à grande échelle de la Compagnie d'Électricité de Floride surgit dans un nuage de fumée au bout de la rue. Le môme lui cria à l'aide, mais le chauffeur passa son chemin.

Se démanchant le cou pour regarder derrière lui, Baby Raper vit Niaqueur lever le CD vers le ciel comme une hostie chromée.

— La pire zique de merde que j'aie entendue.

— Eh, man, kesk qu'teuh veuh feuhreuh aveuc ça ?

— Devine.

Ira Jackson se tenait dos au soleil. Tony Torres clignait comme un malade, une main en visière.

— Je vous connais ? fit le V.R.P. Sûr que je vous connais.

— Béatrice Jackson était ma mère.

— Je vous reconnais, j'ai dit.

— Elle est morte.

— J'ai appris ça. Toutes mes condoléances.

Étendu sur son transat, Tony Torres se sentait en position de faiblesse. Il releva les deux genoux pour donner un appui à la carabine.

Ira Jackson demanda à Tony s'il reconnaissait autre chose.

— Par exemple, que vous avez promis à ma mère que son mobile F-2 serait aussi solide qu'une vraie maison en dur ?

— Wouah, vieux, j'ai jamais dit une chose pareille.

Ça démangeait Tony Torres de se mettre debout, mais c'était une vaste entreprise. Un seul faux mouvement et la frêle chaise longue pouvait s'effondrer sous son poids.

— « Approuvé par le gouvernement », voilà ce que je vous ai dit, Mr Jackson. L'expression exacte que j'ai employée.

— Ma mère est morte et son F-2, en miettes.

— Eh bien, ça a été un cyclone comac. La Tempête du siècle, ils l'ont dit à la télé.

Tony commençait à se demander si ce sombre con

ne voyait pas la Remington qu'il lui braquait à hauteur du zizi.

— S'agit d'une catastrophe naturelle mahousse, vieux. Regardez le mal que ça a fait aux maisons qui nous entourent. À commencer par la *mienne* ! Et merde, à Homestead, ça a complètement rasé la base de l'Air Force ! Y a pas moyen d'échapper à un truc comme ça. Je regrette pour votre mère, Mr Jackson, mais un mobile home, c'est rien qu'un mobile home.

— Et les amarres, qu'est-ce qui leur est arrivé aux amarres ?

Bon Dieu, se dit Tony. Qui s'y connaissait assez pour aller examiner de près ces putains d'amarres ? Il fit des efforts pour paraître pétri d'indignation.

— Je ne vois pas du tout de quoi vous parlez.

— J'en ai trouvé deux qui pendouillaient d'un morceau du mobile home. Les tendeurs étaient pourris, les piquets sciés nets. Et pas de rondelles d'ancrage — j'ai vu toute cette merde de mes yeux, vu.

— Je suis sûr que vous faites erreur. Il y a eu inspection, Mr Jackson. Chaque modèle que nous avons vendu a été contrôlé.

Le ton du V.R.P. avait perdu de sa superbe. Il était mal à l'aise, à discuter avec une silhouette sans visage.

— Admettez-le, insista Ira Jackson. Quelqu'un a scié ces saletés de piquets pour grappiller quelques sous sur l'installation.

— Continuez à l'ouvrir comme ça, l'avertit Tony Torres, et je vous poursuis pour diffamation.

Avant même que ce ne soit spécifié dans sa mise en liberté conditionnelle, Ira Jackson n'avait jamais possédé d'arme à feu. Pendant ses nombreuses années de gorille professionnel, l'expérience lui avait appris que tous ceux qui trimbalaient des flingues finissaient immanquablement par se faire flinguer. Ira Jackson avait favorisé des techniques plus personnelles, à base de pinces à levier, battes de softball en alu, bâtons de nunchakus, cordes de piano, articles de coutellerie ou chaussettes de tennis lestées de poids pour la pêche. N'importe laquelle de ces techniques aurait fait joliment l'affaire dans le cas de Tony Torres, mais Ira Jackson n'avait emporté que ses poings nus jusqu'à la maison du V.R.P.

— Qu'est-ce que vous voulez au juste ? demanda Tony Torres.

— Une explication.

— Je viens de vous la donner.

Les yeux de Tony s'humectèrent à force de regarder le soleil en face et il commençait à nourrir des inquiétudes. Edie la Vierge de Glace avait disparu avec les chiens d'Ira Jackson — bordel, à quoi ça rimait *tout ça* ? Ils trafiquaient quoi ? Et où était passé l'autre animal dans son costume à deux balles, son soi-disant garde du corps ?

Tony dit à Ira Jackson, lui montrant la rue de sa carabine :

— Je crois qu'il est temps que vous partiez.

— C'est tout le cas que vous faites des réclamations de vos clients ?

Le V.R.P. lâcha un rire froussard.

— T'es pas venu ici pour te faire rembourser, vieux.

— T'as raison.

Le vacarme ambiant — symphonie pour coups de marteau, perceuses, scies et générateurs électriques — n'était pas pour déplaire à Ira Jackson. Tout le voisinage s'employait à remettre ses pénates en état. Le bruit couvrirait d'autant mieux le pugilat, si le vendeur de mobile homes choisissait d'en venir aux mains.

— Si tu crois que je sais pas me servir de ce calibre douze, fit Tony Torres, tu te goures dans les grandes largeurs. T'as qu'à mater ce trou dans la porte du garage.

Ira Jackson émit un sifflement.

— Je suis vachement impressionné, señor Torres. Vous avez descendu une baraque.

L'expression de Tony se fit plus dure.

— Je compte jusqu'à trois.

— Ma mère s'est pris un barbecue en pleine tronche.

— *Un !* fit le V.R.P. À chaque seconde qui passe, vous ressemblez de plus en plus à un pillard, monsieur.

— Vous lui avez promis que l'endroit était sans danger. Tous ces pauvres gens — ça vous empêche pas de dormir ?

— *Deux !*

— Calmos, gros con. Je me casse.

Et là-dessus, Ira Jackson tourna les talons et repartit vers la rue.

Tony Torres souffla longuement ; sa langue était comme du papier émeri. Il abaissa la Remington qui vint se poser contre l'une de ses rotules. Il vit le fils de Béatrice Jackson s'agenouiller dans l'allée comme pour renouer le lacet de sa chaussure.

Tendant le cou pour voir ce qu'il fabriquait, Tony lui gueula :

— Dégage, vieux !

Le parpaing le prit par surprise — primo, le simple poids de l'objet, quinze bons kilos de béton armé ; deuzio, le fait qu'Ira Jackson soit capable de lancer un objet aussi lourd, comme s'il puttait au golf, et avec une précision de tir aussi navrante.

Frappant le V.R.P. en plein poitrail, le parpaing lui fit lâcher la carabine, vida sa vessie de sa bière et lui coupa la respiration. Il laissa échapper une exclamation sifflante comme un matelas pneumatique crevé.

L'impact du parpaing fut tel qu'il plia Tony Torres

en deux, si bien que le transat se referma sur lui comme la tapette d'une souricière géante. Les gémissements qu'il poussa tandis qu'Ira Jackson le traînait jusqu'à la voiture restèrent quasiment inaudibles dans le chœur des tronçonneuses de ses voisins.

7.

Le service de médecine légale de Dade County, calme, d'une propreté clinique et moderne, ne ressemblait aucunement au cliché que Bonnie Lamb avait en tête de la morgue d'une métropole. Elle admira la conception architecturale : le design du bâtiment n'évoquait en rien la violence ni le crime. Avec son aspect bureaucratique et pimpant, l'endroit aurait pu passer pour le siège régional d'une compagnie d'assurances ou d'une société de crédit, si l'on faisait abstraction des cadavres reposant dans l'aile nord.

Une aimable secrétaire apporta du café à Bonnie tandis qu'Augustin s'entretenait en privé avec le médecin légiste en second. Le jeune toubib se souvenait d'Augustin pour l'avoir vu une semaine plus tôt quand il était venu réclamer les restes envenimés de son oncle. Ledit médecin se montra surpris d'apprendre de la bouche même d'Augustin que la vipère tropicale qui avait causé le trépas de Félix Kojack se baladait libre comme l'air, à l'heure qu'il était. Il envoya par e-mail une note au Jackson Memorial Hospital, prévenant le service des urgences de réquisitionner un surplus de contrepoison, juste au cas où. Puis il prit une photocopie de la déposition de Bonnie et disparut dans le couloir.

À son retour, le jeune toubib déclara qu'il y avait deux corps non identifiés à la morgue, correspondant vaguement au signalement de Max Lamb. Augustin transmit la nouvelle à Bonnie.

— Vous vous sentez capable d'affronter ça ? demanda-t-il.

— Oui, si vous venez avec moi.

Il y avait une trotte jusqu'à la salle d'autopsie, où la température parut chuter d'une bonne dizaine de degrés. Bonnie prit la main d'Augustin tandis qu'ils évoluaient entre les tables en inox et leurs rigoles d'écoulement, où étaient étendus une demi-douzaine de cadavres à divers stades de dissection. La pièce dégageait une odeur écœurante, mélange douceâtre de produits chimiques et de charogne. Augustin sentit la paume de Bonnie devenir froide. Il lui demanda si elle allait s'évanouir.

— Non, répondit-elle, c'est juste... mon Dieu, je pensais qu'ils seraient recouverts d'un drap.

— On voit ça qu'au cinéma.

Le premier anonyme avait le cheveu raide et des rouflaquettes au poil clairsemé, inégalement réparti. Il avait le même âge que Max, était de race blanche comme lui, mais à part ça ne lui ressemblait pas du tout. Le mort avait l'œil bleu-vert, Max, marron. Bonnie cependant ne pouvait en détacher son regard.

— Comment est-il mort ?

— C'est Max ? demanda Augustin.

Elle fit vivement non de la tête.

— Dites-moi comment il est mort.

Le jeune médecin légiste pointa son stylo Bic sur un trou de la taille d'une pièce de monnaie au creux de l'aisselle gauche du mort.

— D'une blessure par balle, fit-il.

Augustin et Bonnie le suivirent jusqu'à une autre table. Ici, la cause du décès n'avait rien de mystérieux : le second anonyme avait été victime d'un épouvantable accident. Il était scalpé et son visage en bouillie empêchait toute identification. Un tracé noir d'agrafes d'autopsie lui courait du torse au bassin.

— Je ne sais pas, je ne peux pas affirmer..., bafouilla Bonnie.

— Regardez ses mains, lui conseilla le médecin légiste.

— Pas d'alliance, fit observer Augustin.

— Je vous en prie. J'aimerais que ce soit madame qui regarde. On retire les valeurs par mesure de sécurité.

Bonnie fit le tour de la table au radar. La pâleur bleuâtre de l'épiderme du mort rendait difficile de déterminer sa complexion d'origine. Il était bâti comme Max — étroit d'épaules, poitrine osseuse et, à la taille, un bourrelet veineux potelé comme celui d'un bébé. Ses bras et ses jambes étaient maigres et presque imberbes, là encore, comme ceux de Max...

— Et les mains, m'dame ?

Bonnie Lamb se força à regarder et fut contente d'y avoir réussi. Les mains du mort n'avaient rien à voir avec celles de son mari ; les ongles étaient rongés et noirs. Max croyait religieusement aux vertus du ponçage et polissage d'une bonne manucure.

— Non, ce n'est pas lui.

Elle parlait tout bas, comme si elle avait peur de réveiller l'homme défiguré.

Le médecin voulut savoir si son mari avait des taches de naissance. Bonnie lui dit qu'elle n'avait pas remarqué, et se sentit coupable — comme si elle n'avait pas passé assez de temps à détailler par le menu le torse et les extrémités de Max. Pourquoi donc la plupart des amants ne faisaient-ils pas le relevé des imperfections les plus intimes de leur partenaire ?

— Je me souviens d'un grain de beauté qu'il a au coude, dit-elle du ton de celle qui veut rendre service.

— Sur lequel ? demanda le médecin légiste.

— Je ne me rappelle pas.

— Comme si ça avait de l'importance, fit Augustin avec une certaine impatience. Vous n'avez qu'à vérifier aux deux bras, O.K. ?

Le toubib s'exécuta. Les coudes du mort étaient vierges de tout grain de beauté. Bonnie se détourna du cadavre et appuya sa tête contre la poitrine d'Augustin.

— Il conduisait une moto volée, expliqua le médecin. Avec un micro-ondes attaché sur le dos.

Augustin poussa un soupir d'irritation.

— Un pillard d'après cyclone.

— Oui. Il s'est payé un camion de bois à cent trente.

— Et c'est *maintenant* qu'il nous le dit.

Le soulagement ne l'envahit qu'une fois revenue dans le pick-up d'Augustin. *Ce n'était pas Max à la morgue parce qu'il est toujours vivant. C'est une bonne chose. Il y a de quoi remercier le Ciel.* Puis Bonnie se mit à trembler, imaginant son mari éventré comme un poisson sur un plateau d'acier chromé.

À leur retour dans le quartier où Max Lamb avait disparu, ils retrouvèrent la voiture de location sur ses jantes. Le capot était ouvert et il n'y avait plus de radiateur. On n'avait pas touché au petit mot qu'Augustin avait laissé sur le pare-brise — preuve tangible, remarqua-t-il, du taux élevé d'illettrisme chez les voleurs de pièces détachées automobiles. Il proposa d'appeler une dépanneuse.

— Plus tard, fit Bonnie, sèchement.

— C'est ce que je voulais dire. Plus tard.

Il verrouilla le pick-up et mit l'alarme.

Ils rôdèrent dans les rues pas loin de deux heures, Augustin avec le .38 Spécial enfoncé dans la ceinture. D'après lui, le ravisseur de Max avait pu se planquer, aussi vérifièrent-ils chaque maison abandonnée du quartier. En allant d'un bloc à l'autre, Bonnie entamait la conversation avec des gens qui retapaient leurs maisons mises à mal. Elle espérait que l'un d'entre eux se souviendrait avoir vu Max dans la matinée qui avait suivi le cyclone. Plusieurs résidants firent des récits colorés concernant des singes, mais aucun de ceux auxquels Bonnie s'adressa ne se rappelait avoir assisté au kidnapping d'un touriste.

Augustin l'emmena ensuite au poste de contrôle de la police, où elle contacta une société de dépannage et l'agence de location de voitures d'Orlando. Puis elle appela son appartement à New York pour relever ses messages. Après avoir écouté quelques instants, elle appuya sur la touche rappel de l'appareil et tendit le récepteur à Augustin.

— Incroyable, dit-elle.

C'était la voix de Max Lamb. La friture était si forte qu'il aurait pu tout aussi bien téléphoner du Tibet.

— Bonnie, ma chérie, tout va bien. Je ne crois pas ma vie en danger, mais j'ignore quand on me relâchera. C'est trop duraille de t'expliquer tout ça au téléphone — euh, raccroche pas, il veut que je te lise quelque chose. T'es prête ? Alors voilà ce que ça dit : Je n'ai rien à faire avec la machinerie grinçante de l'humanité — j'appartiens à la terre ! Je le dis, couché sur mon oreiller, et je peux sentir les cornes qui germent à mes tempes.

Puis après un silence crachouillant :

— Bonnie, mon chou, ce n'est pas aussi grave que ça en a l'air. S'il te plaît, pas un mot de tout ça à mes parents — je ne veux pas que Papa s'en fasse une montagne, pour rien. Et aussi, je t'en prie, appelle Pete et demande-lui de me mettre en congé maladie, au cas où cette situation se prolongerait. Et dis-lui bien de faire barrage au cinquième étage rapport à la réunion Bronco de la semaine prochaine. N'oublie pas, tu veux ? Précise-lui qu'en aucun cas on ne doit mettre Bill Knapp sur le coup. Jusqu'à plus ample informé, c'est encore mon budget...

La voix de Max se perdait dans des échos et autres interférences parasites. Augustin raccrocha. Il ramena Bonnie jusqu'au pick-up.

En y montant elle dit :

— Ça me rend folle.

— On rappellera de chez moi et on l'enregistrera.

— Oh, je ne doute pas que ça poussera le F.B.I. à passer à l'action. En particulier le petit passage poétique.

— En fait, je crois que c'est une citation.

— Et ça veut dire quoi ?

Augustin passa la main devant elle pour ranger le .38 dans la boîte à gants.

— Que votre mari court un plus grand danger qu'il ne le croit, dit-il.

En règle générale, les agents de la police de la route basés en Floride du Nord ne sautent pas de joie lorsqu'ils apprennent qu'on les affecte temporairement en Floride du Sud. Nombreux sont ceux qui préféreraient de loin Bagdad ou le Kosovo. Mais pas Jim Tile. Un petit tour à Miami signifiait des instants précieux avec Brenda Rourke, bien que travailler en double service dans la zone cyclonique leur laissât rarement assez d'énergie pour tomber dans les bras l'un de l'autre.

Jim Tile ne s'était pas attendu à une intrusion du gouverneur, mais cela n'avait rien de vraiment surprenant. Il adorait les ouragans. Ignorer sa présence aurait été égoïste et irresponsable ; le policier d'État ne prenait pas l'amitié à la légère ni ne sous-estimait la capacité qu'avait Skink d'agir sur des coups de tête hors du commun. Jim Tile n'avait pas d'autre choix que de tenter de veiller au grain.

À l'ère du politiquement correct, un grand Black baraqué en uniforme de police impec pouvait aller et venir à son aise dans les couloirs de la bureaucratie des petits Blancs sans qu'on lui pose la moindre question. Jim Tile en profita dans les grandes largeurs pendant les jours qui suivirent le cataclysme. Il se mêla d'autorité aux shérifs adjoints de Dade County, policiers d'Homestead, sapeurs-pompiers, volontaires de la Croix-Rouge, gardes nationaux, commandants de l'Armée et autres émissaires sur les dents de l'Agence pour les catastrophes naturelles. Entre ses heures de service, Jim Tile buvait du café et dépouillait dépositions, relevés de fiches du 911, sorties papier informatiques et procès-verbaux manuscrits d'incidents divers — il ne recherchait rien en particulier, un signe simplement.

En fait, une démence rampante s'avançait dans le sillage de la tempête. Jim Tile feuilletait la paperasse en se disant : Seigneur Dieu, les gens sont en train de péter les plombs un peu partout dans cette ville.

L'outillage nécessaire à la reconstruction faisait coup double en dotant d'armes originales la violence domestique. Dans un premier temps, les victimes du cyclone s'étaient ruées par milliers pour faire l'acquisition de tronçonneuses afin de dégager les décombres, et désormais ces dangereux joujoux électriques servaient à se purger la bile. Un citoyen armé d'une Black & Decker avait tenté de tronçonner un expert en assurances têtu à Homestead. Une vieille dame de Florida City s'était servie d'une Sears ultra-légère pour réduire au silence le cacatoès apprivoisé d'une voisine, trop loquace à son goût. Et à Sweetwater, c'était deux ados, membres d'un gang, qui avaient réussi à se détacher respectivement un bras (l'un le droit, l'autre le gauche) au cours d'un duel, bref mais spectaculaire, avec des Homelite volées.

Si les tronçonneuses faisaient la loi le jour, les armes à feu la faisaient la nuit. Redoutant les pillards, de vigilants propriétaires déchargeaient leurs semi-automatiques de gros calibre au moindre crac, boum, hue dans le noir. Au nombre des premières victimes, on déplorait sept chats, treize chiens errants, deux opossums et un camion-poubelle — mais aucun voleur à proprement parler. Les résidants d'un quartier rural tirèrent à tout va des dizaines de coups de feu pour repousser l'assaut de ce qu'ils décrivirent comme une bande de singes en maraude — épisode que Jim Tile qualifia d'hallucination collective et écarta. Il résolut de cantonner ses investigations aux heures ouvrables, chaque fois que c'était possible.

Presque toutes les personnes portées disparues auprès des autorités étaient des gens de la région qui, en fuyant l'ouragan, avaient perdu tout contact avec leurs parents qui se faisaient un sang d'encre, là-haut dans le Nord. On retrouvait la plupart d'entre elles saines et sauves dans les abris ou les maisons du voisinage. Mais un cas en particulier tira l'œil de Jim Tile : celui d'un dénommé Max Lamb.

Selon la déposition de sa femme, le couple Lamb était arrivé à Miami, le lendemain matin du cyclone. Mrs Lamb avait déclaré à la police que son mari voulait voir de près les ravages causés par la tempête. Le policier n'en fut pas autrement surpris — les rues étaient embouteillées de gens venus d'ailleurs pour lesquels la zone sinistrée était une curiosité touristique comme une autre.

Mr Max Lamb avait abandonné sa voiture de location pour s'en aller filmer avec son caméscope. Aux yeux de Jim, il semblait des plus improbables qu'un habitant de Manhattan puisse s'égarer à pied dans le quadrillage simplissime d'un lotissement floridien. Ses soupçons s'accrurent à la lecture d'un autre incident, enfoui dans la pile de dossiers.

Une vieille dame de soixante-quatorze ans avait appelé pour dire qu'elle avait assisté vraisemblablement à une agression. Elle était synthétisée en deux brefs paragraphes, pris au téléphone par un dispatcheur :

« Le témoin signale qu'elle a vu un individu suspect courir le long du bloc des numéros 10 700 de Quail Roost Drive, portant un autre individu sur son épaule. L'individu numéro un répond au signalement suivant : homme de race blanche, poids et taille non communiqués. L'individu numéro deux est aussi un homme de race blanche, poids et taille non communiqués. Le témoin signale que B manifestait des signes de résistance et qu'il était peut-être nu. A, nous signale-t-on, possède une arme de poing munie d'un clignotant rouge (? ?). Les voitures radio 2344 et 4551 ont fouillé le périmètre sans résultat. »

Si Jim Tile ne connaissait aucun modèle de pistolet à clignotant rouge, il savait que la plupart des caméscopes en avaient un. De loin, une personne âgée paniquée pouvait confondre un Sony avec un Smith & Wesson.

Peut-être la vieille dame avait-elle assisté à l'enlèvement de Mr Max Lamb. Jim Tile espérait bien que non. Il souhaitait que la scène vue à Quail Roost Drive ne soit rien qu'une altercation de rue bizarroïde de plus dont Dade County avait la spécialité et non pas un nouveau méfait de son volatil ami, l'habitant des marais, bien connu pour la piètre estime dans laquelle il tenait les touristes mal éduqués.

Le policier fit une photocopie de la déposition de Mrs Lamb et la glissa dans sa serviette parmi plusieurs autres. Quand il aurait un trou dans son emploi du temps, il chercherait à l'interroger.

Il ne lui restait plus que vingt minutes pour déjeuner avec Brenda, avant que tous deux n'entament une nouvelle période de service. Qu'il lui soit permis de la voir, même brièvement, valait bien l'épreuve de battre le macadam en folie de la Floride du Sud.

Jim Tile fut, par conséquent, fort mécontent d'assister en direct au détournement d'un camion de l'armée du Salut, tandis qu'il roulait vers le Homard Rouge, le restaurant où Brenda l'attendait. Il fut obligé de pourchasser le pirate de la route et, le temps que tout soit terminé, il avait bel et bien raté son déjeuner d'amoureux.

En désarmant le voleur qu'il menotta, Jim s'étonna à haute voix qu'un individu avec deux doigts de jugeote se serve d'un MAC-10 pour s'emparer d'un camion rempli de vêtements de seconde main. Le jeune argua que son intention de départ était de bomber le graph de son gang sur le flanc du véhicule de l'armée du Salut, mais avant qu'il ait pu terminer son tag le chauffeur avait démarré. Le jeune expliqua qu'il n'avait eu d'autre choix, pour garder le respect de lui-même, que de sortir son fusil-mitrailleur et *yo,* de voler cette saloperie de camionnette.

Tandis que Jim Tile, policier d'État, aidait le disert pirate à monter dans le panier à salade de sa voiture de patrouille, il se fit le serment muet de redoubler d'efforts pour persuader Brenda Rourke de se faire muter loin de l'enfer de Miami dans un enfer plus civilisé, où ils pourraient travailler main dans la main.

Niaqueur était fier de la façon dont il avait acquis la Jeep Cherokee, mais Edie Marsh ne manifesta aucun intérêt pour le comment de la chose.

— C'est quoi ce bin's ? fit Niaqueur, montrant du doigt les danois.

— Donald et Marla, répondit Edie, avec ennui.

Les chiens la promenaient à hue et à dia à travers le jardin devant chez Tony Torres tout en pissant sans retenue. La puissance de leurs courtes pattes en saucisses de Vienne stupéfiait Edie.

— Au fait, dit-elle, tirant sur les laisses, ce connard n'a mis que trois minutes avant de me peloter les seins.

— Super plan, alors t'as gagné ton pari.

— Prends-moi ces saletés de clebs !

Niaqueur battit en retraite. De nombreux contacts avec des bergers allemands lui avaient laissé des séquelles définitives, mentales et physiques. Au fil des années, Niaqueur était devenu un homme à chats.

— T'as qu'à les laisser filer, dit-il à Edie.

À peine eut-elle lâché leurs laisses que les deux danois vinrent se lover à ses pieds.

— Fabuleux, grommela Niaqueur. Hé ! regarde un peu ce que j'ai trouvé.

Il exhiba le pistolet chromé qu'il avait fauché à la bande de rappeurs. Empoignant le flingue à deux balles, il nota que ses chambres étaient vides.

— Sales négros, fit-il, le balançant dans la piscine ténébreuse.

Edie Marsh mentionna à Niaqueur le dur à l'accent new-yorkais qui était venu trouver Tony Torres.

— T'as choisi ton moment pour disparaître, génial, ajouta-t-elle.

— Ferme-la, tu veux.

— Bref, envolé, le Tony. Et son putain de transat, *idem.* Débrouille-toi avec ça.

— Merde.

— Et on est pas près de le revoir, fit Edie avec gravité. En entier, du moins.

Un parpaing occupait l'emplacement de la chaise longue de Tony. Niaqueur maudit son timing pourri. Mieux valait faire une croix sur les dix mille. Même dans le cas hautement improbable du retour du V.R.P., il ne les alignerait jamais. Niaqueur avait merdé un max ; il n'avait pas l'étoffe d'un garde du corps.

— Me dis pas que t'as un nouveau plan, fit-il.

Une sirène couvrit la réponse d'Edie, qu'elle ponctua d'un geste de la main familier. Une ambulance passa à toute allure sur Calusa Drive. Niaqueur s'imagina qu'elle emmenait Baby Raper à l'hosto, pour y subir une intervention chirurgicale singulière : Niaqueur ne serait pas surpris de lire quelque chose là-dessus un jour ou l'autre dans une revue médicale.

En apercevant la Remington de Tony Torres mise en pièces dans l'allée, Niaqueur songea : il est décidément grand temps de saborder la mission. Demain, il appellerait Avila pour le boulot de couvreur.

— Je te dépose quelque part, dit-il à Edie Marsh, mais sans ces clébards à la con.

— Et merde, je peux pas les laisser ici quand même.

— À toi de voir.

Niaqueur rafla trois Heineken dans la glacière de Tony, remonta dans la Cherokee au monteur gonflé et démarra sans même un au revoir de la main.

Edie Marsh attacha Donald et Marla à un asperseur dans l'arrière-cour. Puis elle pénétra dans la carcasse en ruine de la maison pour voir s'il y avait quelques articles de valeur à glaner.

Skink ordonna à Max Lamb de se dévêtir et de grimper dans un arbre. Max fit ce qu'on lui disait. C'était un saule effeuillé ; Max s'installa sur une branche élastique, ses jambes nues se balançant dans le vide. En dessous de lui, Skink faisait les cent pas en fulminant. Dans l'une de ses mains, il tenait la télécommande du collier électronique de dressage.

— Vous rappliquez ici, vous autres, espèces de yuppies à la con, sans rien savoir, sans apprécier, sans vous *intéresser* à l'histoire originelle de cet endroit, à l'antique cours de son existence. Disney World ! Mais nom de Dieu, Max, c'est pas ça la Floride !

Il braqua un index accusateur sur son prisonnier.

— Oui, j'ai trouvé le talon de tes billets dans ton portefeuille, touriste de mes deux.

Max était complètement tourneboulé : il avait toujours supposé que tout le monde aimait Disney World.

— Je vous en prie, dit-il à Skink, si vous m'envoyez une décharge maintenant, je vais tomber.

Skink retira son bonnet de douche à fleurs et s'agenouilla près des cendres du feu de camp. Max était inquiet au plus haut point. Des moustiques noirs comme du charbon grouillaient sur ses orteils pâlichons et grassouillets, mais il n'osait pas les chasser d'une tape. Il avait peur de bouger d'un seul pouce.

Toute la journée, l'humeur de son ravisseur avait paru s'améliorer. Il avait même emmené Max jusqu'à une aire de repos de la Tamiami Trail, afin qu'il puisse appeler New York et laisser un nouveau message à Bonnie. Tandis que Max patientait à la cabine, Skink n'avait fait qu'un bond jusqu'à la route pour y ramasser un animal écrabouillé de frais. Il s'était lâché, se montrait pratiquement convivial. Il avait chanté pendant tout le trajet de retour en hydroglisseur jusqu'au hammock de cyprès ; plus tard, il s'était contenté de gronder Max qui ignorait que Neil Young avait joué de la guitare pour Buffalo Springfield.

Max Lamb se croyait doué d'une personnalité de battant, douce illusion qui le porta à croire que le kidnappeur commençait à éprouver de la sympathie pour lui. Max sentait que ce n'était qu'une question de temps avant qu'il puisse se faire libérer au baratin. Il n'accorda aucun crédit à la biographie orale de Skink qu'il considérait comme un déséquilibré et une épave, d'une intelligence très moyenne ; bref, une âme confuse qu'on pouvait convaincre par une approche réfléchie et en gardant profil bas. Et n'était-ce pas là le point fort de tout bon publicitaire — de convaincre n'importe qui ? Max croyait progresser, également, par le biais de propos insipides, d'anecdotes incongrues et, de temps à autre, d'une manifestation d'autodérision. Skink, c'était certain, affichait un comportement plus calme, sinon serein. Trois heures s'étaient écoulées depuis qu'il avait actionné le collier de dressage pour la dernière fois, une accalmie encourageante, du point de vue de Max.

À présent, pour des raisons inconnues, cette brute borgne était à nouveau en ébullition.

— Questions pour un champion, annonça-t-il à Max.

— Sur quoi ?

Skink se leva lentement. Il fourra la télécommande dans une poche revolver. Il rassembla à deux mains sa crinière en bataille et se la natta d'un côté du crâne, au-dessus de l'oreille — comme une queue de cheval mal placée. Puis il ôta son œil de verre et le lustra avec de la salive et un bandana crasseux. L'alarme de Max ne fit que s'accroître.

— Qui était ici en premier ? Les Séminoles ou les Téquestas ? demanda Skink.

— Je... euh... je sais pas.

Max agrippa la branche si fortement que ses jointures en rosirent.

Skink, remettant en place son œil artificiel, récupéra la télécommande dans sa poche.

— Qui était Napoléon Bonaparte Broward ?

Max Lamb secoua la tête, faiblement. Skink haussa les épaules.

— Et à tout hasard, Marjory Stoneman Douglas ?

— Oui, oui, attendez un instant.

La branche de saule frissonnait sous les fesses agitées de tremblements nerveux de Max.

— C'est elle qui a écrit *Jody et le faon* !

Quand il revint à lui, quelques instants plus tard, il se retrouva roulé en foetus, sur un banc de mousse, les genoux écorchés par sa chute. Son cou et ses bras lui brûlaient encore suite à la décharge du collier de chien. Ouvrant les yeux, Max vit le bout des bottes de Skink sous son nez. Et entendit une voix profonde comme le tonnerre.

— Je devrais te tuer.

— Non, ne faites...

— Quelle arrogance de venir dans un lieu comme ici en ne sachant pas...

— Pardon, capitaine.

— ... en ne se donnant pas la peine d'apprendre...

— Je vous l'ai déjà dit, je suis dans la pub.

Skink glissa une main sous le menton de Max.

— En quoi est-ce que tu crois ?

— Mais nom d'une pipe, c'est ma lune de miel.

Max était sur la pente glissante de la panique.

— Quelles sont vos valeurs ? Je suis tout ouïe, cher monsieur.

Max Lamb se fit tout petit.

— J'sais pas.

Skink pouffa amèrement.

— Pour ta gouverne, sache que tu t'es emmêlé les pinceaux avec les Marjorie. C'est Marjorie Rawlings, l'auteur de *Jody et le faon*. Marjorie Douglas a écrit *River of Grass*. Mon petit doigt me dit que tu l'oublieras plus.

Il nettoya le sang des écorchures des jambes de Max et lui dit de se rhabiller. Sa confiance en lui fortement ébranlée, Max remit ses vêtements avec les gestes lents d'un arthritique.

— Vous me relâcherez jamais ?

Skink parut ne pas avoir entendu la question.

— Tu sais ce qui me plairait vraiment, fit-il, alimentant un nouveau feu. C'est rencontrer ta femme.

— C'est impossible, répondit Max d'une voix rauque.

— Bof, tout est possible.

Parmi les truands qui affluèrent dans le Sud au cours des heures fiévreuses de l'après-cyclone, se trouvait un certain Gil Peck. Son plan, c'était de se faire passer pour un maçon émérite, rafler tout ce qu'il pourrait en matière d'arrhes, puis rapatrier son cul en Alabama vite fait. La combine avait marché comme sur des roulettes avec les victimes du cyclone Hugo en Caroline du Sud, et Gil Peck était persuadé qu'elle fonctionnerait aussi à Miami.

Il y arriva au volant d'un camion-plateau de quatre tonnes, chargé d'une petite quantité de vraies briques qu'il avait fauchées sur un chantier de construction sans surveillance à Mobile (Alabama) — celui du nouveau pavillon de cancéreux d'un hôpital pédiatrique. Gil Peck avait appris la bonne aubaine à la télé. Dans l'après-midi, il avait sorti le camion du garage, s'était servi en briques et avait roulé non-stop jusqu'en Floride du Sud.

Jusqu'ici les affaires étaient florissantes. Gil Peck s'était ramassé dans les vingt-six mille dollars en liquide auprès d'une demi-douzaine de propriétaires de maisons individuelles aux abois : tous espéraient le voir revenir le samedi matin suivant avec un plein chargement de briques. À ce moment-là, bien entendu, Gil Peck serait loin, en train de remonter vers le nord.

Le jour il pratiquait son arnaque, la nuit il fouillait en charognard les décombres. Le semi-remorque à plateau en imposait et personne ne remettait en question sa présence sur les lieux. Bien après le couvre-feu, les gardes nationaux le laissaient franchir les barrages clignotants d'un large geste de la main.

Nombre d'objets de valeur avaient survécu au pilonnage de la tempête, les gravats étaient une mine, et Gil Peck devint un expert en matière d'extraction. L'inventaire de son butin de deux jours comprenait : un grille-beignet, un Stairmaster, un service à thé en argent, trois fusils d'assaut démarqués, un téléphone cellulaire Panasonic, deux paires de chaussures de golf pour hommes, un kilo de haschisch sous emballage étanche, un chandelier en cuivre, des bouteilles de plongée, un anneau d'or de l'Université de Miami (1979), une paire de menottes, une collection rare de matériel pornographique finlandais, une marionnette Michael Jackson, un flacon intact de Darvocet 100 mg, un coffret des albums de Willie Nelson, une canne à mouche Loomis, une cage à oiseaux et vingt et une petites culottes, genre bikini.

Explorant les vestiges d'un *trailer park,* Gil Peck était un homme heureux. Et c'est d'une foulée bondissante qu'il suivait le pinceau jaune lumineux de sa torche électrique d'un tas de ruines à l'autre. Grâce à la Garde nationale, à la police de la route et à celle de Dade County, Gil Peck se retrouvait complètement seul, sans être inquiété, dans la nuit d'été ; libre de piller à sa guise.

Et ce qu'il repéra au beau milieu d'un court de *shuffleboard* fit palpiter de joie son cœur avide : une parabole télé géante. L'ouragan l'avait probablement déracinée de la propriété d'un milliardaire quelconque et jetée ici pour que Gil Peck la récupère. À l'aide de sa torche, il en examina la circonférence et découvrit qu'elle n'était ébréchée qu'en un seul endroit. Ce détail mis à part, le récepteur satellite de deux mètres cinquante était en parfait état.

Gil Peck songea avec un large sourire : t'es donc bien dans le droit chemin, mon pote. Une parabole aussi balèze, ça va chercher dans les deux mille, facile. Gil se dit qu'elle ne jurerait pas dans son jardin, derrière les poussinières de son poulailler. Il se voyait déjà recevoir à l'œil Home Box Office jusqu'à la fin de ses jours.

Il passa de l'autre côté pour s'assurer qu'elle n'avait pas subi d'autre dommage. Et il resta sous le choc devant le spectacle que lui révéla sa torche. À l'intérieur de la parabole, le cadavre d'un homme était épinglé comme un papillon sur son morceau de liège.

Mais si le mort était empalé sur l'antenne centrale, ce n'était pas là l'œuvre maligne de l'ouragan. Ses pieds et ses mains, méticuleusement ligotés à l'armature, renvoyaient l'image d'une crucifixion. Le mort, obèse et presque chauve, n'offrait aucune ressemblance avec le Christ familier à Gil Peck, qui était de stricte obédience baptiste. Néanmoins, cette vision chamboula le maçon bidon jusqu'au pleurnichement.

Il éteignit sa torche électrique et s'assit sur le court de *shuffleboard* pour reprendre ses esprits. Voler la parabole télé était évidemment exclu ; Gil Peck essayait de trouver le cran d'aller piquer la montre de prix qu'il avait repérée au poignet gauche du crucifié.

Sauf la fois où il avait donné un baiser à sa grand-mère dans son cercueil, Gil n'avait encore jamais touché de cadavre. Dieu merci, songea-t-il, le type a les yeux fermés. Prudemment, il grimpa dans la parabole, qui se mit à se balancer sous la surcharge. La torche dans la bouche, il dirigea le faisceau sur la Cartier en or du mort.

Ouvrir le bracelet s'avéra galère. La raideur cadavérique ne facilitait pas la tâche à Gil Peck ; le crucifié refusait de se séparer de ce qui lui donnait l'heure. Plus Gil luttait avec le cadavre, plus la parabole roulait de-ci de-là sur son axe, comme une toupie. Gil Peck avait le tournis, en devenait dingue. Au moment où il s'arrangeait pour glisser un canif entre chair et montre, le cadavre expulsa une flatulence post mortem avec une détonation des plus sonores. De terreur, Gil Peck fut catapulté au pied de la parabole.

Edie Marsh paya un petit voisin pour siphonner l'essence de la voiture abandonnée par Niaqueur et relancer le groupe électrogène de Tony Torres. Edie donna un billet de cinq dollars au gamin, billet qu'elle avait trouvé caché avec cinq autres dans une boîte à outils dans le garage du V.R.P. C'était un faux-semblant de planque pitoyable ; Edie était certaine qu'il devait y en avoir davantage ailleurs.

Au crépuscule, elle laissa tomber ses recherches et se planta dans le fauteuil relax de Tony, une grosse pince à portée de la main. Elle monta le volume de la télé aussi fort qu'elle put le supporter, pour ne plus entendre les murmures et autres bruissements de la nuit. Sans portes ni fenêtres ni toit, la maison Torres était un vrai campement ouvert à tous les vents. Dehors, l'obscurité régnait, donnant la chair de poule ; des gens erraient comme des âmes en peine dans les rues pas éclairées. Edie Marsh avait les jetons de se retrouver toute seule. Elle se serait volontiers enfuie dans le « tank » Chevrolet de Tony Torres, si la voiture de Niaqueur ne lui avait pas bloqué le passage dans l'allée : Edie l'aurait volontiers fauchée si cet enfoiré de Niaqueur n'avait pas embarqué les clés. Donc, elle se trouvait coincée dans la maison Torres jusqu'au lever du jour, où il serait plus sûr pour une femme de se balader à pied avec deux danois miniatures en laisse.

Elle prévoyait de quitter Dade County avant que quelque chose d'autre ne tourne mal. L'expédition était un désastre et Edie ne blâmait qu'elle-même. Rien dans son passé de délinquante modeste ne l'avait préparée aux vibrations vaguement menaçantes de la zone sinistrée par l'ouragan. Tout le monde était à cran ; le mal, la violence et la paranoïa mûrissaient dans l'ombre. Edie Marsh était hors de son élément naturel, ici. Demain, elle ferait un saut en stop à West Palm et bazarderait son appart. Puis elle prendrait l'Amtrack pour rentrer chez elle, à Jacksonville, et tâcherait de faire la paix avec son petit copain. Elle évaluait cette réconciliation à une semaine de pipes non-stop, étant donné la somme qu'elle lui avait taxée sur son compte. Mais il aurait vite fait de la reprendre. C'est ce qu'ils font toujours.

Un jeu télévisé faisait souffrir le martyre à Edie Marsh quand elle entendit une voix d'homme appeler au niveau de la porte d'entrée. Elle songea : Tony ! Ce porc est de retour.

Elle s'arma de la pince et se leva d'un bond du fauteuil.

— On se calme, fit-il.

Ce n'était pas Tony Torres. Ce quidam était blond et mince, avec de petites lunettes rondes. Il portait une serviette en cuir fauve et des Hush Puppies assortis. Il avait à la main un dossier en papier bulle.

— Qu'est-ce que vous voulez ? fit Edie, tenant la pince négligemment, comme si elle ne faisait rien d'autre de la journée.

— Je n'avais pas l'intention de vous faire peur, dit l'inconnu. Je m'appelle Fred Dove. Je travaille pour Midwest Assurances.

— Oh.

Edie se sentit titillée agréablement. Comme la première fois qu'elle avait rencontré l'un des jeunes Kennedy.

Fred Dove jeta un coup d'œil au dossier.

— Peut-être me suis-je trompé de rue. C'est bien le 15 600, Calusa Drive ?

— Oui.

— Et vous êtes donc Mrs Torres ?

Edie sourit.

— Je vous en prie, appelez-moi Néria, dit-elle.

8.

Augustin et Bonnie se partageaient une pizza quand le pote du F.B.I. du premier vint chercher la copie du dernier message de Max Lamb. Il écouta plusieurs fois la bande sur le lecteur de cassettes d'Augustin, dans le salon. Bonnie guettait l'expression de l'agent du F.B.I., qui ne laissa délibérément rien transparaître. Elle supposa qu'ils s'entraînaient à ça à l'Académie.

À la fin de son audition, l'agent du F.B.I. se tourna vers Augustin.

— « La machinerie grinçante de l'humanité », j'ai déjà lu ça quelque part, fit-il.

— Moi aussi. Mais j'ai eu beau me creuser la cervelle...

— Bon Dieu, je les vois déjà à Washington filer ça à la fine fleur des psys...

— Ou des cryptographes, ajouta Augustin.

Le membre du F.B.I. sourit.

— Oui.

Il accepta une part de pizza aux pepperoni brûlante pour la route et leur dit bonsoir.

Augustin posa à Bonnie une question que le type du F.B.I. n'avait fait qu'effleurer : était-il concevable que Max en personne ait pu écrire une chose pareille ?

— Jamais de la vie, dit-elle.

Son mari donnait dans l'accroche et le jingle, pas dans la métaphysique.

— Et c'est pas un grand lecteur, ajouta-t-elle. Le

dernier livre qu'il ait lu jusqu'au bout, c'est une bio de Donald Trump.

Cela suffit à convaincre Augustin que Max Lamb ne jouait pas les saintes-nitouches au téléphone ; l'inconnu mystère lui soufflait ses phrases. Augustin ne savait pas pourquoi. La situation était étrange à l'extrême.

Bonnie prit une douche. Elle en sortit vêtue d'une chemise de nuit en flanelle bleu layette ; Augustin la reconnut : elle appartenait à l'une de ses très vieilles ex. Bonnie l'avait dénichée dans une penderie.

— Elle a une histoire ? demanda-t-elle.

— Oui, celle d'une passion torride.

— Vraiment ?

Bonnie vint s'asseoir près de lui sur le canapé, à une distance purement amicale.

— Laissez-moi deviner : une hôtesse de l'air ?

— L'émission de Letterman, c'est une redif, dit Augustin.

— Une serveuse ? Un mannequin ?

— Je suis vanné, fit Augustin.

Il s'empara d'un livre, une biographie de Lech Walesa, qu'il ouvrit au milieu.

— Une prof d'aérobic ? Une secrétaire juridique ?

— Une interne en chirurgie, répondit Augustin. Elle a essayé de me charcuter les reins un soir sous la douche.

— C'est ça la cicatrice dans votre dos ? Celle en forme de Y.

— Encore heureux qu'elle ait pas été urologue.

Il referma le livre et prit la télécommande, bien décidé à zapper.

— Vous l'aviez trompée, fit Bonnie.

— Nenni, mais elle le croyait. Elle croyait aussi que la baignoire fourmillait de mille-pattes. Que des espions cubains mettaient des lames de rasoir dans son Schweppes et que Richard Nixon était veilleur de nuit à l'animalerie de Bird Road.

— Elle se droguait ?

— Évidemment.

Augustin tomba sur un match des Dodgers sur ESPN et feignit de se passionner.

Bonnie demanda à voir la cicatrice de près, mais il refusa.

— Cette fille n'avait pas la main, argua-t-il.

— Elle s'est servie d'un vrai scalpel ?

— Non, d'un tire-bouchon.

— Mon Dieu.

— Pourquoi les cicatrices branchent autant les nanas ?

— Je le savais. On vous a déjà posé la question.

Est-ce qu'elle l'allumait ? Augustin n'aurait su dire. Il n'avait aucune référence en matière de femmes mariées à l'époux récemment disparu.

— Que dites-vous de ça ? proposa-t-il. Vous me racontez tout sur votre mari et peut-être que je vous montrerai cette vacherie de cicatrice.

— Ça marche, dit Bonnie, tirant sur la chemise de nuit pour se couvrir les genoux.

Max Lamb rencontra Bonnie Brooks et en tomba amoureux quand elle était assistante de pub chez Crespo Mills International, un des producteurs leaders du secteur céréales de petits déjeuners et biscuits d'apéritif. L'agence Rodale & Burns avait remporté ce budget lucratif et confié à Max Lamb le développement de la campagne presse et radio d'une nouvelle céréale, Croustill'Prune. Bonnie Brooks vint d'un coup d'avion du siège de Chicago à titre de consultante.

À la base, Croustill'Prune n'était rien que des corn flakes tout bêtes, enrobés de sucre et mélangés à des pépites de prunes séchées, dures comme la pierre — de pruneaux, autrement dit. Le mot « pruneau » devait être banni de toute publicité de Croustill'Prune, directive formelle du client à laquelle Bonnie Brooks et Max Lamb souscrivirent de bon cœur. Le public cible était celui de jeunes aux dents tendres, les quatorze ans et moins, et non pas celui d'adultes majeurs, vaccinés et constipés.

Dès leur deuxième rendez-vous, dans un restaurant pakistanais du Village, Max testa *ex abrupto* sur Bonnie son slogan pour la nouvelle céréale de chez Crespo : *Croustill'Prune, ça vous file la pêche !*

Bonnie, pas des masses emballée par ce qu'il avait pondu, dit néanmoins à Max que son slogan était possible. Elle s'efforçait de ne pas doucher son enthousiasme ; après tout, c'était lui, l'expert en la matière, le créatif. Pour sa part, elle se contentait de bombarder les médias de dossiers de presse.

Sur une serviette en papier, Max se fendit d'un rough : celui d'un mainate effronté et louchon, la mascotte qui figurerait sur la boîte de Croustill'Prune. Max précisa que son plumage serait violet (« couleur prune ! ») et qu'on l'appellerait Primate le Mainate. Ici Bonnie Brooks se sentit tenue de parler clairement, en tant que collègue, et de rappeler à Max que nombre d'autres céréales utilisaient déjà des oiseaux comme logos (Froot Loops, Cocoa Puffs, Kellog's Corn Flakes, etc.). Pour couronner le tout, elle contesta gentiment l'idée d'affubler le mainate, au bénéfice d'une homophonie boiteuse, d'un prénom qui évoquait malencontreusement l'âge de pierre.

Bonnie : De quel sexe est supposé être l'oiseau ?

Max : D'aucun en particulier.

Bonnie : Est-ce que les mainates se nourrissent de prunes ?

Max : Vous êtes adorable, on vous l'a déjà dit ?

Il était en train de craquer sur elle, et elle (avec un peu moins de précipitation) sur lui. La suite montra que les patrons de Max chez Rodale & Burns, s'ils aimèrent bien son slogan, détestèrent le concept de Primate le Mainate. Les cadres de chez Crespo Mills firent chorus. Quand pour finir la nouvelle céréale fut mise en vente, la boîte affichait un portrait de Patrick Ewing, le légendaire joueur de basket, marquant un panier avec une prune dessinée. Par la suite, des études de marché révélèrent que de nombreux consommateurs la confondaient avec un grain de raisin géant ou un pruneau. Croustill'Prune ne parvint pas à se tailler une part significative du marché des *fruit flakes* pour le petit déjeuner et disparut tranquillement et définitivement des rayons des grandes surfaces.

La romance téléphonique à longue distance de Max et Bonnie s'installa dans la durée. Elle se découvrait transportée par son énergie, sa détermination et sa confiance en lui, si souvent en porte à faux qu'elle fût. Même si la propension de Max à classer l'humanité selon l'âge, la race, le sexe et le revenu moyen agaçait Bonnie prodigieusement, elle attribuait la froideur de son regard à son endoctrinement par le milieu de la pub. Elle-même était devenue cynique quant à l'activité cérébrale du consommateur de base, à la suite du succès planétaire de produits Crespo aussi douteux que pets de nonne salés, crème fouettée à la tapenade et autre pop-corn aromatisé à la crevette.

Dans les premiers mois de sa cour, Max inventa un jeu destiné à impressionner Bonnie Brooks. Il se faisait fort de deviner avec précision quel modèle d'automobile possédait un individu — homme ou femme — à partir de son comportement, sa garde-robe et son apparence physique ; cette aptitude était intuitive, déclara Max à Bonnie ; un véritable don. Il prétendit que c'était ce qui lui avait permis de devenir un pro de la pub aussi pointu. Lors de leurs rendez-vous, il suivait parfois de parfaits inconnus à l'extérieur du restaurant ou du cinéma pour vérifier en quoi ils roulaient. « Ah ! Une Lumina — qu'est-ce que je t'avais dit ? Ce mec avait deux-portes écrit sur lui ! » Max, quand il devinait juste, était intarissable (ce qui d'après l'estimation généreuse de Bonnie arrivait dans cinq pour cent des cas). Ce petit jeu devint vite lassant et Bonnie Brooks demanda à Max Lamb de cesser de le pratiquer. Il ne le prit pas mal ; il lui était difficile de se sentir insulté. Ce trait-là, Bonnie l'attribua également à l'univers impitoyable de Madison Avenue.

Si le père de Bonnie manifestait une indifférence polie envers Max, sa mère l'avait carrément dans le nez. Elle trouvait qu'il en faisait trop, se mettait trop en avant ; qu'il essayait de se vendre à Bonnie de la même façon qu'il vendait céréales pour le petit déjeuner et cigarettes. La mère de Bonnie ne trouvait pas Max Lamb à proprement parler faux jeton ; plutôt le contraire. Elle pensait qu'il était exactement ce qu'il paraissait être — un jeune loup à plein temps, vingt-quatre heures sur vingt-quatre. Il n'était pas très différent à la maison de ce qu'il était au bureau, pas moins préoccupé de sa réussite. Il y avait en Max, d'après la mère de Bonnie, une arrogance sournoise dans sa conduite conquérante. Bonnie trouvait que c'était là une critique bizarroïde, de la part d'une femme qui avait considéré les précédents petits amis de sa fille comme des losers impénitents. Cependant, sa mère n'avait encore jamais qualifié de « connards » les autres soupirants de Bonnie. Qu'elle ait épinglé Max Lamb de la sorte et si vite tarabusta Bonnie de façon pénible jusqu'au jour de son mariage.

À présent, Max ayant été selon toute apparence enlevé par un fou délirant, Bonnie était tourmentée par autre chose qu'avait souvent mentionné sa mère, un trait de caractère de Max si évident, dont même Bonnie n'avait pu qu'admettre la véracité. Augustin sut à quoi elle faisait allusion.

— Votre mari se croit plus malin que n'importe qui.

— Hélas, oui, dit Bonnie.

— Il n'y a qu'à écouter ses messages pour comprendre.

— Il faut dire à sa décharge, fit-elle, quêtant un encouragement, qu'il s'est toujours débrouillé pour arriver à ses fins jusqu'ici.

— Peut-être qu'il a appris quand il faut la fermer, dit Augustin qui se leva en s'étirant. Je suis crevé. On peut remettre l'exhib de la cicatrice à une autre fois ?

Bonnie Lamb éclata de rire en disant ça va de soi. Elle attendit d'avoir entendu la porte de la chambre se fermer avant de téléphoner à Pete Archibald, chez lui, dans le Connecticut.

— Je t'ai pas réveillé ? demanda-t-elle.

— Oh que non. Max m'a dit que tu appellerais.

Bonnie sentit les mots lui rester en travers de la gorge.

— Tu... tu as parlé avec lui, Pete ?

— Oui, une heure environ.

— Quand ça ?

— Ce soir. Il est obsédé par le budget des cigarettes Bronco, il a la trouille de se le faire piquer par Billy Knapp. Je lui ai dit de pas flipper, que Billy est pieds et poings liés avec les sans tabac sur un rodéo-tour à la noix...

— Peu importe, Pete. D'où Max t'a-t-il appelé ?

— J'en sais rien, Bonnie. J'ai supposé qu'il te l'avait dit.

Bonnie s'efforça de dissimuler qu'elle était blessée.

— Est-ce qu'il t'a raconté ce qui s'est passé ?

À l'autre bout du fil, Pete Archibald pouffa et proféra un chapelet de hum-hum-hum nerveux.

— Il n'est pas entré dans les détails saignants, Bonnie. Tout le monde, tous les couples de mon entourage, du moins, connaissent un jour ou l'autre un drame sur l'oreiller. Des bagarres, tout ça. C'est pas moi qui irais te reprocher de ne pas m'avoir dit le fin mot de l'histoire quand tu m'as appelé l'autre fois.

Bonnie éleva le ton.

— Peter, Max et moi, on s'est pas bagarrés. Et je t'ai dit *la vérité.*

Elle se reprit.

— Du moins, c'est ce que Max m'a raconté.

Après un léger temps de malaise, Pete Archibald fit :

— Bonnie, vous voulez bien régler ça entre vous, O.K. ? J'ai pas envie d'être mêlé à tout ça.

— Je suis parfaitement d'accord avec toi.

Bonnie remarqua alors qu'elle serrait le poing et se balançait sur sa chaise.

— Pete, je ne vais pas te déranger plus longtemps. Mais peut-être pourrais-tu me dire ce que Max t'a dit d'autre ?

— On a parlé boutique, Bonnie.

— Pendant une heure ?

— Ben, tu le connais mieux que moi. Une fois qu'il est lancé, tu sais comment il est.

Peut-être pas, songea Bonnie.

Elle souhaita bonne nuit à Pete Archibald et raccrocha. Puis elle alla frapper à la porte de la chambre d'Augustin. Comme il ne répondait pas, elle se faufila à l'intérieur et vint s'asseoir doucement au bord du lit. Elle crut qu'il dormait jusqu'à ce qu'il se tourne en disant :

— Pas la nuit idéale pour dormir avec ma collection, hein ?

Bonnie Lamb fit non de la tête et se mit à pleurer.

Edie Marsh mit le paquet. Pendant un moment, son plan marcha comme sur des roulettes. Le type de Midwest Assurances notait tout méticuleusement en la suivant de pièce en pièce dans la maison Torres. Nombre de possessions du couple, pulvérisées, étaient méconnaissables, aussi Edie se mit-elle à embellir les pertes pour gonfler le montant du sinistre. Elle décrivit avec amour les débris d'un cabinet en porcelaine comme ceux d'une antiquité inestimable que Tony avait héritée d'une arrière-grand-mère de San Juan. S'arrêtant devant un mur nu de la chambre à coucher, elle désigna les clous où étaient accrochées autrefois deux aquarelles originales (fort chères) du légendaire Jean-Claude Jarou, Haïtien artiste et martyr qu'Edie inventa au débotté. Une commode en miettes dans la chambre devint le coffre en acajou qui avait livré aux vents impitoyables de l'ouragan huit pulls en cachemire.

— Huit pulls, fit Fred Dove qui releva les yeux de sa planchette. À Miami ?

— En cachemire d'Écosse, le plus beau — vous imaginez ? Demandez à votre femme si ça ne lui briserait pas le cœur.

Fred Dove pêcha une petite lampe dans sa veste et sortit pour évaluer les dégâts structurels. Bientôt, Edie entendit des aboiements dans l'arrière-cour, suivis de jurons énergiques, bien humains ceux-là. Le temps qu'elle le rejoigne, les deux danois s'étaient chacun emparés d'un morceau d'assureur. Edie le ramena à l'intérieur, l'installa dans le fauteuil relax, lui retroussa les pantalons et soigna ses chevilles en sang avec de l'Évian et du Paic Citron, récupérés dans la cuisine.

— Encore heureux que ça ne soit pas des rottweillers, dit Fred Dove, apaisé par les soins que lui prodiguait Edie avec une lavette-éponge.

Elle ne cessait de s'excuser de cette attaque.

— Pour ce que ça vaut, ils ont eu tous les vaccins réglementaires, dit-elle, sans aucune preuve à l'appui.

Elle conseilla à Fred Dove de s'étendre en gardant les pieds en l'air, pour diminuer les saignements. En lui obéissant, il aperçut sur le mur le diplôme de Meilleur vendeur de l'année de Tony Torres.

— Ça m'impressionne plutôt, dit Fred Dove.

— Oui, ça a été un grand jour pour nous, fit Edie aux anges, simulant la fierté d'une épouse.

— Où est donc Mr Torres, ce soir ?

Il n'est pas en ville, répondit Edie, mais à un congrès de vendeurs de mobile homes à Dallas. Pour la deuxième fois, Fred Dove eut l'air d'en douter.

— Malgré le cyclone ? Ça doit être un congrès rudement important.

— Et comment, rétorqua Edie Marsh. On doit lui remettre un autre prix.

— Ah.

— Il était donc *obligé* de s'y rendre. Je veux dire, ça aurait fait mauvais effet qu'il ne s'y montre pas. Il aurait passé pour un ingrat, vous voyez le genre.

— Je suppose, oui, dit Fred Dove. Et quand Mr Torres sera-t-il de retour à Miami ?

Edie poussa un soupir théâtral.

— Je n'en sais rien. Bientôt, j'espère.

L'assureur tenta d'abaisser le fauteuil relax, mais il ne cessait de se remettre en position sieste. Edie, pour finir, s'assit sur le repose-pieds, ce qui permit à Fred Dove d'en descendre. Il annonça qu'il voulait réexaminer les dommages dans la chambre à coucher. Sans problème, fit Edie.

Elle rinçait la lavette ensanglantée dans l'évier quand elle entendit l'assureur qui l'appelait. Elle gagna prestement la chambre, où Fred Dove tenait une photo encadrée qu'il avait déterrée de sous les gravats. On y voyait Tony Torres flanqué d'un gros poisson. La bête avait la gueule aussi large qu'une boîte à ordures.

— À gauche, c'est Tony, fit Edie avec un rire crispé.

— Superbe mérou. Où l'a-t-il pêché ?

— Dans l'océan.

Où sinon ? songea Edie.

— Et là, qui est-ce ?

L'assureur ramassa un autre cadre par terre. Le verre était fendu et la photo toute gondolée. C'était un grand format en couleurs, ceint d'un filet doré : Tony Torres, le bras autour de la taille d'une petite femme de type latino à forte poitrine. Tous les deux arboraient un sourire idiot fortement champagnisé.

— C'est sa sœur, Maria, bafouilla Edie, sentant que la plaisanterie tirait à sa fin.

— Elle est en robe de mariée, fit remarquer Fred Dove, sans aucune trace de sarcasme. Et Mr Torres porte une queue-de-pie.

— Il était garçon d'honneur, dit Edie.

— Vraiment ? Il a la main posée sur ses fesses.

— Ils sont très intimes pour un frère et une sœur, dit Edie.

Les mots se traînaient, signalant sa défaite.

Les épaules de Fred Dove se raidirent et son ton devint glacial.

— Auriez-vous par hasard une pièce d'identité ? Un permis de conduire ferait l'affaire. N'importe quoi avec une photo récente.

Edie Marsh se tut. Elle redoutait d'aggraver son cas, légalement parlant.

— Laissez-moi deviner, fit l'assureur. Vous avez perdu tous vos papiers personnels dans le cyclone.

Edie baissa la tête, songeant : non, ça va pas recommencer. Un de ces jours, faudra bien que je finisse par avoir un coup de pot.

— Et merde, fit-elle.

— Pardon ?

— J'ai dit « et merde ». Autrement dit, je laisse tomber.

Edie n'en revenait pas — une saloperie de photo de mariage ! Celle de Tony et de son infidèle mégère qu'il prévoyait de plumer de la moitié de l'argent de l'assurance. Vraiment dommage que Niaqueur se soit tiré, se dit-elle, parce que ça valait dix fois Sally Jessy.

— Qui êtes-vous ? demanda Fred Dove d'un ton sérieux, tout ce qu'il y avait d'officiel.

— Bon, qu'est-ce qui se passe maintenant ?

— Je vais vous le dire exactement...

À cet instant, le groupe électrogène à court de carburant rendit l'âme dans une suite de hoquets faiblards. L'ampoule électrique s'éteignit et l'écran de télé vira au noir. La maison du 15 600, Calusa Drive, devint soudain aussi silencieuse qu'une chapelle. Le seul bruit était un lointain cliquetis dans l'arrière-cour où les deux danois se tortillaient comme de beaux petits diables pour se libérer de leurs laisses.

Dans l'obscurité, Fred Dove tendit la main vers sa lampe électrique. Edie Marsh lui cueillit le poignet au vol et s'y agrippa ferme. Elle décida qu'elle ne perdait rien à tenter le coup.

— Qu'est-ce que vous faites ? lui demanda l'assureur.

Edie porta la main de l'homme à ses lèvres.

— Combien ça vaut ?

Fred Dove était statufié.

— Allez, dites-moi, insista Edie, sa langue ventousée à ses phalanges, qu'est-ce que ça vaut ?

Alors l'assureur, dans un murmure tremblotant :

— Qu'est-ce qui vaut *quoi* ? Que je n'appelle pas la police ? C'est ce que vous voulez dire ?

Edie souriait. Fred Dove le devina au contact de ses dents et de ses lèvres contre sa main.

— Cette maison est assurée combien ? demanda-t-elle.

— Pourquoi ?

— Cent vingt mille ? Cent trente ?

— Cent quarante et un, répondit Fred Dove, qui se dit : comme son haleine est fraîche, c'est *incroyable* !

Edie zappa sur sa voix de chatte en chaleur, celle qui avait échoué à galvaniser le jeune Kennedy de Palm Beach.

— Cent quarante et un, vous en êtes sûr, Mr Dove ?

— Le bâtiment, oui. À cause de la piscine.

— Bien entendu.

Elle se colla tout contre lui, regrettant de porter un soutien-gorge, mais soupçonnant que c'était un détail minime dans ce cas précis. Les défenses de ce pauvre

Freddie sautaient les unes après les autres. Elle lui effleura de ses cils la peau du cou et le sentit qui enfouissait son visage dans sa chevelure.

— Qu'est-ce que vous voulez ? articula l'assureur avec peine.

— Un associé, répondit Edie Marsh, scellant leur accord par un long baiser à l'aveugle.

Le sergent Caïn Darby prenait ses week-ends dans la Garde nationale avec le même sérieux que son boulot régulier de gardien de prison haute sécurité. Bien qu'il eût préféré rester à Starke parmi les voleurs à main armée et les tueurs en série, le devoir appela Caïn Darby en Floride du Sud, le lendemain du passage de l'ouragan. À la tête de l'unité de la Garde nationale dont faisait partie Darby, se trouvait le gérant de nuit d'un Days Inn, qui donna pour instruction à ses hommes de ne pas se servir de leurs armes tant qu'on ne leur tirait pas dessus. D'après ce que Caïn Darby savait de Miami, ce scénario ne semblait pas totalement improbable. Néanmoins, il comprit que la mission principale d'un garde national consistait à maintenir l'ordre dans les rues, à aider les citoyens dans le besoin et à empêcher le pillage.

L'unité passa le premier après-midi à dresser des tentes pour les sans-abri et à décharger de gros fûts d'eau douce d'un poids lourd de la Croix-Rouge. Après le dîner, Caïn Darby fut affecté à un barrage de couvre-feu sur Quail Roost Drive, à deux pas de l'autoroute à péage de Floride. Darby et l'un de ses camarades, contremaître dans une usine de pâte à papier, arrêtaient voitures et camions à tour de rôle. La plupart des conducteurs avaient d'excellentes excuses pour être sur les routes après le couvre-feu — certains recherchaient des parents portés disparus, d'autres se rendaient à l'hôpital, d'autres encore étaient tout bonnement perdus, ne sachant plus où ils se trouvaient. Si l'alibi d'un automobiliste était remis en question, le contremaître de l'usine s'en remettait au jugement du sergent Darby, étant donné son expérience en la matière. Les contrevenants habituels étaient des équipes de télévision, des badauds voyeurs ou des ados appâtés par la fauche. Caïn Darby interdisait le passage à ces voitures et les refoulait vers la bretelle d'accès de l'autoroute à péage.

À minuit, le contremaître de l'usine de pâte à papier retourna au camp, laissant le sergent Darby seul sur le barrage. Il s'assoupit deux heures à tout casser quand un reniflement sonore le tira de son somme. L'œil encore trouble, il distingua vaguement la forme d'un ours à moins de trente mètres, à la lisière d'un bouquet de pins. Ou peut-être était-ce une ombre déformée, car cela ne ressemblait en rien aux oursons bruns et joufflus que Caïn Darby braconnait aux abords du Parc national d'Ocala. La chose qu'il *croyait* voir à présent mesurait dans les deux mètres.

Caïn Darby ferma fortement les yeux pour s'éclaircir la vue et les idées. Puis les rouvrit, très lentement. La forme gigantesque était toujours là, tel un fantôme immobile. Le bon sens lui soufflait qu'il se trompait — on ne trouvait pas d'ours de cinq cents kilos en Floride ! Et pourtant, qu'est-ce que ça y ressemblait...

Alors il leva son fusil.

Puis, du coin de l'œil, il aperçut des phares déboulant dans Quail Roost Drive. Il se retourna pour mieux voir. Quelqu'un fonçait droit sur le barrage routier à un train d'enfer. À en juger par le chœur des sirènes, la moitié de la police métropolitaine lui donnait la chasse.

Quand Caïn Darby pivota vers l'ours à nouveau, ou vers la forme qui lui *semblait* être un ours, elle avait disparu. Il abaissa son fusil et reporta son attention sur le fou furieux au volant du camion qui approchait. Caïn Darby se raidit dans une posture militaire devant les barrières rayées rouge et blanc — droit comme un i, jambes écartées, le fusil barrant la poitrine, prêt à l'usage.

À huit cents mètres derrière le camion venait une ribambelle de gyrophares rouges et bleus. Le conducteur en fuite ne parut aucunement intimidé. Les phares se rapprochaient, le sergent Darby soupesa rapidement ses possibilités. Ce connard n'allait pas s'arrêter, ça c'était clair. À présent, l'individu (à moins qu'il ne soit aveugle, bourré ou les deux à la fois) avait vu le soldat qui lui barrait la route.

Cependant, le véhicule ne ralentissait pas. Et même, il accélérait. Caïn Darby jura en se projetant de côté. S'il y avait un truc qu'il trouvait intolérable, c'était bien le manque de respect de l'uniforme, qu'il soit celui d'une maison d'arrêt ou celui de la Garde nationale. Aussi tira-t-il par pure indignation quelques balles sur cet imbécile de chauffard quand il explosa les barrières.

Personne ne fut plus stupéfait que Caïn Darby de voir le camion manquer la bretelle d'accès de l'autoroute et plonger à fond la caisse dans un canal de drainage ; personne, si ce n'est le conducteur, autrement dit Gil Peck. Les coups de feu avaient achevé d'anéantir ses réflexes déjà bien émoussés, en particulier sa capacité à localiser la pédale de frein. Il n'arrivait pas à croire qu'un pauvre zob de garde national lui tire dessus.

Ce qui ne surprit pas Gil Peck, par contre, étant donné son pesant chargement de briques volées, ce fut la rapidité avec laquelle le camion à plateau s'enfonça dans l'eau marronnasse et tiédasse. Il s'échappa en se faufilant par la vitre et nagea jusqu'à la berge, chialant devant son manque de pot phénoménal. Tout son butin était perdu, sauf le paquet de hasch, qui refit surface au moment précis où la première voiture de police surgissait sur les lieux.

La drogue n'était cependant pas ce qui préoccupait

le plus Gil Peck, légalement parlant. Comme on lui passait les menottes, il s'écria :

— C'est pas moi qui l'ai tué !

— T'as pas tué qui ? demanda l'officier de police.

— Le mec, vous savez bien, au *trailer park*.

Gil Peck supposait que c'était là ce qui motivait sa poursuite par les flics — la découverte du cadavre crucifié.

Mais non. La nausée de Gil Peck s'accrut d'autant. Il aurait dû la boucler, bordel. Maintenant, c'était trop tard. Des bikinis roses et bleus se mirent à flotter, telles de pâles méduses, du plateau du camion englouti.

— Quel mec dans quel *trailer park* ? demanda le policier.

Gil Peck lui parla du type empalé sur la parabole télé. Un autre policier rejoignit le premier, et Gil Peck réitéra son histoire et aussi ses farouches dénégations de culpabilité. L'un des policiers lui demanda s'il voulait bien les conduire jusqu'au corps, et il accepta.

Après que les ambulanciers eurent vérifié qu'il n'avait rien de cassé, le pillard emmailloté dans une serviette fut embarqué dans le panier à salade d'une voiture de patrouille de la police de la route. Un grand Black coiffé d'un Stetson tenait le volant. En route vers le parc de caravaning, Gil Peck se fendit d'un nouveau monologue hystérique où il clama son innocence.

— Si t'as rien fait, le coupa le flic, pourquoi tu t'es barré ?

— J'ai eu la trouille, mon pote, fit Gil Peck en frissonnant. Faut voir ça.

— Ah mais, j'en meurs d'envie, fit le flic black.

— Z'êtes chrétien, m'sieur ?

C'était renversant, songea le policier d'État, comme les menottes réveillaient vite fait la spiritualité et la dévotion.

— Quelqu'un t'a lu tes droits ? demanda-t-il au chauffeur du camion.

Gil Peck colla sa figure au grillage du panier à salade.

— Parce que si vous êtes chrétien, faut croire c'que j'dis. C'est pas moi qu'ai crucifié ce pauvre bougre.

Et pourtant Jim Tile espérait de tout son cœur de chrétien que si. Parce que l'autre principal suspect était quelqu'un qu'il ne désirait pas du tout arrêter, à moins qu'il n'en ait pas le choix.

9.

Skink écouta à loisir Max Lamb passer ses deux coups de fil. Le téléphone public était celui d'un relais routier sur Krome Avenue, en lisière des Everglades. Des semi-remorques surchargés de bois, de vitres et de carton goudronné se dirigeaient vers le sud et la zone sinistrée en convois bruyants. Personne ne regardait à deux fois le type mal rasé suspendu au téléphone, malgré le collier qu'il portait autour du cou.

Quand Max Lamb raccrocha, Skink le prit par le bras et le conduisit vers l'hydroglisseur, échoué sur la rive du canal boueux. Skink lui ordonna de se coucher à l'avant et il y resta deux heures, l'os de la pommette vibrant contre la coque. Le hurlement du moteur d'avion lui emplissait les oreilles. Skink ne chantait plus en harmonie. Max Lamb se demanda ce qu'il avait bien pu faire pour contrarier à nouveau son ravisseur.

Ils s'arrêtèrent une seule fois. Skink abandonna l'hydroglisseur brièvement et revint porteur d'un gros carton, qu'il déposa près de Max, à la proue. Ils voyagèrent jusqu'à la tombée de la nuit. Quand Skink le remit enfin à genoux, Max fut surpris de revoir le village indien. Ils n'y demeurèrent pas suffisamment longtemps pour que Max puisse négocier la restitution de sa caméra vidéo. Skink emprunta un break, mit le carton à l'arrière et boucla son prisonnier avec la ceinture de sécurité, sur le siège passager. Nulle trace du singe nulle part, ce qui soulagea grandement Max Lamb.

Skink se colla le bonnet de douche sur le crâne et démarra. Max avait envie de pisser, mais eut peur de demander la permission. Il n'était plus aussi sûr qu'il arriverait à convaincre son kidnappeur de le relâcher en le baratinant.

— Y a quelque chose qui coince ? demanda-t-il.

Skink lui jeta un regard dur.

— Je repensais au plan de ta femme sur la vidéo de l'ouragan, serrant sur son cœur les deux fillettes cubaines.

— Oui, c'était bien Bonnie.

— C'est une belle femme. Tu as zoomé sur son visage.

— On peut pas s'arrêter, rien qu'une petite minute ? l'interrompit Max, en se tortillant comme un ver.

Skink garda les yeux fixés sur la route.

— Ta femme a bon cœur. Ça saute aux yeux.

— Une sainte, approuva Max.

Il se coinça les deux mains entre les jambes ; il ferait un nœud à sa queue plutôt que de se pisser dessus devant le gouverneur.

— Qu'est-ce qu'elle fout avec toi, j'arrive pas à piger. C'est un vrai casse-tête, dit Skink.

Il freina d'un coup sec.

— Pourquoi t'as pas essayé de lui téléphoner, ce soir ? T'as appelé ton pote à New York. T'as appelé tes vieux à Milan, en Italie, bordel ! Pourquoi pas Bonnie ?

— Je ne sais pas où elle est. Cette saleté de répondeur...

— Et toutes ces conneries à propos d'une dispute entre elle et toi...

— Je ne voulais pas que Pete s'inquiète, fit Max.

— Ben, voyons, à Dieu ne plaise.

Skink se mit au point mort et se précipita hors du

véhicule. Il resurgit dans la lueur des phares, apparition chenue accroupie sur l'asphalte. Max Lamb tendit le cou pour voir ce qu'il fabriquait.

Skink revint sans se presser vers le break et jeta un opossum mort sur le siège, près de Max qui recula, suffoqué. Quelques kilomètres plus loin, Skink ajouta un serpent-fouet aplati par un camion au menu du soir. Max en oublia les tiraillements de sa vessie jusqu'à ce qu'ils établissent leur campement dans un haras abandonné, à l'ouest de Krome.

Les chevaux s'étaient enfuis, éparpillés par la tempête ; les propriétaires étaient venus récupérer selles et harnais et répandre de la nourriture au cas où l'un des équidés s'en retournerait. Max Lamb s'isola dans l'obscurité musquée et se soulagea d'un jet torrentiel. Il envisagea de s'enfuir, mais redoutait de ne pas survivre à une nuit de solitude en pleine nature. Dans l'esprit de Max, toute la Floride au sud d'Orlando n'était qu'un immense marécage, dont l'humidité grouillait de bêtes féroces. Certaines avaient des griffes et des crocs venimeux, d'autres se déplaçaient en hydroglisseur et festoyaient d'animaux écrabouillés sur la route. Les deux espèces s'équivalaient aux yeux de Max.

Skink vint lui annoncer que le dîner serait bientôt servi. Max le suivit jusqu'aux écuries. Il demanda si c'était prudent d'allumer un feu de camp à l'intérieur. Skink lui rétorqua que c'était extrêmement dangereux, mais plus douillet comme ça.

Max Lamb fut impressionné qu'un simple cyclone de force 4 n'ait pu venir à bout de l'odeur de crottin de cheval. À-côté positif, la fragrance du crottin neutralisait complètement le fumet d'opossum bouilli et de serpent poêlé. Après dîner, Skink se mit en boxer short et effectua deux cents abdos dans un nuage de vieux fumier pulvérisé. Puis il alla récupérer le carton dans le break et l'apporta dans l'écurie. Il demanda à Max s'il voulait une cigarette.

— Non merci, fit ce dernier. Je ne fume pas.
— Tu plaisantes.
— J'ai jamais fumé, insista Max.
— Mais tu vends des cigarettes...
— On en fait la publicité. Ça s'arrête là.
— Ah, fit Skink. Rien que la pub.
Il ramassa son pantalon par terre et en fouilla les poches. Max Lamb le crut en quête d'allumettes, mais non. C'était la télécommande du collier qu'il cherchait.
Quand Max reprit conscience, il gisait sur un tas de paille humide pourrissante. Ses globes oculaires tressautaient dans leurs orbites, son cou lui picotait et lui chauffait.
Il se redressa sur son séant.
— Qu'est-ce que j'ai encore fait ? dit-il.
— Tu crois sûrement aux vertus des produits dont tu fais la pub.
— Écoutez, je ne fume pas.
— Mais tu pourrais apprendre.
Skink ouvrit le carton avec un canif. Il était plein de cigarettes Bronco, une quarantaine de cartouches. Max Lamb ne parvint pas à masquer sa panique.
Le kidnappeur demanda comment il pouvait répondre de la qualité d'un produit sans l'avoir testé lui-même. Max répondit, l'air sinistre :
— Je fais aussi de la pub pour un gel de douche à la framboise, et j'en utilise pas.
— Fais attention, dit Skink d'un ton enjoué, ou tu vas me donner de nouvelles idées.
Ouvrant un paquet de Bronco, il en sortit une et la colla entre les lèvres de Max. Il craqua une allumette sur le mur de l'écurie et alluma la cigarette.
— Alors ?
Max cracha la cigarette.
— C'est ridicule.
Skink récupéra la cigarette mouillée et la replaça entre les lèvres boudeuses de Max.

— T'as que deux choix, dit-il, tripotant la télécommande, tu fumes ou je t'allume.

À contrecœur, Max tira une bouffée. Et se mit illico à tousser. Ça ne fit qu'empirer quand Skink l'attacha debout à un montant.

— Les gens comme toi sont une énigme pour moi, Max. Pourquoi vous descendez par ici. Pourquoi vous agissez comme vous le faites. Pourquoi vous menez des vies pareilles.

— Au nom du Ciel...

— Tais-toi, maintenant. S'il te plaît.

Skink fouilla dans le sac à dos et en sortit un walkman. Il choisit un coin humide de l'écurie et chaussa les écouteurs. Il alluma un joint ou ce qui semblait en être un, car ça ne sentait pas la marijuana.

— C'est quoi ? demanda Max.

— Du crapaud.

Skink prit une taffe. Au bout de quelques minutes, son œil valide se leva au ciel et sa tête dodelina.

Max Lamb enchaîna Bronco sur Bronco, comme une machine. Chaque fois que Skink ouvrait l'œil, il tapotait son cou du doigt — un rappel menaçant du collier. Max fuma encore et encore. Il achevait de griller sa vingt-troisième clope quand Skink sortit de sa torpeur et se leva.

— Putain, c'est du bon crapaud.

Il arracha la Bronco du bec de Max.

— J'ai mal au cœur, capitaine.

Skink le détacha et lui dit de faire un break.

— Demain, tu laisseras un message à ta femme. Tu vas m'arranger une rencontre.

— Pour quoi faire ?

— Pour que je puisse vous observer ensemble. L'alchimie, les petites étoiles dans les yeux, toutes ces conneries. O.K. ?

Skink sortit et rampa sous le break, où il se roula en boule et se mit à ronfler. Dans l'écurie, Max toussa si bien qu'à la fin il s'endormit.

Bonnie Lamb se réveilla dans les bras d'Augustin. Son sentiment de culpabilité s'atténua en s'apercevant qu'il portait un jean et un tee-shirt. Elle ne se rappela pas l'avoir vu s'habiller pendant la nuit, et c'est pourtant ce qu'il avait dû faire. Elle était quasiment sûre qu'il ne s'était rien passé entre eux ; beaucoup de larmes, ça oui, mais pas de sexe.

Bonnie voulait se dégager sans le réveiller. Sans quoi il y aurait un moment de gêne, enlacés tous deux comme ils l'étaient. Ou peut-être pas. Peut-être qu'il saurait exactement ce qu'il ne fallait pas dire. Il était clair qu'il avait la main avec les femmes qui pleuraient, qu'il était exceptionnellement doué pour vous câliner et vous murmurer des choses à l'oreille. Quand elle se surprit à penser à la bonne odeur de sa peau, Bonnie sut qu'il était grand temps de se faufiler hors du lit.

Comme elle l'avait espéré, Augustin eut le bon goût de feindre de dormir jusqu'à ce qu'elle fût en sécurité à la cuisine, à préparer le café.

Quand il entra, elle se sentit rougir.

— Je m'excuse vraiment pour hier soir, bafouilla-t-elle.

— Pourquoi ? Vous avez abusé de moi ?

Il alla au frigo et en sortit une boîte d'œufs.

— J'ai un sommeil de plomb, dit-il. Une proie facile pour les nanas obsédées sexuelles.

— Et surtout jeunes mariées.

— Oh, ce sont les pires, fit Augustin. Voraces, les bougresses. Vous les aimez brouillés ou frits ?

— Frits.

Elle s'installa à table, déchira un sachet d'aspartame et se débrouilla pour rater complètement la tasse.

— Je vous supplie de me croire. Ça ne m'arrive jamais de dormir avec des inconnus.

— Dormir, passe encore. C'est le fait de baiser qui vous turlupine.

Il pelait une orange devant l'évier.

— Relax, O.K. Il ne s'est rien passé.

Bonnie sourit.

— Puis je au moins vous remercier de votre amitié ?

— De rien, Mrs Lamb.

Il jeta un coup d'œil par-dessus son épaule.

— Qu'est-ce qui vous fait rire ?

— Votre jean.

— Ne me dites pas qu'il est troué ?

— Non, c'est juste... eh bien, vous vous êtes relevé en pleine nuit pour l'enfiler. Une délicate attention, je dirais.

— En fait, plutôt une précaution.

Les œufs grésillèrent quand Augustin les jeta dans la poêle chauffée.

— Je suis surpris que vous ayez noté ce détail, dit-il, provoquant un nouveau fard chez Bonnie.

À mi-petit déjeuner, le téléphone sonna. C'était le service de médecine légale — un autre Mr X était en route pour la morgue du comté. Le coroner de service voulait que Bonnie fasse un saut pour y jeter un œil. Augustin dit qu'elle rappellerait. Il raccrocha et lui apprit la nouvelle.

— Ils peuvent m'obliger à y aller ?

— Je ne crois pas.

— Parce que ce n'est pas Max, dit Bonnie. Il est trop occupé à donner de ses nouvelles à Rodale & Burns.

— Un homme de race blanche, ils n'ont rien dit d'autre. Ça m'a tout l'air d'un crime.

Le dernier mot resta suspendu dans l'air comme une traînée de soufre. Bonnie posa sa fourchette.

— Ça ne peut pas être lui.

— Probablement pas, acquiesça Augustin. On n'est pas obligés d'y passer.

Elle se leva et gagna la salle de bains. Bientôt Augustin entendit couler la douche. Il faisait la vaisselle quand elle sortit. Elle s'était habillée. Ses cheveux mouillés étaient brossés en arrière et elle avait découvert le rose à lèvres de l'interne dans l'armoire à pharmacie.

— Je crois qu'il faut que je m'en assure, dit-elle.

Augustin approuva.

— Ça ira mieux après.

Niaqueur s'appelait en réalité Lester Maddox Parsons. Sa mère lui donna ce nom à cause d'un politicien de Géorgie, connu surtout pour s'être attaqué aux clients noirs d'un restaurant et les avoir mis en fuite avec un manche de hache. La mère de Niaqueur croyait que Lester Maddox devait être président des États-Unis et, tant qu'à faire, empereur du Monde blanc. Le père de Niaqueur avait un faible pour James Earl Ray. Il avait à peine sept ans quand ses parents l'emmenèrent à sa première réunion du Ku Klux Klan ; pour l'occasion, Mrs Parsons habilla son fils d'un costume fait de taies d'oreiller de mousseline blanche cousues ensemble ; elle était particulièrement fière de la petite cagoule à bout pointu. Lester fit fondre les autres membres du Klan et leurs épouses, qui s'extasièrent sur la beauté des traits de ce rejeton sudiste — éloge inexplicable, car tout ce qui était visible du jeune Lester, c'étaient ses yeux marron ronds comme des billes, épiant par les fentes du drap. Il s'était dit : je pourrais être un négro, qu'est-ce qu'ils en savent !

Pourtant, le petit garçon aimait bien les réunions klaniques à cause du grand barbecue et des immenses bûchers de joie. Il fut déçu quand sa famille cessa d'y assister, mais ne put aborder la raison de leur défection avec ses parents. Ils en parlaient comme de l'Accident et Lester n'oublierait jamais ce soir-là. Son père s'était comme d'habitude beurré la gueule et, quand vint l'instant paroxystique de l'allumage de la croix, il mit le feu accidentellement au Grand Kleagle du coin, à la place. En l'absence d'une lance d'incendie, les hommes du Klan aux abois se virent contraints pour sauver la vie de leur camarade en flammes de l'asperger de boîtes bien secouées de bière Schlitz. Une fois le feu éteint, ils déposèrent le Kleagle carbonisé sur le plateau du pick-up du père de Lester et le conduisirent à l'hôpital. Bien que l'homme survécût, il perdit à jamais son précieux anonymat. Une équipe de télévision régionale se trouvait par hasard devant le service des urgences quand le Kleagle — sans cagoule, son drap en lambeaux roussis — y arriva. Une fois sa participation au Klan révélée publiquement via la télé, l'homme démissionna de son poste de district attorney et gagna Macon, au nord de l'État. Le père de Lester battit sa coulpe, acte de pénitence qui éveilla les plus rudes échos chez les autres membres du Klan. Le moral du chapitre local se détériora encore quand un journal révéla que le jeune médecin qui avait sauvé la vie du Kleagle à l'agonie n'était autre qu'un Noir, originaire de Savannah, semblait-il.

Les Parsons décidèrent de quitter le Klan tant qu'ils avaient encore le choix. Le père de Lester rejoignit une fédération de bowling ségrégationniste, tandis que sa mère postait des tracts pour J.B. Stoner, autre raciste célèbre qui se présentait périodiquement aux élections. La politique ennuyait à périr le jeune Lester, qui tourna ses énergies pubescentes vers la criminalité. Il laissa tomber l'école le jour de ses quatorze ans, bien que ses parents, soucieux de son avenir, ne s'en soient pas aperçus pendant presque deux ans. À cette époque-là, le revenu du garçon provenant du vol de pelleteuses et de bulldozers était le double de celui de son père qui se contentait, lui, de les réparer. Les Parsons ne firent pas de gros efforts pour découvrir ce que traficotait leur fils, même quand ça lui valut quelques ennuis. Comme la mère de Lester s'inquiétait de ce que son fils eût une méchante nature, son mari lui dit qu'avec tous les garçons c'était la même chose. On ne pouvait pas s'en sortir autrement dans ce monde abandonné de Dieu.

Lester Maddox Parsons avait dix-sept ans quand il écopa de son surnom. Il était en train de trafiquer l'allumage du tracteur d'un fermier dans un champ d'arachide quand un garde-chasse se faufila derrière lui. Lester plongea de la cabine et fila un coup de poing à l'homme, qui lui remodela tranquillement le visage avec la crosse d'un fusil Ithaca. Lester moisit dans la prison du comté pendant trois jours avant qu'un médecin ne vienne examiner sa mâchoire, qui se retrouva déportée selon un angle de trente-six degrés, approximativement. Qu'elle guérisse tout court tint déjà d'un petit miracle : Niaqueur devait recracher des petits bouts de cordes de piano jusqu'à l'âge de vingt-deux ans.

Le système pénitentiaire de Géorgie donna au jeune homme une importante leçon : mieux valait garder pour soi son opinion sur la mixité raciale. Aussi, quand Avila présenta Niaqueur à l'équipe de couvreurs, ce dernier nota (sans s'en plaindre) que deux sur quatre étaient noirs comme le goudron qu'ils touillaient. Le troisième était un jeune *marielito* musclé avec le chiffre 69 élégamment tatoué à l'intérieur de sa lèvre inférieure. Le quatrième était un Blanc, accro au crack, de Santa Rosa County qui s'exprimait dans un anglais totalement incompréhensible à Niaqueur et aux trois autres. Bien que chacun des couvreurs ait eu un casier loin d'être vierge, Niaqueur n'aurait pu dire qu'il éprouvait quoi que ce soit de fraternel ou d'approchant à leur endroit.

Avila fit asseoir tout son petit monde et lui tint ce laïus :

— Grâce au cyclone, cent cinquante mille maisons de Dade County ont besoin d'un nouveau toit, tel fut son exorde. Faudrait être un sombre abruti pour ne pas se faire de fric sur le dos de tous ces pauvres bougres.

Le plan, c'était d'additionner le maximum de clients et d'effectuer le minimum de travaux de couverture. Grâce à sa possession d'un costume cravate, Niaqueur se vit attribuer la tâche de baratiner les clients potentiels concernant la bonne et due forme du « contrat », et de collecter les arrhes.

— Ces gens-là ont tous un besoin urgent de toits, putain, dit Avila avec entrain. Il leur pleut sur la tête, ils grillent au soleil, ils sont dévorés par les insectes. Plus vite ils voudront un toit, plus ils casqueront.

Il leva les paumes vers le ciel.

— Bof, est-ce qu'ils vont marchander sur les prix ? C'est le fric de l'assurance, bon sang de bois.

L'un des couvreurs demanda des précisions sur la quantité de labeur manuel requise. Avila répondit qu'ils n'auraient qu'à réparer une toute petite partie de chacune des maisons.

— Histoire de tranquilliser le propriétaire, expliqua-t-il.

— C'est quoi une « toute petite partie » ? insista le même couvreur.

Un autre renchérit :

— Bordel, on est en plein mois d'août, patron, j'connais des gars qui sont tombés raides morts d'un coup de chaleur.

Avila rassura ses hommes en leur affirmant qu'ils en seraient quittes en refaisant un quadrilatère, peut-être moins, de chaque toit.

— Puis vous pourrez vous casser. Le temps qu'ils se figurent que vous reviendrez pas, ce sera trop tard.

L'accro au crack marmonna un truc sur les permis d'entreprise. Avila se tourna vers Niaqueur.

— Si jamais ils demandent à voir notre permis, tu sais quoi faire.

— Décamper ?

— *Exactamente !*

Niaqueur n'était pas enchanté, enchanté par son rôle de démarcheur porte à porte dans l'opération, en particulier par les chances de se retrouver nez à nez avec de gros chiens chiens à sa mémère.

— Ça revient à se casser la voix en parlant à des masses d'inconnus. Ce genre de connerie me branche pas. Pourquoi vous ne vous chargez pas des contrats ?

— Parce que j'ai inspecté certaines de ces baraques quand je bossais au service d'urbanisme.

— Les proprios ne savent pas tout ça.

Chango avait averti Avila d'être prudent. Chango, c'était la divinité de *santería* perso d'Avila. Ce dernier l'avait remercié en lui sacrifiant une tortue et deux lapins.

— Je la joue profil bas, dit Avila à Niaqueur. La com' d'urbanisme a des balances un peu partout dans cette saloperie de comté. Au premier qui me reconnaît, on est baisés.

Niaqueur ne savait pas trop si Avila était parano ou simplement flemmard.

— Alors vous serez planqué où exactement quand on sera sur un job ? Dans un bureau avec la clim, peut-être.

Il entendit les couvreurs ricaner, signe de solidarité encourageant.

Mais Avila fut prompt à rétablir son autorité.

— Quel job ? Ça a rien d'un job, c'est un numéro. Vous êtes pas ici pasque vous savez tartiner le goudron, les gars. Mais pasque que vous avez l'air de savoir le faire.

— Et moi ? le titilla Niaqueur. Comment ça se fait qu'on m'ait engagé ?

— Parce qu'on a pas pu avoir Robert Redford.

Avila se leva pour marquer la fin de la séance.

— Niaq', pourquoi tu crois que je t'ai engagé, bordel ? Pour être sûr que les gens raquent. *Comprende ?* Un seul coup d'œil à ta gueule de traviole, et ils sauront que t'es pas là pour rigoler.

Peut-être qu'un délinquant lambda aurait pris ça pour un compliment. Niaqueur, en tout cas, pas.

Comme tous les matelas de la maison de Tony Torres étaient détrempés, Edie Marsh s'envoya l'assureur sur le fauteuil relax. Ce fut un exercice bruyant et périlleux. Fred Dove était nerveux, aussi Edie dut-elle l'aider à chaque étape du processus. Après, il déclara qu'il avait dû se choper une hernie discale. Edie fut tentée de lui rétorquer qu'il ne s'était pas démené assez pour se choper une hernie où que ce soit ; mais au lieu de ça, elle lui dit qu'il était monté comme un étalon et qu'il en avait la technique. C'était une tactique qui échouait rarement. Fred Dove s'endormit, content de lui, la tête sur l'épaule d'Edie, les jambes empêtrées dans le repose-pieds, mais pas avant d'avoir promis de soumettre une déclaration de sinistre effrontément frauduleuse pour la maison Torres et de partager le chèque avec Edie Marsh.

Une heure avant l'aube, Edie entendit un vacarme terrible dans l'arrière-cour. Elle ne pouvait pas se lever pour faire son enquête car elle était clouée au relax sous le poids de l'assureur. À en juger par le raffut à l'extérieur, Donald et Marla étaient devenus enragés. L'affrontement se termina dans une cascade de jappements plaintifs et un rugissement à faire dresser les cheveux sur la tête. Edie Marsh ne bougea pas jusqu'au lever du soleil. Elle réveilla alors furtivement Fred Dove, qui paniqua parce qu'il avait oublié de téléphoner à sa femme à Omaha. Edie lui dit de mettre une sourdine et d'enfiler son pantalon.

Elle le mena dans le jardin. Les seuls vestiges des deux danois miniatures, c'étaient deux colliers vides et leurs laisses abandonnées. La pelouse des Torres était comme labourée. On distinguait plusieurs grosses empreintes dans le sol humide et grisâtre ; des traînées profondes, causées par des griffes.

Le mocassin gauche de Fred Dove s'encastra facilement dans l'une de ces empreintes.

— Seigneur Dieu, fit-il. Et je chausse du 46.

Edie Marsh demanda quelle bête sauvage pouvait laisser pareille trace. Fred Dove répondit qu'elle lui semblait assez grosse pour être celle d'un lion ou d'un ours.

— Mais je ne suis pas chasseur, précisa-t-il.

— Je peux venir m'installer avec toi ? demanda-t-elle.

— Au Ramada ?

— Pourquoi — les femmes ne sont pas admises ?

— Edie, il ne faut pas qu'on nous voie ensemble. Surtout pas si on mène cette histoire jusqu'à son terme.

— Tu t'imagines que je vais rester ici toute seule ?

— Écoute, je suis navré pour tes chiens...

— Ils étaient pas à moi, ces clébards.

— Edie, je t'en prie.

Avec ses petites lunettes rondes, Fred Dove lui rappelait un jeune prof d'anglais hyper sérieux qu'elle avait connu au lycée. Ce type portait des mocassins Bass sans chaussettes et nourrissait une véritable passion pour T.S. Eliot. Edie Marsh avait baisé deux fois avec lui dans la salle des profs, mais il lui avait quand même collé un C à son examen de sortie parce que (d'après lui) elle n'avait rien compris au poème *Love Song of J. Alfred Prufrock*. Cette expérience avait ancré en Edie une méfiance bien enracinée pour les hommes à l'air studieux.

— Qu'est-ce que tu veux dire, fit-elle, avec ton *si* on mène cette histoire jusqu'à son terme ? On a passé un marché.

— Oui, dit Fred Dove. Oui, oui.

Comme il la suivait dans la maison, elle demanda :

— Tu peux régler ça très vite ?

— Eh bien, je peux remplir cette déclaration de sinistre cette semaine...

— Cent pour cent de pertes ?

— Oui, fit l'assureur.

— Cent quarante et un mille. Soixante et onze pour moi, soixante-dix pour toi.

— Oui.

Pour quelqu'un sur le point de toucher le pactole de toute une vie, Fred Dove était plutôt déprimé.

— Encore une fois, mon principal souci, c'est Mr Torres...

— Comme je te l'ai expliqué hier au soir, Tony s'est fourré dans une sacrée galère. Ça m'étonnerait beaucoup qu'on le revoie.

— Mais Mrs Torres, la vraie, pourrait bien, elle, revenir à Miami, à ce que tu m'as dit...

— C'est pourquoi tu dois faire vite, renchérit Edie Marsh. Tu n'as qu'à dire au siège que c'est une urgence.

L'assureur fit sa bouche en cul-de-poule.

— Edie, bon Dieu, avec le cyclone, il y a urgence dans tous les cas de figure.

Impassible, elle le regarda achever de s'habiller. Il passa cinq bonnes minutes à tâcher de défroisser son Dockers mis à mal par leur partie de jambes en l'air. Quand il demanda à emprunter un fer à repasser, Edie lui rappela qu'il n'y avait plus de courant.

— Pourquoi tu m'emmènerais pas prendre un petit déjeuner, fit-elle.

— Je suis déjà en retard à un rendez-vous à Cutler Ridge. Un pauvre vieux a reçu une Pontiac sur le toit de sa maison.

Fred Dove baisa Edie sur le front, la gratifiant de l'obligatoire câlin du lendemain matin.

— Je serai de retour ce soir. Neuf heures, ça te va ?

— Oui, très bien, dit-elle.

Ce soir, il ramènerait à tous les coups des capotes — encore un ralentisseur du plus haut comique sur la voie de la passion. Elle nota mentalement de tirer l'un des matelas de Tony au soleil pour qu'il sèche ;

une nouvelle séance éreintante sur le relax pourrait bien valoir un tour de reins au pauvre Freddie.

— Apporte les formulaires du sinistre, lui rappela-t-elle. Je veux tout pointer.

Il griffonna un pense-bête sur sa planchette qu'il glissa dans sa serviette.

— Ah ouais, fit Edie. Il me faut aussi quelques litres d'essence de ta voiture.

Fred Dove eut l'air interloqué.

— C'est pour le groupe électrogène, expliqua-t-elle. Un bain chaud serait le bienvenu... puisque tu ne veux pas me laisser partager ta baignoire au Ramada.

— Voyons, Edie...

— Et peut-être aussi un peu de blé pour acheter à bouffer.

Elle se radoucit en le voyant sortir son portefeuille.

— T'es gentil.

Elle l'embrassa dans le cou et termina par une légère morsure, histoire d'amorcer la pompe.

— Je suis mort de trouille, fit-il.

— Faut pas, chouchou. C'est du tout cuit.

Elle prit deux billets de vingt et l'expédia vaquer à ses occupations.

10.

Pendant leur trajet vers la morgue, Augustin et Bonnie Lamb entendirent un bulletin d'infos consacré à un python réticulé de quatre mètres de long qui avait fait irruption en plein salad-bar d'un fast-food quelconque de Perrine.

— C'est l'un des vôtres ? demanda Bonnie.

— Je me demande.

Impossible de savoir si le serpent en question avait appartenu à feu l'oncle d'Augustin ; l'inventaire manuscrit de Félix Mojack ne s'appesantissait pas sur les détails.

— Il en avait une paire de vachement longs, mais je ne me suis jamais amusé à mesurer ces bestioles, dit Augustin.

— J'espère qu'on ne l'a pas tué, dit Bonnie.

— Et moi donc.

Ça lui plaisait qu'elle se préoccupe du sort d'un reptile. La majorité des femmes n'en auraient pas fait grand cas.

— On pourrait le confier à un zoo, dit-elle.

— Ou le lâcher en pleine commission du comté.

— Vous êtes une teigne.

— Je sais, dit Augustin.

En tant que gardien légal de la ménagerie, il se sentait un tantinet responsable de la situation fâcheuse dans laquelle se trouvait Bonnie. S'il n'avait pas dû se lancer à la poursuite d'un singe, son mari n'aurait probablement pas été enlevé. Peut-être le coupable était-il l'un des rhésus d'Oncle Félix, peut-être pas.

Sans la moindre nuance de reproche dans la voix, Bonnie lui demanda :

— Que ferez-vous si jamais l'une de ces bestioles tue quelqu'un ?

— Je prierai pour que ce soit quelqu'un qui ne l'ait pas volé.

Bonnie fut plongée dans la consternation.

— À part organiser un safari, je ne vois pas trop ce que je pourrais faire. Vous avez une idée de la superficie des Everglades ?

Ils roulèrent un petit moment en silence. Ce fut Bonnie qui le rompit.

— Vous avez raison. Ils ont retrouvé leur liberté, c'est dans la nature des choses. Comme les choses devraient être.

— J'ignore ce qu'elles devraient être, mais comme elles sont, ça je le sais. Et merde, ces pumas pourraient bien avoir atteint Key Largo, à l'heure qu'il est.

— Moi, en tout cas, j'aimerais bien y être, dit Bonnie en souriant tristement.

Avant d'affronter le froid du service de médecine légale, elle enfila un gros pull de ski informe qu'Augustin avait emporté pour l'occasion. Aucun préliminaire cette fois avant la présentation. Le même jeune coroner les mena directement à la salle d'autopsie, où le corps du Mr X récemment assassiné faisait l'objet de l'attention générale. Le cadavre était entouré d'inspecteurs et de policiers en uniforme, et d'un contingent d'étudiants en médecine de l'Université de Miami, qui ne débordaient pas d'enthousiasme. Ils s'écartèrent devant Augustin et Bonnie Lamb.

Un type rougeaud à cheveux gris, en blouse de laborantin, se tenait au bout de la table en inox. Il leur fit un signe de tête cordial et recula d'un pas. Retenant son souffle, Bonnie baissa les yeux vers le cadavre. L'homme était chauve et ventripotent. Sa peau olivâtre était couverte des épaules aux orteils de touffes de poil noir luisant. Au milieu de la poitrine, il avait une blessure béante couleur framboise. Autour de son cou, un collier d'ecchymoses semblait autant de traces de doigts violettes.

— Ce n'est pas mon mari, affirma Bonnie Lamb.

Augustin l'entraîna vers la sortie. Un policier black balèze les suivit.

— Mrs Lamb ?

Bonnie, en pilotage automatique, continua d'avancer.

— Il faut que je vous parle, Mrs Lamb.

Elle pivota sur elle-même. Le flic, montagne de muscle, boitait légèrement de la jambe droite. Il arborait l'uniforme de la police de l'État et tenait un Stetson beige entre ses mains énormes. Il semblait soulagé autant qu'eux de ne plus se trouver dans la salle d'autopsie.

Augustin lui demanda quel était le problème. Le flic de la route leur proposa d'aller en parler ailleurs.

— Mais parler de quoi ? demanda Bonnie.

— De la disparition de votre mari. Je vérifie quelques pistes, c'est tout.

Pour un flic en uniforme, il se conduisait d'une façon informelle, peu caractéristique de sa corporation.

— Rien que quelques questions. Promis.

Augustin ne comprenait pas pourquoi la police de la route s'intéressait à une affaire de personne disparue.

— Elle a déjà été interrogée par le F.B.I.

— Ce ne sera pas long.

— Si vous avez du nouveau, n'importe quoi, j'aimerais le savoir, dit Bonnie.

— Je connais un super resto italien, fit le flic.

Augustin s'aperçut que Bonnie avait déjà pris sa décision.

— C'est officiel ? demanda-t-il au policier de la route.

— Absolument pas, au contraire, fit Jim Tile en coiffant son Stetson. Allons déjeuner.

Au milieu des années 70, un dénommé Clinton Tyree se présenta au poste de gouverneur de Floride. Sur le papier, il semblait le candidat idéal, avec un ton d'une audacieuse fraîcheur à une époque de cynisme avéré. C'était un oiseau rare : enfant du pays, beau gaillard ayant fait sensation sur les terrains de foot universitaire, il était aussi un vétéran du Vietnam, dûment décoré. Au cours de sa campagne, il pouvait aussi bien éblouir par son brio un auditoire de Palm Beach que jouer les idiots dans le Panhandle. Il éblouissait les médias car il allait spontanément jusqu'au bout de ses phrases, et sans l'aide d'aucune fiche. Pour couronner le tout, son passé personnel n'était pas encombré d'affaires douteuses autant que juteuses, dont les dédales mettaient à rude épreuve la compréhension tant des journalistes que de leurs lecteurs.

La seule responsabilité officielle qu'eût jamais tenue Clinton Tyree était un poste à durée déterminée de cinq ans comme professeur d'anglais à l'Université de Floride, boulot qui, historiquement parlant, aurait dû le cataloguer comme trop réfléchi, trop instruit et trop large d'idées pour un homme d'État. Mais, manifestant un revirement d'opinion étonnant, les votants pardonnèrent à Clinton Tyree son érudition et l'élurent gouverneur.

Faisant preuve de naïveté, l'establishment de Tallahassee accueillit le nouveau chef de l'exécutif à bras ouverts. Les bateleurs, putassiers et autres retourneurs de veste qui contrôlaient le législatif jugèrent acquis qu'à l'instar de la plupart de ses prédécesseurs Clinton Tyree se coulerait comme il se doit dans le moule.

C'était après tout un enfant du pays qui comprenait à coup sûr le train des choses.

Mais le sourire de star de cinéma du gouverneur dissimulait la fibre incendiaire d'un terroriste. Il apporta avec lui dans la capitale de la Floride une passion si profonde et si pure de toute corruption qu'elle fut totalement inassimilable par les autres politiciens qui décidèrent rapidement que Clinton Tyree était un fou intégral. Dans sa première interview post-électorale, il déclara au *New York Times* que la Floride était en passe d'être détruite par une croissance débridée, la pollution et le surdéveloppement, la racine nauséabonde de tels maux n'étant rien d'autre qu'une rapacité incontrôlée. Pour illustrer ses propos par un exemple, il fit référence au président de la Chambre de Floride comme à un être doué de « l'éthique d'une bactérie intestinale », simplement parce que l'individu en question avait accepté un séjour à Bangkok tous frais payés d'un promoteur immobilier de Miami Beach. Ensuite, Tyree encouragea par la voie des ondes les touristes ou résidants en puissance à ne plus mettre les pieds dans l'État du Soleil pendant quelques années « afin que nous puissions reprendre nos esprits », déclara-t-il. Il annonça viser une croissance zéro de la population et proposa de généreuses et encourageantes baisses des prélèvements fiscaux pour les comtés qui réduiraient de façon significative leur densité de peuplement. Tyree n'aurait pas provoqué de tollé plus grand s'il s'était laissé aller à prêcher le satanisme à des enfants d'âge préscolaire.

L'impression que le nouveau gouverneur était mentalement dérangé fut renforcée par son refus d'accepter des pots-de-vin. Fait encore plus atterrant, il fit part des détails de ces propositions illicites aux agents du F.B.I. De sorte que l'un des promoteurs les plus riches et les mieux introduits dans la sphère politique de l'État dut mettre la clé sous la porte, accusé et condamné pour corruption. Clinton Tyree était un individu positivement dangereux.

Aucun gouverneur précédent n'avait osé interrompre le bétonnage juteux de la Floride. Depuis soixante-dix glorieuses années, l'État s'était ratatiné lentement mais sûrement sous la poigne de ceux qui avaient montré le plus d'efficacité dans le pillage de ses ressources naturelles. Et voilà soudain que ce jeune parvenu téméraire agitait les foules comme un sale communiste. Sauvez les rivières. Sauvez les côtes. Sauvez le marécage de Big Cypress. Où cela s'arrêterait-il ? Il faisait la couverture de *Time Magazine.* David Brinkley le traitait de néo-populiste[1]. La Société nationale Audubon lui avait décerné une putain de médaille...

Un beau soir, derrière les rideaux tirés du box d'un restaurant du nom de La Pantoufle d'Argent, un pacte fut passé pour stopper net ce dément dans son élan. Sa conduite héroïque dans le Sud-Est asiatique l'avait immunisé contre les campagnes de calomnies habituelles, la seule solution était donc de le neutraliser politiquement. Ce plan fut exécuté sans détour : quels que fussent les desiderata du gouverneur, le corps législatif et le cabinet allaient systématiquement à l'encontre — un vote conforté par des contributions généreuses de banquiers, entrepreneurs, spéculateurs immobiliers, hôteliers, conglomérats agricoles et autres groupes d'intérêts spécifiques qui entretenaient des divergences de vue philosophiques avec Clinton Tyree.

Cette tactique porta ses fruits. Même les compagnons démocrates du gouverneur se sentirent suffisamment menacés par ses réformes pour l'abandonner sans état d'âme. Une fois qu'il fut devenu clair aux yeux de Clint Tyree lui-même que le gel de sa politique était à l'ordre du jour, un lent processus de

1. Le terme est moins péjoratif en anglais qu'en français où on le confond avec sa variante poujadiste. *(N.d.T)*

démolition l'entama. Chaque défaite devant le corps législatif le frappait comme un coup de massue. Ses apparitions en public furent marquées par des excès oratoires pleins de hargne et d'obscures imprécations. Il perdit du poids et se laissa pousser les cheveux. Au cours de l'une de ses conférences de presse hautement sibyllines, il choisit de se présenter sans chemise. Il écrivait des lettres au vitriol sur du papier officiel et donnait des interviews où il citait à foison Jung, Thoreau et David Crosby. Un soir, le policier d'État assigné à sa protection le retrouva à crapahuter dans un cimetière ; Clinton Tyree lui expliqua qu'il avait l'intention de déterrer les restes de feu Napoléon Bonaparte Broward, le gouverneur qui avait eu le premier le projet d'assécher les Everglades. Tyree avait dans l'idée de distribuer les ossements du gouverneur Broward comme souvenirs aux visiteurs de la rotonde du capitole.

Entre-temps, la dévastation de la Floride allait grand train, comme le flux des nouveaux arrivants. Un millier d'apprentis milliardaires s'installaient chaque jour dans l'État et Clint Tyree ne pouvait rien y faire.

Aussi démissionna-t-il, fuyant Tallahassee par une mélancolique matinée, installé sur la banquette arrière de sa limousine de fonction, et alla-t-il se fondre dans les entrelacs de la nature encore sauvage. Dans l'histoire floridienne, aucun gouverneur ne s'était jusque-là démis de ses fonctions ; en fait, aucun grand commis de l'État élu ne s'était jamais retiré de façon aussi brusque ni aussi singulière de la vie publique. Journalistes et écrivains traquèrent l'évanescent Clinton Tyree, mais en pure perte. Il se déplaçait la nuit, trouvait sa pitance sur le réseau routier et avait adopté l'existence solitaire d'un serpent des marais. Il se faisait appeler Skink par ceux qui le rencontraient, ou plus simplement « capitaine ». Cette vie d'ermite consacré ne connaissait à l'occasion d'autres interruptions qu'incendie criminel, voies de fait caractérisées ou canardage autoroutier. Le tout partant d'une bonne intention.

Un seul homme possédait la confiance pleine et entière du gouverneur en rupture de ban — le policier de la route qui lui avait servi de garde du corps pendant sa campagne électorale et qui l'avait suivi dans sa résidence officielle, une fois élu ; ce même policier était au volant de la limousine le jour de la disparition de Clinton Tyree. Lui seul savait le localiser, maintenait le contact avec l'ex-gouverneur et suivait ses déplacements ; lui seul se trouvait toujours là pour aider Clinton Tyree quand il pétait les plombs, ce qui lui arrivait parfois. Cet officier de police s'était transporté très vite sur les lieux quand son ami avait perdu un œil dans un méchant tabassage en règle ou quand il s'était amusé à faire des cartons sur des voitures de location ; de même après qu'il eut réduit en cendres un parc de loisirs[1].

Certaines années étaient plus paisibles que d'autres.

— Mais il attendait cet ouragan, continua Jim Tile, tournicotant une cuillerée de spaghetti. Il y a de quoi se faire du souci.

— J'ai entendu parler de ce type, fit Augustin.

— Alors vous comprenez pourquoi il faut que j'aie un entretien avec Mrs Lamb.

— Mrs Lamb n'en croit pas ses oreilles, dit Bonnie d'un ton caustique. Vous pensez que Max est entre les mains de ce givré ?

— Une vieille dame du voisinage a vu un homme correspondant à la description du gouverneur qui portait sur son épaule un homme correspondant à la description de votre mari. Nu comme un ver.

Jim Tile marqua une pause pour permettre à Mrs Lamb de visualiser la scène.

— Je ne sais pas si cette dame a de bons yeux, poursuivit-il, mais ça vaut le coup de vérifier l'info.

1. *Cf.* du même auteur *Pêche en eaux troubles* et *Miami Park.*

Vous avez fait allusion à une bande — avec la voix du kidnappeur.

— Elle est là-bas, chez moi, fit Augustin.

— Ça vous dérangerait de me la faire écouter ?

— C'est grotesque, ce que vous racontez..., commença Bonnie.

— Faites-moi rire, la coupa Jim Tile.

Bonnie repoussa son assiette de lasagne, sans les finir.

— Quel intérêt cela présente-t-il pour vous ?

— C'est mon ami. Et il est dans la merde, dit le flic.

— Le seul qui me tracasse, moi, c'est Max.

— Ils sont tous les deux en danger.

Bonnie exigea de tout savoir sur le gros lard de la morgue. Le flic de la route lui dit qu'on l'avait étranglé puis empalé sur une parabole de télé par satellite. Et qu'il ne semblait pas que le vol soit le mobile.

— Votre « ami » s'amuse lui aussi à ce genre de plaisanterie ?

— Ils interrogent un gland de l'Alabama, mais j'en sais pas plus.

Bonnie trouvait tout ça bonnement incroyable.

— Vous avez bien dit « empalé » ?

— Oui, m'dame.

Le flic passa sous silence la parodie de crucifixion. Mrs Lamb flippait assez comme ça.

— Cet endroit est démentiel, dit-elle entre ses dents serrées.

Jim Tile était parfaitement d'accord avec elle. Il regarda Augustin avec lassitude.

— Je ne fais que suivre quelques pistes.

— Venez chez moi. On va vous faire écouter cette bande.

Ira Jackson avait eu l'intention de tuer le vendeur de mobile homes, puis de regagner New York en voiture et d'organiser les funérailles de sa mère. À sa grande consternation, le meurtre de Tony Torres lui laissa un goût d'inachevé qui le mit à cran. Roulant à travers la zone sinistrée, éventrée par le cyclone, Ira Jackson comprit quel pitoyable petit con bouffi d'insignifiance Tony Torres avait été. La Floride du Sud grouillait de types qui vendaient gaiement des pièges mortels à de pauvres veuves. La preuve crevait les yeux : Ira Jackson savait reconnaître la construction merdique à l'œil nu et il ne voyait que ça partout. Les pavillons de certains secteurs avaient essuyé la tempête avec à peine un bardeau de déplacé ; de l'autre côté de la rue, une autre tranche à prix égal (et coûtant les yeux de la tête) était rayée de la carte, chaque maison réduite en miettes.

Putain, la honte ! songeait Ira Jackson. Exactement le genre de truc qui donnait mauvaise réputation à la corruption. Il se rappela ce que ce frimeur de Tony Torres avait proclamé : *Nous ne vendons que des mobile homes agréés.*

Et sans nul doute, c'était la vérité. Les inspecteurs d'urbanisme de Dade County étaient aussi coupables de ces destructions que les vendeurs à la con comme Torres. Pour l'œil exercé d'Ira Jackson, les constructions en dessous des normes étaient trop répandues pour que l'incompétence soit la seule explication ; un aveugle aurait zébré de rouge certains de ces lotissements en carton-pâte. On avait dû soudoyer les inspecteurs en cash, bibine, dope, gonzesses ou tout ça à la fois. Ça arrivait à Brooklyn, aussi, mais à Brooklyn on se récoltait pas des masses d'ouragans.

Ira Jackson songea avec colère aux amarres censées assujettir la caravane F-2 de feu sa mère. Quelqu'un du comté aurait dû remarquer les tendeurs pourris ; quelqu'un aurait dû examiner les piquets des fixations pour s'assurer qu'on ne les avait pas sciés. Ira Jackson se demandait qui était ce quelqu'un et quel pot-de-vin il avait touché pour ne pas faire son boulot.

Il poussa jusqu'au service de l'urbanisme pour le découvrir.

Niaqueur avait son costard bon marché trempé de sueur. Mr Nathaniel Lewis lui donnait du fil à retordre au sujet de l'acompte. Dehors, dans le camion, les couvreurs bidon éclusaient de la bière tiédasse en discutant résultats sportifs.

— Quatre mille d'avance, c'est complètement exclu, disait Nathaniel Lewis.

— Ça dépend si vous voulez un toit rapido ou non. Je croyais que ça pressait.

— Sûr que ça urge. Y a qu'à regarder.

Niaqueur admit que la baraque était dans un sale état ; les Lewis, après avoir découpé des sacs-poubelles en plastique, les avaient cloués aux poutres dénudées pour se protéger de la pluie.

— Écoutez un peu, fit Niaqueur, tout le monde a eu son toit emporté. Notre téléphone sonne sans arrêt. Quatre mille, ça vous met en tête de liste. En première priorité.

Nathaniel Lewis était plus fine mouche que Niaqueur ne l'aurait souhaité.

— Si votre bigo il sonne sans arrêt, comment ça se fait que vous soyez venu frapper à ma porte comme un bon Dieu de témoin de Jéhovah. Et comment ça se fait que votre équipe, elle reste assise sur son cul dans votre camion, si elle croule sous le taf ?

— Ils font une pause, inventa Niaqueur au débotté. On est sur un duplex à deux rues d'ici. Ça nous économise du carburant si on se dégote quelques boulots de plus dans le coin.

— Trois mille d'avance — et encore, si vous démarrez tout de suite, dit Lewis.

— Ça peut se faire.

L'équipe escalada le squelette du toit de Lewis. Niaqueur n'eut pas besoin de dire à ses hommes de prendre leur temps ; c'était un réflexe naturel chez eux. Avila leur avait dit que l'important c'était de faire du boucan, comme des couvreurs authentiques, aussi les Blacks organisèrent-ils une épreuve de coups de marteau sur l'armature sous l'arbitrage du Latino. On laissa au seul Blanc, l'accro au crack, le soin de découper du contreplaqué pour le planchéiage.

Niaqueur attendit dans la cabine du camion, qui empestait la bière Coors éventée et la marijuana. Par bonheur, le ciel s'obscurcit au bout d'une heure environ et un gros orage éclata. Tandis que les couvreurs chargeaient le camion en catastrophe, Niaqueur informa Nathaniel Lewis qu'ils reviendraient le lendemain en début de matinée. Lewis lui remit un chèque bancaire d'un montant de trois mille dollars, libellé à l'ordre de Couverture Forteresse, l'entreprise bidon d'Avila. Niaqueur trouvait que c'était très marrant comme raison sociale.

Au volant de la Jeep Cherokee volée, il prit la direction du sud. L'équipe suivait dans le camion. Avila avait conseillé à Niaqueur de rayonner, de ne pas se cantonner au même périmètre. Une bonne tactique, que Niaqueur approuvait. Ils arrivèrent à Cutler Ridge, en avance sur les intempéries. Niaqueur repéra une belle maison style ranch sise au milieu d'un hectare de pinède. Le cyclone avait arraché la moitié du toit. Une Land Rover et une Infiniti noire étaient garées dans l'allée dallée.

On a tiré le gros lot, songea Niaqueur.

La dame de céans le laissa entrer. Elle s'appelait Whitmark et paniquait comme une bête : il lui fallait s'abriter coûte que coûte. Elle avait repéré les nuages de pluie qui s'amoncelaient à l'horizon, et la perspective d'une nouvelle inondation de son salon l'avait fait se ruer sur son armoire à pharmacie. Le « contremaître couvreur » prêta une oreille compatissante aux malheurs de Mrs Whitmark.

La moquette de laine peignée était fichue, *idem* pour l'installation stéréo dernier cri de son époux,

Mr Whitmark, et bien sûr la moisissure avait jeté son dévolu sur l'ensemble des rideaux, du linge de maison, et sur la moitié de sa garde-robe de soirée de la saison d'hiver ; on avait déménagé le canapé de cuir italien et le buffet en merisier dans l'aile ouest, mais...

— On peut commencer dès cet après-midi, la coupa Niaqueur, mais il nous faut un acompte.

Mrs Whitmark lui demanda de combien. Niaqueur cita le premier chiffre qui lui passait par la tête : sept mille dollars.

— Vous acceptez les paiements en liquide, je suppose.

— Bien entendu, dit Niaqueur, tâchant de rester pragmatique, comme si tous ses clients gardaient sept mille dollars chez eux dans une boîte à biscuits.

Mrs Whitmark abandonna Niaqueur à lui-même pendant qu'elle allait chercher la somme. Il leva les yeux vers l'énorme trou dans le plafond. À cet instant, un rayon de soleil perça les nuages violacés, inondant la maison d'une lumière dorée.

Niaqueur se protégea les yeux. Était-ce un signe ?

Mrs Whitmark revint, flanquée de deux bergers allemands.

Niaqueur se raidit quelque peu.

— Sainte Vierge, murmura-t-il.

— Ce sont mes bébés à moi, dit Mrs Whitmark, toute affection dehors. On n'a pas de problèmes avec les pillards, hein, mes susucres.

Elle gratta le plus grand des chiens sous le menton. À son commandement, les deux se couchèrent à ses pieds. La tête penchée, ils guettaient du coin de l'œil Avila, qui sentit un frisson lui parcourir l'échine.

Ses mains tremblaient si fort qu'il eut du mal à rédiger le contrat. Mrs Whitmark demanda ce qui était arrivé à sa figure.

— Vous êtes tombé d'un toit ?

— Non, fit-il sèchement. Accident de saut à l'élastique.

Mrs Whitmark lui tendit les billets glissés dans une enveloppe rose parfumée.

— Quand pouvez-vous commencer au plus tôt ?

Niaqueur lui promit que l'équipe serait de retour dans la demi-heure.

— Faut qu'on aille chercher des réserves de bois. C'est vachement grand chez vous.

Mrs Whitmark et ses chiens de garde raccompagnèrent Niaqueur jusqu'à la porte d'entrée. Il garda les deux mains fourrées dans ses poches, au cas où l'une de ces sales bêtes se jetterait sur lui. Quoique, si on les avait dressés comme ceux de la brigade canine de la police, ses mains ne risquaient rien. Ils lui sauteraient directo aux couilles.

— Faites vite, lui enjoignit Mrs Whitmark, scrutant les nuages, la pupille dilatée. Ce ciel-là ne me dit rien qui vaille.

Niaqueur rejoignit le camion et annonça la mauvaise nouvelle à son équipe.

— Elle n'a pas voulu marcher. Elle m'a raconté que son mari avait déjà retenu un couvreur pour faire le boulot. Une entreprise de Palm Beach, soi-disant.

— Tant mieux, patron, fit l'un des Blacks en bâillant. Je suis H.S. Et si on s'en tenait là pour aujourd'hui ?

— C'est O.K. pour moi, dit Niaqueur.

Jim Tile rembobina la cassette et la réécouta.

Mon chou, on m'a kidnappé...

— Enlevé ! Kidnapping égale demande de rançon, Max. Te hausse pas du col...

— Alors ? demanda Bonnie Lamb.

— C'est bien lui, fit le policier de la route.

— Vous en êtes sûr ?

Je t'aime, Bonnie. Max a oublié de vous le dire, alors je le fais à sa place. Bye...

— Je veux, fit Jim Tile en éjectant la cassette du lecteur.

Bonnie demanda à Augustin d'appeler son ami, l'agent du F.B.I. Augustin répondit que c'était une idée pas si géniale que ça.

Le policier d'État en convint.

— Ils ne le retrouveront jamais. Ils ne sauront ni où ni comment le chercher.

— Et vous, oui ?

— Ce qui va probablement se passer, reprit Jim Tile, c'est que le gouverneur gardera votre mari avec lui jusqu'à ce qu'il en ait sa claque.

— Et puis, quoi ensuite ? Il le tuera ? demanda Bonnie.

— Non, à moins que votre époux ne fasse une boulette.

Augustin songea : on n'est pas sortis de l'auberge, à mon avis.

Le policier dit à Bonnie de ne pas paniquer ; le gouverneur n'était pas quelqu'un de déraisonnable. Il y avait moyen de le localiser, d'entrer en contact avec lui et d'entamer des pourparlers féconds.

Bonnie s'excusa et alla prendre une aspirine. Augustin sortit

— Le F.B.I. ne voudra pas s'en mêler, dit Jim Tile à voix basse. Il n'y a aucune demande de rançon, pas de déplacement d'un État à un autre. Ça va être dur de lui faire avaler ça.

Augustin observa que Max Lamb n'arrangeait pas les choses en appelant New York à tort et à travers pour se préoccuper du suivi de ses budgets publicitaires.

— Pas vraiment la victime lambda, dit-il.

Jim Tile monta en voiture et posa son Stetson sur le siège.

— Je vous recontacterai bientôt. Entre-temps, soyez gentil avec la petite dame.

— Pour vous, c'est pas un dingue, hein ? dit Augustin.

Le flic éclata de rire.

— Vous avez écouté la bande, mon vieux.

— Ouais, d'après moi non plus, il n'est pas dingue.

— « Atypique », c'est le terme exact. Vachement atypique.

Jim Tile alluma la radio de la voiture de patrouille pour écouter les derniers développements délirants de l'ouragan. Le dispatcheur de la police de la route expédiait des effectifs au carrefour de l'U.S. 1 et de Kendall Drive, où un camion chargé de pains de glace s'était renversé. Une émeute en avait résulté et des ambulances étaient déjà en route.

— Seigneur, fit Jim Tile. Les voilà qui s'entre-tuent pour une poignée de glaçons, maintenant !

Il démarra en trombe sans dire au revoir.

De retour à l'intérieur, Augustin eut la surprise de trouver Bonnie dans la cuisine, assise à côté du téléphone. Près de son coude, un bloc sur lequel elle avait tracé quelques lignes. Il fut frappé par l'élégance de son écriture. Une fois, il était sorti avec une fille qui dotait ses points sur les *i* de petits ronds parfaits ; parfois, elle dessinait des visages souriants à l'intérieur des cercles, d'autres fois des boudeurs. Cette fille avait été pom-pom girl de l'équipe de foot de son université et ne s'en était jamais remise.

L'écriture de Bonnie n'avait rien de celle d'une pom-pom girl à la retraite.

— C'est l'itinéraire, répondit-elle à sa question, agitant la feuille de papier.

— Pour où ?

— Pour rejoindre Max et cet individu, Skink. Ils m'ont laissé des indications sur mon répondeur.

Elle était excitée comme une puce. Augustin s'assit à côté d'elle.

— Ils ont dit quoi d'autre ?

— Pas de police. Pas de F.B.I. Max insiste beaucoup là-dessus.

— Et puis ?

— Quatre piles longue durée et une cassette d'*Exile*

on Main Street. Dolby, oxyde de chrome. Et un bocal d'olives vertes dénoyautées, sans piments.

— C'est la liste des commissions du gouverneur ?

— Max a horreur des olives vertes.

Bonnie posa la main sur le bras d'Augustin.

— Qu'est-ce qu'on fait ? Vous voulez écouter le message ?

— Allons leur parler, si c'est ça qu'ils veulent.

— Prenez votre flingue. Et je ne plaisante pas.

Ses yeux étincelèrent.

— On peut kidnapper Max à son kidnappeur. Pourquoi pas !

— On se calme, s'il vous plaît. À quand la rencontre ?

— Demain minuit.

— Où ça ?

Quand elle lui précisa l'endroit, il eut l'air découragé.

— Ils ne viendront jamais. Pas là-bas.

— Pas d'accord, fit Bonnie. Où il est votre flingue ?

Augustin passa au salon et alluma la télévision. Il zappa jusqu'à ce qu'il tombe sur une redif des Monty Python ; un grand classique, le sketch où John Cleese fait l'emplette d'un perroquet mort. Ça faisait rire Augustin à tous les coups.

Bonnie vint le rejoindre sur le canapé. À la fin du sketch, il se tourna vers elle.

— Vous y connaissez que dalle, question flingues, lui dit-il.

11.

Max se réveilla en entendant ces mots :

— Faut laisser un truc derrière soi, un héritage.

Skink et lui jouaient les trimardeurs à l'arrière d'un camion de transport. Ils se faisaient trimbaler le long de la route n° 1 parmi deux mille boîtes de soupe brocoli fromage Campbell, dont une église baptiste de Pascagoula, Mississippi, faisait don aux victimes de l'ouragan. Le manque de variété de la cargaison était amplement racheté par cette manifestation de charité chrétienne.

— Ça, fit le ravisseur en désignant les boîtes de soupe, c'est un exemple de ce que les gens font les uns pour les autres quand survient une catastrophe. Ils se montrent solidaires. Toi, au contraire...

— J'ai déjà dit que je regrettais.

— ... toi, Max, tu te ramènes avec une caméra vidéo.

Max Lamb alluma une cigarette. Le gouverneur avait été d'une humeur massacrante toute la journée. D'abord sa cassette préférée des Stones s'était bousillée, puis les piles de son walkman s'étaient mises à crachouiller.

— Ceux qui ont donné cette soupe, poursuivit Skink, ils ont essuyé Camille. Et je t'en prie, viens pas me dire que t'as jamais entendu parler de Camille.

— Un autre cyclone ?

— Oui. Et un sévère, celui-là ! Tu fais des progrès, Max, ma parole.

Le publicitaire suçotait avec appréhension sa Bronco.

— Vous parliez de trouver un bateau, dit-il.

— Tout le monde doit laisser quelque chose derrière lui. Quelque chose qui fait qu'on se souvient de lui. Écoutons un peu certains de tes slogans pour voir.

— C'est pas vraiment le moment.

— Je regarde plus jamais la télé, mais je me rappelle encore certaines pubs.

Le kidnappeur désigna le canyon de boîtes de soupe rouges et blanches.

— *Miam, miam, y a bon !* C'était bien un grand classique, non ?

— Vous avez entendu parler de Croustill'Prune, par hasard ? demanda Max Lamb, toute honte bue. Une céréale pour le petit déjeuner.

— Une céréale, tiens donc, fit Skink.

— *Croustill'Prune, ça vous file la pêche !*

Son ravisseur tiqua. De son pantalon de camouflage, il sortit une petite boîte tapissée de feutre, genre écrin de bijoutier. Il l'ouvrit et en sortit un scorpion qu'il posa sur son poignet, à même sa peau brune. Le scorpion souleva ses pinces grasses, les refermant sur le vide, en pleine confusion. Max regardait ça avec incrédulité. La peau du cou sous le collier lui brûlait. Il numérota ses abattis, prêt à sauter du camion si jamais Skink lui balançait l'horrible bestiole à la figure.

— Ce petit enfoiré, il vient d'Asie du Sud-Est, dit Skink. Je l'ai reconnu au premier coup d'œil.

Du petit doigt, il caressa le scorpion jusqu'à lui faire darder son aiguillon venimeux.

Max Lamb demanda comment il se faisait qu'un scorpion vietnamien ait atterri en Floride. Skink répondit qu'il avait dû être introduit sur le sol américain en contrebande via des importateurs.

— Puis, quand le cyclone nous est tombé dessus, Tartempion ici présent en a profité pour se faire la malle. Je l'ai trouvé dans l'écurie. Tu te souviens de Clarks ? *À vos Clarks, prêts, partez !*

— Vaguement.

Max était encore tout gosse quand la campagne Clarks avait été diffusée à la télé.

— C'est ce que j'entends par héritage. Est-ce qu'il y a seulement quelqu'un qui se souvient de celui qui a conçu la campagne Clarks ? Par contre, le cow-boy Marlboro, nom de Dieu, c'est le meilleur concept de toute l'histoire de la pub !

C'était un fait reconnu. Max Lamb se demanda comment Skink était au courant. Il remarqua que le scorpion s'était emmêlé les pinces dans les poils blond-gris de l'avant-bras du capitaine.

— Qu'est-ce que vous comptez en faire ? demanda Max.

Pas de réponse. Il essaya un autre angle d'attaque.

— Bonnie a une peur bleue des insectes.

Skink cueillit le scorpion dans l'une de ses paumes.

— C'est pas un insecte, Max. Mais un arachnide.

— Je voulais dire bestioles, capitaine. Toutes les bestioles la terrifient.

Max parlait pour lui-même. L'anxiété lui picotait bras et jambes de ses aiguilles glaciales. Il fit un gros effort pour trouver un rapport entre les sympathies scorpionnesques de son ravisseur et son point de vue sur le cow-boy Marlboro. Qu'est-ce que ce psychopathe essayait de lui dire par là ?

— Elle sait nager, ta Bonnie ? Alors elle risque rien.

Le gouverneur se colla le scorpion dans une joue et déglutit bruyamment.

— Ô mon Dieu, fit Max.

Après un laps de temps opportun, Skink rouvrit la bouche. Le scorpion était lové sur sa langue, les pinces au repos.

Max Lamb écrasa le mégot de sa Bronco et s'en alluma une autre aussi sec. Il posa sa nuque contre une caisse de boîtes de soupe et pria en silence : Mon Dieu, faites que Bonnie ne dise rien qui foute ce type en pétard.

La carrière d'Avila, à titre d'inspecteur du comté, avait été d'une médiocrité exemplaire, exception faite des six mois où la police l'avait eu dans le collimateur. Les flics avaient infiltré le service de l'urbanisme, l'un des leurs jouant les superviseurs. Cette taupe remarqua, parmi une foultitude d'irrégularités, qu'Avila inspectait les toitures neuves à raison d'une soixantaine par jour — moyenne surhumaine — sans même le secours d'une échelle. Une équipe de surveillance fut mise en place et constata qu'il ne se donnait jamais la peine de monter sur les toits qu'il était chargé d'inspecter. En fait, il descendait rarement de véhicule, sauf pour un arrêt-buffet quotidien de deux heures dans un bar topless d'Hialeah. On releva aussi qu'Avila passait devant les chantiers de construction à une allure telle qu'il n'était pas rare de voir les entrepreneurs piquer un sprint derrière son pick-up pour lui filer ses coms en toute illégalité. Ces transactions, claires comme de l'eau de roche, furent dûment vidéoscopées.

Quand l'enquête policière devint officielle, un grand jury se réunit pour examiner les charges retenues et statuer s'il y avait lieu de poursuivre. Pour sauver les apparences, la commission d'urbanisme et du plan d'occupation des sols réaffecta Avila et ses ripoux de collègues à des tâches qui passaient pour de bas étage et la dernière roue du carrosse, statut que confirmait le montant maigrelet des pots-de-vin. Avila, pour sa part, se trouva relégué à l'inspection des mobile homes. C'était un boulot pour lequel il n'avait ni qualifications ni le moindre enthousiasme. Des caravanes, c'étaient des caravanes, point trait ; aux yeux d'Avila, rien d'autre que des boîtes à sardines améliorées. La notion de « respect des normes en vigueur » appliquée à un *trailer park* lui semblait des plus antinomiques ; aucun ne soutiendrait l'assaut d'un cyclone de très faible intensité. À quoi bon se donner la peine d'arrimer au sol ces putains de trucs ?

Mais il faisait tout un cirque autour de ses inspections, empochant la moindre gratte que les vendeurs de mobile homes lui jetaient comme un os — cinquante dollars par-ci par-là, une bouteille de bourbon bas de gamme, des cassettes porno, un képa de coke. Avoir la police sur le dos ne tracassait pas des masses Avila. Les autorités se souciaient avant tout de protéger l'acquéreur de la classe moyenne en pleine ascension sociale ; tout le monde se foutait royalement du sort de ceux qui achetaient des caravanes.

Sauf des types comme Ira Jackson dont la mère en habitait une.

À l'exception notable du dépôt de bus, au centre de Guatemala City, Ira Jackson n'avait jamais vu service municipal plus désorganisé et je-m'en-foutisme aussi institutionnalisé. Il lui fallut quatre-vingt-dix minutes pour dénicher un employé parlant anglais couramment et encore une bonne heure pour mettre la main sur la paperasse se rapportant au parc de caravaning de Suncoast Leisure Village. Étant donné les circonstances, Ira Jackson fut légèrement surpris que le dossier existât encore. À en juger par ce qu'il avait sous les yeux, d'autres disparaissaient par charretées entières. Subodorant que le cyclone allait déclencher un scandale au sein de l'industrie du bâtiment, promoteurs, entrepreneurs et autres inspecteurs mouillés dans la combine prenaient d'audacieuses mesures pour camoufler la part qu'ils avaient prise dans le désastre. Ira Jackson se fraya un passage à coups de coude jusqu'à une chaise libre ; ce faisant, il distinguait parmi les visages des véritables affligés ceux des copieusement coupables à certaines caractéristiques :

fronts en sueur, lèvres crispées, yeux battus et chagrins. C'était là l'expression d'hommes qui redoutaient la perspective d'un scandale public, d'une cascade de procès ou tout bonnement de la prison.

Si seulement c'était vrai, songeait Ira Jackson. Mais il savait d'expérience qu'il en allait autrement. Les petits rigolos qui dévalisaient les épiceries fines finissaient en taule, pas les gros pleins de thune, les cols blancs ou les fonctionnaires.

Ira Jackson en feuilletant les archives du *trailer park* tomba finalement sur le nom de celui qui avait torché l'inspection de la caravane F-2 de sa mère. Il se rouvrit un chemin jusqu'au guichet où il alpagua un employé à l'air harassé, qui lui apprit que Mr Avila ne faisait plus partie du personnel de Dade County.

Et pourquoi ça ? demanda Ira Jackson.

Parce qu'il a donné sa démission, lui expliqua l'employé ; il a monté sa propre boîte. Comme Ira Jackson avait déjà l'air passablement remonté, l'employé ne jugea pas utile de lui révéler que ladite démission faisait partie d'une négociation de peine à l'amiable avec le bureau du State Attorney. C'était une affaire privée que Mr Avila n'aurait qu'à confier lui-même à Mr Jackson si ça lui chantait.

— Vous avez son adresse actuelle, n'est-ce pas ?

L'employé déclara qu'il n'entrait pas dans ses prérogatives de divulguer un renseignement de cet ordre. Ira Jackson se pencha par-dessus le comptoir du guichet et posa sa main — oh, très légèrement — sur l'épaule du jeune homme.

— Écoute-moi bien, Du Schnock, dit-il. Je vais venir faire un petit tour chez toi et soigner ta petite famille. Tu me suis ? Même le chien et le chat s'en souviendront.

L'employé fit signe qu'il avait compris.

— Je reviens tout de suite, fit-il.

Niaqueur fut plus contrarié qu'effrayé en apercevant les gyrophares bleus dans le rétroviseur. Il se doutait bien que la Jeep Cherokee avait été volée avant même qu'il ne la pique à son tour au gang de rappeurs ; mais il n'avait pas imaginé que les flics se lanceraient à sa recherche aussi vite. Pas avec toutes ces situations d'extrême urgence causées par l'ouragan.

En se rangeant au bord de la route, il se demanda si Baby Raper avait craché le morceau en arrivant à l'hosto. Pas de doute que le môme devait avoir eu la haine quand Skink lui avait administré le CD dans le cul comme un mahousse suppositoire argenté.

Mais pourquoi les flics en auraient-ils eu quelque chose à battre ? Peut-être que ça n'a rien à voir avec le rappeur gangster ni avec la voiture volée, songea Niaqueur. Peut-être que c'est juste ma façon de conduire.

Le flic qui l'arrêta était une femme ; elle appartenait à la police de la route de l'État. Elle avait un joli minois et de beaux yeux bleu clair qui lui rappelèrent une fille qu'il avait essayé de se sortir, là-bas à Atlanta, une espèce de catho super-canon. Les cheveux noirs de la femme flic étaient ramassés sous son chapeau et elle portait une alliance en or qui réclamait à cor et à cri qu'on la mette au clou. Son holster paraissait surdimensionné et déplacé sur sa hanche. Elle braqua sa torche dans l'habitacle et demanda à voir le permis de conduire de Niaqueur.

— J'ai laissé mon portefeuille à la maison.

— Vous n'avez pas d'autre pièce d'identité sur vous ?

— J'crains bien qu'non.

Pour la forme, il se tapota les poches.

— Quel est votre nom ?

— Boris, dit Niaqueur.

Il adorait Boris et Natacha, à cause de l'ancienne émission télé de Rocky et Bullwinkle.

— Boris comment ? insista la femme flic.

Niaqueur, qui aurait été infoutu d'épeler le nom de famille du Boris du dessin animé, répondit :

— Smith. Boris J. Smith.

L'œil bleu clair de la femme flic parut soudain s'assombrir et sa voix devint sourde.

— Monsieur, vous rouliez à cent dix kilomètres/heure dans une zone limitée à soixante-dix.

— Sans blague.

Niaqueur se sentit soulagé. Une contredanse à la con pour excès de vitesse ! Peut-être qu'elle allait la lui coller sans vérifier le numéro d'immatriculation.

— C'est illégal en Floride de conduire un véhicule sans permis sur soi, vous êtes au courant ? fit la femme flic.

O.K., se dit Niaqueur, va pour deux prunes. Rien à battre, bordel ! Mais il remarqua qu'elle ne l'appelait pas « Mr Smith » en s'adressant à lui.

— Et vous êtes conscient que vous contrevenez aussi à la loi en donnant de faux renseignements à un agent de la force publique ?

— Ouais, bien sûr.

Niaqueur jura entre ses dents. Cette salope ne marchait pas dans ses salades.

— Veuillez ne pas descendre de votre véhicule.

Dans le rétro, Niaqueur suivit la torche électrique, se balançant au gré de la marche de la femme qui revenait vers sa voiture de patrouille. Ça faisait pas un pli : elle avait dans l'idée de communiquer par radio le numéro de la plaque de la Cherokee. Niaqueur sentit ses épaules se contracter. Il avait à peu près autant de chances de s'expliquer sur la voiture volée que sur les sept mille dollars qu'il avait sur lui.

Il avait deux possibilités. Primo, il prenait la fuite, avec à la clé poursuite, accident spectaculaire et arrestation pour un nombre de délits non cautionnables, comme résultats garantis.

Deuzio, il empêchait la fliquesse de passer son message radio. Ce qu'il fit.

Si certains malfrats hésitaient à frapper une femme, Niaqueur n'avait pas d'*a priori* sur la question. Un flic, c'était un flic. Elle le vit venir mais, gênée par le volant, elle eut quelque difficulté à tirer l'énorme Smith & Wesson de son étui. Elle réussit à défaire la boucle, mais après ça, ce fut bonne nuit les petits.

Il fit main basse sur la torche électrique, le flingue et l'alliance, et abandonna la femme flic, inconsciente, sur le bas-côté. Il accéléra à fond la caisse, remarqua alors que de la couleur barbouillait l'une de ses phalanges.

On aurait dit du maquillage.

Il ne ressentait ni honte ni regret, ni rien du tout.

Edie Marsh commençait à se faire une petite idée des souffrances qu'enduraient les vraies victimes du cyclone. Il pleuvait trois fois par jour, ce qui laissait des flaques de boue un peu partout dans la maison Torres. La moquette gargouillait sous le pied, des rainettes sautillaient d'un mur à l'autre et des moustiques pondaient leurs œufs dans l'un des lavabos de la salle de bains. Même après que les nuages avaient crevé, les poutres à découvert dégouttaient des heures entières. Ce qui, combiné à la cacophonie des coups de marteau et des tronçonneuses du voisinage, faisait un raffut qui rendait Edie à moitié dingue. Elle sortit et appela les danois disparus pour la forme, distraction à laquelle elle renonça bien vite après avoir aperçu un gros serpent brun dans l'herbe. Le hurlement d'Edie attira un voisin qui chassa le reptile à coups de balai. Sur ce, il demanda des nouvelles de Tony et Néria.

Ils ne sont pas en ville, répondit Edie Marsh. Ils m'ont confié la garde de leur maison.

Et vous êtes... ?

Une cousine, affirma Edie qui savait pertinemment

qu'elle avait à peu près l'air aussi latino que Goldie Hawn.

À peine le voisin parti, Edie rentra précipitamment dans la maison et se posta dans le fauteuil relax de Tony. Elle alluma la radio, la pince à portée de main. Avec le retour de l'obscurité, marteaux et tronçonneuses se turent dans le voisinage, bientôt relayés par bébés braillards, radios crachouillantes et claquements de portes. Edie commença à s'inquiéter des pillards, des violeurs et du mystérieux prédateur qui n'avait fait qu'une bouchée de Donald et Darla comme de vulgaires Tic-Tac. Quand Fred Dove rappliqua, elle avait les nerfs en pelote.

L'assureur lui offrit une boutonnière de gardénias, comme s'il passait la prendre pour le bal de fin d'année !

— C'est une blague ? fit Edie Marsh.

— Qu'est-ce qu'il y a ? J'ai pas pu trouver de roses.

— Fred, je ne peux plus rester ici. Trouve-moi une chambre quelque part.

— Tout va très bien se passer. Regarde, j'ai apporté du vin.

— Fred ?

— Et des bougies parfumées.

— Allô, Fred ?

— Quoi ?

Edie le poussa vers un canapé détrempé où elle le fit asseoir.

— Fred, on fait dans le bizness, pas dans la fleur bleue.

Il eut l'air blessé.

— Mon chou, fit-elle, on n'a eu qu'un seul rapport sexuel en tout et pour tout. Ne t'inquiète pas, il y a toutes les chances qu'on ne s'en tienne pas là. Mais ce n'est pas de l'amour, encore moins de la passion. Une simple association financière.

— Tu m'as séduit, pourtant, protesta l'assureur.

— Je ne le nie pas. Et tu as été fantastique.

L'ego de Fred Dove reprenant du poil de la bête, il fit meilleure figure.

— Oublie les fleurs, oublie le vin, l'admonesta Edie. Contente-toi de me trouver une chambre dans ton sacré Ramada, d'acc ?

L'assureur acquiesça solennellement.

— À la première heure demain matin, je m'en occupe.

— Regarde-moi un peu cet endroit, chouchou. Y a plus de toit, plus de carreaux aux fenêtres. C'est plus une maison, à peine une saleté de cabanon !

— Tu as raison, Edie. Tu ne peux plus rester ici. J'aurai qu'à gonfler ma note de frais.

Elle leva les yeux au ciel.

— Fred, sois pas si rat. On est sur le point de carotter cent quarante mille dollars à ton patron et tu me fais un caca nerveux pour une chambre de motel à soixante malheureux dollars ! Réfléchis deux secondes.

— Ne te mets pas en colère, je t'en prie.

— Tu l'as la déclaration de sinistre ?

— Là-dedans.

Après avoir examiné les chiffres à la loupe, Edie Marsh se sentit nettement mieux. Elle arracha les gardénias de la boutonnière et les arrangea dans une cafetière pleine d'eau de pluie tiédasse. Elle ouvrit la bouteille de chablis et ils trinquèrent au succès de leur hasardeuse entreprise. Au bout du quatrième verre, Edie se sentit assez décontractée pour demander à l'assureur ce qu'il comptait faire de sa part du gâteau.

— M'acheter un bateau, répondit Fred Dove, et mettre le cap sur Bimini.

— Et bobonne, tu en fais quoi ?

— Qui ça ? demanda Fred Dove.

Ils éclatèrent de rire en même temps. Puis à son tour il voulut savoir comment elle allait dépenser ses soixante et onze mille dollars.

— À Hyannis Port[1], dit-elle sans tourner autour du pot.

Plus tard, une fois le chablis sifflé, Edie tira un matelas sec dans le salon, éteignit l'ampoule nue et alluma l'une des bougies de Fred Dove, qui sentait le chocolat au lait. Au moment où Edie ôtait ses vêtements, elle entendit Fred qui farfouillait dans sa serviette à la recherche d'une capote. Il en déchira l'emballage avec les dents et lui fourra la chose dans la main.

Même quand elle n'avait pas bu, les capotes faisaient déjà beaucoup rire Edie. Mais quand elle était pompette, elles la rendaient carrément hilare tant elle trouvait cet accessoire d'un ridicule sans nom. Pour ce soir, Fred Dove avait crânement choisi un préso rouge et Edie ne lui fut d'aucune aide pour l'enfiler. Sur ce plan-là, d'ailleurs, Fred se révéla aussi peu doué qu'elle. Les gloussements d'Edie avaient pas mal cassé l'ambiance, défaisant tous les bienfaits du vin.

Couché sur le dos, l'assureur détourna la tête. Edie Marsh lui écarta les jambes sans ménagement et s'agenouilla entre elles.

— Tu vas pas me laisser en plan comme ça, le morigéna-t-elle. Sois un peu à ce que tu fais, chouchou.

Elle l'empoigna avec autorité.

— Tu pourrais pas, juste... ?

— Non.

Ça faisait toujours mauvais effet de pouffer pendant une pipe, et Fred Dove était du genre à ne jamais s'en remettre, affectivement parlant, s'entend.

— Concentre-toi, lui conseilla-t-elle. Souviens-toi comme c'était bon, hier soir.

Edie avait déroulé le préservatif en partie quand elle entendit le groupe électrogène s'arrêter. Plus de carburant, se dit-elle. Ça pouvait attendre ; Fred junior redonnait signe de vie.

1. Fief des Kennedy. *(N.d.T.)*

Elle entendit alors un léger déclic et soudain un rond de lumière crue vint illuminer la queue joyeusement couronnée de l'assureur. Edie Marsh lâcha tout et se redressa. Fred Dove, fermant les yeux très fort pour mieux se concentrer, fit :

— T'arrête pas, pas maintenant.

Sur le seuil de la porte d'entrée, se tenait un homme muni d'une puissante torche électrique.

— Des bougies, constata-t-il. Putain, on se refuse rien.

Fred Dove s'arrêta de respirer et chercha ses lunettes à tâtons. Edie Marsh se leva, bras croisés sur ses seins.

— Merci d'avoir frappé, connard.

— Je suis venu récupérer ma bagnole.

Niaqueur promena le faisceau lumineux de haut en bas sur le corps d'Edie.

— Elle est dans l'allée, pile poil où tu l'as laissée.

— Y a pas le feu, dit Niaqueur, entrant dans la maison.

Bonnie alla dans la chambre d'Augustin à une heure et demie du matin. Elle se fourra sous les draps sans même l'effleurer. C'était un tour de force — dans un lit jumeau.

— Vous dormez ? chuchota-t-elle.

— Comme une souche.

— Pardon.

Il roula sur le flanc pour lui faire face.

— Vous voulez un oreiller ?

— Non, qu'on me serre dans les bras.

— Mauvaise idée.

— Pourquoi ?

— Je suis plutôt dévêtu. Je n'attendais pas de visite.

— Re-pardon, dit-elle.

— Fermez les yeux, Mrs Lamb.

Il se leva et enfila un survet kaki. Mais pas le haut, remarqua-t-elle, pas paniquée pour deux sous. Il se glissa entre les couvertures et la prit contre lui. Sa peau était chaude et douce contre sa joue et, quand il bougea, elle sentit un triangle de muscle dur et souple à la fois. La topographie physique de Max était totalement différente, mais Bonnie repoussa cette pensée. Ce n'était pas juste de comparer leurs prouesses dans le câlin. Pas maintenant.

Elle demanda à Augustin s'il avait été marié. Il répondit que non.

— Fiancé ?

— Trois fois.

Bonnie leva la tête.

— Vous plaisantez.

— Malheureusement non.

Dans le demi-jour artificiel, Augustin vit qu'elle souriait.

— Ça vous amuse ?

— Ça m'intrigue, fit-elle. Trois fois ?

— Elles se sont toutes ressaisies.

— Nous parlons bien de trois femmes différentes. Pas de revenez-y ?

— Oui, fit Augustin.

— Il faut que je vous demande ce qui s'est passé. Vous n'êtes pas obligé de répondre, mais je dois vous poser la question.

— Eh bien, la première a épousé un avocat à succès spécialisé dans les accidents de personne — il s'occupe des actions collectives concernant les implants mammaires ; la seconde a ouvert un cabinet d'architecte et est actuellement la maîtresse d'un ministre vénézuélien ; quant à la troisième, elle joue l'un des rôles principaux d'une télé-novela cubaine — celui de Miriam, la jalouse complètement schizo. Aussi je dois avouer que chacune d'entre elles a pris une sage décision en mettant fin à notre relation.

— Je parie que vous ne leur avez pas repris leurs bagues de fiançailles, dit Bonnie Lamb.

— Bof, plaie d'argent n'est pas mortelle.

— Et vous ne manquez pas un épisode de cette télé-novela, je me trompe ?

— Elle joue plutôt bien là-dedans. Elle est très convaincante.

— Vous êtes plutôt atypique comme type, dit Bonnie.

— Vous vous sentez mieux ? Mes problèmes personnels semblent toujours remonter le moral aux autres.

Elle rebaissa la tête.

— Je suis un peu inquiète, pour demain. De revoir Max et tout ça.

Augustin lui dit que sa nervosité était tout ce qu'il y avait de plus normale.

— Je suis un peu à cran, moi aussi.

— Vous prendrez le flingue ?

— Allons-y au pifomètre.

Il doutait sérieusement que le gouverneur se montre, et encore plus qu'il relâche le mari de Bonnie.

— Vous avez peur ?

Quand elle parla, il sentit la douceur de son haleine sur son torse.

— Je suis sur les dents, dit-il. Mais je n'ai pas peur.

— Oh là.

— Quoi oh là ?

— Vous vous excitez ?

Augustin s'agita, embarrassé. À quoi s'attendait-elle ?

— À mon tour de demander pardon, dit-il.

Mais elle ne bougea pas d'un pouce. Il adopta alors une respiration lente et calme en tâchant de penser à autre chose... par exemple aux singes en cavale d'Oncle Félix. Jusqu'où s'étaient-ils égaillés ? Comment géraient-ils leur liberté retrouvée ?

Bonnie interrompit la réflexion qu'il s'imposait.

— Et si Max est différent à présent ? Peut-être que quelque chose lui est arrivé ?

Augustin songea : quelque chose lui est arrivé, ah pour ça, oui. Tu peux parier dessus les yeux fermés.

Mais ce qu'il dit à Bonnie fut : Votre mari est quelque part dans la nature. Vous verrez bien.

12.

— Du crapaud, ça te dit ? demanda Skink.

Le collier de dressage avait joué son rôle ; Max Lamb était conditionné sans conditions. Si le capitaine voulait qu'il fume du crapaud, il fumerait du crapaud.

— C'est une proposition, pas un ordre, dit Skink, pour clarifier la situation.

— En ce cas, non merci.

Max Lamb clignait des yeux dans la nuit chaude et salée. Quelque part alentour, Bonnie était à sa recherche. Max n'était ni aussi anxieux ni aussi plein d'espoir qu'il aurait dû l'être — et il se demandait pourquoi ; pratiquement, en toute circonstance, ses réactions étaient comme atténuées, comme si ses synapses cérébrales clés avaient été cautérisées par l'épreuve du kidnapping. Par exemple, il n'avait pas même élevé un semblant d'objection quand ils avaient relâché le scorpion asiate sur le terrain de golf de Key Biscayne. Skink avait déposé avec amour la venimeuse bestiole au fond du dix-huitième trou sur le green.

— C'est le préféré du maire, avait-il expliqué. Je t'autorise à me traiter d'optimiste.

Max était resté coi.

À présent ils se trouvaient dans une maison en bois sur pilotis au beau milieu de la baie. Skink se tenait jambes ballantes au bout d'un ponton, tordu et vrillé comme un dragon de parade chinois. L'ouragan avait aspiré les pieux de fondation hors de leur trou. La plupart des autres maisons sur pilotis avaient été cisaillées à la base ; celle-ci avait survécu à la tempête, mais de justesse. Elle était affectée de roulis et de craquements sous la brise grasse ; Max Lamb soupçonnait qu'elle sombrait peu à peu sous les coups de boutoir de la marée. D'après Skink, le propriétaire de la maison avait démissionné du bureau du State Attorney pour invalidité. Il avait épousé une jolie joueuse de guitare à douze cordes avant d'aller s'installer dans l'île d'Exuma, aux Bahamas.

Sous une lampe-tempête brinquebalante, Skink alluma un autre joint à l'odeur « exotique » ; un mixte de marijuana et de soupe à l'oignon, se dit Max Lamb. Un truc à la fois fort et caséeux.

— Le crapaud en lui-même est toxique, expliqua Skink. *Bufo marinus.* Un import d'Amérique du Sud — qui a éliminé l'espèce locale. Ça te dit quelque chose ?

Il tira une longue bouffée sifflante.

— Les glandes del señor Bufo sécrètent un suc laiteux qui te tue un doberman adulte en six minutes chrono.

Aux oreilles de Max, ça ne paraissait pas une substance à inhaler.

— Cela nécessite un procédé spécial d'extraction, dit Skink.

Il tira à nouveau sur son joint comme un malade.

— Et quel effet ça fait, ce suc de crapaud ?

— Aucun. Tous. C'est la même chose avec toutes les drogues qui sont bonnes, je suppose. Une sorte de roulette psychotrope.

Le menton de Skink tomba sur sa poitrine et son œil valide cilla et se ferma. Sa respiration atteignit un volume sonore stupéfiant ; les expirations évoquaient le système de freinage d'une rame de métro. Un quart d'heure durant, Max demeura immobile ;

l'idée de s'enfuir ne l'effleura même pas, tel était l'impact pavlovien du collier.

Lors de cet intervalle d'inaction forcée, les pensées de Max dérivèrent vers Bill Knapp, là-bas, chez Rodale. Cet intrigant vipérin lorgnait sans nul doute le bureau d'angle de Max, donnant sur Madison Avenue, la vue en était partiellement occultée mais ô combien énergisante. Chaque jour perdu auprès de son ravisseur cyclothymique était un jour d'avancement potentiel pour Billy le Poignardeur dans le dos : Max Lamb brûlait de retourner à l'agence et d'écraser dans l'œuf les ambitions de ce petit enfoiré retors. Une humiliation brutale s'imposait et Max espérait se montrer à la hauteur de la tâche. Noircissant le tableau, il se peignait Billy Knapp réduit à l'état de loque, sans job et sans femme, édenté, courbé sur une boîte de Sterno[1] dans une impasse ouverte à tous les vents, suçotant un pétard mouillé assaisonné au suc de crapaud venimeux...

Skink sortit de sa torpeur d'un seul coup : pris d'une violente quinte de toux, il expédia d'une chiquenaude le mégot éteint du joint dans l'eau rendue limoneuse par la tempête. Pas très loin de la maison, le mât brisé d'un voilier submergé pointait au-dessus des vagues. Skink désigna l'épave fantôme mais ne pipa mot.

— Dis-moi un peu, fit-il à Max Lamb, quel est le lieu qui t'a le plus coupé le souffle parmi tous ceux que tu as vus ?

— Le parc de Yellowstone. On a pris le tour en car.

— Bon Dieu de bon Dieu.

— Quoi encore ?

— Aux abords de Yellowstone, ils ont ouvert un parc à thème sur les grizzlys. Tu y es allé ? Il y a de quoi chialer — ils n'ont plus ni griffes ni testicules.

1. Sterno : produit gélifié inflammable, à base d'alcool, qui dans sa boîte d'origine fait office de réchaud. Très prisé des S.D.F. *(N.d.T.)*

Ils sont à peu près aussi sauvages que des hamsters, bordel, mais les touristes font la queue pour les voir. Des grizzlys écouillés !

Skink agita rapidement la tête, comme s'il cherchait à déloger un bourdon de son oreille. Max Lamb ne voyait déjà plus très bien comment la conversation avait pu dégénérer à ce point. Il ne partageait pas la compassion de l'autre fou pour les grizzlys castrés ; leur ôter leurs griffes lui paraissait une mesure frappée au coin du bon sens, en termes de responsabilité civile, pour un parc à thème ouvert à tous. Mais Max savait qu'argumenter ne rimait à rien. Il se tint sage pendant que Skink se recroquevillait sur lui-même à même les planches du ponton bancal. Son ravisseur tremblait, soupirait et criait à tue-tête des noms qui ne disaient rien à Max Lamb. Une demi-heure plus tard, remis d'aplomb, il scrutait l'horizon étoilé.

— Ça va ? demanda Max.

Skink acquiesça, ayant recouvré son calme.

— La descente, c'est le mauvais côté du crapaud. Je m'excuse.

— Vous êtes sûr que Bonnie va nous trouver ici ?

— Pourquoi, nom de Dieu, épouser une femme pas fichue de suivre un itinéraire facile comme bonjour ?

— C'est qu'il fait drôlement noir...

Le trajet jusqu'à Stiltsville avait effrayé Max au-delà de toute expression — pleins gaz, pas de phares, clapotis qui mouillait méchamment dans un skiff à ciel ouvert. Sans aucune comparaison avec l'hydroglisseur. Le cyclone avait transformé la baie en un parcours d'obstacles spectral de yachts, chalutiers, bateaux de plaisance et autres canots à moteur engloutis. En cours de route, Skink avait retiré son œil de verre et l'avait fourré dans la paume droite de Max pour qu'il le garde en sécurité. Max l'avait serré comme si c'était le diamant Hope.

— Ta femme, continuait Skink, se sera sûrement

mise en cheville avec quelqu'un qui connaît le chemin.

— Je me fumerais bien une cigarette, s'il vous plaît, capitaine.

Skink fouilla à l'aveuglette dans son imper et en sortit un paquet neuf. Il le lança avec un briquet à son prisonnier.

Max Lamb était gêné d'être si vite devenu accro à ces infâmes Bronco. À l'agence, on les appelait en blaguant les « bronchioles », telle était leur réputation assassine parmi les fanatiques antitabac. Max attribuait cette nouvelle habitude dangereuse à la gravité du stress auquel il était soumis et non à une faiblesse de caractère. La pub était un bizness où il était essentiel de demeurer immunisé contre les bas appétits qui tyrannisaient le consommateur moyen.

— Qu'est-ce que tu as d'autre à ton palmarès ? fit Skink.

— Je ne vous suis pas très bien.

— Sur le plan slogans, terreur. À part, Craquill'Prune.

— Croustill'Prune, corrigea Max, l'air pincé.

Le ponton tangua quand Skink se remit debout. Max s'arc-bouta contre une poutre à demi pourrie. Il n'y avait nulle part où aller ; le vieux qui les avait transportés en skiff à travers la baie avait empoché les cinquante dollars de Skink et remis le cap vite fait sur le continent.

Skink fit tournoyer la lampe-tempête autour de sa tête encore et encore. Pris à intervalles irréguliers dans le faisceau lumineux, Max dit :

— D'accord, capitaine, en voici un : *Une sensation de fraîcheur matinale qui dure toute la journée.*

— Nom du produit ?

— Brume Intime.

— Non !

La lampe siffla quand Skink la reposa. Max tâcha de ne pas paraître sur la défensive.

— Il s'agit d'un article d'hygiène féminine. Très apprécié.

— Le fameux gel de douche à la framboise ! Doux Jésus, je croyais que tu plaisantais. C'est le sommet de ton œuvre — des accroches pour des gels de douche ?

— Non, aboya Max. Aussi pour des boissons sans alcool, des additifs d'essence, des photocopieuses laser — j'ai travaillé sur plein de budgets.

Il se demanda ce qui l'avait poussé à mentionner la campagne Brume Intime. Était-ce du masochisme inconscient ou une pure étourderie due à la fatigue ?

Skink s'assit lourdement sur le porche, qui penchait à un angle alarmant vers la baie.

— J'entends un bateau, dit-il.

Max scruta l'eau avec curiosité. Lui n'entendait rien hormis le ressac et les cris épars des mouettes.

— Qu'est-ce qui se passe maintenant ? demanda-t-il.

Pas de réponse. Max Lamb entrevit dans le scintillement jaune de la lampe-tempête les traits du dément qui s'éclairaient d'un sourire.

— Sérieux, vous ne voulez pas de rançon ?

— J'ai jamais dit ça. C'est pas de *l'argent* que je veux.

— Alors quoi ?

D'une chiquenaude, Max expédia sa cigarette dans l'eau.

— Dites-moi à quoi ça rime, tout ça, merde. J'en ai soupé de ce petit jeu, vraiment soupé !

Cette manifestation de colère amusa Skink. Allons, tout espoir n'était peut-être pas perdu pour cette chochotte de petit salaud.

— Tout ce que je veux, dit-il à Max Lamb, c'est passer un peu de temps avec ta femme. Elle m'intrigue au plus haut point.

— Dans quel sens ?

— Cliniquement, anthropologiquement. Qu'est-ce

qu'elle peut bien te trouver ? Comment ça peut coller entre vous deux ?

Skink cligna de l'œil, l'air machiavélique.

— Le mystère m'enchante.

— Si jamais vous la touchez...

— Oh ! le brave petit macho !

Max fit deux pas vers le fou, mais s'immobilisa en voyant Skink porter une main à sa gorge. *Le collier !* Max sentit un chaud grésillement lui jaillir du crâne et lui dévaler toute la colonne vertébrale. Immédiatement, il se vit par avance en train de sautiller comme une marionnette au bout de ses fils. Eût-il su que les piles de la télécommande Tri-Tronics étaient à plat depuis déjà six heures que ça n'aurait pas atténué le moins du monde sa réaction. Il était l'esclave de son inconscient. S'il avait fini par comprendre que l'anticipation de la douleur était bien plus paralysante que la douleur elle-même, le savoir ne l'aidait en rien.

Une fois Max calmé, Skink lui assura qu'il n'avait aucune visée charnelle sur sa femme.

— Bon Dieu, je cherche pas à tirer un coup, mais à établir où se situe l'homme dans la chaîne alimentaire.

Il balaya les étoiles en arc de cercle de ses longs bras.

— Une énigme de l'évolution, touriste de mon cœur. Il y a cinq mille ans, on peinturlurait la paroi des cavernes. Aujourd'hui, on écrit des poèmes en l'honneur de gels douche à parfum de fruit !

— C'est un boulot comme un autre, répliqua Max Lamb avec irritation. Laissez tomber.

Skink bâilla comme une hyène rassasiée.

— C'est un sacré gros calibre qui arrive. J'espère que ta Bonnie n'a pas été assez bête pour appeler la police.

— Je l'ai avertie de ne pas le faire.

Skink poursuivit : mon opinion sur ta femme va

dépendre de la façon dont elle gère la situation, de qui elle amène, de son attitude, de son cran.

Max Lamb demanda à Skink s'il était armé. Ce dernier fit claquer sa langue contre ses dents de devant.

— Tu vois les phares ?

— Non.

— Vers Key Biscayne. Là-bas.

— Ah ouais.

— Semblerait qu'il y ait deux moteurs, à l'oreille. Des Mercury accouplés, je dirais.

Quelqu'un à bord maniait un puissant projecteur, dont il balayait en tous sens les étendues marécageuses de Stiltsville. Comme le bateau se rapprochait, la lumière blanche inonda le porche de la maison sur pilotis. Skink se montrait indifférent.

Il se mit à sortir des crapauds de sa poche ; des gris, à bajoues, renfrognés, couverts de pustules, certains aussi gros que des patates de l'Idaho. Max Lamb en dénombra onze. Skink les aligna côte à côte à ses pieds. Max n'avait rien à ajouter au scénario ; peut-être tout ça n'était-il qu'un rêve, à commencer par le singe galeux du cyclone, et il se réveillerait bientôt dans son lit, près de Bonnie...

Les crapauds-buffles rondouillards se mirent à se dandiner, à souffler et à pisser. Skink les réprimanda d'un murmure. Quand le faisceau du projecteur de la vedette vint les frapper de plein fouet, les batraciens, clignant les globes liquides de leurs yeux, sautèrent dans sa direction. Un par un, ils plongèrent du ponton dans l'eau avec un léger *plouf*. Skink ulula d'allégresse.

— Plein sud, les gars ! Vers La Havane, San Juan ou le trou perdu d'où vous venez !

Max regarda les crapauds disparaître ; certains gagnaient les profondeurs, d'autres dansaient sur la crête écumeuse des vagues. Max ignorait quel serait leur sort et s'en souciait à vrai dire comme d'une guigne. Ce n'étaient que des saletés de crapauds et les barracudas pouvaient bien les dévorer tout crus, en ce qui le concernait. La seule chose qui l'intéressait, c'était de tirer une leçon de cet épisode, leçon qui pourrait lui servir à manipuler son ravisseur cyclopéen.

Mais Skink semblait avoir déjà tout oublié des crapauds. Une fois encore, il chantait homériquement l'ouragan.

— Contemple le Cap Floride, ses arbres couchés jusqu'au dernier — comment passer de la forêt à un paysage lunaire en trente minutes bénies !

— Le bateau...

— Médite un peu là-dessus.

— Il nous fait des signaux lumineux...

— La fureur magnifique qui animait ce cataclysme. Et toi avec ta misérable caméra vidéo.

Skink poussa un soupir de déception.

— *Le péché s'inscrit sur le visage d'un homme.* C'est d'Oscar Wilde. Je suppose que tu ne l'as pas lu.

Le silence de Max confirma que non.

— Eh bien, j'attends de le voir s'inscrire sur ton visage, le péché, fit Skink.

— Ce que j'ai fait, c'était inoffensif, d'accord ? Peut-être un poil insensible, mais inoffensif. Vous avez enfoncé le clou, capitaine. Laissez-moi m'en aller maintenant.

La vedette était assez proche pour qu'on voie qu'elle était bleu métallisé et zébrée d'une bande blanche, tel un éclair, sur la coque. On distinguait deux silhouettes à la console.

— C'est elle, dit Max.

— Et pas de flics.

Skink fit signe au bateau d'avancer.

L'une des silhouettes gagna la proue et lança une corde. Skink l'attrapa et amarra la vedette. À peine la corde se tendait-elle que les moteurs accouplés s'éteignirent. Le courant poussa la poupe du bateau contre les pilotis, dans la zone de pénombre délimitée par la lampe-tempête.

Max vit que Bonnie était à l'avant. Quand il la héla, elle passa sur le ponton et le serra contre lui comme une nurse, le consolant comme s'il était un enfant en bas âge qui s'est écorché le genou en apprenant à marcher. Max reçut cette marque d'affection avec une réserve toute virile, conscient qu'il était d'être sous le feu croisé des regards de son kidnappeur et de l'homme qui accompagnait Bonnie.

Cette scène de retrouvailles fit sourire Skink qui se retira dans l'ombre de la maison sur pilotis. Le pilote du bateau ne bougea pas. Il était jeune, large d'épaules et à l'aise sur l'eau. Il portait un pull-over bleu pâle, un jean coupé aux genoux et il était pieds nus. Il paraissait peu sensible au fait d'avoir navigué en pleine nuit noire sur la baie minée de coques retournées et de bois flotté.

Depuis son recoin d'ombre, Skink demanda au jeune homme comment il s'appelait.

— Augustin, répondit-il.

— Vous avez la rançon ?

— Un peu, mon neveu.

— Ne vous inquiétez pas, il n'est pas de la police, assura Bonnie Lamb.

— Je vois ça, fit la voix de Skink.

Le pilote du bateau vint jusqu'au plat-bord. Il tendit à Bonnie un sac plastique qu'elle passa à son mari, qui le donna au ravisseur dissimulé dans l'obscurité.

— Bonnie, ma chérie, fit Max, le capitaine veut te parler. Après, il me relâchera.

— Disons que j'y songe, précisa Skink.

— Me parler de quoi ?

Le conducteur du bateau se pencha sur la console et récupéra une bière en boîte. Il en avala une gorgée, la hanche contre le volant.

— Qu'est-ce que t'as autour du cou ? demanda Bonnie à son mari.

Ça avait le look inquiétant d'un accessoire sadomaso ; elle en avait vu de similaires dans la vitrine de boutiques cuir de Greenwich Village.

Skink se montra en pleine lumière.

— C'est un appareil de dressage. Couché, Max.

Bonnie Lamb examina sous toutes les coutures l'inconnu de haute stature, échevelé. Il était tel que le policier de la route l'avait promis et plus encore. Il paraissait capable de tout et n'importe quoi, et pourtant Bonnie ne se sentait absolument pas menacée.

— Allez, Max ! intima le kidnappeur à son mari.

Docilement, Max se coucha à plat ventre sur le ponton de bois. Et quand Skink lui ordonna de rouler sur le dos comme un chien qui fait le beau, il s'exécuta.

Bonnie fut horriblement gênée pour son mari. Le kidnappeur le remarqua et lui présenta ses excuses. Il commanda à Max de se relever.

Dans le sac plastique, Skink trouva tout ce qu'il avait demandé. En un tournemain, il avait inséré les piles neuves dans son walkman et *Tumbling Dice* s'écoulait des écouteurs. Puis, ouvrant le bocal d'olives vertes, il les déversa dans le baquet luisant de sa bouche.

Bonnie demanda à Max ce qui se passait, bon Dieu.

— Plus tard, chuchota-t-il.

— Non, maintenant !

— Elle mérite de savoir, fit observer le kidnappeur, postillonnant du jus d'olive. Elle risque sa vie en se trouvant ici avec un barjo comme moi.

Bonnie Lamb s'était habillée pour une balade en bateau — ciré bleu, jean et Docksides. De bonne qualité, mais pratique, remarqua Skink, aucune absurdité californienne sortie tout droit d'un catalogue. Il retira ses écouteurs et complimenta Bonnie de son bon sens. Puis il ordonna à son mari de retirer le collier de dressage et de le jeter à la mer.

Max porta des mains tremblantes à son cou. Skink eut beau lui dire mais vas-y, nom de Dieu, enlève-le ! Max se mordit les lèvres avec détermination mais ne put se résoudre à y toucher. Ce fut pour finir sa femme qui s'avança, défit la boucle du collier de dressage Tri-Tronics et le lui ôta. Elle l'examina à la lueur de la lampe-tempête.

— Malsain, dit-elle à Skink en posant le collier sur le ponton.

Il sortit une cassette vidéo de son ciré et la lança à Bonnie, qui la rattrapa à deux mains.

— Le film-souvenir du cyclone de ton homme. À malsain, malsain et demi.

Bonnie pivota sur elle-même et balança la cassette dans la baie.

Elle pétait le feu, cette fille ! Skink l'aimait déjà. Max alluma une cigarette avec nervosité.

Sa moitié n'aurait pas marqué plus de répulsion s'il s'était enfoncé une seringue hypodermique, pleine d'héroïne, dans le bras.

— Depuis quand tu fumes ? demanda-t-elle.

— Remettez-lui le collier, fit Skink, proposant ses bons offices, et je le dresserai pour qu'il s'arrête.

Max Lamb demanda à Skink d'en finir.

— Vous avez dit que vous vouliez lui parler, alors faites-le.

— Faux, j'ai dit que je voulais passer un peu de temps avec elle.

Bonnie se retourna vers le jeune homme aux pieds nus au volant de la vedette zébrée. Il n'avait apparemment rien à ajouter. Son attitude détachée reflétait un léger ennui.

— Où ça vous voulez passer du temps avec moi, d'abord ? Et à quoi faire ?

— Pas ce à quoi tu penses, la coupa Max.

Skink coiffa son bonnet de douche plastifié.

— Le cyclone m'a mis sur une longueur d'onde différente. Je la sens qui pulse.

Il posa ses mains sur les épaules de Bonnie et la rapprocha doucement de Max. Malgré l'ombre qui l'enveloppait, elle sentit le poids du regard du gouverneur. Il les étudiait, elle et Max, comme s'ils n'étaient que des rats de laboratoire. Puis elle l'entendit marmonner :

— Je ne m'explique toujours pas ce mystère.

— Dites-nous ce que vous voulez, à la fin, dit Bonnie d'un ton brusque.

— Fais gaffe, lui conseilla Max. Il a fumé de la dope.

Skink détourna la tête, vers l'océan.

— N'en prenez pas ombrage, Mrs Lamb, mais votre mari m'a profondément dégoûté de l'espèce humaine. Un contrepoint féminin serait le bienvenu.

Bonnie ressentit avec surprise un agréable frisson, accompagné de chair de poule dans le cou. La voix de l'inconnu était apaisante et hypnotique, celle d'un grand fleuve indompté ; elle aurait pu l'écouter toute la nuit. C'était un fou, un fou breveté. Mais son histoire la fascinait. Un ancien gouverneur, d'après le policier de la route. Bonnie brûlait d'en savoir davantage.

Pourtant, son mari était là, à bout de forces, brûlé de coups de soleil, émotionnellement miné. Elle devait s'occuper de lui. Ce pauvre Max avait vécu un enfer.

— Je veux seulement vous parler, répéta le ravisseur.

— D'accord, lui dit Bonnie. Mais un tout petit moment.

Skink mit sa main en porte-voix.

— Eh toi, Augustin ! Va mettre Mr Lamb en sécurité. Il a besoin d'une douche, d'un coup de rasoir et peut-être même d'un bon bain de siège. Reviens à l'aube chercher sa femme.

Skink saisit Max sous les aisselles et le descendit dans la vedette. Il coupa l'amarre avec son canif, repoussant la proue loin de la maison sur pilotis en perdition. Enlaçant Bonnie d'un bras, il fit de grands gestes d'adieu de l'autre. Alors que le bateau dérivait hors du halo rougeâtre de la lanterne, Skink aperçut une troisième silhouette se dresser à l'arrière — où s'était-il tenu caché *celui-là* ? Puis le jeune barreur épaula un fusil.

— Bordel, fit Skink, poussant Bonnie hors de la ligne de tir.

Quelque chose le piqua cruellement, le faisant tournoyer dans le sens des aiguilles d'une montre avant de l'abattre. Il tournoyait encore quand il toucha la tiédeur de l'eau, se demandant pourquoi ses bras et ses jambes ne fonctionnaient plus, pourquoi il n'avait pas entendu de coup de feu ni vu d'éclair sortir du canon, se demandant s'il n'était pas déjà mort.

13.

Tard dans la soirée du 27 août, une brise tiède dans le dos et neuf Budweiser fraîches sur l'estomac, Keith Higstrom décida de s'en aller chasser. Ses amis refusèrent de l'accompagner, car Keith était un piètre et peu fiable tireur quand il avait bu.

À vrai dire, il y avait fort peu à chasser en Floride du Sud, la faune sauvage étant morte ou enfuie depuis belle lurette. Toutefois, le cyclone avait dispersé dans les banlieues un nouveau gibier des plus exotiques, à savoir des têtes de bétail. Sur des kilomètres et des kilomètres, les pieux de clôture des ranches avaient été déracinés dans le rural Dade County, libérant par troupeaux entiers bovins et chevaux, encouragés à partir explorer le pays au-delà de leurs pâturages bourbeux et inondés. Poussés davantage par la faim pure et simple que par une curiosité naturelle, les bêtes se mirent à faire leur apparition en des endroits où on les rencontrait rarement en temps normal. L'un de ces endroits se trouvait être le quartier de Keith Higstrom, un lotissement de pavillons quelconques, couleur coquille d'huître, empilés en pâtés de vingt sur vingt-cinq et bordés de chaque côté par des centres commerciaux en faillite.

Keith Higstrom avait passé là son enfance. La famille de son père, originaire du nord du Minnesota, s'était installée à Miami au début des années 40, apportant avec elle un penchant pour les longs fusils et un appétit pour les grands espaces. Gamin impressionnable, Keith avait entendu raconter toute sa vie des histoires de chasse — au loup et à l'ours noir dans les bois du Nord, au cerf à queue blanche et à la dinde sauvage dans les maquis de Floride. La tête d'un chevreuil à huit cors, stoïque et à l'œil vitreux, dominait la table familiale chez les Higstrom ; la peau fauve d'une panthère était tendue sur l'un des murs du fumoir. À l'âge de cinq ans, Keith démarra une collection en volumes reliés cuir des numéros de *Outdoor Life, Field & Stream* et *Sports Afield.* Son trésor le plus précieux était une photo dédicacée du célèbre Joe Foss, le pied posé sur le cadavre d'un grizzly. À six ans, Keith reçut un pistolet à bouchon Daisy, à neuf, un revolver à air comprimé, à onze une carabine à plombs, et son premier calibre .22 à treize.

Cependant... même pour déquiller des boîtes de bière dans la carrière du coin, le garçon déploya un manque infaillible de compétence avec les armes à feu. La déception de son père ne fut pas mince. Armé, le jeune Keith était un danger public. L'entraînement n'apporta pas la moindre amélioration, pas plus que le recours à divers autres types d'armes. Les visées télescopiques furent sans effet. Les trépieds, *idem.* Les crosses antirecul, itou. Même de foutus exercices respiratoires restèrent nuls et non avenus.

Souvent, ces séances de tir entre père et fils dégénéraient en larmes et bouderies jusqu'à ce que Higstrom aîné se laisse fléchir et permette au jeune Keith de tirer quelques balles avec un Mossberg calibre .12, pour qu'il fasse au moins l'expérience de toucher *quelque chose.* Il était clair que la lignée familiale de super as de la gâchette connaissait une triste fin. Le père de Keith revenait de ces sorties la mine pâle et défaite, bien qu'il ne soufflât jamais mot à sa femme, la mère de Keith, de ce dont il avait été témoin dans la carrière.

Par bonheur, quand Keith fut en âge d'aller à la

chasse, il ne restait pratiquement plus rien sur quoi tirer à Miami, à part les rats et les mouettes en vol rasant. Chaque automne, Keith tarabustait son père pour qu'il l'emmène dans le marécage de Big Cypress ou dans les réserves de chasse privées des Everglades, où l'on traquait le daim en hydroglisseur que l'on tirait à bout portant dans les hautes eaux. Higstrom aîné redoutait ce genre d'excursion, ne trouvant aucun attrait à ces tueries, mais son fils n'aurait pas été plus heureux s'il avait balancé des grenades sur des faons estropiés.

Ce fut à la suite de l'une de ces matinées lamentables que le père de Keith Higstrom jura de ne plus toucher à un fusil. À bord d'un boghei des marais de la taille d'un tank, ils s'étaient lancés aux trousses d'un lynx à demi sénile et décharné. Soudain Keith se mit à tirer frénétiquement sur une cible haut dans le ciel — un aigle à tête blanche, comme la suite devait le révéler, espèce protégée par les lois fédérales. Le délit escompté ne fut pas mené à bonne fin, étant donné la mise en joue tremblotante du jeune homme, mais dans la fièvre du moment il se débrouilla pour exploser l'oreille gauche de son géniteur.

Rendu sourd, baignant dans son sang, se tortillant face contre terre sur la marne des Everglades, le vieux Higstrom fit l'expérience d'une étrange catharsis, l'âme soudain apaisée de la manière la plus inattendue, comme si on lui recouvrait lentement la tête d'un drap blanc et frais. Oui, bien sûr, sa blessure était grave et sa surdité lui coûterait (s'il avouait la chose) son job de contrôleur aérien. Mais, d'un autre côté, il ne serait plus jamais obligé d'aller à la chasse avec son excité de la gâchette de rejeton !

Keith Higstrom ne put esquiver la responsabilité de l'accident ni la culpabilité qui allait avec. Son père se remit de sa blessure et fut assez bon pour ne pas l'en accabler plus d'une ou deux fois par jour. Avant longtemps, le remords de Keith céda la place à un ressentiment informulé, car il s'aperçut que son père mettait à profit son oreille défaillante pour éviter leurs expéditions du week-end. Un plasticien avait fixé une prothèse en polyuréthane à toute épreuve sur le côté gauche de la tête de Higstrom aîné, tandis qu'un sonotone high-tech avait restauré la capacité auditive du vieil homme à quatre-vingt-un pour cent de ce qu'elle était avant sa mésaventure dans les Everglades. Cependant, il s'obstinait à refuser de toucher un fusil. Ordre du docteur, maugréait-il.

Pour Keith, trouver des compagnons de plein air était de plus en plus ardu. Chaque fois que Keith les invitait à venir chasser avec lui, ses amis semblaient perpétuellement avoir des engagements antérieurs. Ruminant sa frustration, rongeant son frein, il passait de longs week-ends tristounets à nettoyer ses fusils et à visionner des vidéos de ses épisodes préférés d'*American Sportsman*. Chaque fois que le doigt lui démangeait d'appuyer sur la détente, il prenait la Tamiami Trail et allait se garer près du canal. À peine l'obscurité venue, Keith chargeait un fusil de chasse à deux coups, fixait une lampe frontale et arpentait la berge. Tortues et opossums formaient le gros de ses cibles habituelles ; tout ce qui était plus rapide ou plus rusé lui échappait en règle générale.

Peu après l'ouragan, Keith Higstrom remarqua quatre vaches laitières et une jument alezane en train de paître sur la pelouse de son voisin. Tout le quartier rassemblé sur le trottoir riait de bon cœur en prenant des photos ; un petit moment de répit dans l'après-coup plutôt flippant de la tempête. Ce soir-là, levant le coude avec ses potes dans un bar irlandais de Kendall Drive, Keith demanda :

— Ça pèse combien une vache ?

À quoi l'un de ses amis répondit :

— Je donne ma langue au chat, Higstrom. Alors combien ça pèse ?

— Je plaisante pas. Plus qu'un élan ? Pasque y a des vaches en vadrouille dans ma rue.

— Because le cyclone, fit un autre de ses amis.

— Ouais, mais c'est gros comment à ton avis ? Plus qu'un mulet ?

Keith Higstrom éclusa sa Budweiser et se leva.

— Allons à la chasse, les gars.

— Assieds-toi, Higstrom.

— Alors vous venez ou pas, les gonzesses ?

— Prends-toi une autre bière, Keith.

Avec un rot, il franchit la porte au pas de charge. Il revint chez lui en voiture, se faufila dans le fumoir et prit le vieux calibre .30-06 de son grand-père au râtelier en érable. Il fit tomber une boîte de cartouches et partit d'un rire de poivrot quand personne ne s'éveilla. Il enfila ses bottes et sa combinaison de camouflage achetée par correspondance, fixa sa lampe frontale et sortit, cherchant une vache à abattre.

Elles ne paissaient plus sur la pelouse du voisin. Adoptant une position mi-accroupie exagérée, Keith Higstrom fit le tour du pâté de maisons. Il se sentait léger comme une plume et mortel comme un serpent. Le fusil, magnifique, était bien à sa main. Son plan était d'attacher la dépouille de la vache au pare-chocs avant de sa Honda Civic et de retourner au pub irlandais de Kendall où buvaient ses potes, les dégonflés. Keith Higstrom en gloussait d'avance.

En guise d'abri, il se servit des monticules de décombres laissés par l'ouragan, glissant pataudement et bruyamment de l'un à l'autre. La rue était déserte, obscure et sans ombre ; les maisons côté nord n'avaient toujours pas l'électricité. En passant devant celle des Ullman, Keith entendit quelque chose dans le jardin — un reniflement caverneux. Il se dit qu'il s'agissait peut-être de la jument alezane qui s'ébrouait. En contournant en catimini le coin du garage, le faisceau de la lampe frontale de Keith Higstrom illumina deux yeux d'un bleu indigo vif, grands comme des soucoupes.

— Bordel de merde, s'exclama-t-il.

Un énorme animal se tenait auprès de la piscine à moitié vidée des Ullman. Le rayon de la lampe frontale de Keith jouait sur ses flancs bleu-noir. C'était pas là une vache ordinaire. Pour commencer, elle était aussi grosse qu'un tracteur. Ses cornes pointues étaient somptueusement recourbées vers le bas, à l'inverse de celles des vaches domestiques d'Amérique.

Keith Higstrom savait exactement ce qu'il avait en face de lui. N'avait-il pas vu Jimmy Dean et Curt Gowdy abattre l'un de ces mêmes majestueux salopards dans une émission d'*American Sportsman* ? Mais ça se passait en Afrique, bon sang. Pas à Miami, en Floride.

Il vint à l'esprit de Keith qu'il subissait peut-être les effets d'une alcoolisation trop avancée, que l'ongulé gigantesque le fusillant de ses yeux ovales n'était rien d'autre qu'un vulgaire bœuf magnifié par la Bud.

Puis la bête s'ébroua à nouveau, expulsant deux filets jumeaux de morve translucide. Elle baissa la tête et, de ses sabots de la taille de fers à repasser, creusa résolument une tranchée dans le sol nouvellement replanté de cynodon.

— Nom d'un petit biscuit, fit Keith Higstrom, levant le fusil de son grand-père. Un buffle du Cap !

Il tira et, naturellement, manqua sa cible. Par deux fois.

Les coups de feu réveillèrent Mr Ullman, banquier de profession, récemment arrivé de Copenhague ; jetant un coup d'œil par la fenêtre de sa chambre, il n'eut que le temps d'entrevoir un taureau formidable traverser son jardin au galop, un jeune Américain gigotant, empalé sur ses cornes. Mr Ullman appela prestement la police et les informa, aussi urgemment que le permettait son anglais d'acquisition récente, qu'un « malheureux cow-boy était en train de se faire perforer gravement ». La police mit quelque temps à saisir ce que Mr Ullman tentait de lui communiquer.

Deux heures plus tard, un dispatcher de la police laissa un message chez Augustin : le buffle du Cap de feu son oncle qui avait disparu, identifié par sa marque à l'oreille, avait surgi au rayon légumes frais d'un supermarché éventré par la tempête. Ça avait malheureusement causé du désordre. Le dispatcher demandait expressément à Augustin d'appeler le Contrôle de l'animal, le plus vite possible.

Augustin n'écouta pas son répondeur avant plusieurs heures, car il était de sortie avec Bonnie Lamb sur la baie de Biscayne.

Ils avaient emprunté la vedette à l'un des amis d'Augustin, un pilote de ligne. Ce dernier devait une fleur à Augustin depuis son lointain divorce, quand Augustin lui avait laissé enterrer derrière son garage pour 45 000 dollars de krugerrands en or pour les soustraire au détective privé de sa future ex-femme. Une fois le procès en divorce terminé, il ne resta au pilote plus rien que la cache de pièces d'or. Il avait immédiatement épuisé cette réserve au bénéfice d'un mannequin de quarante-cinq kilos, qui devait le plaquer par la suite dans un cinq-étoiles au Maroc. Malgré les années écoulées, le pilote n'avait jamais oublié la preuve d'amitié d'Augustin dans cette époque de crise.

La vedette était sur une remorque dans une marina à Miami Beach nord, épargnée par l'ouragan. Augustin et Bonnie Lamb y retrouvèrent Jim Tile. Il avait les yeux rouges et la voix rauque. Il leur apprit qu'une amie très proche, une femme flic, s'était sauvagement fait tabasser par un voleur de voitures et qu'il aurait préféré être de patrouille sur les routes, à donner la chasse à ce fils de pute, cette racaille dépourvue de couilles.

Si perturbé qu'il fût, Jim Tile semblait visiblement anxieux à propos de la balade nautique. Même plongée dans le noir, la baie lui paraissait houleuse et pleine d'embûches. Bizarrement, Bonnie Lamb n'avait pas d'inquiétude. Peut-être était-ce dû à la façon qu'avait Augustin de se débrouiller au volant ; décontract, il barrait de deux doigts tandis que de sa main libre il donnait çà et là des coups de projecteur. Il se faufilait en douceur autour de grosses branches, de débris de bois fendus par le vent et des coques fantomatiques de bateaux chavirés. Cette traversée risquée détourna temporairement les pensées de Jim de la vision de Brenda allongée sur la civière d'une ambulance...

Bonnie tentait d'imaginer le moment où elle poserait les yeux sur le dénommé Skink. Elle ne cessait de penser au cadavre ensanglanté vu à la morgue — empalé sur une parabole télé, avait précisé le policier de la route. Skink était-il l'assassin ? Si on l'en croyait, l'ex-gouverneur n'était pas un cinglé patenté, souche Charles Manson. Au contraire, il s'était lancé dans une croisade, donquichottesque croisade vouée à l'échec, tapageusement hors-la-loi. Les excentriques affichés intriguaient Bonnie. Elle n'avait pas peur de Skink, pas avec le policier d'État et Augustin à ses côtés. D'une étrange façon, bien qu'elle ne l'admît jamais, il lui tardait de se trouver face au kidnappeur presque autant que d'être réunie avec son mari...

À présent, Jim Tile et Augustin s'efforçaient à grand-peine de faire passer l'homme plongé dans l'inconscience par-dessus le plat-bord de la vedette. Ses vêtements trempés ajoutaient au poids de son imposante carcasse. Bonnie tenta de leur donner un coup de main. Augustin prit à pleines mains la chevelure argentée du bonhomme et le policier les passants de sa ceinture, quant à Bonnie, elle enfonça les doigts dans les languettes de ses bottes — pour finir, le kidnappeur se retrouva couché sur le pont à vomir de l'eau salée.

De l'avant monta un gémissement de dégoût : Max Lamb, les bras croisés, visage pincé, tirant sur une Bronco. Bonnie se retourna vers l'inconnu sous tranquillisant. Le flic de la route s'agenouilla près de lui. Il nettoya la figure de Skink de l'infecte éclaboussure avec un mouchoir ; l'œil de verre nécessita une attention particulière.

— Il respire, fit Augustin.

Une toux volcanique, puis :

— J'ai vu des homards gros comme Sonny Liston.

Skink releva la tête.

— Tiens-toi tranquille, maintenant, lui intima Jim Tile.

— Mon walkman !

— On t'en trouvera un neuf. Reste tranquille, maintenant.

Skink reposa sa tête avec un *plonk* sec. Fredonnant, il ferma les deux yeux.

— Qu'est-ce qu'on va faire de lui ? demanda Bonnie Lamb.

Max eut un rire plein d'aigreur.

— Il va aller en taule, qu'est-ce que tu crois ?

Bonnie regarda Augustin qui dit :

— À Jim de décider. C'est lui qui représente la loi.

Le policier, armé d'un thermos, tâchait de faire avaler du café chaud à son ami groggy. Bonnie souleva la tête du ravisseur pour l'aider à boire. Augustin rejoignit la console et fit démarrer le bateau. Par-dessus le bruit du moteur, Bonnie demanda à Jim si elle devait rester près de Skink pendant le trajet de retour, au cas où il serait à nouveau malade. Le policier se pencha sur elle et lui souffla à voix basse :

— Ça va aller pour lui, maintenant. Allez vous occuper de votre mari.

— O.K., fit Bonnie.

Elle fut heureuse de l'obscurité qui régnait, car Jim ne la vit pas rougir. Et Max, pas davantage.

Les propos qu'échangeaient Gar Whitmark et sa femme étaient tout sauf amènes. Qu'elle ait remis sept mille dollars en liquide à une bande de couvreurs ripoux était déjà assez rageant ; mais qu'elle ait omis de demander son nom à celui qui les avait empochés était d'une stupidité impardonnable. Le seul indice pour retrouver ces escrocs, c'était le chiffon de papier jaune qu'avait remis le contremaître bidon à Mrs Whitmark, chiffon de papier censé faire doublement office de reçu et de devis, chiffon de papier que Mrs Whitmark s'était empressée d'égarer.

La colère de Gar Whitmark avait une autre facette. Constructeur de lotissements résidentiels de profession, il connaissait personnellement le moindre couvreur compétent et honnête de Dade County. La liste n'était pas longue, mais Gar Whitmark avait envisagé d'y sélectionner l'équipe qui réparerait le toit de sa maison. Il avait laissé des messages à une demi-douzaine d'entreprises et expliqué (maintes fois) à son épouse que ça prendrait du temps pour mettre sur pied le boulot. L'ouragan avait provoqué une ruée digne de celle de l'or du Klondike chez les couvreurs qui en salivaient d'avance — les meilleurs croulaient sous des commandes d'urgence et seraient vraisemblablement bookés pour les mois à venir. Pendant ce temps, des nouveaux venus se répandaient dans Miami par camions entiers ; certains étaient compétents et avaient de l'expérience, d'autres, de parfaits incapables et beaucoup des imposteurs nomades. Tous rappliquaient pour profiter de cette bonne aubaine sans fond.

La victime basique d'un cyclone, désireuse à l'excès de se mettre à l'abri, était contrainte de se fier à son instinct quand elle portait son choix sur un couvreur. Malheureusement, l'instinct de ladite victime n'était pas très développé en ces matières. Gar Whitmark, toutefois, avait le double avantage de connaître la composition des équipes et de posséder l'influence nécessaire pour détourner les meilleurs ouvriers au service de ses propres besoins pressants. Sans se donner beaucoup de peine, il dénicha un couvreur de première bourre qui accepta de mettre de côté ses autres contrats pour s'attaquer au toit de Gar Whitmark (ce dernier étant l'un des plus prolifiques constructeurs de maisons individuelles — partant d'employeur de couvreurs potentiel — de toute la Floride du Sud). Cependant, l'artisan choisi par Whitmark devait d'abord remplacer deux autres toits en priorité : le sien et celui de sa belle-mère.

Gar Whitmark lui accorda sept jours pour réparer les toits familiaux. Ce délai se révéla insupportable pour Mrs Whitmark, dont la folle anxiété devant le risque de voir d'autres de ses meubles Chippendale gâtés par la pluie ne se contentait plus de sa dose coutumière de sédatifs de rechange, de relaxants musculaires, de somnifères et autres euphorisants. Pour Mrs Whitmark, l'apparition inattendue de couvreurs de bonne volonté à sa porte avait été un cadeau du ciel. Elle croyait que son mari lui serait reconnaissant de son initiative — ça lui ferait un tracas de moins, parmi toutes ces vilaines menaces de poursuites pour négligence criminelle émanant de clients dont les maisons signées Whitmark s'étaient effondrées comme un château de cartes saturé d'eau sous l'effet du cyclone.

Planté dans le salon, la pluie battant son front veiné de bleu, Gar Whitmark conseilla à sa femme de retrouver dare-dare ce bon Dieu de reçu, de devis, peu importe comment l'avait appelé ce bon Dieu de soi-disant contremaître. Au bout d'une heure de recherche, le chiffon de papier jaune fut découvert proprement plié dans l'album de lycée de Mrs Whitmark ; son mari n'arrivait pas à comprendre pourquoi sa moitié l'avait rangé là ni comment elle avait fait pour l'y retrouver. Elle ne pouvait pas davantage l'expliquer — l'ouragan lui avait trop chamboulé la cervelle.

Le reçu portait comme raison sociale « Couverture Forteresse », ce qui arracha à Gar Whitmark un ricanement amer. Les arnaqueurs avaient du moins le sens de l'humour ! Gar Whitmark composa le numéro et tomba sur un répondeur. Il raccrocha et appela le directeur du service d'urbanisme, qui devait son poste à sept des membres de la commission du comté, eux-mêmes devant leur poste aux généreuses contributions de campagne de Gar Whitmark. Comme ce dernier l'avait prévu, ledit directeur se montra choqué et inquiet qu'on ait perpétré une escroquerie au détriment de l'épouse de Gar Whitmark et promit une enquête poussée.

Non, il n'avait jamais entendu parler de Couverture Forteresse — mais, Bon Dieu, il saurait qui se cachait derrière.

Le plus tôt sera le mieux, dit Gar Whitmark, épongeant avec une serviette l'eau de pluie sur son crâne qui lui picotait et sur lequel se hérissaient une cinquantaine de frais implants capillaires à racine rosâtre.

Un quart d'heure plus tard, ce même directeur le rappela pour l'informer d'un ton lugubre que Couverture Forteresse n'avait jamais obtenu d'autorisation d'exercice auprès de Dade County et était donc une entité illégale et inconnue au bataillon.

Fou de rage, Gar Whitmark se mit à contacter des couvreurs de sa connaissance — certains honnêtes, d'autres pas. Le mot Forteresse éveilla un vague écho chez deux ou trois d'entre eux, qui lui dirent que cette nouvelle entreprise avait récemment débauché certains de leurs ouvriers. Le patron, cet enfoiré, était un ex-inspecteur du nom d'Avila. Salopard comme pas deux, avertirent les couvreurs.

Gar Whitmark connaissait très bien Avila, l'ayant arrosé avec succès plusieurs années durant. Tout ce temps-là, les sous-traitants de Gar Whitmark avaient graissé la patte à cet enfoiré cupide ! Sous forme d'espèces, d'alcool ou de porno — Avila avait un faible pour le hard ; pour le corps à corps lesbien, si Gar Whitmark avait bonne mémoire.

Il appela sa secrétaire, dont les doigts agiles firent apparaître un dossier hautement confidentiel portant les noms des fonctionnaires corrompus et/ou corruptibles des comtés de Dade, Broward, Palm Beach, Lee et Monroe sur l'écran de son ordinateur. C'était un fichier fourni, classé par ordre alphabétique par commodité. Le nom d'Avila et son numéro personnel sur liste rouge clignotaient, fatidiques, au bas de la première page.

Gar Whitmark attendit trois heures du matin pour téléphoner.

— C'est ton vieil ami Gar Whitmark qui te parle, dit-il. Ton équipe de charlots a truandé ma femme de sept mille dollars. Elle accuse salement le coup, Avila. Si je ne revois pas la couleur de mon fric demain matin, tu moisiras dans la prison du comté demain soir. Et je m'arrangerai pour que tu partages la cellule de Paul Pick-Percy.

La menace tira violemment Avila de son sommeil. Paul Pick-Percy était un cannibale notoire. Il attendait actuellement de passer au tribunal pour avoir assassiné et mangé son propriétaire, qui avait négligé de réparer une fuite de la chasse d'eau des toilettes de son appart. Dernièrement, on avait aussi accusé le même Paul Pick-Percy d'avoir tué et mangé un réparateur du câble lambin et un péagiste d'autoroute vulgaire.

— Sept mille dollars ? fit Avila. Mr Whitmark, je vous jure que je ne suis absolument pas au courant.

— À toi de voir...

— Non, attendez, restez en ligne...

Avila se redressa dans son lit.

— Racontez-moi ce qui s'est soi-disant passé, O.K. ?

— Y a pas de « soi-disant » qui tienne, putain !

Et Gar Whitmark narra l'aventure pitoyable arrivée à sa femme.

— Et c'était un de nos camions, vous êtes sûr ?

— J'ai en main le reçu, ducon. « Couverture Forteresse », y a d'écrit. Noir sur blanc.

Avila fit la grimace.

— Qui a signé ?

Gar Whitmark dit que la signature était illisible.

— D'après ma femme, le type avait une gueule de traviole qui le faisait ressembler à une murène. Et pardessus le marché, il portait un costard minable.

— Merde, fit Avila.

Exactement ce qu'il avait craint.

— Ça te rappelle quelque chose ?

Le sarcasme de Gar Whitmark était lourd de menaces.

Avila s'affala contre la tête du lit.

— Vous aurez votre argent sous peu, monsieur.

— Sous peu mon neveu. Plus un toit tout neuf.

— Quoi ?

— T'as bien entendu, couille molle. Les sept mille que tes gars m'ont piqués, plus la facture de mon nouveau toit. Refait par de *vrais* couvreurs, cette fois.

Avila eut un haut-le-cœur. Gar Whitmark habitait probablement une de ces super baraques tout au sud avec les autres milliardaires. Avila imaginait qu'un nouveau toit se monterait à vingt mille dollars, facile.

— C'est pas très équitable, protesta-t-il.

— Tu préfères dîner en compagnie du chef Pick-Percy ?

— Oh pitié, Mr Whitmark.

— C'est bien ce qui me semblait.

Avila quitta son lit et se rendit dans l'arrière-cour pour y attraper deux coqs, qu'il emporta dans le garage pour les décapiter. Il espérait que le sacrifice serait accueilli favorablement. Après une brève échauffourée, la chose fut faite. Avila fit s'écouler le sang dans un seau en plastique rempli de piécettes, d'os de chats blanchis et de carapaces de tortues. Le seau fut placé au pied d'une statue en céramique de Chango, saint patron du feu et de la foudre. La statue, de la taille d'un enfant, portait une robe, des perles colorées et une couronne plaquée or. S'agenouillant en signe de supplication, Avila leva au ciel ses bras mouchetés de sang et pria Chango de foudroyer Niaqueur sur place pour avoir fait foirer l'embrouille des couvreurs.

Avila n'était pas du tout sûr du résultat de la cérémonie. Il était relativement novice dans l'art de la *santería* et, fait caractéristique, ne s'était pas donné la peine de pousser à fond son étude. Avila avait débuté ces sanglantes pratiques la première fois qu'il avait appris que les autorités enquêtaient sur lui pour corruption ; plusieurs dealers de cocaïne de sa connaissance lui jurèrent que le culte de la *santería* leur avait évité la prison, aussi Avila s'était-il dit que ça ne coûtait rien d'essayer. À Hialeah, il consulta un authentique prêtre *santero,* qui se proposa de lui enseigner les secrets de sa religion, enracinée dans d'antiques coutumes afro-cubaines. Les fondements en étaient si infiniment profonds et mystiques pour Avila que les leçons eurent tôt fait de l'impatienter.

Tout ce qu'il voulait en réalité, expliqua-t-il au *santero,* c'était le pouvoir de jeter de mauvais sorts à ses ennemis. De très mauvais sorts.

Le prêtre poussa une lamentation et lui dit de dégager le plancher. Mais Avila rentra chez lui convaincu que, d'après les momeries qu'il avait vues, il était capable d'enseigner lui aussi les bases de la sorcellerie. Comme divinité, Avila se donna saint Chango, parce qu'il aimait bien son nom macho. Comme première cible, il choisit le procureur du comté qui enquêtait sur les inspecteurs corrompus du service d'urbanisme.

Se procurer des pièces de monnaie et de vieux os d'animaux était facile. La grand-mère d'Avila habitait à quatre blocs d'un cimetière d'animaux de compagnie à Medley. Obtenir du sang était le plus grand obstacle rencontré par Avila, qui n'était pas très chaud pour accomplir des sacrifices *live*. Les toutes premières fois, il essaya de s'attirer les bonnes grâces de Chango en arrosant pièces et os de jus de steak et de bouillon maison. Rien ne se passa. Il était clair que les saints patrons de la *santería* préféraient la chair fraîche.

Par un pluvieux dimanche après-midi, Avila s'acheta un poulet vivant. Sa femme, qui préparait un grand dîner pour ses cousins, le bannit de la cuisine. Il glissa un couteau Ginsu dans sa poche-revolver et fit passer sa victime en contrebande dans le garage. À peine Avila se mit-il à étaler des journaux par terre que le poulet flaira le roussi. Avila fut ahuri qu'un chétif volatile de deux kilos cinq fasse autant de raffut et lui oppose une résistance aussi fougueuse. Ce sacrifice grossièrement improvisé fut tant bien que mal exécuté : Avila en émergea égratigné, becqueté et souillé de plumes ensanglantées ; et la carrosserie crème de la Buick Electra de son épouse, *idem*. La tirade à casser les oreilles de cette dernière amena ses cousins à se priver de dessert et à rentrer chez eux de bonne heure.

Deux jours plus tard, la magie agit. Le procureur, visé par la malédiction jetée par le biais du poulet, fit une chute sous la douche et se démit une épaule. Il se trouvait alors en compagnie d'une athlétique prostituée du nom de Kandi, qui eut la présence d'esprit non seulement d'appeler le 911, mais encore de se prêter à de nombreuses interviews dans la presse. Suite au tapage médiatique, le State Attorney suggéra que le procureur déchu prenne un congé à durée indéterminée.

L'enquête anticorruption ne fut pas enrayée pour

autant, simplement confiée à quelqu'un d'autre. Toutefois, Avila fut persuadé que la *santería* avait fonctionné. Si des tentatives ultérieures pour renouveler ce succès se révélèrent infructueuses (et fort salissantes), Avila en rejeta le blâme sur son inexpérience, plus un manque d'équipement adéquat. Peut-être aussi que, pendant les sacrifices, il psalmodiait les mauvaises phrases, ou bien les bonnes mais pas dans le bon ordre. Peut-être effectuait-il les cérémonies à un mauvais moment de la journée pour Chango, d'humeur si capricieuse. Ou peut-être Avila utilisait-il simplement des volailles de qualité inférieure.

Tandis qu'il concluait une négociation de peine avec le procureur remplaçant, la foi d'Avila dans la magie des os et du sang demeura inébranlable. Il décida que la transgression de Niaqueur était suffisamment abominable pour lui valoir l'offrande de deux poulets au lieu d'un. Si ça ne marchait pas, il investirait dans un bouc.

Les coqs ne succombèrent pas en silence, leur clameur réveilla la femme, la tante et la mère d'Avila. Toutes ces femmes surgirent dans le garage où elles trouvèrent Avila en train de baragouiner en espagnol à l'adresse de sa chère statue en céramique. L'épouse d'Avila repéra instantanément des gouttelettes rouges et un morceau de bec cireux sur l'aile avant gauche de son Electra et agressa sauvagement son mari, armée d'un râteau.

À l'autre extrémité de Dade County, Niaqueur dormait du sommeil du juste sur le fauteuil relax en skaï d'un mort. Il ne ressentait aucune douleur causée par la main surnaturelle de Chango, pas plus qu'il ne sentait les regards haineux d'Edie Marsh, allongée sur la moquette moisie et ficelée à un assureur nu comme un ver.

14.

Au fur et à mesure que les bougies fondaient, devenaient magma, l'ombre de Niaqueur vacilla, puis se rétrécit sur les murs nus et clairs. Son profil rappelait à Edie Marsh un tyrannosaure miniature.

Pour rire, il interdit à Fred Dove de retirer la capote rouge.

— C'est méchant, fit Edie.

— Ben, je suis qu'un méchant enfoiré, proclama Niaqueur. Si tu me crois pas, t'as qu'à aller voir la femme flic que j'ai expédiée à l'hosto.

Là-dessus, il bâilla et sa mandibule de traviole s'agita horizontalement puis parut se désemboîter de son visage pour de bon. Il eut l'air d'un serpent tentant d'avaler un œuf.

— Qu'est-ce que tu veux ? fit Edie.

— Tu le sais foutrement bien.

Niaqueur braquait la torche électrique sur la queue de Fred Dove en pleine débandade.

— Où t'as trouvé une capote rouge ? demanda-t-il. Tu l'as achetée par correspondance, je parie. On dirait le bonnet du Père Noël.

Couché sur le sol, l'assureur émit un gémissement inconsolable. Edie posa sa tête sur ses reins. Niaqueur les avait positionnés cul à cul, leur attachant les mains avec une embrasse de rideau. Dans la serviette de Fred Dove, Niaqueur trouva les cartes professionnelles et les polices de Midwest Assurances. À partir de là, la déduction était facile — Edie à genoux et le reste. Niaqueur fut ébloui par le raffinement du timing de son entrée.

— Faut ce qui faut. Part à trois, dit-il.

— Mais tu t'es barré ! objecta Edie. Et tu m'as laissée ici toute seule avec ce connard de Tony.

Niaqueur haussa les épaules.

— J'ai changé d'avis. J'ai le droit. Bon, de combien de thune on parle ?

— Je t'emmerde, fit Edie Marsh.

Sans se lever du relax, Niaqueur lui balança un coup de pied dans la tempe. Le coup rendit un son écœurant. Edie gémit mais ne pleura pas.

— Bon sang, fit Fred Dove d'une voix étranglée, comme si c'était lui qu'on avait frappé.

— T'as qu'à me dire combien, fit Niaqueur.

— T'avise pas de le lui dire.

Edie avait beau être sonnée, elle enfonça vivement ses deux coudes dans les côtes de Fred Dove.

— J'attends, fit Niaqueur.

Edie sentit l'assureur se raidir dans ses liens. Puis elle l'entendit qui disait :

— Cent quarante et un mille dollars.

— Andouille ! laissa passer Edie entre ses dents serrées.

— Mais, sans Edie et moi, vous ne toucherez pas un sou, avertit Fred Dove.

— C'est pas du pipeau ?

— Non, monsieur.

— Pas un centime, nom de Dieu, approuva Edie, parce que devine qui va toucher le chèque du règlement. La señora Néria Torres. Moi, autrement dit.

Niaqueur braqua la torche en pleine figure d'Edie, où l'empreinte de sa godasse prenait la forme d'une bouffissure saumon. Ma douce, lui dit-il, c'est dur de signer un chèque avec le corps plâtré. Pigé ?

Elle détourna les yeux pour éviter la lumière crue

et se maudit en silence de son mauvais goût en matière de truands.

— Il faut nous détacher, dit Fred Dove à Niaqueur.

— Eh, le Père Noël qui l'ouvre !

Le pouls d'Edie lui vrillait les tempes comme un marteau piqueur.

— Tu sais ce qui se passe, Fred ? L'ami Niaqueur est jaloux. Ça n'a rien à voir avec le fric de l'assurance. C'est parce que j'allais faire l'amour avec toi...

— Bof ! s'exclama Niaqueur.

— ... et qu'il sait, poursuivit Edie, qu'il sait très bien que je le ferais pas avec lui pour tout l'or planqué à Fort Knox !

Niaqueur éclata de rire. Taquinant Fred Dove de l'orteil, il dit :

— Te la raconte pas, mon poteau. Elle baiserait avec un porc-épic syphilitique si elle pensait qu'il y avait un dollar au bout.

— Charmante conversation, fit Edie.

Dieu tout-puissant, la migraine qu'elle se payait !

L'assureur lutta pour reprendre son calme. Il était abasourdi de se retrouver embarqué dans une histoire aussi glauque, compliquée et dangereuse. Il y avait quelques heures à peine l'arrangement lui paraissait excitant et sans risque : un sinistre modérément frauduleux, une belle complice sans inhibitions, une folle partie de baise dans une baraque abandonnée à cause du cyclone.

Une capote rouge vif lui avait semblé s'imposer.

Alors, tombé de nulle part, avait surgi cet individu, Niaqueur, la mine d'un dur à cuire et un authentique criminel, à en juger par ce que Fred Dove avait vu et entendu. L'assureur ne voulait pas d'un type violent de ce genre comme troisième associé. D'un autre côté, il ne désirait pas non plus mourir ni être blessé assez grièvement pour être hospitalisé. La Blue Cross[1] exigerait des explications, tout comme sa femme.

Aussi Fred proposa-t-il quarante-sept mille dollars à Niaqueur.

— C'est la part qui revient à chacun si on divise en trois.

Niaqueur lui braqua le faisceau de la torche en pleine poire.

— T'as calculé ça tout seul dans ta tête ? fit-il. Sans papier ni crayon, pas mal.

Ouais, songea Edie Marsh. Merci, professeur Einstein.

— Ça marche ? demanda Fred Dove à Niaqueur.

— Faut ce qu'il faut.

Il se leva du relax et se dirigea vers le garage. Au bout de quelques instants, le groupe électrogène redémarra dans un rot. Niaqueur revint dans le salon et alluma l'unique ampoule. Puis, s'agenouillant près de Fred Dove et Edie Marsh, il coupa l'embrasse de rideau qui ligotait leurs poignets.

— Allons manger, fit-il, je crève de faim.

Fred Dove se releva en titubant. Il masqua pudiquement son entrejambe de ses mains.

— Je vais retirer ce truc-là, annonça-t-il.

— Le préso ?

Niaqueur lui donna le feu vert, pouces levés.

— Vas-y.

Il jeta un coup d'œil à Edie, qui ne se donna pas la peine de se cacher les seins ni le reste. Elle rendit son regard à Niaqueur, un regard noir de fiel.

— C'est dans cette tenue que tu vas aller chez Denny's ? O.K. pour moi. Peut-être qu'on aura du rab à l'œil.

Edie passa sans un mot derrière le relax en skaï, ramassa la pince qu'elle avait laissée là, fit deux pas

1. Assurance-maladie fournie par une compagnie du nom de Blue Cross Coverage qui prend en charge les frais d'hôpital de ses assurés. *(N.d.T.)*

en direction de Niaqueur et lui en porta un coup de toutes ses forces. Il s'abattit en piaillant.

L'arme à la main, Edie Marsh l'enfourcha. Ses cheveux mouillés et emmêlés lui tombaient sur le visage, masquant sa joue marbrée. Aux yeux de Fred Dove, elle parut indomptable, éblouissante et terriblement capable de commettre un meurtre. Il craignait d'être sur le point d'assister à son premier assassinat.

Edie insinua l'extrémité pointue de la pince entre les mâchoires en biais de Niaqueur, lui plaquant sa langue exsangue sur les dents.

— Amuse-toi à me redonner un coup de pied, lui dit-elle, et tes couilles, je te les passe au mixeur.

Fred Dove ramassa vite fait son pantalon, sa serviette, et se carapata.

Ils ramenèrent la vedette qu'ils avaient empruntée à la marina et regagnèrent Coral Gables. À grand-peine, ils transportèrent le dénommé Skink dans la maison d'Augustin.

Le sang-froid de Max Lamb fut mis à rude épreuve par les crânes ricanant sur leur mur mais, s'abstenant de tout commentaire, il s'en alla prendre une douche. Au téléphone, Augustin tenta de démêler ce qui s'était passé avec le buffle du Cap de feu son oncle. Bonnie fit du café et l'apporta dans la chambre d'amis, où le gouverneur se remettait de la fléchette hypodermique. Il parlait avec Jim Tile quand elle entra. Elle aurait aimé rester et écouter cet incroyable personnage, mais sentit qu'elle était de trop. La conversation entre les deux hommes était sérieuse, et ils la tenaient à voix basse. Elle entendit Skink qui disait :

— Brenda est forte. Elle s'en sortira.

Puis, Jim Tile :

— J'ai épuisé toutes les prières que je connais.

Bonnie s'éclipsa en catimini pour se retrouver face à Max qui, grillant une cigarette, sortait de la salle de bains. Elle résolut de se montrer indulgente envers la nouvelle habitude odieuse de son mari, dont il rejetait le blâme sur le stress de son enlèvement.

Elle le suivit dans le salon et s'assit près de lui sur le canapé. Là, ne ménageant pas les détails sensationnels, il lui décrivit les tortures qu'il avait subies entre les mains mêmes de ce déjanté borgne.

— Le collier de dressage, fit Bonnie Lamb.

— Oui. Regarde dans quel état est mon cou.

Max ouvrit les premiers boutons de sa chemise, empruntée à Augustin.

— Tu vois les traces de brûlure ? Tu les vois ?

Bonnie n'observa aucune trace, mais opina avec compassion.

— Donc tu es bien décidé à l'attaquer en justice.

— Et comment !

Max Lamb décela le ton dubitatif de sa femme.

— Bonnie, merde, il aurait pu me tuer.

Elle lui pressa la main.

— Je ne comprends toujours pas pourquoi... ce qu'il lui a pris de faire ça.

— Avec un fêlé pareil, va savoir.

Max Lamb passa sous silence le dégoût de Skink vis-à-vis de ses prises de vues vidéo ; il se rappelait que Bonnie était sur la même longueur d'onde.

— Je crois qu'il a besoin qu'on le soigne, mentalement, dit-elle.

— Non, ma chérie, il a besoin qu'on le soigne, carcéralement.

Max leva le menton et rejeta de la fumée au plafond.

— Mon chéri, il faut qu'on réfléchisse à...

Mais il s'arracha à son étreinte pour se précipiter sur le téléphone, qu'Augustin venait juste de raccrocher.

— Je ferais mieux d'appeler Pete Archibald, dit Max par-dessus son épaule. Il faut que tout le monde chez Rodale sache que je suis O.K.

Bonnie Lamb se leva et revint dans la chambre

d'amis. Le gouverneur, assis dans le lit, avait les yeux mi-clos. Sa barbe en broussaille était constellée de fines croûtes de sel marin. Jim Tile, le Stetson fourré sous le bras, se tenait près de la fenêtre.

Bonnie leur versa à tous deux une nouvelle tasse de café.

— Comment va-t-il ? chuchota-t-elle.

Skink cligna de son œil valide.

— Mieux, fit-il, la voix pâteuse.

Elle posa la cafetière sur la table de nuit.

— C'était un tranquillisant pour singes, expliqua-t-elle.

— À ne jamais mélanger avec des substances psychotropes, genre suc de crapaud en particulier, dit Skink.

Bonnie regarda Jim Tile, qui ajouta :

— Je lui ai posé la question.

— À propos de quoi ? fit Skink, d'une voix rauque.

— Du type dans la parabole télé, répondit le policier. Puis, s'adressant à Bonnie : Ce n'est pas lui qui a fait ça.

— N'empêche que ça a une classe folle, chapeau bas, dit Skink.

Bonnie dissimula mal son scepticisme. Skink la fixa avec gravité.

— Je n'ai pas tué ce bonhomme, Mrs Lamb. Mais il est sacrément certain que je ne vous le dirais pas si c'était moi.

— Je vous crois. Sérieux.

Le gouverneur finit son café et réclama une autre tasse. Il dit à Bonnie que c'était le meilleur qu'il ait jamais bu.

— Et puis j'aime bien votre jules, fit-il en désignant le mur aux crânes. J'aime bien comment il a décoré cet endroit.

— C'est pas mon jules, rectifia Bonnie. Rien qu'un ami.

Skink acquiesça.

— On a tous besoin d'en avoir un.

Il s'extirpa du lit avec difficulté et entreprit de retirer ses vêtements trempés. Jim Tile le mena dans la douche et ouvrit l'eau. Quand le policier revint, portant le bonnet en plastique du gouverneur, il demanda à Bonnie Lamb ce que comptait faire son mari.

— Le poursuivre en justice.

Assise au bord du lit, elle écoutait couler la douche. Augustin entra dans la pièce.

— Alors ? dit-il.

— Je peux l'arrêter dès ce soir, si votre mari se rend au commissariat et porte plainte, dit Jim Tile à Bonnie. Ce qui se passera ensuite dépend du State Attorney.

— Arrêter votre ami — vous feriez ça ?

— Mieux vaut que ce soit moi qu'un inconnu, fit le policier. Que cela ne vous chagrine pas, Mrs Lamb. Votre mari a le droit de son côté.

— Oui, je sais.

Attaquer le gouverneur était la bonne chose à faire — on ne pouvait permettre à quiconque de s'amuser à kidnapper les touristes, si choquant que soit leur comportement. Cependant l'idée que Skink aille en prison attristait Bonnie. C'était naïf, elle le savait, mais elle ne pouvait s'en empêcher.

Jim Tile interrogeait Augustin sur sa collection de crânes.

— C'est du vaudou cubain ?

— Non, rien à voir du tout.

— Dix-neuf, si je compte bien, fit le policier d'État. Je ne vous demanderai pas leur provenance. Ils sont trop propres pour résulter d'un assassinat.

— Ce sont des spécimens médicaux, dit Bonnie Lamb.

— Tout ce qui vous plaira.

Après vingt ans de collisions de plein fouet, Jim Tile avait développé une aversion bien ancrée pour le corps humain en morceaux.

— Va pour des spécimens, fit-il.

Augustin sélectionna cinq de ses crânes sur les étagères et les aligna sur le plancher, à ses pieds. Puis il en prit trois et se mit à jongler avec.

— Nom de Dieu, fit le policier.

Tout en jonglant, Augustin songeait au jeune con bourré qui avait tenté de faire un carton sur le buffle du Cap de son oncle. Quelle triste façon de mourir, débile avec ça. Il attrapa en souplesse un quatrième crâne sur le sol et le mit sur orbite ; puis le cinquième, à son tour.

Bonnie Lamb ne put s'empêcher de sourire devant ce numéro, en dépit de son côté malsain. Le gouverneur émergea de la douche dans un nuage de vapeur, complètement nu, une serviette bleu ciel autour du cou. Son épaisse chevelure argentée dégouttait des serpentins d'eau sur son torse. Du coin de la serviette, il ôta la buée de son œil de verre. Son visage s'éclaira quand il aperçut les jongleries d'Augustin.

Jim Tile avait la tête qui lui tournait légèrement à force de voir les crânes voler. Max Lamb apparut sur le seuil. Son expression passa dans la seconde de la curiosité à la répulsion, comme si on avait appuyé sur un interrupteur dans sa tête. Bonnie sut ce qu'il allait dire avant même que les mots ne s'échappent de ses lèvres.

— Vous trouvez ça *drôle* ?

Augustin continua à jongler. On ne savait si c'était lui ou la nudité du gouverneur qui faisait l'objet de la désapprobation de Max.

— La soirée a été longue, mec, fit le policier.

— Bonnie, on s'en va.

Le ton de Max était condescendant et irascible.

— Tu m'entends ? La récréation est finie.

Elle était furieuse que son mari s'adresse à elle de la sorte devant des étrangers. Elle se rua hors de la chambre.

— Oh, Max ?

Skink, un sourire narquois aux lèvres, effleura sa gorge du doigt. Le cou de Max Lamb picota de l'ancien picotement Tri-Tronics. Il sursauta par réflexe, se heurtant à la porte.

Dans le sac à dos, Skink récupéra le portefeuille de Max et les clés de la voiture de location. Il les lui remit en main propre. Ce dernier marmonna un vague merci et alla retrouver Bonnie.

Augustin cessa de jongler, récupérant les crânes l'un après l'autre. Il les remit soigneusement en place sur le mur.

Le gouverneur tira sur la serviette qu'il avait autour du cou et s'en essuya bras et jambes.

— Cette fille me plaît, dit-il à Augustin. Et à toi ?

— Elle n'a rien qui ne soit aimable.

— Tu as une grande décision à prendre.

— Très drôle. Elle est mariée.

— L'amour est à un baiser près. Comme dit la chanson.

Skink, taquin, saisit Jim Tile par les coudes.

— Dites-moi, monsieur l'agent. Suis-je en état d'arrestation ou pas ?

— Tout dépend de Mr Max Lamb.

— Il faut que je sache.

— Ils sont allés en discuter, dit Jim.

— Parce que si je vais pas en taule, j'aimerais beaucoup retrouver le salaud qui a tabassé ta Brenda.

Un instant, le policier parut ployer sous le poids de son chagrin. Ses yeux s'humectèrent, mais il s'empêcha de craquer.

— Jim, s'il te plaît, fit Skink. Des occasions comme celle-là, je ne vis que pour ça.

— Tu as eu assez d'émotions comme ça. Comme nous tous.

— Eh, fiston ! aboya le gouverneur vers Augustin. Tu as eu assez d'émotions ?

— Ben, on vient juste d'abattre mon karbau dans un supermarché...

— Oh ! s'exclama Skink.

— ... mais je serais très honoré de vous donner un coup de main.

Jongler avec les crânes avait donné de l'énergie à revendre à Augustin. Il était partant pour une nouvelle aventure, à présent que le mari de Bonnie était sain et sauf.

— Réfléchis à ce que je t'ai dit, fit Skink à Jim Tile. En attendant, je suis assez affamé pour me taper de la bouffe industrielle. Pas vous, les gars ?

Il fonçait vers la porte au pas de charge quand le policier lui barra le passage.

— Enfile ton froc, capitaine. S.V.P.

Le cadavre de Tony Torres, ni identifié ni réclamé, demeura à la morgue. Chaque matin, Ira Jackson vérifiait dans le *Miami Herald* : dans les pages et les pages consacrées au cyclone, pas le moindre entrefilet sur un vendeur de mobile homes crucifié. Ira Jackson prit cela comme la confirmation de l'insignifiance et de l'indignité de Tony Torres ; sa mort ne valait même pas une ligne de rien du tout dans le journal.

Ira Jackson reporta ses désirs de vengeance sur Avila, l'inspecteur qui avait, moyennant corruption, avalisé d'un coup de tampon les permis pour la maison-caravane de feu Béatrice Jackson. Ira Jackson estimait Avila aussi coupable que Tony Torres de la tragédie qui avait coûté la vie à sa trop confiante mère.

Tôt dans la matinée du 28 août, Ira Jackson se rendit en voiture à l'adresse qu'il avait extorquée à l'employé récalcitrant du service d'urbanisme. Une femme à l'accent prononcé lui ouvrit la porte d'entrée. Ira Jackson demanda à parler au señor Avila.

— El esta tresse occoupé en el garatché.

— Dites-lui que c'est important, je vous prie.

— D'accuerdo, mais esta tresse occoupé.

— J'attendrai, dit Ira Jackson.

Avila récurait les taches de sang de coq sur les

flancs blancs des pneus de la Buick de sa femme quand sa mère lui annonça une visite. Avila poussa un juron et fila un coup de pied dans le baquet d'eau savonneuse. Ça devait être Gar Whitmark, venu le harceler pour récupérer ses sept mille dollars ! Qu'est-ce qu'il croyait, putain — qu'il allait braquer une banque pour le rembourser !

Mais il ne s'agissait pas de Whitmark. À sa porte se tenait un inconnu d'âge moyen assez mastoc, avec une coupe de cheveux à la serpe, une chaîne en or autour du cou et une traînée de poudre blanche au-dessus de la lèvre. Avila reconnut du sucre de beignet. Il se demanda si le type n'était pas un flic.

— On m'appelle Rick, Rick Reynolds, fit Ira Jackson, tendant une main grassouillette, pleine de cicatrices.

Quand l'homme souriait, on distinguait très nettement que de la gelée de groseille salissait ses dents du bas.

— Je suis comme qui dirait occupé pour le moment, fit Avila.

— Je passais dans le coin quand j'ai vu votre camion, dit Ira Jackson en le pointant du doigt. Couverture Forteresse — c'est bien vous, n'est-ce pas ?

Avila ne répondit ni oui ni non. Son regard se porta sur son camion au bord du trottoir et sur la Cadillac garée juste derrière. Le type n'était pas flic, pas avec une bagnole aussi tape-à-l'œil.

— L'ouragan m'a arraché mon toit. J'en ai besoin d'un neuf, fissa.

— On est superbookés. Croyez bien que je regrette.

Il détestait éconduire un gogo s'offrant sur un plateau, mais ce serait suicidaire d'arnaquer quelqu'un qui connaissait son adresse. En particulier un bonhomme aux avant-bras comme des jambons.

Avila nota mentalement de ne plus laisser son outil de travail garé dans la rue, où le premier passant venu pouvait le repérer.

Ira Jackson donna un coup de langue au sucre glace poudrant sa lèvre.

— Vous ne le regretterez pas, dit-il.

— J'aimerais vous aider, seulement...

— Que diriez-vous de dix mille dollars ? Dix mille de plus que votre prix habituel.

Malgré qu'il en ait, Avila ne put dissimuler qu'il était intéressé. Le type avait l'accent new-yorkais ; ils faisaient les choses en grand là-bas.

— Dix mille cash, ajouta Ira Jackson. Vous voyez, c'est à cause de ma grand-mère, elle vit avec nous. Elle a quatre-vingt-dix ans et, tout soudain, il pleut à seaux sur sa tête. Le toit s'est tiré à fond la caisse.

Avila feignit de compatir.

— Quatre-vingt-dix ans ? Oh ! la pauvre !

Il sortit et referma la porte derrière lui.

— Le problème, c'est que j'ai une dizaine d'autres chantiers en attente.

— Quinze mille pour vous, renchérit Ira Jackson, si vous me mettez en tête de liste.

Avila frotta son menton mal rasé et observa son visiteur. Combien de fois dans une vie, songeait-il, quinze mille dollars frappent à la porte ? Une arnaque était exclue, mais une autre possibilité se faisait jour. Radicale, ça c'était sûr, mais jouable : Avila pouvait construire un toit tout ce qu'il y avait de réglo à cet homme. Et utiliser le liquide pour régler Gar Whitmark. Naturellement, ceux de l'équipe allaient rechigner et faire la gueule, ces salopards trop gâtés. Poser un toit convenablement était un boulot dur, réclamant son content de sueur. Peut-être que les passes difficiles exigeaient l'honnêteté dans le travail.

— Je vois, remarqua Ira Jackson, que l'ouragan vous a épargné.

— On était très loin de l'œil, Dieu merci.

— Dieu merci, vous l'avez dit.

— Où habitez-vous exactement, Mr Reynolds ?

Peut-être que je pourrais trouver un trou pour vous dans mon planning.

— Formidable.

— Je vous enverrai quelqu'un pour le devis, dit Avila, avant de se rappeler qu'il n'avait plus personne pour ça sous la main ; ce voleur de Niaqueur s'était évanoui dans la nature.

— J'aimerais mieux que vous vous en chargiez personnellement, reprit Ira Jackson.

— Bien sûr, Mr Reynolds. Que diriez-vous de demain matin, à la première heure ?

— Et pourquoi pas tout de suite ? On n'a qu'à prendre ma voiture.

Avila voyait zéro raison de ne pas y aller et quinze mille qui l'y poussaient.

Quand Max Lamb reposa le téléphone, il avait un visage de cendre et la bouche amère. On aurait dit un patient que la médecine vient de condamner. Ce qui lui arrivait en réalité n'était pas moins grave, dans la mesure où l'agence Rodale & Burns était concernée. À l'autre bout du fil, le décontract Pete Archibald avait eu un ton funèbre et défait. Les nouvelles de New York étaient mauvaises, ça ne faisait pas un pli.

L'Institut national de la Santé devait tenir une conférence de presse pour un complément d'information sur les dangers du tabac. D'ordinaire, le petit monde de la pub en tenait à peine compte, tant ces cris d'alarme étaient routiniers et prévisibles. Ces révélations médicales avaient beau être des plus paniquantes, l'impact sur les ventes au détail des cigarettes perdurait rarement plus de quelques semaines. Cette fois, cependant, le gouvernement avait eu recours à des technologies de pointe pour tester dans certaines marques bien précises la concentration de goudron, nicotine et autres agents cancérigènes. Les Bronco arrivaient bonnes premières, les Bronco mentholées bonnes secondes, et les Lady Bronco bonnes troisiémes. Sur le strict plan épidémiologique, c'étaient les trois produits les plus meurtriers de l'histoire de l'industrie du tabac. Fumer une Bronco, si l'on adoptait la phraséologie lamentable d'un de ces petits malins de scientifiques de l'Institut, était « à peine moins dangereux que de prendre directement une taffe au pot d'échappement d'une Chevrolet ».

Des fuites avaient rapidement communiqué les détails du rapport explosif de l'Institut à Durham Gas Meat & Tobacco, le fabricant des Bronco et d'autres produits de choix. La réaction réflexe de la compagnie fut la menace furibarde de supprimer toute publicité aux journaux et magazines qui comptaient faire état des infos gouvernementales. Si le bon sens n'avait pas le dernier mot, ce coup d'éclat d'une imbécillité totale, Max Lamb le savait, allait faire la une des médias. Max devait regagner New York le plus vite possible.

Quand il en parla à sa femme, celle-ci lui dit :

— Tout de suite ?

Comme si elle ne mesurait pas la gravité de la situation.

— Dans ma partie, expliqua Max avec impatience, cela correspond à un 747 en flammes plein d'orphelins prêt à se crasher à flanc de montagne.

— C'est vrai ce qu'on dit des Bronco ?

— Probablement. Mais là n'est pas le problème. Ils peuvent pas se mettre à retirer leurs annonces ; il y a de grosses sommes en jeu. Par dizaines et dizaines de millions, ça se chiffre.

— Max.

— Quoi ?

— Éteins cette clope, s'il te plaît.

— Bordel, Bonnie, tu devrais t'entendre !

Ils étaient assis dans des fauteuils en osier dans le patio d'Augustin. Il était trois ou quatre heures du matin. À l'intérieur de la maison, la stéréo diffusait du Neil Young. À travers les portes-fenêtres, Bonnie

Lamb apercevait Augustin dans la cuisine. Il remarqua qu'elle le regardait et lui décocha un bref sourire timide. Le policier black et le gouverneur s'activaient au-dessus du fourneau ; à l'odeur, ils devaient faire frire du bacon.

— On prendra le premier avion, dit Max Lamb.

Il éteignit le mégot de sa Bronco qu'il expédia dans une baignoire à oiseaux.

— Et pour *lui,* qu'est-ce qu'on fait ?

Le regard de Bonnie obliqua vers la fenêtre de la cuisine, où l'on pouvait voir Skink casser des œufs près de l'évier.

— Tu voulais porter plainte, non ? dit-elle à Max. L'expédier en prison, là où il devrait être.

— Mon chou, le temps presse. Une fois le souk de l'Institut de la Santé retombé, on reviendra ici d'un coup d'avion s'occuper de ce cinglé. T'angoisse pas.

— Si on le laisse partir maintenant..., commença Bonnie Lamb, qui termina la phrase dans sa tête.

Si on le laisse partir maintenant, on ne le retrouvera jamais. Il s'évanouira comme un fantôme dans les marais. Et il n'y aurait pas là de quoi fouetter un chat.

Bonnie était éberluée qu'une idée pareille lui vienne. Qu'est-ce que j'ai ? Ce type a enlevé et brutalisé mon mari. Pourquoi je ne veux pas qu'il paie pour ça ?

— Tu as raison, dit-elle à Max. Il faut que tu rentres à New York, le plus tôt possible.

Fronçant le sourcil, il se pencha et chassa d'une petite tape un moustique sur le bras de Bonnie.

— Qu'est-ce que ça veut dire — que tu ne viens pas ?

— Max, je ne me sens pas d'attaque pour prendre l'avion ce matin. J'ai l'estomac noué.

— Prends du Mylanta.

— C'est déjà fait, mentit Bonnie. Ça vient peut-être de la balade en bateau.

— Tu te sentiras mieux dans très peu de temps.

— Oui, sans doute.

Il dit qu'il allait lui louer une chambre près de l'aéroport.

— Fais une longue sieste, suggéra-t-il. Et prends un vol dans la soirée.

— Oui, on fait comme ça.

Pauvre Max, songea-t-elle. Il ne se doute de rien.

15.

Le père de Bonnie Brooks travaillait au service diffusion du *Chicago Tribune,* et sa mère était acheteuse pour Sears & Roebuck. Ils avaient un appartement en ville et un bungalow pour l'été sur les eaux limitrophes du Minnesota. Bonnie, leur fille unique, gardait des souvenirs mitigés de ces vacances familiales. Son père, tout sauf aventureux, n'avait aucun attrait pour les étendues sauvages du Nord. Ne sachant pas nager et étant allergique aux taons, il évitait les lacs. Il restait cloîtré dans le bungalow à assembler des maquettes d'avions, avec une passion pour les Fokker allemands. Ce passe-temps fastidieux était aggravé par une maladresse chronique, qui transformait le plus banal collage en tragédie nationale. Bonnie et sa mère évitaient de rester dans les parages pour ne pas s'entendre reprocher de le déconcentrer.

Pendant que le père de Bonnie peinait sur ses modèles réduits, sa mère l'emmenait pagayer dans un vieux canoë sur les lacs boisés. Bonnie se souvenait de ces matinées de pure félicité — ah, laisser traîner le bout de ses doigts dans l'eau glacée en sentant le soleil vous chauffer la nuque ! Sa mère avait beau ne pas être la plus discrète des pagayeuses, elles n'en voyaient pas moins leur content de faune en liberté : daims, écureuils, castors, un élan même, à l'occasion. Bonnie se rappelait avoir plus d'une fois demandé pourquoi ses parents avaient acquis ce bungalow, puisque son père était si allergique à la vie au grand air. Sa mère répondait invariablement en guise d'explication :

— C'était soit ici, soit le Wisconsin.

Bonnie Brooks s'inscrivit à la Northwestern University et, à la stupéfaction de son père, entreprit une licence de journalisme. Elle s'embarqua peu après dans sa première histoire sentimentale sérieuse avec un maître assistant divorcé, se targuant d'avoir remporté plusieurs prix grâce à un reportage sur la guerre du Vietnam. L'absence de diplômes sur les murs de son bureau, Bonnie l'attribuait naïvement à sa modestie. Pour Noël, elle décida de lui faire une surprise : une copie encadrée et plastifiée de son scoop en première page du minage du port d'Haiphong. Cependant, Bonnie eut beau passer en revue les microfiches universitaires du *San Francisco Chronicle,* où son chéri était censé avoir travaillé, elle ne découvrit pas un seul article signé de lui. Déployant le flair inné d'une journaliste aguerrie, elle contacta le service du personnel du journal et (grâce à un subterfuge anodin) fut en mesure de déterminer qu'en fait de Sud-Est asiatique, son héros et séducteur n'avait pas dépassé l'antenne du *Chronicle* à Seattle.

La réaction de Bonnie Brooks fut énergique. Elle commença par larguer ce bouffon, puis s'arrangea pour le faire virer de l'Université. Les petits copains qui suivirent furent plus loyaux et plus francs, mais ce qui leur manquait en malhonnêteté, ils le compensaient en indolence. La mère de Bonnie se lassa de leur cuisiner de bons petits plats et de repousser leurs offres peu enthousiastes de l'aider à essuyer la vaisselle. Il lui tardait que sa fille soit diplômée et se trouve un homme mature.

Bons ou mauvais, les boulots de journaliste étaient durs à décrocher. Comme beaucoup de ses camarades de cours, Bonnie Brooks finit par rédiger des argumentaires de pub et des communiqués de presse. Elle travailla d'abord au service des Parcs & Jardins publics de la mairie de Chicago, puis pour une société de produits pour bébés qui fut bientôt rachetée par Crespo Mills International. Bonnie fut alors promue assistante-publiciste de produit. Ce titre allait de pair avec un salaire que dix ans de dur labeur dans la plupart des salles de rédaction ne lui auraient jamais procuré. Quant à ce qu'elle devait rédiger, c'était aussi élémentaire qu'insatisfaisant. Outre céréales du petit déjeuner et autres bouillies en petits pots, Crespo Mills fabriquait condiments à tartiner, beurre de cacahuète, barres de *granola,* cookies, crackers, mélanges de fruits secs, pop-corn à divers parfums, gressins et trois types de croûtons. En deux temps trois mouvements, Bonnie se trouva à court d'adjectifs appétissants. Ses incursions originales dans le lyrisme furent découragées par ses supérieurs de chez Crespo ; lors d'une série particulièrement monotone, elle fut tenue d'employer « savoureux » dans quatorze communiqués de presse consécutifs. Aussi, quand Max Lamb demanda à Bonnie de l'épouser et de le suivre à New York, avait-elle abandonné son job sans la moindre hésitation.

Max n'ayant droit qu'à quelques jours de congé, ils décidèrent d'aller passer leur lune de miel à Disney World — choix des plus cucul la praline, mais Bonnie se dit que tout valait mieux que les chutes du Niagara. Elle savait pertinemment qu'une cascade, si grandiose qu'elle fût, n'éveillerait aucun intérêt chez Max. Mais Mickey Mouse n'y parvint pas non plus, comme l'expérience le lui démontra. Au bout de deux jours au Royaume magique, Max était aussi agité qu'un sac de puces.

Puis vint l'ouragan et il avait *fallu* qu'il aille voir...

Bonnie désirait rester à Orlando, pelotonnée sous les draps du motel qui vous grattaient la peau, à faire l'amour avec la pluie qui tambourinait contre les vitres. Pourquoi cela ne lui avait-il pas suffi ?

Elle avait failli lui poser la question pendant qu'ils étaient assis dans le noir dans le patio d'Augustin, après l'excursion de Stiltsville. Puis plus tard, sur le chemin de l'aéroport. Et encore une fois, alors qu'ils se tenaient devant la porte de Delta Airlines, quand il l'avait serrée contre lui d'une façon si détachée et si distraite, sa chemise et ses cheveux empestant la cigarette.

Mais Bonnie ne le lui avait pas demandé. Le moment était mal choisi ; c'était un homme aux idées bien arrêtées. Un adulte majeur et vacciné tel que sa mère voulait qu'elle s'en trouve un. Sauf qu'aux yeux de sa mère Max était un sombre con. Selon son père, c'était un jeune type bien. Mais pour lui, Bonnie n'était sortie qu'avec de jeunes types bien.

Elle se demandait ce que son père penserait d'elle s'il la voyait en ce moment : en route pour l'hôpital, prise en sandwich, sur la banquette avant d'un pick-up, entre un kidnappeur borgne, grand fumeur de crapaud devant l'Éternel, et le rescapé d'un crash aérien, jongleur de crânes par ailleurs.

Brenda Rourke avait le sien fracturé à trois endroits, et l'une de ses joues exigerait le recours à la chirurgie réparatrice. Elle saignait sous l'os temporal droit, mais les médecins avaient réussi à arrêter l'hémorragie. Un chirurgien esthétique avait recousu au-dessus de la ligne d'implantation capillaire le lambeau de chair détaché de la balafre en forme de U qui lui entaillait le front.

Bonnie Lamb n'avait jamais vu de blessures aussi vilaines. Même le gouverneur semblait bouleversé. Augustin gardait les yeux fixés sur la pointe de ses souliers — les bruits et les odeurs de l'hôpital ne lui étaient que trop familiers. Il mourait de soif.

Jim Tile tenait les mains de Brenda serrées dans les siennes. La jeune femme avait les yeux ouverts, mais hagards ; elle ne semblait consciente de rien ni de personne si ce n'est de la présence de Jim à son chevet. Elle s'efforçait de parler en dépit des médicaments et de la douleur ; Jim se pencha plus près pour l'entendre.

Au bout d'un moment, il se redressa et leur précisa à voix basse, furieux :

— Ce salopard lui a volé sa bague. L'alliance de sa mère.

Skink s'esquiva si discrètement de la chambre que ni Bonnie ni Augustin ne s'en aperçurent sur le moment. Il n'y avait nulle trace de sa présence à l'extérieur, mais une ruée d'uniformes bleus et blancs les attira vers le fond du couloir. Le gouverneur était dans la pouponnière et se baguenaudait parmi les nouveau-nés. Il portait un bébé au creux de chaque bras. Les deux nourrissons dormaient comme des souches et Skink les examinait avec une profonde tristesse. Aux yeux de Bonnie Lamb, il paraissait inoffensif, malgré sa barbe en bataille, son treillis crasseux et ses rangers. Un trio d'infirmiers balèzes conférait près d'un distributeur d'eau ; apparemment, on avait déjà tenté une négociation, avec de piètres résultats. Jim Tile entra tranquillement dans la nursery et remit les bébés dans leurs berceaux transparents.

Personne n'intervint quand le policier entraîna Skink hors de l'hôpital, car cela avait tout l'air d'une arrestation de routine, rien qu'un échappé de l'asile de plus qu'on ramenait au bercail : Jim Tile, ceinturant du bras le forcené, lui fit parcourir à vive allure le labyrinthe de couloirs vert pâle ; les deux hommes avaient un échange des plus animés ; Bonnie et Augustin s'efforçaient de suivre, évitant au passage fauteuils roulants et civières.

Quand ils atteignirent le parking, Jim Tile les informa qu'il devait aller bosser.

— Avec la venue du Président, devinez qui doit dégager la circulation.

Il glissa un morceau de papier plié dans la main

de Skink et monta dans sa voiture de patrouille. Sans dire un mot, Skink s'installa sur le plateau du pick-up d'Augustin. Il fixait les nuages de son œil valide, les bras sur sa poitrine.

Augustin demanda à Jim Tile :

— Qu'est-ce qu'on fait de lui ?

— Ça ne regarde que vous.

Le flic de la route avait l'air pompé.

Bonnie Lamb demanda des nouvelles de Brenda Rourke. Jim répondit que le médecin avait bon espoir qu'elle s'en remette.

— Et le type qui lui a fait ça ?

— Il court toujours, répliqua le policier. On ne l'a pas arrêté et on ne l'arrêtera pas de sitôt.

Il boucla sa ceinture de sécurité, verrouilla la portière et chaussa ses lunettes de soleil.

— Autrefois, c'était vraiment super par ici, dit-il, l'air absent. Y a longtemps, très longtemps de ça.

Un cri de bête féroce s'éleva du plateau du pick-up. Jim Tile leur fit un clin d'œil par-dessus la monture de ses lunettes.

— Ça a été un plaisir de vous rencontrer, Mrs Lamb. Vous et votre mari avez fait ce qu'il y avait à faire. Le capitaine, il comprendra.

Là-dessus, le policier démarra.

Tandis qu'ils se dirigeaient vers l'hôtel de l'aéroport où Max lui avait réservé une chambre pour la journée, Bonnie se laissa glisser sur le siège avant et posa sa joue sur l'épaule d'Augustin. Il redoutait ce moment, celui des adieux. C'était toujours plus facile de trancher dans le vif, avec les valises qui se bouclaient, les portes qui claquaient et les taxis qui s'arrachaient de l'allée dans un hurlement de pneus. Il vérifia l'heure à la pendule du tableau de bord — moins de trois heures avant son vol.

Par la lunette arrière du pick-up, Bonnie s'aperçut que Skink, dissimulé derrière son bonnet à fleurs, avait adopté une variante relax aux entournures du recroquevillement foetal.

— Je me demande ce qu'il y a sur ce bout de papier, dit-elle.

— D'après moi, fit Augustin, c'est soit un nom, soit une adresse.

— De qui ? De quoi ?

— C'est juste une supposition, dit-il, mais il la lui communiqua quand même.

Cette nuit-là, il n'eut pas à lui faire ses adieux, car Bonnie Lamb ne rentra pas à New York. Elle annula son vol et revint dans la maison d'Augustin. Ses messages téléphoniques pour Max n'obtinrent de réponse qu'après minuit : elle dormait déjà à poings fermés dans la chambre aux crânes.

Peu après midi, le 28 août, le téléphone se mit à sonner dans la cuisine de Tony Torres.

Niaqueur dit à Edie Marsh de décrocher.

— Tu n'as qu'à y aller, toi, fit-elle.

— Très drôle.

Niaqueur ne pouvait pas marcher ; le coup de pince lui avait esquinté la jambe droite. Il était étendu sur le fauteuil relax, le genou enveloppé de trois paquets de glace, qu'Edie avait achetés cinquante dollars sur Quail Roost Drive à un truand ambulant au volant d'une camionnette de poissonnier. La thune venait du gros coup de Niaqueur au détriment des Whitmark. Il n'avait pas précisé à Edie combien d'argent il lui restait en poche. Il ne lui avait pas non plus soufflé mot du flingue du flic dans la Cherokee au cas où elle se refoutrait en pétard.

Le téléphone continuait de sonner.

— Réponds, fit Niaqueur. Peut-être que c'est ton p'tit copain, le Père Noël.

Edie décrocha. À l'autre bout du fil, une voix de femme dit :

— Allô ?

Edie raccrocha.

— C'était pas Fred, fit-elle.

— Putain, qui alors ?

— J'ai pas posé la question, Niaqueur. On est pas censés se trouver là, t'as pas oublié ?

Puis elle ajouta que ça avait l'air d'un appel longue distance.

— Et si c'est la compagnie d'assurances ? Peut-être que le chèque est prêt.

— Non, fit Edie. Fred me le dirait.

Niaqueur eut un rire saccadé.

— Fred s'est tiré, pauvre conne. Tu lui as foutu les jetons !

— Tu paries combien ?

— Bon, d'accord, il est scotché, tellement t'es un super coup.

— Tu peux même pas t'imaginer, fit Edie, lui tirant un peu la langue.

Peut-être qu'elle n'était pas assez canon pour un rejeton Kennedy, mais le jeune Mr Dove n'avait jamais eu mieux. En outre, il ne pouvait pas se retirer de la combine maintenant. Il s'était déjà mouillé pour la déclaration de sinistre bidon.

Le téléphone sonna encore une fois.

— Et merde, fit Edie Marsh.

— Bordel de merde, file-moi un coup de main, fit Niaqueur en se tortillant avec irritation sur le fauteuil relax. Allez, arrive !

S'appuyant de l'avant-bras sur l'épaule d'Edie, il boitilla jusqu'à la cuisine. Elle décrocha et lui tendit le récepteur.

— Yo, fit Niaqueur.

— Allô ?

Voix de femme.

— Tony, c'est toi ?

— Heumphrr, répondit Niaqueur prudemment.

— C'est moi. Néria.

Qui ça ? Le paquet de glace dégoulinait en gouttes

réfrigérantes le long de la jambe blessée de Niaqueur. Sa rotule violacée l'élançait comme si elle allait éclater, telle une mangue pourrie. Edie se pressa contre lui pour arriver à entendre ce que disait son interlocutrice.

— Tony, ça fait des jours que j'essaie de t'atteindre. Qu'est-ce qui se passe avec la maison ?

Soudain Niaqueur se rappela : La Femme ! Tony Torres avait dit qu'elle s'appelait Miriam ou Néria, un blaze cubain de ce genre. Il avait ajouté qu'elle reviendrait chercher sa part du montant de l'assurance.

— C'est une erreur, marmonna Niaqueur dans l'appareil.

— Qu'est-ce qui se passe ? J'ai appelé le voisin et Mr Varga, il m'a dit que le cyclone, il a démoli complètement la maison et que des inconnus y habitent maintenant. Il m'a parlé d'une femme, Tony. Tu m'entends ? Et Mr Varga, il m'a raconté que t'as tiré dans la porte du garage. Qu'est-ce qui se passe là-bas, merde ?

Niaqueur tenait le récepteur à bout de bras comme s'il s'agissait d'un bâton de dynamite. Sa mâchoire inférieure tricotait toute seule ; elle craquait aux entournures, ce qui flanquait une frousse bleue à Edie.

— Tony ? glapit la voix dans le téléphone.

Edie prit l'appareil des mains de Niaqueur.

— Je regrette infiniment, vous avez fait un faux numéro, dit-elle.

Là-dessus, elle raccrocha.

D'abord Niaqueur ne fut en mesure que d'éructer :

— Nom de Dieu.

— C'est sa femme ?

— Ouais. Nom de Dieu.

Edie Marsh l'aida à clopiner jusqu'au fauteuil. La glace crissa quand il s'y rassit.

— Où il crèche ton copain, Petit Papa Noël ?

— Dans un Ramada.

— Nom de Dieu. On a pas des masses de temps.

— Où se trouve la señora Torres ? demanda Edie. Ici ? À Miami ?

— Je veux bien être pendu si je le sais. Accompagne-moi à la bagnole.

— J'ai d'autres mauvaises nouvelles. Les chiens sont revenus ce matin.

— Les chiens-saucisses ?

— On peut pas les laisser comme ça. Faut qu'on les nourrisse.

Niaqueur garrotta à deux mains sa jambe qui l'élançait et dit :

— Jamais plus. Plutôt crever.

— Ah ouais, fit Edie Marsh. Comme si c'était une partie de plaisir pour moi. Allez, file-moi ton bras.

Le nouveau client d'Avila prit l'autoroute à péage sud. Très vite, la Cadillac se retrouva coincée en plein embouteillage : camions du bâtiment, super poids lourds, convois militaires, ambulances, badauds, gardes nationaux et experts d'assurances nauséeux par centaines, tous se dirigeaient vers le lieu du sinistre. Le Point Zéro du séisme.

— On dirait une zone bombardée, fit l'homme qui disait s'appeler Rick Reynolds.

— On ne saurait mieux dire. Où est votre maison ?

— On a encore un bout de chemin.

Tandis que la voiture continuait à se traîner, l'homme alluma la radio : Rush Limbaugh lançait des vannes à propos de la femme d'un candidat politique. Avila ne trouvait pas ça si drôle, mais le type se bidonnait royalement. À la fin de l'émission, un flash infos annonça que le président des États-Unis s'envolait pour Miami afin de se rendre compte par lui-même des dégâts du cyclone.

— Super, fit Avila. Vous trouvez que la circulation craint déjà un max, attendez de voir.

— Ouais, fit le type, une fois je me suis retrouvé coincé derrière le cortège motorisé de Reagan dans le

Holland Tunnel. Tu parles d'un piège à cons — on s'est pris deux heures de gaz d'échappement dans le pif.

Avila lui demanda depuis combien de temps il habitait Dade County. Deux, trois mois, lui répondit-il. J'ai quitté New York pour m'installer ici.

— Et j'ai encore rien vu de pareil.

— Moi non plus, fit Avila.

— Je pige pas. Y a des maisons qui dégringolent comme des dominos et d'autres qui perdent ni poutre ni chevron. Comment ça se fait ?

Avila consulta sa montre. Il se demandait si le type avait les quinze mille sur lui, ou bien dans le coffre de sa bagnole. Il jeta un coup d'œil sur la banquette arrière : une carte routière froissée et deux emballages vides de Mister Donut.

— D'après moi, fit le type, y a quelqu'un qui palpe. Ça n'a pas de sens sinon.

Avila garda les yeux fixés sur la route.

— On est pas à New York ici, fit-il.

La circulation redémarrait enfin.

Le client dit qu'un *trailer park* pas loin de chez lui avait été réduit en miettes.

— Et une vieille dame a été tuée, ajouta-t-il.

— Ça, c'est duraille, mon pote.

— Une vieille dame adorable. Tous les mobile homes ont été détruits jusqu'au dernier, putain.

— La tempête du siècle, fit Avila.

— Non, rien à voir. Le hic, c'est ça : les amarres des caravanes étaient pourries. Les piquets de fixation étaient sciés. Les rondelles d'ancrage manquaient. Venez pas me raconter maintenant qu'on avait pas graissé la patte à quelqu'un.

Avila s'agitait, mal à l'aise.

— Les tendeurs pourrissent vite par cette chaleur. On est encore loin ?

— Plus très.

Le client emprunta Krome Avenue jusqu'à la

168ᵉ Rue. Là, il revint vers l'est et roula sur un kilomètre et demi jusqu'à un lotissement du nom de Fox Hollow, que l'ouragan avait érodé plus ou moins jusqu'aux fondations. Le type se gara devant le squelette d'un petit pavillon.

Avila descendit de la Cadillac en disant :

— Bon Dieu, vous plaisantiez pas.

Le toit de la maison avait été complètement soufflé ; pignons, poutres, charpente, tout le tintouin. Avila était stupéfait que le sieur Reynolds permette à sa famille de demeurer dans un bâtiment aussi démantelé. Avila le suivit à l'intérieur, marchant sur les portes abattues par le vent. L'endroit avait l'air abandonné, exception faite de la cuisine, où une meute de chiens errants se disputaient un hamburger avarié dans le frigo renversé. Le client d'Avila s'empara d'une batte de base-ball en alu et chassa les mâtins.

Jetant un œil dans les chambres inondées, Avila ne vit aucune trace de la famille du client. Immédiatement, la journée lui parut virer à l'aigre. Rien que pour s'en assurer, il fit :

— Où est donc passée votre grand-mère de quatre-vingt-dix ans ?

— Morte et enterrée, répondit Ira Jackson, tapant la batte de base-ball dans sa paume. Sur Staten Island, la belle île.

Alors que le New-Yorkais s'apprêtait à le clouer au tronc d'un pin, Avila conclut que c'était Niaqueur le responsable, que c'était lui qui avait engagé son agresseur. Il était clair que son plan, c'était d'assassiner Avila pour prendre le contrôle de ses couvreurs ripoux. Où était la main puissante de Chango ? se demandait Avila, en pleine sinistrose. Le double sacrifice de poulets avait-il échoué ?

Puis le New-Yorkais s'expliqua — qui il était, ce qui était arrivé à sa mère et pourquoi Avila devait connaître une mort atroce et lente. Avila commença par protester de son innocence, feignant de s'indigner du sort de Béatrice Jackson. Il comprit assez vite que les capacités de survie si précieuses à un bureaucrate du comté — la capacité de se décharger en un clin d'œil de ses responsabilités et d'égarer des paperasses cruciales — ne lui servaient à rien dans le présent contexte.

Avila estima que mieux valait dire la vérité que de se la faire extorquer sous la torture. Ainsi, la vessie ratatinée par la terreur pure et simple, il avoua tout à Ira Jackson.

Oui, c'était bien lui qu'on avait chargé de certifier conformes les mobile homes de Suncoast Leisure Village. Et oui, il n'avait pas pu effectuer des inspections complètes et en temps voulu. Et — oui, oui ! Que Dieu me pardonne ! — il avait accepté des pots-de-vin pour fermer les yeux sur les violations de la législation en vigueur.

— Tu n'as pas vu ces saloperies de tendeurs pourris ? demanda Ira Jackson, tout en confectionnant un crucifix avec du bois de charpente tombé du toit.

— Non, admit Avila.

— Ni les piquets de fixation.

— Non, je le jure.

— T'as même pas vérifié ?

Ira Jackson donnait des coups de marteau sauvages.

— Je n'ai rien vu, fit Avila, tout morose, parce que je ne me suis pas rendu sur place.

Le marteau d'Ira Jackson resta suspendu en l'air. Avila, qui était attaché aux toilettes cassées d'une salle de bains, baissa les yeux, mimant la honte. C'est alors qu'il s'aperçut que la cuvette des W.-C. grouillait de grenouilles vert clair et de serpents marron tachetés, s'ébattant avec force éclaboussures dans l'eau putride, en dessous de lui.

Il frissonna et dit :

— Je ne suis jamais allé au *trailer park*. Le type m'a fait parvenir l'argent...

— Combien ?

— Cinquante dollars pièce. Il me l'a envoyé au bureau, alors je me suis dit et merde, à quoi bon gaspiller de l'essence ? Au lieu de faire tout ce chemin pour me rendre là-bas, je...

Ici Avila s'interrompit. Il ne lui parut pas nécessaire de révéler qu'il était allé jouer au golf, l'après-midi où il était censé inspecter Suncoast Leasure Village.

— ... bref, j'y suis pas allé.

— Tu me prends pour un con.

— Non, désolé, je regrette infiniment. Pardon.

L'expression d'Ira Jackson fit réexaminer à Avila sa décision de jouer franc jeu. Il était évident que le mangeur de beignets comptait le torturer, dans tous les cas de figure. Ira Jackson se pencha sur le crucifix et se remit au travail.

Élevant la voix au-dessus du raffut, Avila dit :

— Nom de Dieu, si j'avais su ce qu'il faisait avec ses caravanes, il n'aurait jamais eu de permis. Faut me croire, y a pas de somme qui m'aurait fait fermer les yeux sur des piquets sectionnés. Impossible !

— La ferme.

Ira Jackson transporta la croix dans la cour et entreprit de la clouer au tronc d'un pin. Ça avait été un grand arbre luxuriant jusqu'à ce que le cyclone le décapite de neuf mètres ; maintenant, ce n'était plus qu'un poteau recouvert d'écorce.

À chaque nouveau coup de marteau, le moral d'Avila sombrait d'autant. Il adressa une prière à Chango, puis se rabattit sur un Je vous salue Marie, porté par le vain espoir que la supplique catholique traditionnelle se révélerait plus efficace pour conjurer une crucifixion.

Tandis que le New-Yorkais le traînait vers l'arbre, Avila s'écria :

— Je vous en supplie, je ferai tout ce que vous voudrez !

— Très bien, fit Ira Jackson. Je veux que tu crèves.

Il dressa Avila contre la croix, lui entourant les chevilles et les poignets de gaffeur pour réduire ses trémoussements au minimum. Avila ferma les yeux quand il vit le mangeur de beignets attraper son marteau et le lever. À l'instant où le froid de la pointe du clou lui troua la paume, Avila s'évanouit en poussant un jappement de chiot.

Quand il reprit conscience, il s'aperçut que Chango avait exaucé ses prières à l'excès.

16.

À neuf heures tapantes, le 31 août au matin, une brune très mignonne, portant deux danois miniatures, entra dans une succursale de la Barnett Bank à Hialeah et ouvrit un compte au nom de « Néria G. Torres ».

Comme pièce d'identité, la femme produisit une carte grise périmée et une poignée de courrier détrempé. L'employé de la banque lui réclama poliment un permis de conduire ou un passeport, ou tout autre document portant une photo. La femme prétendit alors que l'ouragan avait emporté la plupart de ses papiers personnels, son permis de conduire inclus. Comme l'employé affinait ses questions, la femme s'affola. Bientôt ses petits chiens se mirent à aboyer plaintivement ; l'un d'eux gicla d'entre ses bras, commença à tourner en rond comme un dératé dans l'agence en mordillant les autres clients. Pour calmer le jeu, le banquier finit par accepter la carte grise de la femme comme pièce d'identité. Sa propre tante ayant perdu tous ses papiers d'immigrante dans la tempête, l'excuse de Mrs Torres lui parut plausible. Pour ouvrir le compte, elle fit un dépôt de cent dollars en espèces et affirma qu'elle reviendrait dans quelques jours déposer le gros chèque d'une compagnie d'assurances.

— Vous avez de la chance qu'ils vous règlent si

rapidement, fit observer le banquier. Ma tante en voit de toutes les couleurs avec sa compagnie.

La femme rétorqua que sa maison était assurée par Midwest Assurances.

— J'ai un *super* courtier, ajouta-t-elle.

Plus tard, quand Edie Marsh rapporta l'anecdote à Fred Dove, il l'accueillit avec l'ombre d'un sourire ironique. Étant donné le côté pénible des circonstances, c'était une pauvre compensation.

Edie, Niaqueur et les deux chiens « saucisses de Vienne » tapageurs s'étaient installés dans sa chambre au Ramada. Toute autre location était impossible dans un rayon de cent kilomètres, car tous les hôtels étaient bondés de familles déplacées, de sauveteurs volontaires, de journalistes, d'ouvriers du bâtiment et autres experts d'assurance. Fred Dove se sentait piégé. À sa peur d'être arrêté pour escroquerie se mêlait à présent celle que sa femme n'appelle la chambre du motel, qu'Edie ou Niaqueur ne décroche et que les saucisses de Vienne à pattes ne se mettent à hurler, laissant à Fred le soin d'inventer une explication qu'aucune ménagère de bon sens d'Omaha, Nebraska, n'accepterait jamais de croire.

— Souris, quoi ! lui fit Edie. Tout est réglé à la banque.

— Bien, fit-il d'un ton constipé.

Ce long week-end de tension avait mis à mal les nerfs de l'assureur : Niaqueur, boitillant avec irritation dans la petite chambre du motel, éclusant de la vodka, menaçant d'exploser les danois glapissants avec un gros revolver noir qu'il se vantait d'avoir volé à un agent de police.

Pas étonnant que je sois à cran, se disait Fred Dove.

Pour noircir encore le tableau, partager la chambre exiguë avec Niaqueur et les chiens ne laissait à l'assureur aucun moment d'intimité avec Edie. Non pas qu'il aurait profité de l'occasion pour lui faire des avances ; l'effet rapetissant du précédent coïtus interruptus causé par Niaqueur persistait, surtout que ce dernier ne cessait de titiller Fred Dove sur son préso rouge.

Planait aussi à l'arrière-plan la question des penchants violents d'Edie — l'image déconcertante de l'épisode de la pince s'était gravée au fer rouge dans la mémoire de Fred Dove. Il redoutait qu'elle ou Niaqueur n'en viennent à s'entre-tuer à tout moment.

Edie s'étira près de lui sur le lit.

— Tu es malheureux, observa-t-elle.

— Plutôt, fit l'assureur.

Sa patte folle surélevée, Niaqueur était scotché dans un fauteuil à quatre-vingt-dix centimètres de l'écran de la télé. De temps à autre, il flanquait par désœuvrement une tape à Donald ou Marla en leur disant de la boucler, bordel de merde.

— Sally Jessy, chuchota Edie.

Fred Dove soupira.

À la télé, une femme affublée d'une atroce perruque blonde accusait son beauf édenté de mari de baiser sa sœur cadette. Au lieu de nier, le mari balançait un peu, je veux, et c'est le meilleur coup que j'ai tiré. Illico, la sœurette en question, perruque aussi atroce et édentée *idem,* l'ouvrait pour dire qu'elle en avait jamais assez. Sally Jessy lâchait un gros soupir de consternation, de lassitude et de dégoût, le public du studio la huait et Niaqueur ululait un cri de guerre qui déchaînait les chiens de plus belle.

— Si le téléphone sonne, dit Fred Dove, ne réponds pas, S.V.P.

Edie Marsh n'avait pas besoin de demander pourquoi.

— Tu as des gosses ? fit-elle.

L'assureur répondit qu'il en avait deux, un garçon et une fille. Il crut qu'Edie n'allait pas s'arrêter en si bon chemin et lui demander leur âge, en quelle classe ils étaient et le reste. Mais elle ne parut pas intéressée.

— Haut les cœurs, O.K. ? dit-elle. Pense à ta croisière à Bimini.

— Écoute, je me demandais...

Alors Niaqueur grogna par-dessus son épaule :

— Ça vous ferait rien, tous les deux ? J'essaie de voir cette putain d'émission.

Edie fit signe à Fred de la suivre dans la salle de bains. Il en fut tout ragaillardi, prévoyant une petite pipe discrète ou autre gâterie du même tonneau.

Mais Edie n'avait en tête qu'un endroit où bavarder tranquille. Ils posèrent leur cul sur le rebord de la baignoire. Elle lui caressa la main.

— Raconte-moi, chouchou. À quoi tu penses ?

— O.K., la compagnie m'envoie le chèque...

— Oui.

— Je te le donne, fit Fred Dove. Et tu le déposes à la banque.

— Oui.

— Et ensuite ?

Edie Marsh lui répondit en articulant exagérément, comme une maîtresse d'école s'adressant à un élève exceptionnellement lent à la comprenette.

— *Ensuite,* Fred, je retourne à la banque quelques jours plus tard et je divise le magot en *trois* chèques de quarante-sept mille dollars, *chacun.* Comme convenu.

Pas découragé par son ton condescendant, il fit :

— N'oublie pas les cent dollars que je t'ai filés pour ouvrir le compte.

Edie lui lâcha la main, qu'elle balaya comme un vulgaire cafard de sur ses genoux. Seigneur, quel rat, il les lâchait avec des élastiques !

— Oui, Freddie, je ferai en sorte que ton chèque porte la somme exacte de quarante sept mille *cent* dollars. Ça te va comme ça ? Tu respires mieux ?

L'assureur poussa un grognement tristounet.

— Je respirerai mieux quand tout sera terminé.

Edie Marsh se garda d'informer Fred Dove du coup

de fil passé par la vraie Néria Torres. Elle ne tenait pas à le faire flipper et se retirer de la combine.

— Le meilleur dans ce marché, dit-elle, c'est que personne n'est en mesure de baiser les deux autres. Tu me tiens par ce que tu sais sur moi, je te tiens par ce que je sais sur toi, et tous les deux, on tient Niaqueur par ce qu'on sait sur lui, et c'est pas rien. Voilà pourquoi ça roule impec.

— Son flingue me flanque une frousse bleue, dit Fred Dove.

— On peut pas faire grand-chose. Ce connard, les flingues, ça l'éclate.

À l'extérieur, Donald et Marla se mirent à gratter à la porte de la salle de bains, pire que des blaireaux siphonnés.

— Sortons d'ici, fit Edie Marsh, avant que Niaqueur ne disjoncte.

— C'est dingue !

Edie attira mécaniquement la tête de Fred Dove sur sa poitrine.

— T'angoisse pas, dit-elle, et il fut momentanément transporté dans une vallée chaude et parfumée, où rien de mal ne pouvait lui arriver.

Puis, de l'autre côté de la porte, retentit un coup de feu, les danois aboyèrent comme un seul chien et Niaqueur beugla des insanités.

— Et merde ! s'exclama Edie.

L'assureur se terrait dans son échancrure.

— Qu'est-ce qu'on va faire ? demanda-t-il, au comble de la désolation.

Avila songea : soit je suis mort, soit je rêve.

Parce que ça devait faire bien plus mal que ça d'être cloué sur une croix. Même une seule main, ça devait faire super mal. Je devrais gueuler à pleins poumons, au lieu de pendouiller là, avec juste une douleur sourde. Pendouillant comme un drapeau mouillé à regarder un...

Je *rêve,* c'est obligé.

Parce qu'il n'y a pas de lions en Floride. Et c'est bien ce qu'est ce monstre, un grand lion d'Afrique. Roi de cette saleté de jungle. Et si réel qu'on distingue des taches brun-rouge sur sa gueule. Si réel qu'on sent sa pisse à plein nez. Si réel qu'on entend la colonne vertébrale du mort, Dieu tout-puissant, lui craquer sous les crocs.

Le lion bouffait le mangeur de beignets.

Avila était figé dans la posture d'un épouvantail. Il avait peur ne serait-ce que de cligner. Entre deux coups de dent, le félin relevait la tête, bâillait et se léchait les pattes, secouait sa crinière pour en chasser les moucherons. Avila remarqua que l'une de ses oreilles était estampillée de bleu, mais quelle importance.

L'important, c'était qu'il ne rêvait pas — affirmatif. Le lion existait bel et bien. On l'avait clairement envoyé pour lui sauver la vie.

Et c'était pas le fait du Dieu des cathos — les catholiques n'avaient pas le génie de faire apparaître des démons de la jungle. Non, c'était une divinité plus bizarroïde, plus mystique qui avait répondu à la supplique d'Avila sur la croix.

Gracias, Chango ! *Muchas gracias.*

Quand je rentrerai à la maison, promit Avila à son ange gardien de *santería,* je te ferai une offrande digne de ta royauté. Des poulets, des lapins. J'irai peut-être même jusqu'à une chèvre.

En attendant, implora Avila, éloigne de moi ce lion, je t'en supplie, afin que je puisse m'arracher cette saloperie de clou de la main !

Le félin géant dîna tranquillement, à pas plus de quinze mètres du pin. Le marteau d'Ira Jackson gisait là où il l'avait laissé tomber, aux pieds d'Avila. Aux marques dans le sol, il apparaissait que le mangeur de beignets s'était fait sauter dessus par-derrière, régler son compte vite fait, et traîner jusqu'au carré de broussailles sèches où le lion trônait à présent, veillant avec un soin jaloux sur le cadavre désarticulé et éventré. La chaîne en or d'Ira Jackson dégoulinait comme un spaghetti des babines moustachues du félin. Il la fit disparaître d'un coup de langue.

Les connaissances d'Avila concernant les besoins nutritifs des lions avaient beau être des plus superficielles, il ne pouvait croire que l'animal aurait encore faim après avoir dévoré le substantiel Mr Jackson. En dépit de la douleur qui empirait dans sa main, Avila demeura immobile comme un roc sur sa croix jusqu'à ce que le lion cesse de mâchonner et pique un roupillon.

Avila tourna lentement la tête pour examiner la vilaine plaie : sa paume était barrée de sang coagulé. Le clou avait transpercé le coussinet charnu entre les deuxième et troisième doigts, qui gigotèrent faiblement sous l'injonction muette d'Avila. Victoire morale, en quelque sorte — Ira Jackson n'avait pas brisé d'os importants.

Surveillant d'un œil attentif le lion assoupi et animé par une détermination froide, Avila réussit à libérer sa main valide du gaffeur. Il la tendit lentement et entreprit de détacher le clou qui lui trouait la paume. L'opération lui causa une douleur moins vive qu'il ne l'avait prévu ; peut-être Chango l'avait-il anesthésié, tant qu'il y était.

Par bonheur, le bois du crucifix improvisé était tendre. En moins d'une minute, le clou était retiré et la main d'Avila, délivrée, chut dans un geyser de sang très modeste. Il inséra sa main avec force entre ses genoux qui tremblaient, se mordant la lèvre pour étouffer un cri. Le lion ne moufta pas. Le souffle de ses ronflements faisait voleter les lambeaux brillants de la chemise sport d'Ira Jackson, accrochée comme un bavoir à homard au cou du félin.

Pendant le somme de la bête, Avila désentrava ses chevilles de leurs liens adhésifs. Alors qu'il s'éloignait subrepticement du pin, ses yeux tombèrent sur un morceau d'os en partie mastiqué — infime vestige du mangeur de beignets mais puissant talisman pour de futurs rites de *santería.*

Avila empocha sa prise ensalivée et s'éclipsa.

Skink choisit de passer la nuit à l'arrière du pick-up. Peu après dix heures, Augustin émergea de chez lui avec un sandwich cubain tout chaud et deux bouteilles de bière. Skink eut un clin d'œil appréciateur et se redressa. Il fit un sort au sandwich en quatre énormes bouchées, éclusa la bière et conclut en disant :

— Alors elle est restée.

— Je ne sais pas pourquoi.

— Parce qu'elle n'a jamais rencontré quelqu'un comme toi.

— Ou comme vous, dit Augustin.

— Et parce que son mari s'est piètrement conduit.

Augustin s'affala sur l'aile.

— Elle est ici, et j'en suis content. Ce qui fait de moi la rectitude même — une femme mariée en pleine lune de miel, bon Dieu.

Skink haussa un sourcil broussailleux.

— Jamais descendu si bas ?

— Oh non.

— C'est elle qui a décidé, fiston. Te frappe pas.

L'anxiété, non la culpabilité, rongeait Augustin. Tel qu'il était parti, il allait tomber sous peu amoureux de Mrs Lamb. Combien de parties de câlins embaumées au cœur de la nuit un homme pouvait-il endurer ? Et Bonnie était une câlineuse de braise, même sur le mode platonique. Augustin était ravagé d'inquiétude, sur le gril. Il n'avait aucune chance contre elle, contre ses cheveux fleurant les bougainvillées, contre la ligne veloutée de son cou, contre le bleu jean de ses yeux. Il ne se souvenait pas d'avoir jamais tenu une femme blottie dans ses bras et que ça soit si *bien.* Même ses ronflotements et petits reniflements dans son sommeil l'apaisaient — c'était dire combien dure était sa chute. L'amour est à un baiser près. Comme le disaient Mick et Keith.

Une femme qui venait de se marier. Fabuleux.

Sans s'en rendre compte, Augustin se retrouva à fixer la fenêtre de la chambre d'amis. L'ombre chinoise de Bonnie la traversa derrière les rideaux. Puis la lumière s'éteignit.

Skink le ramena sur terre d'un bon coup de coude.

— Du calme. Rien ne se passera à moins qu'elle ne le veuille bien.

Debout sur le plateau du pick-up, il se livra à une série d'assouplissements et de torsions calisthéniques, accompagnés de grognements asthmatiques phénoménaux. Ces exercices s'éternisèrent vingt bonnes minutes sous les étoiles. Augustin l'observa sans l'interrompre. Ensuite, Skink s'assit lourdement, faisant osciller la camionnette sous son poids.

Il montra la bière qui restait.

— Tu vas boire ça ?

— Servez-vous.

— Tu es un jeune homme patient.

— J'ai tout mon temps, dit Augustin.

À quoi bon presser le bonhomme ?

Skink rejeta la tête en arrière, inclina la bouteille de bière et la vida. Puis il fit pensivement :

— On ne sait jamais comment ces choses vont tourner.

— Peu importe, capitaine. J'y suis en plein.

— O.K. Tiens.

Il tendit à Augustin le morceau de papier que Jim Tile lui avait donné à l'hôpital. Il avait écrit dessus :

Jeep Cherokee noire

BZQ-42F

Augustin fut impressionné que Brenda Rourke ait mémorisé le numéro d'immatriculation, ou quoi que ce soit d'autre, après s'être fait si salement tabasser.

— C'est une plaque volée. Rien de surprenant là-dedans, dit Skink.

— Le conducteur ?

— Blanc, non latino, fin trentaine. Mâchoire déformée, suivant l'agent de police Rourke. Pour couronner le tout, il portait un costume rayé.

Skink reprit sa position affalée. Il se croisa les bras derrière la tête.

Augustin jeta un coup d'œil par-dessus le rebord du pick-up.

— On commence par où ? Ce type pourrait être aussi bien à Atlanta à l'heure qu'il est.

— J'ai une ou deux petites idées, dit le gouverneur.

Augustin ne cacha pas ses doutes.

— Les flics le trouveront les premiers.

— Ils sont tous en double service suite au cyclone. Même les inspecteurs s'occupent de la circulation.

Skink gloussa doucement.

— C'est pas un mauvais moment pour être en cavale.

Augustin sentit quelque chose lui frôler la jambe — le garfield d'un voisin. Quand il tendit la main pour le caresser, le chat se faufila sous le pick-up.

— Je fais ça pour Jim, dit le gouverneur. Ce n'est pas souvent qu'il réclame un coup de main.

— Mais ce n'est pas la seule raison.

Skink acquiesça.

— Vrai. Je raffole pas des têtes de nœuds qui battent les femmes. Et puis le cyclone m'a laissé, comment dire, sur ma faim...

Ça n'avait pas été le cataclysme purgatif qu'il avait espéré et prophétisé. Dans l'idéal, un ouragan devait chasser les populations, pas en attirer. Le nombre élevé de nouveaux arrivants en Floride du Sud était tout bonnement déprimant ; l'envergure morale de tous ces chasseurs de thune était épouvantable — une racaille de magouilleurs, d'arnaqueurs baratineurs et d'opportunistes de sang-froid, sans parler des gangsters purs et durs et autres truands. Précisément le genre d'ordures qui abîmaient le portrait à une dame sans hésiter.

— T'attends pas à ce que je me contrôle, fit Skink.

— Faut pas rêver, fit Augustin.

La lumière s'alluma dans la chambre d'amis. Augustin trouva Bonnie Lamb assise dans le lit. En guise de chemise de nuit, elle portait un long tee-shirt blanc qu'elle avait trouvé dans un tiroir : Tom Petty and the Heartbreakers. Augustin l'avait acheté lors d'un concert à l'Arena de Miami. La fille qu'il avait emmenée au spectacle, le médecin psychotique qui avait tenté par la suite de le taillader sous la douche, avait fait l'emplette d'une chemise noire assortie à ses bottes de motarde. À l'époque, Augustin avait trouvé l'ensemble seyant, dans le genre faussement trash.

— Max n'a pas appelé ? demanda Bonnie.

Augustin vérifia le répondeur. Pas de messages. Il revint dans la chambre le lui dire.

— Je suis mariée depuis une semaine et un jour, dit-elle. Qu'est-ce qui m'arrive ?

Elle remonta ses genoux sur sa poitrine.

— Je devrais être au domicile conjugal.

Tu l'as dit ! songea Augustin. Tout à fait d'accord !

— Vous pensez que mon mari est un con ?

— Pas du tout, mentit Augustin, restant très correct.

— Alors pourquoi n'a-t-il pas appelé ?

Ça n'avait rien d'une question.

— Venez ici, dit Bonnie Lamb.

Elle lui fit de la place sous les couvertures, mais Augustin se positionna chastement au bord du lit.

— Vous devez me trouver complètement dingue, dit Bonnie.

— Non.

— Mon cœur est sens dessus dessous. Je ne peux pas décrire ça autrement.

— Restez aussi longtemps que vous voulez, dit Augustin.

— J'ai envie d'être dans votre camp... et dans le sien à lui. Le kidnappeur.

— Pourquoi ?

— Oh, j'en sais rien. Ça doit venir de Max ou de mon père et ses maquettes d'avions, ou encore de mon enfance malheureuse, même si j'en garde des souvenirs merveilleux. Ça doit bien venir de quelque part. Les petites filles qui sont heureuses et normales ne larguent pas leur mari, une fois grandes, non ?

Bonnie éteignit la lampe.

— Vous voulez vous étendre ?

— Mieux vaut pas, dit Augustin.

Dans le noir, sa main à elle trouva sa joue à lui.

— Voilà l'idée, dit-elle : je crois qu'on devrait dormir ensemble.

— Mais nous avons déjà *dormi* ensemble, Mrs Lamb.

Ce fut dit sans un poil d'hésitation. Augustin se félicita intérieurement — un peu d'humour pour faire tomber la tension.

— Voyons, fit Bonnie. Vous savez très bien ce que je veux dire.

— Faire l'amour ?

— Oh, vous êtes un rapide, vous.

Le saisissant aux épaules, elle le renversa. La tête d'Augustin atterrit sur un oreiller. Avant qu'il ait pu se relever, elle était sur lui et lui bloquait les bras. Elle lui planta, espiègle, son menton dans le sternum. À la lumière qui filtrait en oblique par la fenêtre, Augustin distinguait son sourire, l'éclat de ses yeux et — derrière elle — le mur aux crânes, bouche bée.

— Faire l'amour avec vous m'éclaircira les idées, dit Bonnie Lamb.

— Des électrochocs aussi.

— Je suis tout ce qu'il y a de sérieuse.

— Et tout ce qu'il y a de mariée, dit Augustin.

— Oui, n'empêche que ça commence à vous faire bander.

— Merci du renseignement.

Elle lui lâcha les bras et prit son visage entre ses mains. Son sourire disparut et de la tristesse colora sa voix.

— Jouez pas au plus fin, murmura-t-elle. Vous comprenez pas — que je sais pas quoi faire d'autre. J'ai essayé de pleurer, ça marche pas.

— Pardon...

— Je me sens plus proche de vous que je ne l'ai jamais été de Max. Ça n'est pas bon signe.

— Non, pas très.

— Surtout au bout d'une semaine de mariage. Mon mari — je me sens déjà vieille et invisible quand on est ensemble.

Elle l'empoigna par sa chemise.

— Bon Dieu, vous savez quoi ? Oubliez tout ce que je viens de dire.

— Ouais, d'accord.

— Alors ça vous a traversé l'esprit à vous aussi.

— Ça n'a pas arrêté, avoua Augustin, avant d'ajouter dans un accès de vertu idiot : Mais ça ne serait sûrement pas bien.

Les seins de Bonnie se trouvaient juste en dessous de sa cage thoracique. Ils se soulevaient très légèrement au gré de sa respiration. L'amitié, se remémora-t-il, pouvait être une atroce torture.

— Qu'est-ce qui va se passer maintenant ? demanda Bonnie.

— Bah, mon érection va cesser incessamment sous peu. Alors on pourra tous les deux dormir un peu.

Elle baissa les yeux. Avait-elle rougi ? Difficile à dire dans la pénombre.

— Non, je faisais allusion au gouverneur. Qu'est-ce que vous mijotez tous les deux ?

— Plein de trucs excitants à hérisser le poil et de l'aventure à fond la caisse.

Bonnie se blottit plus près, s'installant pour la nuit. Augustin fut sérieusement tenté de lui caresser les cheveux, de lui embrasser le sommet du crâne ou de suivre du doigt la fameuse ligne de son cou velouté. Mais, pudique jusqu'à la débilité, il s'en empêcha.

Mrs Lamb s'assoupit fort longtemps avant lui. Peu après minuit, le téléphone se mit à sonner dans la cuisine. Augustin ne se leva pas pour répondre, car il ne tenait pas à réveiller sa nouvelle amie. Il aurait probablement pu la repousser délicatement sur l'un des côtés du lit, mais il n'essaya même pas.

Elle dormait si profondément et c'était si bon.

17.

Bonnie Lamb se retourna dans son sommeil sur le coup de trois heures du matin, laissant Augustin libre de répondre au téléphone, qui sonnait à intervalles réguliers depuis des heures.

Naturellement, c'était le mari de Bonnie à New York. Augustin anticipa un échange musclé.

— Qu'est-ce qui se passe ? demanda Max.

— Bonnie va bien. Elle dort.

— Répondez-moi !

— Elle vous a laissé plusieurs messages. Elle n'a pas été en mesure de prendre l'avion...

— Réveillez-la, je vous prie. Dites-lui que c'est important.

Pendant qu'il attendait, Max Lamb repensa à la malveillance sans mélange de sa longue journée pourrie. CNN, MTV et les grands networks avaient relayé la conférence de presse de l'Institut national de la Santé énumérant les dangers des cigarettes Bronco, les grosses vannes de Jay Leno et David Letterman dans les monologues de leurs émissions respectives n'avaient pas manqué de suivre, comme de bien entendu. La « mise au parfum » de MTV était une circonstance particulièrement aggravante, car elle ciblait directement les jeunes fumeuses, composante clé du boom des ventes des Bronco. On s'attendait à des articles en première page, le lendemain matin, dans le *New York Times*, le *Wall Street Journal* et le

Washington Post. « Désastre » était un terme trop faible pour décrire cette crise, alors que le P.-D.G. atrabilaire de Durham Gas Meat & Tobacco se montrait inflexible et insistait pour pratiquer un embargo publicitaire total à l'encontre des publications faisant état des découvertes de l'Institut — autrement dit, la quasi-totalité des journaux et des magazines des États-Unis. L'atmosphère chez Rodale & Burns était funèbre, étant donné les millions de dollars que l'agence risquait de perdre si les annonces presse des Bronco étaient mises au panier. Max Lamb avait passé le plus clair de l'après-midi à essayer d'atteindre le P.-D.G. de D.G.M. & T. à Guadalajara, où on lui administrait trois fois par jour des piqûres de sperme de mouton homogénéisé pour stopper les tumeurs malignes logées dans ses poumons. Des employés de la clinique répondirent à Max Lamb que le P.-D.G. ne prenait aucun appel et refusèrent de lui passer la chambre du vieux schnock.

Et comme si tout cela ne suffisait pas, Max devait maintenant moyenner avec une épouse récalcitrante qui papillonnait au fin fond de la Floride.

— Chéri ? fit Bonnie, la voix enrouée de sommeil.

Max agrippa l'appareil comme si c'était le cou d'un serpent à sonnettes.

— Qu'est-ce qui se passe exactement, là-bas ?

— Excuse-moi, mais accorde-moi encore quelques jours.

— Pourquoi tu n'es pas au motel ?

— Je me suis endormie ici.

— Au milieu de ces crânes ? Bonnie, c'est pas vrai !

Quand Max Lamb était fortement ému, ça se traduisait par un ton à la fois rauque et hystérique que ses collègues comparaient à celui d'un asthmatique sous amphets. Bonnie ne reprochait pas à son mari d'être énervé de la savoir avec Augustin. Hasarder une explication était inutile, car elle-même n'y voyait pas encore très clair. Sa tentative de séduction — *ça,* elle la comprenait. Mais son envie pressante de partir en balade sur les routes avec le gouverneur, son peu d'entrain pour rentrer et commencer sa nouvelle vie de femme mariée... elle nageait là en pleine confusion des sentiments.

— Je me sens toujours patraque, Max. Peut-être que je suis crevée.

— Tu peux dormir dans l'avion. Ou dans un motel, merde.

— D'accord, mon chéri. Je vais prendre une chambre.

— Il t'a fait des avances ?

— Non ! fit Bonnie sèchement. Il s'est comporté en parfait gentleman.

Tout en songeant : là, c'est *moi* qui devrais t'angoisser, mon pote.

— Je ne lui fais pas du tout confiance.

La voix normale et sonore de Max Lamb était de retour, indiquant une baisse salutaire de sa pression sanguine.

Bonnie décida qu'elle ne risquait rien à souligner que, sans Augustin, Max serait toujours kidnappé.

Ce qui provoqua un grincement de dents silencieux à l'autre bout du fil. Puis :

— Il y a quelque chose de pas net chez lui.

— Ah, parce que, toi, t'es parfaitement normal, Max. Toi qui fais des centaines de kilomètres rien que pour filmer des maisons en ruine et des bébés qui pleurent.

Un mouvement d'Augustin attira l'attention de Bonnie. Avec un grand sourire malicieux, il fit apparaître trois gros pamplemousses et se mit à jongler avec, tout en dansant pieds nus autour de la cuisine. Bonnie se couvrit la bouche pour ne pas pouffer dans le combiné.

Elle entendit Max qui disait :

— Je vais au Mexique demain en avion. À mon retour, j'espère bien te retrouver ici.

Bonnie suivait des yeux le vol des agrumes.

— Bien sûr que j'y serai.

La promesse lui parut si faiblarde qu'il était impossible que son mari l'ait crue. Bonnie ressentit une vague de tristesse. Max n'était pas idiot ; il savait sûrement que quelque chose clochait. Elle inspira lentement et profondément. Augustin s'éclipsa de la cuisine et la laissa seule.

— Bonnie ?

— Oui, mon chéri.

— Tu ne veux pas savoir ce que je vais faire au Mexique ?

— Au Mexique, répéta-t-elle pensivement. Avant de se dire : il va au *Mexique.*

Et de lui demander : Tu pars longtemps, Max ?

Et de *se* demander : Étrange, cette femme qui n'a pas froid aux yeux et qui s'est glissée dans ma peau, d'où sort-elle ?

Avila ne souffla mot à sa femme de son flirt angoissant avec la crucifixion, car elle l'aurait remodelé en parabole christique avant d'en faire profiter tout le voisinage. Une fois déjà, la femme d'Avila avait vu le visage de la Vierge Marie dans une crêpe aux arbouses et téléphoné à toutes les stations de télé de Miami. Jusqu'où ne serait-elle pas allée avec une histoire où figurait un lion ?

S'enfermant à clé dans la salle de bains, Avila banda sa main qui l'élançait et attendit que sa moitié s'en aille faire ses courses à l'épicerie. La route une fois libre, il s'empara d'une pelle dans le garage, se faufila dans la cour où il déterra une boîte Tupperware pleine d'argent liquide, enfouie sous un manguier. Cette somme était la part du frère de sa femme dans un deal de marijuana à la petite semaine. Le beau-frère d'Avila séjournait dans une prison d'État suite à de nombreuses condamnations sans rapport avec l'herbe, aussi Avila et sa femme avaient-ils accepté de « baby-sitter » ce fric jusqu'à sa libération conditionnelle à savoir au tournant du siècle ou dans ces eaux-là. Avila désapprouvait de faire main basse sur les économies d'un proche parent, mais c'était un cas d'urgence majeure. Si Gar Whitmark ne récupérait pas sur-le-champ ses sept mille dollars, il préviendrait la police et ferait jeter Avila en taule, dans la même cellule qu'un pervers vorace. Whitmark avait ce pouvoir-là, du moins Avila le croyait-il.

Il creusait avec l'énergie du désespoir pour récupérer le Tupperware, ignorant la douleur de la plaie faite par le clou. Il était aiguillonné par la puanteur putride et douceâtre des mangues pourries et la crainte que l'un de ses parents par alliance ne survienne à l'improviste — Avila tenait à ce que personne ne sache qu'il s'était fait blouser par l'un de ses propres couvreurs ripoux. Il déterra le container sans difficulté et en força le couvercle. Il en retira soixante-dix billets humides de cent dollars dont il bourra une de ses poches. Mais quelque chose clochait : on aurait dit qu'il manquait de l'argent dans la cache de son beau-frère. Avila vit ses soupçons confirmés par un rapide décompte : il y avait quatre mille dollars en moins dans le Tupperware.

Les salopes ! Avila était fumasse. Elles ont encore perdu au Bingo miccosukee. Sa femme et sa belle-mère étaient quasi accros à ce truc.

Affronter les deux femmes aurait fait grand plaisir à Avila, mais cela aurait révélé son propre chapardage clandestin. Tristement, il enfouit à nouveau le Tupperware et dissimula la terre remuée sous un tapis de feuilles et de gazon coupé. Puis il roula jusqu'au Gar Whitmark Building, où on le fit poireauter une heure et demie dans le vestibule, comme le premier péon venu.

Quand une secrétaire finit par l'introduire dans le

bureau privé de Gar Whitmark, Avila gâcha toutes ses chances d'un entretien courtois en demandant tout à trac au magnat ce qu'il avait collé sur le caillou, c'était un champignon ou quoi ? Avila, qui n'avait encore jamais vu d'implants capillaires, n'avait pas eu l'intention de se montrer grossier, mais Gar Whitmark réagit de façon explosive. Il précipita Avila d'une poussée sur le sol, lui arracha les sept mille dollars des mains, pesant de tout son poids sur sa poitrine et l'invectivant à tout va. Whitmark n'était pas très grand, mais il était en pleine forme, grâce à de nombreux après-midi de tennis au country-club. Avila choisit de ne pas résister ; il pensait déjà procès. Whitmark, les yeux exorbités par la rage, l'injuria à en perdre le souffle, sans lui donner un seul coup de poing. Au lieu de ça, il se releva, lissa le plastron de son costume italien, remit sa cravate d'aplomb et présenta à l'escroc ébouriffé un devis détaillé de l'entreprise Killebrew Roofing Co d'un montant vertigineux : 23 250 dollars !

Avila, déconfit, ne fut pas complètement surpris : Whitmark avait choisi les meilleurs, partant les plus chers, couvreurs de toute la Floride du Sud. Et aussi les plus honnêtes. De sa période d'inspecteur ripou, Avila se rappelait avec aigreur les rares fois où il avait tenté d'extorquer des bakchichs aux équipes de Killebrew et où il s'était fait jeter des chantiers comme un malpropre. Killebrew, tout comme Gar Whitmark, avait le bras long en ville.

Avila fit mine d'étudier le devis tout en mijotant une réponse diplomatique.

— Les travaux démarrent la semaine prochaine, dit Whitmark. Veille à accorder tes violons, financièrement parlant.

— Mais merde, j'possède pas vingt-trois mille dollars.

Là — il l'avait dit.

— Tu vas me faire chialer, fit Gar Whitmark, grinçant des dents.

De sa main bandée, Avila agita le devis Killebrew avec une indignation tiédasse.

— Je pourrais faire le même boulot pour moitié moins !

Whitmark eut un reniflement méprisant.

— Je te laisserais même pas poser le toit d'une niche, bordel.

Il tendit à Avila la photocopie d'une coupure de presse.

— À toi de voir : ou bien tu allonges le fric ou bien tu vas en taule. *Comprende, señor Coño ?*

L'article de journal disait que le State Attorney de Dade County nommait un bataillon spécial de procureurs pour décider de mesures énergiques contre les entreprises malhonnêtes qui prenaient pour proies les victimes du cyclone.

— Un coup de fil et direction le motel où on encule gratis, dit Whitmark.

Avila baissa la tête. La vue de ses ongles noirs lui rappela le Tupperware enterré. Putain, il ne restait dedans que douze mille, treize mille dollars à tout casser. Il était baisé.

— Ma femme est encore toute chamboulée, suite à ce que tes gars lui ont fait. T'en croirais pas tes yeux si je te montrais la note du pharmacien.

Sur ce, Whitmark montra la porte à Avila et le congédia.

— On en reparlera, dit-il, d'un ton menaçant.

Sur le chemin du retour, Avila récapitula les choix à sa portée avec abattement. Combien de fois pouvait-il se tourner vers Chango sans L'offenser ou paraître égoïste ? Toutefois le prêtre *santero* qui avait initié Avila n'avait pas fait état d'une restriction numérique quelconque quant aux requêtes surnaturelles. Ce soir, décida Avila, je sacrifierai un bouc — non, *deux* boucs !

Et demain je me lance aux trousses de ce salopard de Niaqueur.

L'Église de la Haute Rumination pentecôtale, dont le siège était basé à Chicoryville, Floride, se consacrait à toutes les catastrophes naturelles de l'hémisphère occidental. Tremblements de terre, inondations et zones sinistrées par les cyclones offraient un terreau fertile pour convertir et recruter de pauvres pécheurs. Moins de trente-six heures après que l'ouragan meurtrier eut ravagé Dade County, une équipe rodée de sept missionnaires de la Rumination fut dépêchée sur place dans un minivan Dodge en leasing. Les lits étant une denrée rare, ils partagèrent donc la même chambre au Ramada Inn, près de l'autoroute à péage. Aucun n'éleva de plainte.

Chaque matin, les missionnaires prêchaient, consolaient et distribuaient des brochures. Puis ils allaient faire la queue pour avoir un repas gratuit au village de tentes de l'armée, avant de s'en retourner au motel pour deux heures de méditation contemplative et de parties de rami. Le Ramada offrait les programmes du câble, ce qui permettait aux Ruminateurs de voir une demi-douzaine de programmes religieux différents à toute heure du jour. Un après-midi, en l'absence d'un prédicateur strictement pentecôtal, ils se rabattirent sur Pat Robertson et le *Club 700.* Si les Ruminateurs ne partageaient pas la vision paranoïaque du monde de Robertson, ils admirèrent son style « question de vie ou de mort » pour collecter des fonds et espérèrent y puiser quelques tuyaux.

Vers la fin de l'émission, le révérend Robertson ferma les yeux et se mit à prier. Les Ruminateurs joignirent les mains — pas une tâche facile, puisque quatre d'entre eux étaient sur un lit et les trois autres, sur l'autre. Ils ne reconnurent pas une prière des Écritures ; il était évident que le révérend Robertson l'avait composée lui-même, puisqu'elle comportait plusieurs références à sa boîte postale en Virginie. Néanmoins, c'était plutôt une bonne prière, faite avec ferveur, et les frères Ruminateurs la prisèrent fort.

À peine le révérend Robertson eut-il exhalé le mot « Amen » que la chambre du motel fut ébranlée par une détonation étouffée et le poste de télévision implosa sous le regard effaré des missionnaires. Le révérend Robertson et son strabisme se vaporisèrent en une nuée de fumée bleue âcre et ses implorations geignardes s'éteignirent dans une pluie de débris de verre. Les Ruminateurs descendirent pêle-mêle des lits, tombèrent à genoux et entonnèrent le cantique, *Plus près de Toi, mon Dieu.* C'est ainsi que les découvrit le directeur du Ramada, un quart d'heure plus tard, quand il vint s'excuser.

— Y a un connard au rez-de-chaussée qui a tiré avec un .357, les informa-t-il.

Le cantique cessa. Le directeur du motel repoussa le cadavre du poste de télévision loin du mur et désigna un trou qui déchiquetait la moquette.

— La balle, expliqua-t-il. Vous inquiétez pas. Je les ai foutus dehors.

— Une arme ? s'écria l'un des Ruminateurs seniors, sautant sur ses pieds.

— Et c'est pas le pire, fit le directeur du motel. Ils avaient des chiens dans la chambre ! Vous imaginez ? En train de mâchouiller les dessus-de-lit et Dieu sait *quoi.*

Il promit aux Ruminateurs de leur fournir une autre télé, mais leur recommanda de mettre leur cantique en sourdine, afin de ne pas déranger les autres clients.

— Tout le monde est à cran, précisa le directeur, un peu inutilement.

Après son départ, les missionnaires fermèrent la porte à clé et tinrent une réunion solennelle. Admettant qu'ils avaient fait le maximum pour le bon peuple de Floride du Sud, ils bouclèrent leurs valises en quatrième vitesse.

— Champion, c'est le mot.

Niaqueur dit à Edie Marsh de la fermer et d'arrêter de le faire chier à mort avec ça. Ce qui est fait est fait.

— Ah non, c'est pas vrai, je rêve, nous faire foutre à la porte de la seule chambre d'hôtel entre ici et Daytona. Génial, absolument génial.

Avec un sifflement gazeux, Niaqueur s'affaissa dans le fauteuil relax. Elle manquait pas d'air de venir le gonfler après lui avoir bousillé la jambe avec cette pince. Qui serait pas d'une humeur de merde avec une saloperie de genou enflé comme un jambon de Georgie ?

— C'est de votre faute, à toi et ces clebs, dit-il. Allez, file-moi une Coors.

En revenant vers la maison Torres, ils s'étaient arrêtés dans un 7-11 pour se ravitailler en carburant, glace et autres provisions. Fred Dove avait acheté du Tylenol et des Tic-Tac au peppermint avant d'entamer lugubrement un après-midi d'expertises de dommages causés par le cyclone. Il démarra avec le regard vide d'un homme dont la vie avait été soudain détruite.

Edie Marsh sortit une bière de la glacière et la lança de bas en haut à Niaqueur.

— On a de la veine de ne pas être en prison, répéta-t-elle pour la énième fois.

— Les clébards voulaient pas la fermer.

— Alors t'as tiré dans le plafond.

— En plein dedans.

Niaqueur réajusta le bas de sa mâchoire pour l'adapter au filet de sa Coors. Il rappela Popeye à Edie, qui regardait autrefois ses aventures en dessin animé, le samedi.

— Je vais leur faire la peau à ces cabots de merde, dit-il. Cette nuit, quand tu dormiras. Et ça me laissera encore trois balles, alors te fais pas d'idées.

— Wouah, t'es un génie des maths, en plus de tes multiples talents, fit Edie.

— Tu me crois pas ?

— Les chiens sont attachés dehors. Ils n'embêtent personne.

Quand Niaqueur eut fini sa bière, il écrasa la boîte et la balança sur la moquette. Puis il sortit le pistolet et se mit à faire tourner le barillet, un truc qu'il avait piqué dans un film, ça crevait les yeux. Edie Marsh l'ignora. Elle alla dans le garage remettre du carburant dans le groupe électrogène — il leur fallait du courant pour faire marcher la télé, sans laquelle Niaqueur deviendrait ingérable.

Bingo, quand elle revint dans le salon, il était planté, au septième ciel, devant l'émission d'Oprah Winfrey.

— C'est sur des putes, l'informa-t-il, l'œil rivé à l'écran.

— Ton jour de chance.

Edie Marsh se sentait poisseuse de transpiration. Le cyclone avait éventré les gaines du système sophistiqué de climatisation de Tony Torres. Même si l'installation avait marché, il n'y avait ni portes ni fenêtres ni toit pour retenir l'air frais à l'intérieur. Edie alla à la salle de bains et troqua sa tenue « spécial banque » contre un short coûteux en lin blanc de Mrs Torres et un pull à manches courtes beige. Elle aurait été inconsolable si ces vêtements d'emprunt lui étaient allés comme un gant, mais Dieu merci, ce n'était pas le cas ; Mrs Torres faisait facilement trois tailles de plus qu'elle. Leur ampleur informe procurait une ventilation bienvenue par cette humidité tropicale et n'était pas totalement désavantageuse.

Edie Marsh appréciait son nouveau look dans la glace quand le téléphone se mit à sonner. Niaqueur lui gueula décroche, nom de Dieu !

Peu portée sur les prémonitions, Edie en ressentit une fortement, et qui se vérifia. Quand elle répondit au téléphone, une opératrice de l'interurbain lui demanda si elle acceptait le P.C.V. d'une « Néria de Memphis ».

Memphis ! La garce se dirigeait vers le sud !

— Je ne connais personne du nom de Néria, fit Edie, s'efforçant de garder son calme.

— C'est bien le 305-443-1676 ?

— Je n'en suis pas sûre. Écoutez, j'habite pas ici — je passais devant la maison quand j'ai entendu le téléphone sonner.

— M'dame, S.V.P...

— Mademoiselle, au cas où vous seriez pas au courant, y a eu un terrible cyclone dans le coin !

Puis la voix de Néria :

— Je veux parler à mon mari. Demandez-lui si Antonio Torres est là.

— Écoutez, la maison est vide, reprit Edie Marsh. Je passais devant et j'ai pensé que c'était peut-être un parent qui appelait. Qu'il y avait urgence, aussi bien. Le type qui habitait ici, il est parti. Il a chargé ses affaires dans une camionnette Ryder et s'est tiré vendredi. À New York, c'est ce qu'il a dit.

— Merci, fit l'opératrice.

— Quoi ! C'est quoi votre nom, madame ? demanda Néria d'un ton surexcité.

— Merci, répéta l'opératrice, tâchant d'abréger la conversation.

Mais Edie était lancée.

— Il était avec une jeune femme, ils avaient loué une camionnette. C'était peut-être sa femme. Elle avait dans les vingt-trois, vingt-quatre ans. Et de longs cheveux blonds.

Et Néria d'exploser :

— Mais non, c'est moi, *sa femme* ! Et c'est ma maison !

Bien sûr, songea Edie, maintenant qu'il y a l'argent de l'assurance dans l'air, on largue le prof accro au

Nutella et on rapplique ventre à terre chez ce bon vieux bibendum de Tony.

— À Brooklyn, fit Edie embellissant son roman. Je crois bien qu'il a dit qu'il allait à Brooklyn.

— Le fils de pute, gémit Néria.

L'opératrice demanda sèchement à Mrs Torres si elle désirait essayer à un autre numéro. Pas de réponse. Elle avait raccroché. Ce que fit Edie Marsh, elle aussi.

Son cœur battait la chamade contre ses côtes. Sans y prendre garde, elle frotta ses paumes moites sur le derrière du ravissant short en lin de Mrs Torres. Puis elle gagna vite fait le garage où elle dénicha une paire de petites pinces coupantes à manche vert.

Depuis le salon, Niaqueur donna de la voix.

— C'était qui, merde ? Encore bobonne ?

En entendant la porte du garage, il gueula :

— Ho ! Je te parle !

Edie Marsh ne l'entendit pas. Elle se faufila jusqu'à la maison d'à côté pour sectionner les fils du téléphone afin que Néria Torres ne puisse pas appeler Mr Varga et vérifier la fable insensée de Tony, la jeune blonde et la camionnette Ryder.

La plaque d'immatriculation de la Cherokee noire avait été volée à une Camaro, le lendemain matin du cyclone, dans un lotissement du nom de Turtle Meadow. C'est là qu'Augustin se rendait quand Skink lui ordonna de faire halte devant un village de tentes de fortune, que la Garde nationale avait dressé pour tous les sans-abri de l'ouragan.

Skink bondit du pick-up et s'enfonça entre les rangées de tentes ouvertes. Bonnie et Augustin restèrent quelques pas en arrière à contempler cette scène de désolation, plutôt dégrisante. Des yeux sidérés les suivaient. Des hommes et des femmes, apathiques, étaient vautrés sur des lits de camp de l'armée, des ados au regard morne pataugeaient pieds nus dans des flaques laiteuses, des enfants s'accrochaient farouchement aux nouvelles poupées que leur avait distribuées la Croix-Rouge.

— Pauvres chères âmes ! s'écria Skink, faisant des moulinets de ses bras simiesques, au comble de l'agitation.

Les soldats supposèrent qu'encore sous le coup du cyclone il manifestait un syndrome commotionnel. Et le laissèrent tranquille.

Au bout d'une file indisciplinée, des membres de la Garde nationale distribuaient des litres d'Évian en plastique. Skink continuait à avancer rondement. Un petit garçon en couche-culotte crottée lui coupa le chemin à l'improviste. D'une main, il cueillit l'enfant et l'éleva à hauteur de ses yeux.

Bonnie fila un coup de coude à Augustin.

— Qu'est-ce qu'on fait ?

Quand ils arrivèrent près de Skink, ils l'entendirent chanter d'une voix tendre et étonnamment haut perchée :

Ce n'est qu'une boîte de pluie
Je ne sais qui l'a posée ici.
Crois-le, si tu en as besoin, oui,
Ou bien laisse-la si tu l'oses, oui.

Le petit garçon — deux ans à peine, estima Bonnie — était joufflu avec des cheveux châtains bouclés et une égratignure sur le front, déjà en train de guérir. Il portait une chemise de coton sans manche avec le logo de Batman. Il sourit à la chanson et tira avec curiosité sur une touffe argentée de la barbe de l'inconnu. Un léger brouillard tombait de la bousculade des nuages.

Augustin posa la main sur l'épaule de Skink.

— Capitaine ?

— Comment tu t'appelles ? demanda Skink au garçonnet.

La réponse fut un gloussement timide. Skink dévisagea l'enfant.

— T'oublieras jamais, hein ? Les cyclones sont un avis d'expulsion de Dieu. Va le dire à ton peuple !

Il se remit à chanter d'un ton nasal que lui imposèrent les doigts minuscules qui lui pinçaient les narines.

Et ce n'est qu'une boîte de pluie
Ou qu'un ruban dans tes cheveux.
Tant et tant de temps pour être parti
Et si peu, si peu pour être ici.

L'enfant applaudit. Skink l'embrassa légèrement sur le front.

— T'es un bon compagnon, fiston. T'as l'esprit d'aventure ?

— Non !

Bonnie s'avança.

— On ne le prend pas avec nous. N'y songez même pas.

— Il adorerait ça, non ?

— Capitaine, je vous en prie.

Augustin prit le petit garçon et le tendit à Bonnie, qui s'empressa d'aller retrouver les parents avant que l'homme des bois ne change d'avis.

Le ciel d'étain s'emplit d'un fort bourdonnement saccadé. Des gens qui faisaient la queue pour l'Évian pointèrent le doigt vers un essaim d'hélicoptères vert olive de l'armée, volant à basse altitude. Les hélicos se mirent à effectuer des cercles, faisant voleter et claquer au vent les toiles de tente. Très vite, un cortège de véhicules de police, de voitures officielles, de Blazer Chevrolet noires et de cars de reportage télé envahirent le périmètre.

— Notre commandant en chef, fit Skink.

Cinq agents du service secret descendirent de l'une des Blazers, suivis par le Président. Il portait, par-dessus sa chemise et sa cravate, un ciré bleu marine avec un écusson sur la poitrine. Il salua de la main les caméras de télévision, puis se mit à serrer compulsivement les mains du moindre garde national ou soldat de l'Armée de terre qu'il voyait. Ce comportement singulier aurait pu continuer jusqu'au crépuscule si l'un des nombreux assistants du Président (lui aussi en ciré bleu) ne lui avait chuchoté quelque chose à l'oreille. À ce moment-là, on fit avancer une famille d'authentiques réfugiés du cyclone, soigneusement sélectionnée et passée au crible parmi les masses en nage, pour rencontrer le Président et être prise en photo avec lui. Incontournable dans le tableau, on notait le tout petit amour d'enfant, sur la tête duquel le leader du monde libre se donna la peine de déverser zézaiements et caresses. La prise de vues dura moins de trois minutes, après quoi le Président reprit sa fraternisation obsessionnelle avec le moindre porteur d'uniforme. Ces manifestations d'affection contrefaite s'étendirent à un officier à cheveux de neige de l'armée du Salut locale, autour duquel le commandant en chef passa un bras vigoureux.

— Au fait, quelle est votre unité ? pépia-t-il à l'adresse du vieux de la vieille, complètement déboussolé.

À quelques pas de là, Augustin se tenait les bras croisés.

— Pathétique, dit-il.

Skink approuva.

— Vise son œil vitreux. Y a rien de pire qu'un républicain sous Halcion.

À peine Bonnie de retour, ils partirent pour Turtle Meadow.

18.

Skink avait trouvé l'adresse dans le rapport de police, une fleur de Jim Tile. Les boîtes aux lettres et les plaques des rues étaient par terre, donc il leur fallut chercher un peu pour découvrir la maison. En raison de sa mine respectable et clean, Augustin fut envoyé en éclaireur. Skink attendait à l'arrière du pick-up, chantant le refrain de *Ventilator Blues*. La chanson ne disait rien à Bonnie Lamb, mais elle appréciait la voix de bluesman de Skink. Elle resta près de la camionnette, gardant l'œil sur lui.

Augustin fut accueilli à la porte par une femme à l'air exténué, en robe d'intérieur rose.

— Le policier avait dit que vous passeriez, dit-elle.

Son ton était aussi morne que son regard était éteint ; le cyclone l'avait anéantie.

— Ça fait quelque chose comme trois jours que j'ai appelé les flics.

— On nous presse comme des citrons, dit Augustin.

Toute la famille — le mari, les quatre enfants, les deux chats — bivouaquait dans la chambre des parents, sous le seul morceau de toit que l'ouragan n'ait pas soufflé. Le père portait un débardeur résille, un short informe, des sandales et une casquette des Indians de Cleveland. Il avait une barbe poivre et sel de deux jours. Il s'occupait d'un petit réchaud Sterno sur la coiffeuse ; six boîtes de haricots au lard étaient alignées, couvercle ôté. Les gosses étaient scotchés à leurs Game Boy à piles, bip-bipant comme des radars miniatures.

— On n'a toujours pas de courant, dit la femme à Augustin.

Elle informa son mari que c'était là l'homme que la police de la route leur envoyait rapport à la plaque d'immatriculation volée. Le type demanda à Augustin pourquoi il n'était pas en uniforme.

— Parce que je suis inspecteur en civil, dit Augustin.

— Oh.

— Racontez-moi ce qui s'est passé.

— Ces quatre gosses se sont arrêtés et ont piqué la plaque de ma Camaro. J'étais dans le jardin, à enterrer les poissons — vous voyez, après la coupure d'électricité, on s'est retrouvés avec l'aquarium plein de guppies morts...

— De mollies voiliers, rectifia l'un des gamins.

— Bref, j'ai dû enterrer ces saletés avant qu'elles nous empestent. C'est à ce moment-là que la Jeep s'est radinée, avec quatre types de couleur dedans et la stéréo, à fond. Ils ont pris un tournevis et se sont attaqués à la Camaro. Juste sous mon nez !

— J'ai trouvé que ça sentait le roussi et j'ai emmené les enfants dans la chambre, dit la femme.

Son mari versa le contenu de deux boîtes de haricots au lard dans un petit faitout qu'il tint au-dessus de la flamme bleu roi du réchaud.

— Alors, j'leur ai couru après avec une pelle en leur disant non, mais où est-ce que vous vous croyez, et l'un des frangins a sorti un flingue et m'a dit d'aller me faire... inutile de vous faire un dessin. J'ai pas discuté, j'ai reculé aussi sec. Me faire buter pour une plaque minéralogique, c'était pas exactement *mon* plan, vous comprenez.

— Alors qu'est-ce qui s'est passé ? demanda Augustin.

— Ils ont collé la plaque sur la Jeep et ils se sont cassés. On entendait leur pseudo-musique à dix kilomètres.

— David a un pistolet et il sait s'en servir, mais..., ajouta sa femme.

— Pas pour défendre une plaque à trente dollars, acheva son mari.

Augustin félicita David de sa pondération.

— Laissez-moi revérifier que c'est bien le même numéro.

Il sortit le bout de papier plié et lut à haute voix :

— BZQ-42F.

— Oui, fit David, mais la plaque est plus sur cette Jeep.

— Comment le savez-vous ?

— Parce que je l'ai vue l'autre jour, qui roulait dans Calusa Drive.

— La même ?

— Une Cherokee noire. Jantes alu, vitres fumées. Je parierais la baraque que c'est la même. Si je me base sur les bavettes.

Sa femme tiqua.

— Parle-lui-en, fit-elle.

— Des bavettes comme ça on n'en voit que sur les super gros culs. Vous savez, pour frimer, avec des femmes à poil collées dessus.

— Chromées, fit la femme. C'est comme ça qu'on a su que c'était la même...

— C'est où Calusa Drive ? demanda Augustin.

— ... sauf que c'était un Blanc qui tenait le volant.

— De quoi il avait l'air ?

— Pas sympa, fit le mari.

— Surveille les haricots, David, fit la femme. Parle-lui de la musique.

— C'est l'autre truc, dit David, remuant le contenu du faitout. Y avait la même stéréo à fond, tout pareil que les gosses black. Sauf que c'était pas du rap, mais Travis Tritt. J'ai trouvé ça plutôt bizarre, ce type en costard-cravate qui s'écoutait du Travis Tritt dans une Jeep relookée négro.

— David !

La femme rougit, choquée pour de bon. Augustin apprécia. Il supposa qu'elle était l'élément fort du couple.

Son mari, s'excusant à moitié de son dérapage de langage, enchaîna :

— Bof, vous voyez ce que je veux dire. Tous ces chromes et ces machins fumés, ça collait pas avec le bonhomme.

Augustin se rappela la description qu'avait donnée Brenda Rourke de son assaillant.

— En costard-cravate, vous êtes sûr ?

— Ma main à couper.

— On s'est dit que c'était peut-être le boss, reprit sa femme. Que peut-être les gosses qui ont volé notre plaque travaillent pour lui.

— Possible, concéda Augustin.

Ça lui plaisait assez de jouer au flic, à fureter sur les pistes fraîches.

— Vous avez dit qu'il avait pas l'air sympa. Qu'entendez-vous par là ?

David servit des cuillerées de haricots dans des bols de faïence assortis.

— Sa gueule, fit-il. Pas le genre qu'on oublie.

— On allait chercher de la glace au Circle K, reprit sa femme. D'abord, j'ai cru qu'il portait un masque d'Halloween, le type de la Jeep, tellement il était bizarre — Jérémie, attends, c'est trop chaud !

Elle intercepta son fils cadet, qui tendait la main vers les haricots.

Augustin les remercia de leur coopération, au nom de la police du comté de Dade. Il leur promit de faire de son mieux pour retrouver la plaque volée.

— Une dernière question.

— Où est Calusa Drive ? fit David en souriant.

— Pile poil.

— Margo va vous dessiner un plan sur une serviette en papier.

L'épouse d'Avila le retrouva en train de se tortiller sur le sol du garage, près de la Buick. Il saignait à l'aine, grandement perforée. L'un des boucs du sacrifice, anticipant son sort, l'avait encorné.

— Où sont-ils ? demanda à Avila sa femme, en espagnol.

Les dents serrées, ce dernier avoua que les deux boucs s'étaient échappés.

— Yé té l'abais dit ! Yé té l'abais vien dit ! s'écria sa moitié, repassant à l'anglais. Elle fit rouler Avila sur le dos et ouvrit son pantalon pour examiner la blessure de plus près.

— T'as véssoin d'ouné piqouré antititanic, dit-elle.

— Emmène-moi chez le docteur.

— Pas dans ma *coche* ! Yé beux pas du *sangue* sour los couzins.

— Alors aide-moi à aller jusqu'au pick-up, bordel de merde.

— Tou bas tout mé saliré.

— Tu veux que je crève ici par terre ? C'est ça que tu veux ?

Avila avait acheté les boucs au neveu d'un prêtre *santero* de Sweetwater. Le neveu en question possédait une ferme où il élevait des coqs de combat et du bétail pour les holocaustes. Les deux boucs, qui avaient coûté à Avila la bagatelle de trois cents dollars, ne s'entendaient pas. Ils s'étaient donné des coups de corne et de sabot sans discontinuer pendant le trajet de retour jusqu'à la maison d'Avila. Bon gré, mal gré, il avait réussi à faire entrer de force les deux bêtes dans le garage, mais, avant d'avoir pu attacher leurs longes et refermer la porte, un flot de sauvagerie avait envahi leurs grands yeux d'ambre. Avila se demanda s'ils avaient senti la présence surnaturelle de Chango ou simplement flairé le sang et les entrailles des anciennes victimes sacrificielles de la *santería.* En tout cas, les boucs devinrent absolument fous furieux et détruisirent, entre autres articles, une tondeuse à gazon en parfait état de marche. Le plus gros des deux laboura proprement Avila de sa corne avant d'aller claquer des sabots ailleurs dans le voisinage.

L'épouse d'Avila le morigéna d'abondance pendant le trajet jusqu'à l'hôpital.

— *Tres centos dollares !* T'as perdou la voulé, poutain !

Quand elle jurait, elle laissait tomber l'espagnol pour revenir à l'anglais, à l'éventail blasphématoire plus riche et plus tonitruant.

Avila montra les dents.

— Viens pas me parler d'argent à moi ! Toi et *mamí,* vous avez perdu la peau du cul au bingo des Miccosukee, non ? Alors me balance pas que c'est moi qui perds la boule !

Il examina sa blessure ; elle était de la taille d'une pièce de cinquante cents. Le saignement avait cessé, mais la douleur le brûlait. Il se sentait moite et légèrement sonné.

Oh Chango, songea Avila. Qu'ai-je fait pour m'attirer ta colère ?

Aux urgences, une infirmière très pro l'aida à s'étendre sur une civière et le relia à un délicieux goutte-à-goutte de Demerol. Avila raconta au médecin qu'il était tombé sur l'asperseur de sa pelouse tout rouillé. Ce dernier lui rétorqua qu'il avait eu de la veine de ne pas se sectionner une artère. Il s'enquit du bandage sale qu'Avila arborait à la main gauche ; celui-ci prétendit qu'il s'était fait une méchante ampoule en jouant au golf. Pas de quoi s'inquiéter.

Avec le reflux de la douleur, son mental sombra dans le flou en chute libre. La gueule en biais de Niaqueur lui apparut au milieu d'un nuage.

Je te retrouverai, coño ! se jura Avila.

Mais comment ?

Nageant entre deux eaux, il se rappela le soir où ils avaient lié connaissance. C'était dans un club de LeJeune Road. Niaqueur était au bar en compagnie de deux filles d'un *escort service*. Elles étaient plâtrées de mascara et coiffées de façon ébouriffante. Avila fit ami-ami avec eux. Il avait du fric plein les poches, car peu de temps auparavant il venait d'encaisser un pot-de-vin d'un détaillant de bardeaux en fibre de verre d'une durabilité contestable. Les putes apprirent à Avila que leur *escort service* s'appelait Le Choix des gentlemen et qu'il était ouvert sept jours sur sept. Elles lui dirent aussi que Niaqueur était un client régulier, un de leurs meilleurs, et qu'il les régalait en ville pour fêter son prochain séjour en taule de trois à cinq ans, au cours duquel il serait en manque cruel de chattes, pros ou pas. Niaqueur raconta à Avila qu'il avait buté un dealer, une tête de nœud dont personne n'avait rien à battre. Les procs l'avaient laissé plaider l'homicide involontaire et, avec un peu de pot, il serait sorti de cabane au bout de vingt mois. Avila ne crut pas un mot de ce que disait ce type, tout en songeant que la mention de l'homicide involontaire avait dû faire un effet bœuf sur les gonzesses. Il paya plusieurs tournées à Niaqueur et aux deux prostituées, dans l'espoir d'éveiller la générosité de ce dernier. Et ce fut exactement ce qui se passa. Quand Avila revint des toilettes, celle qu'il aimait le mieux — une blonde platine très sociable du nom de Morgana — lui susurra à l'oreille que Niaqueur avait dit que c'était O.K., tant qu'Avila payait sa part. Sur ce, ils avaient gagné tous quatre un hôtel pouilleux sur West Flagler et s'en étaient payé une tranche. Morgana se révéla douée d'imagination, pleine d'énergie et valoir le fric du pot-de-vin.

Ces souvenirs sous narcotiques détournèrent l'attention d'Avila de la vigoureuse opération de suture pratiquée sur un triangle rasé de frais, douze centimètres en dessous de son nombril. Puis, dans un vertige, lui parvint d'entre les vaps le moyen évident de retrouver cet enfoiré de Niaqueur et de récupérer les sept mille dollars.

Une piste, comme diraient les flics.

Pas vraiment géant comme piste, mais mieux que rien.

Un autre voisin curieux vint aux nouvelles, demandant Tony. Edie Marsh lui resservit la même histoire grotesque qui faisait d'elle une cousine éloignée des Torres gardant la maison pour leur rendre service. Elle ne fournit aucun effort pour expliquer la présence de Niaqueur, qui ronflait sur le relax, un flingue sur les genoux.

Fred Dove arriva en voiture quelques minutes plus tard, tandis qu'Edie promenait Donald et Marla dans le jardin de devant. L'assureur avait l'air plus abattu et plus blême que d'habitude. À la façon dont il s'empara de sa serviette sur le siège avant, Edie sentit que sa sinistrose cachait quelque chose d'urgent.

— Mon supérieur veut jeter un coup d'œil sur la maison.

— Il soupçonne quelque chose ?

— Non. Simple routine.

— Alors où est le problème, Fred ? Montre-la-lui.

Il eut un petit rire plein d'amertume et s'éclipsa. Edie attacha les chiens et le suivit à l'intérieur.

— Le problème, reprit Fred Dove, c'est que Mr Reedy veut avoir un entretien avec « Mr et Mrs Torres ».

Il laissa tomber lourdement sa serviette sur le comptoir de la cuisine, réveillant Niaqueur.

— Pas de panique, fit Edie. On peut s'en sortir.

— Pas de panique ? La compagnie veut savoir pourquoi je me suis fait virer du motel comme un malpropre. Ma femme, elle, veut savoir où je suis installé et avec qui. Dennis Reedy viendra ici demain pour interroger deux assurés sinistrés que je ne peux pas lui présenter. Personnellement, je trouve que c'est vraiment le moment de paniquer.

— Ho ! Petit Papa Noël !

C'était Niaqueur, beuglant depuis le salon.

— T'as le chèque de la compagnie ?

Edie Marsh alla jusqu'à la porte et répondit :

— Pas encore.

— Alors dis-lui de la boucler.

Fred Dove baissa la voix.

— Je ne peux plus rester ici avec ce fou furieux. C'est impossible.

— Sa jambe lui fait mal, dit Edie.

Elle avait donné à Niaqueur ses derniers Darvon, dont l'effet s'estompait bien évidemment.

— Écoute, cette cohabitation ne m'enchante pas plus que toi. Mais c'est ça ou bien aller camper dans les bois.

L'assureur retira ses lunettes et se massa les tempes de ses pouces. Un moustique vint se poser sur l'une de ses paupières. Il secoua la tête comme un épagneul jusqu'à ce qu'il s'envole plus loin.

— On ne va pas pouvoir s'en sortir, fit-il, douloureusement.

— Mais si, chouchou. Je jouerai le rôle de Mrs Torres. Et Niaqueur sera Tony.

Fred Dove était effondré.

— T'as vraiment pas l'air d'être née à Cuba. Aucun de vous deux, d'ailleurs, bon Dieu.

Il boxa la porte d'un placard et s'écria :

— Non, mais qu'est-ce qui m'est passé par le crâne !

Niaqueur informa Fred Dove qu'il était à deux doigts de se faire débiter en rondelles s'il ne la mettait pas illico en veilleuse, bordel de merde ! Edie Marsh entraîna l'assureur qui craquait dans la penderie de la chambre de Néria. Elle referma la porte, l'embrassant avec une tendresse experte. Simultanément, elle baissa la fermeture Éclair de son pantalon.

Fred sursauta à son contact, chaud mais inattendu. Edie le caressa doucement jusqu'à ce qu'il se calme et soit tout à fait sans défense.

— Ton Dennis Reedy, c'est quel genre ? lui chuchota-t-elle.

Fred Dove se tortillait de plaisir.

— Dur à cuire ? Cul serré ? C'est quoi son profil ?

— Il m'a l'air correct, fit l'assureur.

Il n'avait eu affaire à Reedy qu'une seule et unique fois, dans un lotissement inondé de la banlieue de Dallas. Reedy était bourru mais juste. Il avait approuvé la plupart des estimations de dommages de Fred Dove, avec simplement quelques modifications minimes.

De sa main libre, Edie descendit le pantalon de Fred.

— On va revoir le dossier ce soir, au cas où il transformerait ça en questionnaire télévisé.

— Et qu'est-ce qu'on fait avec Niaqueur ?

— Je m'en occupe. On va répéter.

— Qu'est-ce que tu fais ?

L'assureur faillit perdre l'équilibre.

— Ce à quoi ça ressemble, Fred. Mr Reedy, il aura notre chèque sur lui ?

Dans une stupeur béate, Fred Dove fixait le sommet du crâne d'Edie. Des doigts exploraient ses cheveux soyeux ; les siens, à en juger par l'alliance en or qui lui était familière et son anneau de l'Université du Nebraska. Fred Dove luttait pour garder les idées claires. Le moment était mal choisi pour s'offrir une expérience extra-corporelle ; il attendait depuis si longtemps ce moment qu'il voulait le vivre avec toute son acuité sensuelle et un contrôle musculaire maximal.

L'assureur s'efforça de purger son esprit de toute trace de culpabilité et d'inquiétude pour livrer passage à l'extase à venir. Il inspira profondément. La penderie sentait le vieux gardénia et le moisi : la garde-robe

« pré-New Age » de Néria Torres que l'ouragan avait trempée et mise à mal. Fred Dove se sentait au bord de la suffocation, même si une partie vitale de sa personne en était fort loin.

Sans s'aider des mains, Edie Marsh l'appuya contre le mur pour avoir une meilleure prise. Fred lâcha les cheveux de sa partenaire et, au comble de la félicité, s'agrippa à la tringle en bois comme un ouistiti à sa branche. Son visage à la renverse s'empêtrait dans l'emmanchure d'une robe de mariée en soie.

Il eut soudain un flash-back humiliant de ce qui s'était passé la fois précédente, quand Niaqueur les avait interrompus sur le sol du salon. Pour prévenir toute récurrence, Fred chercha à tâtons la poignée de la porte et la maintint fermée.

Au-dessous de lui, Edie Marsh marqua une pause pour réitérer la question :

— Reedy aura le chèque sur lui ?

— N... non. Le chèque vient toujours d'Omaha.

— Merde.

Fred Dove n'aurait su trancher : avait-elle dit le mot, ou l'avait-il simplement *sentie* le dire. L'important, c'est qu'elle ne s'arrêta pas.

Quand Augustin revint au pick-up, Bonnie Lamb et le gouverneur n'étaient plus là. Il les découvrit à quelques rues de là, derrière une maison désertée suite au cyclone. Skink, agenouillé près d'une piscine, pêchait à la main des crapauds joufflus et marronnasses dans l'eau putride puis les glissait dans ses poches. Bonnie s'occupait à repousser les moustiques qui assiégeaient son visage d'un nuage d'encre.

Augustin leur relata les infos qu'il avait glanées sur la Jeep Cherokee noire.

— C'est où Calusa Drive ? fit Skink.

— Ils m'ont dessiné un plan.

— On y va tout de suite ? demanda Bonnie.

— Demain, fit Skink. La lumière du jour s'impose.

Avec Augustin, ils décidèrent de passer la nuit dans le coin. Ils dénichèrent un champ vide et bâtirent un feu de camp avec des débris d'après l'ouragan. Pas très loin, un autre foyer rougeoyait, ses flammes vacillantes s'échappant d'un tonneau de deux cents litres — celui de travailleurs migrants venus de l'Ohio. Deux d'entre eux vinrent leur rôder autour, en quête de crack. Augustin les fit décamper en sortant négligemment son .38. Skink disparut avec les crapauds dans un fourré de choux palmistes rabougris.

— C'est quoi du D.M.T. ? demanda Bonnie.

— Une drogue cotée à Wall Street, répondit Augustin. Bien avant notre époque.

— Il prétend qu'il fait sécher le suc du crapaud et qu'il le fume. D'après lui, c'est une souche chimique du D.M.T.

— Je crois que je vais m'en tenir à la bière.

Augustin prit deux sacs de couchage dans la cabine du pick-up. Il les secoua pour les déplier et les disposa devant le feu.

— Je m'excuse pour hier au soir, dit-elle.

— Arrêtez de parler comme ça.

Comme si elle avait commis la pire erreur de sa vie.

— Je ne sais pas ce qui va de travers chez moi, dit-elle.

Augustin arrangeait des branches mortes sur le feu.

— Rien ne va de travers, Bonnie. Vous êtes tellement normale que ça fout la trouille.

Il alla s'asseoir en tailleur sur l'un des sacs de couchage.

— Venez ici, dit-il.

Quand il l'entoura de ses bras, elle se sentit complètement détendue et en parfaite sécurité. Alors il lui dit :

— Je peux vous conduire à l'aéroport.

— Non !

— Parce que, après cette nuit, vous allez y être jusqu'au cou.

— Mais c'est ce que je veux, reprit Bonnie Lamb. Max s'est payé son aventure, je veux la mienne.

Un feulement flûté s'éleva parmi les choux palmistes, enflant jusqu'à un éclat de rire tonitruant à donner la chair de poule.

La folie du crapaud-buffle, songea Augustin. Bonnie se raidit entre ses bras. Elle affirma avec assurance :

— C'est pas *maintenant* que je vais m'en aller. Pas question, Léon.

Il lui souleva le menton.

— C'est quelqu'un de pas bien dans sa tête. C'est un type qui a fait porter à votre mari un collier de dressage, un mec que la bave de crapaud fait planer. Il a fait des trucs que vous voudriez même pas savoir, tué des gens, probablement.

— Au moins, il *croit* en quelque chose.

— Bon Dieu, Bonnie.

— Mais qu'est-ce que vous faites ici, alors ? Puisqu'il est si dangereux, si barje...

— Qui a dit qu'il était barje ?

— Répondez à ma question, señor Herrera.

Augustin clignait à la lueur du feu.

— Moi-même, je ne suis pas si nickel chrome. Ça devrait vous crever les yeux.

Bonnie se serra davantage contre lui. Elle se demanda pourquoi cela lui plaisait autant que ces deux nouveaux hommes de sa vie fussent aussi imprévisibles et impulsifs — l'exact opposé de celui qu'elle avait épousé. Si Max était exceptionnellement fiable, il manquait de profondeur et de mystère. Cinq minutes auprès de Max et vous connaissiez le programme sur le bout du doigt.

— Je suppose que je me révolte. Contre quoi, je ne sais pas. C'est une première pour moi.

Augustin fit amende honorable : il n'aurait jamais

dû frimer avec les crânes ; quelle femme pouvait résister à une telle offensive de charme ? Bonnie rit sous cape.

— Sérieusement, fit-il. Il y a une énorme différence entre votre situation et la mienne. Vous avez un mari et votre vie à vivre. Moi, je n'ai rien d'autre à faire et rien à perdre en faisant ça.

— Et les animaux de votre oncle ?

— Ils sont loin, dit-il. De toute façon, y a des endroits pires que Miami pour un singe. Ils s'en tireront très bien.

Puis après une pause tristounette :

— Y a que le karbau qui me rend malade.

Bonnie affirma que ça ne servait à rien d'analyser leurs motivations. Ils étaient tous deux des adultes, rationnels, intelligents, majeurs et vaccinés. Ils devaient certainement savoir ce qu'ils faisaient, même s'ils ne savaient pas pourquoi.

Du fourré s'éleva une nouvelle plainte à perforer les oreilles.

Bonnie fixa les choux palmistes.

— J'ai l'impression qu'il pourrait nous prendre ou nous laisser.

— Exactement.

Augustin, y allant carrément, lui demanda si elle aimait vraiment son mari.

Elle lui répondit sans hésiter.

— Je ne sais pas. Et basta.

Sans prévenir, le gouverneur surgit torse nu d'entre les arbres. Il était fiévreux, baigné de sueur. Son œil valide était aussi brillant qu'un radis ; celui en verre, de travers, dévoilait l'os jauni au fond de l'orbite. Bonnie se précipita à ses côtés.

— Nom de Dieu, fit-il d'un ton asthmatique. Je suis tombé sur du mauvais crapaud !

Augustin doutait fort de la technique de Skink pour extraire la toxine et la traiter pour l'inhalation. À en juger par l'état actuel du bonhomme, il semblait fort probable qu'il s'était quelque peu emmêlé les pinceaux dans la pharmacologie.

— Venez vous asseoir près du feu, lui dit Bonnie.

Il tendit ses mains ouvertes : il les avait pleines d'œufs tachetés à la coquille comme couverte de cuir. Augustin en compta douze en tout. Skink les renferma dans ses paumes comme des balles de golf.

— Le souper ! exulta-t-il.

— C'est quoi, ça ?

— Des œufs, mon garçon !

— Des œufs de quoi ?

— Pas la moindre idée.

Le gouverneur gagna le campement des saisonniers ; il était de retour cinq minutes plus tard avec une poêle à frire et une bouteille de ketchup en plastique.

En dépit de leur origine inconnue, les œufs, une fois brouillés, avaient un goût exquis. Augustin fut impressionné de voir Bonnie les engloutir.

Une fois qu'ils eurent achevé de manger, Skink dit qu'il était temps de se pieuter.

— Une grosse journée nous attend. Vous deux n'avez qu'à prendre les sacs de couchage, moi je serai dans le maquis.

Et là-dessus, il disparut.

Augustin restitua la poêle au contingent de l'Ohio, qui était aimablement soûl et inoffensif. Bonnie et lui restèrent à regarder mourir le feu, serrés l'un contre l'autre, n'échangeant que de brèves paroles. À la première attaque des moustiques, ils plongèrent aux abris dans l'un des sacs de couchage dont ils tirèrent la fermeture Éclair au-dessus de leurs têtes. Deux vraies tortues sous la même carapace, dit Bonnie.

Ils se câlinèrent dans le noir, riant sans retenue. Quand Bonnie reprit son souffle, elle dit :

— Bon Dieu, ce qu'il fait chaud là-dedans.

— La Floride au mois d'août.

— Ah bon, alors je me déshabille.

— Pas question.

— Oh que si. Et vous allez m'aider.

— Bonnie, il faut qu'on dorme un peu. Demain, on a une grosse journée.

— Et il me faut une bonne grosse nuit pour me tirer ça de la tête.

Elle se retrouva tout empêtrée pendant qu'elle ôtait son haut en se tortillant.

— Donnez-moi un coup de main, cher seigneur.

Augustin fit ce qu'on lui demandait. Après tout, ils étaient des adultes, rationnels, intelligents, majeurs et vaccinés.

19.

La mort de Tony Torres ne passa pas inaperçue à la crime, les crucifixions ne courant pas les rues, même à Miami. Cependant, la plupart des enquêtes avaient été suspendues pendant les journées de folie furieuse qui avaient succédé au cyclone. Avec le réseau routier en pleine désorganisation, les services de police se trouvaient dangereusement démunis de personnel ; tout agent de la force publique — quel que soit son grade — avait été affecté à la circulation, à la chasse aux pillards ou à l'escorte des convois d'assistance. Dans le cas de Juan X, # 92-312 (le bizarre en-tête du dossier de la criminelle concernant Tony Torres), l'absence d'urgence pour déclencher une enquête était renforcée par le fait qu'aucun ami ou parent ne s'était présenté pour reconnaître le corps, instruisant par là la police que personne ne le recherchait et suggérant en outre que nul ne se souciait beaucoup de sa mort.

Deux jours après la découverte du corps, un spécialiste des empreintes digitales faxa à la morgue qu'on pouvait désormais mettre un nom sur le crucifié et lui donner un âge : Antonio Rodrigo Guevara-Torres, quarante-cinq ans. Les empreintes de feu Torres étaient fichées parce qu'il avait, lors d'une passe particulièrement désargentée de sa vie, rédigé trente-sept chèques en bois d'affilée. Si l'un de ces chèques n'avait pas été libellé à l'ordre de l'Association de bienfaisance de la Police, Tony Torres aurait échappé, vraisemblablement, à toute poursuite. Pour s'éviter la prison, il plaida coupable et jura de restituer toutes les sommes, promesse qu'il oublia vite, soumis à la pression de son nouveau boulot très contraignant : vendeur associé débutant d'une franchise de mobile homes, dont la raison sociale était Maisons Clés en Main Premier Choix.

Vu l'ancienneté du procès-verbal d'arrestation, l'adresse et le numéro de téléphone personnels de Tony Torres n'avaient plus cours. Maisons Clés en Main Premier Choix n'était plus répertorié dans les pages jaunes. Trois tentatives de recherche de renseignements infructueuses suffirent à décourager le jeune inspecteur auquel on avait confié l'affaire du crucifié émetteur de chèques sans provision. Quel ne fut pas son soulagement quand son lieutenant lui donna ordre de mettre ce dossier de côté et de gagner Cutler Ridge, où il se gara carrément en plein carrefour d'Eureka Drive et de la 117e Avenue, pour bloquer la circulation au bénéfice de l'escorte motorisée présidentielle.

Le jeune inspecteur ne repensa au vendeur de mobile homes assassiné que deux jours plus tard, quand les services de police reçurent l'appel d'une femme aux abois, se déclarant l'épouse de la victime.

Avila téléphona à l'*escort service* Le Choix des Gentlemen et demanda Morgana. Elle le prit et dit :

— Je me sers plus de ce nom depuis six mois. Maintenant, c'est Jasmine.

— Va pour Jasmine.

— Je te connais, mon chou ?

Avila lui remémora leur nuit de beuverie torride au motel de West Flagler Street.

— Pfff, fit-elle. Ça restreint le choix à une bonne centaine de mecs.

— T'avais une amie avec toi, Daphné, Diane, un

nom comme ça. Une rouquine avec un tatouage sur le lolo gauche.

— Quoi comme tatouage ? demanda Jasmine.

— Un ballon ou ce genre de truc, j'crois.

— Ça m'éveille aucun écho.

— Le type avec lequel t'étais, m'étonnerait que tu t'en souviennes pas, fit Avila. Il avait une tronche à foutre la trouille, salement esquintée.

— Little Pépé, le grand brûlé ?

— Non, pas Pépé le cramé. S'appelait Niaqueur, le mec. Il est tout tordu des mâchoires, ça lui fait la gueule en biais. Tu te rappelles maintenant ? On a fait la fête avant qu'il monte dans le Nord.

— Neûn. J'vois toujours pas, fit Jasmine. Tu fais quoi ce soir, mon cœur ? Tu veux un rancard ?

Quel monde d'une froideur de merde, songea Avila. Un coup de main amical, on savait plus ce que c'était ; que des rapaces, toutes griffes dehors.

— Retrouve-moi Chez Cisco, lui dit-il d'un ton brusque. À neuf heures, au bar.

— Ah ça, c'est mieux.

— T'es toujours blonde ?

— Si tu veux.

Avila arriva avec vingt minutes de retard ; il avait pris une longue douche chaude, suite à un nouveau raid furtif auprès du Tupperware planqué sous terre. Sa trempette lui avait donné des picotements à l'aine.

Jasmine, installée au bar, sirotait son Perrier à même la bouteille. Elle portait une minijupe d'un écarlate discret et une perruque terrifiante style Carol Channing. Elle embaumait comme un étal de fruits et légumes. Avila posa une fesse prudente près d'elle et commanda une bière. Il glissa un billet de cent dollars plié dans la main inoccupée de Jasmine.

— Je te remets, *maintenant,* fit-elle avec un sourire.

— Et Niaqueur ?

— T'es un couineur.

— *Cómo ?*

— Tu couines quand tu baises. Comme un joyeux petit hamster.

Avila piqua un fard et tendit la main vers sa bière.

— Sois pas gêné, reprit Jasmine.

Elle lui saisit le poignet gauche et examina les perles de son bracelet de *santería.*

— Je me souviens de ça aussi. Une sorte de machin vaudou.

Avila se dégagea.

— Daphné a eu des nouvelles de Niaqueur récemment ?

— C'est plus Daphné. Mais Bridget.

Jasmine pêcha un paquet de Marlboro dans son sac.

— En fait, il se trouve qu'elle a passé le cyclone avec lui. Ils se sont soûlé la gueule comme des Polonais dans un motel près de Broward.

Avila ne fit même pas mine de vouloir lui allumer sa cigarette.

— Elle l'a vu quand pour la dernière fois ? demanda-t-il.

— Pas plus tard qu'hier.

— Hier !

Trop beau pour être vrai ! Merci à toi, puissant Chango ! Avila était pétri de crainte respectueuse et d'humilité.

— Ce mec, Niaqueur, il arrête pas d'appeler, dit Jasmine, depuis qu'il est sorti de Sumter. Elle te l'a harponné sévère ce garçon. À propos, son tatouage, c'est pas un ballon, mais une sucette.

Jasmine éclata de rire.

— Par contre tu t'es pas gouré de lolo.

— Alors, il est où, Niaqueur ?

— Chouchou, comment tu veux que je sache. C'est le coup de Daphné, pas le mien.

— Celui de Bridget, tu veux dire.

Jasmine s'inclina.

— Touché, dit-elle de bonne grâce.

Avila exhiba un autre billet de cent. Il le plaqua sur le bar, sous la bouteille de Perrier.

— Il est dans un motel ? demanda-t-il.

— Une maison, je crois.

— Où ça ?

— Faut que je lui pose la question à elle, dit Jasmine.

— Tu veux une pièce pour le coup de bigo ?

— Elle travaille ce soir. File-moi ton numéro.

Avila l'écrivit au bord du biffeton trempé. Jasmine le glissa dans son sac.

— J'ai faim, dit-elle.

— Pas moi.

— Qu'est-ce qu'il y a ? fit-elle en lui pressant le genou. Ah je vois. Je sais pourquoi t'as les boules.

— Tu sais que dalle, bordel.

— Si. T'es pas du tout content de ce que je t'ai dit tout à l'heure, comment t'étais au lit et tout ça.

Avila quitta d'un bond le tabouret et réclama l'addition. Jasmine le tira vers le bar. Écrasant ses seins contre son bras, elle lui chuchota :

— Eh, y a pas de mal. J'ai trouvé ça vachement mignon.

— Je ne *couine* pas, fit Avila, froidement.

— T'as raison, dit Jasmine. Complètement raison. Allez, chouchou, un steak, ça te branche vraiment pas ?

Edie Marsh et Niaqueur avaient eu une violente altercation au sujet de la call-girl. Edie avait déclaré que c'était pas le moment de s'envoyer en l'air — il leur fallait roder leur petit numéro de mari-et-femme pour quand le patron de Fred Dove se pointerait. Niaqueur lui avait répondu de la jouer cool ou bien de la boucler. Mater le panel de putes en folie de l'émission d'Oprah Winfrey lui avait donné envie de lécher la sucette de l'ex-Daphné.

Celle-ci fut enchantée d'avoir de ses nouvelles, les

affaires de l'*escort service* étant dans la mélasse à cause de l'ouragan. Elle prit un taxi jusqu'à la maison Torres, mais y arriva avec du retard parce que le chauffeur s'était perdu dans l'obscurité de pois et la confusion qui régnait dans la circulation.

Comme il n'y avait plus de porte où frapper, Bridget entra sans s'annoncer. Dans le salon, Edie Marsh et Niaqueur se fusillaient du regard à la lueur des bougies.

— Rebonjour, fit Bridget à Edie, qui lui fit un signe de tête avec une mauvaise humeur manifeste.

Bridget courut au relax et s'affala sur les genoux de Niaqueur. Croisant ses jambons en ciseaux, elle lui fit des agaceries dans le cou (la mâchoire de traviole de son partenaire rendait les baisers sur la bouche problématiques).

— T'es assise sur mon flingue, fit Niaqueur.

Bridget se tortilla comme une gamine tandis qu'il extirpait son pistolet.

— Qu'est-ce qu'est arrivé à ta guibole, mon bébé ?

— Pose la question à miss Psychogarce, ici présente.

Bridget dévisagea Edie Marsh.

— Il m'a frappée, fit-elle, sans remords. Alors je l'ai pas raté à mon tour.

— Avec une saloperie de pince.

— Ouille, ouille, ouille, fit la pute.

Niaqueur dit à Edie d'aller promener les clébards une heure ou deux.

— T'as des chiens ? fit Bridget. Où ça ?

Elle se redressa tout excitée.

— J'adore les chiens.

— Contente-toi de te désaper, fit Niaqueur. Où est la bouteille de Stoli ?

— Tous les magasins d'alcool ont cloué des planches sur la devanture.

— Sainte Vierge !

— Écoute, Bridget, fit Edie Marsh, personnellement, j'ai rien contre toi. Mais on a un rendez-vous hyper important demain matin...

— Attends voir, la coupa Niaqueur. T'es en train de me dire qu'y a pas de vodka ? J'ai bien entendu ?

— La tornade, mon bébé, tu te souviens ? Tout est fermé.

— Arrête tes conneries. T'as même pas essayé.

— Calmos, fit Bridget. On n'a pas besoin de gnole pour s'éclater.

Edie Marsh ne se découragea pas.

— Tout ce que je te demande, c'est que demain matin tu sois plus là. D'acc ? Un bonhomme va venir dans cette maison, il comprendrait pas.

— Pas de problème, ma belle.

— J'ai rien contre toi.

Bridget éclata de rire.

— On peut pas dire que j'aie une envie folle de m'éterniser dans cette décharge.

— Attends de voir les sanitaires, fit Edie Marsh. Y a des moustiques gros comme le poing qui pondent dans les chiottes.

Bridget fit la grimace et pressa ses genoux l'un contre l'autre.

— Edie, je m'en vais compter jusqu'à dix, l'avertit Niaqueur. Mets ton cul de flemmarde en première, va falloir que tu le bouges.

Donald et Marla se mirent à japper dans le jardin.

— C'est pas tes petits chiens mignons tout plein ?

Bridget quitta d'un bond les genoux de Niaqueur, fonçant vers l'ancien emplacement des portes-fenêtres.

— À les entendre, ça m'a l'air d'adorables... Ils sont de quelle race, au fait ?

Elle scrutait la nuit, dans l'expectative. Niaqueur la rejoignit en claudiquant.

— Ce sont des fertilisants sur pattes, lâcha-t-il.

— Des fertilisants sur pattes ?

— Quand j'en aurai fini avec eux, ouais. Faire de l'engrais, c'est bien le seul truc à quoi ils soient bons.

Levant son pistolet, il tira deux fois en direction des glapissements infernaux. Bridget poussa un cri et se boucha les oreilles. Edie Marsh se glissa par-derrière et fila un coup de pied à Niaqueur au creux du genou de sa patte folle. Il s'effondra avec un grognement de surprise.

À l'extérieur, le volume du vacarme canin s'accrut de plusieurs décibels. Donald et Marla étaient hystériques de terreur. Edie Marsh s'empressa de sortir pour désemmêler leurs laisses avant qu'ils ne s'étranglent mutuellement. Bridget s'agenouilla à côté de Niaqueur et le gronda de s'être montré si méchant.

Tel que Levon Stichler se l'imaginait, il n'avait rien à perdre. L'ouragan avait tout balayé sur son passage, y compris l'urne renfermant les cendres de sa défunte femme, morte il y avait peu. L'existence dans laquelle il avait investi la plus grosse part de sa pension militaire avait été réduite à un amas de verre brisé et d'alu, tranchants comme du rasoir. Après des heures de tri pénibles, les quelques affaires personnelles qu'il avait récupérées remplissaient à peine une boîte à pêche. Les voisins de Levon Stichler au parc de caravaning étaient dans la même situation lamentable. En l'espace de vingt-quatre heures, son état de choc et son désespoir s'étaient distillés en une colère puissance dix. Quelqu'un devait payer ! tonnait Levon Stichler. Et logiquement, ce quelqu'un devait être ce fils de pute au sourire mielleux qui leur avait vendu ces mobile homes, ce gros voleur à la langue bien pendue qui leur avait promis que ces installations avaient reçu l'aval du gouvernement et étaient à l'épreuve de l'ouragan.

Levon Stichler avait aperçu Tony Torres au *trailer park* le lendemain matin, après le cyclone, mais ce salaud, ce galeux s'était défilé comme un coyote. Levon Stichler, fumasse pendant quelques jours, avait ramassé tous les objets de valeur qu'il put trouver parmi les débris de la caravane jusqu'à ce que les employés de la voirie du comté arrivent pour déblayer les décombres au bulldozer. Le vieillard songea bien à retourner à Saint Paul, où habitait sa fille unique, mais la perspective de longs hivers rigoureux — et de la cohabitation avec six petits-enfants hyperactifs — était plus qu'il ne pouvait affronter.

Il n'y aurait donc pas pour lui de migration vers le nord. Levon Stichler jugeait sa vie officiellement foutue et tenait un seul homme pour moralement responsable de cette tragédie. Il ne retrouverait pas la paix tant que Tony Torres ne serait pas mort. Assassiner le V.R.P. pourrait même faire de Levon Stichler un héros, aux yeux du moins de ses voisins du *trailer park* — le vieillard en était convaincu. Il se voyait déjà l'objet de la sympathie du public et faire la une des grands médias interviewé, qui sait, par Connie Chung en personne, qui se déplacerait pour l'occasion. Et puis la prison ne serait pas un endroit si terrible ; il y serait bien plus en sécurité, bon Dieu, que dans un mobile home F-2. Ah bah ! Levon Stichler ne souffla mot à quiconque de sa mission. Le cyclone ne l'avait pas vraiment rendu fou, mais c'est ce qu'il entendait plaider à son procès. La maladie d'Alzheimer était une autre possibilité de défense, fort prometteuse. Mais il lui fallait d'abord concocter un meurtre dont l'outrance soit convaincante.

À peine son plan arrêté, Levon Stichler appela Demeures Préfabriquées de Luxe. Le téléphone sonna dans le vide, encore et encore, faisant se demander au vieillard si l'ouragan n'avait pas mis fin aux activités de la société. En fait, Demeures Préfabriquées de Luxe connaissait une semaine hyper lucrative, grâce à une réquisition massive de l'Agence pour les catastrophes naturelles. L'Oncle Sam, semblait-il, fournissait avec générosité des caravanes aux sinistrés du cyclone privés de toit. Nombre de ces malheureux citoyens déplacés qui habitaient des mobile homes signés Préfab de Luxe avant que le cyclone ne les raye de la carte allaient habiter une fois encore un produit Préfab de Luxe. Ni la compagnie ni les instances fédérales n'estimèrent nécessaire d'informer les futurs occupants de cette ironie du sort.

Une réceptionniste finit par décrocher et ne manqua pas de mentionner combien ils étaient tous débordés. Levon Stichler demanda à parler à Mr Torres. La femme lui répondit qu'apparemment Tony s'était octroyé un congé après la tempête et que personne ne savait quand il reviendrait au bureau. Levon Stichler en conclut qu'il n'était pas le premier client mécontent à s'enquérir de lui. La réceptionniste refusa poliment de lui divulguer le numéro personnel du V.R.P.

Levon Stichler arracha soigneusement la page de son annuaire détrempé où tous les Antonio Torres du Grand Miami étaient répertoriés. Puis il monta en voiture, fit le plein et se mit en chasse.

Le premier jour, Levon Stichler élimina de la liste trois mécanos auto, un professeur de plongée, un chirurgien du thorax, un diseur de bonne aventure, deux avocats et un prof d'université. Tous s'appelaient Antonio Torres, mais aucun n'était la canaille que Levon Stichler avait dans le collimateur. Il était épuisé, mais plus résolu que jamais.

Le deuxième jour, Levon Stichler continua à écrémer la liste des candidats : un broker, un pépiniériste, un crevettier, un agent de police, deux électriciens, un optométriste et un spécialiste de l'entretien des greens. Un autre Tony Torres, débraillé et visiblement mal en point, tenta de lui vendre des Dilaudid de contrebande ; un autre encore menaça de le décapiter avec une binette.

Le troisième jour, sa chasse à l'homme conduisit Levon Stichler dans le lotissement de Turtle Meadow et au 15 600, Calusa Drive. À ce moment-là, il avait fait suffisamment le plein de spectacles de désolation pour rester totalement de marbre à la vue d'une maison éventrée et sans toit. Il lui restait du moins des murs, Levon Stichler n'aurait pas pu en dire autant de la sienne.

Une jolie femme anglo l'accueillit sur le pas de la porte d'entrée béante. Elle portait un jean informe et un long T-shirt lavande. Levon Stichler remarqua qu'elle était pieds nus et (à moins que ses yeux de soixante et onze ans ne l'aient trahi) sans soutien-gorge. Les ongles de ses doigts de pieds étaient rouge hibiscus.

— C'est bien là que résident les Torres ? fit-il.

La femme répondit que oui.

— Antonio Torres ? Le vendeur ?

— Oui.

La femme lui tendit la main.

— Je suis Mrs Torres. Entrez donc, nous vous attendions.

Levon Stichler sursauta.

— Quoi ? fit-il.

Il suivit dans la maison la femme sans soutif et nu-pieds. Elle le mena dans la cuisine qui était sens dessus dessous.

— Où est votre mari ?

— Dans la chambre. Mr Dove va venir nous rejoindre ?

— J'en sais rien, répondit Levon Stichler, songeant : Qui ça peut bien être çui-là, merde alors ? Écoutez, Mrs Torres...

— Je vous en prie, appelez-moi Néria.

La femme s'excusa pour aller s'occuper du groupe électrogène, qui se trouvait dans le garage. Quand elle revint dans la cuisine, elle brancha la cafetière électrique et fit trois tasses.

Levon Stichler la remercia, un peu guindé, et sirota une gorgée. La bonne femme allait poser un problème ; il lui fallait Tony Torres seul à seul.

La femme aux pieds nus ajouta deux cuillerées de sucre à son café, qu'elle remua.

— C'est votre première visite de la journée ?

— Ben ouais, fit Levon Stichler, irrémédiablement dérouté.

N'ayant encore jamais assassiné personne, il avait la frousse. Il jetait si souvent des coups d'œil à sa montre que la femme ne put s'empêcher de le remarquer.

— Tony est sous la douche, dit-elle. Il aura bientôt fini.

— Parfait.

— Il est bon, le café ? Désolée, mais je n'ai pas de crème.

— Ça va comme ça, dit Levon Stichler.

Elle avait l'air d'une personne assez gentille. Qu'est-ce qu'elle faisait avec cet escroc et ce gros tas de Torres ? Il entendit des bruits étouffés provenant d'une autre pièce et des voix : le rire guttural d'un homme et les gloussements suraigus d'une femme. Levon Stichler glissa lentement la main dans la poche droite de son coupe-vent. Sa main serra la tige fraîche de son arme.

— Chéri ? appela la femme aux pieds nus. Mr Reedy est là qui t'attend.

Reedy ? La résolution de Levon Stichler se dissolvait en un embrouillamini. Quelque chose clochait avec ce Tony Torres-là. Pourtant, Levon Stichler avait repéré le diplôme de Meilleur vendeur de l'année sur le mur avec *Demeures Préfabriquées de Luxe* en lettres dorées gaufrées. Fallait bien que ce soit le même fumier.

Levon Stichler savait qu'il devait agir presto ou perdre à jamais l'occasion de se venger. Il retira de sa poche l'arme qu'il y dissimulait, puis la leva de façon menaçante pour que la femme la voie.

— Vous feriez mieux de partir, lui conseilla-t-il.

Elle posa calmement sa tasse de café sur le comptoir. Elle fronça le sourcil, mais pas de peur ; un peu comme si une définition de mots croisés lui donnait du fil à retordre.

— C'est quoi ce *machin* ? demanda-t-elle en montrant ce que Levon Stichler tenait à la main.

— À votre avis ?

— Un tournevis géant ?

— C'est un piquet de fixation, Mrs Torres. Il était censé ancrer ma caravane en cas de tempête.

Levon Stichler avait chorégraphié le crime une bonne centaine de fois dans sa tête, et tout récemment encore pendant qu'il aiguisait la pointe du piquet sur une meule. La grosse figure de Tony Torres offrirait une cible facile. L'une ou l'autre de ses caverneuses narines poilues pourraient être modifiées de force pour laisser passer la tige d'acier qui (suivant les calculs de Levon) jaillirait bien au-delà de la cavité nasale pour perforer le cerveau.

— Excusez-moi, mais vous seriez pas un peu siphonné ? fit la femme aux pieds nus.

Avant que Levon Stichler ait pu répondre, la silhouette imposante d'un homme s'encadra dans la porte de la cuisine. Levon Stichler, tenant le piquet comme une lance, chargea. La femme cria un bref avertissement et l'homme se jeta en arrière sur le sol dallé humide. Le piquet alla s'empaler dans l'étagère en bois d'un placard ; même en s'y prenant à deux mains, Levon Stichler ne put la libérer. Hors de lui, il regarda sa victime désignée, à terre.

— Ah merde, fit-il. Z'êtes pas le bon.

Il relâcha son emprise sur le piquet.

— Z'êtes pas celui qui m'a vendu la F-2 !

Une autre femme — à demi dévêtue et l'air déluré — surgit de la chambre à coucher. Avec celle aux pieds nus, elles conjuguèrent leurs efforts pour aider Niaqueur à se remettre debout.

D'un ton accusateur, Levon Stichler dit :

— *Z'êtes pas* Tony Torres !

— Ça me ferait mal au bide, putain.

Edie Marsh s'interposa entre les deux hommes.

— Chéri, dit-elle, face à Niaqueur, Mr Reedy ici présent m'a l'air complètement givré.

— Pire que givré, assena Bridget.

— Je m'appelle pas Reedy.

Edie pivota vers le vieil homme.

— Attendez une minute — vous n'êtes pas de chez Midwest Assurances ?

Levon Stichler, qui avait à présent vu de près le regard de bête féroce de Niaqueur et sa tronche défigurée, sentit ses vieux os friables se réduire en poudre.

— Où est Mr Torres ? demanda-t-il, avec nettement moins de peps.

Edie poussa un soupir excédé.

— Non, j'y crois pas, dit-elle à Niaqueur. C'est pas Reedy. Quelle connerie, c'est pas vrai.

Niaqueur tenait à s'en assurer par lui-même. Il se pencha en avant jusqu'à frôler le nez du vieux.

— Z'êtes pas dans les assurances ? Z'êtes pas le patron de Dove ?

Appréciant mal la situation, Levon Stichler secoua négativement la tête de façon exagérée. Edie Marsh s'écarta pour que Niaqueur puisse le mettre K.-O. d'un direct.

Assis sur les sacs de couchage roulés, ils attendirent que le gouverneur se réveille parmi les choux palmistes.

Augustin supposa, comme le font parfois certains hommes après avoir pris joyeusement leur pied, qu'il devait s'excuser.

— De quoi ? dit Bonnie Lamb. L'idée est venue de moi.

— Non, non, ça va pas du tout. Vous êtes censée dire que tout ça était une terrible erreur, que vous vous êtes laissé entraîner. Que vous ne savez pas ce qui vous a pris. Et que vous vous sentez salie, nulle, qu'on vous a utilisée, et que maintenant vous n'avez qu'une idée en tête, aller retrouver votre mari en courant.

— En fait, je pète plutôt la forme.

— Moi aussi, dit Augustin en l'embrassant. Il faut me pardonner, mais j'ai reçu une éducation catholique. Je ne peux pas être sûr de m'être éclaté si je ne culpabilise pas après.

— Oh, c'est de culpabilité que vous parlez ? Bien sûr que je me sens coupable. Et vous aussi, vous devriez, de vous être laissé séduire par une jeune mariée.

Elle se leva et étira les bras.

— Cependant, señor Herrera, il y a une grosse différence entre la culpabilité et le remords. Je n'éprouve pas le plus petit remords.

— Moi non plus, renchérit Augustin. Et je culpabilise de n'avoir aucun remords.

Bonnie le hua joyeusement et lui sauta sur le dos. Ils roulèrent sur le sol dans une mêlée amoureuse.

Skink sortit des fourrés en souriant.

— Comme des bêtes ! beugla-t-il, évangélique. Pas meilleurs que des animaux, à copuler en public !

Bonnie et Augustin se relevèrent en s'époussetant. Le gouverneur valait le coup d'œil. Il avait des brindilles et des feuilles collées dans ses cheveux. Des filaments aériens de toile d'araignée pendillaient, étincelants, de son menton.

Il s'avança d'un pas lourd vers le feu de camp en criant d'un ton mélodramatique :

— Fornicateurs ! Fellationneurs ! Vous devriez avoir honte !

Augustin fit un clin d'œil à Bonnie.

— La honte, je l'avais oubliée celle-là !

— Ouais, ça décoiffe un max, ça.

Le gouverneur annonça qu'il avait une friandise surprise pour le petit déjeuner.

— Vos ébats charnels m'ont réveillé la nuit dernière, dit-il. Alors je suis allé me balader par routes et chemins.

De son treillis, il sortit deux petites carcasses fraîchement dépouillées.

— Qui veut du lapin ? Et qui, de l'écureuil ? demanda-t-il.

Plus tard, ils arrosèrent le feu et chargèrent le pick-up. Recourant au plan dessiné à la main que les secourables David et Margo avaient donné à Augustin, ils localisèrent Calusa Drive sans aucune difficulté. La Jeep Cherokee noire était garée à mi-rue, devant une maison salement endommagée ; impossible de ne pas repérer ses bavettes vulgos. Skink dit à Augustin de continuer de rouler. Ils abandonnèrent le pick-up huit cents mètres plus loin et revinrent à pied sur leurs pas.

Bonnie Lamb remarqua, mal à l'aise, qu'Augustin n'avait pris ni le pistolet ni le fusil hypodermique.

— Simple mission de reconnaissance, lui expliqua-t-il.

Ils approchèrent par le nord, en empruntant une rue parallèle à Calusa Drive. Quand ils furent à proximité, ils coupèrent par un jardin et se faufilèrent dans une maison abandonnée juste en face du numéro 15 600. Par la vitre brisée de la fenêtre d'une chambre en façade, ils avaient une vue imprenable sur la porte d'entrée, le garage, la Cherokee noire et deux autres voitures, garées dans l'allée.

Margo et David avaient raison. On avait retiré de la Jeep leur plaque minéralogique volée.

— Voilà ce qui s'est passé : après que le type a eu tabassé Brenda, il a arraché la plaque de la Cherokee et l'a balancée. Celle qui est en place maintenant doit probablement venir de cette Chevrolet-là, dit Skink.

La voiture stationnée le plus près du garage était une Caprice dernier modèle. Sa plaque d'immatriculation manquait. La seconde voiture était une grosse Oldsmobile rouillée avec un toit en vinyle lacéré et pas d'enjoliveurs. Augustin dit qu'il serait utile de savoir combien de personnes se trouvaient à l'intérieur de la maison. Skink grogna son assentiment.

Bonnie tâchait de deviner quelle serait l'étape suivante. Prévenir la police ne devait pas entrer dans les plans du gouverneur, supputa-t-elle. Regardant autour d'elle, elle ressentit un accès de mélancolie. La chambre avait dû être celle d'un bébé. Des jouets en plastique de couleurs gaies étaient éparpillés sur le sol ; un ourson en peluche trempé gisait face contre terre dans une flaque d'eau de pluie. Accrochées sur le mur d'en face, il y avait les découpes en bois de célèbres personnages de Disney — Mickey, Donald, Blanche-Neige. Bizarrement, Bonnie pensa à sa lune de miel et à Max. Le premier achat de ce dernier au Royaume magique avait été une casquette de golf Mickey.

Ça aurait dû me mettre la puce à l'oreille tout de suite, songea-t-elle. Pauvre chou, c'était probablement plus fort que lui.

Elle se releva pour aller voir le lit du bébé. Un mobile de papillons tropicaux attaché aux barreaux avait été sectionné à la base. Le matelas était taché de moisi d'un vert noirâtre. Des fourmis rouges et luisantes défilaient sur la couverture rose pelucheuse. Bonnie se demanda ce qu'il était advenu de la fillette et de ses parents. Ils s'étaient sûrement sauvés avant que le toit ne soit emporté.

Augustin lui fit signe de revenir à la fenêtre. Le cœur battant, elle s'agenouilla entre les deux hommes. *Mais qu'est-ce que je fais là ? Où tout cela me mène-t-il ?*

Une autre voiture arrivait devant le 15 600, Calusa Drive. Une deux-portes blanche.

Un homme en descendit. Osseux, look d'ecclésiastique. Cheveux gris, coupe-vent marron, pantalon noir à la godille. Il rappela à Bonnie son propriétaire à Chicago. Comment s'appelait-il déjà ? Sa femme était prof de piano. C'était quoi son nom, bon sang ?

Debout près de sa voiture, le vieil homme chaussa une paire de lunettes de vue. Il regarda un morceau de papier, puis le numéro peint sur la maison. Il approuva du chef, ôta ses lunettes qu'il fourra dans la poche gauche de son coupe-vent, puis tapota la poche droite comme pour vérifier la présence de quelque chose.

Il fait horriblement chaud pour se balader en blouson, se dit Bonnie. En plein été à Miami, comment on pourrait peler de froid ?

— Où il *se situe* dans le tableau celui-là ? fit Augustin.

— C'est un entrepreneur, un homme à tout faire, un truc dans ce genre, spécula Skink.

Bonnie Lamb regarda le vieux se donner une contenance puis s'avancer résolument vers la porte. Il entra dans la maison.

— Je crois avoir aperçu une femme, dit Augustin.

— Oui.

Skink se gratta pensivement la barbe.

Creedlow ! se dit Bonnie. C'était le nom de son ex-proprio. James Creedlow. Sa femme, la prof de piano, s'appelait Régina. Chicago, ça ne faisait pas si longtemps — Bonnie ne se pardonnait pas ce trou de mémoire. Quelle évaporée elle faisait ! James et Régina Creedlow, bien sûr.

— Et maintenant, quoi, capitaine ? fit Augustin.

Skink posa son menton hérissé sur le rebord de la fenêtre.

— On attend.

Deux heures plus tard, le vieux n'était toujours pas ressorti du 15 600, Calusa Drive. Bonnie était inquiète.

Puis une autre voiture s'arrêta devant la maison.

20.

Néria Torres n'avait aucune envie de poursuivre son voleur de mari jusqu'à Brooklyn en voiture.

— Alors, t'as qu'à prendre l'avion, lui suggéra Céleste, la jeune diplômée qui partageait le van VW avec Néria et l'amant de cette dernière, le professeur.

Ledit prof s'appelait Charles Gabler. Sa discipline, c'était la parapsychologie.

— Néria ne prendra pas l'avion, dit-il. Elle a une trouille bleue de voler.

— Wouah, fit Céleste, qui cuisinait sur un réchaud portatif à l'arrière du van. Elle avait la responsabilité du menu macrobiotique.

— C'est pas juste l'avion, précisa Néria. C'est aussi Brooklyn. Comment je ferais pour retrouver Tony là-bas ?

— Moi, je sais comment, fit Céleste d'une petite voix flûtée. Engage un médium.

— Super idée. On n'a qu'appeler Kreskin.

— Néria, y a pas de quoi jouer les punaises, dit le professeur.

— Oh que si.

Elle et le Dr Gabler étaient en manque cruel de fonds quand il avait proposé à la jeune Céleste de se joindre à eux, une semaine plus tôt, au moment où ils se préparaient à quitter Eugene, Oregon, pour Miami. La jeune Céleste était dotée d'un confortable compte en banque, d'un grand cœur et d'une paire de seins magnifiques, défiant les lois de la pesanteur. Si Néria n'entretenait aucune illusion sur les mobiles du professeur, elle s'efforça de mettre ses soucis de côté. Il leur fallait de l'argent pour l'essence et la jeune Céleste trimbalait tout un paquet de cartes de crédit dans son sac. Quelque part du côté de Salina, Kansas, Néria se sentit obligée d'informer le Dr Gabler qu'il prêtait bien trop d'attention à leur compagne de voyage et que son attitude était non seulement grossière mais irrespectueuse, et que la région des Grandes Plaines au plus chaud de l'été n'était pas l'endroit rêvé pour réviser le B.A.-BA de l'auto-stop. Le professeur parut prendre cet avertissement à cœur.

À vrai dire, Néria se lassait de plus en plus du Dr Gabler et de ses absurdes cristaux bleu et rouge. Guérison mystique, mon cul — même un paquet de caramels semblait des plus mystiques quand on avait fumé son content de pétards. Ce à quoi le professeur employait le plus clair de son état de veille, déléguant cossardement la tâche de conduire à Néria et Céleste.

— Je préfère aller à Miami de toute façon, dit Céleste, mesurant deux tasses de riz sauvage. J'ai envie de bosser dans l'un de ces villages de tentes. Faire la cuisine pour les S.D.F. si on a besoin de moi.

Le professeur observa Néria Torres avec les yeux injectés de sang d'un chien de chasse.

— Ma chérie, la décision t'appartient entièrement. On ira où tu voudras.

— Wouah, fit Néria.

Sa moquerie fit chou blanc sur Céleste, absorbée par une recette complexe. Néria déclara qu'elle allait se dégourdir les jambes et descendit du fourgon.

Ils s'étaient garés dans un terrain de camping public, près de l'Interstate 20, à la sortie d'Atlanta, pour discuter de leur destination — New York ou Miami, nord ou sud. Néria Torres se remémora la conversation flippante qu'elle avait eue avec l'inconnue qui avait répondu au téléphone à la place de Tony.

Plus Néria y réfléchissait, plus elle nourrissait de doutes. Non pas que son cochon de mari n'ait pas été capable de craquer sur une blondasse de vingt-quatre ans ; mais plutôt qu'il lui semblait très peu plausible que quelqu'un puisse craquer sur lui. Et puis Brooklyn ? Pas vraiment une ville où le marché des mobile homes était en plein boom. Ce que lui avait raconté l'inconnue ne tenait pas debout.

Néria Torres avait tenté d'obtenir confirmation de ces détails sordides auprès de Varga, son plus proche voisin, un fouineur de première, mais son téléphone était en dérangement. Néria était certaine de deux choses : la moitié du fric pour la maison de Miami sinistrée par le cyclone lui revenait de droit. Et son mari, dont elle était séparée, faisait tout pour l'éviter.

New York représentait un risque astronomique. Au moins, en Floride, il y aurait une piste. Néria décida qu'ils devaient filer sur Miami, comme prévu à l'origine.

Elle songea à un moyen d'étendre sa toile : pourquoi ne pas laisser les flics rechercher Tony, eux aussi ? Après tout, c'étaient des pros. Néria retraversa le terrain de camping jusqu'à un téléphone public, où elle se servit du code confidentiel de son mari pour appeler la police de Dade County et signaler sa disparition.

Après qu'un planton eut noté l'info, il mit Néria Torres en stand-by. Elle attendit plusieurs minutes avec une impatience grandissante. Il se mit à bruiner. Néria était exaspérée. Elle pensait au Dr Gabler et à la jeune Céleste, partageant l'arrière du van Volkswagen. Elle se demanda si le professeur lui faisait une démonstration de son exercice de « oui-ja humain » dont le charme avait si bien opéré sur Néria.

Autour du cou, Néria portait un éclat poli de quartz rose que le Dr Gabler lui avait donné pour l'aider à canaliser les torrents inexploités de l'« amour inconditionnel ». Tête de nœud ! songea Néria. En ce moment même, il était probablement en train d'ajuster la fréquence des chakras intérieurs de la jeune Céleste. Jusqu'à sa rencontre avec le professeur, Néria ne savait pas ce que c'était qu'un chakra. Céleste, elle, ne l'ignorait sans doute pas. Avec le Dr Gabler, ils semblaient opérer sur la même longueur d'onde.

La bruine vira à l'averse pure et dure. Sous les pieds de Néria, l'argile rouge de Géorgie devenait un bouillon sale. Un homme qui se couvrait la tête d'un journal surgit dans son dos, la serrant de si près qu'il la gênait. Il respirait bruyamment pour souligner son besoin pressant de téléphoner. Néria jura tout haut et raccrocha violemment.

À l'autre bout du fil, au Q.G. de la Metro-police de Miami, le planton fit diligence pour confronter le signalement du mari porté disparu à une liste de cadavres non réclamés à la morgue. Il fut surpris d'un recoupement possible : l'un des morts portait le même nom, avait la même date de naissance et arborait une montre-bracelet de la même marque onéreuse.

L'agent avait immédiatement transféré le coup de fil de Mrs Torres à la criminelle. Le temps qu'un inspecteur décroche, il n'y avait plus personne en ligne.

Max Lamb prit un vol de New York à San Diego puis de là jusqu'à Guadalajara, où il dormit onze heures d'affilée. À son réveil, il appela l'hôtel à l'aéroport de Miami. Bonnie n'y était pas descendue. Max s'alluma une Bronco et se laissa retomber sur l'oreiller.

Il se fit un film selon lequel sa toute nouvelle épouse le trompait avec l'un des deux barjos pur jus, si ce n'était les deux. Il trouvait ça inconcevable. La Bonnie Brooks qu'il connaissait n'était pas une femme libérée — c'était l'une des choses qu'il aimait chez elle. Fidèle, prévisible, telle était Bonnie. D'après son expérience, le truc le plus impulsif que Max l'ait jamais vue faire, ç'avait été de balancer une pizza pas fraîche, tel un Frisbee, par la fenêtre de leur appart de Manhattan. Sur le plan sexuel, elle était quasiment de la vieille école. Elle n'avait couché avec lui qu'au bout de leur *septième* rendez-vous.

Aussi ne fallut-il qu'un instant à Max pour chasser ses inquiétudes concernant la fidélité de Bonnie. La capacité à s'aveugler en de telles matières était l'un des bénéfices d'un ego surdimensionné. Résultat des courses : Max n'imaginait pas Bonnie désirant un autre homme que lui. En particulier, *ce genre* d'hommes : des marginaux et des psychopathes. Impossible ! Il hennit de mépris et rejeta de la fumée par les naseaux à cette idée. Elle lui rendait la monnaie de sa pièce, point barre ; il était clair qu'elle n'avait toujours pas digéré l'expédition-cyclone.

Tout en se frictionnant énergiquement sous la douche, Max Lamb se reconcentra sur ce qu'il allait devoir se coltiner : à savoir Clyde Nottage junior, le roi des rouspéteurs, autrement dit le P.-D.G. souffrant de la Durham Gas Meat & Tobacco. Max avait pour mission de ramener à la raison le vieux schnock, de lui faire comprendre les conséquences dommageables du retrait d'impression de toutes ces annonces dispendieuses. Avant son départ de New York, Max Lamb avait été briefé tour à tour par quatre vice-présidents exécutifs de Rodale & Burns sur l'importance de sa mission à Guadalajara. Le succès, Max le savait, lui garantirait une longue et lucrative carrière à l'agence. Un *home run,* comme le lui avait décrit l'un des big boss. Faire retourner sa veste au vieux, ce serait comme un grand chelem en fin de neuvième manche. Clyde Nottage n'était qu'un vieux con de pète-sec.

Un taxi emmena Max Lamb à l'Aragon Clinic, un bâtiment d'un étage en stuc, peint de frais, avec cadre paysager luxuriant, situé dans un quartier résidentiel de la ville. Le hall d'entrée de la clinique révélait une réfection récente qui n'avait malheureusement pas inclu la climatisation. Max défit son nœud de cravate et prit un siège. Sur une table en verre, il y avait une pile de brochures d'information en espagnol. Curieux, Max en prit une. Sur la première page, on voyait le dessin d'un mouton avec une flèche pointée entre ses pattes de derrière.

Max reposa la brochure sur la table. Il avait envie d'une clope, mais un écriteau sur le mur disait *No Fumar.* Une goutte de sueur lui dégoulina le long de la mâchoire. Max l'épongea de son mouchoir.

Un homme en blouse blanche survint ; un Américain aux yeux clairs de soixante-cinq ans. Il se présenta comme étant le Dr Caulk, médecin de Mr Nottage.

— Quand pourrais-je le voir ? demanda Max Lamb.

— Dans quelques minutes. Il termine son traitement.

— Comment va-t-il ?

— Mieux, grosso modo, fit le Dr Caulk, énigmatique.

La conversation dévia sur la clinique, puis sur le cancer. Le médecin demanda à Max s'il était fumeur.

— Encore débutant.

— Débutant ?

Le médecin eut l'air incrédule.

— C'est une longue histoire, dit Max.

— Mr Nottage fume ses quatre paquets par jour.

— On m'avait dit six.

— Oh, mais on l'a fait descendre à quatre, rectifia le médecin, donnant l'impression qu'il s'agissait d'un conflit de volontés.

Max Lamb s'enquit de la nature inhabituelle du traitement de la tumeur. Le Dr Caulk s'en attribua tout le mérite.

— On a vraiment mis le doigt sur quelque chose, dit-il à Max. Jusqu'à aujourd'hui, les résultats sont tout à fait étonnants.

— Qu'est-ce qui vous a fait penser à essayer... vous savez bien.

— Le sperme de mouton ?

Le Dr Caulk eut un sourire entendu.

— À vrai dire, c'est une histoire des plus intéressantes.

Plus Max l'écoutait, plus il se demandait si sa consternation grandissante se lisait sur son visage. Le traitement Caulk se basait entièrement sur l'observation superficielle de la rareté de cas de cancer du poumon chez les moutons de sexe mâle.

— Comparé à... ?

Le médecin menaça gentiment Max du doigt.

— Je crois entendre la F.D.A. maintenant.

Il croisa les mains et se pencha en avant.

— Je suppose que vous êtes curieux d'apprendre comment nous récoltons ledit sperme.

— Pas le moins du monde, dit Max avec force.

Une infirmière himalayesque vint surplomber le médecin. Elle l'informa que le traitement de l'après-midi de Mr Nottage était terminé. Le Dr Caulk conduisit Max à la chambre du vieillard.

Devant la porte, le médecin baissa la voix.

— Je vais vous laisser tous les deux en tête à tête. Dernièrement, il s'est montré un peu capricieux avec moi.

Max Lamb n'avait rencontré Clyde Nottage Jr qu'une seule fois jusque-là, sur un terrain de golf, à Raleigh. Le vieil ours à l'œil bleu, robuste et colérique, dont il avait le souvenir, ne ressemblait en rien à l'invalide décharné à peau grisâtre sur son lit d'hôpital.

Du moins, jusqu'à ce que Clyde Nottage ouvre la bouche.

— Et merde, qu'est-ce que t'as à me dévisager comme ça, mon garçon ?

Max tira une chaise au chevet du lit. Il s'y installa et posa la serviette sur ses genoux.

— File-moi une clope, marmonna Nottage.

Max glissa une Bronco entre les lèvres exsangues du vieux.

— Le médecin vous a-t-il prévenu de ma venue, monsieur ? Comment vous sentez-vous ?

Nottage ignora ses questions. Il s'arracha la cigarette du bec et la zieuta d'un air lugubre.

— Ce qu'ils disent n'est que trop vrai. Que ces saloperies donnent le cancer. Je sais que c'est un fait. Toi aussi. Et ce fichu gouvernement, *idem*.

Max Lamb était mal à l'aise.

— C'est un choix que font les gens, dit-il.

Nottage éclata de rire, enfin, émit un toussotis de tuberculeux. D'une main tremblotante, il se remit la cigarette entre les lèvres. Max la lui alluma.

— On t'a bien dressé, dit le vieux. Regarde-moi, mon garçon — tu as entendu parler du foutre de mouton ?

— Oui, monsieur.

— J'ai une tumeur grosse comme une mangue de Cuba dans la poitrine et j'en suis réduit au foutre de mouton. Mon dernier espoir sur cette terre.

— Le médecin m'a dit que...

— Je l'emmerde.

Nottage tira quelques bouffées de la Bronco, d'un air de défi.

— T'es venu pour les pubs, pas vrai ? Rodale t'a expédié ici pour me faire changer d'avis.

— Monsieur, le rapport de l'Institut de la santé, c'était de l'info — mauvaise pour nous, ça c'est sûr. Mais les journaux et les magazines, ils n'ont fait que leur boulot. Ils étaient *obligés* d'imprimer la chose ; on ne parlait que de ça à la télévision...

Clyde Nottage repartit à rire au point que son nez en coula. Il se moucha de son avant-bras déplumé et fripé.

— Nom de Dieu, t'as rien pigé. Comme les autres.

Le ton guilleret du vieillard donna à Max une fausse bouffée d'espoir.

— J'ai annulé ces saloperies d'annonces, poursuivit Nottage, parce que j'en avais plein le cul. Et jusque-là, c'est vrai. Mais c'est pas la publication du rapport sur le cancer qui m'a foutu en pétard.

— Alors quoi ?

Un peu de cendre tomba de la cigarette du vieux sur les draps. Il tenta de la disperser en soufflant dessus, mais rire l'avait exténué ; ses poumons gémirent sous l'effort. Après avoir retrouvé son souffle, il dit :

— La vraie raison, c'est que ce sont des faux culs. Ils racontent au monde entier qu'on leur vend du poison, te foutent ça en première page. Pourtant, ils sont ravis de nous piquer notre fric et de faire de la pub pour ce même poison. Des faux culs, des rapaces, des pompe-moi-le-nœud, tu peux répéter ça de ma part aux gars à New York.

Max Lamb était conscient que la conversation avait pris un tour périlleux.

— C'est juste du bizness, monsieur.

— Eh bien, c'est un bizness dont je me retire. Tout de suite. Avant de quitter cette vallée de larmes.

Max attendit une réplique qui tue mais elle ne lui vint pas. Il se sentit frémir jusqu'aux entrailles.

Clyde Nottage déposa le mégot rougeoyant de la Bronco dans un gobelet plastique de jus d'orange.

— Depuis ce matin, Durham Gas Meat & Tobacco est devenu Durham Gas Meat.

— Je vous en prie, bafouilla Max Lamb. Attendez pour cela, s'il vous plaît. Vous n'êtes pas assez bien pour prendre une décision d'une telle importance.

— Je suis en train de crever, triple buse. Trois fois par jour, une infirmière qui a un faux air de Pancho Villa me flanque une giclée de sperme de mouton dans le bide. Tu l'as dit, bouffi, je ne suis pas bien. File-moi un Kleenex.

Max lui en tendit une boîte qu'il pêcha sur le chariot. Nottage en arracha un dans lequel il cracha violemment.

— Mr Nottage, je vous demande instamment de ne rien faire pour le moment.

— Et merde, c'est déjà fait. J'ai passé le coup de fil ce matin.

Nottage cracha derechef. Il ouvrit le Kleenex et en examina le contenu avec un œil de clinicien.

— La dernière fois que j'ai vérifié, il me restait encore cinquante et un pour cent des actions. T'as gaspillé un super bon billet d'avion, mon garçon. Ma décision est prise.

Max Lamb, auquel le désespoir donnait la nausée, commença à protester. Nottage se courba en avant, enfouit son visage dans ses mains et fut secoué d'une quinte de toux éruptive.

Max s'éloigna du lit d'un bond.

— Dois-je appeler le Dr Caulk ?

Le vieil homme scruta l'intérieur de ses paumes.

— Ah merde, lâcha-t-il.

Max se rapprocha légèrement.

— Ça va ?

— Si l'on veut, étant donné que j'ai dans la main un morceau de mes saletés de poumons.

— Mon Dieu ! fit Max en se détournant.

— Qui sait, rêvassa le vieux, ça pourrait avoir de la valeur un jour ou l'autre. Ça risque de finir au Smithsonian comme la queue de Dillinger.

Il tendit son bras frêle en arrière et lança le Kleenex souillé vers le mur où il resta collé comme une grosse tache de sauce bolonaise.

Max Lamb fila de la chambre sans demander son reste. Quelques instants plus tard, Clyde Nottage Jr reposa sa tête sur l'oreiller et mourut joyeusement dans une dernière expiration sifflante. Il arborait sur son visage une expression de pur triomphe.

Dennis Reedy était doté d'un radar intérieur, détectant toute embrouille potentielle. Son flair légendaire avait fait économiser à la Midwest Assurances plusieurs millions de dollars au fil des années, aussi faisait-on grand cas de ses services de superviseur ès sinistres au siège de la compagnie, à Omaha. Reedy était un choix qui s'imposait pour diriger la cellule de crise du cyclone : la Floride du Sud était le royaume de l'arnaque à l'assurance et Reedy connaissait le terrain comme sa poche.

Le 15 600, Calusa Drive, mit son radar en alerte rouge. Non seulement la blessure à la mâchoire du bonhomme était ancienne et déjà guérie, mais il y avait un autre problème en perspective.

— Mr Torres, fit Reedy, comment vous êtes-vous blessé à la jambe ?

Ennuyé, l'homme leva les yeux depuis le fauteuil relax.

— C'est arrivé pendant le cyclone, dit-il.

Reedy se tourna avec raideur vers Fred Dove.

— Vous ne l'avez pas mentionné.

— Ils ne réclament rien pour cette blessure.

Reedy contint son envie de s'esclaffer au nez du jeune Dove. Antonio Torres avait le profil type de l'assuré sinistré, nuisance ambulante en puissance. Il était défiguré, morose et peu liant — précisément le genre de mécontent qui n'aurait aucun scrupule à blouser une compagnie d'assurances. L'idée n'avait peut-être pas encore effleuré Torres, mais ça ne saurait tarder.

Dennis Reedy lui demanda de lui raconter l'accident. Mr Torres lança un coup d'œil à Mrs Torres, qui se tenait près de Fred Dove. Reedy perçut une certaine dose de nervosité et d'animosité dans l'expression de l'époux.

Mr Torres commença son récit, mais sa femme le coupa.

— Tony a reçu une poutre tombée d'un toit.

— Oh ?

— Pendant qu'il promenait les chiens au bout de la rue.

Fred Dove sourit intérieurement, soulagé. Bon sang, elle était douée. Et rapide à la détente !

— Donc, l'accident ne s'est pas produit ici, sur votre propriété ? fit Reedy.

— Non, répondit Edie Marsh, mais j'aurais mieux aimé. Car on aurait su qui attaquer.

Ils pouffèrent tous, Niaqueur excepté. Il fixait avec un mépris ouvertement affiché l'emblème cousu sur la poche du blazer de Dennis Reed : un blaireau montrant les dents.

— J'espère que vous ne m'en voulez pas de vous interroger sur cet accident, reprit Reedy, mais il est important pour nous de connaître toutes les circonstances — afin qu'il n'y ait pas de malentendu par la suite.

Edie Marsh eut un hochement de tête coopératif.

— Eh bien, comme je l'ai déjà expliqué à Mr Dove, j'ai demandé à Tony de pas aller balader les chiens en pleine tempête. On n'en mourra pas s'ils pissent sur la moquette et tout ça. Mais vous croyez qu'il m'a seulement écoutée ? C'est comme qui dirait ses bébés — il les a baptisés Donald et Marla. Ils sont pourris gâtés, je ne vous dis que ça. On a pas d'enfants, vous comprenez.

Elle adressa à Niaqueur un sourire d'épouse contristée. Le coup d'œil qu'il lui retourna était assassin.

— Tony a attendu que l'œil soit passé, continua-t-elle, et le vent était tombé quand il est sorti. Puis, presque tout de suite, il s'est remis à souffler en rafale et, avant que Tony ait pu rentrer avec les chiens, une poutre l'a frappé en tombant d'un toit quelconque. Et elle lui a salement esquinté le genou.

Reedy se contenta d'opiner en toute neutralité.

— Mr Torres, où a eu lieu l'accident ?

— Au bout de la rue. Comme elle vous l'a dit.

Niaqueur s'exprimait d'un ton monocorde. Il détestait répondre à des questions posées par des scribouillards comme ce Reedy.

— Vous vous rappelez l'adresse, Mr Torres ?

— Non, mec, avec la flotte, quelle plaie.

— Vous avez vu un médecin ?

— Ça ira comme ça.

— Je pense que vous devriez aller en voir un.

— Je lui ai suggéré la même chose, intervint Fred Dove.

— Oh, Tony est têtu comme une mule.

Edie Marsh prit Dennis Reedy par le bras.

— Laissez-moi vous montrer le reste de la maison.

Reedy passa l'endroit au peigne fin pendant une heure d'horloge. Fred Dove avait les nerfs en boule, mais Edie resta cool. Flirter avec Reedy était hors de question : elle voyait qu'elle avait affaire à un vieux pro. Elle l'éloigna du placard du couloir où le vieux schnock barjo, dûment saucissonné et bâillonné, était rangé avec son piquet de fixation.

Niaqueur, aigre, demeura campé devant la télévision. Edie lui rappela que le groupe électrogène n'avait plus beaucoup de carburant en réserve, mais il n'y prêta pas attention. Donahue faisait un débat sur le mariage lesbien interracial et le dégoût rivait Niaqueur à l'écran. Des nanas blanches qui bouffaient la chatte de nanas black ! C'est à ça qu'elles semblaient vouloir en venir — et ce bon vieux Phil qui se comportait comme si tout ça était parfaitement normal ! Comme s'il interviewait les Osmond Brothers, putain !

Après avoir inspecté les lieux, Dennis Reedy s'installa dans la cuisine pour établir le montant final. Ses doigts couraient sur le clavier de la calculette. Fred Dove et Edie Marsh échangeaient des regards prévisionnels. Reedy ratura quelques chiffres sur une grande feuille de papier qu'il fit glisser sur le comptoir. Edie l'éplucha. C'était un formulaire détaillé qu'elle n'avait encore jamais vu.

— Mr Dove a estimé les pertes des biens mobiliers à soixante-cinq mille, fit Reedy. C'est un peu élevé, aussi je recommande soixante.

Il pointa avec la gomme de son crayon.

— Cela porte le total à deux cent un mille. Vous voyez ?

Edie Marsh était éberluée.

— Biens mobiliers ?

Puis, saisissant :

— Ah oui, bien sûr.

Elle se sentait parfaitement crétine. Elle avait supposé que l'estimation pour la maison incluait les effets personnels des Torres. Fred Dove lui adressa un clin d'œil furtif.

— Cent quarante et un mille pour la maison proprement dite, expliqua Dennis Reedy, plus soixante mille pour son contenu.

— Eh bien, fit Edie, je pense qu'il faudra nous en contenter.

Elle joua très bien la déception.

— Et nous aimerions que votre mari nous signe une décharge, s'engageant à ne pas nous réclamer de dédommagement eu égard à sa blessure. Dans le cas contraire, le processus de règlement pourrait devenir assez compliqué. Étant donné les circonstances, vous désirez probablement recevoir votre paiement sans délai.

— Tony signera, fit Edie. J'en fais mon affaire.

Elle se rendit dans le salon et s'agenouilla près du relax.

— Ça se présente super bien, chuchota-t-elle, en plaçant les deux documents — décharge et accord de règlement du sinistre — sur l'accoudoir.

— N'oublie pas, dit-elle, Torres prend un *s* à la fin.

Niaqueur décolla à peine les yeux de la télévision tandis qu'il contrefaisait la signature de Tony.

— Des perverses pareilles, je te raconte pas, fit-il,

désignant les invitées de Phil Donahue. Putain, apporte-moi une bière.

De retour dans la cuisine, Edie Marsh remercia Dennis Reedy d'avoir pris le temps de passer.

— Quand peut-on compter recevoir l'argent ?

— Dans deux, trois jours. Vous êtes en tête de liste.

— C'est formidable, Mr Reedy !

— Vous avez vu nos pubs, Mrs Torres, intervint Fred Dove. Nous sommes les plus rapides dans notre secteur.

Et merde, songea Edie, Fred en fait vraiment trop. Mais, exception faite du blaireau bavard du dessin animé, elle se souvint d'avoir été impressionnée par les spots T. V. de Midwest Assurances. Un, en particulier, montrait un intrépide représentant de la compagnie allant remettre leurs chèques en bateau à rames aux victimes des inondations du Mississippi.

— J'ai un ordinateur portable à l'hôtel, disait Dennis Reedy. On transmet les dossiers par modem chaque soir, directement à Omaha.

— Incroyable, fit Edie.

Deux, trois jours ! Mais que penser de ce supplément de soixante mille dollars ?

À peine Reedy sorti, Fred Dove la prit dans ses bras. Quand il tenta de l'embrasser, elle le repoussa en disant :

— Tu le *savais*.

— Je voulais te faire la surprise.

— Oh, ça va.

— Je te le jure ! Soixante mille de mieux pour toi et moi.

— Freddie, arrête tes conneries.

— Comment j'aurais pu les voler, Edie ? Le chèque sera libellé à l'ordre de Mr et Mrs Torres. C'est vous autres. Réfléchis deux secondes.

Elle arpentait la cuisine, toute irritation dehors.

— Je suis trop bête, marmonna-t-elle. Bon Dieu.

Bien entendu les meubles étaient à part, les vêtements aussi, les appareils ménagers et tout ce qui traînait.

— Tu n'avais jamais fait une déclaration de sinistre de cette importance, dit Fred Dove. Tu ne pouvais pas savoir.

— La maison *et* son contenu.

— Tout à fait.

Elle cessa son manège et baissa la voix.

— Niaqueur n'a pas regardé le nouveau montant.

Fred Dove lui fit le V de la victoire.

— J'allais te poser la question.

— J'ai gardé la main posée sur les papiers, si bien qu'il n'a rien vu.

— Bravo, ma cocotte.

— On peut avoir deux chèques au lieu d'un seul ?

— Je crois, Edie. Bien sûr.

— Un pour la maison, l'autre pour les biens mobiliers.

— C'est ça l'idée, dit l'assureur. Soixante mille de supplément pour toi et moi. Mais pas un mot là-dessus.

— Sans blague, Sherlock. Il lui reste encore trois balles, t'as pas oublié ?

Et avec un bisou sur les lèvres, elle poussa Fred Dove vers la porte de service.

21.

Skink et Bonnie Lamb firent le guet devant la maison de Calusa Drive pendant qu'Augustin retournait au pick-up chercher les armes. Il n'était pas d'humeur à tirer sur qui que ce soit, même avec un tranquillisant pour singe. Faire l'amour à Bonnie l'avait rendu serein jusqu'à l'imprudence et avait endormi ses facultés mentales. Il résolut de secouer sa torpeur.

Il tenta d'abord de se saper le moral à coups d'appréhensions et autres reproches pleins de noblesse. Cette femme était mariée, et jeune mariée par-dessus le marché ! Elle nageait en pleine confusion, était seule et vulnérable — Augustin en remit une couche, se traitant de moins que rien, de racaille, de vraie merde. Mais il était trop heureux. Le cran de Bonnie l'éblouissait. Augustin n'était jamais sorti avec une femme capable de manger sur le pouce et sans broncher un animal écrabouillé sur la route, et de ne pas se plaindre des moustiques. En outre, elle semblait comprendre les bienfaits thérapeutiques de ses jonglages de crânes.

— Une manière de toucher la mort du doigt, avait-elle dit, ou tout au moins de la titiller.

Dans l'après-coup de la passion, surtout si on est zippés tout nus et jusqu'au cou dans un sac de couchage, les chuchotis d'une maîtresse groggy peuvent passer pour de pénétrantes observations. Augustin se gardait de tirer des plans sur la comète de ces moments de tendre épuisement auprès de Bonnie Lamb. Et le voilà pourtant qui planait dans son cœur, avec un je-ne-sais-quoi de primesautier dans la démarche. Est-ce qu'il grandirait un jour ?

Autant il désirait ardemment sa compagnie, autant Augustin redoutait de voir Bonnie prendre part à l'expédition de Skink. Il craignait de s'inquiéter pour elle comme un fou alors qu'il aurait besoin d'avoir les idées claires et l'esprit tranquille. Avec le gouverneur menant le bal, le grabuge était garanti. Augustin comptait là-dessus ; il mourait d'impatience. Il allait enfin, temporairement du moins, donner un but et un sens à sa vie.

Bonnie était une complication. Une semaine plus tôt, Augustin n'avait rien à perdre. Maintenant, si. Tout. Mauvais timing pour l'amour, songea-t-il.

Agir en secret serait plus aisé s'ils n'étaient que tous les deux, Skink et lui. Mais Bonnie exigeait d'être au centre, de jouer Etta, entre Butch Cassidy et le Sundance Kid. Le gouverneur semblait s'en soucier comme de sa première chemise ; bien entendu, il vivait dans un autre monde.

— *Le bonheur n'a aucun panache,* avait-il soufflé à Augustin. Aldous Huxley. *Être satisfait n'égalera jamais la gloire de combattre l'adversité.* Penses-y.

Une fois Augustin arrivé au pick-up, il démonta le fusil hypodermique et en dissimula les pièces dans un sac de sport. Il fourra le calibre .38 dans la ceinture de son jean, sous sa chemise. Le sac de sport en bandoulière, il repartit d'un bon pas vers Calusa Drive, en se demandant si Huxley avait raison.

À peine Dennis Reedy et Fred Dove partis, Edie Marsh tira Levon Stichler du placard. Niaqueur n'y prêta pas la main, déclarant qu'il lui fallait économiser son énergie.

Edie taquina le vieil homme de l'orteil.

— Alors qu'est-ce qu'on va faire de lui ?

C'était aussi une question d'un suprême intérêt pour Levon Stichler. C'est les yeux écarquillés qu'il attendit la réponse de Niaqueur, qui fut la suivante :

— On le liquide.

— Où ça ? demanda Edie.

— Loin, fit Niaqueur. Cet enculé a voulu me buter.

— Plutôt minable comme tentative, faut bien l'avouer.

— Et alors ? C'est l'intention qui compte.

— Regarde-le, Niaqueur, fit Edie. Il ne vaut pas la balle qui le tuera.

Levon Stichler ne se sentit pas insulté le moins du monde. Edie lui ôta son bâillon et lui suggéra de cracher à répétition par terre. Le bâillon était un chiffon à poussière avec un goût âcre d'encaustique.

— Merci, haleta-t-il.

— Ferme-la, connard, fit Niaqueur.

— C'est quoi ton nom, Papy ? fit Edie Marsh.

Levon Stichler le lui dit. Puis expliqua pourquoi il était venu assassiner le vendeur de mobile homes.

— Eh bien, quelqu'un t'a battu au poteau.

Edie lui décrivit la visite du malabar aux deux danois.

— Il a embarqué cette pourriture de Tony avec lui. Je suis certaine qu'on ne le reverra plus.

— Ah, fit Levon Stichler. Et vous, qui êtes-vous ?

Niaqueur regarda Edie de travers.

— Tu vois ? Je t'avais dit qu'il fallait le zigouiller, cet enfoiré.

Le vieux s'excusa sur-le-champ de s'être montré si curieux. Niaqueur dit que ça n'avait pas d'importance, qu'ils allaient le liquider de toute façon.

— C'est pas vraiment nécessaire, fit Levon Stichler.

Quand il se mit à plaider sa cause, Niaqueur décida de le rebâillonner. Le vieillard recracha le chiffon à poussière, en criant :

— Je vous en supplie ! J'ai une maladie de cœur !

— Bien.

Niaqueur ordonna à Edie Marsh d'aller lui chercher le piquet de fixation. Levon Stichler reçut le message cinq sur cinq. Il se tut et se laissa remettre le bâillon sans protester.

— Bande-lui les yeux, aussi, fit Niaqueur.

Edie se servit pour cela d'une écharpe en mousseline noire qu'elle avait trouvée dans le tiroir où Néria Torres rangeait ses sous-vêtements. Plutôt classieux, le bandeau.

— Ça serre pas trop ? lui demanda-t-elle.

Levon Stichler grogna négativement, doux comme un agneau.

— Et maintenant quoi ? dit-elle à Niaqueur.

Il haussa les épaules, malheureux comme les pierres.

— T'as encore de ces Darvon ? Ma saleté de guibolle me brûle.

— Mon chou, il ne m'en...

— Merde !

De sa jambe valide il flanqua un coup de pied dans les côtes de Levon Stichler, sans nulle autre raison que le vieux offrait une cible pratique. Edie, prenant Niaqueur à part, lui dit de se ressaisir, bon sang de bois.

Puis entre ses dents :

— Tout roule, O.K. ? Reedy a apposé sa signature au bas du règlement du sinistre. Tout ce qu'il nous reste à faire, c'est d'attendre le fric. Si tu veux tout bousiller, tu n'as qu'à tuer ce vieux débris.

Niaqueur tricotait de la mâchoire comme une pelle mécanique. La souffrance et la gueule de bois lui injectaient les yeux.

— Ben, je vois rien d'autre à faire.

— Écoute, reprit Edie. On installe ce vieux Levon dans la voiture et on l'emmène à perpète les oies. Là, on lui dit de rentrer en prenant doucettement son temps, sinon on ira trouver chacun de ses petits-enfants et... ah, je sais pas, moi...

— On les saignera comme des porcs ?

— Très bien. Ça ou autre chose. Le but, c'est de lui foutre une trouille bleue au point qu'il en oublie tout le reste. Qu'il ne pense plus qu'à une seule chose : survivre.

— Cette saloperie de jambe va éclater comme un fruit mûr, je crois bien, dit Niaqueur.

— Va regarder la télé. Moi, je te cherche des calmants.

Edie fouilla les armoires à pharmacie pour voir si une quelconque médication pouvant s'avérer utile avait réchappé au cyclone. Elle ne trouva pas mieux qu'un flacon intact de Midol. Elle apprit à Niaqueur qu'il s'agissait de codéine générique et lui en colla cinq comprimés dans la paume. Il les fit descendre d'une lampée de Budweiser tiède.

— Il y a de l'essence dans la Jeep ? demanda Edie.

— Ouais. On ira juste après Sally Jessy.

— C'est quoi le thème de l'émission, aujourd'hui ?

— Les lolos refaits qui se barrent en couille.

— Follement gai, fit Edie.

Elle sortit balader Donald et Marla.

Après plusieurs jours de coaltar dus à la morphine, Brenda Rourke se sentait enfin mieux. Le chirurgien esthétique lui avait promis de l'inscrire sur le planning de la salle d'opération pour la fin de la semaine. À travers ses bandages, elle dit à Jim Tile :

— Tu m'as l'air à plat, mon grand.

— On est toujours en double service. C'est comme à Daytona par ici.

Brenda lui demanda s'il était au courant des dernières nouvelles.

— Une boutique de prêts sur gages du côté de Kendall — cette ordure a essayé de mettre l'alliance de m'man au clou.

— Le même mec ?

— Ça m'en a tout l'air. Sa gueule a fait une forte impression sur l'employé.

— Eh bien, c'est un début, fit Jim Tile.

Mais la nouvelle le chiffonnait. Il avait lâché la bride au gouverneur pour qu'il s'occupe de l'agresseur de Brenda en partant du postulat qu'il serait plus rapide que la police. Cependant, l'incident dans la boutique de prêts ravivait la piste. Il était à présent possible qu'en poursuivant l'homme en Cherokee noire, Skink entre en collision avec des inspecteurs. Ce n'était pas un scénario plaisant à envisager.

— Je dois avoir une tête de déterrée, fit Brenda, car je ne t'ai jamais vu faire aussi grise mine.

Bien sûr que ça l'avait atteint — Brenda couchée, blême et toute cassée, sur ce lit d'hôpital. Dans son boulot, Jim Tile avait eu son content de sang, de souffrance et de mal au cœur, jamais pourtant il n'avait senti une telle colère l'aveugler comme ce premier jour au chevet de Brenda. Faire confiance à la justice du système pour s'occuper de l'agresseur, c'était d'une naïveté risible, d'une futilité assurée. On avait affaire à un monstre d'un calibre spécial. C'était évident, compte tenu de ce qu'il avait fait à Brenda. Ce type haïssait les femmes ou les flics ou encore les deux. En tout cas, c'était un danger public. Il fallait l'éliminer du troupeau.

À la réflexion, Jim Tile aurait aimé avoir laissé sa fureur intérieure s'apaiser avant de passer à la vitesse supérieure. Quand Brenda s'était souvenue du numéro d'immatriculation de la Cherokee, il aurait dû le communiquer en suivant la hiérarchie ; jouer le jeu, bête et discipliné. Lâcher la bride au gouverneur était un coup de tête inconsidéré, imprudent, une folie digne d'une milice privée. Brenda allait récupérer, mais à présent Jim Tile avait mis son cher et vieil ami en grand péril. Il serait quasiment impossible de l'arrêter en si bon chemin.

— Il faut que je te demande quelque chose, fit Brenda.

— Parle.

— Un inspecteur de la Répression des vols est passé aujourd'hui. Et aussi une femme du bureau du State Attorney. Ils ne savaient rien de la Jeep noire.

— Mmm.

— La plaque d'immatriculation — j'imaginais que tu leur avais donné le numéro.

— J'ai fait une erreur, Bren.

— Tu as oublié ?

— Non, j'ai pas oublié. J'ai fait une erreur.

Jim Tile s'assit au bord du lit et lui narra ce qu'il avait fait. Elle se tint coite ensuite, sauf pour échanger quelques banalités avec l'infirmière venue changer ses pansements.

Plus tard, quand elle fut à nouveau seule avec Jim, Brenda lui dit :

— Alors tu as retrouvé ton ami le frappadingue. Comment tu as fait ?

— Peu importe.

— Et il est venu ici, dans cette chambre, et tu ne me l'as pas présenté ?

Jim Tile pouffa.

— T'étais dans les vapes, ma chérie.

Brenda lui caressa la main. Il voyait qu'elle y pensait encore.

— Mon Dieu, il faut que tu m'aimes pour de bon, dit-elle enfin, pour aller faire un truc pareil.

— Je me suis salement planté, excuse-moi.

— N'en rajoute pas. J'ai une question.

— Vas-y.

— Quelles chances a ton ami de pincer le connard qui m'a piqué la bague de ma mère ? demanda Brenda.

— Toutes les chances.

Brenda Rourke opina et ferma les yeux. Jim Tile attendit que sa respiration se fasse plus forte et régulière ; attendit d'être certain qu'elle était plongée dans un profond sommeil réparateur et pas autre chose. Avant de s'en aller, il l'embrassa sur la joue, entre les bandages, et la tiédeur de sa peau le réconforta. Il aurait juré avoir vu l'ombre d'un sourire sur ses lèvres.

Skink, le front appuyé contre le rebord de la fenêtre, n'avait pas ouvert la bouche depuis une heure. Il n'avait pas bougé quand Augustin était parti chercher les armes. Bonnie Lamb ne savait pas s'il somnolait ou s'il l'ignorait tout bonnement.

— C'était la chambre du bébé. Vous avez remarqué ? dit-elle.

Rien.

— Vous dormez ?

Toujours pas de réponse.

Une guêpe minuscule voleta à travers la vitre brisée et se prit d'une affection instantanée pour la crinière épicée de Skink. Bonnie la chassa. De l'autre côté de la rue, au 15 600, Calusa Drive, s'élevèrent des aboiements.

Alors le gouverneur parla.

— Oh, ils reviendront.

Cela, sans décoller la tête du rebord.

— Qui ça ?

— Les parents du bébé.

— Comment pouvez-vous en être sûr ?

Silence.

— Peut-être que le cyclone, c'était plus qu'ils ne pouvaient en supporter.

— Optimiste, grommela Skink.

Regardant à nouveau l'ours en peluche noyé, Bonnie songea qu'aucune famille ne méritait de voir sa vie brisée de si navrante façon. Le gouverneur parut lire dans ses pensées.

— Je regrette que ça soit tombé sur eux, fit-il. Mais

je regrette encore plus qu'ils se soient trouvés là de prime abord.

— Et vous regretterez encore plus leur retour.

Skink leva la tête, clignant des yeux comme un gecko endormi.

— C'est une zone cyclonique, fit-il simplement.

Bonnie se dit qu'il méritait d'entendre un point de vue extérieur.

— Les gens viennent ici parce qu'ils pensent qu'ils y seront mieux que là où ils étaient. Ils croient les cartes postales et vous savez quoi ? Pour beaucoup d'entre eux, c'est *vraiment* mieux que là d'où ils viennent, que ce soit Long Island, Des Moines ou La Havane. Leur vie est plus belle, aussi le risque en vaut-il la chandelle. Malgré les cyclones.

Le gouverneur scruta de son œil valide la chambre du bébé.

— Si on joue au con avec Notre Mère Nature, elle jouera au con avec vous, à connard, connard et demi.

— Les gens font des rêves, c'est tout. Comme ceux qui sont partis à la conquête du vieil Ouest.

— Oh, enfant que vous êtes.

— Quoi ? fit Bonnie, avec indignation.

— Dites-moi un peu ce qu'il reste à conquérir.

Et Skink rebaissa la tête.

Elle le tira par la manche de son treillis.

— Je veux que vous me montriez ce que vous avez montré à Max. La partie la plus sauvage.

Skink gloussa.

— Pourquoi ? Ça n'a pas fait grande impression sur votre mari.

— Max et moi, ça fait deux.

— J'espère vivement que oui.

— Je vous en prie. Vous me montrerez ?

Une fois encore, pas de réponse. Bonnie espérait qu'Augustin ne tarderait plus. Elle reporta son attention sur la maison devant laquelle était garée la Cherokee noire et repensa à tout ce dont ils avaient été les témoins pendant cette longue et chaude matinée.

Une demi-heure après l'arrivée du vieil homme, ça avait été le tour d'un taxi. Du 15 600, Calusa Drive, avait surgi une femme rousse en robe collante pailletée et talons aiguilles vertigineux. Augustin et Bonnie étaient tombés d'accord : elle avait le look d'une prostituée. La femme s'était glissée à l'arrière du taxi, et Skink avait songé que ses bas résille feraient un superbe filet maillant pour la pêche au mulet.

Peu après, une Taurus bleu sarcelle était venue se garer dans l'allée. Le gouverneur avait dit qu'il s'agissait d'un véhicule loué, car il n'y avait que les agences de location pour acheter des voitures bleu sarcelle. Deux hommes étaient descendus de la Taurus ; aucun des deux n'avait la mâchoire déformée. Le plus jeune était blond, tiré à quatre épingles, avec des lunettes et une serviette couleur pain brûlé. Le plus âgé, plus lourd, le cheveu noir et court, portait une planchette à pinces ; il exsudait l'autorité — un ex-militaire, selon toute probabilité, subodora Skink, il avait été sergent dans sa jeunesse. Les deux hommes étaient demeurés longtemps dans la maison. Le plus vieux était enfin ressorti, tout seul. Il s'était installé à la place du mort dans la voiture, portière ouverte, et avait griffonné quelques notes. Peu après, l'homme à la serviette avait contourné la maison, passant par l'arrière-cour, et ils étaient partis ensemble.

Même si les visiteurs n'avaient pas l'air de desperados ni de violents, Skink déclara qu'à Miami il ne fallait jurer de rien. Augustin saisit l'allusion et s'en alla chercher les flingues dans le pick-up.

À présent, le gouverneur, le front collé au rebord de la fenêtre, se mit à fredonner. Bonnie lui demanda ce qu'il chantait.

— *Number Nine Dream,* lui répondit-il.

— Connais pas.

Elle brûlait d'en apprendre davantage sur lui et la

vie qu'il menait. Elle voulait qu'il s'en ouvre à elle et lui raconte la plus excitante et choquante des histoires vraies.

— Chantez-la-moi, lui dit-elle.

— Une autre fois.

Skink désigna du doigt l'autre côté de la rue. Un homme et une femme quittaient la maison. Bonnie Lamb ouvrit de grands yeux.

— Mais à quoi ils jouent, au nom du ciel ?

Le gouverneur se releva en vitesse.

— Venez, mon enfant, dit-il.

À la fin de l'émission de Sally Jessy, Niaqueur passa deux trois coups de fil pour mettre un truc sur pied. Quoi exactement, Edie Marsh ne savait pas trop. Ça tombait sous le sens qu'il avait cogité pour décider quoi faire du vieux bonhomme, à part le tuer.

— File-moi un coup de main, dit-il à Edie.

Il commença à arracher les tentures du salon de leurs tringles. Lesdites tentures étaient rose bordel, la pluie les avait rendues lourdes d'humidité. Ils les étendirent par terre en un carré approximatif. Puis ils déposèrent Levon Stichler au milieu et l'empaquetèrent.

Aux yeux d'Edie, ça avait tout d'une énorme pâtisserie à la fraise.

— J'espère qu'il peut respirer là-dedans, observa-t-elle.

Niaqueur pinça le gros tas rose.

— Hé, mon connard. T'as de l'air ?

Le vieux bâillonné répondit par un grognement significatif.

— Ça va pour lui. Foutons-le dans la Jeep.

Levon Stichler n'était pas facile à transporter. Niaqueur se chargea de la partie la plus pesante, mais chaque pas était une torture pour son genou en compote. Ils lâchèrent plusieurs fois leur colis avant d'atteindre l'allée. Chaque fois que cela se produisait,

Niaqueur jurait d'abondance et dansait sur un pied une gigue souffreteuse autour du monticule rose. Edie Marsh ouvrit le hayon de la Cherokee et, tant mal que bien, ils plièrent Levon Stichler dans le coffre à bagages.

Niaqueur, appuyé contre le pare-chocs, attendait que reflue la douleur fulgurante dans sa jambe quand il aperçut un inconnu balèze sortir de la maison d'en face à l'abandon et se diriger vers eux. Le type portait un treillis de l'armée. Ses longs cheveux en bataille avaient l'air de chanvre couvert de givre. De prime abord, Niaqueur crut que c'était un marginal de la rue, peut-être un ancien du Vietnam ou encore un de ces paumés sous crack qui vivaient sous l'Interstate. Sauf qu'il marchait trop vite en ayant l'air de savoir où il allait pour être un clodo. Il se mouvait comme quelqu'un qui a l'estomac en paix, de bons muscles et une idée bien ancrée en tête. À dix mètres derrière lui, tâchant de ne pas se laisser semer, venait une jeune femme au look des plus respectables.

— Ah, fais chier, dit Edie Marsh en claquant le hayon de la Jeep.

Elle recommanda à Niaqueur de la boucler ; elle se chargerait de la parlote.

Comme l'inconnu s'approchait, Niaqueur se campa sur ses deux jambes. La douleur de son genou blessé lui fit serrer ses molaires déphasées. Il glissa une main dans la veste de son costume.

— Excusez-nous, fit l'inconnu.

La femme, nerveuse semblait-il, demeura en retrait.

— Vous vous êtes perdus ? fit Edie Marsh, serviable.

Le visage de l'inconnu s'éclaira d'un sourire époustouflant — celui plein de dents d'une star du grand écran. Niaqueur se raidit : ce n'était décidément pas un clodo de l'Interstate.

— Excellente question, dit l'homme à Edie, avant

de se tourner vers Niaqueur : On a quelque chose en commun, vous et moi, monsieur.

Niaqueur se renfrogna.

— De quoi vous parlez, merde ?

— Regardez un peu par ici.

L'inconnu, fourrageant dans son orbite, en extirpa tranquillement l'un de ses globes oculaires qu'il éleva à la lumière comme une pierre précieuse pour que Niaqueur le voie mieux. Ce dernier se sentit mollir du genou et s'arc-bouta contre la Jeep. La vision de l'orbite creuse le rendait encore plus malade que la prothèse étincelante elle-même.

— C'est du verre, expliqua le type. Rien qu'un léger handicap, tout comme votre mâchoire. Mais on doit se coltiner le miroir tous les matins, pas vrai ?

— J'ai pas de problème dans ce domaine, fit Niaqueur, qui n'arrivait pas à regarder l'inconnu en face. Merde, vous êtes un prédicateur ou quoi ?

Edie Marsh s'immisça dans la conversation.

— Monsieur, je ne veux pas être impolie, mais il faut qu'on y aille. On a un rendez-vous en ville.

L'inconnu était doté d'un certain charme, insaisissable et mystérieux, d'une intelligence dangereuse et désordonnée qui mettait Edie à cran. La perspective d'un affrontement physique semblait le ravir. Sa docile et jolie compagne aux traits fins faisait un couple improbable avec lui ; Edie se demanda si elle n'était pas sa prisonnière.

L'inconnu balèze rejeta la tête en arrière et remit adroitement en place son œil de verre. Puis, clignant pour y voir net, il fit :

— O.K., les enfants. Et si on regardait de plus près dans cette Jeep chicos.

Niaqueur défourrailla son .357 et le braqua au niveau d'un certain bouton sur le large poitrail du type.

— Montez, grommela-t-il.

L'inconnu sourit une nouvelle fois.

— On croyait que tu te déciderais jamais !

La jeune femme s'agrippa à l'un de ses bras et tâcha de réprimer sa tremblote.

Augustin remarqua un garçonnet filasse qui trônait, raide comme un piquet, dans un fauteuil de jardin en lambeaux, à l'extérieur d'une maison délabrée. Il manquait une bonne partie du toit, aussi avait-on agrafé une grande feuille de mauvais plastique bleu aux poutres pour donner de l'ombre et garantir un abri. La brise la fripait en la faisant claquer.

Le blondinet avait dix, onze ans à tout casser. Il tenait un Ruger Mini-14 en acier inoxydable qu'il braqua sur Augustin quand ce dernier passa sur le trottoir. D'une voix suraiguë, le petit garçon glapit :

— Ici, on shoote les pillards !

L'avertissement allait de pair avec un message bombé en lettres d'un mètre de haut sur la façade : PILLARDS FETE GAFE !!!

Augustin fit face au gamin.

— Je suis pas un pillard. Il est où ton père ?

— Il est allé chercher du bois. Il m'a dit de surveiller la maison.

— Tu fais du bon travail.

Augustin fixait le puissant fusil. Un braqueur de banques s'était servi du même modèle pour abattre cinq agents du F.B.I. à Suniland, il y avait de ça quelques années.

— On a eu des pillards la nuit après le six clones, expliqua le garçonnet. On était chez mon oncle Rick, à Dania ça s'appelle, où il vit. Y sont entrés pendant qu'on était pas là.

Augustin s'avança lentement pour y regarder de plus près. Le chargeur était introduit dans le Ruger, prêt à l'emploi. Le petit garçon arborait un air sévère, épiant Augustin, les yeux plissés, comme s'il se trouvait à une centaine de mètres. Le gamin ne tenait pas en place dans le fauteuil branlant. Sa bouche se tordait en une grimace asymétrique qui flanquait les jetons. Augustin s'attendait à demi à entendre un air de banjo[1].

— Ils nous ont piqué les télés et les lecteurs de CD. La boîte à outils de mon p'pa, aussi. Faut qu'j'bute ces salauds s'y se repointent.

— T'as déjà tiré avec ce flingue ?

— J'arrête pas.

Le mensonge fit vaciller le regard bleu-gris dur de l'enfant. Le Mini-14 était lourd. Ses petits bras étaient las de le porter.

— Vous feriez mieux de partir, maintenant, conseilla-t-il.

Augustin opina, et recula.

— Fais bien attention, d'accord ? Tu voudrais pas blesser la mauvaise personne.

— Mon p'pa m'a dit qu'il va mettre des pièges partout et que la prochaine fois, y seront pas déçus du voyage. Il est allé chez le quincaillier, ma m'man et Debbie sont toujours chez mon oncle Rick. Debbie, c'est ma demi-sœur, elle a sept ans.

— Promets-moi d'être prudent avec le fusil.

— Elle a marché sur un clou rouillé et ça s'est infecté.

— Promets-moi que t'y iras mollo.

— D'acc, fit le gosse.

Une gouttelette de sueur dégoulina sur sa joue rose, brûlée par le soleil. Ça devait le chatouiller, mais le garçonnet ne lâcha pas l'arme, même d'une seule main.

Augustin lui fit un signe d'au revoir et se remit en route. Quand il atteignit la maison où il avait laissé Bonnie Lamb et le gouverneur, il la trouva vide. De l'autre côté de la rue, au 15 600, Calusa Drive, la Jeep Cherokee noire n'était plus dans l'allée.

1. Allusion à la célèbre scène des « duelling banjos » dans *Délivrance* de John Boorman (1972).

22.

Augustin traversa la rue en piquant un sprint. Il sortit le pistolet à proximité de l'entrée. Personne ne répondit quand il appela Bonnie. Tout en restant sur ses gardes, il visita la maison. Un calme de mort y régnait. L'air confiné empestait le moisi et la sueur, sauf dans l'une des chambres — qui fleurait bon le sexe et un parfum lourd. Un placard du couloir était ouvert, ne révélant rien que de très habituel. Un diplôme sur le mur du salon indiquait que c'était là la demeure d'Antonio Torres, V.R.P. Le cyclone avait fait du vilain alentour. Dans l'arrière-cour, Augustin trouva deux danois miniatures attachés à un asperseur. Ils se mirent à aboyer comme des perdus en l'apercevant.

Il se laissa choir dans un relax en skaï et tenta de reconstituer ce qui avait bien pu se passer au cours des vingt minutes qu'avait duré son absence. Il était évident que quelque chose avait poussé le gouverneur à passer à l'action. Il avait sûrement ordonné à Bonnie de l'attendre de l'autre côté de la rue, mais elle ne l'en avait pas moins suivi. Augustin devait supposer qu'ils étaient maintenant dans la Jeep en compagnie du « méchant », en route pour une destination inconnue.

Augustin fouilla une nouvelle fois la maison de fond en comble, cherchant des indices. Dans le fatras de la chambre à coucher à l'odeur musquée, il dénicha un album de photos tachées d'eau : le V.R.P., sa moitié et une nombreuse parentèle bien en chair. Brenda Rourke n'avait pas décrit son agresseur comme un Latino macho affligé d'une surcharge pondérale et les photos d'Antonio Torres ne révélaient chez lui aucune déformation faciale. Augustin décida qu'il ne pouvait s'agir du même homme. Il passa dans la cuisine.

Dissimulé dans une grande casserole, dans un placard au-dessus du double évier, il y avait un sac à main de femme en cuir et, à l'intérieur, un portefeuille avec un permis de conduire délivré en Floride à une certaine Edith Deborah Marsh, de race blanche et de sexe féminin. Date de naissance : 05/07/63. L'adresse était celle d'un appartement, à West Palm Beach. La photo du permis était inhabituellement révélatrice : celle d'une jeune et jolie femme aux yeux gris de prédatrice. Le photographe du service des permis s'était surpassé. Soigneusement pliés dans le sac à main, il y avait deux doubles roses de deux règlements d'assurance de la compagnie Midwest Assurances, l'un d'un montant de soixante mille dollars, l'autre de cent quarante et un mille. Les déclarations de sinistre concernaient la maison du 15 600, Calusa Drive, et portaient la signature conjointe d'Antonio et Néria Torres. À noter que les paperasses étaient datées du jour même. Augustin, intrigué que miss Edith Marsh fût en possession de tels documents, prit la liberté de les transférer dans sa propre poche.

C'était là un tour inattendu des plus intéressants, mais Augustin doutait beaucoup que ça l'aide à localiser Bonnie et le gouverneur. La clé du mystère était l'enflure à la mâchoire de traviole. C'était lui qui avait le revolver de service de Brenda Rourke. C'était lui au volant de la Cherokee. Pourtant la maison n'offrait aucun indice ni n'indiquait aucune piste.

Chaque moment qui passait, l'enflure s'éloignait de plus en plus. Augustin connut une légère panique en imaginant ce qui pouvait arriver. Il était inconcevable que le gouverneur se montre coopératif pendant un enlèvement. Il avait la résistance dans le sang, cet homme-là. Un .357 visant son front ne ferait que rehausser le défi. Et s'il se plantait, Bonnie Lamb serait perdue.

L'appréhension rendait Augustin tout endolori. Son premier mouvement, c'était de prendre le pick-up et de rouler ; de quadriller le secteur en ciblant de plus en plus large, dans l'espoir de repérer la Jeep. L'enflure n'avait qu'une courte tête d'avance, mais aussi le considérable avantage de savoir où il se dirigeait.

Puis Augustin se souvint de Jim Tile, le policier d'État. Un appel à la radio et le moindre flic de Floride du Sud saurait qu'il lui fallait garder l'œil ouvert pour la Cherokee. Augustin s'était fait un devoir de mémoriser la nouvelle immatriculation : PPZ-350. Sauvez les lamantins.

Il décrocha le téléphone de la cuisine pour communiquer le numéro à la police de la route. C'est alors qu'il aperçut sa vieille amie, la touche *bis*.

Il avait appris cette astuce quand il vivait sous le même toit que l'interne en chirurgie folle à lier, celle qui devait pour finir le larder de coups de couteau sous la douche. Chaque fois qu'elle était absente quand il rentrait, Augustin appuyait sur la touche *bis* pour déterminer si elle avait bigophoné un peu partout en ville pour se payer d'autres Dilaudid ou mettre au clou des affaires piquées chez lui. En très peu de temps, il fut en mesure de reconnaître les voix de ses divers dealers de dope et autres receleurs, avant de raccrocher. De la sorte, la touche *bis* avait représenté un outil précieux pour prévoir les humeurs de sa copine et retrouver des effets disparus.

Aussi appuyait-il dessus à présent pour découvrir le dernier numéro qu'on avait demandé au 15 600, Calusa Drive, avant la disparition de Skink et de Bonnie. Au bout de trois sonneries, une voix de femme répondit avec amabilité :

— Paradise Palms. Vous désirez ?

Augustin hésita. Il ne connaissait qu'un seul Paradise Palms, un motel en bord de mer à Islamorada. Il tenta le coup.

— Mon frère vient de vous appeler il y a un petit moment. De Miami.

— Ah oui. L'ami de Mr Horn.

— Pardon ?

— Le propriétaire. Mr Horn. Le petit nom de votre frère, c'est bien Lester ?

— Oui, dit Augustin, au pif.

— C'est la seule réservation qu'on ait eue aujourd'hui en provenance de Miami. Désire-t-il annuler ?

— Oh non, dit Augustin. Non, je voulais juste m'assurer que la réservation avait bien été enregistrée. Écoutez, on est censés venir lui faire la surprise — demain, c'est son anniversaire. On va l'emmener faire de la pêche en haute mer.

La réceptionniste du motel lui dit que les dauphins tapaient au large et lui conseilla d'essayer de fréter un bateau charter aux docks de Bud'n'Mary.

— Vous voulez que je leur passe un coup de fil ?

— Non, pas la peine.

— Mr Horn est au courant ?

— Au courant de quoi ? fit Augustin.

— Que c'est l'anniversaire de Lester. Il va drôlement regretter d'avoir loupé ça — il est à Tampa pour affaires.

— Oh, comme c'est dommage, fit Augustin. Je voulais vous demander — à quelle heure attendez-vous mon frère ? Afin qu'on soit sûrs que tout est prêt. Vous savez, pour la petite fête surprise.

— Bien entendu. Il nous a dit qu'il serait ici tard dans l'après-midi.

— Au poil.

— Et vous bilez pas, je dirai pas un mot pour rien gâcher.

— M'dame, fit Augustin, je ne vous remercierai jamais assez.

À l'issue d'une journée bêtement perdue à boire et péniblement employée à s'apitoyer sur son sort, Max Lamb prit un vol de Guadalajara à Miami. Il prévoyait une fois là-bas d'arrêter de fumer, de récupérer sa moitié soumise à un lavage de cerveau et de tout reprendre de zéro. Une autre lune de miel s'imposait — mais cette fois, le plus loin possible de la Floride.

Hawaï, songeait Max. L'Australie, peut-être même.

Il avait la tête comme un parpaing. Sa gueule de bois à la tequila alimenta les cauchemars les plus réalistes pendant le voyage en avion. Une fois, il se réveilla, griffant un collier de dressage invisible, le cou en feu. Dans le cauchemar, c'était Bonnie et non pas son ravisseur qui manipulait la télécommande Tri-Tronics, dont elle poussait les boutons diaboliquement. Une heure plus tard lui vint un autre rêve ; sa femme, à nouveau. Cette fois, ils faisaient l'amour sur le pont d'un hydroglisseur, rasant l'eau des Everglades sous un ciel d'un bleu d'émail. Bonnie était sur lui, les yeux mi-clos, la laîche lui giflant les joues. Agrippé à ses épaules, il y avait un singe — le même fléau psoriasique que Max avait caméscopé après le cyclone ! Dans son rêve, Max n'arrivait pas à voir le visage du pilote de l'hydroglisseur, mais croyait que c'était le jeune homme tranquille qui jonglait avec les crânes. Au moment où Bonnie cambrait les hanches, l'abominable macaque se cramponna à elle comme un minuscule cow-boy. Soudain il se dressa sur ses pattes arrière pour étaler une érection rose miniature. C'est alors que Max s'éveilla en poussant un cri. Il avait les yeux grands ouverts, tout en étant plus calme, quand l'avion atterrit.

Puis, à l'aéroport de Miami, ses fantasmes nés de la tequila furent rallumés par ce gros titre à la une :

La dépouille de Fox Hollow identifiée :
Il s'agit d'un célèbre mafioso
mutilé, puis dévoré par un fauve en maraude,
croit-on.

Max acheta le journal et lut l'article, horrifié. Un lion en liberté n'avait fait qu'une bouchée d'un certain Ira Jackson, truand de son état. Le lion s'était échappé d'une ménagerie pendant l'ouragan. Les détails macabres ne firent qu'accroître l'urgence de la mission de Max.

Il arriva chez Augustin avec un speech tout fait et prêt, si nécessaire, à menacer de recourir à la loi. Pas de lumière. Personne ne répondit à la porte. En l'absence d'un affrontement, Max s'enhardit jusqu'à se faufiler dans l'arrière-cour.

La porte-fenêtre coulissante de la véranda n'était pas verrouillée. À l'intérieur, il faisait chaud et ça sentait le renfermé. Max mit l'air conditionné en marche et alluma toutes les lampes qu'il put trouver. Il voulait afficher sa présence ; il n'avait aucune envie qu'on le retrouve en train de crapahuter dans les couloirs dans le noir, comme un vulgaire cambrioleur.

Ravi de son audace, Max passa l'endroit au peigne fin pour trouver des traces de sa femme. Accrochée dans la penderie, il découvrit la tenue qu'elle portait le jour de son kidnapping. Comme la voiture de location avait été pillée de leurs affaires, Max en déduisit que Bonnie devait avoir sur le dos les vêtements d'autrui ou bien que ses parents lui avaient envoyé de l'argent — ou peut-être qu'Augustin lui avait acheté une nouvelle et dispendieuse garde-robe. N'était-ce pas ce que faisaient tous ceux qui barbotaient les femmes mariées ?

Max Lamb se força à entrer dans la chambre

d'amis. Il évita volontairement le mur aux crânes, mais n'en frissonna pas moins sous leur absence de regard. Il fut enchanté de constater que les draps étaient froissés exclusivement du côté gauche — le préféré de Bonnie. Un creux dans l'unique oreiller paraissait, après inspection, correspondre à l'empreinte de la tête d'une jeune femme. Le lit ne présentait nul indice d'une visite masculine.

Une commode en chêne révélait tout un assortiment de vêtements féminins, des soutiens-gorge aux blue-jeans, d'une variété de tailles intrigante. Les reliques d'ex-petites amies d'Augustin, supposa Max. L'une d'elles avait dû plafonner à un mètre quatre-vingt-cinq, à en juger par la coupe d'amazone de ses jambières noires. Max repéra plusieurs articles dont la petitesse aurait pu convenir à sa femme, une paire de socquettes bleu clair y compris, pliée avec soin sur le parquet. Son jugement s'affinait ; elle portait du moins des vêtements d'emprunt.

Il se blinda pour l'inspection suivante : celle de la chambre d'Augustin.

La couche de cet individu donnait l'impression qu'on avait dégoupillé une grenade sous les draps. Max Lamb se dit : soit il s'éclate au lit comme un malade, soit il souffre d'horribles cauchemars. Un tel désordre rendait impossible de déterminer si deux personnes s'y étaient ébattues ; la distribution de *Chorus Line* aurait pu avoir dormi là au grand complet, à ce que Max pouvait en conclure.

L'incertitude tenaillait son ego. Une idée lui vint — déplaisante mais efficace. Il se pencha sur le lit d'Augustin et fourra le nez dans la literie, pour y flairer une trace éventuelle du parfum de Bonnie. Singulièrement, Max Lamb n'arrivait pas à se souvenir de la marque, mais n'avait pas oublié sa senteur de verger.

Il respira des effluves imaginaires, commençant par le dosseret et redescendant jusqu'au matelas. Un éternuement explosif claironna sa découverte : Paco Rabanne pour hommes. Max le reconnut parce qu'il le portait lui-même (en dépit d'une allergie quasi incapacitante), lors des réunions au sommet du lundi chez Rodale.

Les draps d'Augustin ne sentaient rien, si ce n'est Paco et l'eau de Javel.

Encore un endroit à vérifier : la corbeille à papier de la salle de bains. Max la fouilla avec acharnement : pas de capotes usagées, Dieu merci.

Plus tard, vautré sur le canapé d'Augustin, Max prit conscience que la fidélité de Bonnie (ou son coup de canif possible au contrat) n'était pas le problème le plus pressant. C'était sa bonne santé mentale. Ces deux dingues l'avaient embobinée d'une façon ou d'une autre. Tels les membres d'une secte glauque — le premier qui ramassait ses ingrédients de pizza sur l'asphalte, l'autre qui faisait des mamours à des crânes humains !

Comment une fille aussi intelligente avait pu se laisser laver le cerveau par de tels zozos !

Max Lamb se prononça pour une manœuvre audacieuse. Il s'en rédigea le scénario et se le répéta pendant une heure avant de décrocher le téléphone. Il composa alors le numéro de son appart à New York et laissa un message pour son épouse vagabonde. Son ultimatum.

Max refit le numéro pour juger de l'effet sur le répondeur. Sa voix était si inflexible qu'il la reconnut à peine.

Parfait, songea-t-il. Juste ce qu'il fallait que Bonnie entende.

À condition qu'elle appelle.

La femme d'Avila lui annonça insidieusement que ses boucs hors de prix pour la *santería* étaient sous la garde de la S.P.A. On avait capturé l'un d'eux en train de brouter sur le bas-côté de la voie express Don

Shula. L'autre avait surgi dans un Lavauto et chargé à coups de cornes la calandre d'un coupé Jaguar de location. La femme d'Avila lui dit que c'était passé aux infos de Canal 7.

— Et alors ? Qu'est-ce tu veux que je *fasse* ? demanda Avila.

— Oh ouvlié ça. Tres centos dollares, baut miou ouvlier !

— Tu veux que j'aille récupérer les boucs ? D'accord, ce soir, je me rends d'un coup de voiture à la fourrière, je défonce le grillage et kidnappe ces sales bêtes. Ça te ferait plaisir ? Tant que j'y serai, je te ramènerai un chaton ou deux et aussi un chiot ou deux. Et peut-être aussi un cochon d'Inde bien gras pour ta mère, non ?

— Ch'té détesté ! Ch'té détesté !

Avila hocha la tête.

— Et c'est reparti.

— Tu y Chango, ton pédé d'*oricha* !

— À ta place je gueulerais encore plus fort, dit Avila. Peut-être que tu finiras par réveiller un de tes chers disparus à La Havane.

Le téléphone sonna. Il décrocha, tournant le dos à sa femme qui lui jeta une boîte de haricots noirs, avant de sortir en trombe de la cuisine dans une rafale d'explétifs anglais.

C'était Jasmine au bout du fil. Qui lui demanda :

— Qu'est-ce qui fait autant de boucan ?

— Le mariage, fit Avila.

— Eh bien, amore mio, je suis avec Bridget et devine ousqu'on va ce soir.

— Sucer quelqu'un ?

— Bon Dieu, écoutez-moi un peu qui est salement en pétard.

— Excuse, fit Avila. J'ai eu une journée de merde.

— On va dans les Keys.

— Ah ouais ?

— Retrouver ton ami, fit Jasmine.

— Sans déc ? Où ça ?

— Dans un motel sur l'océan. Tu le crois si je te dis qu'il nous paie toutes les deux pour servir de baby-sitter à un vieux débris.

— Qui ça ?

Avila n'arrivait pas à imaginer dans quelle nouvelle arnaque s'était lancé Niaqueur.

— Bof, un vieux quoi, je sais pas, moi, fit Jasmine. On est censées l'occuper deux, trois jours et prendre des photos crades. Ton ami, il nous file cinq cents à chacune.

— Bigre, ça craint.

— Les affaires tournent au ralenti, mon joli. Le cyclone a transformé nos habitués en pères de famille fidèles et convenables, craignant Dieu.

Avila entendit Bridget glousser dans le fond.

— Alors, cinq cents, ça nous a paru plutôt coquet par les temps qui courent.

— Vous pouvez doubler la mise si tu me donnes le nom du motel.

— Pourquoi tu crois qu'on t'appelle ? T'es pas fier de moi ?

— T'es la reine, fit Avila.

— Mais écoute, chouchou, faut qu'on sache...

— Passe-moi Bridget.

— Pas ques', on veut savoir ce que t'as derrière la tête. Parce qu'on est toutes les deux en liberté surveillée, comme d'hab...

— T'inquiète, dit Avila.

— ... et on a pas besoin d'un sup d'embrouilles, légalement parlant.

— Relax, je te dis.

— Tu vas pas le buter, ce type ?

— Lequel ? Niaqueur ? Mais non, merde, il me doit du fric, c'est tout. À quelle heure vous le retrouvez ?

— Vers huit heures, dit Jasmine.

Avila consulta sa montre.

— Les filles, vous serez jamais à Key West à huit heures à moins de rouler comme un bolide.

— Qui t'a parlé de Key West, chouchou ? On va à Islamorada.

Ce qui faisait toujours cent vingt bornes de moins, mais Avila n'était pas certain d'arriver là-bas à temps. Il fallait d'abord qu'il fasse un sacrifice ; il était impensable de couvrir un trajet aussi important sans sacrifice.

— C'est quoi le nom du motel, Jasmine ? demanda-t-il.

— Promets-moi d'abord qu'y aura pas d'embrouilles pour Bridget et moi.

— Mais bon Dieu, je t'ai déjà dit que non.

— Écoute bien le deal : faudra que tu attendes qu'on ait reçu le fric de notre ami Niaqueur. Puis jure que tu buteras personne en notre présence, O.K. ?

— Sur la future tombe de ma femme, dit Avila.

— Et tu dois aussi promettre de nous payer ce que tu as dit — cinq cents chacune.

— Ouaip.

— Plus deux dîners de crabes de roche. Ça, c'est l'idée de Bridget.

— Pas de problème, fit Avila.

Faire remarquer aux prostituées que ce n'était pas la saison des crabes de roche n'aurait contribué qu'à brouiller la négociation.

— Allez, le nom, la pressa Avila.

— Paradise Palms. J'y ai jamais été. Bridget, non plus. Mais Niaqueur a promis que c'est vraiment chouette.

— Comparé à la prison, je suis sûr que c'est le Ritz, putain. C'est quoi, le numéro de la chambre ?

Jasmine questionna Bridget. Bridget ne savait pas.

— Pas d'importance, fit Avila. Je vous trouverai bien.

— Rappelle-toi ce que t'as juré !

— Ouais, j'essaierai. Ça fait déjà dix secondes que j'ai juré, c'est vrai.

— Bon, c'est pas tout ça, chéri de mon cœur, vaudrait mieux qu'on se bouge.

Avila allait raccrocher quand quelque chose lui revint.

— Oh, Jasmine, une seconde !

— Ouais, quoi.

— Tu lui as parlé de moi ?

— À Bridget ? Nada, j'lui ai dit.

Jasmine avait l'air perplexe.

— Lui dire quoi, d'ailleurs ?

— Nada.

— Oh... tu veux dire à propos de...

— Ne le dis pas !

— Jamais, ô grand jamais, chouchou. C'était entre toi et moi. Juré craché.

— Parce que, l'autre soir, tu m'as dit qu'il y avait du progrès.

Avila avait vaillamment peiné pour étouffer ses vocalises pendant le pugilat amoureux ! Les rares sons qu'il avait émis n'étaient en rien, même avec le plus grand effort d'imagination, des couinements.

— L'autre soir, t'étais tout simplement super, dit Jasmine. Fantastique, même. Mieux que dans mon souvenir.

— Même chose pour toi, dit Avila.

Plus tard, se rendant à Sweetwater pour les poulets, il ne put s'empêcher de repenser au compliment canaille de la call-girl. Qu'elle n'en pense pas un mot ou qu'elle le pense vraiment, ce n'était pas la peine d'épiloguer ; la notion de sincérité était tellement étrangère à la propre existence d'Avila qu'il se sentait peu qualifié pour se prononcer sur celle de Jasmine. Il était simplement content qu'elle ait renoncé à se faire appeler Morgana — quel nom tartignole à se remémorer au plus chaud des ébats !

L'effet combiné de marijuana et de méthaqualone sur le jugement du Dr Gabler n'avait rien de salutaire. Cela ne fut jamais plus évident que tard dans la soirée du 1er septembre, dans un motel en bordure de l'Interstate 10, près de Bonifay, Floride. Sous l'emprise du désir, le professeur se glissa hors du lit jumeau qu'il partageait avec Néria Torres, endormie, pour mieux se faufiler dans celui qu'occupait Céleste la jeune diplômée, elle, bien réveillée. À l'instant où il se ventousait avec ardeur à l'un des seins crémeux de ladite Céleste, le Dr Gabler se retrouva encalminé par une tiède et harmonieuse confluence de courants à la fois physiques et métaphysiques. Il n'aurait pas pu choisir plus mauvais moment.

Néria Torres avait réévalué les paramètres de sa liaison avec le professeur depuis qu'ils avaient quitté la route à grande circulation à la sortie de Jackson, Mississippi, pour un arrêt-pipi. Restée au volant, Néria, observant le Dr Gabler qui tentait d'arroser une touffe d'azalées, se dit : je ne trouve plus ça mignon du tout.

Le professeur était revenu vers le van d'un pas mal assuré ; la lueur des phares avait illuminé théâtralement les cristaux couleur rubis qui pendouillaient à la lanière autour de son cou.

— Ah wouah, s'était exclamée la jeune Céleste, imbibée de terreur mystique et de la « meilleure herbe » d'Humboldt County.

Ce fut alors que Néria, envisageant son avenir, avait décidé que le professeur n'en partagerait pas grand-chose ; et plus spécifiquement, le montant de l'assurance. Néria se faisait tout un film où le Dr Gabler chercherait à l'embobiner par de douces paroles pour lui soustraire une partie du magot — il appellerait ça probablement un prêt à titre amical — avant de s'évaporer dans la nuit avec sa protégée nubile. Après tout, c'était à peu de chose près le tour qu'il avait joué à sa précédente julie, une vendeuse de superbes macramés, quand Néria Torres était entrée dans sa vie.

Même si le professeur ne nourrissait aucun dessein égoïste concernant le butin du cyclone, Néria avait une raison pragmatique de le larguer : sa présence à Miami compliquerait son duel avec son futur ex-mari à propos du règlement de l'assurance. Étant donné les circonstances douteuses de son abandon du domicile conjugal, Néria doutait fort de trouver Tony d'humeur à pardonner et à oublier. Son impossibilité à le contacter dans les jours qui avaient suivi l'ouragan était de mauvais augure — ce salopard vindicatif avait l'intention avouée d'empocher sa moitié du pactole. Si le combat se poursuivait devant les tribunaux, la présence lymphatique du Dr Gabler au cours du procès ne jouerait pas en sa faveur, Néria Torres ne le savait que trop.

C'était sur ces pensées qu'elle s'était endormie dans le motel à Bonifay. Son sommeil eût-il été plus profond ou le système de climatisation Eisenhower grand cru eût-il été de quelques décibels plus bruyant, Néria Torres aurait pu ne pas être réveillée par les amoureux h-h étouffés et autres bruits de succion en provenance du lit voisin. Mais réveillée, elle l'était.

Entrebâillant à peine les paupières, Néria d'abord ne bougea pas d'un cil. Au lieu de cela, elle resta étendue figée dans une fascination dégoûtée, luttant pour gérer ses émotions. D'un côté, elle était immensément soulagée d'avoir une excuse palpable pour se délester du professeur ; de l'autre, elle était furieuse que cette sous-merde, ce sournois, lui montre aussi peu d'égards, fasse preuve d'une telle muflerie. Au fil des années, Tony l'avait bien trompée de temps en temps — mais jamais pendant qu'elle dormait dans la même chambre que lui !

En fait, ce furent les gloussements indécents de la jeune Céleste qui galvanisèrent Néria Torres. Elle sauta au bas du lit, alluma toutes les lumières, fit main basse sur la sacoche en velours qui contenait les cristaux guérisseurs du Dr Gabler et se mit à faire copieusement sa fête à la bête à deux dos qui se tortillait sous les draps. La sacoche était lourde et les minéraux pointus prélevèrent leur dîme sur la chair flasque du professeur. Avec un cri efféminé, il fila dans la salle de bains dont il verrouilla la porte. Entre-temps, la jeune diplômée, nue et en larmes, se recroquevillait sur le matelas. La barbe de deux jours du Dr Gabler avait laissé un tracé révélateur d'écorchures rosâtres de son cou à son ventre palpitant. Néria Torres nota, avec une satisfaction féroce, l'infime virgule d'une cicatrice sous chacun des deux seins impeccables de la jeune Céleste ; une Enfant de la Terre avec des implants !

Elle ne cessait de répéter d'une voix entrecoupée :

— Pardon, Néria, s'il te plaît, ne me tue pas ! S'il te plaît, ne me...

Néria balança la sacoche aux cristaux sur le sol.

— Tu sais ce que je te souhaite, Céleste ? Je te souhaite que ce connard planqué dans les chiottes soit le meilleur coup de ta chienne de vie. Bon, c'est pas tout ça, où sont les clés du van.

Quelques heures plus tard, dans un relais routier animé de Gainesville, Néria tenta encore une fois de joindre au téléphone Mr Varga, son ancien voisin à Miami. Cette fois, la ligne fonctionnait ; Varga répondit à la troisième sonnerie. Il dit et répéta qu'il ne savait rien du départ du mari de Néria avec une nénette blonde dans une camionnette de déménagement de location.

— En fait, la dernière fois que j'ai vu Tony, c'était quarante-huit heures après le cyclone, dans ces eaux-là.

— Il y a toujours des inconnus dans la maison ? demanda Néria.

— Ça n'arrête pas d'aller et venir. Mais pas de blondes.

— C'est qui tous ces gens, Léon ?

— J'sais pas. Des amis et des cousines de Tony,

à ce que j'ai entendu dire. Les deux chiens qu'ils avaient ont aboyé une bonne partie de la nuit. J'ai supposé que Tony leur laissait surveiller la baraque.

Varga lui fit part de sa théorie : le mari de Néria adoptait profil bas, suite à la contre-publicité que connaissait le marché du mobile home.

— Y en a pas un seul qu'ait pas été réduit en miettes par l'ouragan, raconta Varga. Les journaux et la télé en font tout un plat. Il y aura soi-disant une enquête. Le F.B.I., à ce qu'ils ont dit.

— Oh, assez déconné comme ça.

— C'est le bruit qui court, fit Varga. Votre Tony, il est pas fou. D'après moi, il est devenu invisible en attendant que tout ça se tasse et que tous ces gens, ils redeviennent raisonnables. Je veux dire, c'est pas de sa faute si ces caravanes, elles ont volé en éclats. C'était la volonté de Dieu, rien d'autre. Il nous met à l'épreuve, comme Il l'a fait avec Noé.

— Sauf que Noé, il n'était pas assuré, précisa Néria Torres.

Mr Varga avait raison sur un point : Tony ne moisirait pas dans les parages si les flics s'en mêlaient. Ça lui ressemblerait assez de se prendre une chambre d'hôtel agréable et de laisser courir. Entre-temps, il installerait certains de ses parents pique-assiette ou encore sa racaille de vendeurs et leurs pétasses dans la maison de Calusa Drive. Tony ne devait pas être bien loin ; il ne quitterait jamais la ville sans avoir fait main basse sur le fric de Midwest Assurances.

Néria en fut regonflée. L'histoire de la blondasse et de Brooklyn, c'était que des conneries, de toute évidence, une ruse inventée par son mari. Une façon aussi de prendre ses désirs pour la réalité, rêvassa Néria. Sa conversation avec Mr Varga justifiait sa décision de rentrer à Miami.

— Vous revenez vraiment vivre au foyer ? Vous allez remettre ça encore un coup, vous deux ?

— On a connu plus bizarre, dit Néria Torres.

Elle fit jurer à Mr Varga sur des tonnes de bibles de ne souffler mot. Elle précisa que ça gâcherait tout si Tony découvrait qu'elle était sur le chemin du retour.

23.

Niaqueur ordonna à Edie Marsh de prendre l'autoroute à péage et de surveiller ce bon Dieu de compteur. Il s'était calé tout contre la portière côté passager, gardant le .357 volé, braqué sur le dingue en treillis. La jeune femme ne représentait pas une menace dans l'immédiat.

L'inconnu clignait comme une tortue taillée à la serpe.

— Combien t'as tiré de la bague ? dit-il.

Niaqueur tiqua. L'enfoiré, il *savait* — mais comment ?

Edie Marsh gardait les yeux obstinément fixés sur la route.

— De quoi il parle, là ? Quelle bague ?

Niaqueur épiait, à la périphérie de sa vision, la proue erratique de son maxillaire.

— Tout le monde il la ferme, bordel ! fit-il.

Se penchant en avant, « le chevelu » dit à Edie :

— Votre petit copain, le dur de dur, il a tabassé une femme policier. Il lui a piqué son flingue et l'alliance de sa mère — il ne vous a rien dit ?

Edie eut des frissons. Peut-être était-ce son souffle sur sa nuque ou bien le lent tonnerre de sa voix ou encore ce qu'il disait. Entre-temps, Niaqueur brandit son arme en gueulant que putain, s'ils la bouclaient pas, tous tant qu'ils étaient, il allait les crever !

Il fourra un CD dans la stéréo du tableau de bord ;

quatre-vingt-quinze décibels de *country* déchirant. Au bout de quelques instants, sa rage tomba, apaisée par les roucoulades de Reba ou probablement par les cinq cachets blancs qu'Edie lui avait donnés, avant de quitter la maison.

O.K., mon garçon, *réfléchis* deux secondes, maintenant.

Le plan d'origine prévoyait de piéger le vieux givré avec les deux putes. Pas de problème de ce côté-là. Johnny Horn, un mec que Niaqueur connaissait du temps de Fort Lauderdale, avait un motel dans les Keys. L'endroit idéal pour que Levon Stichler prenne de petites vacances. L'idée de Niaqueur, c'était de se procurer un de ces appareils jetables, histoire que les putes puissent prendre des photos, le genre de clichés qu'un homme respectable n'aimerait pas voir tomber sous les yeux de ses petits-enfants. Deux, trois jours attaché tout nu sur un lit de motel et le vieux blaireau n'aurait cure de se rappeler qu'il avait jamais mis les pieds au 15 600, Calusa Drive. S'il promettait d'être bien sage, alors il se pourrait que l'appareil jetable soit jeté. Le vieux pourrait s'en retourner à Miami avec comme seuls souvenirs de son expérience un début d'escarres et une queue en compote.

Le mieux de tout, c'est que Niaqueur n'aurait rien à débourser pour la chambre de motel des Keys, parce que Johnny Horn lui devait une fleur. Deux ans plus tôt, Niaqueur avait plus ou moins repris possession de la Corvette décapotable du micheton de l'une des ex-femmes de Johnny Horn. Niaqueur avait conduit la Corvette directement au Port de Miami où, en plein jour, il l'avait garée à bord d'un porte-conteneurs à destination de Cartagena, Colombie. C'était une manœuvre à haut risque et Johnny avait dit à Niaqueur d'appeler Paradise Palms chaque fois qu'il aurait besoin d'un lit, d'une planque ou d'un nid d'amoureux.

Niaqueur avait imaginé tout seul comme un grand

le plan concernant le vieux Stichler, sans qu'Edie n'y mette son grain de sel. Il ne désirait évidemment pas balancer tous ces trésors d'ingéniosité par la portière, mais ne voyait pas comment inclure les nouveaux venus dans son dessein. D'autre part, les cachets lui brouillaient trop les idées pour qu'il improvise. Il paraissait plus facile de tuer le frappadingue borgne et sa compagne — et tant que Niaqueur se sentait d'humeur, pourquoi ne pas liquider ce vieux givré de Levon dans la foulée ? Comme ça, raisonnait Niaqueur, il n'aurait pas à payer un sou aux deux putes, sauf pour leur rembourser l'essence et leur offrir éventuellement un dîner de fruits de mer.

Bémol de taille : comment se débarrasser des trois cadavres ? La logistique lui faisait baisser les bras. Niaqueur soupçonnait ses neurones en capilotade de n'être pas en mesure de relever ce défi. Tuer réclamait de l'énergie et Niaqueur se surprenait à avoir une envie soudaine de roupiller trois semaines d'affilée.

Il se mitonna un petit laïus pour se donner du peps, se remémorant ce qu'un « affranchi » lui avait dit, une fois en prison : *se débarrasser d'un cadavre, c'est comme quand on investit dans l'immobilier — où, où et où.* Niaqueur songea : regarde autour de toi, mon garçon. T'as que l'embarras du choix : les mangroves, les Everglades, ce putain d'océan Atlantique. Qu'est-ce qu'il te faut de plus ? Une balle dans la tête vite fait et y a plus qu'à laisser les requins, les alligators ou les crabes achever le travail. Qu'est-ce que ça a de si difficile, bordel ?

Mais, bon Dieu, il jouait gros ; une merdouille de rien du tout et t'es bon pour un billet de retour pour Raiford, où tu couleras le reste de tes jours. Probablement bouclé dans une cellule de dix mètres sur dix avec une pédale black en chaleur, colosse souleveur de fonte par ailleurs. Il me ramonera à fond mon pauvre cul jusqu'à ce que je marche comme Julia Roberts.

Et puis buter quelqu'un, ça fait un boucan terrible. Edie Marsh ne marcherait pas, Niaqueur le savait d'office. Elle en ferait tout un fromage. Quant à tuer Edie avec les autres, c'était impraticable parce que (a) il n'avait pas assez de balles et (b) il ne pouvait pas toucher les chèques de l'assurance sans elle. *Bordel.*

— Qu'est-ce qu'il y a ? beugla Edie par-dessus la stéréo.

Niaqueur sarcastique fit mine de tirer une fermeture Éclair sur ses lèvres. Il se disait : qu'est-ce que je suis crevé, bon sang. Si seulement je pouvais piquer un roupillon, un nouveau plan me viendrait.

L'inconnu borgne se mit à chanter avec Reba. Niaqueur le dévisagea froidement. Comment il était au courant pour la femme flic ? Niaqueur sentit un léger tremblement affecter ses mains. Il avait un goût de cendres dans sa bouche sèche. Et si cette salope avait clamsé pour de bon ? Et si pour commencer elle l'avait bien maté, ou la Jeep peut-être ? Et si c'était déjà à la télé et que chaque flic de Floride était en chasse ?

Niaqueur se dit d'arrêter ça, d'avoir des pensées positives. Pour la première fois depuis des jours, son genou bousillé ne lui faisait plus autant mal. Il y avait là de quoi se réjouir.

La jeune femme sur la banquette arrière joignit sa voix à celle de son timbré de compagnon. Elle improvisait les paroles, mais Niaqueur ne lui en voulait pas, car elle avait une jolie voix.

Edie Marsh tambourinait sur le bord du volant, l'air irritée par le chœur amateur. Au bout de trois minutes, elle tendit la main et enfonça la touche Off du lecteur de compacts. Reba se tut, et le chœur l'imita.

Niaqueur annonça que Travis Tritt était sa sélection suivante.

— Pitié, fit Edie.

— C'est quoi ton problème, merde ?

La femme sur la banquette arrière prit la parole.

— Moi, c'est Bonnie. Lui, c'est le gouverneur. Mais il préfère qu'on l'appelle « capitaine ».

— Skink, ça fera l'affaire, corrigea le borgne. Et je me damnerai pour entendre un peu les Allman Brothers.

Niaqueur voulut savoir ce qu'ils voulaient, ce qu'ils avaient à fouiner autour de la maison des Torres. Celui qui se faisait appeler Skink répondit :

— On te cherchait.

— Comment ça se fait ?

— Un service que je rends à un ami. Tu le connais pas.

— Ça n'a pas le sens commun, à vous entendre, fit Edie Marsh.

Quelque chose s'agita dans le coffre de la Jeep. Le bruit fut suivi d'un faible gémissement chevrotant.

Puis la femme, Bonnie :

— Et vous, c'est quoi vos noms ?

Edie Marsh leva les yeux au ciel. Bonnie la surprit dans le rétro.

— Sont idiots, ces deux-là, putain, lâcha Niaqueur.

— Ce que je voulais simplement savoir, reprit Bonnie Lamb, c'est comment on doit vous appeler ?

— Moi, c'est Nicole Kidman, fit Edie, puis, désignant Niaqueur de la tête, elle ajouta : Et lui, là, c'est Tom Cruise.

Découragée, Bonnie colla le nez contre la vitre.

— Oubliez ça.

Une main chaude se posa sur l'épaule d'Edie.

— Qui que vous soyez, fit Skink d'un ton intime, vous faites un rudement beau couple.

— Je vous emmerde.

Niaqueur détendit le bras en travers du siège et fourra le canon du .357 au creux de la joue de l'inconnu.

— Tu crois que j'ai pas les couilles de tirer ?

Skink repoussa nonchalamment le flingue. Il se cala au fond de la banquette, les bras croisés. Son attitude intrépide affola Edie Marsh. Niaqueur lui ordonna de prendre la prochaine sortie. Il fallait qu'il aille aux toilettes.

N'ayant jamais été enlevée sous la menace d'une arme, Bonnie Lamb n'était pas aussi terrifiée qu'elle pensait qu'elle devrait l'être. Elle attribuait ce sang-froid inattendu à sa résolution de vivre une aventure et à l'air invraisemblablement confiant du gouverneur. Ne se fondant sur rien, sauf une foi aveugle, Bonnie était sûre que Skink ne permettrait pas qu'un voleur de voiture difforme leur fasse le moindre mal. La façon désinvolte qu'avait le type de manipuler le flingue mettait les nerfs à rude épreuve, tout en ne semblant pas si menaçant avec une autre femme dans la Jeep. Bonnie Lamb pouvait voir qu'elle n'avait rien d'une radasse de *trailer park* à l'œil éteint ; c'était une maligne qui n'avait pas spécialement peur du lourdaud au pistolet. Bonnie pressentait qu'il n'y aurait pas de tuerie dans l'habitacle.

Elle se demanda ce que Max penserait d'elle s'il pouvait la voir en ce moment. Il valait probablement mieux qu'il ne le puisse pas. Faire du mal à son mari la rendait malade, mais lui manquait-il ? Ça n'en avait pas l'air. Peut-être faisait-elle à Max le plus beau cadeau de sa vie. Ayant attendu une semaine entière pour commettre l'adultère avec un complet inconnu ou presque, Bonnie subodora qu'elle avait, en termes de psychothérapie pop, des « problèmes non résolus » à assumer. Ce pauvre Max, si partant, était victime d'un packaging mensonger. Il croyait avoir une femme d'un certain type alors qu'il en avait une d'un autre. Et de ça, Bonnie se sentait coupable.

Elle se jura de ne pas déprimer en analysant son attirance soudaine pour Augustin. Elle aurait aimé qu'il fût là tout en se demandant s'il les retrouverait jamais sur la route. Bonnie, pour sa part, n'avait aucune idée de là où ils se rendaient.

— Le Sud, signala le gouverneur. Et le Sud, c'est bon.

L'homme au pistolet montra les dents.

— Calmos, connard.

Tout à trac, Bonnie eut une vision holographique, à donner le frisson, du crâne du malfrat sur le mur de la chambre d'amis d'Augustin. La mandibule brisée dotait le globe osseux reposant sur l'étagère d'une inclinaison sinistre ; et d'un rictus de pirate. Puis Bonnie eut un flash : Augustin en train de jongler avec ce crâne mêlé aux autres.

D'une de ses poches, Skink retira un crapaud-buffle qui se tortillait tant et plus et qui aussitôt lui pissa dessus. L'homme au .357 ricana.

La conductrice jeta un coup d'œil par-dessus son épaule.

— Quoi encore ? grommela-t-elle.

— Si on fume son suc, fit Skink, tenant le crapaud et son pipi ambré au creux de la paume, on voit mastodontes et merveilles.

— Fous-moi cette bestiole puante dehors, dit l'homme au flingue.

— Tu savais que des mastodontes se baladaient en Floride autrefois ? Des années-lumière avant que tes ancêtres se mettent à copuler d'aussi désastreuse façon. Des mastodontes aussi gros que des bétonneuses !

Skink passa le crapaud par la vitre. Puis essuya son pissat sur la manche du costume à rayures du malfrat.

— Espèce d'enfoiré ! fit Niaqueur, visant l'œil valide de Skink.

La femme au volant lui dit de se calmer — d'autres conducteurs les fixaient. Elle prit la sortie suivante et alla s'arrêter dans une station-service abandonnée. Le cyclone avait fauché les pompes à essence comme des dominos. Des pillards avaient nettoyé le garage. Sur le toit, on voyait les vestiges d'une

Madza Miata, écrabouillée à la renverse comme une bête à Bon Dieu.

Tandis que le malfrat s'éloignait de la Jeep pour se soulager derrière le bâtiment, la femme se chargea avec répugnance du .357. Elle paraissait si mal à l'aise que Bonnie Lamb eut un peu pitié d'elle ; la pauvre fille arrivait à peine à soulever le foutu engin. À coup sûr, songea Bonnie, le moment d'agir était venu pour Skink.

Mais il n'en fit rien. Au lieu de ça, il dit à leur conductrice avec un grand sourire :

— Vous êtes rudement mignonne. Et vous le savez, bien entendu. C'est l'élément moteur de toute votre vie, j'imagine : votre joli minois.

La jeune femme rougit, puis se raidit.

— Où étiez-vous pendant l'ouragan ? demanda Skink.

— Dans un motel. Avec Mel Gibson, là-bas, répondit-elle, désignant Niaqueur de la tête. Et une pute.

— Moi, j'étais attaché à un pont. Vous devriez essayer une fois.

— C'est ça.

— Il ne plaisante pas, dit Bonnie.

La femme changea le .357 de main.

— À quoi vous jouez tous les deux, bon sang ? C'est la femme de Tony qui vous a envoyés à la maison ?

Elle pivota, prenant appui de son bras armé sur le siège avant.

— Bonnie, ma chère, dit-elle sèchement. J'apprécierais vraiment qu'on me donne des réponses.

— Est-ce que vous me croiriez si je vous disais que je suis en pleine lune de miel ?

— Vous plaisantez.

La jeune femme jeta un coup d'œil dubitatif à Skink.

— Ah non, pas avec *lui*. Mon mari est au Mexique.

— Dites donc, vous devez vous sentir drôlement perdue, fit la jeune femme.

— Pas vraiment, fit Bonnie, secouant la tête.

L'ouragan avait renversé tous les feux dans Florida City ou ce qu'il en restait. Un agent crevé en imper jaune assurait la circulation au carrefour. Edie Marsh était tendue au volant de la Jeep. Elle demanda à Niaqueur de s'assurer que le flingue ne soit pas visible. Quand ils passèrent devant le policier, Bonnie Lamb se dit que ce serait le moment idéal de mettre la tête à la portière et de crier à l'aide, mais Skink ne l'y encouragea pas franchement : il avait à nouveau son menton affaissé sur la poitrine.

Bien que la plupart des panneaux indicateurs fussent encore par terre, Bonnie en aperçut un qui leur souhaitait la bienvenue dans les Fabuleuses Keys de Floride. Niaqueur redoutait d'éventuels contrôles de police le long de la route n° 1, aussi conseilla-t-il à Edie Marsh d'emprunter la Card Sound Road à la place.

— Elle est à péage, remarqua-t-elle.

— Et alors ?

— J'ai laissé mon sac à la maison.

— Et merde, moi, j'ai du fric, fit Niaqueur.

— Tu parles que t'en as.

Edie Marsh n'arrivait pas à se sortir de la tête la révélation de l'inconnu borgne : Niaqueur, agresseur d'une femme flic, à qui il avait fauché l'alliance de sa mère.

— Combien t'en as tiré ? lui demanda-t-elle.

— Tiré de quoi ?

— De la bague.

Edie gardait les yeux fixés sur le ruban de la route, qui s'étirait vers l'est aussi loin que sa vue portait.

Niaqueur marmonna une obscénité. Plongeant la main dans son costume, il en retira un simple anneau de mariage en or. Il le colla sous le nez d'Edie.

— Alors, heureuse ? fit-il.

En voyant la bague volée, Edie ressentit un trouble inattendu : à la fois du dégoût et un profond malaise. Elle tenta de visualiser la femme policier, se demanda si elle était mariée, si elle avait des enfants, quels sévices Niaqueur lui avait fait subir.

Seigneur, songea Edie. Quelle existence minable et décevante je m'inflige. Si seulement elle avait réussi à mettre dans son pieu ce jeune et timide Kennedy, tout aurait été différent, s'obstinait-elle à croire. Mais elle n'en était plus très sûre.

— J'ai pas pu la mettre au clou, disait Niaqueur, ce putain de truc est gravé, personne voudra y toucher.

— Et qu'est-ce qu'il y a d'écrit ? Sur l'alliance ? demanda Edie calmement.

— Rien à battre.

— Déconne pas. Ça dit quoi ?

La jeune femme assise sur la banquette arrière s'avança, curieuse elle aussi, lorsque Niaqueur lut à haute voix : « Pour ma Cynthia. À jamais. » Il eut un rire dédaigneux et, mettant son bras osseux à la portière, s'apprêta à jeter la bague.

— Ne fais pas ça, dit Edie, levant le pied de l'accélérateur.

— Et pourquoi non, bordel ? Si je peux pas foutre au clou cette saloperie, je la balance, moi. Au cas où on se ferait arrêter.

— Fais pas ça, c'est tout, O.K. ? insista Edie Marsh.

— Houlà. Trop tard.

Il lança la bague le plus loin qu'il put. Elle atterrit avec un plouf dans le canal qui longeait la route, ridant la surface de l'eau de cercles concentriques.

Edie observa tout du coin de l'œil.

— Sale con !

Sa voix avait le tranchant du silex. La jeune femme

sur la banquette arrière sentit que la Jeep reprenait de la vitesse.

Niaqueur agita d'un air de défi le lourd pistolet noir.

— P't-être que t'as jamais entendu parler d'un truc appelé « recel » ? C'est un délit, bordel de merde, au cas où tu le saurais pas. Et de cette autre perle : « violatieûn de cûnditieûnnelle ! » Traductieûn : directo à Starke et par la peau des fesses encore, si je me fais alpaguer. Je passe pas par la case Départ, je touche pas le blé du cyclone. Alors au cul la bagouse de la flic, vu ?

Edie Marsh ne moufta pas. Elle s'obligea à se concentrer sur l'asphalte glissant à deux voies, jonché par intermittences de branches de pin, de feuilles de choux palmistes et de contreplaqué. Une course d'obstacles perpétuelle. Edie surveillait le compteur : cent cinquante à l'heure. Pas mal pour une nana des villes.

Niaqueur lui ordonna de ralentir sans pouvoir dissimuler sa nervosité à fleur de peau. Edie fit comme si elle était sourde.

Celui qui disait s'appeler Skink n'émergea pas de son roupillon, de sa transe, de son coma, quoi que ce fût. Dans le même temps, la jeune mariée (Edie la surprit dans le rétro) retirait prudemment sa propre alliance de son doigt.

La cabine du péagiste était vide et la barrière levée. Edie ne se donna pas la peine de ralentir. Bonnie Lamb retint son souffle.

Quand ils franchirent en trombe l'étroit passage, Niaqueur s'exclama :

— Nom de Dieu !

Skink releva la tête alors que la Jeep gravissait le pont pentu.

— C'est ici.

— Que vous étiez pendant le cyclone ? demanda Bonnie.

Il acquiesça.

— Alléluia !

Au-dessous d'eux, un soleil intermittent peignait la baie de Biscayne de rayures changeantes de cuivre et d'ardoise. Devant eux, une floraison de nuages lavande déversait ses pluies torrentielles sur les mangroves verdoyantes des rives nord de Key Largo. Au moment où la Jeep franchissait le sommet du pont, Skink pointa son doigt vers un banc de dauphins souffleurs, qui longeait le bord d'un chenal de navigation agité de remous. De si haut, leurs flancs bombés ressemblaient à des éclats de céramique d'un noir de jais, que l'écume des vagues recouvrait et découvrait tour à tour.

— Regardez, fit Bonnie Lamb.

Le gouverneur avait raison — c'était follement spectaculaire.

Même Edie Marsh fut impressionnée. Elle gara la Jeep dans la descente, puis coupa le contact. Elle tâchait de ne pas perdre de vue les dauphins s'ébattant joyeusement.

Niaqueur fulmina, impatient.

— C'est quoi encore ces conneries ?

Il frappa le bras d'Edie avec le .357.

— Eh toi, vas-y, roule !

— On se calme.

— Je t'ai dit de rouler, bordel.

— Et moi, on se calme, bordel.

Edie était blême. La dernière fois que Niaqueur lui avait vu ce regard de haine, c'était quelques secondes avant qu'elle ne lui massacre la jambe avec la pince. Il arma le revolver.

— T'amuse pas à ça, connasse.

— Pardon ? Tu peux répéter ? fit-elle, le sourcil haussé.

Bonnie Lamb craignit qu'Edie ne pète les plombs et ne se jette à la gorge de Niaqueur qui, à ce stade-là, ça ne faisait pas un pli, la tuerait à bout portant.

Niaqueur lui colla carrément le flingue contre le sein droit.

Le gouverneur ne se doutait de rien. Il avait passé le haut de son corps par la vitre et se tordait le cou pour regarder les dauphins s'acheminer vers le nord, tout en profitant de la fraîcheur d'une ondée naissante. Bonnie essaya de lui prendre la main : trop grande. Elle se contenta de lui serrer deux doigts. Skink réintégra progressivement l'habitacle de la Jeep et put ainsi juger de l'intensité du drame qui se déroulait sur le siège avant.

— Fais pas semblant de pas avoir entendu, disait Niaqueur.

— Alors c'est bien toi qui as osé me traiter de *connasse,* fit Edie.

Niaqueur tourna violemment le canon du flingue, froissant le chemisier d'Edie et par la même occasion la peau douce en dessous. Mon Dieu, songea Bonnie, que ça doit faire mal.

Edie Marsh ne laissa rien paraître.

— Roule ! lui commanda Niaqueur une fois de plus.

— Quand j'aurai fini de regarder Flipper.

— On l'emmerde, Flipper.

Niaqueur leva le .357 et tira une balle dans le toit de la Jeep.

Bonnie Lamb poussa un cri en se bouchant les oreilles. Edie se raccrocha au volant pour garder l'équilibre. Sa douleur au sein lui fit se demander un instant si elle avait été touchée. Mais non.

Niaqueur zieuta le trou dans le toit d'un œil morne ; l'âcre bouffée de cordite le fit éternuer.

— À mes souhaits, fit-il avec une pincée d'humour noir.

Une portière s'ouvrit et Skink descendit de la Jeep pour s'étirer.

— Comment ? T'adores pas cet endroit ?

Il déplia ses longs bras en direction des nuages.

— Ici, qui fait la bête, fait l'ange !

Alléluia, approuva Bonnie en silence. Y a rien d'autre à dire.

— Remonte, et plus vite que ça ! aboya Niaqueur.

Skink obtempéra, secouant la tête comme un chien de berger pour chasser la pluie de ses cheveux. Sans un mot, Edie Marsh mit le contact et démarra.

24.

— Comment ça, pas de coqs ?

Le patron de la *botánica* s'excusa. La volaille avait marché fort cette semaine. Il proposa à Avila de sacrifier un bouc à la place.

— Pas question, Ernest, fit ce dernier.

Les points de suture de sa blessure le démangeaient en permanence.

— Première fois que j'entends parler d'une rupture de stocks de coqs. T'as quoi d'autre ?

— Des tortoues.

— Les tortues, j'ai pas le temps pour ça, dit Avila.

Leur ôter la carapace, c'était une corvée où on se salopait trop.

— T'aurais pas des pigeons ?

— Déssolé, mec.

— Des agneaux ?

— Démain matin.

— Pas de chats ?

— Non, mec, pas légal.

— Ouais, c'est ça, comme si t'en avais quelque chose à foutre.

Avila vérifia l'heure à sa montre-bracelet ; il fallait qu'il se presse, faire ça puis filer vers les Keys.

— O.K., señor, il vous reste *quoi* ?

Le patron de la boutique l'emmena dans une petite remise et lui désigna une caisse en bois à claire-voie. À l'intérieur, Avila distingua un animal à fourrure de la taille d'un beagle. Il avait les yeux en boutons de bottine, la trompe d'un fourmilier et une longue queue mince, cerclée d'anneaux noirs.

— C'est quoi ça, une espèce de raton laveur ? demanda Avila.

— Un coati. Ça bient d'Amérique du Sud.

L'animal blablatait avec curiosité, passant ses narines veloutées à travers les claies de la caisse. C'était la plus étrange créature sur laquelle Avila ait jamais posé les yeux.

— Grandé médéciné, promit le patron de la boutique.

— Il me faut un truc pour Chango.

— Oh, Chango, il ba adorer.

Le patron avait judicieusement rangé Avila dans le lot des grossiers amateurs ne connaissant rien, peu ou prou, à la *santería.*

— *Sí es muy bueno por Chango,* renchérit-il.

— Ça mord ? demanda Avila.

— Non, amigo. Tu vois ?

Le patron de la *botánica* flatta le naseau humide du coati.

— Commé un pétit chien.

— O.K., combien ?

— Soixante-quinze.

— J't'en donne soixante, *chico.* Aide-moi à le porter jusqu'à la voiture.

En arrivant devant chez lui, Avila aperçut la Buick qui quittait l'allée en marche arrière : pas de doute, sa femme et sa belle-mère partaient jouer au bingo Miccosukee. Il leur fit signe de la main. Elles lui rendirent son salut.

Avila jubilait. Parfait le timing. Pour une fois, j'aurai la maison pour moi tout seul. Il traîna vite fait la caisse en bois dans le garage dont il abaissa le portail électrique. Le coati souffla de réprobation. D'un meuble en rotin, Avila sortit en hâte les instruments du sacrifice — piécettes ternies, noix de coco vides, os de chat blanchis, carapaces de tortue vernies et un vieux gobelet d'étain. Puis il retira d'un coffre galvanisé son *artefact* le plus récent et en principe le plus puissant : le morceau d'os rongé appartenant au méchant zigoto qui avait voulu le crucifier. Avec vénération et fondant de grands espoirs, Avila plaça le morceau d'os dans le gobelet, qui serait bientôt plein à ras bord de sang animal.

Pour se sustenter, Chango, c'était bien connu, avait un faible pour le vin sec et les bonbons ; pris de court, Avila ne put trouver mieux qu'un pichet de sangria et un vieux rouleau de pastilles au wintergreen. Il alluma trois grands cierges qu'il disposa en triangle sur le sol cimenté du garage. À l'intérieur du triangle, il édifia l'autel. Le coati était devenu muet ; Avila sentait qu'il le fixait à travers les claires-voies. Se pouvait-il qu'il comprenne ? Il chassa cette idée de sa tête.

Le dernier instrument qu'Avila retira du petit meuble était le plus important de tous : un couteau de chasse à lame de vingt-cinq centimètres et au manche sculpté dans du vrai bois d'élan. Le couteau était une antiquité, fabriquée au Wyoming. Avila l'avait reçu en pot-de-vin quand il était encore inspecteur au service d'urbanisme du comté — offrande de Noël d'un couvreur sans licence espérant ainsi qu'Avila fermerait les yeux sur un treillis métallique gravement défectueux. D'une façon ou d'une autre, Avila avait trouvé en lui la force d'âme de le faire.

Il aiguisa énergiquement le couteau de chasse sur une pierre à repasser. Le coati commença à arpenter sa caisse en reniflant. Avila dissimula prudemment la lame étincelante aux yeux de l'animal condamné. Puis il pénétra dans le triangle formé par les cierges et improvisa une courte prière à Chango, qui (Avila n'en doutait pas) comprendrait que le temps pressait.

Ensuite, s'emparant d'un levier, il s'attaqua aux lames en claire-voie de la caisse. L'objet du sacrifice fut saisi d'une grande agitation. Avila tenta de l'apaiser en lui parlant doucement, mais l'animal ne s'y laissa pas prendre. Jaillissant de sa caisse, il se mit à tourner en rond comme un fou à travers le garage, éparpilla les os de chat et renversa deux des cierges. Avila essaya de venir à bout du coati en l'étourdissant d'un coup de levier, mais la bête était trop rapide et trop agile pour lui. Tel un singe, il escalada un mur d'étagères métalliques avant de bondir au plafond sur la barre du système d'ouverture électrique de la porte. Il s'y percha, utilisant sa remarquable queue pour garder l'équilibre, couinant en montrant ses dents jaunes. Entre-temps, l'un des cierges roula sous la tondeuse à gazon, mettant le feu au réservoir à essence. Avila courut chercher l'extincteur dans la cuisine en jurant amèrement. À son retour dans le garage, une nouvelle catastrophe l'attendait.

La porte électrique était ouverte. Dans l'allée, la Buick de sa femme s'avançait au ralenti. Pourquoi était-elle revenue, Avila l'ignorait. Peut-être avait-elle décidé de puiser dans le Tupperware enterré, histoire de rallonger ses mises au bingo. Mais peu importe.

Apparemment sa belle-mère était descendue de voiture la première. Le spectacle que découvrit Avila était si stupéfiant qu'il en oublia momentanément la tondeuse en flammes. Pour des raisons dépassant l'entendement humain, le coati à bout de nerfs avait sauté de son perchoir dans le garage, foncé à l'extérieur et escaladé la belle-mère d'Avila. À présent, la bête se nichait dans la coiffure de la dame, frêle édifice d'un orange nickel chrome. Avila avait toujours pensé que la mère de son épouse portait perruque, mais voici qu'il avait la preuve que sa fantastique crinière était tout ce qu'il y avait d'authentique. Elle courait en tous sens dans le jardin, en poussant des cris d'orfraie et en flagellant spasmodiquement le démon agrippé à son scalp. Le coati jacassant y plongeait ses quatre pattes griffues. Aucune perruque ne pourrait résister à un traitement pareil, décida Avila à part soi.

Sa femme lui criait en deux langues de faire quelque chose, bon Dieu, reste pas planté là comme une souche ! Se servir du levier était hors de question ; un coup mal placé et c'en serait fini de sa belle-mère. Avila se rabattit donc sur l'extincteur. Il le déchargea à bout portant, shampooinant l'animal têtu de bicarbonate de soude. Le coati montrait les dents, prêt à mordre mais, incroyable mais vrai, refusa d'évacuer la chevelure de la vieille dame. Il était inévitable que, dans la confusion, un peu de mousse glacée de l'extincteur vienne frapper la belle-mère d'Avila qui, écrasant ses phalanges sur ses yeux, s'enfuit en courant à l'aveuglette. Il la pourchassa sur la longueur d'un pâté de maisons, tirant de courtes rafales d'extincteur, mais la vieille dame fit preuve d'une célérité surprenante.

Avila jeta l'éponge et trotta jusqu'à chez lui pour éteindre le feu dans le garage. Il fit rouler ensuite la tondeuse à gazon carbonisée jusqu'à l'arrière-cour où il l'arrosa au jet. Affalée sur le capot de la Buick, sa femme, dans tous ses états, gémissait :

— *Mamí, mamí,* régard'oun po cé qué t'as fait à ma *mamí* !

La plainte des sirènes — reconnaissable entre toutes — vint couvrir sa mélopée. Quelqu'un du voisinage avait probablement dû appeler les pompiers. Avila se dit : Pourquoi les gens ne se mêlent-ils pas de ce qui les regarde, nom de Dieu ! Il fulminait en se hâtant vers sa voiture.

À l'instant même où il mettait la clé de contact, la vitre explosa du côté passager. Avila faillit mouiller son pantalon sous le choc. Il aperçut alors sa femme, rouge comme une tomate, bouillonnante de colère, le levier à la main.

— Espécé dé salopardo ! hurla-t-elle.

Avila écrasa l'accélérateur et démarra en trombe.

— Ô Chango, Chango, murmura-t-il en balayant de ses genoux de gros morceaux de verre. Je sais que j'ai encore merdé, mais ne m'abandonne pas maintenant. Pas ce soir.

L'une des caractéristiques de l'ouragan, s'émerveillait Jim Tile en roulant le long de Key Largo nord, c'était la netteté tranchante de son coup de faux. L'œil du cyclone avait frappé le rivage comme une balle, ne dévastant qu'un mince couloir, tout en laissant la côte à peu près intacte, immédiatement au nord et au sud. Les ouragans du mois d'août faisaient rarement preuve d'autant de courtoisie. Les franges du cyclone avaient ravagé les propriétés de vacances du chicos Ocean Reef et dénudé une longue bordure de mangroves. Cependant, trois kilomètres plus bas sur le rivage, les palétuviers prospéraient, feuillus et luxuriants, sans offrir le moindre indice du passage d'un ouragan assassin, tout près de là. Un parc de caravaning déglingué n'avait subi aucun dégât ; pas un carreau cassé, pas un arbre déraciné.

Phénoménal, songeait Jim Tile.

Il poussa le Crown Victoria à plus de cent cinquante. Vivifiant ! Gyrophare bleu, pas de sirène. À grande vitesse, la grosse Ford sifflait comme un cocktail Molotov.

Paradise Palms était une piste mais pas béton. Augustin avait fait de son mieux dans une situation duraille ; le coup de la touche *bis* était malin tout plein. Peut-être que le mec qui avait tabassé Brenda était dans la Jeep Cherokee noire. Augustin n'en était pas sûr à cent pour cent. Peut-être qu'ils se dirigeaient vers les Keys, peut-être pas. Peut-être qu'ils garderaient la Jeep, ou peut-être qu'ils la largueraient pour un autre véhicule.

Sa seule certitude, c'est qu'ils transportaient Skink et la touriste, la petite amie d'Augustin. Les circonstances de l'enlèvement, et son but, demeuraient un mystère. Augustin avait promis de faire le mort et d'attendre à Paradise Palms ; et le policier de la route lui avait dit que c'était une excellente idée. Les sauvetages en solo, ça ne marchait qu'au cinéma.

L'ancienne route partant d'Ocean Reef rejoignait la route n° 1 en dessous de Jewfish Creek et devenait à quatre voies. La circulation se fit plus dense, aussi Jim Tile rétrograda jusqu'à cent kilomètres/heure, en se faufilant adroitement entre les camping-cars Winnebago et les voitures de location. C'était la fin de l'été, époque de l'année où le soleil couchant pouvait donner bien du tourment aux conducteurs novices, mais ce soir l'ouest n'avait rien d'aveuglant. Un front orageux violacé masquait l'horizon et nappait d'un crépuscule de suie les îles et l'eau. Haut dans le ciel, un éclair zébra les nuages lointains, au-dessus de la baie de Floride ; mais l'effet de sa sublime étincelle fut perdu pour Jim Tile, qui n'y voyait que la sombre menace d'une pluie torrentielle. Une poursuite est déjà bien assez pleine d'embûches, même quand les routes sont archi-sèches.

Sur Plantation Key, la route se rétrécit à nouveau et, au moment où la circulation fusionnait sur deux voies, Jim Tile crut apercevoir la Cherokee noire, pas très loin devant lui. Il éteignit vite fait ses gyrophares. Ça ne pouvait être que la même Jeep : ses bavettes rutilantes étaient aussi extravagantes qu'Augustin les lui avait décrites.

Quatre véhicules séparaient Jim Tile de la Jeep — trois voitures de tourisme et un break tirant un bateau de pêche sur une remorque branlante. Le bateau était suffisamment grand et massif pour que les passagers de la Jeep aient du mal à repérer en se retournant la voiture de police au milieu de l'embouteillage. Déjà la pluie tombait, les premières grosses gouttes crépitaient sur le capot de la Ford. Le ciel chargé promettait un déluge.

Le break qui précédait Jim Tile amorça un ralentissement prématuré quoique prévisible. Il y avait pléthore de mauvais présages : l'immatriculation dans le

Michigan suggérait une méconnaissance de la région ; le conducteur et sa passagère gesticulaient d'abondance, ce qui annonçait un désaccord de type conjugal. Fait encore plus déprimant, du point de vue de Jim Tile : un troisième passager déployait manifestement une carte routière aussi grande qu'une nappe.

Ils sont perdus, se dit le policier. Perdus dans les Keys de Floride. Où il n'y a qu'une entrée et qu'une sortie. Le comble.

À présent, la carte passait sur le siège avant, où le conducteur et sa femme se la disputaient à qui mieux mieux. Le break se mit à zigzaguer, traînant remorque et bateau à sa suite pour le moins hasardeusement. Deux sacs de chez McDonald volèrent par la vitre de l'une des portières avant d'aller cracher sur le bas-côté des frites et du ketchup malvenus.

— Espèces de porcs, dit Jim Tile à haute voix. Il jeta un coup d'œil furibard au compteur : cinquante à l'heure, bordel. S'il essayait de les dépasser, le type de la Jeep risquait de le voir venir. Le policier était sur des charbons ardents. Comme la pluie redoublait, il actionna ses essuie-glaces et alluma les phares.

Le break lambina devant lui sur toute la longueur de Plantation Key, puis, pour couronner le tout, son unique feu de stop qui marchait s'alluma. Le convoi serpenta une dernière fois avant de s'arrêter pour de bon.

Découragé, Jim Tile coupa le contact, en se disant : c'est pas mon jour.

Devant lui s'élevait le pont basculant de Snake Creek. La Jeep noire et les trois voitures qui la suivaient le traversèrent sans encombre avant que les barrières ne s'abaissent. L'imbécile dans le break aurait pu aussi les prendre de vitesse, s'il avait daigné appuyer sur l'accélérateur.

À présent le policier était bloqué. La Jeep était de l'autre côté de la voie d'eau, hors de vue. Jim Tile descendit de voiture en claquant la portière. Le bord de son Stetson dégoulinant de pluie, il s'approcha du débile au volant du break et demanda à voir son permis de conduire, sa carte grise et son attestation d'assurance. Pendant les huit minutes que mit le pont basculant de Snake Bridge à redescendre, le policier de la route s'arrangea pour coller au touriste éberlué pas moins de sept contraventions différentes, dont trois exigeaient, fort incommodément pour lui, sa présence au tribunal.

En se rendant à la maison Torres, Fred Dove s'arrêta pour acheter des fleurs et du vin blanc. Il voulait qu'Edie Marsh sache qu'il était fier de sa prestation dans le rôle de Néria, l'épouse dévouée de Tony.

Quand l'assureur s'arrêta devant le 15 600, Calusa Drive, il vit que la Jeep n'était plus dans l'allée. Son cœur battit plus vite à l'éventualité du départ de Niaqueur, le laissant seul avec Edie. Non pas qu'elle se montrait tatillonne sur l'intimité, mais Fred Dove, oui. Il ne pouvait fonctionner à plein régime, sexuellement parlant, avec un fou criminel en train de regarder la télé dans la pièce d'à côté. La présence bruyante et agressive de Niaqueur était déballonnante à tous égards.

Personne ne répondit à l'assureur quand il frappa au chambranle de la porte. Il pénétra dans la maison Torres et appela Edie par son nom. Il n'obtint pour seule réponse que les aboiements rauques des deux danois miniatures dans l'arrière-cour ; à les entendre, ils avaient l'air fatigués.

Dans le salon, l'horrible fauteuil relax en skaï était inoccupé et la télévision, éteinte. Fred Dove reprit courage — pas de Niaqueur à l'horizon. À l'intérieur de la maison, la lumière faiblissait. L'assureur appuya sur l'interrupteur d'une lampe, mais rien ne se passa. Le groupe électrogène ne marchait pas ; plus de carburant, probablement. Il mit la main sur la torche de Niaqueur et s'en alla jeter un coup d'œil dans les chambres, espérant y surprendre Edie en pleine sieste languide sur un matelas. Mais non.

Fred Dove aperçut son sac à main sur le comptoir de la cuisine. Son portefeuille ouvert était sur le dessus, avec à l'intérieur vingt-deux dollars et sa carte Visa. Fred Dove fut soulagé ; la maison, du moins, n'avait pas été cambriolée. Il braqua la torche sur le permis de conduire d'Edie ; son expression sur la photo d'identité lui flanqua la trouille. C'était tout sauf la parfaite image de l'honnêteté et du dévouement.

Ah bah, songea-t-il, des tas de filles ressemblent à Lizzie Borden sur leur permis de conduire.

L'assureur retourna dans le salon, alluma une bougie et s'installa dans le relax. Il se demanda où était passée Edie et pourquoi elle n'avait pas emporté son sac alors qu'elle savait que les rues grouillaient de pillards. On aurait dit qu'elle était partie en catastrophe, probablement en Jeep avec Niaqueur.

Fred Dove se prépara à attendre. La bougie était parfumée à la vanille. La façon douillette dont elle éclairait les murs lui rappela la nuit où ils avaient failli faire l'amour par terre, la nuit où Niaqueur avait surgi à l'improviste. L'humiliation du moment était encore vive ; elle avait doté Niaqueur d'un pouvoir invincible sur l'assureur. Sans oublier le flingue. Il tardait à Fred Dove que le truand psychotique soit payé. Alors Edie et lui en seraient débarrassés.

De temps à autre, l'assureur rallumait la torche électrique et examinait à nouveau la photo d'Edie sur le permis de conduire. Ses yeux rapaces ne se radoucissaient pas. Fred Dove se demanda si c'était à cause de son esprit retors qu'il la trouvait si bandante. Cette idée le dérangea, aussi y fit-il diversion en se rabattant sur des détails inoffensifs. Il ne savait pas, par exemple, que son deuxième prénom était Deborah. Il aimait bien ce prénom du Midwest qui dénotait une personne courageuse et fiable. Il était prêt à parier que si l'on visitait toutes les prisons pour femmes d'Amérique, on aurait du mal y à trouver une demi-douzaine de Deborah. Peut-être ce prénom était-il celui de l'une des grand-mères d'Edie ou d'une tatie gâteau. Quoi qu'il en soit, il prenait cela comme un signe positif.

Il s'interrogeait aussi sur l'appartement de West Palms mentionné sur le permis : quel genre d'œuvre d'art Edie avait-elle accrochée au mur, de quelle couleur étaient les serviettes de la salle de bains, quels aimants étaient collés sur la porte du frigo. Linus et Snoopy ? Garfield, le chat ? *Si seulement,* se disait Fred. Il songea au lit d'Edie aussi. Il espérait qu'il était à deux places, à colonnes, en cuivre ou en bois — tout sauf un *water-bed,* qui affectait négativement ses coups de boutoir. Fred Dove espérait que les draps du lit d'Edie étaient en soie importée et qu'un jour prochain elle l'inviterait à s'y glisser.

L'assureur demeura dans le relax plus de deux heures, longtemps après que les tronçonneuses et les marteaux du voisinage se furent tus. Il finit par se lever pour se poster près d'un carreau, se préparant, maussade, à voir une bande d'ados braillards et frimeurs mettre à sac sa voiture de location. Par bonheur, ils ignorèrent la berline terne de Fred Dove, mais, quelques minutes après qu'ils eurent dépassé la maison, il entendit un *plop-plop* qui aurait pu tout aussi bien être la pétarade à l'allumage d'une automobile qu'une série de coups de feu. Dans la cour, Donald et Marla au comble de l'hystérie entamèrent un chœur fâcheux avec une dizaine d'autres chiens de garde du quartier. Les nerfs de Fred Dove furent vite à vif. Il remit le permis de conduire d'Edie dans son sac. Il disposa hâtivement les fleurs dans un vase qu'il plaça près de la bouteille de vin, non débouchée, sur la table de la salle à manger. Puis il souffla la bougie et sortit pour vérifier ce que devenaient les danois.

Empêtrés de façon impressionnante dans leurs laisses, les chiens pleurnichaient de faim, de solitude et d'anxiété vague. Leur mémoire à courte portée était encore tout ébranlée par leur rencontre quasi fatale avec l'ours en maraude. À peine Fred Dove les eut-il lâchés qu'ils grimpèrent sur ses genoux pour lui lécher le menton toute honte bue. Ainsi pigeonné, il fut bon pour leur faire faire une petite promenade.

Admirant la joie débridée avec laquelle Donald et Marla caracolaient et pissaient, l'assureur s'angoissa à l'idée qu'ils puissent passer toute la nuit dehors, sans surveillance. Il écrivit un petit mot à Edie qu'il déposa plié sur son sac. Puis il mena les deux chiens-saucisses jusqu'à sa berline de location, regagna le motel et les monta en cachette, dissimulés dans un sac à linge, jusqu'à sa chambre. Ça valait tout de même mieux que de passer la nuit à regarder non-stop des films sur le câble.

Les motels des Upper Keys se remplissaient d'experts en assurances venus d'ailleurs. La réceptionniste du Paradise Palms dit qu'elle avait comme un malaise à profiter ainsi des effets du cyclone.

— Mais un client, c'est un client. Vous pouvez me donner votre nom ?

Augustin se présenta comme le frère de Lester.

— Je vous ai appelée tout à l'heure. C'est quoi son numéro de chambre ?

— Il n'est pas encore rentré.

La réceptionniste se pencha en travers du comptoir et chuchota :

— Mais vos sœurs sont arrivées, y a de ça vingt minutes. Chambre 255. C'est-à-dire que j'ai supposé que c'étaient vos sœurs, étant donné que leur nom, c'était aussi Parsons.

— Parsons, c'est bien ça.

Augustin acquiesça et joua celui qui était ravi. Quelles sœurs ? D'où elles sortaient, celles-là ?

Il paya sa chambre en espèces.

— Ces filles savent s'habiller pour faire la fête, ça c'est sûr, fit la réceptionniste.

— Ah mince, dit Augustin. À quoi elles jouent encore ?

— Allez pas les enquiquiner, laissez-les s'éclater, d'acc ?

Elle lui remit sa clé.

— Vous avez la 240. J'ai essayé de vous mettre dans le bungalow juste à côté, mais un gros malin de chez Prudential, il a pas voulu faire l'échange.

— C'est parfait comme ça.

Une fois dans sa chambre, Augustin posa le .38 chargé sur la commode, près de la porte. Il prit les différentes pièces du fusil hypodermique dans le sac de sport et les étala sur le dessus-de-lit. Il avait les muscles de la nuque noués. Il souhaita avoir fait suivre quelques-uns de ses crânes pour se relaxer.

Augustin alluma la télé tandis qu'il assemblait le fusil. Il était surpris d'être arrivé à Islamorada avant la Jeep noire, sans même l'avoir dépassée sur les trente kilomètres au sud de Florida City. Il se demanda s'ils n'avaient pas obliqué et pris par la Card Sound Road, ou ne s'étaient pas arrêtés quelque part ailleurs — et pourquoi. Sa pire crainte, qu'il ne cessait de repousser dans sa tête, c'était que l'ordure à la mâchoire de traviole n'ait déjà tué Skink et Bonnie et ne se soit débarrassé d'eux. Il n'y avait pas loin d'une centaine d'endroits rêvés pour ça entre Homestead et Key Largo ; il pouvait s'écouler des années avant qu'on ne retrouve leurs corps.

Bah, il le saurait bien assez tôt. Si jamais ce connard se pointait sans eux, Augustin ne douterait plus.

Si jamais ce connard se pointait tout court. Augustin n'était toujours pas certain que « Lester Parsons » et l'homme à la mâchoire de traviole ne faisaient qu'un.

Il rangea le fusil hypodermique dans un placard et

glissa son pistolet à sa ceinture, sous un pan de sa chemise. La pluie le fouetta au visage dès qu'il mit le nez dehors. Il se protégea les yeux et gagna en vitesse la chambre 255 par l'allée couverte. Il frappa sept fois sur un rythme primesautier — deux coups longs, deux coups brefs — pour donner faussement l'impression qu'il était attendu.

Une rousse fleurant bon, en talons aiguilles et bikini vert fluo, ouvrit la porte à la volée. Augustin la reconnut : c'était la pute aux bas résille du 15 600, Calusa Drive.

Une sucette orange était tatouée sur son sein gauche, taché de rousseurs. Elle tenait à la main gauche un Rum Runner couvert de buée.

— Ah merde, je croyais que c'était Niaqueur, dit-elle.

— Je me suis trompé de porte, je m'excuse, fit Augustin.

— Faut pas.

Une autre femme sortit de la salle de bains en disant :

— Putain de pluie. Moi qui voulais piquer une tête dans la piscine.

Elle portait un maillot une pièce argent, une perruque d'un blond-blanc explosif et des créoles en or. En apercevant Augustin sur le seuil, elle fit :

— Vous êtes qui, vous ?

— Je croyais que c'était le bungalow de ma sœur, mais je pense que je me suis gouré de motel.

La rousse se présenta : Bridget.

— Vous voulez entrer vous sécher ?

— Pas si Niaqueur doit piquer sa crise.

Augustin songeait : Niaqueur — d'où ça sort ce nom, bordel ?

La rousse éclata de rire.

— Ah ouais, il est follement jaloux. Entrez donc.

— Bon Dieu, Bridget, fit la blonde, ils risquent d'arriver d'une seconde à l'autre.

Mais Augustin avait déjà pénétré dans la pièce qu'il scruta discrètement : un baise-en-ville, deux trousses de maquillage, une robe de cocktail sur un cintre. Rien d'extraordinaire. Bridget lui lança une serviette en lui disant que son amie s'appelait Jasmine. Elles étaient de Miami.

— Moi, c'est George, dit Augustin. Je viens de Californie.

Il serra bêtement la main aux deux putes.

Bridget la retint, examinant son auriculaire.

— Célibataire ?

— Je crains bien qu'oui.

Augustin se libéra en douceur.

Jasmine dit à Bridget de laisser tomber, qu'elles avaient pas le temps. Bridget répondit que ça ne serait pas long.

— George m'a l'air d'un rapide à la détente.

Elle décocha une œillade assez machinale à Augustin.

— Tu veux t'éclater un peu en attendant que la pluie s'arrête ?

— Merci, mais je peux vraiment pas rester.

— Cent dollars, suggéra Bridget. Double dames.

Jasmine passa un long tee-shirt blanc sur son maillot de bain.

— Eh, j'ai voix au chapitre ? Cent dollars pour quoi faire, d'abord ? rouspéta-t-elle.

Bridget ceintura Augustin d'un bras laiteux et l'attira à elle. L'implant dans son sein gauche, qui crevait les yeux, fit l'effet à ce dernier d'un sac plein de pièces de monnaie qu'on lui plaquait contre la cage thoracique.

— Soixante-quinze, fit-elle, baissant les yeux vers son tatouage, et je te laisserai goûter à ma sucette.

— J'peux pas, je suis diabétique, fit Augustin.

Jasmine eut un rire mordant.

— Vous me faites pitié, tous les deux. Bridget,

laisse donc « George le Californien » aller retrouver ses sœurs.

Elle s'assit en tailleur sur le lit et appliqua de la colle sur un faux ongle cassé.

— Craignos ce temps, marmonna-t-elle à la cantonade.

L'étreinte censée être motivante se relâcha, et lentement Bridget se décolla du flanc d'Augustin.

— Notre ami George a un flingue, annonça-t-elle d'un ton où le regret le disputait à la panique. Je l'ai senti.

Jasmine, soufflant sur son collage, releva la tête.

— Nom de Dieu, Bridget, je le savais ! T'es contente, maintenant ? On s'est fait poisser.

— Mais non, fit Augustin, sortant le pistolet qu'il manipula de façon décontract, espérant calmer leurs inquiétudes. J'suis pas un flic, promis.

Les yeux de Jasmine s'étrécirent.

— Merde, maintenant je sais. C'est le couineur qui vous envoie.

— Qui ça ?

— Avila.

— Jamais entendu parler de lui.

Bridget rétropédala jusqu'au lit où elle s'assit auprès de sa copine. Elle se croisa nerveusement les bras sur les seins.

— Alors qui tu es *George,* bordel de merde ? Tu cherches quoi ?

— Un renseignement.

— C'est ça.

— Oui, vraiment. Je veux juste que vous me parliez de ce Niaqueur, fit Augustin. Et je veux savoir aussi si vous savez garder un secret, mesdames.

25.

Le van VW du professeur tomba en panne sèche à quatre kilomètres de l'aire de service de Fort Drum. Néria Torres, plantée au bord de l'autoroute, arrêta une camionnette. C'était un vieux pick-up Chevrolet : trois hommes s'entassaient dans la cabine tandis que trois autres étaient affalés sur le plateau. Ils venaient du Tennessee. Néria ne fut pas vraiment ravie de l'aubaine.

— On cherche du boulot, expliqua le conducteur, un type mal rasé, sec et musclé, des tatouages bibliques plein les bras. Il lui dit s'appeler Mathieu, Luc étant son deuxième prénom.

Cela ne diminua en rien la nervosité de Néria. Les types la dévoraient des yeux.

— Et vous êtes dans quoi, les gars ? demanda-t-elle.

— Dans le bâtiment. On est venus pour le cyclone.

Mathieu avait un bidon d'essence de réserve. Il en versa une quinzaine de litres dans le van. Néria le remercia.

— Trois dollars, c'est tout ce que j'ai, dit-elle.

— Ça ira.

— Quel genre de bâtiment ?

— Tout ce qu'on pourra trouver, merde, fit Mathieu.

Les autres s'esclaffèrent.

— On fait aussi dans les arbres, la tronçonneuse ça me connaît, ajouta Mathieu.

Néria Torres ne demanda pas si la fine équipe était autorisée à travailler en Floride. Elle connaissait la réponse. Les types descendirent du pick-up pour se dégourdir les jambes et pisser un coup. L'un d'eux eut même l'obligeance de lui tourner le dos avant de se débraguetter.

Néria jugea que c'était le moment idéal de prendre congé. Mathieu se tenait entre elle et le van.

— J'ai pas bien saisi vot'nom.

— Néria.

— C'est cubain, hein ?

— Oui.

— Z'avez pas d'accent quand vous causez.

Elle songea *in petto* : grand merci, plouc de mes deux.

— Je suis née à Miami, dit-elle.

Mathieu parut ravi de l'apprendre.

— Alors vous rentrez chez vous — et vous allez vous en tirer comment avec tout le pétard qu'y a eu ?

— Je verrai bien quand j'y serai, dit Néria.

— On fait dans le résidentiel.

— Tiens donc.

— Bois ou maçonnerie, c'est égal. Les toitures, aussi. On a un as du goudron avec nous.

Mathieu pointa un doigt.

— Le chauve qui fait sa p'tite commission là-bas dans les buissons — il a bossé sur le nouveau Wal-Mart de Chat'nooga. C'est Chip, le cousin de ma femme.

— À ce que j'ai cru comprendre, dit Néria Torres, vous aurez pas de mal à trouver du boulot, une fois rendus à Dade County.

— Eh dites donc, et votre baraque ?

— J'en sais rien. Je l'ai pas encore vue.

— Alors, elle a peut-être eu la totale, dit Mathieu, plein d'espoir.

Néria ouvrit lentement la portière du van. Mathieu ne s'écarta que lorsqu'elle vint buter contre ses omoplates.

Néria se glissa derrière le volant et fit ronfler son moteur.

— Je vais vous dire. Quand je serai rentrée chez moi et que j'aurai vu de quoi mon toit a l'air, je vous passerai un coup de fil. Où vous serez ?

Les autres ouvriers éclatèrent de rire à nouveau.

— Au Hilton Belle Étoile, dit Mathieu. On campe, voyez.

Il ajouta qu'ils pouvaient même pas s'offrir le motel.

Néria farfouilla dans la boîte à gants jusqu'à ce qu'elle découvre un bout de crayon rogné et l'un des agendas du professeur, qui empestait l'herbe. Elle gribouilla un faux numéro de téléphone qu'elle donna à Mathieu.

— O.K., vous n'aurez qu'à m'appeler, *vous*.

Il ne jeta même pas un coup d'œil au numéro.

— J'ai une meilleure idée, comme aucun de nous n'a jamais mis les pieds à Miami...

Ah non, pas ça ! songea-t-elle. Pas ça, pitié.

— ... on va vous suivre jusque chez vous. Comme ça, on est sûrs de pas se perdre. Et si vot'maison, elle a besoin d'être réparée, on pourra s'y mettre tout de suite.

Le plan de Mathieu fut accueilli favorablement par le reste de l'équipe. Néria ajouta, vainement :

— Je ne crois pas que ce soit une bonne idée.

— On a des références.

Elle matait le pick-up, se demandant s'il y avait une chance que le van du professeur puisse le semer.

— On s'est vachement décarcassés à Charleston, continuait Mathieu, après le cyclone Hugo.

— Il se fait vraiment tard, dit Néria.

— On vous suit.

Et c'est ce qu'ils firent jusqu'à l'entrée de l'autoroute à péage.

L'unique phare du pick-up illuminait l'habitacle du van VW comme un studio de télé. Néria cambrait le dos sous cet éclairage violent, sachant que sept paires d'yeux de mâles consanguins étaient braquées sur sa nuque. Elle roulait avec une lenteur grotesque, dans l'espoir que cette bande de beaufs s'impatiente et décide de la dépasser. Peine perdue.

Tout ce qui lui restait à faire, c'était de tirer le meilleur parti de la situation. Même si ces arriérés ne connaissaient rien au bâtiment, ils pouvaient toujours lui donner un coup de main pour retrouver la trace de son margoulin de mari.

Max Lamb entrebâilla la porte pour passer la tête dehors. Il n'avait encore jamais rencontré de membre du F.B.I. Et celui-ci n'avait rien d'Efram Zimbalist Jr. Il portait une chemise Lacoste verte, des Dockers beiges et des Bass Weejuns en cuir de Cordoue. Il se trimbalait aussi un sac de chez Ace Hardware.

Quand il s'agissait de marques, Max avait tout sauf les yeux dans sa poche. Il était persuadé que ça faisait partie de son boulot de savoir qui achetait quoi sur le territoire américain.

— Augustin est là ? demanda le fédé.

— Non.

— Qui êtes-vous ?

— Je peux voir vos papiers d'identité ? demanda Max.

L'agent lui montra un badge dans un étui. Max l'invita à entrer. Ils s'installèrent au salon. Max lui demanda ce qu'il y avait dans le sac et l'agent répondit des pièces de perceuse.

— La tornade m'a arraché tous les placards de la cuisine, expliqua-t-il.

— C'est une Black et Decker ?

— Une Makita.

— Un outil de première qualité, fit Max.

L'agent se montra d'une patience extrême.

— Vous êtes un ami d'Augustin ?

— Disons ça comme ça. Je m'appelle Max Lamb.

— Vraiment ? Content de voir que vous vous êtes remis.

Les sourcils de Max tressautèrent.

— De votre enlèvement, précisa l'agent. Vous avez bien été kidnappé, non ?

— Si !

En comprenant que Bonnie avait été si inquiète qu'elle avait fait appel au F.B.I., le moral de Max remonta en flèche. Preuve de sa fidélité, s'il en était.

— Elle m'a fait écouter la bande, continua l'agent, le message que vous aviez laissé sur le répondeur.

— Alors vous avez entendu sa voix — au mec qui m'a enlevé.

Max se prit une Michelob dans le frigo. L'homme du F.B.I. accepta un Sprite.

— Où est votre femme ? demanda-t-il.

— Je ne sais pas.

Max Lamb, excité comme une puce, lui narra toute l'histoire, depuis le kidnapping sur Qvail Roost Drive jusqu'à son sauvetage à minuit du côté de Stiltsville, en passant par la disparition de Bonnie en compagnie d'Augustin et de l'ex-gouverneur borgne au cerveau dérangé. L'agent du F.B.I. l'écouta avec un réel intérêt, lui sembla-t-il, mais ne prit pas de notes. Max se demanda si on n'entraînait pas les fédés à mémoriser tout ce qu'ils entendaient.

— Ce sont des hommes dangereux, déclara-t-il à l'agent, péremptoire.

— Votre femme a-t-elle été emmenée contre sa volonté ?

— Non, monsieur. C'est cela qui les rend si dangereux.

— Vous dites qu'il vous a mis un collier autour du cou.

— Un collier de dressage, précisa Max avec gravité. De ceux qu'on utilise pour les chiens de chasse.

L'agent du F.B.I. demanda alors si le kidnappeur avait traité Bonnie de la même manière. Max répondit qu'il ne le pensait pas.

— Elle est très confiante et très impressionnable. Ils en ont profité.

— Quel est le rôle d'Augustin dans tout ça ?

— Je crois, fit Max, que le kidnappeur lui a fait subir un lavage de cerveau à lui aussi.

Il prit une autre bière et déchira un autre sachet de bretzels.

— Une procédure pénale ne sera pas facile, dit l'agent. C'est votre parole contre la sienne.

— Mais vous me croyez, vous au moins, non ?

— Mr Lamb, ce que je crois n'a pas d'importance. Mettez-vous à la place des jurés. C'est une histoire très bizarre que vous leur demanderez d'avaler...

Max se releva d'un bond, les joues gonflées de morceaux de bretzel.

— Neun de Dieu, ché ma fffemme qui a dichparu !

— Je comprends. Moi aussi, je serais à cran.

Le fédé était d'une complaisance et d'une politesse à rendre fou.

— Je n'essaie pas de vous dicter votre conduite. Mais il vous faut savoir à quoi vous vous attaquez.

Max se rassit en boudant.

L'agent du F.B.I. expliqua que le Bureau se mêlait rarement de ce genre d'histoire, à moins qu'il n'y ait une demande de rançon.

— Il n'y en a pas eu dans votre cas. Aucune dans le cas de votre femme.

— Eh bien, je crois que sa vie est en danger, *moi,* dit Max, et je crois aussi que *vous autres,* vous serez dans un sacré pétrin si jamais quelque chose lui arrive.

— Croyez-moi, Mr Lamb, je comprends votre amertume.

Non, tu piges pas, rageait Max en silence, ou tu me parlerais pas comme à un mône de dix ans.

— Êtes-vous allé trouver la police ? demanda l'agent.

Max lui parla du policier d'État black qui connaissait le ravisseur.

— Il m'a dit que j'avais le droit de porter plainte et qu'il m'emmènerait au commissariat.

L'agent du F.B.I. approuva.

— C'est la meilleure marche à suivre, si votre décision est prise.

Max dit à l'agent qu'il devait absolument lui montrer quelque chose. Il le conduisit dans la chambre d'amis d'Augustin et lui désigna les crânes sur le mur.

— Répondez-moi franchement, demanda-t-il au fédé, à ma place, ça ne vous *inquiéterait* pas ? Il *jongle* avec ces machins-trucs.

— Augustin ? Ouais.

— Vous êtes au courant ?

— Votre femme ne risque rien avec lui, Mr Lamb.

— Wouah, je me sens tout de suite mieux !

Le sarcasme parut ne pas atteindre l'agent du F.B.I.

— À mon humble avis, vous aurez des nouvelles de Mrs Lamb tôt ou tard. Dans le cas contraire, appelez-moi. Et appelez-moi même si vous en avez.

Il tendit sa carte à Max, qui afficha un scepticisme à tout crin en l'examinant. Puis il se dirigea vers la cuisine, l'agent sur ses talons.

— J'y songe, fit ce dernier, Augustin vous a-t-il donné une clé ?

Max se tourna vers lui.

— De la maison, précisa le fédé.

— Non, m'sieur. La porte coulissante était ouverte.

— Alors vous êtes entré tout naturellement. Il ne sait pas que vous êtes chez lui ?

— Eh bien...

Max Lamb n'avait pas imaginé qu'il commettait un délit. Au comble de l'exaspération, il crut un instant que l'agent du F.B.I. s'apprêtait à l'arrêter. Mais ce dernier se contenta de lui dire :

— Super façon de se faire exploser la tête que de camper chez quelqu'un qui ne s'en doute pas. Surtout, ici, à Miami.

Max, grinçant des dents, prit conscience du sens dessus dessous de la situation. Il gaspillait sa salive. Un policier de la route d'État était copain comme cochon avec son kidnappeur, un fédé avec le collectionneur de crânes.

— Vous savez ce que je veux vraiment ?

Max éclusa sa bière avec le geste auguste du buveur, reposa violemment la bouteille sur le comptoir.

— C'est retrouver ma femme que je veux, la mettre dans l'avion et rentrer à New York. Oublier ce barjoland, oublier ce cyclone de merde.

— C'est un super bon plan, Mr Lamb, conclut l'agent du F.B.I.

26.

Niaqueur obligea Edie Marsh à s'arrêter dans une boutique de spiritueux à Islamorada.

— Pas maintenant, fit-elle.

— J'en ai *besoin.*

— On y est presque.

Une voix tonna sourdement sur la banquette arrière.

— Laissez-le se payer à boire.

Elle se gara derrière le magasin, loin de la route. Jim Tile ne vit pas la Cherokee noire quand il passa à vive allure. Et Avila pas davantage, dix minutes plus tard.

Niaqueur ne voulut pas démordre de son envie, ce qui inquiétait Edie. Elle avait une connaissance de première main de la folie du mélange alcool/Midol. Si on doublait la dose, Niaqueur pourrait hiberner pendant un mois.

La dénommée Bonnie réclama un Coca bien frais.

— Je suis en feu.

— Bienvenue en Floride, fit Edie.

Niaqueur lui jeta trois billets de dix dollars sur les genoux.

— Du Johnnie Red, fit-il.

— Mauvaise idée quand on est bourré de codéine.

— Et merde, j'ai géré dix fois pire. En plus, ça m'a pas fait l'effet de la codéine ce que tu m'as filé.

— Ton genou ne te fait plus mal, non ? dit Edie. C'était marqué « codéine » sur le flacon.

Niaqueur fit passer le .357 dans sa main gauche. De la droite, il tira les cheveux d'Edie, comme s'il déracinait une touffe de mauvaises herbes. Quand elle poussa un cri, il lui dit :

— Peut bien y avoir écrit térébenthine sur le flacon, je m'en fous complètement. Va me chercher mon Johnnie Walker.

Edie se libéra et sauta au bas de la Jeep. Elle lui fit un doigt d'honneur sur le seuil de la boutique.

— Saloperie de tête de mule, fit Niaqueur.

— Teigneuse, convint Skink.

Bonnie Lamb avait l'impression que sa peau grésillait. Elle se disait que ce serait fabuleux de s'enterrer dans de la neige fraîche.

— Bonté divine, qu'il fait chaud. J'ai bien envie d'ôter mes vêtements.

Elle n'en crut pas ses oreilles en s'entendant le dire à voix haute.

Niaqueur sursauta, pas assez clair pour supporter la tentation.

— Bordel de Dieu, vous avez juré de me rendre dingue, vous autres.

— Je manque d'air, fit Bonnie.

Le regard de Niaqueur s'égara sur la poitrine de la jeune femme. Rien comme une paire de nibards pour faire dérailler grave l'équilibre du pouvoir. Il savait que si jamais elle foutait ses lolos à l'air, sa position en serait aussitôt amoindrie, son autorité diminuée. Il perdrait l'avantage que même le .357 serait incapable de rétablir.

— Touche pas à ta chemise, bordel, lui intima-t-il.

— Vous angoissez pas.

Bonnie, gênée, s'éventa d'un geste nerveux. À l'arrière de la Jeep, Levon Stichler poussa un geignement inquisiteur, bridé comme une volaille dans son cocon de tapis moisi. Skink devina que le vieux avait dû écouter et se demander s'il manquait quelque chose.

Edie Marsh revint de la boutique. Des gouttelettes de pluie étincelaient dans ses cheveux. Elle tendit à Bonnie une boîte de Dr Pepper.

— Le Coca était pas frais. Tiens, connard, fit-elle en poussant un sac en papier kraft vers Niaqueur.

Il en sortit la bouteille de Johnnie Walker et l'ouvrit d'une seule main. Rejetant la tête en arrière, il se mit à boire goulûment comme à une gourde.

— Vas-y doucement, l'admonesta Edie.

Il fit claquer ses lèvres avec dédain.

— Je parie que complètement chauve tu serais super, lui dit-il. Le mec du nouveau *Star Trek,* Gene Luke — toi et lui, vous pourriez passer pour des jumeaux.

— Amuse-toi à toucher à un seul cheveu de ma tête, fit Edie. Essaie un peu pour voir.

Il fit pivoter le .357 jusqu'à ce que le canon finisse par venir chatouiller le bout du nez d'Edie. Il arma le chien et dit :

— Voyons qui va m'en dissuader.

Ô mon Dieu, pas ça, je vous en prie, songea Bonnie, prise de sueurs froides.

Niaqueur prit une autre lampée de whisky. Le borgne lui rappela son manque de munitions.

— Bute-la et ça te laissera plus qu'une balle pour chacun de nous.

— Le flingue, c'est pas le seul moyen.

Skink lâcha une salve de rires en avalanche.

— Je suis complètement immunisé contre tous les objets contondants et autres armes blanches, fiston.

Le baratin d'Edie fut plus carré.

— Appuie sur la détente, balança-t-elle à Niaqueur, et tu peux dire bye bye au fric du cyclone. Quarante-sept mille dollars jetés par la fenêtre si tu me brûles la cervelle.

La mandibule défectueuse de Niaqueur se mit à craquer ; signe, espéra Skink, d'une possible cogitation. Ce débile devait balancer entre la récompense à long terme du fric et la satisfaction à court terme de descendre Edie. Il ne lui était apparemment pas facile de trancher.

— Considère ça comme un test de Q.I., chef, dit Skink.

Impulsivement, Bonnie Lamb ouvrit le Dr Pepper glacé et le versa sous sa chemise ; un torrent caramel pétillant dévala de son échancrure au nombril.

— Stop ! beugla Niaqueur. Arrête tout de suite ces conneries de barje !

— J'étouffe ici dedans...

— M'en fous ! M'en fous complètement.

La chaleur étourdissait tellement Bonnie qu'elle n'imprima pas le coup de gueule de Niaqueur.

— Je vous demande bien pardon, dit-elle, mais il fait pas loin de 37° dans cette stupide bagnole.

Le haut de sa chemise trempé de boisson gazeuse laissait deviner à Niaqueur le contour en dentelle d'un bonnet de soutien-gorge et l'ovale pâle d'un ventre nu. Skink demanda à Edie Marsh de brancher l'air conditionné.

— J'ai déjà essayé. C'est cassé.

Le ton d'Edie était vide de toute expression.

— T'avise pas de te foutre à poil, Bonnie, avertit Niaqueur, ou je te descends.

Les voix résonnaient fortement dans sa tête, y compris la sienne. À bout d'exaspération, il cria :

— Vous me croyez pas capable de vous flinguer tous tant que vous êtes, bande de connards de mes deux ? Vous m'en croyez pas cap ? Z'avez qu'à mater le putain de trou dans le toit de cette Jeep !

Ah ça ouais, se dit Edie. Il fait la paire avec celui que t'as entre les deux oreilles.

— On peut y aller ? dit-elle, aigre. Il commence à faire salement humide par ici.

Bonnie, enfin rafraîchie, se surprit à s'excuser à profusion. C'était pourtant absurde d'avoir honte. À quoi bon se préoccuper de ce que ces deux délinquants de bas étage pensaient d'elle ?

Mais elle s'en préoccupait. Elle ne pouvait pas s'en empêcher. On l'avait élevée comme ça : une jeune femme comme il faut ne s'arrose pas de soda devant des inconnus, délinquants ou pas.

— Ça va comme ça, fit Skink. Vous avez la frousse, c'est tout.

— Je crois que oui.

Niaqueur l'entendit. Avec un gloussement vulgaire, il dit :

— C'est tout bon. La frousse, c'est juste ce qu'il faut que t'aies, bordel.

Il était à moitié bourré.

Edie roulait lentement, se faisant du mouron. Ce mec était une épave à fond de cale. *Comment pourraient-ils réussir leur coup ?* Elle se fit un film dans sa tête : si Niaqueur tombait dans un coma éthylique, elle le balancerait de la Jeep. Puis elle s'excuserait platement, très platement, auprès du couple atypique sur la banquette arrière — en disant que tout ça n'était qu'un affreux malentendu. Elle leur promettrait la part de Niaqueur du règlement de Midwest Assurances s'ils voulaient bien oublier cette épouvantable soirée. Elle les ramènerait sans délai d'un coup de voiture à Miami. Puis (afin de leur prouver qu'elle était une personne convenable), elle offrirait de remplacer l'alliance dérobée à la femme policier. Niaqueur, inconscient, se ferait écraser sur la route par un camion transporteur de crevettes et ne représenterait plus une menace pour la société ni pour l'avenir d'Edie.

Malheureusement, Niaqueur ne faisait pas mine de dodeliner. La bouteille de Johnnie Walker, dûment rebouchée, était posée sur le tableau de bord. Pour l'heure, il jouait avec le revolver dont il faisait tourner le barillet en fredonnant malicieusement.

— Pourrais-tu s'il te plaît arrêter de faire ça ? demanda Edie.

Niaqueur pouffa, projetant sa mâchoire comme un bow-window, l'air salace.

— Tu crèves de chaud, t'es en nage, Edie, tu devrais faire ce qu'elle a failli faire. Te désaper.

— Ça te plairait, pas vrai ?

— J'adorerais ça. Comme nous tous, hein ?

Il agita le .357 sous le nez de Skink et Bonnie Lamb.

— Dites voir, vous aimeriez pas mater les lolos d'Edie ? Sont mignons tout pleins.

Bonnie se sentit nulle d'avoir donné cette idée à Niaqueur.

— En ce qui me concerne, la réponse est oui, dit Skink. Je suis sûr qu'ils sont très agréables à regarder. Mais une autre fois.

Edie Marsh se sentit rougir. Personne ne souffla mot. Puis Niaqueur recommença à fredonner, accompagné par le métronome couinant des essuie-glaces. Devant eux, côté océan de la route, Edie aperçut l'enseigne bleu électrique du Paradise Palms Motel.

Skink fit tomber Levon Stichler du tapis en le secouant comme un sac de farine sur le sol en mosaïque. Quelqu'un lui arracha bâillon et bandeau.

La soudaine clarté fit larmoyer les yeux du vieillard.

— Encore toi, fit une voix de femme.

Levon cligna jusqu'à ce qu'un visage devienne net — celui de la rouquine entrevue dans la maison de Turtle Meadow. L'écharpe de mousseline, qui avait aveuglé Levon, se balançait au bout de ses doigts aux ongles peints. À ses côtés se tenait une blonde à tomber par terre.

— C'est quoi ton nom, chéri-chéri ? dit-elle.

La rouquine portait un bustier noir transparent, des bas résille et des talons aiguilles. La blonde, un blouson en lamé argent, qui la faisait reluire comme le bouchon de radiateur d'une Silver Shadow. L'air était saturé de parfums ; un pur paradis, après trois heures de bâillon et de bouloches. Quand Levon Stichler se redressa, il se trouva le pôle d'attraction d'un cercle attentif : les deux prostituées, le truand en costume rayé, la jolie brune à cheveux longs, une autre jeune femme à la peau crémeuse et aux traits délicats, et un grand type barbu coiffé d'un bonnet de douche à fleurs. Ils s'entassaient dans une petite chambre de motel.

— De quoi s'agit-il ? demanda Levon Stichler.

Les prostituées se présentèrent : Bridget et Jasmine.

Niaqueur s'accroupit. Il pinça rudement la nuque du vieil homme.

— T'as essayé de me tuer, ça te rappelle kek'chose ?

— C'était une erreur, je vous l'ai déjà dit.

— Voilà le plan : tu vas rester ici deux jours, trois peut-être, avec les filles. Elles vont te baiser et te sucer jusqu'à c'que tu soilles sur les genoux. Elles prendront aussi kek' p'tites photos.

Levon était sceptique. L'homme empestait l'alcool et parlait comme s'il avait la bouche pleine de billes.

— Descendez-moi et qu'on en finisse.

— On va descendre personne.

C'était la jolie brune.

— Promis juré, dit-elle, tant que vous serez bien sage.

— T'es peut-être trop vieux pour l'avoir raide ou peut-être que tu préfères les mecs, dit Niaqueur — et je m'en branle. Le fait est que tu vas rester ici avec ces nanas jusqu'à ce que j'appelle et que je vous donne le feu vert pour partir. Alors, ce que tu feras, c'est que tu prendras pépèrement ton temps pour rentrer à Miami. Autrement dit, tu resteras au bord de la route et tu lèveras le pouce. Pigé ?

Levon balbutia, clignant comme un perdu. Niaqueur le frappa deux fois en plein visage.

— Je crois que Mr Stichler ne comprend pas qu'il n'a pas le choix, dit Edie Marsh. Sans ça, on va trouver les flics et leur raconter comment vous avez essayé d'assassiner Niaqueur et de me violer avec ce piquet de *trailer park*. Votre famille pensera que vous êtes devenu gâteux. Les photos de Papy en train de jouer à saute-mouton avec deux call-girls, ça n'arrangera pas vos affaires.

Levon jeta un coup d'œil effrayé à Bridget et Jasmine. Elles lui en imposaient. Il vit bien qu'elles n'en étaient pas à leur coup d'essai.

— Prenez ça comme des vacances, dit Edie. Eh, c'est pas interdit de vous éclater.

— J'aimerais pouvoir.

— Oh-oh.

Bridget s'agenouilla près de lui.

— C'est quoi, la prostate ?

Le vieux acquiesça, la mine sombre.

— On me l'a enlevée l'année dernière.

Jasmine lui dit haut les cœurs.

— On trouvera bien quelque chose.

Skink, replaçant son œil de verre dans son orbite, conseilla à Levon Stichler de faire ce qu'on lui disait.

— Ça vaut toujours mieux que de se faire buter.

— Sympa pour nous, dit Bridget.

Niaqueur paya les prostituées avec une liasse de l'arnaque aux toitures : elles comptèrent l'argent, le divisèrent en parts égales et le rangèrent. Ce qu'elles firent en lui tournant le dos afin qu'il ne puisse pas jeter un œil dans leurs portefeuilles, gonflés des autres espèces que leur avait données Avila, dix minutes plus tôt, et le beau jeune homme avec le calibre .38, encore dix minutes avant.

— Il y a de la glace dans le seau ? demanda Bonnie Lamb.

La dénommée Jasmine lui dit de se servir. Bonnie puisa deux pleines poignées de glaçons et les pressa sur ses joues.

Le borgne aida les putes à remettre Levon Stichler sur pied. Niaqueur piqua la pomme d'Adam du vieux du canon de son arme.

— N'essaie pas de jouer au p'tit malin, fit-il. Ces jeunes filles peuvent casser une noix de coco entre leurs cuisses. Buter un vieux schnock avec la peau sur les os comme toi, ça sera pas un problème.

Levon Stichler n'en douta pas un instant.

— Vous inquiétez pas, m'sieur. J'ai rien d'un héros.

La rouquine lui pinça le derrière pour le taquiner.

— C'est ce qu'on va voir.

Augustin, dissimulé derrière une benne à ordures, vit la Cherokee noire aux bavettes tartignolles arriver au Paradise Palms Motel. Son moral ne fit qu'un bond quand Bonnie Lamb en descendit, suivie du gouverneur. La conductrice, une femme aux cheveux châtains et en débardeur lavande, était probablement celle de la photo du permis de conduire, Edith Deborah Marsh, vingt-neuf ans. Elle fut la suivante à descendre de la Jeep. Puis du côté passager : un grand échalas au teint olivâtre dans un costume froissé, sans cravate. Il tenait à la fois un flingue et une bouteille, et paraissait mal assuré sur ses jambes. L'éclairage public mettait en évidence sa mâchoire de traviole. Augustin n'eut aucun doute. C'était lui : l'agresseur de Brenda Rourke, celui dont les prostituées lui avaient parlé. Niaqueur dans la vie courante, « Lester Parsons » sur le registre du motel.

L'individu ouvrit le hayon de la Cherokee et aboya quelque chose à Skink, qui en sortit un long ballot bosselé et le chargea sur son dos. Une fois le cortège disparu dans le motel, Augustin courut à la Jeep, grimpa dans le coffre à bagages et referma tranquillement le hayon. Il se tassa sous la vitre arrière, posant le .38 à sa droite. Il serrait à deux mains le fusil hypodermique sur sa poitrine.

Voilà quelque chose à raconter à mon vieux, songea-t-il. Histoire de faire saillir les grosses veines de ses tempes.

P'pa n'aurait jamais risqué sa peau à moins que de grosses sommes ne soient en jeu. L'amour, la loyauté et l'honneur ne faisaient pas partie du credo du contrebandier de dope. Augustin entendait déjà d'ici son ton incrédule : *Gustin, pourquoi t'as fait un truc aussi dingue, bordel ?*

Parce que le bonhomme ne l'avait pas volé. Il avait tabassé une femme flic et lui avait volé l'alliance de sa mère. C'était de la racaille.

Sois pas crétin. T'aurais pu te faire buter.

Il a enlevé la femme que j'aime.

J'ai élevé un crétin !

Non, t'as élevé personne.

Chaque fois qu'Augustin écrivait à son père, il mettait un point d'honneur à lui mentionner les sommes qu'il avait données à ses petites amies, à d'obscures associations caritatives et autres organisations politiques d'extrême gauche. Il imaginait la tête de son père, vert de consternation.

Tu me déçois, Gustin.

Et il fallait entendre ça de la bouche d'un sombre connard qui s'était échoué pleins gaz avec trente-trois kilos au fond de la cale et les forces de la Défense nationale des Bahamas au grand complet à ses trousses.

— Tu me déçois.

C'est ça. Augustin écoutait la pluie tambouriner sur le toit du pick-up. Ça l'endormait.

Il ne s'attendait pas à trouver son père à son chevet quand il était sorti du coma, aussi ne fut-il pas déçu. Mais l'emportant sur le reste, il était tout heureux d'être en vie. La personne à son chevet, une infirmière haïtienne entre deux âges du nom de Lucy, lui raconta le crash de l'avion, ses mois de coaltar. Augustin la serra contre lui, les larmes aux yeux. Lucy lui montra une lettre que son père lui avait envoyée de sa cellule de Talladega ; elle avait lu la lettre à haute voix à Augustin, encore inconscient. Elle proposa de la lui relire.

Fiston, j'espère que tu es vivant et que tu peux lire ces lignes. Je regrette la façon dont les choses ont tourné. P'pa aurait dû s'en tenir là et signer, mais la délicatesse et la décence n'avaient jamais été ses points forts.

Tout ce que j'ai fait, je l'ai fait pour toi, écrivait-il. *Chaque chose, bonne ou mauvaise.*

C'était des salades, un mensonge vraiment pas nécessaire. Cela attrista un peu Augustin sans le remplir d'amertume. Il était au-dessus de tout ça. L'accident d'avion avait cisaillé ses affects à la racine. Plus rien ne l'atteignait comme avant, et c'était très bien comme ça. Il décida qu'un coma de courte durée ne pourrait faire de mal à personne. Remettrait les compteurs à zéro.

Alors à quoi bon avoir mis des années à se donner d'autres priorités ? Elles étaient là. *Elle* était là.

P'pa n'approuverait pas. Heureusement, P'pa n'était pas un facteur à prendre en compte.

Augustin entendit une porte se fermer, quelqu'un patauger dans une flaque, des voix s'approcher en traversant le parking du motel. Il inspira profondément à trois reprises. Vérifia la sécurité du fusil hypodermique.

Il était ravi que le mauvais temps embrume les vitres de la Jeep et le rende invisible de l'extérieur. Le ton montait — deux hommes se disputaient. Augustin ne les reconnaissait pas. Peut-être Niaqueur et quelqu'un d'autre, mais qui ?

Des éclats de voix percèrent le chuchotis de la pluie. Augustin décida de ne pas trahir sa présence, à moins que Bonnie n'ait des ennuis. La querelle se rapprochait. Puis il y eut de forts halètements, le bruit d'une bagarre maladroite ; une bouteille se fracassa sur le pavé.

L'un des deux hommes bafouilla :

— Tiens-moi cette saloperie de flingue pendant que j'étrangle cet enculé.

La consternation de Niaqueur face aux deux balles restantes du .357 était des mieux fondées. Il n'avait rien d'un tireur d'élite.

Un procès-verbal de police, daté du 7 juillet 1989, révélait qu'un dénommé Lester Maddox Parsons avait été arrêté pour avoir descendu Theodor « Sunny » Shea à l'extérieur du Satellite Grill à Dania, Floride. La victime n'était pas un vulgaire dealer de crack, comme le proclama Niaqueur après coup. À vrai dire, Sunny Shea était son associé depuis belle lurette. Leur entreprise incluait, outre la drogue, armes, bijoux, fringues, mobilier de jardin, matériel hi-fi volés et, une fois même, tout un lot de petits pots pour bébés. Sunny Shea en vint à soupçonner Niaqueur de le gruger sur les bénéfices et lui assena cette accusation par une humide soirée d'été sur le seuil du Satellite Grill, devant une quinzaine de témoins oculaires.

Niaqueur, indigné, y répondit en sortant un Glock 9 mm (barboté dans la boîte à gants d'une voiture banalisée de la police de Coral Springs) et en vidant ladite arme sur Sunny Shea. Au finale, Niaqueur tira à onze reprises à une distance de deux mètres cinquante. Six projectiles seulement firent mouche, sans qu'aucun ne touche un organe vital de Sunny Shea — une prouesse, étant donné que ce dernier ne pesait que soixante-cinq kilos et n'avait pas un gramme de graisse. Cette calamiteuse démonstration de tir fut d'autant plus remarquable que Niaqueur était sobre comme un chameau à ce moment-là.

Sunny Shea ne perdit jamais conscience et se montra coopératif à l'extrême quand la police s'enquit de l'identité de son agresseur. Les deux inspecteurs qui embarquèrent Lester Maddox Parsons à la prison de Broward County le charrièrent sans pitié sur son carton pourrave.

Le lendemain matin, quand on vint l'informer dans sa cellule que l'inculpation de tentative d'homicide volontaire avait été révisée à la baisse, Niaqueur vit rouge. Il apprit alors que ce n'était pas l'un de ses tirs qui avait tué son associé malingre et odieux : un débile profond aux urgences avait administré à Theodor « Sunny » Shea une piqûre d'un antibiotique auquel il s'était révélé violemment — et fatalement — allergique.

Niaqueur plaida en se retranchant derrière un minable homicide par imprudence et n'écopa que d'une peine de prison légère, mais sa confiance dans l'efficacité des armes de poing fut détruite à jamais. Cependant, mieux valait deux balles dans le .357 que pas de balle du tout.

Ce qui expliquait pourquoi il ne tenait pas à les gaspiller sur Avila, cet espingouin pleurnichard. C'était le dernier type au monde que Niaqueur s'attendait à voir à Paradise Palms. Il s'était matérialisé comme un fantôme de noyé hors de l'orage de pluie, faisant du foin à propos de l'acompte pour la toiture que Niaqueur avait carotté à Mrs Whitmark.

— Tu sais qui c'est ? Tu sais à qui elle est mariée ? glapissait Avila.

Skink et les deux femmes se replièrent au sec, sous l'avant-toit du motel, tandis qu'Avila coursait Niaqueur autour du parking comme un bull-terrier. Leur conversation avait beau être difficile à suivre, Edie Marsh en extirpa la substantifique moelle : Niaqueur avait fait main basse sur sept mille dollars.

Marrant qu'il ait oublié de le lui signaler. Comme pour l'alliance.

Le pistolet de Niaqueur chagrinait Avila sans le décourager pour autant. Pendant cent trente kilomètres, il avait prié Chango de lui accorder sa protection et s'en sentait modérément imprégné. Niaqueur avait l'air à plat, patraque, et tenait à peine debout : il était peut-être visité par les mauvais esprits.

— Allonge le blé, lui dit Avila.

— Va mourir ! gronda Niaqueur.

Quand il se détourna, Avila lui sauta sur le râble. Niaqueur se débarrassa de lui d'un coup d'épaule. Avila revint à la charge, déchirant le costard de Niaqueur et lui arrachant le Johnnie Walker des mains. Les deux hommes se lancèrent dans un corps à corps tourbillonnant dans la brume. Pour en finir, Niaqueur recula vers un palmier et fracassa Avila contre le tronc. Ce dernier glissa au sol avec un authentique couinement.

Niaqueur, suant et soufflant, se dirigea vers Edie :

— Tiens-moi cette saloperie de flingue pendant que j'étrangle cet enculé.

Elle prit le pistolet à contrecœur et le braqua sur Skink et Bonnie. Niaqueur se jeta sur Avila et le tabassa à perdre haleine. Ce dernier fut surpris par la douleur pure. Quand son nez explosa sous le coup de poing de Niaqueur, il comprit qu'il avait été imprudent de compter sur une intervention béatifique. Chango ne lui avait pas pardonné le sacrifice avorté du coati, c'était clair.

Alors que Niaqueur lui enfonçait ses ongles noirs dans la gorge, Avila inventoria les sources multiples de son supplice : le nez fracturé, l'éclat de verre de la bouteille de whisky dans la cuisse droite, le stigmate non guéri qui lui trouait la paume gauche, le coup de corne du bouc dans l'aine et, sous peu, le larynx écrasé.

Il songea : oublie la thune. Au cul, Gar Whitmark. Il est temps de se barrer.

Avila expédia un bon coup de genou droit dans le bas-ventre de Niaqueur. Ce dernier papillota mais maintint sa prise sur le cou d'Avila. Ce dernier le caressa du genou deux fois encore et finit par obtenir le résultat escompté. Niaqueur gémit et roula plus loin. Avila se remit debout avec difficulté. Au bout de trois pas, le pied lui manqua. Quand il se releva, il entendit Niaqueur qui l'imitait dans son dos. Avila fila vers la route comme un perdu.

La pluie rendait difficile de distinguer les deux hommes qui couraient le long de la route n° 1. Aucun des deux n'était assez grand pour être le gouverneur ni en assez bonne forme physique pour être Augustin. De là où sa voiture de patrouille était garée, à une centaine de mètres d'eux, Jim Tile était incapable de voir si le plus grand avait la mâchoire de guingois. Cela aurait pu être n'importe quel vieux soiffard des Keys en costume rayé détrempé.

La Jeep noire était toujours garée au Paradise Palms Motel. Le policier décida de se tenir tranquille et de patienter.

Avila parcourut huit cents mètres avant d'être à bout de forces. Il s'arrêta sur le Tea-Table Bridge et se plia en deux, cherchant l'air. Il tenta d'arrêter des voitures qui passaient, mais aucun des automobilistes ne trouva de place dans son cœur de glace pour un stoppeur dépenaillé, crotté, écumant de salive et éclaboussé de sang. L'abattement d'Avila s'accrut en apercevant, derrière la vitre d'une Airstream le dépassant sans ralentir, les taches de rousseur d'une ado qui lui tira le portrait avec son appareil photo.

Le monde craint un max, songea-t-il, si un blessé devient un objet d'amusement pour la route.

Entre-temps, du rideau de pluie surgit Niaqueur. Il avançait comme un zombi, traversant le pont. Il avait choisi comme arme l'essieu rouillé d'une remorque de jet ski abandonnée.

Avila leva les deux bras en signe de supplication.

— On oublie tout et on recommence, O.K. ?

— Bouge pas.

Niaqueur, agrippant l'essieu par l'une de ses extrémités, le leva très haut au-dessus dans les airs, comme une masse.

Avec un piaulement désolé, Avila se jeta de côté et par-dessus le pont. L'à-pic n'était que de quatre mètres, mais étant donné sa phobie des hauteurs, il aurait pu tout aussi bien être de quatorze étages. Avila fut légèrement stupéfait de survivre au choc.

L'eau était tiède et la marée forte. Il la laissa l'emporter loin du chenal, vers l'océan, parce qu'il n'avait pas assez de force pour nager à contre-courant. Quand le poids de ses habits mouillés se mit à le tirer vers le fond, il se débarrassa d'un coup d'un seul de ses chaussures et de son pantalon, puis retira sa chemise. L'obscurité et le mauvais temps engloutirent bientôt les lumières de l'Overseas Highway. Avila ne voyait plus rien sauf, de temps à autre à haute altitude, le zigzag d'un éclair de chaleur. Quand un objet lourd le frappa au bas du dos, il fut persuadé que c'était le nez d'un grand requin blanc et que son heure était venue.

Mais ce n'était qu'un morceau de contreplaqué. Avila s'y agrippa comme une grenouille paralytique. Il songea à l'ironie sublime qu'il y aurait à ce que ce morceau de bois salvateur vienne de l'un des toits qu'on l'avait copieusement arrosé pour ne pas inspecter. Peut-être était-ce ainsi que Chango entendait la plaisanterie ?

Toute la nuit, dérivant au gré du clapotis, Avila maudit le cyclone de lui avoir apporté autant de malheurs : le sadique mangeur de beignets, Whitmark et Niaqueur, comme de bien entendu. La pluie cessa à l'aube mais le soleil ne se libéra pas des nuages. Ce ne fut pas avant le plein après-midi qu'Avila entendit un moteur. Il se mit appeler à l'aide et un grand bateau de pêche blanc passa au ralenti à portée de voix. Avila fit de grands signes du bras. Le skipper et ses clients fringués tropical lui rendirent son salut.

— Tiens bon, *amigo,* gueula le skipper avant de pousser plus loin.

Vingt minutes plus tard, survint un bateau des gardes-côtes qui recueillit Avila à son bord. L'équipe lui donna des vêtements secs, du café chaud et du chili con carne maison. Il mangea et apprécia en silence. Après cela, on le conduisit à l'entrepont dans un petit bureau, où l'attendait un fonctionnaire des services d'immigration et de naturalisation.

Dans un espagnol hésitant, ce fonctionnaire demanda à Avila par quel port cubain il s'était enfui. Avila éclata de rire et expliqua qu'il était de Miami.

— Alors que faites-vous ici en sous-vêtements ?

Avila raconta que, poursuivi par un bandit de grand chemin, il avait sauté du pont à Islamorada.

— Dites la vérité, fit le fonctionnaire sérieux comme un pape. Vous avez tout d'un *balsero,* ça crève les yeux. Alors vous venez d'où — La Havane ? Mariel ?

Avila allait protester quand lui vint à l'esprit qu'il n'y avait pas de moyen plus rapide de déposer son fardeau. Qu'avait-il à attendre de sa vie de tous les jours si ce n'est une épouse vindicative, une belle-mère traumatisée, une faillite personnelle, l'ire de Gar Whitmark et une mise en examen éventuelle ?

Il demanda alors au fonctionnaire du service de l'immigration :

— Que m'arrivera-t-il si j'avoue tout ?

— Rien. Vous passerez devant un tribunal à Krome et serez très probablement relâché.

— Si je suis réfugié politique.

— C'est la procédure habituelle.

— *Si,* fit Avila. *Yo soy balsero.*

Le fonctionnaire parut si soulagé qu'Avila (ancien serviteur de l'État lui-même) en conclut qu'il lui avait épargné des montagnes de paperasse.

— *Su nombre, por favor ?*

— Juan, répondit Avila. Juan Gómez, de La Havane.

— Quelle était votre profession à Cuba ?

— Inspecteur du bâtiment.

27.

Ils attendaient dans la Jeep : Edie Marsh devant, avec le revolver ; Bonnie Lamb serrée contre le gouverneur sur la banquette arrière.

Ce fut Bonnie qui parla la première.

— Et si jamais il ne revient pas ?

Edie songeait à la même chose. L'espérait. Le problème, c'était que Niaqueur avait les clés de la bagnole. Elle demanda à l'homme au bonnet de douche :

— Vous savez trafiquer l'allumage sur ce modèle ?

— Ça serait illégal.

Son sourire de cinéma la fit tressaillir.

— Pourquoi vous n'avez pas peur ? demanda-t-elle.

— Peur de quoi ?

— Du flingue. De mourir, tout ça quoi.

Bonnie précisa qu'elle était bien assez effrayée pour eux tous. La pluie diminua ; toujours aucun signe de Niaqueur ou d'Avila. Edie avait du mal à détourner les yeux du dénommé Skink.

— Qu'est-ce qu'il y a ? l'apostropha-t-il. C'est mon chapeau ?

Elle leva le .357.

— Vous pourriez m'ôter ça des mains n'importe quand, si vous le vouliez. Vous le savez bien.

— Peut-être que je ne veux pas.

C'était là ce qui la terrifiait. À quoi bon braquer un flingue sur quelqu'un comme ça ?

— Je ne vous ferai pas de mal, dit-il.

Et à nouveau, ce sourire.

Edie Marsh craquait sur les petites rides que le rire dessinait autour des yeux.

— Je commence à comprendre ce que vous lui trouvez, dit-elle à Bonnie.

— On est amis, c'est tout.

— Vraiment ? Alors peut-être que vous pouvez me dire ce qu'il a derrière la tête, fit Edie.

— Franchement, je n'en sais rien. Et j'aimerais bien le savoir.

Edie n'était que tremblements et moiteurs, émois et turbulences. Dans la chambre du motel où ils avaient laissé Mr Stichler en dépôt aux deux putes, elle avait entrevu quelque chose à la télé qui l'avait plongée dans une rêverie éveillée — un bref reportage sur le président des États-Unis venu visiter les dégâts causés par le cyclone. À ses côtés se trouvait un homme séduisant, grand et juvénile, d'une trentaine d'années, que le présentateur qualifia de fils du Président. Quand on précisa qu'il vivait à Miami, Edie Marsh eut comme un flash bizarroïde. Ce n'était pas un Kennedy, et alors ? Peut-être qu'il était trop bon Républicain pour se ramasser une chaude lapine dans un bar et se livrer à des cochoncetés avec elle. Ou bien n'attendait-il justement que ça pour mettre fin à une existence de désirs réprimés. Et c'était *le fils* du Président ! Il y avait là de quoi méditer pour l'avenir, rêvassait Edie. En particulier, si l'arnaque au cyclone continuait à partir en capilotade, lentement mais sûrement.

Elle posa l'arme de Niaqueur sur le siège.

— Sortez de là, fit-elle à Skink et Bonnie. Allez. Je dirai que vous m'avez poussée et que vous vous êtes enfuis.

Bonnie interrogea le gouverneur d'un coup d'œil.

— Saisis ta chance, fillette, lui dit-il.
— Et vous ?
Il fit non de la tête.
— J'ai fait une promesse à Jim.
— C'est qui encore Jim, merde ? demanda Edie Marsh.
— Alors on reste, je crois, conclut Bonnie.
Skink l'encouragea à profiter de l'occasion.
— Va appeler Augustin. Et rassure-le sur ton compte.
— Neûn, fit Bonnie.
— Ton mari, aussi.
— Non ! Pas avant la fin.
Edie était exaspérée, avait les nerfs en pelote. Niaqueur avait raison : ils étaient *raides dingues.*
— Très bien, fit-elle. Vous n'avez qu'à rester si vous voulez, bande de givrés, mais moi je me tire d'ici.
— Excellente décision, commenta Skink.
— Vous n'aurez qu'à lui dire que je suis allée aux toilettes.
— Pas de problème, fit Bonnie.
— Que j'ai mes règles, tout ça quoi.
— Oui.
Skink se pencha en avant.
— Vous pourriez me passer le flingue ?
— Pourquoi pas, fit Edie.
Peut-être que le sourire qui tue étendrait Niaqueur pour le compte. Edie avait trente-six mille bonnes raisons de ne pas flipper à cette idée, sans compter le bleu que le canon avait fait sur son sein droit.
Elle tendait le .357 à Skink quand il lui fit signe de le garder.
— À bien y repenser..., dit-il.
Edie se retourna et lâcha un hoquet suffoqué. Le visage de Niaqueur, ruisselant, se pressait contre le pare-brise de la Jeep. Le nez busqué et la bouche déformée en faisaient un masque de gargouille.

— Je t'ai manquééé, mon béébéé ? roucoula-t-il, ses lèvres exsangues se tortillant comme de grosses limaces sur la vitre.

Jim Tile fut tenté d'appeler du renfort, même si cela devait précipiter la fin de la retraite si bien protégée du gouverneur.

Ils avaient fait un pacte, il y avait de ça fort longtemps : pas de recours à la cavalerie sauf si la vie d'innocents était en péril. Le policier considérait la touriste comme plus ou moins innocente. Skink et elle pouvaient être déjà morts.

Jim Tile, morose, regardait la pluie tremper les voitures qui passaient sur la route n° 1. Il se morigéna une fois de plus d'avoir laissé l'affectif l'emporter sur le rationnel. Brenda était vivante. Il aurait dû remercier Dieu et laisser pisser.

Mais non. Et le gouverneur n'avait pas eu grand mal à lui extorquer le numéro d'immatriculation.

« Opération Contrepoison », Skink avait qualifié ça comme ça, au moment où ils quittaient l'hôpital.

— Celui qui a fait ça à Mrs Rourke — quel qu'il soit — n'est pas un échantillon viable de l'espèce humaine. Ni un pourvoyeur bienvenu à la banque des gènes. Darwin lui-même en conviendrait, hein ?

Et le policier s'était contenté de dire :

— Sois prudent.

— Jim, on est infestés de ce genre de connards mutants. Regarde ce qu'ils ont fait de cet endroit.

Le policier se cantonna dans une zone de froideur distante.

— La plaque a été probablement volée sur une autre voiture. Ça ne te mènera peut-être nulle part.

Et le gouverneur, se débarrassant momentanément de la poigne ferme de son ami, de renchérir :

— Ils le transforment en dépotoir. Certains avec des flingues, d'autres avec leurs attachés-cases — c'est tout pareil un crime, nom de Dieu.

— Opération Contrepoison.

— On fait ce qu'on peut.

— Fais attention, capitaine.

Là-dessus, il lui avait décoché un de ces sourires perlés de star de ciné dont il avait le secret et qui lui avaient valu son élection. Alors Jim Tile avait reculé, le laissant libre de ses agissements. Libre de partir aux trousses de l'homme à la Jeep Cherokee noire.

Qui était à présent garée à l'extérieur du Paradise Palms dans la bruine et le vent. Le policier dénombra trois silhouettes dans le véhicule ; deux d'entre elles, espéra-t-il, étaient celles de Skink et Bonnie Lamb.

Une forme sombre près de la route attira son attention.

Le grand mec en costard filait sur le bas-côté gravillonné de la route n° 1. Sa démarche avait quelque chose de chaloupé ; ça semblait un sacré exploit qu'il coure droit fil, en évitant les voitures qui passaient à vive allure. Il sursauta en se prenant les pleins phares d'un camion-citerne dans les yeux.

Cette fois, Jim Tile put admirer à loisir ses mâchoires déboîtées.

Il regarda l'homme passer sous l'enseigne au néon devant le motel. Il le vit s'approcher de la Jeep, se pencher à une vitre. Puis le type fit le tour en courant jusqu'à la place passager, ouvrit la portière et monta. De la fumée s'éleva du pot d'échappement de la Cherokee. Les feux de stop clignotèrent.

— Salut, toi, dit Jim Tile, et il démarra le moteur.

Soudain, un peu partout alentour, la nuit fut quadrillée de bleu et blanc.

Niaqueur reculait la Jeep, gloussant de ce qui venait d'arriver à Avila.

— Ce pauvre connard a basculé par-dessus le pont, z'auriez dû voir ça. Eh ! Oh ! bordel de...

De brillantes lumières se mirent à pulser de tous

les côtés. Dans le reflet des flaques. Sur les murs corail du motel. Dans le feuillage des palmiers.

Niaqueur mit la Jeep au point mort.

— Saletés de flics !

— Impossible, dit Edie.

Mais elle savait qu'il avait raison.

Une silhouette en gris s'approchait de la Cherokee. Niaqueur descendit la vitre. C'était un policier d'État ; un fils de pute black et baraqué pour tout arranger. Il avait garé son véhicule en travers, histoire de bloquer la sortie.

L'esprit de Niaqueur battait la campagne, mi-soûl mi-défoncé : Jésus Tout-Puissant, Pôpa et Môman piqueraient une de ces crises si jamais ils apprenaient que je me suis fait poisser par un négro de flic. Môman surtout.

Niaqueur imagina en un éclair ce qui avait dû arriver. La femme flic soit était en vie, soit avait survécu suffisamment longtemps à son tabassage pour donner une description de la Jeep et peut-être même le signalement de Niaqueur en personne.

Et voilà que la big poisse black rappliquait.

Niaqueur savait qu'il aurait dû se débarrasser de la Cherokee après l'incident. Garer sans faute cette saloperie dans le premier canal venu et basta. Mais, merde, qu'est-ce qu'il adorait l'installation stéréo ! Reba, Garth, Hank Jr, il ne les avait jamais entendus aussi bien. Toute sa vie, Niaqueur avait voulu une voiture avec des haut-parleurs dignes de ce nom. Pour ça, il avait gardé la Jeep volée à cause de cette chaîne de malheur — l'heure d'en payer le prix avait sonné.

Un enfoiré de sa mère de baraque black traversait le parking, l'arme dégainée.

Le borgne lui tapa sur l'épaule.

— Taille-toi vite fait, chef.

— Euh ?

— C'est ce que je ferais à ta place.

— Non, murmura Edie Marsh. On l'a dans le baba.

Niaqueur lui dit de la boucler. Il rafla le .357 sur le siège, visa par la vitre et se débrouilla pour atteindre le policier en pleine poitrine. Le type partit en arrière avant de s'effondrer dans un plouf.

— Bonne nuit, négro, fit Niaqueur.

Skink se figea. Bonnie et Edie poussèrent les hauts cris. Niaqueur passa en première rapido et démarra sur les chapeaux de roues.

— Z'avez vu çaaaaa ? hennit-il. Et un flic négro, un ! Woups ! Du premier coup, d'un seul !

Dans le coffre de la Cherokee, Augustin se hissa d'un bond sur un genou. Il épaula le fusil hypodermique courtaud, maintenant la visée braquée sur la nuque broussailleuse de Niaqueur. Il fut surpris quand Skink, se retournant, le fit se recoucher d'une poussée.

Alors la vitre arrière de la Jeep fut pulvérisée.

L'explosion surprit Niaqueur en pleine concentration tandis qu'il peinait pour contourner la voiture de police de la route, illuminée comme un char de carnaval.

Niaqueur baissa la tête, scrutant le rétro. Il vit le policier black couché dans une flaque : son flingue fumant remuait au bout de son bras, ne visant rien de précis. Puis le flic devint tout mou et Niaqueur partit d'un rire caquetant.

La Cherokee chassa sur l'asphalte glissant de pluie en rejoignant la route. Edie Marsh, courbée comme une vieille religieuse, sanglotait, le visage dans les mains. Skink avait attiré Bonnie Lamb sur ses genoux, hors de la ligne de tir. Pelotonné dans le compartiment à bagages, Augustin éplucha en silence ses vêtements de pépites de verre sécurit.

Midol, Johnnie Walker et pure adrénaline de délinquant tournaient la tête à Niaqueur.

— Z'avez vu ce grand négro comme je l'ai déquillé ? blablatait-il à pleins poumons. Z'avez vu comme je l'ai descendu !

Christophe Michel passa la nuit du cyclone en toute sécurité dans l'atmosphère conviviale de Key West. À midi, le lendemain, en allumant la télévision, il reconnut, avec des crampes de terreur, les vestiges bombardés d'un ensemble immobilier de luxe du nom de Pignon-sur-Baie. Ce lotissement avait été édifié par une société dont la raison sociale était Homes Persos Zénith et qui, non contente d'employer Christophe Michel à titre de constructeur, mettait en avant les garanties internationales qu'il offrait dans ses brochures de vente. Michel avait été débauché d'une des plus anciennes sociétés d'étude de France, qui n'avait pas élevé de véhémentes protestations devant son départ. Au nombre des spécialités où Michel manquait cruellement d'expérience, figurait l'équipement renforcé des maisons individuelles pour qu'elles résistent victorieusement à l'assaut des cyclones tropicaux. Son nouvel employeur lui assura que c'était une broutille et lui envoya par FedEx un exemplaire du Code de la construction de Floride du Sud, qui pesait plusieurs kilos. Christophe Michel le feuilleta rapidement pendant le vol Orly-Miami.

Il s'en sortit plutôt bien chez Zénith dès qu'il eut compris que la restriction des coûts était mieux placée sur la liste des priorités de la société que le fait d'assurer la solidité de la construction. Pour justifier ses prix d'une exagération déraisonnable, la société avait vendu mensongèrement Pignon-sur-Baie comme « le premier ensemble de Floride du Sud garanti à cent pour cent contre les cyclones ». À peu près de la même façon, devait songer Michel plus tard, qu'on avait vanté le *Titanic* comme insubmersible.

Toute la semaine, les nouvelles en provenance de Dade County ne firent qu'empirer. La presse engagea ses propres constructeurs pour inspecter les décombres : ceux-ci découvrirent de si nombreux défauts de conception et autres malfaçons que la liste exhaustive ne put en être publiée qu'en tout petits caractères. L'un des ingénieurs fit observer sarcastiquement que Pignon-sur-Baie aurait dû s'appeler Pignon-*dans-la-Baie* — propos si imagé qu'il eut les honneurs d'un gros titre en caractères gras et en première page.

Comme les propriétaires des maisons faisaient le siège de celui de Zénith en réclamant une mise en accusation devant un grand jury, Christophe Michel, prudent, s'apprêta à quitter les États-Unis. Il liquida ses comptes en banque, mit les volets au « condo » de Key West, les bagages dans la Seville et partit pour le continent.

La pluie n'améliora en rien la confiance ténue que lui inspirait la circulation en Amérique. Les moindres virages ou côtes de la Overseas Highway mettaient à l'épreuve réflexes et sang-froid. Michel termina sa dernière cigarette pendant qu'il traversait le Bahia Honda Bridge et à hauteur d'Islamorada avait rongé quarante dollars de manucure jusqu'au rose vif. À la première éclaircie, il fit halte dans un Circle K pour y acheter une cartouche de Bronco, une marque de cigarettes américaines pour laquelle il avait développé un goût aussi immodéré qu'inexplicable.

Au moment où il regagnait la Seville, quatre parfaits inconnus surgirent de l'ombre. L'un d'entre eux lui colla une arme dans le ventre.

— File-nous ta bagnole, dit l'homme.

— Mais certainement.

— Qu'est-ce que t'as à me mater !

— Pardon.

L'œil exercé de l'ingénieur constructeur calcula que la mâchoire en biseau du type était excentrée de trente-cinq degrés.

— Il me reste encore une balle !

— Je vous crois, fit Christophe Michel.

Le malfrat défiguré lui intima de retourner dans le

magasin et de compter lentement jusqu'à cent, mais à l'envers.

— Je peux garder ma valise ? demanda Michel.

— Non, p'tain !

— Je vois.

C'est en comptant à haute voix qu'il pénétra pour la seconde fois dans le Circle K. La caissière lui demanda si quelque chose n'allait pas. Michel, tout en s'allumant une Bronco avec difficulté, acquiesça explicitement.

— Toutes mes économies viennent de se faire la malle, dit-il. Je peux emprunter votre téléphone ?

Bonnie Lamb s'attendait à ce que Skink ait une éruption de fureur homicide en voyant son meilleur ami se faire descendre sous ses yeux. Mais non. Bonnie s'inquiéta de lui voir un affaissement apathique des épaules et une quasi-faiblesse de mouvement. Il avait l'œil vague et éteint de quelqu'un sous une forte dose de sédatifs. Bonnie était navrée de constater que l'entrain du gouverneur était anéanti.

Pendant ce temps, Niaqueur râlait et jurait parce que la Seville n'avait pas de lecteur CD, mais uniquement une radiocassette ; et dire qu'il s'était donné un mal de chien, nom de Dieu, pour récupérer les CD de la Jeep avant qu'ils ne s'en débarrassent derrière la supérette.

Bonnie serra le bras de Skink et lui demanda si ça allait. Il remua les pieds et quelque chose rendit un son métallique sur le plancher de la voiture. Il s'en saisit et dit :

— C'est quoi, ça ?

C'était un instrument fourchu de couleur rouge avec une poignée en plastique noir et un verrou chromé.

Niaqueur regarda par-dessus son épaule avec un petit rire.

— Le Sabot !

— Le quoi ?

— Vous savez bien, dit Bonnie Lamb. On en fait tout le temps la pub à la télé !

— Je regarde pas la télévision, dit Skink.

Niaqueur ulula carrément.

— Le Sabot, nom d'un petit bonhomme. Le Sabot ! T'as qu'à le verrouiller en travers ici — il tapota le volant — et on peut plus te voler ta bagnole.

— Vraiment ?

— Ouais. On peut pas dire que ça ait beaucoup servi au ducon lajoie du Circle K.

Le rire de Niaqueur avait un accent de triomphe.

Edie Marsh s'efforçait de reprendre ses esprits après la fusillade. Malgré l'obscurité, Bonnie aperçut des larmes qui brillaient à ses cils.

— J'avais un petit copain, fit Edie en reniflant, il a posé un de ces machins-trucs sur sa Firebird neuve. On la lui a fauchée quand même. Dans l'allée, en plein jour. Pour y arriver, on a gelé le verrou puis on l'a fracturé au marteau.

— Sans déconner ? fit Niaqueur. Congelé ?

— Ouais.

Edie avait du mal à digérer ce qui était arrivé au Paradise Palms Motel, l'anormalité et la stupidité exaspérante du tout. Ils ne s'en tireraient plus maintenant. Jamais. Tuer un flic ! Comment une inoffensive arnaque à l'assurance avait-elle pu dégénérer à ce point ?

Skink fut impressionné par l'ingénieuse simplicité du Sabot. Il accorda un intérêt particulier au système à crémaillère, qui permettait aux extrémités fourchues de s'adapter quasiment à toutes les largeurs d'ouvertures.

— Tu vois, comme ça personne peut tourner le volant, expliquait Niaqueur, que l'ironie du sort réjouissait toujours autant. Et personne peut se barrer avec ta nouvelle Cadillac Seville. À moins de te foutre un flingue dans les côtes. Ah-ah ! Méfiez-vous des imitations !

Skink reposa l'engin.

— Méfiez-vous des imitations ! cocorica Niaqueur derechef, gesticulant avec le .357.

Le regard du gouverneur, à nouveau flottant, se porta au-delà de la vitre.

— J'arrive pas à croire que vous en ayez jamais vu, dit Bonnie d'un ton taquin.

Cette fois, le sourire fut triste.

— Je mène une vie très protégée.

Edie Marsh se demandait si Niaqueur aurait pu choisir un lieu plus débile pour descendre un flic — un comté d'îles en chapelet avec une seule et unique issue. Elle n'arrêtait pas de se retourner pour vérifier s'il n'y avait pas de gyrophares à l'horizon.

Niaqueur lui dit d'arrêter ça, qu'elle les brisait à tout le monde.

— Encore une demi-heure et on sera libres, fit-il, une fois de retour sur le continent. On n'aura plus qu'à se trouver une autre voiture.

— Une avec un lecteur CD, je parie.

— Tu l'as dit.

La Seville se retrouva coincée derrière un camion de bière qui se traînait. Ils finirent immobilisés au feu rouge de Key Largo. Edie jeta un nouveau coup d'œil furtif derrière eux. Niaqueur l'entendit hoqueter.

— Quoi !

Il tourna la tête.

— Les flics ?

— Non. La Jeep !

— T'es folle, c'est pas possible...

— Juste derrière nous, fit Edie.

Bonnie Lamb allait se retourner elle aussi, mais Skink la retint par l'épaule. Le feu passa au vert. Niaqueur, pied au plancher, faufila promptement la Seville entre le camion de bière et une Toyota en vitesse de croisière.

— Espèce de foldingue, y a des millions de Jeep noires en circulation, bordel.

— Ah ouais, fit Edie. Avec le toit troué par une balle ?

Elle apercevait au-dessus du siège passager un bourgeonnement de tôle en forme de champignon.

— Et merde.

Niaqueur orienta le rétro avec le canon du .357.

— Bon Dieu, t'en es sûre ?

La Cherokee leur collait à la roue. Bonnie remarqua que le gouverneur affichait un léger sourire. Edie s'en aperçut aussi.

— Qu'est-ce qui se passe ? dit-elle. Qui est derrière nous ?

Skink haussa les épaules.

— Écoute un peu ce qu'j'te dis, moi : je m'en fous de qui c'est, parce qu'il est mort, cet enculé. Y me reste zactement le nombre de balles qui faut pour ça, fit Niaqueur.

Dans ce qui parut à Bonnie un mouvement d'une fluidité continue, le gouverneur se pencha en travers du siège, arracha le .357 de la main de Niaqueur et tira à bout portant dans le tableau de bord de la Cadillac.

Puis il le lâcha sur les genoux de Niaqueur en disant :

— Maintenant t'as plus que peau de balle.

Niaqueur manqua de justesse d'emplafonner la voiture dans un poteau. La détonation fit sonner les oreilles d'Edie Marsh, bien qu'elle ne fût pas surprise. Ça n'avait été qu'une question de temps. Le pro du sourire les avait menés en bateau.

Une seule pensée se répercutait dans la tête de Bonnie Lamb : et maintenant, quoi ? Qu'est-ce qu'il allait bien pouvoir inventer maintenant ?

Niaqueur, luttant pour masquer sa frayeur, beugla en direction de Skink, par-dessus son épaule :

— Putain, tu bouges le petit doigt, je te jure que je nous balance tous en bas d'un pont. T'imprimes ? On crèvera tous.

— Garde les yeux sur la route, chef.

— Me touche pas, nom de Dieu !

Skink posa son menton près de l'appuie-tête, à portée de l'oreille droite de Niaqueur.

— Ce flic que t'as descendu, c'était un ami à moi, dit-il.

Edie Marsh baissa la tête.

— Ne me dites pas que c'était « Jim ».

— Si.

— Naturellement, fit-elle avec un soupir d'affliction.

— Et alors quoi ? fit Niaqueur, les épaules ramassées. J'étais pas censé le savoir. Un flic, c'est un flic, bordel.

Pour Bonnie, la dynamique à l'œuvre dans la Seville taxée était surréaliste. En toute logique, leur enlèvement aurait dû se terminer avec la fin des munitions de Niaqueur. Et pourtant, les voilà qui continuaient à rouler comme si de rien n'était. Il aurait aussi bien pu s'agir d'une virée amoureuse à quatre, avec arrêt pizzas et milk-shakes.

— Je peux poser une question ? demanda-t-elle. Où va-t-on ? Et qui mène la barque à présent ?

— *Moi,* bon Dieu de bon Dieu, fit Niaqueur. Tant que j'aurai le volant...

Il sentit Edie lui filer un coup de coude dans les côtes.

— La Jeep, dit-elle, la pointant du doigt. Fais gaffe.

La Cherokee noire roulait à hauteur de la Cadillac sur la voie de gauche. Niaqueur appuya sur l'accélérateur mais la Jeep tint le choc.

— Et merde, grommela-t-il.

Edie avait raison. C'était le même véhicule qu'ils avaient abandonné dix minutes plus tôt. Niaqueur en tombait complètement des nues. Qui ça pouvait être ?

Ils virent se baisser la vitre avant de la Cherokee, côté passager. Le conducteur fantôme tenait le volant de la main gauche, en gardant les yeux fixés sur la route. À la lueur des phares qui les croisaient, Niaqueur entr'aperçut le visage du type, qu'il ne reconnut pas. Cependant il nota que l'inconnu ne portait pas l'uniforme de la police de la route. Cette observation lui procura un soulagement totalement incongru.

Bonnie Lamb, elle, reconnut le conducteur immédiatement. Elle lui fit signe en cachette, imitée par le gouverneur.

— Qu'est-ce qui se passe !

Edie Marsh, à genoux sur la banquette, hurlait en gesticulant.

— Qu'est-ce qui se passe ! Mais c'est qui ce fils de pute !

Elle fut plus découragée qu'effrayée quand le conducteur de la Jeep leva un fusil. Niaqueur ne l'aperçut qu'après avoir entendu partir le coup.

Pfffttt. Comme le revolver à air comprimé d'un gamin.

Puis une piqûre douloureuse sous l'oreille ; une chaleur liquide se répandit dans ses bras, sa poitrine, ses jambes. Il se sentit devenir tout mou et pencha à tribord en maugréant :

— P'tain quoâ, p'tain quoâ...

Skink dit alors à Edie que c'était l'occasion rêvée de prendre le volant.

— Tenez bon la barre, ajouta-t-il, on va dans le décor.

Bras tendu par-dessus le corps effondré de Niaqueur, elle se mit à guider anxieusement la Seville vers le bas-côté de la route. La Jeep noire vira en douceur juste devant eux.

Edie se mordit la lèvre.

— J'y crois pas, non, j'y arrive pas.

— Moi non plus, fit Bonnie Lamb.

Déjà dehors, elle se précipita vers Augustin, avant même que la voiture n'arrête sa course.

28.

Jim Tile avait joué autrefois *tight end* pour l'Université de Floride. En première année, au cours du dernier match à domicile de la saison, un *cornerback* maigrichon d'Alabama donna de plein fouet un coup de casque cramoisi dans le sternum de Jim Tile. Jim ne lâcha pas le ballon mais oublia complètement de respirer.

Il se sentait dans le même état à présent, gisant dans une flaque d'eau de pluie grasse, levant les yeux vers le visage inquiet d'une prostituée blond platine. L'impact du coup de feu avait vidé les poumons de Jim, qui réclamaient muettement de l'air. Les gyrophares de la voiture de patrouille clignotaient bleu-blanc-bleu et se reflétaient dans les yeux de la fille.

Jim Tile comprit qu'il n'était pas en train de mourir, qu'il en avait seulement l'impression. La balle de ce connard ne s'était pas logée dans du tissu bronchique vital, mais simplement incrustée dans une couche de Kevlar Du Pont, par bonheur impénétrable. Comme la plupart des policiers, Jim Tile détestait ce gilet, l'été en particulier — il tenait chaud, était encombrant, grattait. Mais il le portait parce qu'il l'avait promis à sa mère, ses nièces, son oncle et Brenda bien entendu, qui portait le même de son côté. Travailler pour la police de la route était sur le plan statistique le boulot le plus dangereux du maintien de l'ordre. C'était aussi naturellement le plus mal payé.

Il avait fallu que de nombreux agents se soient fait descendre pour qu'on eût recours aux gilets pare-balles pour la patrouille d'État ; son budget était si à sec que leur achat ne fut possible qu'en sollicitant des dons extérieurs.

Bien avant ça, ceux qui aimaient Jim Tile avaient décidé qu'il ne devait pas attendre que l'État prouve sa sincère préoccupation pour les officiers de police. Le gilet en Kevlar était un cadeau de Noël de sa famille. Jim ne le portait pas toujours quand il patrouillait dans les secteurs ruraux du Panhandle, mais à Miami il ne serait même pas entré à l'église sans. Il était content de l'avoir enfilé aujourd'hui.

S'il pouvait seulement se rappeler comment on fait pour respirer.

— Panique pas, baby, répétait la pute. Panique pas. On a appelé le 911.

En se redressant, Jim Tile émit un bruit de ventouse qui évoquait un compacteur d'ordures bousillé. Quand la fille lui tapa entre les omoplates, un morceau de plomb aplati tomba d'un trou de la taille d'un sou dans la chemise de Jim et fit plouf dans la flaque. Ce dernier le ramassa : une balle de .357.

— Où sont-ils allés ? demanda Jim.

Sa voix n'était plus qu'une frêle crécelle. Il rengaina avec difficulté son arme de service.

— Ne bouge pas, fit la fille.

— Je l'ai eu ?

— Tiens-toi tranquille.

— Aidez-moi à me relever, m'dame. S'il vous plaît.

Il avançait en traînant les pieds vers sa voiture quand le camion de pompiers arriva. Les infirmiers l'obligèrent à s'étendre, tout en le débarrassant de sa chemise et du gilet. Ils lui annoncèrent qu'il allait avoir une très vilaine ecchymose. Et ajoutèrent qu'il était un sacré veinard.

Le temps que les infirmiers en finissent, le parking

du Paradise Palms se vit encombré de curieux du coin, de touristes en goguette et de clients du motel, d'un bataillon de shérifs adjoints de Monroe County, de deux vans de news télé et de trois voitures de la police de la route flambant neuves, celles des supérieurs de Jim Tile. Tassés sous des parapluies noirs, ils concoctaient leurs rapports.

Pendant ce temps, le tireur remontait à toute vitesse la route n° 1, emportant avec lui le gouverneur et la jeune mariée.

Un lieutenant dit à Jim de ne pas s'inquiéter, qu'ils ne réussiraient pas à quitter les Keys.

— J'aimerais participer à la poursuite, chef, je me sens en pleine forme.

— Tu n'iras nulle part.

Le lieutenant adoucit son ordre d'un petit rire confraternel.

— Et merde, Jimbo, laisse-nous le temps d'arriver, fit-il en lui tendant un paquet de paperasses et un stylo.

Le corps de Tony Torres éveilla inévitablement l'intérêt d'un journaliste de presse qui couvrait les victimes de l'ouragan. Si le rapport d'autopsie n'employait pas le terme de « crucifixion », la configuration des blessures révélait la chose dans toute son horreur. Pour éviter une publicité embarrassante, la police fit du zèle pour réactiver l'enquête mise en sommeil à la suite de l'appel téléphonique interrompu d'une femme déclarant être la veuve du mort. En une journée, un vétéran de la crime du nom de Brickhouse réussit à dénicher une adresse récente du Tony Torres assassiné. Il l'obtint en remontant d'une montre Cartier de la victime jusqu'à un bijoutier de Bal Harbour, qui se souvint de Tony comme d'un enfoiré doublé d'un arrogant et qui, en prévision de futures contestations, avait gardé des reçus détaillés de la transaction. Ledit bijoutier, pas vraiment affligé en apprenant le trépas du señor Torres, livra de bonne grâce à l'inspecteur l'adresse qu'il cherchait. Pendant que les R.P. des services de police faisaient lanterner le journaliste, Brickhouse se rendit en voiture à l'adresse de Turtle Meadow.

Il trouva une maison abandonnée après un cyclone, devant laquelle étaient garés une Chevrolet dernier modèle et un vieux tacot Oldsmobile. On avait retiré la plaque d'immatriculation de la Chevy, mais le numéro de série du véhicule le rattachait à Antonio Rodrigo Guevara-Torres, la victime. La plaque rouillée de l'Oldsmobile était enregistrée au nom d'un certain Lester Maddox Parsons. Brickhouse réclama par radio son dossier criminel, qui serait ou ne serait peut-être pas prêt quand il regagnerait son bureau dans la matinée : le cyclone avait lâché des *gremlins* électroniques dans les réseaux informatiques.

Le réflexe naturel de l'inspecteur lui soufflait de pénétrer dans la maison, ce qui aurait été relativement facile vu l'absence de portes. Le problème n'était pas que Brickhouse n'avait pas de mandat mais que le vieux d'à côté le regardait avec curiosité depuis la carcasse de sa véranda. Il serait le premier témoin cité par la défense, si jamais on apportait la preuve d'une perquisition illégale du domicile de la victime, lors d'une audience pour vice de forme.

Aussi Brickhouse resta-t-il dans le jardin à glisser un œil à travers vitres brisées et portes explosées. Il nota la présence d'un groupe électrogène dans le garage, de vin et de fleurs dans la salle à manger, d'un sac à main de femme, de bougies à demi fondues, d'une glacière Igloo installée à proximité d'un fauteuil relax — autant de signes manifestes d'une occupation des lieux post-cyclonique. Tout le reste était des gravats basiques. Brickhouse n'aperçut aucune trace visible de sang, ce qui collait avec son hypothèse originelle, à savoir qu'on avait emmené ailleurs le vendeur de mobile homes pour mieux le crucifier.

L'inspecteur s'en alla tranquillement tailler une bavette avec le voisin fouinard, qui lui dit s'appeler Lionel Varga. Il s'embarqua dans une histoire embrouillée mais haute en couleur à base de visiteurs à mine patibulaire, de filles tout en jambes et d'aboiements de chiens insupportables. Brickhouse prit des notes par courtoisie. Varga prétendit que Mr et Mrs Torres étaient séparés, bien qu'elle ait téléphoné récemment pour signaler qu'elle rentrait dans ses pénates.

— Mais c'est un secret, ajouta-t-il.

— Tu parles, fit Brickhouse.

Avant de terminer sa journée, il colla sa carte sur le chambranle de la porte du 15 600, Calusa Drive.

C'est là que Néria la trouva à l'aube.

Le pick-up de Mathieu l'avait suivie tout du long depuis Fort Drum jusqu'à son domicile, à Turtle Meadow. Les sept zigotos du Tennessee envahirent comme un seul homme le bâtiment délabré avec un émerveillement orgasmique devant l'occasion de plein emploi que Dieu leur servait sur un plateau. Mathieu annonça avec emphase qu'il leur fallait attaquer les réparations sur-le-champ.

— Minute, dit Néria. Vous m'aidez à retrouver mon mari, puis je vous laisserai faire quelques menus travaux dans la maison.

— Ouais, j'en doute pas. Où c'qu'il est ?

— D'abord, je dois passer quelques coups de fil.

— Pour sûr, fit Mathieu. Pendant ce temps, on va se préparer le terrain.

Il demanda à Néria la permission d'emprunter des outils dans le garage.

— On se calme un peu, lui dit-elle.

Mais ils grimpaient déjà sur le toit, escaladant poutres et chevrons, comme une bande de chimpanzés pelés. Néria laissa courir. Voir l'endroit dans cet état la secouait plus que prévu. Elle avait vu les destructions dues au cyclone sur CNN, mais avoir le nez dessus faisait une différence ; il y avait même de quoi être accablé si ce tas de ruines avait été autrefois votre maison. La vision de ses photos de mariage moisies parmi les décombres lui provoqua un serrement de cœur mais cet accès de sentimentalité fut vite refroidi par la découverte d'une bouteille de vin et de fleurs dans le salon. Néria Torres supposa que Tony les avait achetés pour une pétasse quelconque.

Elle jouait avec la carte de l'inspecteur entre ses doigts. Elle espéra que ça signifiait que les flics avaient jeté son enflure de mari en taule, lui laissant toute latitude pour récupérer la moitié de la valeur des biens du couple. Ou peut-être plus.

Elle entendit un rugissement mécanique en provenance du garage ; les gars du Tennessee pleins de ressources avaient trouvé du carburant pour le groupe électrogène. Une ampoule nue se mit à clignoter dans le salon.

Lionel Varga, toujours en peignoir de bain, vint lui dire un petit bonjour. Il lui assura que le policier était un type sympa.

— Qu'est-ce qu'il voulait ? Ça concerne Tony ?

— Je crois bien. Il l'a pas dit.

Mr Varga leva les yeux vers les silhouettes, se découpant sur fond de soleil levant, qui s'activaient sur le toit.

— Vous avez trouvé des couvreurs ?

— Oh, j'en doute fort, dit Néria Torres.

Elle composa le numéro personnel de l'inspecteur Brickhouse que ce dernier avait crayonné au dos de sa carte. Il répondit au téléphone en homme habitué à être réveillé par des inconnus.

— Je suis content que vous m'appeliez, dit-il.

— Il s'agit de Tony ?

— Ouais, j'en ai peur.

— Ne me dites pas qu'il est en prison, fit Néria,

espérant de tout son cœur que Brickhouse allait précisément le lui annoncer.

— Non, Mrs Torres, fit l'inspecteur. Votre mari est mort.

— Oh mon Dieu. Mon Dieu, oh mon Dieu.

L'esprit de Néria faisait des ricochets comme un galet à la surface d'une rivière.

— Je suis navré...

— Vous en êtes sûr ? demanda-t-elle. Sûr qu'il s'agit d'Antonio ?

— Faudrait qu'on fasse un saut à la morgue. Vous êtes rentrée chez vous à présent ?

— Oui, oui, je suis de retour.

— Faut que j'aille au tribunal ce matin, dit Brickhouse. Qu'est-ce que vous diriez si je me pointais sur le coup de midi ? On s'y rendrait ensemble. Ça nous donnerait le temps de bavarder.

— À propos de quoi ?

— On dirait qu'Antonio a été assassiné.

— Comment ça, assassiné ?

— On en reparlera plus tard, Mrs Torres. Il faut vous reposer maintenant.

Néria n'arrivait plus à faire la part entre ce qu'elle ressentait ou ce qu'elle devait ressentir. Ce cadavre à la morgue, c'était celui de l'homme qu'elle avait épousé. Un con corpulent, pas de doute, et pourtant le mari qu'elle avait cru aimer autrefois. Qu'elle soit sous le choc n'était que trop naturel. Elle ressentait de la curiosité, une pointe de crainte égoïste, de la tristesse peut-être même. Tony avait ses mauvais côtés, mais malgré ça...

Ses yeux tombèrent pour la première fois sur le sac. Un sac à main de femme, ouvert, sur le comptoir de la cuisine. Posé dessus, un petit mot en majuscules d'imprimerie était signé des initiales « F.D. ». L'auteur du mot disait qu'il gardait les chiens au motel, commençait par « Ma chérie si sexy » et terminait par « À toi toujours ».

Les chiens. Quels chiens ? se dit Néria.

Elle se demanda si le mystérieux « F.D. » et Tony ne faisaient qu'un et, si c'était le cas, quel diminutif bêta dissimulaient ces initiales. Flatulent Ducon ?

Elle passa en revue le contenu du sac par pure curiosité. Un permis de conduire révélait l'identité de sa propriétaire : Edith Deborah Marsh. Néria nota la date de naissance, faisant le calcul de tête. Vingt-neuf ans, celle-là.

Tony, espèce de vieux pervers.

Néria jaugea le visage de la photo. Une mangeuse d'hommes ; le gros Tony avait dû avoir du pain sur la planche. Néria retira une satisfaction inexplicable du fait que la jeune Edith était une brune à l'œil laser et pas une blondasse débile.

Dans son dos, elle entendit une respiration diphtérique. Néria fit volte-face et se trouva nez à nez avec Mathieu, lorgnant par-dessus son épaule.

— Bon Dieu !

— J'voulais pô vous faire peur.

— Qu'est-ce qu'il y a ? Qu'est-ce que vous voulez ?

— Il s'est mis à pleuvoir.

— J'ai remarqué.

— M'a paru le bon moment pour faire une pause. On s'est rendus dans une quincaillerie pour acheter du papier goudronné, des clous, du bois — des machins comme ça.

— De charpente, ajouta Néria, espiègle. En termes de construction, on parle de « bois de charpente ». Pas de bois tout court.

— Ouais, sûr.

Il grattait ses tatouages de l'Ancien Testament.

— Ben, allez-y toujours, dit-elle.

— Ouais, ben, on a besoin de thune. Pour le « de charpente ».

— Mathieu, il y a quelque chose que je dois vous dire.

— Ouais, sûr.

— On a assassiné mon mari. Un inspecteur va venir ici sous peu.

Mathieu recula d'un pas en disant :

— Doux Jésus, mille pardons.

Il commença à improviser une prière, mais Néria le coupa.

— Vous et votre équipe, dit-elle, vous avez bien un permis de Dade County ? Je veux dire, il n'y aura pas de problèmes si l'inspecteur veut vous poser des questions... ?

Un quart d'heure plus tard, les gars du Tennessee avaient pris leurs cliques et leurs claques. Néria trouva un certain apaisement dans la solitude : le chuchotis de la pluie, le zonzon occasionnel d'un moustique. Elle songea à Tony, se demanda qui il avait bien pu faire chier à mort (c'était le cas de le dire) — peut-être la jeune Edith avec ses airs de carne ! Néria songea aussi au professeur, se demanda comment lui et sa reine des pipes d'Enfant de la Terre se débrouillaient sans moyen de locomotion.

Elle songea aussi aux nombreuses choses qu'elle ne voulait pas faire, comme se réinstaller dans la coquille vide du 15 600, Calusa Drive. Ni être interrogée par un inspecteur de la crime. Ou encore aller à la morgue reconnaître le corps du mari dont elle s'était séparée.

L'argent était le problème le plus immédiat. Néria se demanda si ce je-m'en-foutiste de Tony avait conservé un compte joint à la banque et quel en était le solde (si solde il y avait). Le seul article de valeur dans la maison, c'était la voiture de Tony que le cyclone avait épargnée. Néria trouva le double de la clé de contact dans le garage, mais le moteur ne voulut pas démarrer.

— Un petit coup de main ?

C'était un jeune homme rasé de près en uniforme de Federal Express. Il avait une enveloppe pour Néria

Torres. Elle signa et la posa sur le siège avant de la Chevrolet de Tony.

— J'ai des câbles de connexion dans ma camionnette, dit le gamin.

— Vous feriez ça ?

La voiture démarra au quart de tour. Néria laissa tourner le moteur au ralenti en attendant que la batterie se recharge. Le gamin de FedEx dit que ça avait l'air de baigner. À mi-chemin de sa camionnette, il s'arrêta et se retourna.

— Eh dites, on vous a chourré votre plaque.

— Merde.

Néria alla se rendre compte par elle-même. Le chauffeur de FedEx dit que c'était probablement un pillard.

— On pique tout à tout le monde dans le coin, expliqua-t-il.

— J'avais même pas remarqué. Merci.

À peine fut-il parti que Néria ouvrit l'enveloppe de la FedEx. Son cri de joie délirant attira le fouinard Mr Varga sur sa véranda. Torse nu, la joue gonflée par sa brosse à dents, il regarda, fasciné, sa voisine ne faire qu'un bond de la chaussée à l'intérieur de sa maison.

L'enveloppe contenait deux chèques libellés aux noms d'Antonio et Néria Torres. Les chèques étaient émis par la Compagnie Midwest Assurances d'Omaha, Nebraska. Ils étaient d'un montant total de 201 000 dollars. On lisait sur leurs talons : « Dédommagement des pertes liées au cyclone. »

Peu après midi, quand l'inspecteur Brickhouse arriva au 15 600, Calusa Drive, il trouva la maison à nouveau déserte. La Chevrolet avait disparu et la veuve d'Antonio Torres avec elle. Une enveloppe déchirée de la FedEx gisait non loin de la vieille Oldsmobile. Mr Varga, le voisin, apprit à l'inspecteur que Néria Torres avait démarré sur les chapeaux de roues, sans un geste d'adieu.

Brickhouse quittait l'allée en marche arrière quand une voiture de location s'arrêta au bord du trottoir. Un homme blond et mince, à lunettes rondes, en descendit. Brickman remarqua qu'il était chaussé de Hush Puppies et portait une boîte de chocolats Whitman. Des aboiements aigus provenaient de la banquette arrière de la voiture du visiteur.

L'inspecteur héla l'homme.

— Vous cherchez Mrs Torres ?

L'homme hésita. Brickhouse se présenta. L'homme ne cessait de cligner des yeux, comme si ses verres étaient sales.

— Je ne connais personne du nom de Torres, fit-il. J'ai dû me tromper d'adresse.

Il s'empressa de regagner sa voiture.

Brickhouse se pencha à la vitre.

— Hé ! c'est pour qui les chocolats ?

— Ma mère ! répliqua Fred Dove, couvrant les aboiements.

L'inspecteur regarda s'éloigner le jeune homme éperdu en se demandant pourquoi il lui avait menti. Même les accros au crack savaient où habitaient leur mère. Brickhouse envisagea brièvement de filer ce type, avant de décider que ce serait une perte de temps. Celui qui avait crucifié Tony Torres, quel qu'il fût, ne se baladait pas en Hush Puppies. Brickhouse aurait parié le montant de sa retraite là-dessus.

Augustin se gara près d'un téléphone public derrière une station-service. Le gouverneur leur avait demandé d'attendre pendant qu'il passait un appel. Il revint en fredonnant une chanson des Beatles.

— Jim est vivant, dit-il.

Edie Marsh se pencha en avant.

— Votre ami ! Comment vous le savez ?

— Il y a un numéro où on se laisse des messages.

Bonnie demanda s'il était grièvement blessé.

— Neûn. Il s'est tout pris dans le gilet.

Augustin brandit le poing, au comble de l'allégresse. L'humeur de tout le monde fut requinquée, même celle d'Edie. Skink dit à Bonnie qu'elle pouvait téléphoner à sa mère, mais de faire vite. Ça donna :

— M'man, il s'est passé quelque chose.

— Je m'en doutais un peu, figure-toi.

— Entre Max et moi.

— Oh non.

La mère de Bonnie eut beau surveiller son ton pour exprimer une consternation convenue, Bonnie savait ce qu'elle ressentait au fond.

— Qu'est-ce qu'il a fait, ma chérie ?

— Rien, M'man. Ça vient de moi.

— Vous vous êtes disputés ? demanda sa mère.

— Écoute, j'ai rencontré deux hommes hors du commun. Et je crois que je suis tombée amoureuse de l'un des deux.

— Pendant ta lune de miel, Bonnie ?

— J'en ai bien peur.

— Et il fait quoi dans la vie ?

— Il n'est pas trop fixé là-dessus, fit Bonnie.

— Ces deux hommes, ils sont dangereux ?

— Pas pour moi. M'man, ils sont radicalement différents de tous ceux que j'ai connus jusque-là. Ils possèdent une sorte de... charisme primitif.

— Il vaudra mieux passer sous silence ce détail-là à ton père.

Ensuite Bonnie appela l'appartement à New York. Quand elle revint à la Seville, elle demanda à Skink de continuer sans elle.

— Max a laissé un message sur le répondeur.

Elle évita de regarder Augustin en disant ces mots. Elle ne pouvait pas le regarder. Bonnie leur répéta le message de son mari.

— Il dit que tout est fini entre nous si je ne vais pas le retrouver.

— Le comble du manque d'égards, fit Skink.

— Pitié.

— Rappelez et laissez, vous aussi, un message.

Le gouverneur lui fournit tous les détails — l'endroit, l'heure, qui serait là.

Quand Bonnie en eut fini avec le téléphone, Skink passa un autre appel. Ils remontèrent en voiture. Augustin démarra en trombe. Bonnie lui posa la main sur le bras. Il eut un sourire crispé et tristounet.

Ils prirent la sortie pour la 905 juste à temps. Ça bouchonnait déjà en direction du nord après Lake Surprise ; Skink supposa que la police avait relevé le pont basculant de Jewfish Creek pour établir un barrage routier. Il leur prédit qu'elle en dresserait un autre à Card Sound, dès que de nouvelles voitures de patrouille arriveraient du continent.

— Alors où allons-nous ?

— Patience.

Les deux étaient assis sur le siège arrière. Le gouverneur avait sur les genoux une valise Bill Blass qu'il avait retirée du coffre de la Cadillac pour faire de la place à un Niaqueur black-outé.

— Chauffeur, plafonnier ! *Por favor.*

Augustin se mit à pousser des boutons sur le tableau de bord jusqu'à ce que le plafonnier s'allume. Skink força les serrures de la valise et l'ouvrit.

— Non, mais regardez-moi un peu ce que nous avons ici ! dit-il.

Les policiers d'État attendirent toute la nuit à Jewfish Creek. Comme prédit par Jim Tile, la Jeep Cherokee noire ne se montra pas plus que la Cadillac argentée, volée au client d'une supérette de Key Largo. La victime, un Français, avait sobrement décrit le piqueur de bagnole comme une « réclame pour les Gueules cassées ».

Au lever du jour, les flics levèrent le barrage et se déployèrent à travers les Upper Keys. Il fallut trois jours pour localiser la Seville, abandonnée sur une piste de contrebandiers désaffectée flanquant la County Road 905, à quelques kilomètres du sélect Ocean Reef Club. La police attendit encore quarante-huit heures pour annoncer la découverte du véhicule. Elle ne fit pas mention de la trace de balle dans le tableau de bord, ne désirant pas alarmer indûment les hôtes et résidants d'Ocean Reef ; au nombre de ceux-ci, on comptait certains des contribuables les plus éminents socialement, influents politiquement et impatients chroniquement de la côte est. Beaucoup étaient déjà à prendre avec des pincettes suite aux dommages fâcheux que l'ouragan avait infligés à leurs résidences de vacances. La nouvelle qu'un dangereux criminel rôdait dans les mangroves déclencherait des salves de communiqués au plus haut niveau avec Tallahassee et Washington D.C. La bande d'Ocean Reef allait vite en besogne.

Comme la suite devait le montrer, il n'y avait toutefois pas de danger.

La plupart des jeunes mariés, confrontés à un abandon inattendu, seraient devenus fous de chagrin, de jalousie et de colère. Max Lamb, cependant, était doué d'un robuste appétit de carrière qui occultait tout.

La pensée urticante qu'il ne cessait de rouler dans sa tête n'avait pas trait à son épouse en rupture de ban. C'était un truc que son chtarbé de ravisseur lui avait dit : *Faut laisser un héritage.*

Ils roulaient, à l'arrière d'un camion de transport, en discutant de slogans publicitaires inoubliables. Max n'avait rien de quoi se vanter sauf l'éphémère jingle pour Croustill'Prune. Depuis l'échec de la campagne de céréales, le cinquième étage l'avait plus souvent cantonné dans la conception de panneaux d'affichage et autres menus travaux graphiques que déployé dans le rédactionnel pur et dur.

Ce qui le piquait au vif, car Max s'estimait doté d'un authentique sens du verbe et d'un talent certain pour ciseler la langue. Il croyait tout à fait à sa portée la rédaction d'une accroche publicitaire digne de passer dans le langage courant — l'un de ces classiques du genre auxquels le kidnappeur avait fait référence. Un héritage, si l'on veut.

Maintenant que les cigarettes Bronco étaient une affaire classée, il ne restait plus à Max qu'à passer en revue le potentiel de ses autres budgets. Le soda maxi bulles qu'on lui servit sur le vol pour Miami lui remit en mémoire la *root beer*[1] Old Faithful. La popularité de ce produit avait atteint son apogée au cours de l'été 62 et, depuis lors, sa part du marché global des boissons non alcoolisées s'était réduite à un pétillement de rien du tout. Rodale avait pour mission de faire revivre l'Old Faithful dans la mémoire du consommateur, et à cette fin la famille d'excentriques mormons à qui appartenait la compagnie était prête à dépenser une somme respectable à sept chiffres.

Chez Rodale & Burns, le budget de la *root beer* Old Faithful était considéré certes comme lucratif, mais aussi comme un flop annoncé. Personne n'aimait ce produit car une seule bouteille de 45 centilitres provoquait une tempête de rots qui pouvait durer plusieurs jours. Lors d'une soirée, Pete Archibald, en pleine soûlographie, s'était fendu d'un slogan-gag : « La root beer que vous ne risquez pas d'oublier — parce qu'elle se rappelle sans cesse à votre bon souvenir ! »

Couché dans la maison d'Augustin, Max Lamb savoura la perspective de ressusciter en solo l'Old Faithful. C'était le genre de coup d'éclat qui pouvait faire de lui une légende sur Madison Avenue. Pour trouver de l'inspiration, il se brancha sur la chaîne Télé Achat. Au petit matin, il s'entêtait encore à bricoler allitérations, allusions, calembours, bouts-rimés

1. Boisson non alcoolisée à base de sucs végétaux. *(N.d.T.)*

et autres métaphores relatifs au fameux breuvage. Bonnie ne lui traversa pas l'esprit.

Max finit par concocter un truc qui cassait la baraque, un truc qui, adoptant la forme d'une blague idiote pour les mômes, pouvait dans le même temps titiller les ados et les jeunes de tout poil :

« La root beer Old Faithful vous chatouille dans des zones où vous pensiez ne pas en avoir ! »

Max Lamb était si excité qu'il n'arrivait pas à dormir. Il essaya encore une fois d'appeler l'appartement à New York. Pas de Bonnie, mais le répondeur émit un bip révélateur. Il composa le code à trois numéros et attendit.

Bonnie avait eu son message — et lui avait laissé une réponse qui lui fit oublier temporairement son budget de l'Old Faithful. Max se mit à transpirer et à ressentir des picotements sous le col de sa chemise ; son état fébrile perdura jusqu'à l'aube.

Ces symptômes ne le surprirent pas. Revoir sa femme avait un mauvais côté : revoir son ravisseur par la même occasion. Seul un idiot congénital n'aurait pas eu une trouille bleue.

29.

Niaqueur reprit conscience avec l'impression de rêver, en se retrouvant là où il ne s'était plus assis depuis vingt-deux ans : dans un fauteuil de cabinet dentaire. Il sentait la présence du dentiste planer au-dessus de lui et de grandes mains trafiquer habilement dans sa bouche. La dernière fois que Niaqueur avait eu droit à un plombage, il avait sectionné par réflexe la phalange supérieure du pouce droit du praticien. Mais, pour le moment, il était encalminé par l'éjaculation du fusil hypodermique.

— Lester Maddox Parsons ! tonna le dentiste, tâchant de l'éveiller.

Niaqueur ouvrit les yeux dans un banc de brume. Fendant le brouillard psychédélique, il vit flotter un large sourire au milieu d'une barbe grise. Un dentiste coiffé d'un bonnet de douche à fleurs ? Niaqueur se tortilla sur le siège.

— Koâ kya ? émit-il.

— Relax, chef.

Le ricanement de basse du dentiste se répercuta comme un train de marchandises sous la voûte crânienne de Niaqueur. Ses mâchoires étaient maintenues grandes ouvertes, comme en attente de la roulette. Allez, songea-t-il, qu'on en finisse.

Il perçut comme un zonzon. Bien !

Or ça ne zonzonnait pas dans sa bouche, mais dans

ses oreilles ! Des moustiques. Des saletés de moustiques qui lui voletaient dans les oreilles !

— Arrnnnffff ! lâcha Niaqueur, secouant violemment la tête.

Ça faisait mal. Tout à trac, une vague d'eau salée l'inonda. Ce qu'il ne recracha pas stagna en flaque tiédasse dans sa mandibule prognathe, faisant office de réservoir naturel.

Il était complètement réveillé pour le coup. Maintenant il se souvenait de tout. Le brouillard se dissipait dans son esprit. Il aperçut un feu de camp. Edie, pieds nus et en nage. Et la jeune gonzesse, Bonnie, serrant dans ses bras le petit con qui lui avait tiré dessus, l'enfoiré.

— Yo, Lester.

Ça, c'était le géant givré borgne, tenant à la main un seau vide. Pas l'ombre d'un dentiste.

Mais Niaqueur sentait très concrètement qu'un objet en acier froid lui bridait les mâchoires en les maintenant ouvertes, lui appuyait sur la voûte du palais, lui pinçait le réseau de chair tendre du frein de la langue ; un truc si lourd qu'il l'obligeait à pencher la tête, un truc qui, partant du menton, se prolongeait jusqu'au front et au-delà.

Une espèce de lourde barre. Niaqueur loucha pour la distinguer plus nettement. La barre était rouge.

Ah putain.

Poussant un gémissement, il tenta de se lever. Mais il se mélangea les pinceaux. Il battit vainement l'air de ses bras en coton, sans pouvoir se débarrasser de l'appareil verrouillé dans sa bouche.

Skink lui montra une petite clé chromée.

— Méfiez-vous des imitations, dit-il.

— Nnnnoooôôôônnnn !

— Tu as descendu mon ami. Tu l'as traité de sale nègre.

Skink haussa les épaules avec résignation.

— Tu as tabassé une dame, tu lui as volé l'alliance

de sa maman et puis tu l'as abandonnée au bord de la route. Tu m'as pas laissé le choix.

Il saisit Niaqueur par les cheveux et le traîna, pleurant comme un veau, au bord d'un large ruisseau d'un vert laiteux.

— Pas le choix, répéta Skink à voix basse.

— Unngh ! Unnnggghhhh !

— Mais oui. *Maintenant,* tu regrettes.

Edie, Bonnie et Augustin les rejoignirent sur la berge. Skink s'accroupit dans la boue près de Niaqueur.

— Je vais te proposer un deal. Si t'avais été d'une autre espèce, tu serais mort depuis longtemps. T'as déjà entendu parler d'un certain Darwin ?

Des moustiques chatouillaient les paupières de Niaqueur qui opina.

— Bien, fit Skink. Alors t'as une chance de comprendre ce qui va se passer.

Il se retourna vers les autres.

— Quelqu'un veut-il avoir l'obligeance d'apprendre à Mr Lester Maddox Parsons où nous nous trouvons ?

— À Crocodile Lakes, dit Augustin.

— Voui voui, fit Skink en se relevant.

Une fois de plus, il montra la clé chromée, qui seule pouvait déverrouiller le Sabot des bajoues customisées de Niaqueur.

Skink la jeta dans l'eau.

— Réserve naturelle de Crocodile Lakes, dit-il. Devine d'où vient ce nom.

Niaqueur fixa, l'air morose, les cercles d'ondes, là où la clé avait fait plouf dans le ruisseau.

Ils s'étaient arrêtés une fois le long de la County Road 905 afin que Skink puisse ramasser un diamantin mort sur l'asphalte.

— Et venez pas me dire que ça a goût de poulet, fit Edie.

Le gouverneur, lovant le serpent à sonnettes tout

mou à ses pieds, fit mine d'être insulté. Il dit à Edie qu'elle était bien trop jolie pour se montrer aussi cynique. Il arracha la sonnette du serpent et la lui offrit en souvenir.

— Tout ce dont j'ai toujours rêvé.

Et elle la jeta dans le cendrier.

Après avoir largué la voiture, Skink tailla une torche dans une souche de pin résineux. Pendant presque deux heures, il les guida sous la voûte ombragée des platanes, mancenilliers, figuiers, prunelliers et autres acajous. Il avait jeté Niaqueur sur son épaule comme un sac d'avoine. Il tenait d'une main sa torche improvisée et de l'autre la valise Bill Blass. Edie Marsh le suivait le long d'un sentier à peine assez large pour laisser passer un lapin. Bonnie venait derrière, puis Augustin fermait la marche, porteur (selon les instructions de Skink) du fusil hypodermique et du Sabot. Il avait passé le .38 Spécial à sa ceinture.

Ils entrèrent bientôt dans une petite clairière : il y avait, au milieu, un cercle de pierres noircies, vestige d'un campement ; quelques mètres plus loin, une carcasse d'automobile constellée de rouille et barrée d'une bande orange fané avec, boulonnée sur le toit, une rampe de gyrophares rouges fêlés. Bonnie et Augustin s'en approchèrent — il s'agissait d'une vieille ambulance de Monroe County, posée sur des parpaings. Augustin ouvrit le hayon et poussa un sifflement admiratif. L'ambulance était remplie de livres.

Le gouverneur déposa Niaqueur sur le sol, le calant contre un tronc d'arbre écailleux. Il gagna un autre coin de la clairière où il dégagea à coups de pied dans les feuilles et les branchages tombés une bâche kaki. Fouillant en dessous, il en retira une boîte de chapelure, une jarre d'huile végétale, un jerricane de vingt litres d'eau douce et un stick d'antimoustiques de l'armée, qu'il fit circuler.

Tout en ramassant du bois sec pour le feu, Edie Marsh s'approcha de lui.

— Où on est ?

— Au beau milieu de nulle part.

— Pourquoi ?

— Parce qu'il n'y a pas plus bel endroit au monde.

Ils se réunirent pour le regarder écorcher le serpent à sonnettes. Edie fut impressionnée par la précision, la rapidité et l'aisance tranquille avec lesquelles ses battoirs manipulaient le couteau.

Le feu se mit à flamber. Augustin rapprocha Bonnie de lui et enfouit son visage dans sa chevelure soyeuse. Le doux créditement du bois, la chouette ululant sur une branche au loin, le babil des ratons laveurs furetant dans l'ombre, le froufroutement des engoulevents cueillant des insectes au sommet des arbres éclairés par le feu, l'apaisaient. La seule note discordante était fournie par les ronflements léthargiques de Lester Maddox Parsons.

Il y avait de la fraîcheur dans l'air ; la pluie en avait fini pour un moment. Augustin n'aurait échangé sa place avec personne. Crocodile Lakes par une nuit tiède de septembre, c'était génial. Il embrassa légèrement Bonnie, n'ayant aucun plan particulier au-delà de l'instant présent. Il se força à ne pas s'inquiéter de Max Lamb, qui viendrait le lendemain dans le but de récupérer son épouse.

Skink se mit à servir à la cuillère des morceaux de serpent poêlé. Edie Marsh dit d'un ton gouailleur qu'il était impoli de ne pas en garder pour Niaqueur. Skink rétorqua qu'il n'entendait pas déshonorer la mémoire du feu reptile.

C'est alors qu'il avait réclamé le Sabot à Augustin.

Tournant le dos aux autres, il le fixa sous les lèvres grisâtres de Niaqueur. D'après Bonnie, l'adaptation en aurait été physiquement impossible, n'eût été la courbure préexistante de ces maxillaires de saurien. Après coup, personne ne pipa mot jusqu'à ce que Niaqueur groggy émette un murmure inquisiteur.

— Lester ? fit Skink en se penchant sur lui.

— Mmmmmfrrreutteuhhh.

— Lester Maddox Parsons !

Niaqueur battit des paupières. Le gouverneur demanda à Augustin de descendre jusqu'au ruisseau avec un seau et d'y puiser de l'eau pour réveiller ce pauvre fils de pute.

Le rose orangé de l'aube ne parvint pas à remonter le moral d'Edie. Elle se sentait poisseuse, était pleine d'égratignures, elle avait chaud, se sentait sale et mourait de soif, malheureuse comme les pierres pour la première fois de sa vie. Elle avait envie de pleurer, de hurler en s'arrachant les cheveux. Elle avait envie de piquer une crise. Par-dessus tout, elle voulait s'échapper, mais c'était impossible. Elle était piégée de tous côtés par la nature à l'état sauvage, ses craquements et ses bourdonnements ; il aurait pu s'agir aussi bien d'une barrière de fil de fer barbelé de quatre mètres de haut. Ses pieds et ses mains n'étaient pas entravés. Le gouverneur ne lui braquait pas de flingue sur la tempe. Rien par conséquent ne l'empêchait de s'enfuir à toutes jambes, rien sauf la sinistre certitude qu'elle ne retrouverait pas son chemin, qu'elle s'égarerait à l'aveuglette dans les bois et mourrait de faim, et que son cadavre décharné serait mis en pièces et dévoré par les crocodiles, les serpents à sonnettes et les fourmis rouges des plus voraces. La perspective d'une mort anonyme au cœur des marais attentait à la dignité d'Edie. Elle ne tenait pas à ce que ses ossements blanchis au soleil soient retrouvés par des chasseurs, des pêcheurs ou des ornithologues amateurs ; ni qu'ils soient reconstitués par des étudiants en médecine et autres coroners, blaguant à tout va ; ni qu'on l'identifie par rayons X, d'après le dossier de l'orthodontiste de son enfance.

Elle s'approcha du gouverneur.

— Je veux vous parler.

Il marmonnait tout seul, en palpant sa chemise.

— Nom de Dieu, fit-il, à court de crapaud !

Il jeta un coup d'œil à Edie.

— Vous êtes une femme du monde. Vous avez déjà fumé du *bufo* ?

— Il faut qu'on parle tous les deux, fit-elle. Seul à seule.

— Si c'est à propos de la valise, oubliez ça tout de suite.

— C'est pas ça.

— Alors, d'accord. Dès que j'aurai fini de bavarder avec Lester.

— Non, tout de suite !

Skink enferma le menton d'Edie Marsh dans l'une de ses pognes. Elle sentit qu'il pourrait lui briser la nuque aussi facilement qu'il décapsulait une bière.

— Qu'est-ce que c'est que ces manières de merde, dit-il. Retournez vous asseoir avec les autres.

Bonnie et Augustin, à genoux à l'arrière de l'ambulance, passaient en revue la bibliothèque de Skink. Edie n'arrivait pas à comprendre leur insouciance.

— Il faut qu'on fasse quelque chose, dit-elle.

Et cela claqua comme un ordre.

Augustin montrait à Bonnie une première édition d'*Absalon, Absalon*. Il leva les yeux vers Edie.

— On est en rando. Ce sera fini quand ce sera fini.

— Mais c'est qui, *lui* ? fit-elle en montrant Skink du doigt.

Puis, entreprenant Bonnie :

— Vous n'avez pas peur ? Bon Dieu, est-ce que je suis la seule ici avec assez de plomb dans la cervelle pour avoir la trouille ?

— Hier au soir, j'ai eu peur, plus maintenant, dit Bonnie.

Augustin dit à Edie de se calmer.

— Ça se terminera quand il le dira. En attendant,

s'il vous plaît, faites de votre mieux pour ne pas le gonfler.

Edie fut froissée par la rudesse du ton d'Augustin. Il montra d'un pouce accusateur Niaqueur, bouche bée, près du feu de camp.

— Qu'est-ce que vous foutez avec ce gus-là, pour commencer ?

— Laissons tomber le sujet, intervint Bonnie.

— Non, ça va. Je tiens à m'expliquer, fit Edie. C'était du bizness. On était sur une affaire tous les deux.

— Une arnaque.

— À l'assurance, reconnut-elle. Suite au cyclone.

Elle surprit le regard effaré de Bonnie.

— Bienvenue au royaume des pieds sur terre, princesse.

— Et c'est pour quand, le jackpot ? demanda Augustin.

Edie eut un petit rire tristounet.

— L'expert nous a dit qu'on allait le recevoir d'un jour à l'autre par Federal Express. Et me voilà perdue au beau milieu de ces saloperies d'Everglades.

— C'est pas les Everglades, rectifia Augustin. En fait, à côté des Everglades, ici c'est Saint-Tropez. Mais je conçois très bien que de voir filer deux cent mille dollars, ça vous fasse flipper sec.

Edie Marsh fut comme frappée de stupeur.

— Deux cent mille ? Tu plaisantes ? fit Bonnie.

— Deux cent un mille.

Augustin fit un clin d'œil de réprimande à Edie.

Elle demanda d'une voix presque inaudible :

— Comment vous savez ?

— Vous avez laissé traîner quelque chose dans la maison de Calusa Drive.

— Ah merde.

Il déplia les doubles sur papier rose du règlement du sinistre — Edie reconnut le blaireau dessiné de l’en-tête de Midwest Assurances. Augustin déchira les copies carbone en morceaux.

— Je serais vous, fit-il, j’inventerais une excuse crédible pour expliquer la présence de mon portefeuille dans cette cuisine-là précisément. La police va se montrer d’une grande curiosité.

— Merde.

— Tout ce que je vous en dis, moi, c’est de ne pas être si pressée de retourner à la civilisation.

Il revint aux bouquins du gouverneur.

Edie se mordit les lèvres. Seigneur, comme c’était dur parfois de rester cool. De nouveau elle se sentait à deux doigts de craquer.

— À quoi ça rime tout ça — c’est un jeu ou quoi ?

— Je ne crois pas, fit Bonnie.

— Nom de Dieu.

— Encaissez. Et attendez que ça se termine.

À d’autres, se dit Edie. Pas ques’ pour moi, bordel.

Le Sabot aggravait la physionomie déjà grave de Niaqueur. Il lui comprimait la moitié supérieure de la trogne en gros bourrelets tels ceux d’un chiot sharpei ; ses yeux n’étaient plus que deux fentes humides, le nez était pétri presque jusqu’au front. Le reste n’était plus que gueule.

— Un authentique respirateur buccal, fit Skink, l’examinant comme une pièce de musée.

— Fttemmerde, répliqua Niaqueur.

Les coudes lui piquaient, râpés qu’ils étaient depuis que le fou furieux l’avait traîné jusqu’au ruisseau.

Ce même dingue qui lui disait maintenant :

— Bon sang, que je déteste le mot « nègre ». Là-bas au motel, j’ai envisagé un moment de te tuer quand tu l’as dit devant moi. Exploser tes trois pitoyables cuillerées à café de matière grise sur la Jeep. Même si tu n’avais pas flingué mon ami, l’idée me serait venue.

Niaqueur cessa de geindre. Il s’employa à contrôler sa salive, l'œil rivé sur les moustiques et autres moucherons qui entraient et sortaient de sa bouche.

— Rien à faire, fit Skink, chassant les insectes d'une chiquenaude.

Il avait déjà copieusement tartiné les bras et le cou de son prisonnier d'antimoustiques luisant.

— « À usage externe, exclusivement », on dit sur la boîte.

Niaqueur approuva avec soumission.

— Lester Maddox Parsons, c'est le nom porté sur ton permis. À tous les coups, on t'a appelé comme ça à cause de ce fanatique de Georgie à cervelle de bouse. J'ai pas deviné ?

Signe de tête plus faiblard.

— Si bien que t'as débuté dans la vie avec un double handicap. Dommage pour toi, Lester, mais à mon avis, même si tes parents t'avaient prénommé Gandhi, tu serais devenu tout pareil en grandissant, une tête de nœud de classe internationale. Tiens, laisse-moi te montrer quelque chose.

Le gouverneur tira la valise Bill Blass de sous ses fesses. Il l'installa devant Niaqueur et l'ouvrit avec une gaieté exubérante.

— Vas-y, bave d'envie, dit-il.

Niaqueur se mit à croupetons. La valise était bourrée de fric : des liasses de vingt dollars sous bande.

— Quatre-vingt-quatorze mille dollars, annonça Skink. Plus un assortiment de chemises, chaussettes et autres vêtements de sport. Deux paquets de capotes anglaises, une paire de boutons de manchettes en or, un tube de lubrifiant générique — quoi d'autre ? Ah oui, des papiers personnels.

Il fouilla dans la valise.

— Relevés bancaires, coupures de journaux sur le cyclone. Et ceci...

C'était la brochure de vente couleurs d'un projet immobilier appelé Pignon-sur-Baie. Skink vint s'asseoir près de Niaqueur et ouvrit le dépliant.

— Voici notre homme, Christophe Michel. *Architecte de renommée internationale.* Regarde, il y a sa photo.

Niaqueur le reconnut : c'était l'autre gland du Circle K.

— Que ferais-tu, rêvassa Skink, si tu avais conçu toutes ces baraques absurdement chères — et qu'elles s'effondrent au premier gros coup de vent ? Je pense que quelqu'un d'intelligent raflerait le fric et se tirerait vite fait, avant que les citations à comparaître ne commencent à pleuvoir. Je crois que c'était le plan de M. Michel.

Niaqueur n'en avait rien à battre du Français, et plutôt deux fois qu'une. Il était pétrifié à la vue d'une telle somme en liquide. Il serait resté en extase et bouche bée, même si ses mâchoires n'avaient pas été verrouillées grandes ouvertes. Il se rappelait une émission de Sally Jessy, ou bien était-ce chez Phil Donahue : la femme de chambre d'un hôtel de Miami Beach avait découvert dans les quarante-deux mille dollars sous un lit. La fille, pour une raison ou pour une autre, au lieu de faire main basse sur le blé, l'avait remis au directeur ! C'était comme ça qu'elle s'était retrouvée passer chez Sally Jessy ; le thème du jour, c'était « les gens honnêtes ». Niaqueur se souvenait d'avoir gueulé au poste de télé : sombre connasse ! On avait montré un plan de la thune et il avait failli jouir dans son froc.

Et voilà qu'il était en train de mater au moins le double du montant. En *live*.

— Fffettakkitouffa ?

— Bonne question, Lester.

Sans prévenir, le dingue borgne se leva, déboutonna son pantalon de l'armée, sortit son bazar aussi sec et — à la grande mortification de Niaqueur — se mit à arroser copieusement le fric du cyclone.

Niaqueur oscilla sur ses talons. Il avait mal au cœur. Skink se rebraguetta et alla chercher le fusil hypodermique. Il ouvrit la chambre et y jeta un œil. Puis il revint d'un pas traînant vers Niaqueur, le fit tomber sur le ventre et lui tira une fléchette de tranquillisant dans le cul. Aussitôt, le brouillard se leva et Niaqueur sombra dans le coaltar. La dernière voix qu'il entendit fut celle de Skink qui disait :

— Qui vient piquer une tête avec moi ?

Bonnie et Augustin restèrent à regarder les livres, tandis que le gouverneur emmenait Edie jusqu'au ruisseau. Si elle voulait parler, lui voulait faire trempette. Il se déshabilla, en commençant par le bonnet de douche.

Au moment où il entrait dans l'eau, elle dit :

— Et les crocodiles ?

— Ils ne nous embêteront pas. Il n'en reste plus assez pour qu'ils viennent embêter qui que ce soit. J'aimerais bien que ce soit le contraire.

Il se laissa glisser sous l'eau, en toute sérénité, puis refit surface dans une explosion de bulles et d'écume, secouant sa barbe. Il était aussi brun qu'un lamantin et si colossal qu'il semblait enjamber le ruisseau. Edie n'était pas préparée au choc d'un corps pareil : bras de déménageur, torse puissant, cou nu et épais comme le tronc d'un cyprès. Le treillis informe n'en avait rien laissé soupçonner.

— Vous venez ?

— Seulement si on parle, dit-elle.

— Qu'est-ce qu'on pourrait bien *faire* d'autre ?

Edie songea : et revoilà son putain de sourire. Puis elle lui demanda de se retourner pendant qu'elle enlevait ses vêtements.

Il l'entendit qui se coulait dans le ruisseau, puis il sentit ses bras minces et ses jambes élancées ; elle se collait à son dos. Comme il avançait en eau plus profonde, elle se noua à ses cuisses.

— J'ai un petit peu peur, prétendit-elle.

— Ah bah ! Vous et moi sommes les plus grands prédateurs de cette jungle.

La bouche d'Edie effleura son oreille.

— Je veux rentrer à Miami.

— Allez-y.

— Mais je ne sais pas comment on sort d'ici.

Le gouverneur avançait contre le flux puissant de la marée. Il se fendait de part et d'autre de leurs têtes qui dansaient sur l'eau comme si elles n'étaient rien d'autre que des souches mortes dans le ruisseau.

Edie respira plus vite, émoustillée par la rapidité du courant.

— Dès que vous vous êtes pointés à la maison avec Âme Vaillante, j'ai su que c'était fichu. Le flingue de Niaqueur — ça comptait pour du beurre. On vous a pas enlevés, c'est vous qui nous avez kidnappés !

— La nature impose une hiérarchie, dit Skink. Toujours.

Edie chuchota d'une voix tendue :

— S'il vous plaît, expliquez-moi comment on s'en va d'ici.

— Et moi qui étais persuadé que vous n'en vouliez qu'à cette valise.

— Absolument pas, dit-elle, bien que l'idée lui en eût fugitivement traversé l'esprit.

Mais elle avait décidé plutôt de s'arranger pour quitter les Keys, saine et sauve.

Un petit poisson argent sauta tout près. Skink par jeu frappa l'eau dans sa direction.

— Edie, fit-il, vous n'avez pas bonne opinion des hommes. On a au moins ça en commun. Bon Dieu, imaginez un peu à quoi ressemblerait la Floride aujourd'hui si les femmes s'étaient chargées du programme ! Imaginez seulement une plage ou deux sans ces mochetés de tours. Imaginez un lac sans terrains de golf !

Il frappa ses mains l'une contre l'autre, éclaboussant joyeusement tout à la ronde.

— Vous avez tout faux, dit Edie

— Chérie, on peut toujours rêver.

Il sentit ses lèvres balayer son cou. Puis sa langue, suivie d'un avant-goût de suçon bien peu subtil.

— Et ça, c'était quoi ? dit-il.

— À votre avis.

Quand elle l'embrassa à nouveau, ils plongèrent. L'eau salée brûlait les yeux d'Edie, mais elle ne les en ouvrit pas moins. Il lui souriait, émettant des bulles. Ils refirent surface ensemble en riant. Elle se repositionna soigneusement, le contournant comme si c'était un arbre — s'accrochant à ses bras durs comme la pierre et à ses épaules, ses genoux lui enserrant ses hanches pour mieux se balancer devant. Pendant ce temps, elle sentit qu'il se dirigeait vers un coin moins profond du ruisseau, afin de pouvoir se tenir debout, sans cesser de l'étreindre.

Ils étaient à présent les yeux dans les yeux et l'eau verte poussait son écume entre eux.

— Bon ? fit Edie.

— C'est pas vous qui aviez peur des crocodiles ?

— Ils seraient obligés de nous manger tous les deux, hein ?

— Pour l'instant, oui.

— Ce qui veut dire qu'il faudrait qu'ils soient terriblement gros et qu'ils aient une grosse faim.

— On devrait pas faire de bruit, juste au cas où, dit Skink. Il y en a que ça attire.

Il avait l'air sérieux.

— Pas de bruit comment ?

Elle frotta légèrement du bout des seins le dessin de ses côtes.

— Pas de bruit du tout.

— C'est impossible.

Elle sentit ses mains épouser l'arrondi de ses fesses. Il la souleva en douceur, la maintenant en suspension. Puis il la pénétra. Comme ça, simplement.

— Chut, fit-il.

— J'peux pas.

— Mais si tu peux, Edie.

Ils firent l'amour si lentement que parfois il semblait qu'ils ne bougeaient plus. Mouvement et sensations tactiles venaient de la marée d'été qui se pressait autour d'eux et entre eux, les balayant au passage. Dans les mangroves, un héron poussa un cri offusqué. D'autres mulets argentés sautèrent vers les hauts-fonds. Un long serpent noir passa, à la dérive, se laissant porter avec indifférence au gré du courant, comme s'il flottait sur de la soie couleur jade.

Edie Marsh fut très bien. Elle émit à peine un son. Pendant un bon moment, elle en oublia même le but de sa séduction.

Après, elle eut envie de se sécher et qu'ils fassent une petite sieste ensemble, mais Skink dit qu'ils n'avaient pas le temps. Ils se rhabillèrent en vitesse. Sans un mot, il l'emmena à travers l'enchevêtrement des bois. Edie ne voyait pas de piste ; par moments, on aurait dit qu'ils tournaient en rond. Une fois qu'ils eurent atteint une route pavée, il lui prit le bras. Ils marchèrent encore sur deux kilomètres jusqu'à un carrefour signalé par des feux orange clignotants. Un panneau indiquait la direction de Miami, un autre celle de Key West.

Skink lui dit d'attendre là.

— Pour quoi faire ?

— Quelqu'un te ramènera sur le continent. Il ne va pas tarder.

Edie fut prise par surprise.

— Qui ça ?

— Calmos.

— Mais je voulais que ce soit *toi* qui me ramènes.

— Désolé, fit Skink. Je ne vais pas plus loin.

— Il va se remettre à pleuvoir.

— Ouaip.

— J'ai entendu la foudre ! s'exclama Edie.

— Alors joue pas au cerf-volant.

— Quand as-tu planifié ça ? De me larguer ici...

Elle était furieuse à présent. Elle comprenait qu'il avait toujours prévu de la relâcher — que la partie de jambes dans l'eau ne s'imposait donc nullement.

Non qu'elle n'ait pas pris son pied ni qu'elle n'adorerait pas recommencer, mais elle ressentait encore vivement le fait de s'être fait avoir.

— Pourquoi tu me l'as pas dit hier soir ?

Skink lui décocha son sourire de politicien.

— J'ai eu comme un blanc.

— Connard.

Elle ôta une feuille de ses cheveux mouillés et la balança dans le vent avec mauvaise humeur. Écrasa un taon sur sa cheville. Croisa les bras, l'air furibard.

Il se pencha et la baisa sur le front.

— Faut prendre les choses du bon côté, fillette. Tu vois, tu as surmonté ta peur des crocodiles.

30.

À midi et demi, une voiture de police s'arrêta au carrefour de Card Sound Road et de la County Road 905. Un Black large d'épaules klaxonna deux fois à l'intention d'Edie Marsh. Comme il lui faisait signe de s'approcher de la voiture, elle le reconnut : c'était le flic que Niaqueur avait flingué, à l'extérieur du Paradise Palms Motel.

— Vous me croirez peut-être pas, dit-elle. Mais ça me fait vraiment plaisir de vous voir debout.

— Merci, bien aimable.

Son ton était tellement inexpressif qu'elle faillit ne pas déceler le sarcasme. Il portait des lunettes de soleil réfléchissantes et avait un cure-dent au coin des lèvres. Quand il se pencha pour lui ouvrir la portière, Edie entrevit un bandage blanc entre les boutons de sa chemise.

— C'est vous Jim, c'est ça ? Moi, c'est Edie.

— Je m'en doutais.

Il prit la direction de Miami. Edie supposa qu'elle était en état d'arrestation.

— Prenez ça comme vous voudrez, fit-elle, mais je ne pensais pas qu'il vous tirerait dessus.

— Marrant ce que font les débiles armés.

— Écoutez, je sais où il est. Je peux vous montrer.

— Je le sais déjà, la coupa Jim Tile.

Alors elle comprit. Le flic de la route n'avait pas

l'intention de coincer Niaqueur. Tout était fini pour Niaqueur.

— Et moi ? demanda-t-elle, spéculant *in petto* sur la multitude de chefs d'inculpation qu'on pourrait lui coller sur le dos : tentative de meurtre, délit de fuite, complicité, vol de voiture, sans parler d'escroquerie à l'assurance, dont le flic de la route était peut-être ou peut-être pas au courant, suivant ce que le gouverneur lui avait confié.

— Qu'est-ce que je deviens, moi, dans tout ça ? lui redemanda-t-elle.

— Hier soir, j'ai reçu un message me prévenant qu'une dame avait besoin qu'on la ramène d'un coup de voiture sur le continent.

— Et vous n'aviez rien de mieux à faire.

La réponse lui parvint à des kilomètres derrière les lunettes :

— C'était un vieil ami qui appelait.

Edie Marsh continua à tenter de jouer serré. C'était pas facile. Aucune autre voiture en vue. Le mec pourrait me violer, me tuer, balancer mon cadavre dans le marais. Qui le saurait ? En plus, c'était un flic.

— Vous n'avez pas répondu à ma question, dit-elle.

Le cure-dent s'agita.

— La réponse est : rien. Il ne va rien vous arriver. L'ami qui m'a laissé ce message m'a dit quelques mots en votre faveur.

— Ah ouais ?

— *La prison n'aura aucun effet sur cette bonne femme. Ne perds pas ton temps.* Fin de citation.

— Tu parles de mots en ma faveur, fit Edie en rougissant.

— Alors, voyage offert jusqu'à Florida City. Point trait.

Après avoir franchi le Card Sound Bridge, le policier de la route s'arrêta chez Alabama Jack's. Il demanda à Edie si elle voulait un sandwich au poisson ou un burger.

— Je suis pieds nus, fit-elle.

Cela lui arracha un sourire.

— Je ne crois pas qu'une tenue correcte soit exigée.

Pendant le déjeuner, Edie Marsh repartit à l'attaque.

— J'en ai été malade quand Niaqueur a appuyé sur la détente, fit-elle, là-bas au motel, je le jure. C'était la dernière chose que je voulais.

Jim Tile répondit que vrai ou pas, ça n'avait aucune importance. Histoire de se montrer aimable, Edie lui demanda depuis combien de temps on l'avait affecté à Miami.

— Dix jours.

— Vous êtes là à cause du cyclone ?

— Tout comme vous, fit-il, lui faisant savoir qu'il l'avait cadrée.

En sortant du restaurant, il lui acheta une part de frites et un Coke pour la route. Dans la voiture, Edie tâcha d'alimenter la conversation. Elle se sentait plus rassurée quand il parlait plutôt que de le voir sérieux comme un sphinx à triturer cette saleté de cure-dent.

Elle demanda à voir son gilet pare-balles. Mais il lui dit qu'il avait dû le remettre au Q.G. comme preuve à conviction. Elle voulut savoir si la balle avait fait un trou et il répondit que non, plutôt un creux, comme une fossette.

— Je parie que vous pensiez pas qu'être de corvée de cyclone serait aussi dangereux.

Jim Tile batailla contre les gargouillis de la radio.

— Quel est le truc le plus dingue que vous ayez vu jusqu'à maintenant ? insista lourdement Edie.

— À part votre associé de baraque de foire qui m'a tiré dessus ?

— Ouais, à part ça.

— Le président des États-Unis, fit-il, en train d'enfoncer à coups de marteau un clou dans un morceau de contreplaqué. Il a fallu qu'il s'y reprenne à neuf fois.

Edie se redressa.

— Vous avez vu le Président !

— Ouais. On était de corvée de cortège motorisé.

Elle mâchonna songeusement une frite.

— Vous avez vu son fils aussi ?

— Ils étaient dans la même limousine.

— Je ne savais pas que le fils du Président, il vivait à Miami.

— Grand bien lui fasse, fit le policier.

Edie Marsh, sirotant son Coca, s'efforça de ne pas paraître trop ouvertement intéressée.

— Je me demande où peut bien habiter quelqu'un comme ça. Key Biscayne, probablement, ou encore Coral Gables. Parfois je me pose des questions sur les gens célèbres. Où ils vont manger un morceau. Où ils font astiquer leurs voitures. Qui est leur dentiste. Je veux dire, réfléchissez un peu : tout fils de Président qu'il est, faut bien qu'il se fasse détartrer. Ça vous interpelle jamais quelque part des trucs de ce genre ?

— Jamais.

De grosses gouttes de pluie giflaient le pare-brise. Mais le policier restait campé derrière ses lunettes noires.

Edie ne s'avoua pas vaincue.

— Vous avez une copine ? demanda-t-elle.

— Oui.

Enfin, se dit Edie. Un os à ronger.

— Et elle est où ?

— À l'hôpital, répondit Jim Tile. Votre pote en a fait de la chair à pâté.

— Ô mon Dieu, non...

Il vit qu'elle avait renversé son Coca sans s'en rendre compte.

— Mon Dieu, je suis tellement navrée, disait-elle. Je vous jure que je ne... elle s'en tirera ?

Jim Tile lui tendit une poignée de serviettes en

papier. Edie s'employa à éponger le Coca sur ses genoux. Ses mains tremblaient.

— Je n'étais pas au courant, dit-elle à plusieurs reprises.

Elle se rappela ce qu'il y avait de gravé sur l'alliance que Niaqueur avait volée. « Cynthia » portait la bague, le nom de la mère de la petite amie du policier.

À présent, Edie se sentait prise en faute. À présent, elle était malade pour de bon.

— Les médecins disent qu'elle s'en sortira, fit Jim.

Edie ne put faire qu'acquiescer ; elle était H.S. Le policier monta le volume de la radio. Quand ils arrivèrent sur le continent, il s'arrêta devant un McDonald condamné par des planches. Le cyclone avait soufflé portes et vitres.

Une deux-portes bleu sarcelle était garée sous un palmier déplumé. Un type en ciré vert fluo était assis sur le capot : à en juger par la raideur des plis, son ciré était flambant neuf. Le bonhomme sauta d'un bond à terre en apercevant la voiture de patrouille.

— C'est qui, celui-là ? demanda Edie.

— Attention au verre brisé, fit Jim Tile.

— Vous m'abandonnez ici ?

— Oui, m'dame.

Edie Marsh descendit, le type monta. Le policier lui dit de fermer la portière et de boucler sa ceinture. Edie ne s'éloigna pas de la voiture ; elle resta là, les bras croisés, boudant à moitié. Mais l'effet qu'elle en escomptait était mis à mal par la pluie cinglante qui la faisait cligner comme une perdue et par le vent qui, soufflant en tempête, lui chamaillait les cheveux comme le pompon d'une pom-pom girl.

Bravant les intempéries, elle cria à Jim Tile :

— Je suis censée faire quoi, maintenant ?

— Vous estimer heureuse, fit-il.

Là-dessus, il effectua un demi-tour et remit le cap sur Key Largo.

Bonnie embrassa nerveusement Augustin avant de lever le camp avec Skink. Son mari arrivait. Ils devaient se retrouver en cours de route.

Une fois seul, Augustin tenta de lire, blotti dans la vieille ambulance pour ne pas mouiller les pages. Mais il n'arrivait pas à se concentrer. En imagination, il inventait le dialogue des retrouvailles de Bonnie et de Max. Dans sa tête, il y avait deux versions du scénario ; dans l'une, c'était un au revoir tristounet ; dans l'autre, c'était pardon-on recommence tout à zéro.

Une partie de lui s'attendait à ne plus jamais revoir Bonnie, à ce qu'elle change d'avis et s'en retourne à New York par le premier avion. Augustin était coutumier de ce genre de déceptions.

D'un autre côté, aucune de ses trois ex-fiancées ne serait restée aussi longtemps au fin fond des bois sans lui faire une scène ou piquer une crise. Bonnie Lamb était très différente des autres. Augustin espérait qu'elle l'était suffisamment pour ne pas le déserter.

En dépit de sa détresse sentimentale, Augustin montait la garde sur Niaqueur, encore dans le coaltar, suite à la dose de tranquillisant pour singe. Ce débile de petit Blanc raciste ne tarderait pas à se réveiller en blablatant sans queue ni tête. Le costard rayé mis à part, il rappelait à Augustin les types à l'œil vide que son père engageait pour faire partie de son équipage.

Une autre chose qui le faisait penser à son paternel, c'était ce temps pourri. Augustin se souvenait d'un gris après-midi de septembre où son père avait jeté par-dessus bord soixante ballots de marchandise ; il avait cru à tort que le bateau qui approchait était un patrouilleur des gardes-côtes alors que ce n'était rien qu'un Hatteras, bourré de chirurgiens picolant sec, en route pour Cat Cay. La marijuana dansait sur des lames de deux mètres de haut dans le Gulf Stream tandis que le père d'Augustin battait comme un perdu le rappel des amis, voisins, cousins, racailles des quais et d'Augustin lui-même pour l'opération-sauvetage. À l'aide de grappins, de gaffes et de harpons, ils récupérèrent la totalité des ballots, moins quatre que l'équipage rapide à la détente d'un tanker grec barbota au passage. Plus tard, le même soir, une fois la cargaison sauvée et mise à sécher dans un entrepôt, le père d'Augustin donna une fête pour ceux qui l'avaient aidé. Tout le monde finit raide défoncé sauf Augustin, qui n'avait que douze ans à l'époque. Mais il savait déjà qu'il n'était pas taillé pour le boulot de pêcheur de son vieux.

Augustin descendit de l'ambulance et s'étira. Une buse à queue rousse chassait en décrivant de petits cercles au-dessus du campement. Augustin approcha de l'endroit où dormait Niaqueur. Le gouverneur avait laissé l'argent du cyclone dans la valise qui empestait l'urine. Augustin poussa Niaqueur du pied. Rien. Il empoigna le Sabot et tourna la tête de l'individu de droite et de gauche. Il était aussi mou qu'une poupée de chiffon. Le mouvement provoqua chez lui un léger frémissement et un gargouillis endormi, mais ses paupières restèrent obstinément closes. Augustin souleva l'une des mains de Niaqueur, dont il pinça l'ongle du pouce, très fort. Le bonhomme ne broncha pas.

Parti au pays des songes, se dit Augustin. Inutile de l'attacher.

Il trouvait l'image et le son de Lester Maddox Parsons particulièrement déprimants quand s'y mêlait la crainte que Bonnie ne revienne pas. Faire campement à deux avec un salopard criminel n'avait aucun attrait. L'odeur de la pluie en rafale, la buse planant tout là-haut, l'étreinte verte et fraîche des bois — tout était gâché par la présence délétère de Niaqueur.

Augustin ne pouvait plus attendre ici davantage. C'était pire que la solitude.

— Où est le jeune homme ? demanda Jim Tile.

— À la bibliothèque, fit Skink.

Ils étaient dans la voiture du policier, non loin de la piste par laquelle Skink avait conduit Bonnie jusqu'à la route. Cette dernière et son mari étaient assis côte à côte sur l'une des rambardes métalliques qui délimitaient le périmètre de Crocodile Lakes. La voiture de patrouille était garée à une centaine de mètres de là ; Jim Tile et Skink ne pouvaient faire mieux pour respecter leur intimité. Même à cette distance, et sous la pluie, Max Lamb ne passait pas inaperçu dans son ciré fluo.

— Son vieux est en taule.

Skink parlait toujours d'Augustin.

— Tu vas adorer : d'après elle, il a été conçu pendant un cyclone.

— Lequel ?

— Donna.

Jim Tile sourit.

— Ça, c'est pas rien.

— Trente-deux ans plus tard : nouveau cataclysme, nouveau départ. Ce garçon est né sous une mauvaise étoile, tu ne crois pas ?

Le policier de la route pouffa.

— Arrête tes conneries.

C'était là une remarque affectueuse.

— C'est quoi cette histoire avec son père ?

— De la contrebande, fit Skink. Et il m'a pas l'air doué.

Jim Tile soupesa l'info un instant.

— Bof, je l'aime bien ce jeune. Il est réglo.

— Oui.

Le flic de la route mit les essuie-glaces. Ils virent — au mouvement du ciré — que le mari de Bonnie s'était levé et faisait les cent pas.

— *Lui,* je l'envie pas, lâcha Jim.

Skink haussa les épaules. Il n'avait pas complètement pardonné à Max d'avoir emporté son caméscope à Miami.

— Montre-moi où tu as été touché.

Le policier déboutonna sa chemise et détacha son bandage. Malgré le gilet, la balle avait laissé une ecchymose couleur prune sur le sternum de Jim. Le gouverneur siffla.

— Toi et Brenda, vous avez besoin de vacances, dit-il.

— À ce qu'on m'a dit à l'hôpital, elle sortira peut-être dans dix jours.

— Emmène-la dans les îles, suggéra Skink.

— Elle n'a jamais été dans l'Ouest. Elle adore les chevaux.

— Alors dans les montagnes. Au Wyoming.

— Elle serait partante, fit le policier.

— N'importe où, Jim. Loin d'ici, c'est le principal.

— Ouais.

Il arrêta les essuie-glaces. La pluie grasse s'accumula sur le pare-brise comme du sirop. Ils ne soufflèrent mot de Niaqueur.

— C'est lequel ? demanda Max Lamb.

Il espérait que c'était le kidnappeur, le plus barje. Cela étayerait sa théorie selon laquelle sa femme avait perdu la tête ; une variante climatique du syndrome de Stockholm. Cela l'aiderait à avaler la pilule et à expliquer la chose à ses amis et à ses parents. Bonnie avait été ensorcelée par un ermite fou, drogué à mort. Manson sans sa Famille.

— Max, le problème, c'est *moi,* dit Bonnie.

Tout en sachant que ce n'était pas le cas, du moins pas entièrement. Elle l'avait vu, à peine descendu de la voiture de police, sursauter devant un chétif lapin des marais comme si c'était un loup de cinquante kilos.

Et voilà-t-y-pas qu'il lui disait à présent :

— Bonnie, tu as subi un lavage de cerveau.

— Personne...

— T'as couché avec lui ?

— Avec qui ?
— L'un ou l'autre.
— Non !
Pour camoufler son mensonge, Bonnie adopta un ton indigné.
— Mais t'en as eu envie.
Max Lamb se leva, le ciré orné de perles de pluie.
— T'es en train de me dire que *ça* — il désigna les alentours d'un mouvement du bras, plein de mordant — que tu préfères *ça* à la grande ville !
Elle soupira.
— Ça ne me dérangerait pas de me retrouver nez à nez avec un bébé crocodile, je n'ai rien dit de plus.
Elle était parfaitement consciente que ça avait tout pour faire bondir quelqu'un comme Max.
— Il t'a fait fumer de sa merde, hein ?
— Oh, s'il te plaît.
Il allait de long en large.
— J'arrive pas à croire à ce qui m'arrive.
— Moi non plus, dit-elle. Pardon, Max.
Il fit le gros dos et se détourna vivement, en direction des lacs. Il était trop furieux pour pleurer, se sentait trop insulté pour supplier. Mais aussi, il se rendait compte que Bonnie avait peut-être raison, que peut-être il ne la connaissait pas très bien. Même si elle changeait d'avis et rentrait avec lui à New York, il s'inquiéterait sans cesse en se demandant si elle n'allait pas déjanter. Ce qui s'était passé ici avait gauchi leur relation, probablement pour toujours.
Il se retourna face à elle. D'une voix que plombait la déception, Max dit :
— Je te croyais plus... équilibrée.
— Moi aussi.
Une dispute ne réussirait qu'à faire traîner les choses en longueur. Bonnie était déterminée à se montrer agréable et contrite, quoi qu'il dise. Elle devait lui laisser *quelque chose* — sinon son orgueil, du moins le sentiment de sa supériorité masculine. Elle

se disait que c'était peu cher payé pour l'aider à encaisser.

— Je te donne encore une chance. La dernière, dit Max Lamb.

Il fouilla sous le ciré rutilant et en sortit deux billets d'avion.

— Je regrette, fit Bonnie, secouant la tête.

— Tu m'aimes, oui ou non ?

— J'en sais rien, Max.

Il rangea les billets.

— Incroyable.

Elle se leva et lui donna un baiser d'adieu. Elle avait les larmes aux yeux, bien que Max ne le remarquât sans doute pas, avec toute la pluie qui ruisselait sur le visage de Bonnie.

— Appelle-moi, fit-il, plein d'amertume, quand tu seras fixée.

Il regagna en solo la voiture de police. Le kidnappeur lui tint la portière.

Max se tint tranquille pendant le trajet de retour sur le continent ; plongé dans un silence accusateur. Le policier de la route était l'ami du fou furieux qui l'avait enlevé et avait fait subir un lavage de cerveau à sa femme. Le flic avait l'obligation morale et légale de mettre fin à cette séduction ou à tout le moins d'essayer. Telle était l'opinion personnelle de Max.

Quand ils arrivèrent au McDo condamné, Max lui dit :

— Assurez-vous que ce salopard de barjo borgne prenne bien soin d'elle.

La phrase était censée peser son poids de menace, et en temps normal Jim Tile se serait amusé de l'hypertrophie de l'ego de Max. Mais il avait pitié de lui à cause des mauvaises nouvelles qu'il devait lui assener.

— Elle ne reverra plus jamais le gouverneur à partir d'aujourd'hui, dit le policier.

— Mais alors...

— Je crois que vous avez fait erreur, continua Jim. Le jeune type aux crânes, c'est sur lui qu'elle a craqué.

— Bon Dieu.

Max Lamb eut l'air dégoûté.

Pendant que Jim s'éloignait en voiture, il l'aperçut dans le rétro arpenter le parking sous la pluie, flanquant des coups de pied dans les flaques, battant des bras sous son ciré comme une chauve-souris fluo géante.

Ils étaient à un peu plus d'un kilomètre de la route quand Augustin apparut sur la piste. Bonnie courut vers lui. Ils étaient encore dans les bras l'un de l'autre quand Skink leur annonça qu'il rentrait au campement.

Augustin emmena Bonnie au ruisseau. Il nettoya un pan de berge au sec et ils s'y assirent. Elle vit qu'il avait apporté un livre de poche de l'ambulance.

— Oh, tu vas me lire des sonnets ! fit-elle, les deux mains serrées sur son sein, faisant mine de se pâmer.

— La ramène pas trop, dit Augustin, lui chamaillant les cheveux. Tu te souviens de la première fois que ton mari t'a appelée après le kidnapping — du message qu'il avait laissé sur le répondeur ?

Bonnie ne considérait plus ça comme ça — à savoir un kidnapping — mais elle supposait qu'on pouvait le dire. Techniquement parlant.

— Le gouverneur l'avait forcé à lire quelque chose au téléphone, continua Augustin. Eh bien, j'ai trouvé d'où ça vient.

Il pointa le titre du doigt sur le dos du livre. *Tropique du Cancer* d'Henry Miller.

— Écoute, fit Augustin.

« J'ai cru autrefois que le but le plus élevé qu'un homme pouvait se proposer, c'était d'être humain, mais je vois maintenant que ce but n'avait d'autre raison d'être que de me détruire. Aujourd'hui, je suis fier de dire que je suis *inhumain,* que je n'appartiens ni aux hommes ni aux gouvernements, que je n'ai rien à faire avec les croyances et les principes. Je n'ai rien à faire avec la machinerie grinçante de l'humanité — j'appartiens à la terre. Je le dis, couché sur mon oreiller, et je peux sentir les cornes qui germent à mes tempes[1]. »

Il tendit le roman à Bonnie. Elle vit que Skink avait souligné le passage à l'encre rouge.

— C'est lui tout craché.

— Ou moi, fit Augustin. Certains jours.

Le ciel virait à un violet ecchymose. Au-dessus de leurs têtes, une colonie de vautours à tête rouge planait sur la brise qui fraîchissait. Dans le lointain, le tonnerre fit entendre son fracas. Augustin demanda à Bonnie ce qui s'était passé avec Max.

— Il rentre tout seul, fit-elle. Tu sais, je crois que je suis en train de craquer complètement.

Elle retira son alliance. Augustin s'imagina qu'elle allait se la reglisser au doigt ou bien la jeter dans le ruisseau.

— Fais pas ça, dit-il, ce qui englobait les deux possibilités.

— Je vais la lui renvoyer. Je saurai pas trop quoi en faire sinon.

Elle avait une toute petite voix triste. Elle s'empressa de mettre la bague de côté.

— Qu'est-ce que tu veux faire ? demanda Augustin.

— Rester avec toi un moment. C'est O.K. pour toi ?

— Parfait.

Reprenant des couleurs, Bonnie dit :

— Et toi, monsieur Je Vis au Jour le Jour ?

— Tu seras ravie d'apprendre que j'ai des projets.

— Difficile à croire.

— Sérieux, dit-il. Je vais vendre la ménagerie de

1. Traduction Henri Fluchère (Éditions Denoël).

l'Oncle Félix ou ce qu'il en reste. Et ma maison, aussi. Puis j'ai l'intention de me dénicher un coin, exactement comme celui-ci, et repartir de zéro. Un endroit à l'extrémité extrême du monde. Tu es toujours partante ?

— Je sais pas. Il y aura le câble ?

— Pas question.

— Des serpents à sonnettes ?

— Possible.

— Wouah. Extrême de chez Extrême.

Bonnie fit mine de peser le pour et le contre.

— T'as déjà entendu parler des Dix Mille Îles ? fit-il.

— Quelqu'un les a comptées ?

— Non, ma chère. Une vie entière n'y suffirait pas.

— C'est ça tes projets ? demanda-t-elle.

Augustin connaissait bien le dilemme du choix du partenaire. Elle était en train de décider si elle voulait une ancre ou une voile.

— Il existe une ville appelée Chokoloskee. Tu pourrais détester.

— Foutaises. Bouge pas d'ici.

Bonnie sauta sur ses pieds.

— Où tu vas maintenant ?

— Je retourne au campement y chercher de la poésie.

— Assieds-toi, j'ai pas fini.

Elle repoussa son bras d'une tape.

— Tu m'as lu quelque chose. À mon tour de te faire la lecture.

En filant sur la piste, Bonnie avait Walt Whitman en tête. Quelque part dans l'ambulance rouillée, il y avait un volume relié du *Chant de moi-même*, un poème qu'elle aimait depuis le lycée. Un vers en particulier, « En vain le mastodonte se réfugie sous ses propres ossements tombés en poussière[1] », lui évoquait Skink.

1. Traduction de Roger Asselineau (Éditions Aubier-Flammarion).

En arrivant au campement, elle aperçut ce dernier gisant inanimé sur le sol. Niaqueur tendait le cou au-dessus de lui, avec des bruits de gorge menaçants. Sa crise de rage sulfureuse retombait. À la main, il tenait un morceau de bois carbonisé que Connie reconnut comme la torche improvisée du gouverneur.

Elle demeura figée, les poings serrés. Niaqueur arborait sur le visage une expression distordue dont la barre rouge et chromée qui lui était assujettie n'atténuait en rien la malignité. Il n'avait pas conscience que Bonnie l'épiait depuis le couvert. Il lâcha la torche, s'empara de la valise et se mit à courir.

Elle se lança follement à sa poursuite.

31.

Un frais crachin avait réveillé Niaqueur. Le calme régnait sur le campement. Le borgne fou roupillait, vautré sous un arbre, dans ses fringues militaires crades. Aucune trace d'Edie Marsh ni du tireur d'élite, ni de la gonzesse zarbi qui s'était douchée au soda dans la Jeep.

Niaqueur se redressa lentement. Ses yeux étaient tout collés et sa bouche sèche avait un goût de cendre. Un peu de terre noirâtre s'accrochait à l'un de ses sourcils. Pour la énième fois, il essaya sans succès de s'arracher le Sabot des gencives. La douleur était atroce, comme si les os de son visage étaient montés sur des ressorts tendus à craquer. Il fut heureux de ne pas pouvoir se voir ; il devait ressembler à une saloperie de monstre de foire. L'Homme à la Gueule Ouverte. Tous ces glands faisant la queue pour lui balancer des balles dans le gosier.

Nom de Dieu, se dit-il, faut que j'arrête d'avoir le bourdon.

Sur le sol, il y avait la valise pleine de fric, qui bâillait, là où Skink l'avait laissée. L'odeur âcre rappela à Niaqueur qu'il n'avait pas cauchemardé : ce connard avait pissé sur quatre-vingt-quatorze mille beaux et bons dollars.

Niaqueur testa ses jambes : la droite, la gauche, les deux ensemble. Ensuite, il serra les poings, fléchit les bras. Jusqu'ici, tout allait bien. L'effet de la seconde fléchette hypodermique avait fini par se dissiper.

Il se mit debout. Et fit un pas de fourmi vers le fric, puis un second. La barre de fer pesant sur ses mâchoires était si encombrante qu'il faillit perdre l'équilibre et tomber la tête la première. Il tâcha de bloquer sa respiration pendant qu'il bouclait la valise, mais impossible d'échapper à la puanteur. Niaqueur découvrit le bidon d'eau et s'en vida le contenu dans la gorge. Ses crachouillements ne dérangèrent pas le moins du monde le fou dans son sommeil.

Niaqueur repéra une arme maniable — une branche de bois résineux dont l'une des extrémités était carbonisée.

Le gros con avait dû l'entendre venir parce qu'il essaya de rouler sur le côté quand Niaqueur frappa. Le coup l'atteignit à l'épaule au lieu de la tête et Niaqueur ouït les os craquer. Il savait que ça faisait mal.

— Ahhhiiigggrrr !

C'étaient de vrais braiements qu'il poussa tandis qu'il frappait encore et encore jusqu'à ce que cet enculé arrête de rouler sur lui-même et reste immobile, émettant un faible sifflement, comme un pneu crevé qui se dégonfle.

Bonnie avait toujours été teigneuse malgré son gabarit. Au collège, elle avait coursé un garçon qui lui avait soulevé sa jupe en pleine cafétéria. Il s'appelait Eric Schultz. Basketteur vedette de l'école, plafonnant à un mètre quatre-vingts, c'était une grande gueule qui ne doutait de rien. Il pesait quarante bons kilos de plus que Bonnie. Quand il tenta de lui échapper, elle le plaqua au sol où elle le maintint en lui martelant les couilles. Eric Schultz manqua les premier et second matches des *play offs* de basket ; Bonnie Brooks fut renvoyée de l'établissement pendant trois jours. Son père lui dit que ça en valait la peine, qu'il était fier d'elle. Sa mère prétendit qu'elle avait eu une réaction disproportionnée, parce que l'Eric en question avait redoublé deux fois sa quatrième, et ajouta qu'il avait probablement fait ça à Bonnie sans y penser. *Il y pensera maintenant,* avait rétorqué cette dernière. Elle était d'accord sur ce point avec son père : invoquer la bêtise comme excuse, y avait de l'abus.

Avec son genou en compote, Niaqueur fut facile à rattraper. Sa rapidité était en outre entravée par l'appareil facial encombrant, qui se prenait dans les branches et les plantes grimpantes. Il tomba dans la même position basique qu'Eric Schultz : à plat ventre, bras et jambes écartés. En un clin d'œil, Niaqueur s'aperçut que c'était une femme qui le plaquait aux épaules, et en plus un poids plume. La facilité avec laquelle il se libéra fit prendre conscience à Bonnie de l'inefficacité de ses manchettes. *A contrario* du jeune Eric Schultz, Lester Maddox Parsons avait fait de la prison, où il en avait appris un rayon sur la castagne. C'est pas lui qui allait laisser une fille de cinquante kilos filer un direct à ses bijoux de famille !

D'un revers latéral de valise à deux mains, il projeta Bonnie contre le tronc noueux d'un vieux platane. Elle atterrit les quatre fers en l'air, continuant à le boxer avec frénésie. L'acier rouge barrant les joues de Niaqueur bloquait ses meilleurs jabs. Il lui immobilisa vite fait les poignets mais elle ne cessa de lui donner des coups de pied que lorsqu'il enfonça son genou dans son mont-de-Vénus.

Sous le poids étouffant de son torse, elle perdit peu à peu de vue les vautours et les nuages qui s'amoncelaient. Elle avait pour nouvelle perspective une cavité rose, luisante et fistuleuse, celle de la bouche de Niaqueur étirée dans un hurlement permanent. L'épuisement le faisait haleter d'un souffle chaud et nécrosé. Bonnie eut envie de vomir. Quelque chose de moite et de vermiforme se colla sur la fossette de son menton.

Une lèvre.

Elle la prit entre ses dents et mordit fort. Niaqueur miaula et se dégagea. Une demi-seconde plus tard, Bonnie fut étourdie par un coup sec à la tempe. Le Sabot. Ce salopard essayait de l'assommer avec, secouant sa tête de gauche à droite comme un fou furieux qui s'ébroue. Elle n'avait aucun moyen de se protéger. Niaqueur ne lui relâchait pas les bras, pouvant se passer des siens pour la cogner ; sa calebasse faisait tout le travail. Bonnie fut éblouie par un autre éclair blanc de douleur. Elle ferma les yeux pour ne plus voir la béance humide et les globes exorbités de sa figure. Elle s'obligea à lâcher prise, se disant que l'inconscience, après tout, serait le super pied.

Niaqueur s'imaginait en taureau dans l'arène ; donnant des coups de corne à volonté. La salope était réduite à l'impuissance sous lui, battant à peine des paupières. Il s'arrêta pour reprendre son souffle, cracher du sang et se féliciter d'avoir converti si habilement son handicap en atout martial. Le flic de la pub télé avait raison ; le Sabot était indestructible ! En dépit de la douleur cuisante de sa lèvre, de la brûlure de son genou et des élancements électriques dans les articulations de sa mâchoire, Niaqueur ne se sentait pas si mal. Son orgueil l'emportait sur la souffrance. Pas de doute, il avait acquis de droit le pactole du Français.

C'est alors qu'une main se faufila entre ses jambes, légère comme un moineau sur une branche.

— Nnnnggggguuuhhh !

La garce l'empoignait. Niaqueur beugla. Il tenta de lui donner des coups de boule avec l'extrémité contondante du Sabot. Puis il comprit que ça ne pouvait pas être la fille qui lui tordait les couilles, parce qu'il lui clouait toujours les poignets dans la poussière. Elle ne remuait pas d'un pouce. Ça devait être quelqu'un d'autre.

Alors il entendit, venant d'un peu plus loin :

— Non ! Fais pas ça !

Il s'efforça de rester immobile, tâchant de respirer sans geindre. Il essaya de se tourner ne serait-ce qu'à peine, histoire de voir qui pouvait bien bordel le tenir par une de ses burnes (sinon les deux).

La voix, à nouveau, plus près cette fois :

— Fais pas ça ! Non !

Le barje borgne, qui gueulait.

À qui il cause ? se demandait Niaqueur. Qu'il fasse pas *quoi* ?

Puis le flingue partit à deux doigts de sa tête et il sut.

Max Lamb fut surpris de découvrir une femme endormie sur le siège avant de sa voiture de location. Il la reconnut comme étant celle que le policier d'État avait déposée sur le parking plus tôt dans l'après-midi.

Elle se redressa, balayant ses longs cheveux bruns de devant ses yeux.

— Il pleuvait. Je savais pas où aller.

Pas gênée le moins du monde.

— Ça ne fait rien, lui dit Max.

Il s'extirpa du ciré fluo qu'il balança sur le siège arrière.

— Je m'appelle Edie, fit-elle en lui tendant la main.

Il la serra, assez coincé. Elle avait de la poigne.

— Moi, c'est Max, dit-il. Puis il s'entendit ajouter : Vous voulez que je vous ramène à Miami ?

Edie opina avec gratitude. Elle avait compté là-dessus. D'une façon ou d'une autre, toutes les voitures de location regagnaient Miami pour finir.

— J'aurais bien fait de l'auto-stop, mais j'ai eu peur de la foudre.

— Oui, j'ai entendu.

Max se débrouilla Dieu sait comment pour rater la bretelle d'accès à l'autoroute à péage ; pas facile, mais il réussit son coup. Edie ne s'en plaignit pas. Au cyclone comme au cyclone. Tous les chemins mènent à Rome au bout du compte.

— D'où vous venez, Max ?

Il avait l'air parfaitement inoffensif, mais elle n'en tenait pas moins à le faire parler. Les ruminations silencieuses la mettaient à cran.

— New York. Je travaille dans la pub.

— Sans blague.

Hop, il était lancé. Pendant l'heure qui suivait, Edie en apprit beaucoup sur Madison Avenue. Max fut absolument transporté de découvrir en elle une accro gourmande des céréales Croustill'Prune. Et qui se souvenait de son slogan, mot pour mot !

— Vous en avez fait d'autres ? demanda-t-elle avec enthousiasme.

Max fut tenté de lui citer Brume Intime, mais se ravisa à temps. Tout le monde n'était pas décontract sur le sujet des gels douche.

— Pour les cigarettes Bronco, dit-il.

— C'est vrai ?

— À propos, ça vous dérangerait si je fume ?

— Pas du tout, dit Edie Marsh.

Il lui offrit une mentholée. Elle refusa poliment. La fumée envahissant l'habitacle, elle descendit la vitre pour éviter de tousser à fendre l'âme.

— Vous rentrez quand à New York ?

— Demain, dit Max.

Le calme l'envahit à nouveau.

— Si vous me dites tout, je vous dis tout, lança Edie.

Max eut l'air perplexe.

— Vous savez bien, expliqua-t-elle : ce qu'on fabriquait avec ce flic. Moi à l'arrivée, vous au départ.

— Oh.

Puis après un temps :

— J'ai pas d'ennuis avec la police, si c'est ce que vous voulez savoir.

— Je me doutais bien que vous n'étiez pas un serial killer.

Ces yeux qu'elle avait ! songea Max. Quelle femme intéressante ! Il avait des raisons de croire qu'elle était consciente de son impact.

— Et si on tournait les choses comme ça : si vous ne me dites rien, je ne vous dis rien. Le passé, c'est le passé.

— J'aime bien cette approche.

— Disons pour résumer qu'on a passé tous les deux une mauvaise journée.

— À qui le dites-vous.

Au sud de Dade County, ils furent pris dans un énorme embouteillage, là où la tempête avait balayé la côte, renversant tout sur son passage. Edie Marsh avait vu les destructions causées par le cyclone le jour d'après, mais elles lui semblaient bien pires à présent. Elle se surprit à refouler ses larmes.

Tout à trac, Max dit :

— Eh, je parie que je devine la marque de votre voiture.

Selon toute apparence pour détourner leur esprit de ce qu'ils avaient sous les yeux : deux hommes mal rasés, à un coin de rue, se battaient pour un jerricane de vingt litres d'eau douce. Leurs femmes et enfants les regardaient anxieusement du trottoir.

— Sérieux, c'est un don que j'ai, disait Max. D'associer les gens et leurs voitures.

— Et vous vous basez sur quoi... ?

— L'intuition, comme qui dirait.

— O.K., fit Edie. Allons-y.

Max la zieuta des pieds à la tête, comme s'il essayait de deviner son poids :

— Nissan 300 ?

— Neûn.

— 280 Z ?

— Essayez une Acclaim.

Il fit une grimace.

— Je vous voyais plutôt avec une import sport.

— Eh bien, voilà qui me flatte, fit Edie, avec un petit rire.

Une vérité brutale se dissimulait au cœur du petit jeu idiot de Max. Les jeunes Kennedy dignes d'intérêt et même les fils de président en exercice n'avaient pas pour habitude de flasher sur des femmes roulant en Plymouth 1987.

Plus tard, une fois que Max eut trouvé le prolongement de l'autoroute à péage et continué vers le centre, il lui dit :

— Où puis-je vous déposer ?

— Laissez-moi y réfléchir, répondit Edie Marsh.

— Capitaine, vous avez un miroir ?

— Non.

— Bien, dit Bonnie.

Elle sentait une bosse à vif gonfler sur son front, plus une autre sur la pommette. Augustin lui assura que l'effet n'était pas aussi désastreux qu'elle le croyait.

— Mais des glaçons ne seraient pas superflus.

— Plus tard.

Elle observait Skink.

— Je connais quelqu'un qui devrait être à l'hôpital.

— Non, fit le gouverneur.

— D'après Augustin, vous avez la clavicule cassée.

— Je pense qu'il a raison.

— Et plusieurs côtes.

— Je vais vous appeler sœur Florence Nightingale.

— Pourquoi êtes-vous si buté ?

— Je connais un médecin à Tavernier.

— Et comment vous comptez vous y rendre ?

— En marchant sur mes deux jambes, rétorqua Skink. L'un des rares traits à porter au crédit de notre espèce.

Bonnie lui demanda de cesser d'être ridicule.

— Vous avez horriblement mal, j'en suis sûre.

— Le monde entier a mal, ma petite.

Elle implora Augustin du regard.

— Parle-lui, s'il te plaît.

— C'est un adulte, Bonnie. Maintenant, bouge plus.

Il lui nettoyait le visage avec sa chemise, qu'il avait roulée en compresse et trempée dans le ruisseau. Skink était perché sur un rondin, non loin d'eux, les bras croisés. Quelques instants plus tôt, ils l'avaient vu gober une dizaine d'Anacin qu'il conservait dans une bouteille en plastique, logée sous la bâche du campement. Bonnie en avala hardiment trois.

On n'offrit aucune aspirine à Niaqueur, attaché au platane avec une chaîne de dépanneuse corrodée. Un amalgame de feuilles détrempées, de paillis et de sang séché le souillait. Son costume à la noix était sali et déchiré. Pendant la bagarre, Augustin l'avait forcé à creuser une courte tranchée avec sa mandibule, si bien que sa gueule était pleine de cailloux et de terreau, comme un pot de fleurs. En outre, il lui manquait le lobe d'une oreille qu'Augustin lui avait arraché en tirant à bout portant. Il était inconcevable pour Niaqueur qu'une blessure aussi minable puisse être aussi atrocement douloureuse.

— J'ai cru dur comme fer que tu allais le tuer, dit Skink à Augustin.

— C'était tentant.

— Ce que j'ai trouvé, c'est mieux.

— Après ce qu'il a fait à l'amie de Jim ?

— Oui. Même après ça.

Le gouverneur baissa la tête. Il avait mal.

Augustin était vidé. Il avait déchargé son adrénaline, qui s'écoulait en un torrent froid et gluant. Il ne caressait plus l'idée d'assassiner Niaqueur et doutait même d'en être capable. Une heure plus tôt, oui. Pas maintenant. C'était probablement le bon moment pour partir.

Bonnie guettait son expression pendant qu'il soignait ses joues et son front.

— Ça va ? dit-elle.

— Je sais pas. La façon dont il t'a arrangé le portrait...

— Eh oh, je l'ai cherché.

— Mais tu aurais pas été dans le coin sans moi.

Elle le taquina d'un doigt dans les côtes.

— Qu'est-ce qui te rend si sûr de toi ? Peut-être que je suis ici à cause de *lui* ?

Skink sourit de toutes ses dents mais ne leva pas les yeux. Augustin ne put qu'éclater de rire, lui aussi. Si on est ici tous les deux, c'est bien à cause de lui, songea-t-il.

— Je vous paraîtrais mal élevée, dit Bonnie à Skink, si je vous demandais ce que vous comptez faire de tout cet argent ?

Ce dernier décolla son menton de sa poitrine.

— Oh. Ça.

Avec une grimace, il se leva de son rondin.

— Lester, tu dors ? Yo, Lester !

— Ghhhnungggh.

Le gouverneur poussa du pied la valise du Français à travers la clairière jusqu'au platane où, toujours du pied, il l'ouvrit. Niaqueur contempla les liasses de billets avec un mélange d'envie non déguisée et de soupçon. Il se demanda quel plan tordu cet enfoiré mijotait à présent.

Seuls les billets du dessus étaient humides. Skink les balaya de côté d'un revers de main. Bonnie et Augustin s'approchèrent pour mieux voir.

— Vous en voulez un peu, les copains ? dit le gouverneur.

Ils refusèrent de la tête.

— Moi non plus, marmonna-t-il. Rien qu'un tas de merde à se coltiner.

Il s'adressa alors à Niaqueur.

— Chef, je suis sûr qu'à un moment ou un autre de ton existence de peigne-cul, quatre-vingt-quatorze mille dollars t'auraient bien arrangé. Mais tu peux me croire quand je te dis que ce jour-là est derrière toi.

Skink sortit une pochette d'allumettes. Il demanda à Bonnie et à Augustin de faire les honneurs. Niaqueur vomit un torrent d'obscénités et se débattit entre ses chaînes, inconsolable.

L'argent brûla en émettant une odeur douce et entêtante.

Plus tard, il déverrouilla la chaîne qui retenait Niaqueur à l'arbre. Niaqueur désigna plaintivement l'antivol rouge qui lui maintenait la bouche ouverte. Skink fit non de la tête.

— Voilà le plan, Lester : t'avise pas d'être ici à mon retour. Fous pas la merde dans mon campement, déconne pas avec mes bouquins. Il va faire une pluie d'enfer, alors couche-toi sur le dos et bois autant que tu le pourras. T'en auras besoin.

Niaqueur ne réagit pas. Augustin s'activa. Il exhiba le .38 Spécial et lui assena :

— Essaie de nous suivre, je te fais sauter la tête.

Bonnie frissonna. Le gouverneur retira deux trois bricoles de sous la bâche qu'il empila dans son sac à dos. Puis il alluma la torche électrique et entraîna les autres sous le couvert des arbres.

Niaqueur ne manifesta aucun désir de les suivre ; il était ravi que ces dingues d'enfoirés soient partis. Une rafale de vent remua les cendres à ses pieds et en fit pleuvoir sur ses genoux. Il y plongea les doigts et en porta une poignée à son nez. Ça ne sentait même plus le fric.

Un peu plus tard, un fort bruissement de feuilles le tira de sa torpeur. La pluie tombait à verse. Niaqueur suivit le conseil du bonhomme. Il s'y abreuva.

Au point du jour, il se mettrait en marche.

Ils se frayèrent un passage à travers le sous-bois. Bonnie s'inquiéta : et si Niaqueur l'empruntait pour retrouver son chemin et s'en sortir.

— Pas en traversant un lac, dit Skink.

Bonnie s'accrocha ferme à la ceinture d'Augustin pendant qu'ils le traversaient à la nage. Le gouverneur tenait au-dessus de sa tête la lampe électrique, ses bottes et son sac à dos pour les garder au sec. Augustin fut stupéfait que Skink puisse nager aussi bien avec une clavicule cassée. La traversée leur prit moins d'un quart d'heure, même si pour Bonnie elle parut durer une éternité. Elle était incapable de se convaincre que la lumière faisait fuir les crocodiles.

Ensuite, ils se reposèrent sur la rive. Skink se débattait avec ses bottes sans lacets.

— S'il réussit à s'échapper d'ici, il aura mérité sa liberté.

— Mais il n'y arrivera pas, fit Augustin.

— Non, il s'y prendra mal. C'est sa nature.

Puis Skink se remit en mouvement, telle une flamme orange se faufilant entre les arbres devant eux. Bonnie pressait le pas pour garder le rythme.

— Alors une chose ou une autre lui réglera son compte, une panthère aussi bien, dit-elle.

— Rien d'aussi exotique, Mrs Lamb, rectifia Augustin.

— Alors quoi ?

— C'est le temps. Le temps qui lui réglera son compte.

— Exactement ! tonitrua le gouverneur. C'est la trajectoire de toute existence. Pour Lester, nous n'avons fait que hâter la triste promenade. Ce soir, nous sommes les elfes de Darwin.

Bonnie accéléra son allure, heureuse d'être avec eux, au beau milieu de nulle part. Devant sur la piste, Skink chantait pour lui seul. Il devait sentir les cornes qui germaient à ses tempes, supposa-t-elle.

Deux heures plus tard, ils émergèrent des bois. Un flot de vent les vivifia.

— Ah, bon sang, on y est presque, fit Augustin.

Skink retira son sac à dos avec une grimace.

— C'est pour vous, pour la route.

— On est plus très loin.

— Prends toujours, au cas où.

— Mon Dieu, votre œil, fit Bonnie.

Une tige d'aubépine garnissait l'orbite creuse et fripée de ses baies rouges. Le gouverneur se tâta.

— Merde, il a dû tomber.

Bonnie avait de la peine à le fixer.

— Pas d'importance, assura-t-il. J'en ai une pleine boîte de rechange quelque part.

— Soyez pas bête, fit-elle. Suivez-nous sur le continent.

— Non !

Un mur de pluie d'un gris boueux s'approchait en sifflant le long de la route. Bonnie frissonna quand il les frappa. Skink se pencha tout près d'Augustin :

— Laisse passer six mois, mini.

— Tu parles.

— Pour quoi faire ? demanda Bonnie.

— Avant que j'essaie de retrouver cet endroit, répondit Augustin.

— Pourquoi revenir ?

— Pour la science, fit Augustin.

— Et la nostalgie, fit le gouverneur.

Le grain éteignit la torche qu'il balança dans un bouquet de palétuviers rouges. Il fourra sa chevelure sous le plastique de son bonnet de douche et leur dit au revoir. Bonnie l'embrassa sur le menton en lui recommandant d'être prudent. Augustin se contenta d'un salut affable.

Un certain temps encore, ils distinguèrent son imposante silhouette qui s'éloignait à grands pas vers le sud, sous les éclairs violets de la foudre. Puis il disparut sous le linceul des intempéries.

Ils se retournèrent et partirent dans la direction opposée. Augustin avançait vite sur l'asphalte, le sac à dos rebondissant sur ses épaules nues.

— Eh, elle fait de l'effet ta cicatrice, dit Bonnie.

— Tu l'aimes toujours bien ?

— De toute beauté.

Elle la voyait très nettement chaque fois que le ciel s'illuminait.

— Un tire-bouchon sous la douche — tu plaisantais pas ?

— Bon Dieu, j'aimerais bien, dit Augustin.

Ils entendirent une voiture derrière eux. Au fur et à mesure qu'elle approchait, les phares étiraient leurs ombres sur l'asphalte. Augustin demanda à Bonnie si elle voulait faire du stop. Elle dit que non. Ils se rangèrent sur le bas-côté pour laisser passer la voiture.

Ils atteignirent bientôt le grand pont de Card Sound. Augustin dit qu'il était temps de faire un break. Il défit la fermeture Éclair du sac à dos pour voir ce que le gouverneur y avait fourré : un rouleau de corde, deux couteaux, quatre bandanas, un tube d'antiseptique, une boîte d'allumettes étanche, une bouteille d'eau douce, des pastilles de chlore, des oranges, un stick d'anti-moustiques, quatre boîtes de soupe aux lentilles et une de viande séchée non identifiée.

Augustin et Bonnie se partagèrent la bouteille d'eau et entreprirent la montée du pont.

Des aiguilles de pluie piquèrent les bleus de Bonnie pendant l'ascension de la longue pente. Le vent avait goût de saumure et elle s'agrippait au bras d'Augustin sans autre embarras — les bourrasques étaient si violentes qu'elles les arrachaient presque du sol.

— Peut-être que c'est un nouveau cyclone !

— M'étonnerait pas, fit-il.

Ils firent halte au sommet. Augustin jeta le pistolet

le plus loin qu'il put. Bonnie se pencha par-dessus la balustrade de béton pour guetter les éclaboussures du plouf, ponctuation silencieuse. Augustin plaça fermement ses mains autour de sa taille, pour la maintenir en équilibre. Elle aima la sensation, la confiance qu'elle renfermait.

Loin en bas, la baie écumait, comme de la tôle ondulée ; un endroit perfidement différent de la première fois que Bonnie l'avait vu. Pas une nuit pour les dauphins.

Elle attira Augustin plus près et l'embrassa très longtemps. Puis elle le fit pivoter et fouilla à l'aveuglette dans le sac à dos.

— Qu'est-ce que tu fais ? cria-t-il pour dominer les gifles de la pluie.

— Chut.

Quand il se retourna, Bonnie avait l'œil brillant. Elle tenait entre ses mains le rouleau de corde.

— Attache-moi au pont, dit-elle.

Épilogue

Le mariage de BONNIE BROOKS et MAX LAMB fut discrètement annulé par un juge qui se trouvait être un compagnon de ski du père de Max. Ce dernier retourna chez Rodale & Burns où il déploya toute son énergie dans une nouvelle campagne de pub pour la *root beer* Old Faithful. Aiguillonnée par le slogan simpliste de Max, la compagnie enregistra un bond en avant des ventes de vingt-quatre pour cent sur le territoire américain. Max promu au cinquième étage se vit confier un budget de dix-huit millions de dollars pour une boisson au malt basses calories du nom de Destrier.

À la fin de l'année, MAX et EDIE MARSH étaient fiancés. Ils prirent un appartement sur l'Upper West Side à Manhattan, où Edie se montra active dans des cercles de bienfaisance. Deux ans après le cyclone, alors qu'elle assistait à un concert de Kenny G. au bénéfice des victimes d'un torrent de boue en Colombie, Edie rencontra le même jeune rejeton des Kennedy qu'elle avait longtemps auparavant si avidement tenté de débaucher. Elle fut un peu abasourdie quand, en la saluant, il lui fourra sa langue dans l'oreille. Max lui dit que c'était sans doute un tour de son imagination.

BRENDA ROURKE se remit complètement de ses

blessures et reprit ses fonctions dans la police de la route. Elle demanda et obtint d'être nommée en Floride du Nord, où avec Jim Tile ils bâtirent une petite maison sur la Ochlockonee River. Pour Noël, il lui offrit une copie en or gravée de l'anneau de mariage de sa mère et deux rottweillers adultes en provenance de Stuttgart.

Après son sauvetage en plein océan non loin d'Islamorada, AVILA fut emmené au centre de détention de Krome à Miami et enregistré en tant que « Juan Gómez Duran », un *balsero* fuyant la dictature politique de La Havane. Il fut interné à Krome pendant neuf jours jusqu'à ce qu'une radio de langue espagnole parraine sa relaxe. En contrepartie, le brave « señor Gômez » acceptait de régaler les auditeurs du récit détaillé de son évasion en pleine mer ; lesdits auditeurs, bien qu'émus par son histoire à fendre l'âme, furent quelque peu interloqués par ses références d'une folle inexactitude à la topographie de l'île de Cuba. Après cela, Avila boucla ses valises et gagna Fort Myers, sur la côte ouest de la Floride, où il fut immédiatement engagé à titre d'inspecteur au service d'urbanisme local. Au cours des quatre premières semaines dans son nouveau boulot, Avila agréa 212 nouvelles maisons — un record, pour un seul inspecteur, resté inégalé à ce jour. Dix-neuf mois après le cyclone, pendant qu'il préparait un sacrifice pour Chango dans le patio de sa nouvelle et luxueuse résidence en bord de mer, Avila fut gravement mordu à la cuisse par un lapin hydrophobe. Trop embarrassé pour avoir recours à la médecine, il mourut vingt-deux jours plus tard dans son jacuzzi. Pour rendre hommage à sa brève mais féconde carrière au service des permis de construire, l'Association des Constructeurs de Lee County créa une bourse Juan Gómez Duran.

Le lendemain du jour où le policier d'État fut descendu sur le parking, des infirmiers du Samu furent à nouveau appelés au Paradise Palms Motel dans les Keys. Cette fois, un client du nom de LEVON STICHLER avait fait un léger infarctus du myocarde. Pendant le trajet aux urgences, le vieillard en délire s'entêta à prétendre avoir été retenu prisonnier par deux prostituées autoritaires. Les médecins de Mariners Hospital prévinrent la fille de Levon Stichler à Saint Paul, qui fut à juste titre alarmée en apprenant les hallucinations paternelles. Après avoir raccroché, elle annonça à ses enfants que Papy allait venir passer quelque temps à la maison.

Les restes rongés d'IRA JACKSON, identifiés aux rayons X, furent incinérés puis ensevelis lors d'une cérémonie privée à Staten Island. Plusieurs patrons du Syndicat des transporteurs routiers envoyèrent des fleurs tout comme le contrôleur des comptes à la retraite du fonds de pension des Central States. Trois semaines après le cyclone, on captura le lion d'Afrique, qui avait attaqué Ira Jackson, en train de fourrager dans un conteneur d'ordures derrière un Pizza Hut à Perrine. L'animal « tranquillisé » fut baigné, vacciné, débarrassé de ses vers et baptisé « Pepperoni ». On peut le voir actuellement dans un parc animalier de West Palm Beach.

Le meurtre de TONY TORRES ne fut jamais éclairci, bien que la police soupçonnât sa femme d'avoir perpétré le crime dans le but d'accaparer en totalité le pactole versé par Midwest Assurances. Les inspecteurs qui cherchèrent à interroger NÉRIA TORRES découvrirent qu'elle s'était installée à Belize, avait loué une villa au bord de l'océan et commencé à fréquenter un guide de pêche américain expatrié. Un examen sur injonction de la cour des relevés bancaires de feu son mari révéla qu'avant de quitter les États-Unis Mrs Torres avait retiré 201 000 dollars d'un compte joint. La maison du 15 600, Calusa Drive, ne fut jamais réparée et demeura à l'abandon pendant vingt-deux mois, avant d'être finalement condamnée et démolie.

Cinq semaines après le cyclone, FRED DOVE rentra chez lui à Omaha et fit cadeau à son épouse de deux danois miniatures, des orphelins de l'ouragan. Lui, DENNIS REEDY, et huit autres experts de Midwest Assurances furent mis à l'honneur pour leur travail héroïque au sein de la cellule de crise envoyée en Floride. Pour vanter publicitairement sa rapidité et sa compassion dans le traitement du règlement des sinistres liés au cyclone, la compagnie mit en vedette les dix hommes dans une pub télé diffusée à l'échelon national pendant le Spécial Bob Hope de Noël. Fred Dove entretint l'espoir qu'Edie Marsh le contacterait après la diffusion du spot, mais elle ne lui donna plus jamais signe de vie.

Menacé d'une action collective par 186 de ses clients, dont les maisons s'étaient plus ou moins effondrées pendant le cyclone, l'entrepreneur GAR WHITMARK se mit en faillite et ressuscita ses entreprises de construction sous des raisons sociales différentes. Il fut tué treize mois plus tard dans un incroyable accident de chantier : la bourrasque d'une tempête tropicale fit choir d'un toit un seau de goudron bouillant qui vint pulvériser le pare-brise de son Infiniti Q45. Sa veuve déboussolée laissa tomber les médicaments pour rejoindre l'Église de Scientologie, à laquelle elle fit donation en totalité du patrimoine de feu son mari.

Le corps de CLYDE NOTTAGE Jr fut rapatrié par avion de Guadalajara à Durham, Caroline du Nord où — à la demande de la famille — on l'autopsia au centre médical de Duke University. Quatre jours plus tard, les autorités mexicaines arrêtèrent le Dr ALAN

CAULK, saisirent son laboratoire et l'expulsèrent aux Bahamas. Bizarrement, on ne retrouva aucun mouton à la clinique Aragon.

En dépit des déclarations sous serment contradictoires de deux éminents psychiatres, les avocats de Durham Gas Meat & Tobacco persuadèrent un juge de Raleigh de déclarer Clyde Nottage Jr mentalement irresponsable. Le certificat posthume se fondait sur des preuves médicales dérangeantes fournies par des fonctionnaires mexicains et mises définitivement sous scellés par les tribunaux de Caroline du Nord. Soixante jours après la mort de Nottage, DGM & T reprit la production des cigarettes Bronco. Mais le contrat publicitaire avec Rodale & Burns ne fut pas renouvelé.

Onze mois après le cyclone, un biologiste de l'U.S. Fish and Wildlife Service fit une macabre découverte dans une zone écartée de la réserve naturelle de Crocodile Lakes, à Key Largo nord, sous la forme d'une mâchoire humaine déformée. Était verrouillée à l'os une barre de fer réglable d'une utilisation répandue pour décourager les vols de voiture. L'examen aux rayons X de la denture identifia le propriétaire de cette mandibule comme étant LESTER MADDOX PARSONS, criminel de carrière, condamné pour meurtre, et qu'on recherchait pour agression avec violence sur la personne de deux agents de la police de la route de Floride. Selon le médecin légiste de Monroe County et les observations faites sur place, Parsons était apparemment mort de faim. Une fouille des hammocks livra les pièces manquantes de son squelette, le crâne excepté.

AUGUSTIN HERRERA vendit la ménagerie de son défunt oncle et alla s'installer avec Bonnie Brooks à Chokoloskee, village de pêcheurs, à la lisière des Dix

Mille Îles de Floride. Une fois là-bas, il fit l'acquisition d'un bateau pour la pêche au crabe et construisit une maison en bois de pin où il aménagea un vaste espace pour une bibliothèque avec un mur pour sa collection de crânes, comptant désormais vingt unités.

BONNIE BROOKS se mit à l'aquarelle, au V.T.T. et à la photo de plein air. Son remarquable cliché d'un couple d'aigles à tête blanche nichant dans les branches d'un cyprès fit la couverture de l'*Audubon Magazine*.

La majeure partie des animaux qui s'échappèrent de la ménagerie de FELIX MOJACK pendant le cyclone fut recapturée ou, malheureusement, tuée par des propriétaires de maisons individuelles armés. Au nombre des exceptions : un puma femelle, quarante-quatre oiseaux rares, plus de trois cents lézards exotiques, trente-huit serpents (venimeux et non venimeux) et vingt-neuf singes rhésus adultes qui, organisés en plusieurs bandes roublardes, écument encore Dade County à ce jour.

COLLECTION « THRILLERS » CHEZ POCKET

Baldacci David
Une femme sous influence

Banks Iain
Un homme de glace

Bataille Thierry
Bruno Jean
L'empreinte du serpent

Beckett Simon
Le rêve de l'antiquaire

Brown Rosellen
Les quatre vérités

Bruno Anthony
Seven

Clancy Tom
Pieczenik Steve
Op-Center 1
Op-Center 2 : Image virtuelle
Op-Center 3 : Jeux de pouvoir
Op-Center 4 : Actes de guerre

Collins Larry
Les aigles noirs
Dédale

Cook Robin
Mutation

Crichton Michael
Congo
Extrême urgence
Harcèlement
L'homme terminal
Jurassic Park
Le monde perdu
Soleil levant
La variété Andromède
Un train d'or pour la Crimée
Sphère
Turbulences

Cruz Smith Martin
Parc Gorki
L'étoile polaire

Demille Nelson
Le déshonneur d'Ann Campbell
Retour de l'enfer

Demille Nelson
Block Thomas
Mayday Mayday !

Dresden Thomas
Ne te retourne pas

Dunant Sarah
Transgression

Durand Loup
Daddy
Le grand silence
Le jaguar

Easterman Daniel
Le nom de la bête
Le testament de Judas
La nuit de l'apocalypse
Le jugement final
La nuit du 7e jour
K

Evans Penelope
La locataire
Voyage au cœur des ténèbres

Fielding Joy
Ne pleure plus

Fullerton John
La cage aux singes

Gallagher Stephen
Mort sur catalogue

Gallois Sophie
Genius

Grant Michael
Ascenseur pour un tueur

Grippando James
Le pardon
L'informateur

Grisham John
La firme
L'affaire Pélican
L'héritage de la haine
Non coupable
Le couloir de la mort
Le client
L'idéaliste
L'associé

Guerrini Remo
Écran noir

Hall James
Tueurs de jungle

Hamsher J. August
Tueurs-nés

Harris Robert
Fatherland
Enigma

Harris Thomas
Black Sunday

Harrison Colin
Corruptions
Manhattan nocturne

Harry Eric
10 juin 1999

Hartov Steven
La fièvre du Ramadan

Hiaasen Carl
Pêche en eaux troubles

Hoag Tami
Meurtre au carnaval

Jaham Marie-Reine de
Le Libanais

Johansen Iris
Bien après minuit

Katzenbach John
Juste cause

Kellerman Jonathan
Double miroir
Terreurs nocturnes
La valse du diable
Le nid de l'araignée

Kelman Judith
Un dernier baiser

Kenneally Jerry
Le chef d'orchestre

King Charles
Mama's boy

King Laurie
Un talent mortel
Le jeu du fou

Koontz Dean R.
Prison de glace

La Galite John
Mon nom est Kate Crow

Lapierre & Collins
Le cinquième cavalier

Lashner William
Les prévaricateurs
Véritas

Lescroat John T.
Justice sauvage
Faute de preuves

Levin Ira
Sliver

Ludlum Robert
Le duel des gémeaux
L'illusion Scorpio
Le manuscrit Chancellor
La route d'Omaha
Les veilleurs de l'apocalypse
L'agenda Icare
L'échange Rhinemann
La conspiration Trevayne
Le secret Halidon
La vengeance dans la peau

Margolin Philip
La rose noire

Dernière chance
Les heures noires
Piège funéraire

MITCHELL K.
Blown away

MONTÉCINO MARCEL
Crosskiller

MOORE SUSANNA
À vif

OSBORNE RICHARD
Basic Instinct

PALMER MICHAEL
Mesure d'urgence

PATTERSON JAMES
Et tombent les filles
Jack et Jill

PEARSON RYNE DOUGLAS
Code Mercury

PERRY THOMAS
Une fille de rêve

PRESTON DOUGLAS,
CHILD LINCOLN
Cauchemar génétique

PRICHARD HUNTER JESSIE
L'assassin habite à la maison

REICHS KATHY
Déjà dead

RUSSO ENZO
Tous sans exception

SANDFORD JOHN
La proie de l'ombre
La proie de la nuit
La proie de l'esprit

SMITH MITCHELL
La cité de pierre

SOUSSAN ANDRÉ
Octobre II

STEIN HARRY
Victoire in extremis

THIERRY ALAIN
L'étrange destin du docteur Tillac

TINE ROBERT
Bodyguard

VAN LUSTBADER ERIC
Le ninja

WEAVER MICHAEL
Obsession mortelle
La part du mensonge

WILLOCKS TIM
L'odeur de la haine

Achevé d'imprimer en avril 2000
sur les presses de l'Imprimerie Bussière
à Saint-Amand (Cher)

POCKET - 12, avenue d'Italie - 75627 Paris Cedex 13
Tél. : 01-44-16-05-00

— N° d'imp. 979. —
Dépôt légal : mai 2000.

Imprimé en France